国家出版基金项目
NATIONAL PUBLICATION FOUNDATION

安徽省圖書館藏桐城派作家稿本鈔本叢刊

方宗誠 卷 1

安徽省圖書館 編

北京师范大学出版集团
BEIJING NORMAL UNIVERSITY PUBLISHING GROUP
安徽大学出版社

圖書在版編目(CIP)數據

安徽省圖書館藏桐城派作家稿本鈔本叢刊. 方宗誠卷/安徽省圖書館編. —合肥:安徽大學出版社,2020.12

ISBN 978-7-5664-2199-9

Ⅰ. ①安… Ⅱ. ①安… Ⅲ. ①中國文學—古典文學—作品綜合集—清代 Ⅳ. ①I214.91

中國版本圖書館 CIP 數據核字(2020)第 272387 號

安徽省圖書館藏桐城派作家稿本鈔本叢刊・方宗誠卷

ANHUISHENG TUSHUGUAN CANG TONGCHENGPAI ZUOJIA GAOBEN CHAOBEN CONGKAN FANGZONGCHENG JUAN

安徽省圖書館　編

出版發行:北京師範大學出版集團
安 徽 大 學 出 版 社
(安徽省合肥市肥西路 3 號 郵編 230039)
www.bnupg.com.cn
www.ahupress.com.cn

印　　刷:安徽新華印刷股份有限公司
經　　銷:全國新華書店
開　　本:184mm×260mm
印　　張:99
字　　數:386 千字
版　　次:2020 年 12 月第 1 版
印　　次:2020 年 12 月第 1 次印刷
定　　價:1600.00 圓(全 4 冊)
ISBN 978-7-5664-2199-9

總　策　劃:陳　來　齊宏亮　李　君
執行策劃編輯:王　慧　楊小雨　姚　寧　劉婷婷　邱　昱　方　青　鍾　蕾　汪迎冬
裝幀設計:李　軍　孟獻輝
責任編輯:王　慧　楊小雨　姚　寧　劉婷婷　邱　昱　方　青　鍾　蕾　汪迎冬
美術編輯:李　軍
責任校對:李　晴　李　健
責任印製:陳　如　孟獻輝

《安徽省圖書館藏桐城派作家稿本鈔本叢刊》

編纂委員會

主　　任　林旭東

副 主 任　許俊松　王建濤　高全紅

編　　委　常虛懷　彭　紅　王東琪　周亞寒　石　梅　白　宫　葛小禾

學術顧問　江小角　王達敏

序言

關愛和

桐城歷史悠久，人傑地靈。立功有張英、張廷玉父子，位極人臣；立言則有方苞、劉大櫆、姚鼐，號令文壇。桐城之名，遂大享於天下。

方苞於一六九一年入京師，以文謁理學名臣李光地，與人論行身祈向，有『學行繼程朱之後，文章介韓歐之間』之語；一七〇六年成進士；一七一一年因《南山集》案入獄，後以能古文而獲救，入值南書房，官至禮部侍郎；一七三三年編《古文約選》，爲選於成均的八旗弟子作爲學文範本；後兩年，又編《四書文選》，詔令頒布天下，以爲舉業準的。方苞論古文寫作，有『義法說』。義者言有物，法者言有序。其爲文之理，旁通於制藝之文，因此影響廣大。姚鼐於一七六三年成進士，一七七三年入《四庫全書》館，兩年後因館中大老，皆以考博爲事，憤而離開，在南京等地教授古文四十餘年，其弟子劉開稱姚鼐『存一綫於紛紜之中』。姚鼐到揚州梅花書院的第二年，作《劉海峰先生八十壽序》，編織了劉大櫆學之於方苞，姚鼐學之於劉大櫆的古文師承關係，引友人『天下文章，其出於桐城』的贊語，使得『桐城派』呼之欲出。一七七九年，姚鼐編《古文辭類纂》，以『神理氣味格律聲色』論文。編選古文選本，唐宋八家後，明僅録歸有光，清録方苞、劉大櫆，爲桐城派張目。姚鼐之後，遂有桐城派之名。

桐城派自姚鼐後規模漸成，名聲噪起。桐城派作爲一個散文流派，綿延二百餘年。其自身的發展大致經歷了初創、承守、中興、復歸四個時期。康、雍、乾年間，是桐城派的初創期。桐城派三祖——方苞以義法説，劉大櫆以神氣説，姚鼐以陽剛陰柔、神理氣味格律聲色説，奠定了桐城派散文理論的基礎；方、劉、姚又以其言簡有序、清淡樸素的散文創作名噪文壇，贏得『天下文章，其在桐城乎』的贊譽。嘉、道年間，是桐城派的承守期。姚鼐晚年，講學於江南各地，門生弟子廣布海內，桐城之學，掩映一時文壇。其中著名者如梅曾亮、管同、劉開、方東樹、姚瑩等人，承繼師説，標榜聲氣，守望門户，各擅其勝。咸、同年間，是桐城派的中興期。曾國藩私淑姚鼐，雅好古文，於戎馬倥偬之中，尋求經濟、義理、考據、辭章的重新組合，試圖以博深雄奇、氣象光明之方藥救桐城派文規模狹小、文氣拘謹之病，并以『早具行遠之堅車』矚望於門生弟子，别創湘鄉派。光、宣年間，是桐城派的復歸期。曾氏四弟子中，惟吴汝綸爲桐城人。吴氏於甲午之後，重提方、姚傳統，抑閎肆而張醇厚，黜雄奇而求雅潔，倡導恢復以氣清、體潔、語雅爲特色的桐城派文，并得到了馬其昶、姚永樸、姚永概等桐城籍作家的積極響應，桐城之學，再顯一時之盛。

安徽省圖書館一九一三年始建於安慶，與桐城派在同一地發祥并成長。安徽省圖書館在一百多年的發展歷史中，以珍貴古籍文獻收藏豐富，特别是本省古籍文獻收藏豐富而爲學術界所矚目。此次安徽省圖書館將館藏桐城派作家稿本、鈔本，以叢刊方式，編輯出版，一定會大有惠澤於學林。我們期望海内外桐城派研究者能早日共享出版成果。

前言

隨著對優秀傳統文化價值的重新認識，近年來，對在我國有極大影響的桐城派的研究也不斷升温。桐城派作家文集的整理出版，爲研究者提供了方便，推動著相關研究的展開。如由嚴雲綬、施立業、江小角主編，被列入國家清史纂修工程的《桐城派名家文集》，收入姚範等十七位作家的詩文集和戴名世等十一位作家的文章選集，總計十五册，一千多萬字。此書的出版有助於改變以往桐城派研究資料零散不足的狀況，也爲學術界開展清代文學史、文化史、思想史、教育史、政治史、社會史等研究工作提供了寶貴資料。

在充分肯定新世紀以來桐城派作家文集整理出版與研究取得豐碩成果的同時，我們不難發現，當前桐城派作家文集整理與研究的工作，與學界的要求和期盼還不相適應，仍然有拓展與提升的空間。桐城派是一個擁有一千多人的精英創作集團，即使如方苞、劉大櫆、姚鼐這樣的大家，仍有不少基礎文獻資料尚待發掘，一些有影響、有建樹的作家，更是鮮爲人知。可以説，基礎文獻整理出版工作的滯後，會影響和制約桐城派研究的進一步發展。

爲了滿足學界對於桐城派資料建設的需要，在人力、物力有限，又想最大限度地保留原書的真實面貌的情况下，我們推出了《安徽省圖書館藏桐城派作家稿本鈔本叢刊》(以下簡稱《叢刊》)。

安徽省圖書館一直十分重視桐城派作家稿本、鈔本的收集，積累了大量的原始文獻。《叢刊》所收集的對象，有方苞、劉大櫆、姚範、姚鼐、光聰諧、姚瑩、戴鈞衡、方守彝、方宗誠、吴汝綸、姚濬昌、馬其昶、姚永楷、姚永樸、姚永概等。桐城派的重要作家幾乎都包括在内。《叢刊》并非泛濫收録，良莠不辨，而是頗爲看重文獻本身的價值，可以説『價值』和『稀見』是本《叢刊》收録文獻的兩大原則。

安徽省圖書館此次將珍貴的稿本、鈔本資料公之於衆，順應了習近平總書記讓『書寫在古籍裡的文字都活起來』的號召，滿足了讀者的閱讀需求。《叢刊》的出版，既有利於古籍的保護，也有利於古籍的傳播，希望對推動桐城派研究有所裨益。

編　者

二〇二〇年三月

凡例

一、《叢刊》采取『以人系書』的原則，每位桐城派作家的作品一般單獨成卷，因入選作品數量太少不足成卷者，則以數人合并成卷。共收稿本、鈔本三十六種，分爲九卷二十五册。

二、《叢刊》遵循稀見原則，一般僅收録此前未經整理出版的稿本和鈔本。

三、《叢刊》大體按照作家生年先後爲序，卷内各書則依成稿時間爲序，或因作品性質而略有調整。

四、各卷卷首有作家簡介，每種作品前有該書簡介。

五、《叢刊》均照底本影印，遇有圖像殘缺、模糊、扭曲等情形亦不作任何修飾。

六、底本中空白葉不拍；超版心葉先縮印，再截半後放大分别影印放置；某些底本内夾有飛簽，則先拍攝夾葉原貌，然後將飛簽掀起拍攝被遮蓋處。

目録

方宗誠

柏堂集

方宗誠

簡介

方宗誠（一八一八—一八八八），字存之，號柏堂，又號柏堂逸民，別號毛溪居士、西眉山人。安徽桐城人，方東樹從弟。

柏堂集

二十二卷

柏堂集

《柏堂集》□□卷，稿本。十三册，毛裝。大部爲半葉十行，行二十一至二十五字不等，小字字數不等，無框格，間有藍緑框格、白口、單魚尾。唯册六、七《柏堂文集附編》均爲藍格，半葉十行，行二十四字，小字雙行同，左右雙邊，白口，單魚尾。框高十八厘米，寬十三點三厘米。

是書存二十二卷，册一至三爲《柏堂集》卷九至十六。册四爲卷二十七至二十九。册五爲《柏堂集附編》卷二至六。册六及七卷端題『柏堂文集附編』，鉛筆標注爲『補編』。册八至九、册十二爲《柏堂集外編》。册十至十一爲《後編》。册十三首尾不全，從内容推斷爲明高攀龍年譜，未知作者，首葉有方宗誠朱筆題跋。

書中多有朱筆題跋，正文亦多增删改訂處，篇名小題上往往加『〇』，注有『存』『去』『仍存』『可删』『未刻』『已刻』『刻外編』等標識，並時有堆疊塗改。前四册仍爲原封皮，册一至三封面墨書『此卷未刻者俱已另行抄存』，册三卷十四首葉朱書『此卷寿序擬皆删去不存』，册四封面墨書『俱已刻』。册一《柏堂集卷九》首篇《書抄本吕氏童蒙訓後》有小字注：『此本亂後亡失，錢塘丁崧生得於上海書肆，因以資刊行。』經與館藏刻本《柏堂集》比對，該篇列在《前編》卷三，小字注『此論學術之文，是書亂後流轉上海，杭州丁松生丙得而校刊之』，且正文亦多有文字改動，可知此書爲刊刻前稿本，曾經兩次以上校改。因其面貌與刻本大不同，且非完本，難以統計分卷及最終篇數。

此卷未刻者俱已另行抄存

柏卷

栢堂集卷九

桐城方宗誠存之

書後

書抄本呂氏童蒙訓後 道光庚子

右呂氏童蒙訓三卷同里蘇厚子惇元先生所弆嘉興朱正甫坤先生手錄點勘本也考是書宋長沙郡龍溪學皆嘗有槧本嘉定閒邱壽雋守金華復取呂喬年家藏本刊行四明樓昉為之序昉嘗學于伯恭先生者也紹定時眉山李𡎺亦鋟木焉自是以後惟一二老師宿儒轉相傳寫朱氏此本抄錄精工而批評點勘子細參詳真信古力學之君子也惟朱子小學所引多闕不載則知其已非全

書矣自功利之習日熾學者務逐時趨平日讀書特取爲干禄之具而已其有補于身心家國而非科舉業之用者則緘束而不觀才高意廣之士又往往溺于記誦詞章以雜博爲能浮靡爲工至先哲之緻言懿行皆以[視]爲迂闊而[屑棄][若]不足惜而獲一奇書新義名士[與]詩文之類則藏之如重寶焉於是此書不特無刋行之人並傳寫之者亦罕矣厚子性篤古學搜羅先哲遺書甚夥而皆能窮其旨趣一日以此本示余余懼不可多得因假鈔之並録朱氏批評于上至原書之失惧者閒以鄙見列朱氏之次而朱子小學所引不見此本者亦附録卷末俟世有篤信好古之士稍去取之以刋行云孔子曰君子多識前言往行以畜其德又曰多聞擇其善者而

攜

○存

從之使不能擇善而從以畜其德則去趨時干祿與夫記誦詞章之士幾何哉手録既畢書此以自儆省焉道光二十年十有一月

此本亂後亡失錢塘丁菘生得於上海書肆因以資刋行

書亡友張瑞階筆記後 癸卯

曩歲道光戊戌余從玉峯許先生遊是時張君瑞階與吾宗召青魯生二君以學行相切劘予聞而心欽之顧獨未識君也庚子春君惠顧余余亦詣君皆不值越數日趙介山先生邀君與召青魯生及余飲始接見焉其夏又遇君于魯生書舍中君忠敬篤誠視予如故交所論難俱實有心得後余以雜文劄記質召青君携歸路遇予一言而別他日訪君君謂余曰兄志識卓矣然名心去半

歸隱

包備

予悚然曰未能也君曰吾固疑兄未能也因極論名之害道以為已闇然之學又曰昔周濂溪李延平終身于道而時人知其為善人而已予往歲甫志于學而羣相怪異蓋由言動之間客氣未除震人耳目所致也是年秋君自南闈病歸余數往問之其久不愈固請入見君方隱几端坐見余入起立如禮詢予近讀何書學有進否視其氣色不以為迄不起也十二月二十四日聞君病革明日趨視之道遇介山召青魯生三君戚然曰瑞階歿矣嗚呼予與君僅五接見而晤語者四焉君之教益固在耳也而今君之歿已久矣悲夫君名泰來號包軒幼孤母倪孺人守節教養飢寒困厄備極艱辛卒成就君為端士　君事母孝祖母吳性嚴厲君委曲侍

○存

養惟恐不得其歡心遭人倫之變常飲泣內訟不對人言少聰穎能文每試輒高等書法亦工而不屑屑于末節細行年二十七與魯生説中庸首章始毅然興起盡棄舊習而學爲居敬立誠虛懷取善語默動靜務中規矩年三十而卒是編乃其讀書有得雜記之言魯生刪節以存者也嗚呼如君之學識力過人使永其年未必遂止于此即吾輩之與君交者得久聞君直諒之言獲切磋之益則其所學亦必不止于如今日之所成也展君遺集低徊前言不禁掩卷零涕也已道光癸卯九月八日

梭刊陳松田先生遺文書後　甲辰

右陳松田先生遺文十篇吾師玉峯許先生載入陋室纂抄者也

無意為文而詞旨淵厚可味其言祭祖刑家接物之道尤盡理協
情讀之如與古孝子仁人相接對論學之旨簡切通貫辭極平易
而規模閎遠私衷好之以為非行道而有得於心者不能言也既
讀其遺書因欲考其行事詳遍訪諸縉紳不可得偶檢邑志載
先生名紀字封亟乾隆間諸生父早卒事母曲盡孝養母卒獨寢
處權厝所數月淚滴處草為之枯嘗過曾祖攢室冀田者汙其地
止之不獲大慟至嘔血亟稱貸營葬焉或追負于其鄰鄰詐之先
生窘無計乃以新製布衣一襲代償之追負者感愧謝去自少即為
治心養性之學敦實黜華時人敬信之夫以先生之言想見先生
之行義當猶不止于此蓋其軼者已多矣然即其言與行若此已

存

足為篤行君子之儒無毫髮愧焉乃遺文散佚鄉里好學之士自許先生外俱未有見其書道其姓字者彼其行之一二雜見于志乘中者人又鮮知留意哉嗟乎儒者生平行已立言自宜不急急求見于世即後進之士亦不必以其一人名字之不傳為惜第美言懿行足感乎人心嘉惠于無窮者聽其泯滅無存不重可嘆惜耶今輯許先生遺書因取先生遺文附後亦猶是許先生闡顯幽微之意云耳道光甲辰五月

書與竹君棄稿後 丙午

右武進孝子與竹湯君遺詩一卷君子雨生協戎所寄也君名荀業字楚儒嘗隨侍其父緯堂先生之仕台灣之鳳山適莊大田林爽

文作亂隨父擊賊不勝遂俱遇害君文集燬于兵是編特其棄稿
君夫人楊氏所拾藏者今協戎編次成集而以夫人斷叙吟附焉
余觀自古才人學士勤一世精力于辭章没世之後子孫捜羅編
輯集雖其生平删汰不欲存者猶珍藏寶貴不忍遺亡此賢子孫之
用心大抵然也獨至忠臣義士孝子貞婦之遺澤則不特子孫寶
之薄海以内千百載而下聞其風者皆不覺感動欷歔慨然生慕
一旦獲睹其遺集中心之好視遇古之詩文名家者殆尤過之是
可見秉彝好德之良亘千古而不泯没也協戎嘗見予文因予友
劉少塗乞序嗟乎予敢序君詩哉且君父子殉難事載　國史忠
孝之名在四方而協戎又以儒雅風流著聲海内更無俟予言爲

纔

存

重獨念鳳山之難在乾隆五十一年冬迄今綫六十年耳而當時
奸民蠭起守土吏猶有以死殉孤城者其中外大臣猶有能抒勝
算出死力以剿賊者固未至頹墮委靡望風蹶蹻致寇勢猖獗而
復甘心喪恥以為之屈也乃自今日思之如君父子者已不啻若
古之人矣因太息書于卷末俾世之為人臣子而惜身命欺君父
失本心者知感愧焉道光丙午秋七月

書江貽之空山夜坐圖後 丙午

余少不偕于時俗獨喜與賢士長者交遊思各取所長以輔余之
不逮其在植之先生門者四人焉蘇厚子先生最長文君鍾甫江
君貽之戴君存莊齒相次而予年最少憶己亥春厚子先生訪余

古塘舊宅折行輩交余其夏應試郡城鍾甫過余旅舍一見相契
合余報鍾甫因晤貽之存莊而未深知交之密自辛丑壬寅始是
時少壯氣盛各思樹立鍾甫欲得一州一邑而理之俾民無凍餒
獄無寃因存莊亦自負其才思表見于世厚子先生築帶經山莊
初成思終歲安居著書垂示來學余與貽之則皆欲構茅屋山中
足跡不入城市薄田數畝供饘粥無追呼交謫聲殫精一志以求
聖賢之心及古今大經大法而又以其餘力取左馬莊屈賈劉韓
歐曾之文陶阮李杜之詩盡讀之以擴其識而養其氣忽忽八九
年間鍾甫存莊既困諸生無所試厚子先生飢驅走吳越亦不得
安處山莊以成夙志貽之與余窮益甚而貽之又甚于余當初交

時余年最少而今亦已三十矣昔歐陽永叔言物常聚于所好余
五人者非有多求于世而皆無所得安在物之必聚于所好耶貽
之天性和易不肯矯俗傲世亦未嘗降辭色干人喜飲酒賦詩酒
後態度語言多出人意表其詩清雅曠逸多可喜者予嘗索為書其
詩笑曰予詩在胸中未出此豈吾詩耶一日寫空山夜坐圖示予
明素志也嗟乎古之賢者隱處澗谷間詩人美其無戚戚之意今
至欲栖遲衡門而勢猶不可得但寄志圖畫文字之中其亦可悲
也已然余因此而有進焉莊子曰虫背鼠肝隨天付與陶公謂縱
浪大化之中不喜不懼凡阨扼于窮而不克振與有待而後為者皆
不得謂之能自樹立不因循者也古之君子素位而行不願乎外

喪

存

大人知命不曲意變齊同顧與胎之隨所在即作空山觀可已

書甘玉亭明發圖後 戊申

吾友甘君玉亭生數月喪母年二十喪父及長恨不及事其親常汲汲營葺其大父母父母與伯叔父母以安其親之靈一日于篋中得一卷泣曰此予父母遺容也屬余題之余因取詩人明發不寐有懷二人之旨名之曰明發圖云予之祖母玉亭從祖祖姑也故玉亭稱予父曰伯父歲癸卯春夏之閒予家大疫染十餘人不起惟余一人供湯藥一日予父疾大進玉亭聞不遠十餘里來視因為入城延醫醫來又為入城取藥往反十餘里依燈下煽爐火煬竹出汁和藥時夜熱火氣炙人蚊嘬膚如錐予戚然不安泣謝

抱

之玉亭曰子無然茲乃吾所以報伯父也曩者伯父為予大父母營壙地嘗侵晨徒步入龍眠山中抵暮始返目不見地失足墮溪中衣履盡濕予力挽始起卒使予大父母得安宅兆而余死有以見吾父于地下者伯父之德也今其可無報乎嗟呼玉亭不及養其親而能安親之靈余父母之卒也予生二十六年矣養未能少致其樂病未能少致其憂及卒微玉亭相余之抱憾者其有窮已乎玉亭感予父之德必圖報之予于玉亭所以待予父者竟未有以報也玉亭于人子無愧而余蓋無以為人矣余父母卒玉亭曰親既沒思所以報者三焉疾求吉壤以藏親體魄厚視伯叔兄弟及親之故舊以安親心慎德淑身以無辱親之名嗟乎斯言也詩

人明發之恩不是過也玉亭能實其言而余則未能從其萬一茲題斯圖其得無赧然也耶道光二十八年九月

書丁孝子事畧後 咸豐壬子

予友張小嵩謂予嘗讀書龍眠山中謁明檀孝子郁墓觀其所為報恩塔記景仰慨歎以為一庶士而開吾邑孝子之首流風餘韻四百年不絕非至性能然耶既聞有妄人侵其墓地特為請于邑令厲禁之後以掩埋暴露之柩及搜訪節孝貞烈至邑東鄉經明金孝子墓聞其割肝療親事甚具當時雖格于例不得旌而到今鄉人猶嘖嘖稱道不衰予聞而歎之謂小嵩曰自先王之教廢鄉舉里選之法壞六經四子所言孝弟忠信之道為士者衹取以為文章

壤

緣飾鮮有躬行其實者矣而窮鄉僻壤愚夫愚婦猶知有孝弟忠
信之可貴者則以數百年之内有一二篤行至性之人生乎其間
事跡流傳隱然感動乎其心故苟非大不肖至愚極汙雖不能全
子弟之職而猶不肯顯然爲不孝不弟之事記曰人者天地之心
噫苟非有能立天地之心者則天地之心之在凡人不幾乎其息
耶小嵩又示予丁孝子事畧一卷孝子邑東鄉人其盧墓盡哀
與檀孝子無異而其養致樂病致憂者視金孝子爲尤合乎中庸
之行嗟乎是豈嘗有所感發而爲之與肫肫其仁率于天性之自
然而鄉人之感動嚮慕不敢顯然爲不孝者則因此而益多矣予
于是有慨然者朝廷以德善風化天下凡孝子悌弟貞婦每歲令

壤

學官採訪而猾吏往往因緣為奸利始猶有給金建坊之典今則
輾轉裁革于是窮鄉僻壤至行奇節多有壅于上聞者矣故予嘗
以為今之世雖行舉鄉里選之法而徒為胥吏要索之利竇士子
夤緣之階梯而真可舉可選者百不獲一二也彼懷篤行至性之
人雖身名寂寞固自有所以不朽者存然而愚夫愚婦其何以為
觀感之資哉小嵩窮居下位常欲為 朝廷宣揚德化既與同人
搜羅吾鄉節孝貞烈之婦二千五百餘人援搃旌之例以請於有司
而東鄉又有劉君子發者孝行與丁孝子同欲為之請猶艱于貲
未果也故予因讀丁孝子事畧而發茲論焉咸豐二年冬十月

記張臯文茗柯文後　咸豐辛亥

○存存

夐

抱

國朝論古文正宗者曰望溪方氏海峯劉氏惜抱姚氏天下無異
辭矣而吾從兄植之先生晚歲又極推戴氏潛虛嘗語宗誠望溪
之學海峯之才惜抱之識性情體態迴（迥）乎不侔而皆克傑然自存
于天壤者以同得古作者之心也潛虛生遭屯蹇歿名不耀其文
超妙靈奇生氣鬱勃實得左邱明莊周司馬子長昌黎六一之神
彼自言為文之術在置身埃壒之表用想于空曠之間遊神于文
字之外率其自然而行所無事雖未必至要其才有天授焉惟憤
時疾俗之作緼蓄淵懿遜三家其而紀事之文固夐乎不可尚矣
四人之外于國初則又取慈谿姜湛園以為雅馴勝侯汪魏于並
時友則取上元管異之宣城梅伯言仁和邵位西而于武進張臬

文未及與交然推服之尤深嘗謂異之受學惜抱未服然自成而
淵雅靜邃實出同門諸子上伯言才微不逮而精詣過之故其文
簡嚴高潔用意深曲二子之于惜抱蓋猶習之持正之于退之也
位西後出宗望溪不喜海峯其文多醞峻然其論海峯以謂粗獷
似侯朝宗則過矣海峯學古得其神特迹未化耳朝宗才雖奇無
得于古豈可以海峯比況耶夫謂海峯文有餘而道不足是也然
自左馬韓蘇不免矣可以此責之文家耶要其持論亦學者所當
知也杲文與吾邑王悔生友善深得海峯論文之旨而超然自悟
多沈銳潔淨之文同時惲子居遠不逮焉惜其年壽之不終方
劉姚三家之外六人者其傑作皆足以名家往時宜興儲同人于

茅選八家外增李習之孫可之號為十家可之去習之遠甚況可以儕八家之列耶乃謂可之勝持正尤妄說也近時人有論次國朝文家者以朱梅崖彭秋士與其閒其識殆與同人無異先生之論如此今先生既沒讀皋文文因附記之又吾嘗讀惲子居集載皋文之言曰文章末也為人非表裏純白豈足為第一流哉尤三復不置云咸豐元年

○存

跋鄧完白山人篆勢拓本 己酉道光己酉

歲丁未應試皖城與懷甯江翁同寓柏園道院江翁居龍山西與鄧完白山人近云少時嘗及見之山人貌奇古魁偉多力靜默寡笑言在家無日不臨摹周秦兩漢鍾鼎碑版文字違宦求其書非

漬

存 石

戚禮貌不與而村老出劣紙索書必應無一畫苟或不知寶重粘壁間雨澤下注塵汎滲漬滿山人笑曰暇日當為子復書此十年物余死難再致也山人每獨行遇古松柏輒盤桓其下逾時不去人間之亦不言其所以然懷甯潘子慎同里劉少塗贈余以先生八分書篆勢拓本因憶江翁言乃書其後嗟乎以一藝卓絕古今者其胸中亦必有以異于人人也

書湯雨生將軍遺詩墨蹟後 甲寅 咸豐甲寅

道光丙午武進湯雨生將軍寄其先公楚儒先生及母夫人遺詩屬予序所謂與竹居稟稿也余書其後遺公公復寄其祖緯堂先生詩一卷炙硯瑣談一卷又書舊作詩數首報余此幅是也公本

韓廹陷

以文儒襲雲騎尉世職仕至副將嘗輯古兵法名秘書七種傳播海內遭時清平無所用其武遂以風流文雅聲聞於當世晚歲退居江甯名益重得其詩詞書畫者爭以為寶玩予每欲因試事至金陵得親公風采而家窘艱廹欲營塋親數謝科舉竟未得與公一見每展公此幅未嘗不興懷也咸豐三年二月十日江甯陷公故有園在城北名獅子窟城破時作詩一章自明忠孝子孫不可辱衣冠拜闕自經死家人多從之惟二孫存初緯堂先生知臺灣鳳山縣死林爽文之亂楚儒先生隨侍死之令公父子又若是四世忠孝論者推為江南第一家云余於是益恨不獲見公因書其大節戒子孫慎守此幅毋徒視為文人墨寶也

書馬公實通判遺集後 乙卯

余少性耿介喜親師友而獨於先達之門未嘗輕至惟一謁見吳幅山先生而已其餘馬元伯水部姚石甫廉訪馬公實通判皆先遇於吾從兄植之先生坐上意皆殷殷向余聆其議論知其皆君子然終未嘗遽晋謁也歲癸卯吾父母歿通判因植之先生敬致賻賵余辭不敢受而中心感之甚逾年君母夫人卒特往弔以報之自是間時始一往還君為人坦直學問該洽與弟幼白篤友愛而敦宗族念故舊遇事是是非非好賢嫉惡無所顧忌故余嘗論吾邑前輩學行之美以為幅山先生廉靜寡欲水部渾厚廉訪通儻與君之伉爽自喜皆得古人之一體者也君詩文宗法姚惜抱先

晉

生清雅有韻尤長於掌故所著書甚多殉節録附記龍眠雜志最關世教然君不敢自足故皆未刊行里有張愧農先生年七十餘矣與君交最篤而時以文質於余余敬其老不廢學因自忘年與學之卑陋也有所見輒直陳不敢隱君見之嘆曰此真古所稱直諒人也又見余所為文嘆曰理足氣盛直似古人因張先生告余亦欲以文質焉余慚謝不敢當而君越數日盛衣冠過余揖出其文八卷因請直之時君年近七十負文學名已久余年甫踰三十名字不出於里巷之間奉君文猶恐不能句讀敢言審正乎輾轉不甯者數日然感君下交之誠且不忘君之嘗致禮於吾先君也亦敬以施於張先生者施之是時余方與戴存莊纂桐城文録因手抄

四十餘年藏之而歸君原本君見之喜甚盡依余言竄易猶恐其
未當也適余授經元伯先生所君復親就余質正至再至三必余
曰可乃已嗟乎此一節也豈非古人哉以予所見如君謙虚之度
好學之衷忘其年之老名德之尊學問之博而下問於無知之後
進惟往者幅山先生之著儀禮喪服植之先生之著大意甫闇石
甫廉訪之著康輶紀行於予皆然是皆古人不可及也數年之間
幅山先生没植之先生繼之廉訪又繼之今君與水部又遭亂不
屈死吾邑前輩之遺風殆盡矣乎君所著諸書燬於賊今惟文集
稿本尚存然君與余審正之全本則與身俱盡矣惜哉予所抄君
文城陷後爲戴存莊借去今存莊遇賊禍又不知此本之存亡矣

存存

陷擄

書馬命之手札後 乙卯

嗚呼此吾友馬命之絶筆也先是咸豐三年賊禍將及於桐城命之奉父命與張小嵩團練鄉兵矢志為守禦而當事者意不合命之憤懣寢不安食不能泣謂余曰以近日人心余久知其必有大厄也余之為此固知其不可為而為之然亦不料其真不可為如此數以書與當事者極言不守逃避之害且曰予此時心已無家惟老父一人於念不下耳當事者不為動反深嫉之迄城陷君奉父命携子之舒城將投營而父以被執不屈死余聞之急以書催君投廬州而急招其子歸依余時君為土匪所阻不得行故復余此

余慚負知己無以報因跋其遺稿以誌憾焉咸豐五年夏

書咸豐三年十一月事也後君至霍山聞復有一書與余使者失
之竟未見但聞其每寄家書必曰存之前催余復讐報 國此志
未伸亦無顏時作書問訊其後數月並家書亦不寄而此書竟成
君絕筆矣五月聞命之起義兵張小嵩往見之歸謂余曰命之
真鐵心人也余與居數日未嘗一言及家事余告以其妻子之流
離兄弟諸子之困處皆默不答但哭曰此俱尋常惟不能保護老
父致受傷以死是可痛耳問其計曰吾惟有一死而已不願生也
余聞之惻然猶與小嵩日夜望君捷音至而不謂其遽殉節矣悲
夫余與小嵩及友人方魯生戴存莊謀所以求君骸未果因為君
編遺集焉後數月君夫人方氏聞其喪數日不食不得死吞金數

日亦不死嗚呼是亦可敬也已咸豐五年八月

書徐司馬殉節詩後 丙辰

里有孫某被賊脅至廬州逃回云賊入舒城時知縣鈕福疇先棄
城走惟團練使者呂侍郎與一幕友盡節於池中行輳外遺詩一
首粘壁間其詞云云末書鏡溪二字不知何人予曰此徐司馬啟
山號也司馬六安人績學礪行道光己丑進士工部主事出為東
河同知因公絓誤嗣復官以通判告歸里呂公奉 命至安徽夙
知其賢奏請入幕為草奏嘗隨呂公至桐城與予友馬命之張小
嵩戴存莊意氣最相得見余與邑人論城守書稱道不已寫其稿
告小嵩曰將寄回六安以鼓勵鄉人將行前一日昇以呂公性仁

陷

遥命之小嵩存莊及君所敷陳多未能破格行事已以所著俟命
録貽吕公君見之予春屬命之小嵩上之次日君以書報命二子之小嵩曰昨得俟命
録盡夜與侍郎挑燈讀之驚嘆不已天生斯人可使之獨善其身
乎悵行色匆匆不能親謁此君拜於牀下兩君與之同世同里豈
無意耶望速示以姓名俾山得寤寐思之兩君將以予名告余固
不許乃已然自是信君與侍郎必能杖節守義也矣君未死時小
嵩以城陷往依侍郎且請兵圖恢復時舒城無兵君知城必陷與
侍郎誓以死報　國小嵩亦涕泣請從君不可命小嵩至六安請
兵於江撫軍而自與侍郎持竹竿量池水淺深從容言笑形色不
變小嵩涕泣而别其後小嵩歸常述以語予今讀其詩有云笑指瓊

驗

源館清流付此身猶可見其從容就義之氣象也予久欲訪君生
平次爲傳不得姑即所知者附記於此以誌景仰云

書唐魯泉明府墨蹟後　丁巳

嗚呼此唐魯泉明府讀書心得之言手書之以付其門人甘君玉
亭者也明府既殉節祁門玉亭檢出示予且言明府性端嚴言笑
不苟喜靜坐默識而不事著書作文偶發論議皆實從身心事物
中體驗而出尤以名節自勵予前佐治祁門與明府言及當時官
方不肅以爲吾師能挽回氣運信美矣否則當自盡厥職明府云
我久欲告退當此有事之秋不忍耳敢愛身乎道州何子貞編修
遊黃山過祁門明府與言時事皆大哭編修謂余曰予自楚至此

行數千里所見好官三人黃州徐太守豐玉鄱陽沈明府衍慶及
君師耳其後二公皆陣亡而明府亦果殉節去歲皖城不守余致
書明府云見在官箴大壞氣節陵夷省會重地竟未有一委身報
國者祁門偶臨大節吾師宜振精神以為當世法明府復書深以
為然嘗贈予詩曰君鄉毅墳前木好作人間上水篙蓋其以身許
國非一日矣予聞玉亭言太息泣下既又訪求死節之詳並桐城
祁門善政次之為傳而玉亭復屬予跋此卷後予細玩之其言皆
有關於學術治理之要嗟呼明府所以大節無虧者蓋由其平日
省察操存之功有如是也今之居官者方其未達則專為應試之
文及其既仕則惟事簿書錢穀利欲熏其心聲色汨其志全不知

毅

讀書窮理存心克己之為務有言及之者不以為迂則以為狂又
安望其能弭禍於平時臨難而不苟免也乎先是明府官桐城頗
重予予不肯往見後予應試皖城明府已去任聞予至屏騶從過
予復邀余及予友文鍾甫江貽之馬命之會飲於江樓談論極樂
後又屢過予忘其形下交如此亦可想其胸中之不俗矣及守祁
門延吾從兄植之先生主講東山書院事之如師先生歿殮殯
如禮遣玉亭送柩還家屢贈買山錢從為營葬事諸與予書誠懇
如家人嗚呼今之世尚有賢令尹如明府者乎展讀此卷回思往
事淚未嘗不雨下也因詳記玉亭之言與平日之交誼於此以補
傳之所未備云咸豐七年秋

存存

書拙修書室記後　己未

右吳竹如先生文一首論學之切言也昔孔子語學者曰下學而上達下之為言其味深長賢者之深潛純粹篤信守死聖人之洗心退藏蓋皆下學之意拙修云者即確守下學之道也學者之病無論賢知愚不肖之資而德不加進業不加修其弊皆由不肯下不肯拙所以賢智入於輕浮淺露甚至猖狂妄行愚不肖更無論矣抑思孟子學孔子之學者也論學之極詣雖曰美大聖神而原其造端致力之功則必自善信充實始光輝化神特其充實之至耳孔子自叙所學極於知命耳順從心而其始基則在志學而立而不惑即至於從心之境亦必曰不踰矩以後世談高說妙者觀

之豈不拙甚矣哉不知惟如是而後真能極於美大聖神非然則妄也程朱論學必主於居敬窮理其言大學必以格物致知誠意為明善之要誠身之本自陸王論之以為拙矣而豈知是固孔孟之家法也哉今先生以拙修二字為學愚不肖者可以仰而企而賢智者亦當俯而就學者當日三復焉

書薛文清公讀書録後 辛酉

予家無藏書弱冠後從許玉峯先生游始授予以薛氏讀書録編者今忘其姓氏蓋仿近思録例也歸而手録之予之知宗程朱之學而不紛于歧途自此始其後友人徐宇陵秦中復遺公全集予受而盡讀之識以朱筆藏於家咸豐十年冬賊掠山中予書多燬

喪

今不知其存亡矣而少時手録之本前已授門人張家驥携至甘
肅之鞏昌十一年夏予客河南鄢陵蘇菊村源生嘗刻儀封張清
恪公所編公是書特以寄予獲之如復臨師保也方玉峯先生授
予此書時固以程朱之正學望予也乃今年逾四十而一無所得手中
撫前賢之遺編悼先師之不見遭時喪亂漂泊無歸又安知其終
能成少時之志否耶

未刻

書陳文恭公手札節要後 辛酉

桂林陳文恭公手札節要二卷篤實親切洽理饜心古人云讀書
極有裨於治道
須讀有用書此其一也然講用者多遺體文恭念念以愛君憂國
物與民胞為心是其體之所存也事事必求實有濟於君國民物

思深慮遠不為苟簡之規浮末之舉是其用之所著也體立用行故所論無不當乎天理順乎人情如此其新吾呂氏諸書之流亞與

書孫貞女傳後 庚申

余為吾鄉孫貞女傳推本於其七世祖母方夫人之節而猶未及詳其所以然也蓋嘗聞之長老考之故籍方夫人之曾祖明善先生承里中何省齋趙鋭菴戴恒菴諸先生講學之緒當明中葉無善無惡之言盈天下始於王氏而極之至於李卓吾先生獨提性善為宗著論闢之修身教家一以敦實明倫為大介顧端文公極推重之謂為中流砥柱焉語具小心齋劄記可攷也先生家法男

女自幼必講誦孝經小學四書每晨起必朗温孝經一篇而後治
事終其身如是其後子孫守之五世以理學著名吾邑政績氣節
著述文章流布海内　欽定四庫全書總目俱采其書世所稱
方中丞孔炤方太史以智其孫曾也而女孫三人皆以貞節著長
諱孟式為張忠烈公夫人次諱維儀許字姚氏為吾鄉女宗世所
稱清芬閣老人者也清芬閣為姚端恪公伯母公之應　召而
出也清芬閣深責之其風節至今傳播人口三諱維則適吳氏皆
才節俱備詳見明詩别裁方夫人則中丞之女而清芬閣之姪也
幼教育於姑習聞先訓故孫公殉節後夫人能守其節義較然不欺自
是以後吾鄉二百餘年女子之以貞節孝烈聞者遂不下萬數嗚

備

呼學術興而後有節義節義立而後有風俗是豈徒生性然哉禮俗一成有不覺其濡染而然者矣近世以來識講學為迂濶不適于用修身無本治家無法流而不反吾安知其所終極哉故因孫貞女而復著其本原之所自如此夫以明善先生一太學諸生而振起一鄉數百年之風氣世之君子其亦可以興矣

黃忠節公墨蹟跋尾　庚申

嘉定黃忠節公未嘗以書名家今觀其所書羊叔子讓開府表效歐陽率更體而骨力堅勁鋒芒峭立奇傑之意範圍於規矩之中而不過世之善學率更者不遠也豈並非嚴毅之氣養之有素自然流露於楮墨之閒者與夫君子之於天下也非退讓不足以立功

存 初

非剛毅不足以立節讀叔子此表可以知其功名之所自出展公
此書亦可以知其大節之所由樹矣友人黄子壽太史藏是本咸
豐庚申春以示予與莫子偲孝廉敬觀久之爰題其後桐城後學
方宗誠謹跋

書小學論後 辛酉

國初自康熙間聖祖仁皇帝尊崇朱子之學於時李文貞楊文
定蔡文勤朱文端張清恪諸公贊襄其間表章先儒之書無所不
至學校之中一以程朱之説為宗誠士四子五經經義有不合於
程朱者考官不得録而又取性理小學命題作論以觀士子所學
之真偽淺深而定去取其所以扶持正學培養人心者至矣故其

服抱

時士敦實行守繩檢醕篤樸厚足以存國家之元氣而出而問世者亦尚多修身有本治家有法經濟權變有猷有為而不致悞國以毒民學術正而風氣之厚世運之隆因之理固然也自乾隆以後實學漸衰延至嘉道間益棄不講考官取士自試童子以至于廷試無非取之於時文試帖館閣字之一途經義對策皆為具文而性理小學之論所以引人入正學者更廢棄餘年不舉矣道光丁未順德羅椒生先生視學安徽至即頒示學者以為學之規則而尤重朱子之實學先舉成例以小學論試士而後及於詩賦時文公首場聚六皖之士得予卷即降席詣予座問難久之予詳對所以公喜曰予為朝廷拔取真才不得不詳難子也其後三

石

次復試皆屢下座與予言拔予文四冠其曹是年公所取士獨偉
予與友人馬命之也予性不愛科第以父母存不得不思為博士
弟子及是入學而父母已亡遂絕意科舉日營葬親之事與馬君
益切磋於心性經術之中馬君屢試屢躓始以優行貢太學又舉
孝廉方正後殉節舒城雖未大成無愧聖賢之教而予遭亂流
離不能專力於實學偶展舊作深懼無以報知己也爰書其後以
自鑒策云誌世變之所由來者豈一朝一夕之故也

書舒自菴觀察集後　辛酉

咸豐已未春予至山東與布政使俯如方伯告予曰有靖安舒自菴觀察
避亂於此極慕君見君所著侯命錄文集俱手錄之致書屬予為

君刊行而勸君去其犯時忌者數條因出觀察手書示予情詞懇切可感也予因詢觀察生平學行政蹟甚詳吳伯又曰觀察年八十好善不倦每見予則問方君何久未來望之甚殷今君來而觀察前十餘日卒矣予聞悽惻久之逾月觀察子槃叔刺史以遺集來求予刪訂編次並乞為家傳曰此先公志也予既為編定復節其要入輔仁錄中道義之觀摩固不以死生幽明而有間也觀察循吏也其文於官書尤善愷惻詳明洞悉情弊而居自治家處鄉里皆有法則可比明儒呂新吾先生　國朝陳文恭公之書予既取觀察論事之大者著於傳中今復記其知己之感於此云

書楊湘筠叙交文後　同治壬戌

壽陰

予客保定貴筑黄子壽自太原聞予來納交其後因子壽獲識獨山莫子偲湘陰郭筠仙郎武楊湘筠皆時彦也湘筠之賢又早得之於吾友洪琴西及夷人入京師乘輿播遷湘筠避地保定始交焉湘筠性忠義言君國事未嘗不流涕每念鄙夫奸人欺君弊國髮上指目直視議論慷慨凜然不可干而平居呐呐然如不能言者為郎官二十年出無車馬冬無裘家無一宿之糧堅忍狷介毫不可加以非義子壽嘗稱與湘筠處直可使頑廉而懦立也先是湘筠為户部郎中兼鐵錢局監督尚書肅順執利權擅威福勢焰熏灼無敢論其罪者湘筠獨上書摘其蒙蔽 聖聰誤國殃民罪不容於誅意欲因論鐵錢事揭肅順罪為 朝廷去奸佞

以救禍於未然而朝論以湘筠郎官訐大臣議降一級調用其同里友鳩資為捐復湘筠不可曰吾既不能去之不願復與同事也益陽胡文忠公聞其賢疏薦之湘筠聞即以病告曰任人不去吾可仕乎湘筠精算學善治方書居京師藉醫為生雖窶甚不以一語乞求於人吾每與論事論人皆有特識其學問浩博靡所不究然不以立名也湘筠上書後二年而夷禍作肅順誤國之罪始大驗今　上初立回鑾日奉兩宮　皇太后懿旨首加顯戮其病國之政皆除之又　詔復湘筠官由是四海頌　聖明而湘筠之深識偉節益大著於天下閩人以直諫名者道光間惟陳給諫頌南湘筠與為姻親其直節亦後先相輝耀云子壽性和易

學識通博而涵養粹然年少官翰林見之如未嘗登科第焉者著
書百餘卷與交久如未嘗有學焉者虛衷好善見人一語是必録
之恬退不愛爵禄然於國家用人行政是非利病無不究其本源
所在咸豐初　詔求直言時粵西賊漸熾子壽在翰林為封
章因掌院學士上之所論皆經世之要後有　旨凡屬官奏
事必先呈長官閲之子壽遂請假退居養親十年跬步不離左右
予在保定見其母夫人卒築廬權厝之所時往居宿哀泣動人其尊人
宦游山西奉使海口子壽時策蹇冒寒暑犯寇盗往來定省問嘗
流涕為予言恨無兄弟之親不得剖此身為二一侍老父一依吾
母魂魄墓也又貧無力歸葬時湘鄉亦以身屯道梗不得返葬其親與

子壽言俱大哭焉子壽爲人深藏不市其所著書及奏疏未嘗示予亦不爲予言也獨見予所爲古文辭多手抄之子偲筠仙之訪予願納交者皆於子壽見予文也湘筠之別也爲文勉予子壽復書其後今湘筠窮羈京師予別子壽來游鄂子壽復奉親之秦蜀亂靡有定三人者苦不得合并展讀此卷不盡悽然聊記於此以誌交誼云同治元年六月江北痛夫方宗誠謹識

書嚴中丞撫豫奏稿後 同治壬戌

咸豐十一年新繁嚴渭春中丞巡撫河南是春宗誠自燕入鄂應胡潤芝宮保之招道中州公聞遽以書與胡公請留參幕府因得與聞公政事之詳河南地處中原與楚皖燕齊壤相接爲畿輔秦

石

晉之藩屏自髮逆捻匪滋蔓楚皖河南腹地常受兵當事者類粉飾虛糜不以求將練兵察吏節餉為事蓋自總兵邱公聯恩陣亡後無忠勇著名將才每月餉需七萬金而所養皆冗員疲卒虛濫之數軍屯無營壘行無帳幙不能制賊而徒以擾民大帥時奏捷以邀功相習成風恬不為怪公至首察經費不敷遂以選賢察吏為興利之本節浮用核實數汰冗員裁疲卒為裕餉之源而尤以選將練兵為安內攘寇之要屬宗誠為創抽丁守城法以固防禦立豫軍營制刊行王壯武練勇芻言以明紀律頒布勦賊解散歌勸兵士愛民歌以肅軍政撫民心是年適山東教匪及長槍會匪蠭起屢渡河擾河北及開封洛陽之郊皖練苗沛霖藉尋讐為名

實懷不臣心日使其黨侵蝕河南地而內地姦民陳大喜作亂於
汝甯李占標作亂於河北楊立等勾賊襲城作內應於陳州皖捻
股匪尤衆時竄擾歸德南陽開封陳汝光之間粤逆陳玉成上竄
黃蘆復竄伺豫境環豫之賊增往歲十倍公精力過人日夜籌計
先破情面觸犯忌劾懦將汰疲弱旋奏調副將楊飛熊楊長春等
入豫分募精兵訓練不懈餉需不增而加練勁卒七千人於是分
遣將士勦李占標征陳大喜誅楊立等敗苗黨於沈項備粤逆於
三關屢擊退皖捻回巢而山東之賊竄河南者敗之於祥符老君
塘其竄河北者又大敗於新鄉大楊堤斬獲幾盡先是　天子
以河北財賦之區特遣四品京堂聯捷為防河大臣耗餉擾民賊

至則遠徙公嚴劾其罪請裁撤之而以勦賊自任及大楊堤一捷
河北肅清至今苗沛霖之叛也　欽差大臣勝保掩飾其罪以
為非叛由諸帥激之使然公獨屢疏其叛狀時　朝議以勝保往
撫公獨劾其養癰遺患驕縱自恣為腹心之害又屢與江督曾公
皖撫李公咨商會勦　朝議未之從皖撫為殺其譽以悅之而苗
沛霖卒陷壽州公之不畏強禦奮然以　國事自任如此然亦以
此取忌於時賴公廉潔自清雖眾詆於上無由得其瑕釁惟以為
剛愎自用而已公性機警明決敏於事好奬廉吏而惡貪酷甚嚴
所劾四十餘人章上之日大都協於輿論所保薦多賢能吏至今
民猶頌公之知人王子懷侍郎湘鄉曾相國卅嘗稱公有知人之

明也公雖巡撫一方而志慮嘗及於天下始至即屬宗誠爲草選
將練兵以保豫疆兼籌全局而顧根本一疏欲乘關中無事時網
羅將才招集義士練成一軍西與楚師爲犄角南固豫皖之藩籬
留此完善之區養此精銳之氣以爲京師保障内固軍實外寇至
庶足爲守禦控制之備又嘗疏言三晉表裏山河關中形勝沃野
千里尤不可不得賢督撫經畫鎮撫養民力簡軍實儲將領謹蓋
藏以固中原之氣無使庸臣悞之又疏薦真才數人以重疆寄皆
未行不一年而陝西之亂作今　上登極誅鋤姦邪數人　朝
政一清宗誠因言於公曰朝廷去邪勿疑誠爲中興之始基（根本）然非
起羣賢而用之則小人終乘間而入於是爲草疏薦老成碩德之

臣家居者二十二人請　召起以收羣賢畢進之效又為應詔
陳言十二事一曰慎簡輔導以養　聖德二曰精辨賢否以嚴
黜陟三曰振興實學以育人才四曰澄汰官方以清亂源五曰開
武備館以裕將畧六曰整飭京營以重根本七曰慎簡大僚以重
屏藩八曰彰善癉惡以礪節義九曰預籌蓄積以復民氣十曰嚴
究服制之案以重倫常十一曰申禁淫靡以惜物力十二曰永開
言路以通下情公皆欣然上之奏　旨留中而所薦諸賢皆先
後奉　旨召用　上深知公清勤勇於任事而小人毀之不
已乃調公巡撫湖北仍以勝保督皖豫軍主撫苗沛霖公去未數
月髮逆捻匪竄豫莫敢當其鋒遂由豫入秦致啟徊匪之亂而苗

沛霖之就撫於滕保者雖有其名實懷二心為　國家憂其力戰
於河南著名者乃公所留之將也公為人樸直謝絕苞苴豫撫故
事得河漕陋規公皆不受糧道某以意探之欲以動公心公立叅
黜吏治為稍變尤重節義始公官湖北創立節義局訪求奏報者
數萬人至河南復用其法得奏聞者亦幾萬人修　聖廟先賢
諸祠命宗誠為立學規頒示通省士子以立實心敦實行講實學
務實用四者為歸公於名義之際不稍假借有某太守卒於任某
知縣卒於家羣僚乞以軍營病故奏聞公毅然不可時或以為刻
蓋積習皆然不知其非也官廨所需舊皆祥符縣應差役公獨却
之曰郵吏乃所以郵民也園囿中花皆槁死曰此豈蒔花時耶公

為政務精覈不慕浮名所行事多不以告人予從公入鄂暇時為公編訂奏稿明年將去鄂因揭公之大節書之以告後人且以誌公知己之感也同治元年十月後五日桐城方宗誠謹識

郘位西文集書後　癸亥

道光己亥蘇厚子徵君自越歸訪予閲筆記雜文謂曰少年識解超卓真誠動人惟見仁和郘位西及君耳繼示位西文數篇讀之驚服深以厚子之言為擬不於倫乃手録而弆之後君官京師余因友人喬頌南以文相質君還書稱為清醕不雜而於吾桐山水人物之盛三致意焉是時亡友戴存莊歸自京師持君文示予益得讀之以為快咸豐三年桐城陷予避居山中聞君降官歸有鄉人

至杭者以予所著俟命録質正君君極稱嘆以為是維持學術世
道人心之書也致吳竹如方伯有古之君子今之義士之稱且欲
為予刊行其書予聞亟復書止之君與予生平未相見而論學論
文極相契念予陷亂中欲招至杭州未果故人托予於吳公深懼
予之死於賊禍也吳公言君為人質直在刑部時琦善以枉殺熟
番案入獄君擬奏事將詰問執政者左袒琦忌君次日撤去君名
不使為閱官其後出之東河因事降級皆相於此而友人黃子壽
編修又為予言方粵賊之興　朝議遣相國賽尚阿視師君上書
執政極言不可者七執政尤惡之然君之言卒皆驗君家居養親
杭州陷奉母先去幸無恙其後母卒既葬賊再至君固守城中猶

日夜與伊遇羹孝廉窮經不懈著有禮經通論孝經通論伊君亦
篤學君子也城陷伊君守節餓死君以不屈殉難妻子逸出今依
節相曾公於安慶節相君石友也為延師教育二子予見君子詢
君文集字無存者因以所藏三十餘首歸之先是君曾以禮經通
論之十有九篇示海甯張銘齋孝廉張君亦寄至君子合為一編
侍刻予得君文因厚子存莊二君與君為至交予與君固未相見
也今二君遭賊禍憂鬱以死藏書散亡畧盡而予所錄君文獨存
銘齋與君亦通書而未見而君之禮經通論亦藉以存其半焉是
殆有天幸於其間耶君論學宗朱子論文宗方望溪經學宗李安
溪其禮經通論多前人所未發所著尚有尚書通論及他文數十

百篇予所未見海内或猶有藏之者耶同治二年桐城方宗誠跋於安慶旅次

書張嘯山哈孝丐傳後　甲子

予讀莊子德充符所稱兀者惡人闉跂支離無脤甕盎大癭才全而德不形以為是特周之寓言耳豈果有是人耶及今觀哈孝丐事始知不惟古有之今固有之特人不能得之於形骸之外焉耳夫儒者之言曰人與物賦形氣之正者其性亦正偏者則其性亦偏今孝丐不全乎人之形而性獨全則知人性固非盡形氣所得而拘也孝丐生平至窮極陋自以為不足比數於人久矣而一時賢士大夫皆傾心焉歌咏傳述反似欲借其人以為詩文增重者蓋

知回有天爵者豈不信哉同治三年四月桐城方宗誠謹識

未刊

書朱烈姬傳後　甲子

吳縣馮學士桂芬為朱烈姬鄧氏傳友人歸安楊見山復為詩以美之南滙張君嘯山以示余甚矣晚節末路之難而可貴也世嘗有居平讀書好古為詞章甚名於時或遭世清平當言路議論侃侃有風節或出宦致一官任一方政績流傳亦時有嘖嘖可稱道者而臨大節顧或畏懦洪恐衰其生平之所守均之死也而死之後雖親且愛者欲為之傳述終囁嚅隱忍不能措一詞強為之而人之見之者或因其晚節而並不信其生平之懿行焉即信之亦必為之深矉而太息是可痛也然則觀朱烈姬之死士君子可以惕

匯

存

然警奮然興矣同治三年夏四月桐城方宗誠謹識

唐寫本説文解字木部箋異書後　甲子

右唐寫本説文解字木部之半獨山莫君子偲得之於黟縣宰張
廉臣因爲箋異一卷湘鄉曾相國爲刋於安慶其足補正大小徐
本影至數十事莫君既自爲之引而江都劉君北山南滙張君嘯
山復補訂以跋於後凡莫君所闕疑者二君具焉其説既無以加
矣或曰昔諸葛武侯當干戈搶攘之際志在經世讀書但觀大意
而已而陶元亮隱居讀書不求甚解是又更世變沖淡忘懷者之
日不然者
所爲也莫君是書無乃非今學者之所宜急與予觀孔子之學則
不然生周魯文獻之後先代遺文墜佚而嘗致嘆於杞宋之無徵

焚抱

由是推之使二國文獻猶存雖其末節碎義其必詳稽而訂正焉可知矣蓋古聖賢垂世立教之心不可見而惟託文字以傳文字廢墜即古聖賢之心不可得而見也是以兩漢儒者之學其窮理精義論者以為不如宋大儒之深粹而純然當秦火既焚苟非漢諸儒抱殘守闕綱羅放失傳註箋説為之探考於絶續之交則二帝三王孔子之經且將散軼不存而後儒窮理精義之功將何所施即武侯之大意又何從而觀之也夫淵明無濟世之志故放意高曠爾武侯急於救時亦不暇及此豈以拾遺補闕為不當哉莫君客安慶當粵賊蹂躪之後文字掃滅幾盡君獨購求遺書於煨燼之餘得數十萬卷日為考正補綴是卷特其一耳相國方欲振

戲搨

興文學以洗甲兵之氣故姑刻此卷以發學者好古之思是卽孔子證文獻漢儒抱殘守闕網羅放失之微意也讀者其體斯意焉可矣同治三年四月

記戲鴻堂帖殘石榻本後 戊辰

華亭董文敏公戲鴻堂石刻初歸郡人大齋施氏繼爲王橫雲山人所藏久之復流轉於沈氏之古倪園世所傳佳者不出是三本也同治癸亥合肥李幼泉都轉從其兄少荃宮保治軍吳淞既克城得百餘石於賊壘中携歸安慶摹本校觀十存五六或謂都轉宜取舊榻本補刻之石都轉曰不可甯缺無全第存其眞者可已予於宮保第中獲睹寶物詫爲眼福竊嘆自有此石三百餘年興衰治

亂如烟雲變幻而此石獨以千古法物名人精神所聚雖遭亂殘缺終若有鬼神呵護其間然則天地中可以久存者固自有在而非世人之所云也昔蕭何入關中諸將爭取貨寶而何獨收圖書都轉其亦善取者歟爰誌其本末俾後有所考焉

書湘鄉相國入覲冊卷後　戊辰

同治七年秋湘鄉相國自江南奉　命移節京畿將入覲公於東南數行省有救焚拯溺之功駐節安慶金陵敷德於兩江孑遺之民尤深且久士民婦孺聞公且去皇皇然如嬰赤之戀慈母不可為懷公素以善造士聞天下凡海內經文緯武撥亂致治英偉奇特之才以及經生文儒耆宿髦士下逮一技一藝之長者皆莫

不樂就公陶鑄親公如家人父子心説誠服纖末無間然公亦尊
禮任使各得其宜及今將去文武將吏以至四方賢俊平日受公
教育者皆不遠千里或數百里肩摩踵至請益三月無虛時公皆
開誠接之如師弟之相傳受公故工行楷書求者必應無不人人
意滿公亦自念人才之難得或聚之不可以常也命各書一册以
獻藏之行笥庶以展他日之思蓋微獨東南人士戀公之愛我人
之心固亦依依不能舍也易之道上下不交爲否上下交爲泰公
於東南其有泰交之象乎抑又聞之泰之初九曰拔茅茹以其彙
征吉公秉兵柄十餘年舉賢策能以成戡亂之勳此之謂矣而九
二言治亂之道則曰包荒用馮河不遐遺朋亡得尚於中行九三

言保泰之道則又曰艱貞无咎勿恤其孚於食有福是皆公今日所處之時位也夫六五柔中虛已以下應剛中之大臣非以含容之量施剛果之用深思遠慮斷以大公而必行始終勵艱貞之節不足以任寄託而塞天下之望又不第如泰之初而已謹書其辭於諸賢冊卷之末以為公頌禱云孟冬長至後十日方宗誠謹識

跋王琴航觀察家書後 壬申

右深澤王琴航觀察權延建邵道時家書三篇觀察以積勞没閩中其弟榕泉學博裝池為冊以示予者初觀察以孝廉選授福建海澄縣署上杭擢永春直隸州權守漳州皆以威惠得民心咸豐丙辰權延建邵道以順昌土寇滋擾大府檄統軍駐順昌剿撫將

竣丁巳二月江西髮逆竄杉關邵武光澤繼失公聞急回延平而城内人民已遷徙盡矣公誓以身許國故作此三書上其父母與兄一諭其子觀其詞惟念二親不置無復有私慮也先是觀察守漳時屢請假入覲便道省親又上書學使者乞代白大府有報國日長報親日短如不可為人子將何以為人臣之語大府不可故此與兄書中深悔不能引身早退以致有傷堂上之心也然又曰不可為子必求可以為臣公忠孝大節不洵足令讀者頑廉而懦立哉是書自註丁巳三月十一日時賊破邵武直抵建甯建甯去延平百餘里公集同官言延平省垣門户宜急籌守登陴人心始有固志復督兵會諸軍攻復邵武建甯疾作不懈久之病益劇賊已退

始卸篆寓省垣八月二十九日卒嗟乎公其可謂不食所言矣世言忠孝不能兩全非也孔子曰事君不忠非孝也戰鬬無勇非孝也記曰死而不弔者三畏壓溺彼畏死之徒以親在為辭者不忠甚矣其又可解免於不孝之罪乎榕泉與予為心性交同治壬申正月予自棗強訪榕泉於其家因屬予識於冊末云

記葉湘筠觀察庭訓詩冊後 庚午

予與葉湘筠觀察生同郡未獲相見咸豐甲寅冬始遇之於臧牧庵忠壯營中是時安廬失陷觀察從戎臨淮導臧公由間道進攻桐城以圖安慶予時授經窮山王師至來獻策軍門相見語極歡共處數日戰屢捷軍威甚整賊氣餒城垂復矣予返山中未數日

未刻

忽聞臧公戰没急乘黑夜與友人潛行賊中得臧公遺骸以殮既
為作傳後復請曾相國於殉節處手書豐碑以表之惟臧公有所
著易稿數十大帙嘗以質於予不知其存亡念之時為太息同治
己巳予奉曾相國辟來直隸與觀察伯子冠卿語及乃知是日觀
察受臧公託奉其易稿以去授之於其子也自皖省糜爛久恢復
之後世家舊族畧盡即與予同遇於忠壯營者亦大都賫志以没
十鮮一存獨觀察父子十餘年中於河南直隸兩省閒聲績偉
然富貴無足計獨其履險不危者意必有所以自全其天者在也
冠卿以觀察庭訓詩見示皆格言至論而於潔己愛民讀書明理
祗懲尤勵憂勤培器識剛不戾柔不隨尤三致意焉於戲觀觀察

之所以訓冠卿而其所以履險不危者於此可以識矣孔子曰夫
孝者善繼人之志善述人之事者也又曰夫孝始於事親中於事
君終於立身請為冠卿誦之庚午夏四月桐城方宗誠謹識

柏卷

頓

柏堂集卷十

桐城方宗誠存之

書

與吳君書 道光己亥

宗誠頓首謹白吳君足下僕本無所知又年少於足下數歲乃足下於某所見僕所為文惠然枉顧且盡以已刻諸作見示何謙虛若此展讀數日竊嘆足下之才之美朋儕中罕有及者如僕謭劣更何足言然承足下先施之誼不敢默默無以效其愚忱惟足下諒之僕聞人之為學當以實為重行為先名之有無遲速聽其自然之數而已而詩文之名尤非士君子所宜急急以求之者古之聖

賢既道明德立矣而或有時内不得已於心外不得已於人著一書作一文亦惟藉以明其道抒其情而已初非有意於立名之意觀詩三百篇尚書大易周禮儀禮大學中庸未嘗題曰某某作某某著也孔子删詩書訂禮樂修春秋孝經左氏傳春秋亦未嘗題曰某某删訂某某作也後之儒者讀其書嚮慕其人以為非某某不能為而其名遂暴著於天下傳布於後世古之人何嘗容心哉今之學者一詩一文大抵多為立名起見其真為不得已於中而後發者百不一二焉嗚呼此所以三代而下學者雖多鮮能及古蓋其用心之所由異也雖然吾觀漢晉以來作者雖其旨趣務在立名而其生平所為書猶必藏之名山磨以歲月固有終其身未

肯脫稿以示人者矣蓋無論士之為學急於立名已為馳騖於外
即為立名計亦必求萬全無弊而後可以不至於泯沒而無傳若
刊行太早則無識者既不知古人之不可及者何在又不知今人
之遠於古人者何在第隨聲附和以貢諛而已刻之者以好名欲
速之心固甚欲得時人之稱許也而見時人果稱許之若是則必
私自矜放以為是真足以名一世矣豈復虛心斂求以企及於至
善之域其一二有識者雖心不欲隨聲附和然亦以其書既刻不
復直言其非且雖言之而彼以附和者之言中於其心亦豈肯降
志以受歷年既久公論定焉究歸於泯滅無存而已矣嗟乎士不
幸生三代後去聖既遠正學久湮耳目所聞見大都庸鄙之夫祿

碌無可裁取於是天資卓犖之士苟能為一詩一文以自見者即皆自命不羣而不肯虛衷以求道不知詩文之名乃聖賢之所不屑措意而已所為之詩文又古之善為詩文者所唾弃而不欲道者也乃遂以之自張而為之師友者又多無識而諛善附和而慫恿之卒使英特之才不克大有所成就嗚乎彼庸陋之夫既無足望而卓犖者又不免以急名自悞此所以有心者恒悼嘆於人才之難得而易失而僕尤不能不為足下直陳者也足下詩文之才洵拔出流俗然以鄙意論之似當更以務實篤行為重讀書深造求自得之學而不必急急刻詩文以自見夫惟不欲以詩文自見而其詩文乃益進矣愛重之至敢獻狂言

竊急

存 存

復劉岱卿書　壬寅

正月八日接手書悉吾兄當艱難之境處置得宜實非誠愚所敢望且忻且愧來書述學使沈公鼎甫之言曰辨論學術惟宜昌明其理不宜有爭忿之心卓識宏論可以救近世學者之失而誠近所見更有說焉竊以謂吾輩為學宜急於辨人品之真偽無急於辨學術之異同宜急於辨吾心之理欲無急於辨他人之是非觀魯論一書凡論君子小人者數十章其曰女為君子儒無為小人儒古之學者為己今之學者為人是闇也非達也此孔子之辨學術也孟子一書凡論義利王伯者數十章其曰仁義而已矣何必曰利以力假仁者伯以德行仁者王墨子兼愛是無父也楊子為

夷

夷

我是無君也此孟子之辨學術也要皆攻邪不攻偏攻偽不攻正爭理欲不爭異同是故孔子祖述堯舜憲章文武者也然於夷齊稱其不降志辱身於惠連稱其中倫中慮於虞仲夷逸稱其中清中權未嘗以其異於堯舜文武之中道而一切棄之也子產有君子之道四晏平仲善交管仲一匡天下令尹子文之忠陳文子之清子桑伯子之簡孔子亦皆稱之未嘗以其遠於堯舜文武之大道而不節取之也孟子願學孔子者也其他則皆曰姑舍是然於伯夷稱為聖之清伊尹稱為聖之任柳下惠稱為聖之和亦未嘗以其異於孔子之時中而深加詆誹也何也以其雖為偏至之行實已造於正大之域也惟若臧文仲之知微生高之直楊朱之義

纏纏

爭

墨子之仁子莫之執中鄉原之忠信陳仲子之廉告子之不動心似是而實非者則不得已必取而明辨之然今觀其所辨雖詞嚴義正而纏綿愷惻之心溢於言表初不見有悻悻之形良由出於義理之正憂懼之懷而固非有爭名忿疾之意也夫尚論古人原亦爲己之學茍或稍有爭名之意即所論全是已不免於爲人或即非爭名而出於忿嫉言之過當亦足見其心有所忿懥不得其正喜怒哀樂之發不中節矣今儒者之書多好辨陸王陳劉諸儒之失夫諸儒之學自不能無弊然謂其於聖人之道有偏則可謂爲異端則不可學者既知程朱爲是則當確守程朱之法而實力行之豈宜徒取其言爲爭辨之具耶昔子貢方人子曰賜也賢乎

哉夫我則不暇今人讀書不知實踐而但詆毀先儒是亦方人之類耳如以為衛道閑邪起見則今日學者方喻利為人之不暇即求有一為陸王陳劉諸儒之學者已邈不可得矣又何為憂其學之害人乎其學既不能害人而吾心之理欲誠偽猶未能辨析幾微省察而力克制之乃徒襲取程朱之陳言餘論以攻辨諸儒豈為己之學耶子貢曰文武之道未墜於地在人賢者識其大不賢者識其小莫不有文武之道焉愚以為陸王陳劉雖不如周程張朱之粹然亦莫不有孔子之道焉學者苟以朱子之學為宗而於諸儒之説但節取之無不可獲師資之益不知善取其長徒抉其短以為吾確宗朱子吾恐非朱子之所願也足下以為何如

○有

復玉峯先生書　壬寅○

正月七日岱卿書來因得接讀手書論劉念臺先生之學問嘗卽念臺原書讀之竊謂念臺先生之學以愼獨誠意爲宗其所謂愼獨誠意者與朱註大學之愼獨誠意名同而實異大旨在存養本原以爲萬事之本故其言曰吾心有獨體焉是乃天命之性而率性之道所由出也又曰意者心之所存（當云性者心之所存）人心空中四達有太虛之象故生靈靈生覺覺有主是爲意（當云覺有主是爲性）自身之主宰而言謂之心自心之主宰而言謂之意（當云自心之主宰而言謂之性）心則虛靈而善變意有定向而中涵（當云心則虛靈而善應性爲定理而中涵）以其寂然不動之中有不慮而知之靈體自作主張自裁生化故舉而名之曰獨

慎者慎此而已若既發矣誠之奚及粗讀其言無一不與先儒牴牾細衡之實非無所見而云然也蓋彼見吾心虛靈不昧之體具衆理而應萬事為此心之主宰主宰蔽昧毫釐千里不可不時時存養以為制事之原然彼不悟此所見者乃大學之明德中庸所謂未發之中非誠意之意也讀念臺集者於其所謂獨與意即作吾心之體大學之明德中庸之中於其所謂慎與誠即作存養心體明明德致中與大學之所謂誠意不相纏擾則亦未嘗不得力也嘗論先儒之學惟程朱守孔子下學上達之序其論學大旨以為此理本具於吾心而散殊於事物事物與吾心二而一者也是故必先即物窮理以求一旦豁然貫通乎本原所謂格物以致其知也

是合外内之道也其後宗程朱者徃徃但知即物窮理而狃於見聞膠於文義馳其心於外遂其心於物終其身不能洞本而澈原陽明氏出憤末學之支離以爲天下之理即在吾心而以致良知爲教其所謂致良知者亦即大學明明德朱子所謂因其所發而遂明之之意也即中庸致曲朱子所謂自善端發見之偏推而致之以各造其極之意也即孟子所謂擴而充之足以保四海之意也陽明所以折權奸於方熾定大變於呼吸羽書旁午從容自在讒謗交加毫不動心未始非平日致良知之功也是豈得謂之非大儒哉然徒以致良知爲教而廢格物窮理之功且牽引經書以就己說以爲即格物窮理之功復古本改朱註使學者專事心體

躐

而略事物務求上達而廢下學其弊必至於認心為性認心為理而任意妄行此其過矣念臺之學之得失亦猶是耳觀其居身居官夷險一節從容就義亦豈非由平日慎獨誠意之功哉然不宜以已所見之獨體心之主宰心之所存而加於大學誠意之意復古本改朱註使學者躐等務高茫然於進為之序此其過也後之論者往往不察其心而輕加詆議多過當之言如辨陽明者多罪其以致良知為宗不知果不廢格物窮理之功則雖以致良知為宗固與朱子無悖也辨念臺者多罪其以慎獨誠意為宗不知果不廢格物窮理之功則雖以慎獨誠意為宗亦與朱子無悖也即如象山之先立其大白沙之主靜甘泉之體認天理皆何嘗不自

輩

不

○

益於學者惟一廢格物窮理之功乃生弊耳是故陸王諸儒之學可以謂之偏不可謂之爲異端且諸儒之學雖偏而實能力行以至其極今之宗程朱者亦必能力行以至其極而後爲賢於諸儒焉不然雖所見中正勝於諸儒究不若諸儒之實有所得而況所見未必中正耶近見如此惟先生有以教之此予少時所見後來細加體究諸儒言未體實有差也

答劉岱卿書 壬寅

○

六月十四日接讀來書並附玉峯先生未没時與弟一札神傷氣沮不忍卒讀自今以後求復見先生片言寸簡不可得已先生學成德尊得正而斃固無餘憾獨東山先生未安窀穸余輩失所依歸是爲恨耳孟子責陳相兄弟師死而遂倍之夫倍豈必如陳相

兄弟哉不能尊所聞行所知如曾子之濯江漢暴秋陽皜皜乎不可尚則與顯相倍去者其間不能以寸願與足下共勉焉而已寄示前年冬日記一卷大旨切實論理論事亦具卓識足下始學之時已若此今當更何如也抑弟有欲就正於足下者竊以為學問之道必須先明規模定趨向而後時加切實精進之功以求至乎其地大學首明至善使知所止而後示以條目之功則知條目者無非求得止於至善之地也中庸首明天命之謂性率性之謂道不可須臾離而後示以戒懼慎獨之功則知戒懼慎獨者無非求全其天命之性也孟子曰君子深造之以道欲其自得之也又曰博學而詳說之將以反說約也意蓋亦如此耳誠近以為吾人之學其規

模趣向不過曰求仁而已矣仁者何此心之全德也即所謂至善也
性道也約也人盡有心宜人盡有仁何以有仁不仁之分心存則
仁心放則不仁心何以放外物牽之嗜欲累之私意蔽之氣質拘
之習俗淆之學術壞之故在小人則放於聲色貨利懷土懷惠詭
譎奸佞浮僞刻薄行險儌幸無所不至愚不肖者則放於昏庸鄙
陋因循怠忽求安求飽見小欲速賢知者則放於索隱行怪自私
用智務外好名逐末忘本又或放於有所忿懥恐懼好樂憂患放
於克伐怨欲意必固我放於行不著習不察由而不知異端則放
於詖淫邪遁猖狂自恣是其爲放雖不同而皆足害乎吾心之全
德此仁之所以不存也然則求仁之功可知矣孔子曰操則存孟

子曰求放心求仁之説莫切於此而操尤求之之要焉夫操無他亦惟於日夜之所息旦晝之所爲涵養省察不使梏亡其本心而如是已居處恭操於居處也執事敬操於執事也與人忠操於與人也不恭不敬不忠則放矣其言也訒操於言也出門如賓使民如祭操於出門使民也非禮勿視聽言動操於視聽言動也富貴不以道得不處貧賤不以道得不去操之堅也終食之間不違仁造次顛沛必於是操之密也回也其心三月不違仁操之熟也其餘則日月至焉而已操之有間也曾子曰仁以爲己任死而後已則知曾子之學在求仁矣及其有疾召門弟子曰戰戰兢兢如臨深淵如履薄冰此非其求仁之實際乎是故仁不仁之分止在此心存

聽

與放之間而操與不能操求與不能求則又存與放之幾也夫人之心渾然天理泛應曲當不待用力操之而自能存不待用力求之而自不放衆人之心雖爲氣稟所拘物欲所蔽而本體之明則時有發見之端惟不能操之故終不存不能求之故終於放學者則必戰兢恐懼有所操斯能存有所求斯不放常操則不至於放稍放則又勇於求此出狂入聖之幾而學者之要務也迨至操存之久而心德既全則當惻隱時自惻隱當羞惡時自羞惡當辭讓是非時自辭讓是非喜怒哀樂之發自能中節視聽言動之間自能中禮事父自孝事君自忠事兄自恭交友自信應事接物自能時措從宜外物不能牽嗜欲不能累私意不能蔽氣質不能拘習俗

不能淆學術不能壞然非操存之熟者何能及此故嘗思孔門之所謂仁與大學所謂明德至善中庸所謂天命之性率性之道名異而實同而孟子所謂欲自得與反說約者亦無非謂此也明乎此則大學之所謂格致誠正中庸所謂戒懼慎獨孟子所謂深造以道博學詳說諸其言雖殊其為求仁之功則一而已足下有近仁之資而又能勤學好問故願與足下共勉之

與酇生先生書　庚戌

兩接手書知尚旅困金陵深為邑邑而先生顧安之若命不肯降屈志氣所以責重宗誠者意尤拳拳循讀數四慚感交集宗誠稟質昏懦少時得師玉峯許先生慕其苦志卓行始奮然有所興

聽

其後數年獲交先生所以煆煉宗誠者益力近十年來從從見桂之先生游植之先生少雖博物文章之士而暮年進德體究入微専致力於心性倫物之實所以告宗誠者無一浮虛影響之語故宗誠自惟入學以來多獲賢師友之益而於此理粗有所見則實本於二先生及先生焉先生坦直誠信與人交盡言無隱雖遇不足與言者亦欲引之當道論說之際神采動人求之近世殆少倫比然居常竊聽私以為先生之過亦多在此昔孔子自言下學而上達陶公亦云即事如已高何必升華嵩皆言上下高卑其理本一也先生之論往往遺下而語上舍卑而論高畧工夫而談本體厭繁難而喜簡易不將開後學以荒經蔑古脫畧事為之弊而以

性道人事離而為二耶性者宗誠妄論先儒學脉不喜陸王深為
先生所作因取陸王書虛心體玩乃知其所言者亦多孔孟之微
言雖解説文字間與程朱不同而究其修己教人之心無非以明
天理盡人倫為極則偏駁誠不免焉若詆為異端亦過也先生於
陸王無異詞而於程朱論學之旨則閒生訾議鄙意尤以為未安
夫秦漢而後學絕道晦非程朱大儒揭明之何能使此道昭然如
日月之經天江河之行地即陸王之粗見大原亦未嘗不由程朱
先發其蘊也學之不講久矣語及正學言及先儒大都笑而不應
甚或疾之如仇其有才智者又或耳食一二正言全不知體之於
身施諸實用今先生欲取陸王之說直指本體啓發人心其門

密

亦可謂仁矣然竊以為窮理之細檢身之密行法之嚴析義之精終不如程朱之所以示人者為無弊焉若好為過高之論及稍開訾議之端誠恐聞者於先生精言至論未必能得之於心而但襲取一二高談以為輕藐先儒之具甚且資之以掩其狂蕩之失其弊可勝道哉渾罕曰君子作法於涼其弊猶貪作法於貪弊將若之何夫講學亦不可不防其敝也彼陸王大儒而不滿於後儒之心者亦豈不以其好與程朱為異而滋末流之弊哉先生所著繫詞大學中庸分章似皆未盡善伏惟將程傳朱子本義細加研窮不可輕於立說貽誤後學前閱邸報見呂給諫倭大理曾侍郎王給諫文副憲羅通政應詔陳言諸疏俱得格心用人行政之大本

晉

已奉　旨褒録豈非天下生民之福哉不勝狂喜謹以附聞

答徐晉生書 咸豐甲寅

晉生足下前復書想已達承示詩詞或深情微婉或壯志風飛諷誦之下足見懷抱不同流俗惜誠於此事稍知之而未嘗為之故不敢妄有獻替惟留置左右供吟玩耳所撰尊公殉節事實詳確可據誠前作傳時僅據魯生先生楚遊日記故不能如斯之詳然傳狀體異詳略正自不必同也且嘗觀史記列傳之法皆各如其人物之大小以為權度如留侯世家淮陰列傳則但敘其大謀略大戰功而楚漢之所以興亡者俱繫乎此曹參樊噲等傳攻一城拔一邑略一地皆詳載之以其人之所長止此故不可略而[illegible]

之所以存亡實不係其人為有無也誠向為金黃州陳廣濟[illegible]祈門作傳極摹寫其臨危不避之節欲使後人讀之凜凜有生氣可歌可泣以愧世之棄職而逃者此乃為一節之士作傳之法也至尊公之歿乃係天下安危平生志略皆能見其遠大非徒一節之士可比故誠作傳處處以天下之大局起峯巒勢闊神遠拔地倚天蘄與尊公神情意氣相肖至田家鎮十五日止載其所以布置周密及所以掣肘敗事之由令後世讀者至此嘆想於不已憤懣不平之氣不覺勃然而生而其每日戰禦之事則不必盡載以致文勢尾大不掉與通篇運量不合精神不固此乃為古大臣名將作傳之法也今足下撰事實甚詳此事實之體則然而謂誠亦宜

貌

改以從之不知於傳體有所不可且使尊公平生止此一節則傳
自宜於此獨詳然一事愈詳其人物愈小矣唯足下察之焉命之
久無消息廬州收復事今又寂然念之焦甚間隔數十里豺虎
當道未知何日得與暢叙也足下天才闊肆志量開拓又忠臣之
子擔荷非易詩詞小道望姑置之實心講明有體有用之學異日
一出上以報　國下以承家乃為真學問也前書言目疾今愈否
年少興豪尤以保身為要元氣充周則外邪自不得入誠年甫適
壯而形貌精力已如衰老之人真覺可懼追思其故未始非少年
不善保身以至此也夫所謂保身之道不特去物欲之害凡讀書
用功於無益之好心雜而氣浮皆所以耗元神也擇交尤不可不

慎彼失足於賦者何以仍留其名於詩册中耶前承過譽以古今之奇偉非常之士誠何敢當然不可以不報悻直之言惟鑒察不宣

答魯生先生書 乙卯

得書荷承箴砭感愧無似傳曰人之相知貴相知心竊嘆先生交誠十五六年而尚有不知余心者誠於納忠好善出自天性雖行道之人鄙野之夫一言足取終身感佩不忘何況朋友之規切耶所撰輔仁錄一書凡先生誨我之言無一不載其中今來書反覆深恐同於朱陸之辨轉致參商噫亦何不知予心如此夫理者天下之公理學者切身之要務故學之不講聖人以爲憂問之弗審

辨之弗明予思以為弗錯也何有轉致參商之理朱陸之辨太極圖說乃陸子自以為是不肯虛衷體味朱子之說耳誠之學雖兼取陸子然豈以陸子此事為法哉彼今之宗陸王者不務求其立大本致良知之實功而專學其辨朱子誠則何敢然也然有不敢然也然有不敢不詳陳之者陳之則近於辨不陳則是非不明非學問求益之道惟先生教之前書以誠治小嵩殮事及為朱魯岑先生謀生計為有怨怨氣象恩之誠然此蓋氣質太偏好善惡惡之心過甚耳居恒每見有人人義所當為之事而人多自私自利棄之不為即不免妄生怨恨欲獨為之苦無力置之不為又於心不忍告之朋友不能輔助反多掣肘者因是怨疾於頑之心甚忌

先生謂涵養未到是也謹因明訓而敬改之然謂是逐逐於事物
役役於心體則不然事物與心體果有二乎誠見義必爲不
避利害毀譽者正欲力去自私自利之心以全此心體耳倫常中
無所憾則心乃安而或掣肘不能成則私心快然不樂因而怨怨
此誠爲心體之累然實非役役於心體者也人謂誠自神其作用
殊無是事蓋嘗慨百餘年來義理不明大家爭趨於利欲平日仗
父祖　皇上之恩德以取功名富貴炫燿鄉里及利害所在生
死所關則子不顧其父孫不顧其祖臣不顧其君兄弟朋友視同
路人人道幾等於禽獸而一二有人心者頗能捐去利害死生之
見矣而經濟猷爲全然不講往往不審事幾不察事勢不能知人

知言度德量力遇事變之來但憑己心以應之以致少成而多敗敗倫常之間多所缺憾殊不思一身之利害可不顧而君父國家之利害則不可不熟思而審處之孔子所以謂必有遠慮也誠因是深用為戒一意為窮理達變之學凡遇事會盤錯必慮深遠計長久以求無憾於心無悔於後尤喜盡情設法以扶持善類培養人材誠之作用止此也先生以為作用非聖人之權乃權謀之權誠竊以為果其用權術以利己則小人也如其用權宜以濟人則是孟子所謂仁術孔子所謂曲成萬物也人情自私自利視父兄師友之急難如瞽目喪心之人全然無所動巽與之言至再至三若罔聞知因稍行其權以激動其有恥之心此亦救人不得已之

誇

苦衷何傷天理乎掠人之美是謂小人自己所實行之事門人述之以鼓動他人何反謂阻人好善之心乎天下事莫非分內既爲之則當置之何足掛齒牙間誠前書與馬生所述兩年山中之事非自誇也慮其悠悠度日不能振作故稍述一二事以見誠雖亂離之日不敢曠日玩時以警策之也又恐先生講論太高墮空談性命之弊而渠又來書索釋氏證道歌道家陰符經私心竊慮其他日見道不真履道不實卑視人倫庶物聖經賢傳而好索之佛老虛無之失故偶述近來所學專讀聖賢之書日用功於倫常中實事以教之兼以救先生之語弊豈自誇哉且誠亦未嘗以言心體即墮老佛也但平日所見以爲心之爲體非他仁義而已

矣渾然一理之謂仁汎〔泛〕應曲當之謂義於人倫庶物之中肫然而
莫解於中之謂仁截然而各當其分之謂義外仁義以為心體外
人倫庶物以求明其心體此異端之學所以得罪聖人也先生以
為佛之錯只是棄倫理至說心體則精宻〔密〕透徹為儒家所不及誠
不敢以為然孟子曰生於其心害於其事又曰生於其心害於其
政先生亦思佛之所以棄倫理者何也正由其不知仁義是心體
明物察倫即是明心體故必棄倫理以求心焉蓋徒見此心虛靈
不昧之體而不知具衆理而應萬事者為心體也惟不知具衆理
而應萬事者為之心體而徒以昭昭靈靈者為心體故棄倫理者
恐其累己之心體也將心認作一物雖禪家所深斥而實則自

密陷

導

蹈之蓋聖人所見心無一物者以凡事凡物莫非本心天理之流行故即物窮理即事盡心而無有遺事物以求心之失佛氏所謂本來無一物了了見無一物者以凡事凡物莫非此心之障故必人空法空以求其所謂真空焉其言似是而實非也若真於心體精密透徹又焉有不知棄倫理即為心體之缺陷哉先生以為非儒家所及不知所指儒家何人也若以為孔孟程朱亦所不及此則正是佛之不執於中正處也而何取乎先生乃以誠為諱言心體將導人為病狂喪心之人殊覺近誣失實誠所著人譜補正俟命録存焉生處先生試再取閲之其於心體蓋不啻大聲疾呼垂涕泣而道之矣特所發明者仁義之心體而不敢外人倫廢物空

密庶熙

言心體耳察人倫明庶物講經濟勵氣節正欲求明其心體而不失焉烏敢自謂心體已明不必專精於心體也而先生乃謂古之大聖大賢終身為之不厭者豈徒察庶物明人倫而已乎此則誠所不敢知亦所不敢言者也夫堯舜之惟精惟一文王之緝熙敬止孔子之洗心藏密皆是窮理盡性以至於命之實事皆即於人倫庶物中而精之一之熙之敬之洗之藏之與佛氏棄倫理以明心見性者大不同也奚得援此以為比竊疑先生之學自謂取佛氏之長而實有墮空之弊名為尊堯舜孔孟而心中實以佛氏之道為高於堯舜孔孟更不論程朱矣觀心述之末空紙一張可見也此一點意見中於心而不化故發之應事出言之際多有其弊

纖

而不自覺所以然者平日用功專務求此心空蕩無物而不肯以
事物累心也見在時事主憂臣辱生靈塗炭人心波靡日下君
子既無權位則泉石遊觀之樂亦不妨有而君臣之義身世之戚
要自有不可解於心者何可視同蠻觸之相爭耶孔顔之樂乃是
自省此心所存所發純乎天理無纖毫私意私欲存其間故仰不
愧天俯不怍人而坦蕩蕩也若不於存心處事求其純全天理而
第於山水中尋樂視逆賊之殘害我兵之勝負如蠻觸然孔顔忍
如是也即此一言豈不敗壞名教乎誠教諸生非專事文章特借
以爲啓發之資耳况如和甫山如兩族孫小嵩一弟一子並令郎
輩皆至窮極困若不教以文字將來治生無業而人品心術無所

賴以自立豈專重文字哉道梗寄書甚難遲鈍之罪伏惟諒察

與邵位西書 丁巳

壬子仲夏載存莊自都中歸接讀賜書獎予過甚兼詳示以文章指要慚感交集比復一函交存莊覓便寄呈未知達覽否也是後氛祲南來變局日非南北道梗無由探知先生宦跡所在癸丑呂侍郎來桐言在山東被求全之毀又有罷官南歸之說後皆不得確耗每念生窮鄉下邑既不得脫離家累遍交海內諸賢以廣學識復遭時難音問末由洵可悼嘆敝鄉適近江濱爲南北衝途官紳富民無肯固守城池者一二志士仁人又皆無勢與權不能展布以致成瓦解之局受蹂躪之慘宗誠避居深山惟有北望長

慘

號呼天飲泣而已兩載以來學業荒棄心同廢井文章一筆未研窮惟於海内諸忠節時時留心訪問事實私撰傳狀紀事之文數十首又以見聞所及並私衷所蘊蓄與所以自處者著俟命録數卷居恒竊嘆天下之治亂由乎人心人心之邪正係乎學術百餘年來正學不講士習日靡氣節經濟全無可恃以致釀成潰瀾之勢先生當今之傑斯文正脉直欲合韓歐程朱而一之此非宗誠一人之私言實天下後世之公言也顧以權勢卑微又性行難與時合無由展澄清之志此所關係豈獨在一身之通塞哉然而士生於世無論窮達要當以人心世道為己任雖無言責無官守時當韜晦而奬勵後學扶持正氣以暗為宇宙旋轉氣運興起人

心此固天之所以任先生者也是豈可得而辭其責歟敝里至交不過三四人今馬徵君三俊以起義兵陣亡文鐘甫徵君戴存莊孝廉又以籌餉請兵為奸人所忌遠走臨淮袁副都幕府存莊家被害尤甚妻妾皆被執殉節去歲存莊又卒於懷遠矣惟蘇徵君厚子尚安處山莊如故然窮戚悲憤形容益枯槁矣此皆吾黨之俊傑而素為先生所重者也今皆如此已矣能不悲哉廬州破後久不得徐毅甫消息念甚君子道消善人不祿自亂離以來數年之間凡稍有氣節經濟者多已不得其死陽氣漸衰陰氣日盛究不知盪平在何日也家兄植之先生學行久為先生所敬往歲戴存莊曾以行狀乞為傳誌伏求暇時一揮俾可信今傳後且不

驗

朽平定無期何日得相見也臨楮神馳不宣

與曾生先生書 咸豐己未

去歲夏季奉書後以家累未得來東開歲八日啟行二月十四日始至東省謁見竹如先生乃知先生前十數日始往膠東也心性之交不在形迹然久離而不得一合實深悵然且自先生別後曾岑厚子諸先生俱逝考業無由進修日懈雖窮經研史亦常內反之身心外驗之事物於此理間有所得而無可就正終不免疑似難安是以今歲決意棄家而出爲問學計非僅爲衣食謀也相隔數百里未知何時得一合并念甚望甚竹如先生持示先生辨論諸書始雖不離舊説既乃折衷至是終則日就精微朱子贊張子

勇撤臯比一變至道精思力踐妙契疾書先生近之矣而先生顧
不自足以心性說周子書註劄記留示宗誠細玩數日精深微妙
獲益無窮其一二未安於心者謹别録以求是正夫學之不講數
百年矣然誠以爲不講之害在一時講之而不得其真不踐其實
不求其源不會其通其害則在於後世且講學盛行之時間有一
二人講之稍悮其害猶小何也人未必以其所講爲法也惟正學
衰息之時而一二人開之一有悮焉則後之承流踵謬者其差豈
止毫釐千里耶且與後世好辯者以口實將始雖明而終復晦不
可不慎也今讀先生後來諸書於心性之辨極明愚意既真知性
之即理似宜實致窮理盡性之功不息而久自能義精仁熟而至

隱

於命所謂但知下學而自然上達者此也上達別無工夫至命亦別無工夫若既知性之即理而不極窮理盡性之功惟時欲形容最上一層是即助長之蔽索隱之病夫索隱之隱與費而隱之隱所爭正自無多只為離費而索隱則其隱乃隱僻之理而非中庸之道也顔子仰鑽瞻忽之時亦深知道之無窮盡無方體只為尚未於實處體察而力行之故雖極意探索猶屬虛見及博文約禮竭才之後然後真見道體之卓然而猶曰欲從末由者蓋功夫至此惟默識心融乾乾不息俟其自熟而已非可强湊泊也非是直下承當便可為一蹴已達也況使博文約禮之功稍有未盡則所謂卓爾者仍屬虛見而可遽直下承當乎古人所謂直下承當如

請事斯語之類乃承當工夫非承當道體也道體在心不待承當只須用功熟耳先生神無生死之説以爲不可偏於求心亦不可偏於守理而必求明夫性理心神合一不二之體直下承當不可不自信竊以易言一陰一陽之謂道蓋指造化所以然之理而言也陰陽不測之謂神蓋指造化之理之妙而言也故又曰神也者妙萬物而爲言理之妙處即是神非理外别有神而待於合也人之理原即造化之理人之神原即造化之神但孔子只曰立人之道曰仁與義以上合天道之陰陽而已子思只曰盡其性以盡人性盡物物性然後可以贊化育可以與天地參而已孟子所謂過化存神聖而不可知之謂神亦是就此理之自然不可方物不可

擬議者而言存神謂存此渾融天理之妙耳聖而不可知之謂神
乃聖人義精仁熟至於其極不可思度耳中庸曰至誠如神亦謂
誠至則自明與造化之神無異耳重在誠不重在神皆非以性理
之上别有所謂神而有待於合也且此皆聖人分上事非學者分
上事學者惟有窮理盡性不息而久自能神化貪言神化則必不
能窮理盡性今謂性理不合之心神仍是拘蔽專言性理仍未見
本心之全量此非躐等務高之見乎吾恐將來學者聞此心性影
子而貪於神無生死之一言仍不肯下學窮理以求復其性即或
有窮理盡性亦不過以窮理盡性為借徑以求其無生死之神而
已矣豈聖人之學耶然則不去此好高之見則前心述一書固合

三教為一今復求性理心神合一不二之體而尢以神為究竟若
惟恐人之偏於守理者是仍三教為一之意特改頭换面[易名目]而[出]耳其
流之弊豈可不慎近與竹如先生日夜講明讀其答先生諸書無
一不精通平實若先生之書精通則有之平實則未也所辯之理
仍是總滙之理而非隨事精察而力行之理所言窮理仍是窮原
頭籠侗之理而非即物而窮其理之謂則辨心辨性終落空虛也
夫立言平實而不精深使人學之猶不失為君子精通而不平實
使人讀之心馳於高妙其終未有不歸於異端者且信心一説尢
為害道孔子只言信而好古未至七十不敢言從心以其不能不
踰距[矩]也古人只説信道篤而自知明不曰信心漆雕開曰吾斯之

未能信夫子説之今曰信心又曰直下承當其貽害不亦大乎總之道理既見及此説及此不患不高妙惟患不樸實不憂不精微惟憂不中庸誠於道體體認最粗平日讀書勉行大抵在倫物上致力時時處處為反本之學而已去先生之學不啻天淵尚祈有以教之幸甚前書言近玩詩書有劄記誠去歲亦曾著詩説書説惜不得一就正也

再與曾生先生書　乙未

三月十一日接奉手書並毋不敬齋全書自序竊羨先生能以道自任而又諄諄勗誠去名譽文字之見深感於心相好二十年别離數載今幸來東而又不得遽以别後所業請正殊難為懷前月

初至此讀先生與竹如先生諸書並有留質宗誠之語不揣僭妄敬陳鄙見未知已達覽否此次來東得竹如先生爲宗主先生既獲其益曉然於心性之辨與從前誤入佛老之失矣誠日夕相親亦覺向來剛躁之氣褊淺之衷漸次可以變化不勝大幸惟性拘力薄雖不敢不勉勉以求斯道然終不能如先生之以道自任耳數日細玩毋不敬齋全書序歷叙所學之迷悟剖析精微誠有進於往者惟覺立言尚未盡善敢以所疑質之未必當也序前歷引濂溪明道橫渠朱子皆先深入佛理而後悟其非以歸於孔孟之正所以引起自己數十年之功亦然竊以周程張朱之前佛老之說盛行孔孟之道不著諸賢以豪傑之資奮然有志於道不得其

門故不免先悞入焉此諸賢遭時之不幸也其後反求諸六經而始有見於道之真因嚴辨之細入毫芒不容淆混益深懼後人之不知其害而悞入之如己也深欲人之確守聖教而篤行之不可躐等務高而反陷於異端也今先生乃曰惟其入之既深是以剖析疑似最細不入虎穴焉得虎子若以此爲諸賢之幸者又以己之所學亦同於諸賢若以此爲接道統之傳者其餘自朱門諸儒以及有明　國初諸大賢確守程朱者皆以爲未透若深惜其不先從佛老入手是以謂其於向上一事茫然未之聞並疑由程朱立論太謹防之太嚴之故此種語意雖是斥佛不可從似仍不免爲佛張幟何也自孔孟後直接道統者唯宋五子而五子皆先從

佛入而後悟其非而歸於正今先生之以道自任者其所學次第亦然然則雖從佛入但後歸於正即可為傳道之大賢則何妨從佛入也況以其餘諸賢不知佛氏之學雖確守程朱者只得謂之醕謹寡過反不如先從佛入者一旦歸於正即可為大儒然則人更何為而不從佛入也且確守程朱者即確守孔孟之道者也確守程朱不得為知向上一事而先從佛入而後悟其非而歸於正者乃直接道統之傳然則是程朱孔孟之道為偏枯而必先從佛入而歸於正而後為大徹大悟也則仍是佛老高於孔孟程朱之見也名為闢佛不仍為佛張幟乎夫程門高第弟子駸駸入佛者以當時佛學久行入人心髓故程張辨之雖明終難化其舊習非

處

因伊川防之太嚴之故朱子之論尤謹門人醇謹寡過以大有明
國初諸賢確守程朱者正以其見道真信道篤過於程門諸子
處也先生生程朱之後剖析疑似細入毫芒而始猶不肯為之下
而必從佛入者正其見道不真不如朱門諸賢以及有明　國初
諸大儒處也今雖悟其非而歸於正而終存一藐視前賢之見若
自以為直接程朱此種語意非聖賢遜志之氣象也且既以朱子
門人醇謹寡過又惜其於向上一事茫然未知竊嘗讀西山九峯
勉齋之書矣心性之辨極明何謂茫然未知向上也孔子曰下學
而上達上達者上達天理耳又曰君子上達謂君子循理故日進
於高明耳然則謂朱門諸賢不明心性不循天理耶則其書具存

其行可考似不得而誣之也謂其醇謹寡過確守朱子爲明於心性之辨循夫天理耶則所謂不知向上一事又何所指也有明國初大儒確守程朱者誠向佩服薛胡張陸四先生其守理而未能化則有之謂其以拘迂矯揉爲敬其書具存其行可考未之見也先生能實指明之乎以誠觀之諸賢造詣實由可欲之善有諸己之信充實之美深造而有得焉特未至於大與化耳實能擇善而固執之特未至於從容中道耳不得直以爲向上一事茫然未知下語太重將令後之學者必舍此而别求向上一事也夫性即理也敬即所以存天理也知性既真則其主敬持敬也自不敢或放戰戰兢兢戒慎恐懼整齊嚴肅人見之未有不以爲拘迂者氣質

難化渣滓難融即已行之亦未有不先拘苦矯揉者必至於堯之欽明安安孔子之恭而安乃可免於拘迫然此非可强為也强為安安即入放蕩諸大賢之間有拘迫者正其見之真守之嚴不得以為認敬字不真也序中所引涵養主一敬而無失即未發之中之說固先儒敬字精粹之義然專以此論敬太近自然恐仍為異端之所假借而學者仍無所持循凡此皆立言未圓亦是求高求深求精微之過竹如先生亦覺如此未知先生以為何如夫前此所著心述未悟真理雖立言有弊後之儒者猶或不從今既歸於正而立言稍有未圓後人以為此先生見道後之言奉而行之其害更大也伏祈先生精心察之又前所著周子書註劄記讀之深

契於心亦有一二不能無疑者謹附質之尚希賜教為幸

與徐晉生書

己未

去冬兵潰倉卒離散誠携家星夜流轉懷甯山中幸未與賊遇行篋中所帶諸書亦幸未散失數日後回依西鄉長姊家尚得與兒輩温習舊業續著俟命録一卷編輯顛沛餘生録二卷為詩文十數首凡四十餘日道路通乃回柏堂先欲挈家東行至是資斧盡矣久不得足下消息今年冬在保定見貴族鵬始知足下流寓關中十二月二日復奉到手書益思懷想久不與足下快談得之不啻英爽之氣落我前也足下閲歷既久深知世事之難為近以立定足跟豎起脊梁八字為真實下手之地窮通得失澹然寡求讀至此欽佩無已鄙儒寡識豈能更有所策勵為足下精進之助者然承厚意不敢默默竊以為學問之道必先致知窮理而力行之理未明

懷隱

則義未精所謂立定足跟者不免於執拘豎起脊梁者不免於意氣理明義精而力行之循吾性分所固有盡其職分所當為則立定足跟者乃可謂特立豎起脊梁者乃可謂當仁果如是則凡遭安時處變遭時處變順自不過素位而行而不為好高苟難務求外名之事自必能安時處順度德量力而不為計功謀利行險僥倖之圖是豈忘懷世事哉君子篤信好學守死善道其當隱當見之時義固如是耳至於用世之大經尤以知人為急然而知人不易也君子率性直行務求心之所安而不飾於外往往不滿於小人之口小人善為媚悅一切順人之意故雖自古才智之士見小人則易悅而見君子則心疑往往不覩其實行卓然可師而但見一二小人詆毀

陷

無根之談遂不以其平日之言行相較而決其必不然而反隨聲附和淆亂是非此古之君子所以難行於世也以司馬公之忠而目為姦以程朱大儒而毀之至不可為人其他則又何説今之才智之士自負欲擔當一世然吾見其喜與媚己者處而甚或附和小人無根之言以詆毀君子吾不知其設生於宋之世見詆毀司馬程朱諸子之文言之鑿鑿其果能不致疑於諸公否耶其果能不附和之以為談笑之資否耶此於君子無損也而於知人之明則大有缺陷矣幸其未得用於世也設以斯人當國家重任其果能辨别忠邪而不為小人流言之所惑耶以君子之特立獨行章明較著者且或隨小人所毀而毀之彼未成名之君子其又能真

知其賢耶吾深爲之懼也是其根源無他致知窮理之功不嘗實加之意耳足下之才智不特吾鄉之傑私心實深重之往在山中諸與足下書所以箴砭足下者莫非本原之論今聞足下將出而問世故復以窮理知人之言進其言似迂而舍是皆浮末也宗誠文章學問全不足言立身本末願承來教益加勉勵以副厚望雖然人之立身本末文章學問無二道也學問所以精求乎理義之原學文章所以發揮乎理義之實然必立身本末依乎理義而行然後其見之學問文章者理義充沛而真氣彌滿可以歌泣乎鬼神而感動乎人心之善若立身無本末則其學問必偏僻不中而其文章必客氣虛憍外強而中乾斷無理義之光精忠毒之深情悱

惻足以闡發藴奥而深入人之心脾也孔子曰不知言無以知人孟子尤以知言為學術之大端是則善知言者即其文章學問可以知其人之立身本末畫而二之非知言也宗誠初為學時本不愛文字以為文者明理而已矣理足則辭文故專為窮理之學幾二十年因之以悟文章之妙然所見於文者不過讀書有得與見聞忠孝廉節名儒循吏之事蹟骨月朋友之至情懷不得已因本其中心之誠而發為文冀以激勸於後世久之成帙人遂以為能文其實非也少遭閔凶先人早逝遺喪六七心志枯槁遂絶意功名尤寡交游喜徃來山林寂寞之地徃歲居茟溪每逢明月之夜即徃登城西北二山古冢纍纍殆千萬予獨行獨止蕭然意遠以

卷聊

為上天下地與吾此心同一光明不覺大樂登眺嘯傲阡坎上歎四擊始返又或黑夜居先人厝室中四無人聲擺俯仰自如一如依膝下葬事既畢避亂山中生死久付之度外惟義憤鬱積無可如何不免見於文字以發其憤久之意氣銷磨遂專力窮經著書積至數十卷此皆無聊之極事耳足下以為千秋大業尤誤也性喜扶持善類獎誘培養人才以助天地之正氣在山中日則與諸生講論薄暮即詣族孫和甫家與其父子兄弟暢論天道之消息人事之感應學術之原流文章之奥妙與夫家常情話無所不有亦至四鼓始返山徑間隔二里許中無居人常跣足越三深溪山曲迴環前後呼之不相應性又不喜燭照喜黑夜獨行遇大石即仰天而

卧膽

驗

卧時撫心自問可以與天相對否山中人無不以為奇壯誠之胆誠亦不言其所以然嘗笑世人多畏鬼見鬼則號不知鬼何足畏世有殘害君子之人未嘗聞有妄擊君子之鬼不知畏人而反畏鬼可謂不知所畏也誠之行身本末如是而已惟生平率意直行好盡言勇擔當以此常為時人所忌然自反誠不免意氣用事有自取之道非盡人之不當也近來於理氣理欲之分常深體驗更覺親切欲不必私欲氣不必亂氣即人理之所當為當言而吾分際之所不當為不當言而銳意為之言之雖似公正而實動於氣雖於欲非循於天理之自然也理之自然者行所無事因乎時義之不容已徒以一己之意而強為之非氣與欲而何耶辨之不明

克之不力雖能殺身未足以成仁雖能舍生未足以取義自謂剛强不屈實皆悻悻自好之類也於聖人之道奚當耶然誠雖知此終不能自制為人之熱念有觸即發即不感觸亦時往來於中不能自已足下其何以教我也誠與竹如先生久處涵泳義理之功深得其益擬來春挈眷北上然計資用不易誠性恥於求人是以終未敢決玉亭超然名利之外洵吾輩中畏友誠有書與之未得覆函里中七月間東鄉殺賊數百人旋遭大掠未審斗垣心錯家消息字陵明府不相見者十八年矣在關中近狀何如為致意

與黃子壽太史書 庚申

與足下交一年餘矣孫陋寡學深得足下切磋觀摩之益今將別

去而有一事蓄之胸中二十年未嘗輕與人議可否今願就足下質之前聞足下言郭筠仙太史將歸楚南過足下亦願足下與議之也考三代以前聖賢之流多生於中土春秋戰國時楚以多材號為大國雄於南方然聞聖賢之道者蓋寡焉孔孟之徒幾遍於列國而楚人未聞或有慕而從之者蓋三代時楚遠在蠻方聖王之教澤所不及春秋以後楚地大兵強漸通中夏然但思與上國爭衡角立而不知求明先王之道以行之雖以子文叔敖輩才不世出而皆不能脫功利之習其他超然出於功利之外而以求道為志者又多自為一端而異於聖人如老聃莊周許行之流豈非異常之傑哉以不聞聖人之言囿於地習故雖欲求自表異而卒

不可與入堯舜之道則甚矣豪傑之士之難得也誠嘗求之三代
於楚得二賢焉皆聖人之徒也其一為陳良當戰國時聖人之道
不絕如縷況楚自開闢以來未有言先王之道者功利橫流異端
昌熾而良獨悅周公仲尼之道北學於中國孟子稱為北方之學
者未能或之先夫以北方學者涵濡聖人之言既久尚皆不及良
則良之成就可知矣當時良之言行風采必有傳者故孟子生於
鄒猶得聞而慕之以為豪傑士惜乎其時學絕道晦門人惑於異
說師學不傳遂至於後泯泯也然每讀孟子數言令人氣為之增
而神為之往竊以為以聖賢之學開南方者實自陳良始可不思
所以表章之乎其一為屈原當春秋戰國以後君臣大義不明中

慘纏纏

賢繩

夏且然何況於楚原獨正道直行竭忠盡智信而見疑忠而被謗皭然泥而不滓死而不容自疏推其志也上可接殷之三仁而下開數千年忠臣義士之首遺文疾痛慘怛令讀之者無不生其纏綿愷惻之心而長人忠義之氣且堯舜三王之道戰國時無述之者楚之人更不知矣而原之書獨曰三后純粹曰堯舜耿介曰湯禹儼而祇敬周道論而莫差一篇之中三致意焉非真知聖人之道者乎其事君也曰舉賢才而授能兮循繩墨而不頗曰皇天無私阿兮覽民德焉錯輔以君德賢才為重則得王道之大醇也其自處也不曰民生各有所樂兮予獨好修以為常即曰苟予心之端直兮雖避遠其何傷不曰善不由外來兮名不可以虛作即曰

聊

參

懲違改忿兮抑心而自强不曰內惟省以端操兮求正氣之所由即曰寤從容以周流兮聊逍遙以自恃曰好修曰端直曰懲違改忿曰端操正氣曰不虛作曰從容是皆聖學之切要也不曰忽奔走而先後兮及前王之踵武即曰伏清白以死直乎固前聖之所厚不曰依前王以節中兮喟憑心而歷茲即曰孰非義而可用兮孰非善而可服不曰指蒼天以爲正即曰舍五帝以折中不曰竭忠誠以事君即曰一心而不豫重仁襲義兮謹厚以爲豐曰德曰仁曰義曰中曰正曰忠誠曰壹心是皆聖道之精微也至謂蘇世獨立橫而不流秉德無私參天地兮則所謂獨立不懼遯世無悶之君子不過是焉又謂道可受兮而不可傳其小無內兮其大無

根超無爲以至清兮與太初而爲鄰則非有聞於大道者烏能言
之洒然如是耶惜乎世人第以詞宗稱之而不知實戰國時之中
流砥柱且躬行聖道之人而非尋常之忠義可比也竊嘗以爲陳
良乃聖門之狂屈原乃聖門之狷而皆可謂無文猶興之豪傑以
之奏請從祀孔子廟廷寔無愧焉或曰良無著述是不然從祀以
德不以言孔孟之門無著述者多矣林放公明儀不過名字見於
孔孟之書而皆得從祀而如良之賢爲孟子所極贊似萬章公孫
丑諸人皆所不及諸人得祀而良反不得從祀焉豈非憾與或曰
學宮從祀以講學爲主原忠義之士一節之長於例不可是又不
然夫學者所以明人倫也人倫盡於身方可爲聖人之徒豈專以

密

纏纏

講學爲重哉我　朝從祀前儒如諸葛武侯陸宣公韓魏公文丞
相陸樞密皆以其精忠大節合於聖賢之道從祀學宮以爲法於
後世豈專取講學者哉況原乃開萬世忠義之首而其書又多明
道之旨乎武侯之從祀也以鞠躬盡瘁數語文丞相之從祀也以
衣帶銘數語而原實兼之無不及也或又以原之書多怨憤是更
不然孟子曰舜之號泣怨慕也孝子之心爲不若是恝又曰小弁
之怨親親也親親仁也夫原之怨亦若是而已矣是正其仁義
根於心成於性纏綿固結而非凡人所可及者可以此議其從祀
歟是二賢者私心慕之恨不得以此議上達且奏請之例必歸本
省大吏足下如以爲然卽商之筠仙太史田楚時語胡駱二中丞

與曾侍郎以爲何如夫古今議從祀者多矣而皆未及此二賢誠得大君子表章之於二賢無加也其於人心世教或亦不無小補維足下察焉

再與黄子壽書　庚申

昨得復函以誠所論陳良屈原二賢當奏請從祀深以爲是然又謂陳良信無議矣但恐部議以朱子楚詞集註序抑揚其詞必據是以駁屈原誠亦素慮及此然嘗思之三代前從祀諸賢必折衷於孔孟三代後從祀諸儒必折衷於程朱此定理也配享之賢必以其道合乎中庸爲聖學之的傳而不可濫及從祀之賢則以立德立功立言有關於性情倫紀綱常之大或狂或狷或賢或智第取

其可以廉頑立懦而不必盡爲道統之歸此定則也是故聖門如
冉求宰我申棖嘗見責於孔子公孫丑之徒嘗見責於孟子皆不
廢其從祀彼得聖人而爲之師尚不免有踰閑之舉違道之論而
原生於蠻方亂世學絶道晦之日無聖賢以爲師表而性情倫紀
綱常之地乃能幽獨不欺其心九死不變其志而可以微文末節
苛求之乎朱子以爲不合乎中庸特論道之極則以示學者耳謂
其不知求周公仲尼之道而馳騁於變風變雅之末流特以其未
能如聖人之致中和故忠而至於過哀而至於傷耳是深痛之而
非貶之蓋朱子以道統自任著書垂教自必示以中正之則而不
能不指其小失使學者知所以裁之然而稱其爲出於忠君愛國

諂服

之誠心足以發人天性民彞之善而增夫三綱五典之重不敢以辭人視之則所以尊之者亦重矣且傷夫後之讀其書者或以迂滯而遠於事情或以迫切而害於義理使原之所為抑鬱不得伸於當年者又晦昧而不見於後世而自謂能見古人於千載之上而死者可作亦足以知千載之下有知我者則其所以往復流連愛慕之者亦可謂至矣必謂朱子有抑之詞遂不可以從祀則如董子文中子韓子歐陽子司馬溫公諸賢朱子亦皆有不滿之言而於文中子直謂其自納於吳楚僭王之誅於韓子直謂其敝精神靡歲月讀其書往往出於諂諛戲豫放浪而無實即所原之道亦徒能言其大體而未見其有探討服行之效又嘗譏其未免乎

賢壤

貪祿之私則二子所犯之過似皆不及原遠甚而皆從祀何歟也歐陽濮議溫公疑孟及以魏為正統揚雄為大儒朱子所深以為不然而皆從祀何也至謂原之文或出於跌宕怪神此則韓歐二子皆不能免而左氏春秋傳尤多犯之以蕪穢聖經而從祀何也誠以從祀不似配享第取其大而不能苛其細必盡得中庸而後祀焉則所從祀者宜寥寥矣若平心論之原之行雖未盡合乎中庸原之言雖未盡可為典則而自顔曾思孟周程張朱數大賢之外實多有不及原之賢者如能反復陳奏得行寔足以振綱常之氣在今日尤多裨益即或不行而此議留於天壤間亦或使後世有行之者君子立言不必盡為一時也且誠嘗思聖廟配享從祀

尤有可議者數事如周程張朱五子實接孔孟之心傳皆當升之堂
上以並四配十二哲及從祀諸賢儒皆當稱先賢先儒某子之位
不當稱名其或慮同姓無分則以其謚法或號加於某子之上以
別之似亦可也既以賢儒祀之而稱其名於木主之上甚非禮制
從祀兩廡位次自上而下東西相對今各處錯亂或後來所增唐
宋先儒而學官竟置之末座誠在山東瞻仰府學曾請竹如方伯
釐正數座昨在保定瞻仰縣學尤大駭異以湯潛菴先生為東廡
首座其他無不倒置者則他省大畧可知矣此亦必宜改正者也
足下將來出山後遇可言可行之時望取鄙說加之意焉可乎率
復

賢

改入外集

與黃子壽書　庚申

前得手書欲明年振興蓮池講席此斯道之幸後學之幸聞之敬佩無已感此盛意願效區區竊以振興學術先須示以期向之往人古者立學必釋奠於先聖先師後世學宮專祀孔子而自顏子以下先賢先儒德足以冠天下功足以澤後世者俱配享而從祀焉其法美矣至矣無以加矣書院為興起人才之地本於宋明諸君子講學之遺風近世但為課文之所逐利之場殊失其實世道之頹士習官常之壞根原皆由於此足下願振興之則莫如使課文諸生知有本原之學而欲使其知有本原之學則莫如於課文之後進諸生之賢者而告之使其請於大府立一府先賢之主祀之

中堂每課期點名後身率士子肅以拜興其仰止鄉賢之志足下亦以書與大府代為請之此事但在大府主持不事上奏斷無不可徽州紫陽書院中祀朱子而以其鄉後賢配焉蕺山書院祀劉念臺東林書院祀楊龜山高顧諸先生桐鄉書院祀張楊園如此之類指不勝屈誠嘗謂有心世道者當由此類推而廣之省城書院即祀一省之大名賢一府書院即祀一府之大名賢一州一縣亦然使課於其中者皆其後輩及其子孫似乎易於觀感蓮池書院蓋直隸一省之書院也則如容城劉靜修楊忠愍孫夏峰高陽孫文正定興鹿忠節清苑張忠節清風亮節天性忠孝著於史傳實足師範百世而於振起近日人心士風尤為切近博野顏習齋

蠡縣李恕谷亦皆名儒躬行實踐惟好詆朱子又多虛誣不實不附祀可也如諸生請其附祀亦可也但事成之後作一碑記必言其躬行可師而詆朱子處不可學如此似亦足以益於士子并將諸人列傳書之以張於堂上因是事與諸生會晤時即可藉以提倡正學激昂正氣諸賢雖別有鄉賢祠然不若祀於書院足以令人觸目而警動也足下以為何如伏候裁酌

與黃子壽書　庚申

前讀大著息爭一篇深佩足下渾厚至性於古人之學棄短取長無所不包而不為固陋囂爭之習然誠竊有請者學問之道必有所宗孔子祖述堯舜憲章文武孟子願學孔子此大學所謂知止

而後有定者也所宗在此其他前言往行亦皆可博取兼收以當
其德是則孔孟所以為大乎然雖博取兼收而其異乎正道者亦
未嘗不嚴辨焉以防其歧途悞徑初非不别同異精粗是非含混
以為大也吾人之學當以程朱為斗極其餘漢唐諸儒之於經保
殘守缺傳注箋疏其於訓詁名物典章制度實多有功於經學為
程朱之先導自當擇而取之宋明以來諸儒之書有補於程朱與
其立異於程朱者亦當擇而觀之析其非而取其是至於近世為
漢學者其中非無可取而要其本原則非足下以為義理者道也
考據此道訓詁此道也竊以為孔孟而後訓詁考據則漢儒及今
世為漢學者頗有所長然亦間有穿鑿附會細碎之失則正以義理

不明故也義理之學惟程朱所言精微中正而真實無妄其有所考據訓詁之處乃真爲考據此道也訓詁此道也漢儒之考據訓詁雖爲明經實爲破道而況今之爲漢學者力詆程朱其考據訓詁雖可節取而其害道之言有不可不辨者若混而言之曰漢宋無分精粗一貫殊途同歸則恐入於博雜粗疏豈能與於大道乎足下謂漢學如呂文節宋學如羅忠節大節皆同而不知其中實大有辨蓋人有氣質之美有學術之弊文節好漢學而不詆宋儒此其氣質本佳而又嘗讀朱子書故能見危致命大節不渝然以團練大臣全無所爲未嘗不由平日學術駁雜之蔽使專講明朱子義理之學則其成效豈止於此若羅公一諸生耳未奉　朝命

起義師於湖湘之間隨曾侍郎轉戰數千里練軍愛民事事可法
雖不幸陣亡於湖北而至今立功之將吏多其門人及其部下昔
李公續賓克復桐城誠與其兵士談次乃知李公為羅公部將其
兵士曰節制之師羅公第一曾公次之李公又次之予輩從此數
公死無憾也言之泣下誠竊以李公用兵已為今所罕有而羅公
尤上之則其為忠豈呂公比哉是固其氣質之優亦以其自幼專
宗程朱之學實求體立用行不為異學所雜故也足下概稱之悞
矣又謂學以言乎道也期於實踐而已誠然誠然然實踐必先真
知真知必由於講學之不悞不然其為實踐同而是非精粗或大
不同者在也足下又謂今鄉學者寡舉世以儒為詬病異端之熾

如而為吾儒害者猛於佛老烈於楊墨於是作息爭然足下亦知今世以儒為詬病起於何時何人異端之熾如天主邪教之入中國爭相傳習國勢之弱受制於外夷何故竊以為漢學諸公亦不得為無罪也蓋自　國初毛西河輩力攻道學而尤詆程朱著書以倡邪說嗣後海內高才碩學皆染其風沿及乾嘉之間朱笥河紀文達阮文達輩又以漢學為大官以名利勢位奔走一世之名士專與程朱為難於是程朱所著諸經不過為科舉業之用而已舉一世未有講求其實理實用者也正道衰而後邪教入舉世以道學為迂闊所以忠孝不知經濟不講以致釀成大亂而不能制足下可不求其端而反其本乎惟察之

與張性淵書　辛酉

性淵足下僕來大梁遍訪諸賢以求輔仁之益然大抵所見多氣節經濟文章之士至義理心性之微學術源流之別與夫用工所

從入正路岐逯毫釐千里之差謬曾未有欲與僕深談者僕默默
自守亦幾即於汨沒頽惰矣獨足下與于絅齋一見相契合問難
之際啟發實足以開鄙人神智而大發其狂言足下不以為異虛衷若
谷甚矣足下之好學也惜僕淺薄尚不能取二君之益又何能益
二君哉然戚戚意有不可不質於足下與絅齋者今天下靡靡日
入於衰壞病根皆生於士大夫不知講學以求道其一二講學者
又或得少自足務外為名而無篤實闇然為己之真意始也不遂
志於今人繼且不遂志於古人但主其先入之言以自封而不知
道固無窮盡無方體也所以學術日益卑功烈日益陋孟子曰地
醜德齊莫能相尚無他好臣其所教而不好臣其所受教也顏子

所以爲大賢者其功在克己孔子所以爲至聖者其道在毋意毋
必毋固毋我禹之所以爲神聖者其德在於不矜不伐舜之所以
爲大智者其善在於舍己從人樂取於人以爲善孟子曰所惡執
一者爲其賊道也舉一而廢百也是故學者必先具闇然求道之
誠心而加之遜志克己以取善然後可以入道而成德至於爲學
次第不外於知行必於古人立教之言先自堯舜禹湯文武周孔
顏曾思孟周程張朱之書窮源竟委研極精微誦於口識於心藴
之爲德性行之爲事業而後所守者正所畜者大也自董韓陸王
高顧劉孫湯陸之書必皆博採兼收精思而慎擇之書所謂德無
常師主善爲師善無常主協於克一孔子所謂多聞擇其善者而

隱慥慥

從之然後所守者不離而所執者不偏隘也自司馬温公之通鑑朱子之綱目眞西山之大學衍義邱瓊山之大學衍義補諸葛武侯陸宣公范文正公司馬温公韓魏公兩程子李忠定公馬貴與岳忠武朱子王陽明諸奏議書說論治道與事之言必皆博考精思審時度勢以古準今然後有體有用而不為迂腐拘墟之學也此致知之大要也孔子曰道不遠人人之為道而遠人不可以為道子思曰君子之道費而隱離人求道舍費求隱是異端之學非聖賢之道也聖賢之道不外中庸庸德之行庸言之謹慥慥篤實是為用功之眞際朱子曰道者日用事物當行之理皆性之德而具於心無物不有無時不然若不窮其日用事物當然之理而力

左氏之傳司馬遷班范歐陽氏之史

馬貴與之文獻通考

及歷代名臣碩儒

行之以求全其性之德而但求之於心則是後世心學之流弊微
特非聖人之教即陸王亦不盡如是也觀其修身齊家事君愛民
忠孝仁義之大節經濟之大用爲何如豈但求之於心而已耶此
力行之大要也夫學古人者貴得其所長而不可徒從其所短孔
子曰回之爲人也擇乎中庸得一善則拳拳服膺而弗失是則拳
拳服膺必先擇乎中庸而後可也又曰誠之者擇善而固執之固
執之先必能擇善而後所固執者爲不謬此朱子所以解致知在
格物爲窮理也窮理而後能盡性物格知至而後能意誠心正身
修不然雖曰爲善去惡恐其所謂善者猶非善也理具於心而不
可謂心即理必窮理而後心明必循理而後心正理與心合乃聖

脈

人成德後之心而不可認吾此時之心即理也認心即理而不用格物窮理之功遏欲存理之實則卑者必入於固陋而高者必入於猖狂此孔子自十五志學而立而不惑而知命而耳順七十年知行並進而後敢曰從心然猶必曰不踰矩焉未敢但云從心也顔子克己復禮爲仁久之而後能其心三月不違仁如心即理則心即仁而又何不違仁之有哉君子之道譬如行遠必自邇譬如登高必自卑孔子曰下學而上達貪高遠而未盡下學之功則自以爲上達者終屬虛見非真達也下學上達非二事亦無二候下學一步即上達一步故朱子曰但知下學而自然上達此聖賢之真脉也中庸論性道極精微矣而實不外於喜怒哀樂子臣弟友

之間達道達德之際未有舍人事之理而貪言高遠者也天道人
道雖並言之然非二事天道指其本原而言之也人道指其
之資而言之也盡人道即是天道做工夫即是本源不可分言本
原也上天之載無聲無臭至矣然非別有一無聲無臭之道也蓋
謂道並無聲臭即在此人倫日用事物之間人能盡此道而至於
渾化無迹是謂不顯之德是謂無聲無臭佛老將道別作一無聲
無臭之物事看所以歸於虛無也後之儒者舍理而言心舍窮理
循理而講學其弊往往至此足下與絅齋生濁亂之世懷高志卓
識毅然欲以聖人為歸則不可不擇其途曾子曰士不可以不宏
毅大學開始教人即曰欲明明德於天下必具此規模而後可謂宏

聽

至其進學之功則從格物致知誠意正心修身起有此造詣然後可謂毅而尤須以中庸末章闇然下學為心以造至於達道達德無一之不誠為究竟乃為聖學真血脉也勿存見小欲速之規勿為道聽塗說之學勿作躐等務高之事勿懷厭動求靜厭繁求簡之心異日學成用行舍藏必將於世道大有所賴是則區區之所望也愛重之至敢獻芻言祈與絅齋裁之

復吴桐雲觀察書　乙丑

得手書知殘孽入闈足下欲徃佐左公士遇知己得大展其才志此其時矣駐軍之所當以訪求人才為先不必其果有大才也但能知順逆之義固窮守節或讀書明道理解文學者皆天地精英

所聚搜羅而愛惜之是即爲天地扶持正氣暗中亦可銷滅賊禍
也委序集外文自慚蕪陋未能承命惟集中有欲獻疑者不敢不
盡其愚夫學問自孔孟後得北宋以來數大儒倡明闡發然後其
道大光惜其時君不能用故退而講學著書明天理而立人極由
宋及元明以至我朝學者宗之其真能守其説者大抵爲臣必忠
爲子必孝或爲循吏或爲名臣或爲名儒或爲獨行之士得之雖
有精粗成就雖有大小而實皆由北宋以來諸大儒倡明正學之功也
明之陽明講學未醕而事功彪炳能以儒術見之於用其學雖不
宗伊川及朱子而於周子及明道先生常服膺之是其事功之本
原亦未始非得力於北宋大儒也特諸儒未見大用故事功不著

陽明幸而見用故得獨成其名今足下與田鼎臣書謂陽明一洒
北宋以來數千年空談理學之弊何不考之甚也夫周子張子及
明道先生皆沈滯下僚伊川先生以布衣老始一遇而旋即棄黜
向使神宗以任荊公之專任明道則不但無新法之害而觀其上
殿諸疏請修學校尊師儒取士論王伯論十事諸劄子所以輔君
德養人材之法雖復三代而無難使伊川久居經筵培養哲宗之
德性而生其知人之明則後來紹述之禍可以不作朱子當孝宗
寧宗初立所上諸封事何一非切時之務使當時用為執政則不
但可返南宋偏安之勢而其設施舉錯漢唐極盛之治亦必不能
及焉惜其不用使世不見真儒之效然即其所已施者固亦非他

人可及也且夫空談理學謂能言不能行耳北宋以來諸儒皆有
實行可師不得誣以空言之弊若世不能用乃世之過於諸儒無
與也大行不加窮居不損豈可以事功成否論聖賢之優劣哉又
金陵被難記序歸咎於其民不能團練自守亦非事實世固有不
肯團練以致受禍之地而非所論於金陵當日督撫大將先棄長
江數千里於之險於賊退縮奔潰不敢一與爭鋒致賊得直抵城下
民即自守何益況民未嘗不固守十日也又與黃翔雲書中有一
二處才揚己語此不徒文字之疵乃關德性之厚薄涵養之淺深
與足下久故相契深故敢直言之望不以為罪幸甚

復夏弢甫先生書　乙丑

去歲客安慶於友人所見大著景紫堂集嘆其精博因假歸讀之
窮日夜説經考史無不允當深服其爲有關學術世教之書宗誠
游歷數省所見時賢著作罕有及此者也自念與先生生同時居
同方志趣術業宗向皆無不同乃以避亂遠游南北間隔不獲親
謁函丈深用爲恨崔孝廉歸承賜大集一部欣喜過望當即肅函
致謝藉通姓名於左右不謂其復浮沉也昨讀惠書謙抑之衷益
深景仰大著中檀弓辨誣考核精當實有功於聖門惟檀弓之誣
先儒皆以爲記者傳聞之誤今足下斷爲有心誣蔑之言似未敢
信果其有心誣蔑何以其中又有尊崇聖門之語耶至盡歸罪於
檀弓尤覺未安此書篇首有檀弓免焉一段記者因以名篇古書

蔑

多用此例安見其即爲檀弓所著耶欲辨聖門之誣而加檀弓以
誣聖門之罪竊恐又誣檀弓矣夫論道貴平情斅實不可稍涉臆
斷以快一時之口辨道者天下之公道學者天下之公學立言垂
世必當乎天下之公論然後即於人心之安否則開攻擊之端此
古人所以貴從善如流也述朱質疑精審之至毫無疑義學者即
讀此一書不能讀其全集而朱子一生師友淵源出處節目立朝
治民之盛德大業皆覺次第井然真大有益於道教者也尤可貴
者將朱子四十以前溺於佛老之誣反覆明辨實爲前儒所未發
此不止爲朱子之功臣并可使後世好佛學者無從藉口可謂拔
本塞源之書也三綱制服尊尊述義實得古聖人制禮之心是三

雙

○再白

書者竊以為百世不刊之作其他亦多至論嘗嘆我　朝皖南經
學卓絕古今而宗誠尤佩服者汪雙池江慎修吴殿麟三公以其
學行皆醕正無疵非僅博雅也先生諸書實堪繼武婺源為江汪
二公里居其遺書未刻與已刻而板燬者能為搜羅而表章之尤
覺有益後學先生能任其事否家兄植之先生書板不存漢學商
兑頗難覓如得之即奉寄

答莊中白書　乙丑

奉到手函謙光下逮令人愧悚足下好學多聞鄙人智識短淺何
能窺其涯涘前寄聘卿書中偶獻所疑以為友朋切磋之助當如
是耳非敢妄生議論也讀來教乃知足下之學由史而經由詩而

𧙗嫌鑿

易而易學又由漢之孟京虞鄭而歸於程傳其心得之妙則尤在於董子道之大原出於天一語以爲與孔孟程朱之道直可一以貫之進學之功如此誠前書疑其補實蠡測之見也雖然亦有説晨在貴寓足下偶示以講易文字一二篇矜爲獨得鄙意嫌其多近穿鑿不似程傳之有當於日用故因有博雜之疑夫道之大原出於天聖人之書無非所以明天理也而人之所以希天之功則全在乎即人事以窮其天理之當然即天理以見諸人事之實際所謂精義入神以致用也利用安身以崇德也若不能致用崇德雖使精義入神見於文字之間者可以取名於後世而究無當於身心國家之實用即如來書所云久而徵者宜莫如日五行七政

視爲順逆反求諸身黄中通理數語不皆求精之過乎問學之道
致廣大而盡精微又必極高明而道中庸乃爲至善過於求精或
往往失之鑿董子大儒也而不能及周程者亦以其間有鑿之弊
也足下天資高精力果然窺其著述聽其議論似尚未得虞書精
一之旨雖不願以漢學自隘而究未能脱漢學之藩籬程子易傳
之精實雖已知之涑水通鑑之大法大戒雖已周覽然恐尚未加
體究何如更取二書研窮數年以求明體達用之實學而雜詩及
漢易姑暫輟焉似當更有進詣也宗誠齒未衰氣血已耗學不加
益然一念尚不甘自棄願與足下共砥礪於修途師弟之稱幸勿
再施

與汪仲伊書　乙丑

仲伊明經足下得賜書謬以師弟之稱相加不敢當不敢當足下自敘為學大旨以禮樂二者為宗所著龠書原欲藉器以明道以為理學無空言如龠管琴徽細究皆有至理洵論學之精言鄙人前疑足下為博而雜未免輕於立論也雖然宗誠所疑為雜者非指大著禮樂二書乃謂六壬奇門術數之學似可不必致力耳夫大學論明新之功必以致知在格物為先若舍格物以求致知則必蹈於懸空想像由是誠意正心修身齊家治世之道必皆將有所不能盡顏子之學始而仰鑽瞻忽亦尚不免憑空思索孔子導之以博文約禮然後能如有所立卓爾蓋索之於虛誠不若徵之

導

於實然後有真得也然而其所謂物者要不外於身心家國之事物所謂文者要不外乎詩書禮樂天地民物之文形而上者謂之道形而下者謂之器器即道之昭著也道即器之主宰也舍器以求道則入於虛無泥器以昧道又流於術數所謂器者內而身心外而事物大而天地日月遠而古今世變莫非器也莫非道之所形也窮理者當由本及末由粗入精然後可以明體達用而為明德新民之實學若身心事物天地古今之理尚多未究詩書六藝諸史之大經大法尚多未考而先取象數之學研窮之雖曰理數相關侖管琴徽皆有至理然究覺致遠恐泥未必有成己成物之實用也矧六壬奇門又其旁出而愈支者乎其中豈無妙理豈無實

用然觀古之帝王聖賢名臣大儒所以經世宰物者未嘗取用於此也足下英年美才精心果力不專志於經史之大端而耗精神費歲月於此此弟所以欲進一言也古人切磋之意貴以相反而成詩人取譬曰他山之石可以攻錯弟請為他山之石可乎往者宗誠亦好博覽其後始知精一之學而年力已衰至今一無所成以此益嘆好學之士少時精力不可悮用惟諒察不宣

丁卯○○

與潘子昭廣文書

子昭足下前在金陵承先施並示大著存養說性道淺說死生說諸篇具見留心本原之學匆匆一談未獲繼見深以為歉然雖頃刻相接窺瞻氣象之清和言辭之謙遜非真力學而有得者不能

裏

隱睿

至今光風霽月之度猶在目前也别後雒誦大著頗覺近裡著已
當今之士孰肯用存養之功求性道之歸為死生不貳之學者足
下可謂志士矣然微嫌其於孔孟程朱之書似未深究其義理之
精微而致力於日用行事之實輙欲自立一説以補救古人而不
知實未得古人之真際也三篇之中大旨以覺言性以空譬性以
光明為性體是皆染佛氏認心為性之誤而不知性為吾心之實
理覺乃吾心之靈明覺可言心不可言性也義理之在吾心者本
真實無妄故存之為仁義禮智發之為惻隱羞惡辭讓是非見於
五事為恭從明聰睿著於五倫為親義序别信是皆真實之理得
於天而具於心以著見於萬事豈可以空譬之哉佛氏以空為性

虛

此其所以滅絶倫理而不顧也光明者心體也性不可以光明言以光明爲性是異端知覺運動爲性作用是性之説也且既誤認空覺光明爲性故即以空覺光明者爲未發之中謂佛氏致中不致和而不知佛氏特致虛寂耳非致中也謂義理之性乃得天之理佛氏所謂無生滅者而不知無生滅者釋氏自私自利之心耳非義理之性之謂也性體有所未明所以論存養之功以敬爲偏而欲補救之以寬蓋既認性爲覺爲空爲光明故疑涵養用敬之言爲拘爲苦爲汩没性靈而必以寬補之然後可以從容自在還其空覺光明之體也嗟呼是説也微特不知性亦不識敬之義矣夫敬也者豈拘苦之謂哉特常存敬畏使此心不放爲致知力行

庶

之主庶幾不離乎道耳敬之中原自寬和不待以寬補其偏以寬
補之必至流為放蕩何者誠知性為吾心之義理義理偶失即不
可為人焉得而不敬畏以存之哉敬以存之則理得心安俯仰無
愧仁義禮智隨感而見七情五事五倫之間時時戰兢自持恐懼
修省不致有差則豈不泰然無累寬然而有餘裕哉故敬則自有
寬之效而寬不可以為學也書曰御衆以寬寬之一字所以待人
非所以持己持己之道堯曰欽舜曰恭禹曰祗湯曰聖敬日躋文
曰緝熙敬止武曰敬勝周公曰敬作所成王曰敬之敬之孔子曰
修己以敬皆單提敬之一字以為主也何嘗與寬並言哉曾子曰
戰戰兢兢子思曰戒慎恐懼孟子曰必有事焉千聖相傳只有此

學此程朱居敬之旨所由來也惟居敬則不敢不窮理惟居敬則不敢不力行故曰敬者所以成始而成終豈待以寬補之哉總之明於性道之真詮則知敬爲存養之要道能以敬爲存養則自能盡性守道生順而死安孔子曰未知生焉知死又曰朝聞道夕死可也孟子曰殀壽不貳修身以俟之皆不外於存心養性盡生人之道而已無所爲超生死之説也超生死者亦佛氏之旨也足下有志於聖賢之學何不專取孔曾思孟之四書朱子之四書集註小學近思録以及六經所載堯舜以來聖賢之道細心研究身體而力行之久之行道而有得於心自然寬兮綽兮與天地同其大也何必舍先儒躬行心得喫緊爲人之旨而急欲自立一説豈不

始於誤己終於誤人也哉夫人心易放而難存即兢兢業業日守涵養用敬之言猶必有寬然自放之弊況先以寬爲學其放失何可勝言某於學未有所知特心服足下篤信好學虛心下問不敢不直陳之又細書所知於大著上下方以求指示伏惟諒察

復劉崐圃太守書 庚午

久仰循聲時深欽慕今春得瞻道範飫聞教言益欽佩無已也性識疏慢別後未及奉書敬問興居乃蒙以貴下賤惠書教所不逮並承奬飾逾恒反覆雒誦慚感交集我公實心實政惠澤及人今讀來書始知學有本原尤非時人所及惟引姚江言良知之外更無知致知之外更無學以爲直捷了當於接人處事爲宜此非體

虛處

驗功深曷能知此然宗誠竊謂良知者本心之明致知者擴充之功必於天理人欲事事分得極清無毫髮之含混然後可以為良知若但認一心之靈明則是知覺運動之知非知是知非之良知也必於格物窮理事事考究到至善之地而無一毫之假借然後可以為致知若但致一心之靈明而不知隨事觀理虛心窮理則恐認一己之意見以為良知而發之於接人處事未必到恰好地位也故論學終當以程朱之言格物致知為無弊而良知之說第可取為興起警動之助而不可為明新止至善致中和之極則械公以為何如至謂人無論學問用事氣質用事法律用事但求其真去其偽於事必有所濟此最為近裡著己之言然竊謂此以取

其

奉

處

人則可以處已尚未盡也蓋真與僞乃心術之大介不真自無可言然苟學問不得其正氣質不得其中法律不得其理縱使出於真實非有作僞而措之政事見之施行必不能無貽害身心家國之處烏得但以其真而遂謂無過也故學問必須有本末氣質必須善變化法律必須審天理人情之當否然後爲出於天命之真性否則即云爲真安知非性情之偏執意見之偏私哉至謂一行作吏則所接多俗人俗言俗事皆與所學不合竊以爲天之生民有物有則凡俗人俗言俗事皆物也與之相接總以真誠必待之以道心察之以義理審處之是即所謂則也朱子謂即物窮理則凡遇俗人俗言俗事皆可用即物窮理之功深思當何以處何以

應如是又何有雅俗之辨哉鄙見如此又未知我公以為何如尚
乞折衷至當以開愚蒙幸甚

復張性淵書　壬申

大梁別後時切懷思遠道無緣奉書詢所學之進益七月八日忽
得六月十六日手書展誦之餘具見學識日就平實甚佩甚佩別
紙論大學中庸皆就淺近實在處指點極是惟云宇宙皆此物隨
時皆可用格致工夫竊謂此物二字殊有弊天生烝民有物有則
故朱子曰天下之物莫不有理內而性情官骸外而倫常事物古
今事變至纖至悉要莫不各有一定自然之理在其中即所謂物
之則也顧物之理雖具於各物之中而實皆具於吾心性之中具

未刻

處

於吾心性中者統體一太極也具於各物中者一物一太極也必一物一理無不知之明而處之當然後吾心性中統體之理始爲純備而無虧若事物中不窮其當然之理以求至乎其極眞知而審處之則雖曰涵養曰戒懼曰致良知曰愼獨皆成空體矣故此物二字非大學格物物字正解也又曰能處處致其知乃完明明德此語亦未是大學明明德之功必兼格物致知誠意正心修身五者然後爲能完備若但能處處致其知則止是明明德中一半工夫耳如中庸所謂擇乎中庸必兼得一善拳拳服膺而弗失然後爲仁未能誠身即處處明善不能盡中庸率性之道也又曰知屬天故曰良知意屬人未必盡善竊謂此語亦未然知亦不能盡

就

善惟良知方是盡善然良知不多孟子只以孩提知愛為良知其他則不盡為良知也故致知之功必在格物能窮物之理以理為主然後知乃盡歸於善故曰物格而後知至足見物未格則知不至知不至則知不能盡善矣至謂意屬人未必盡善此語甚是然不可以此說釋誠意之意誠意之意是已致其知知得善當好惡當惡發出好善惡惡之意而言此意專指善意所患未能自慊耳故須誠其意不使有毫髮之自欺與子絕四毋意之意不同也其餘尊論皆精確可喜與足下別久能否來此一談不勝企望

此卷未刻者俱已另行抄存

栢堂集卷十一

桐城方宗誠存之

書

與戴存莊書 咸豐癸丑

存莊足下前見邑侯刊示團練章程愷惻詳明深幸吾邑將有起色及與尊翁言之乃知俱出足下之手又見爲呂侍郎所擬示稿字字痛切語語着實使果行之江南北必大有效也豈惟吾邑之幸自古欲除外患者必先清内憂欲成大功者必先固根本齊桓公即位之初即志在攘楚然先必九合諸侯招携懷遠以要結人心連合聲勢使荊楚之氣懾而後以一舉而屈之諸葛武侯爲漢

往據

畫討賊之策在和孫吳以結外援定孟獲以清內患然後興北伐之師以除曹氏之奸凶而蘇洵氏父子論六國之所以失者亦惟在合從之心不固故使秦人得以解散其黨而滅其宗書曰本固邦寧語曰衆志成城使在我者人人協力同心則奸宄亂賊亦何從間而入今　皇上洞達賊情深知政要令各省團練以本地之民誠固根本而清內憂之上策也吾邑地當衝道偪近省城外江內河可通舟楫故不能必賊之不至雖然今日之賊情非古之賊情也今日之賊勢亦非古之賊勢也古時之賊往往得邑據邑得州據州經歷險阻不圖安逸其首惡者亦往往有智謀勇略之人雖我兵有忠義勇敢之夫死守死戰而彼賊亦不難於戰勝而

頓兵

攻取今粤賊則不然得邑不據邑得州不據州貪輜重之貨愛舟楫之安其首惡者初非有知謀雄勇之才其裹脅者並非有戰勝攻取之士徒以我兵無忠義勇敢之將而大臣又多庸懦之夫先事因循當事畏縮凡賊所破皆不守而破非固守而破也凡賊所敗皆不戰而敗非力戰而敗也即如廣西湖南河南江西四省城苟能固守賊未有能破之者六合小邑殺賊數千餘賊遂遁不敢復至全州之固守而破乃劉長青余萬清頓兵不救之罪非賊之强也賊衆雖號數十百萬然皆舊冬及今春虜脅兩湖安慶一帶及江甯楊州鎮江居民非素嫺弓馬者比每有侵掠不過以虛聲恐嚇使我兵先潰我民先散而彼始長驅直入飽其貪婪而去使

聽

備賊急務

遇古力戰之將早無遺類矣被虜之民或尚念室家欲逃而不得間或苟延性命欲報而無如何或利其分給錢財或貪其美衣鮮食而又見我兵畏懦不戰雖從彼而不至於死其實非人人心服而甘為之出死力也觀竄河南一股數經敗殁即便解散可知今日賊中情勢利於水而不利於陸而我之所以備賊利於守利於戰而獨大不利於逃避欲守與戰則不得不以團練為急務何則團練者所以固根本所以清內憂也夫民情有善有惡雖良善之地不能保無奸民團練起則奸民不敢肆而內患息今邑中已練勇六百矣誠使四鄉亦各練勇三四百人日日訓練使之有勇知方設有賊警聽邑中練總統率布置或守或戰與邑中練勇俱為

隱藏

先鋒其餘各保丁壯或埋伏深林或隱藏山谷以為救應或於戰時擁衆吶喊以助聲勢或於深夜鼓譟以作奇兵使我之氣壯賊之氣餒又懸重賞以誘平民之殺賊吾知賊即至必不久而解散散而追之四鄉俱起而響應則賊有不殄滅淨盡者乎一次殄滅賊自是必不敢輕嘗即他鄰匪聞之亦必心寒胆落此所謂固根本而除外患之效也不特吾邑之福使江北諸州縣果皆如此是賊亦何能入境所患者不肯寔行耳今議者沮之其說有二曰財難曰人難夫財信乎其難也然以吾觀之非財之難桐邑西北二鄉殷寔頗多其地內與城池唇齒相聯外與舒廬潛懷接壤賊來必先由此故團練之重視東南二鄉為尤急而今歲又未受災荒

聯尤急

使殷實之家果肯破除慳吝當亦不甚竭力不然設賊至城閉而
本地無練勇助之殺賊賊有不四鄉擾亂者乎設或城破練勇一
散土匪四起鄉居者之資財可保無虞乎觀正月十九日之後非
城中有義勇擒殺土匪彼鄉中殷實已久破敗矣平時仗官威衣
租食稅當此之時乃曰城池官府無與我事不思保城即所以保
城即所以保鄉也衛官即所以自衛也若此者非惟不仁抑且不
智實甚是故非財之難而人之難雖然人亦不難得也庸人可與
樂成難與圖始惟顧目前之近而不計經遠之謀第使邑侯大振
精神勤加訓示奉行者特加奬異不率者董之以威而寔心訪察
結實公正之人委以重任於是愛名者未必不動色畏勢者未必

往陷

不心驚況足下經濟謀猷爲鄉人之領袖誠能不惜精力倡而行
之不中道而退不因難而阻不務美觀而務求實用則亦未始
不可有成也是故財非難而難於人之吝嗇人非難而難於人之
懷私苟以公心倡之亦自必有響應之者豈得徒以人難財難遂
日事敷衍而已哉雖然誠尤有憂者憂不在外患而仍在內奸憂
並不在內奸而即在練勇團練不成固無以攘外寇團練既成又
何以消內憂夫鄉勇與兵不同兵有將可以嚴立法程勇雖有長
而同鄉同里無上下之分難以調服況今官所招集東鄉周軍左
田數大姓素稱桀傲不馴雖交命之管轄而自以爲與之平等往
往不盡率其教設有賊警命之雖衝鋒陷陣安知果可調用耶或

小有剉衂安知不散布民間為患害耶此無他命之之權不足故
也足下既與呂侍郎善何不作書詳言情形勸呂公或保奏命之
小嵩不然即勸呂公札諭二人統領一切練勇俱以軍法從事則
二人為有權矣夫以二人之誠實公正奮勇殺賊亦當世之所希
也如再使之有權得以自便而足下所見及者又可以密啓直陳
補其偏而救其弊則邑侯雖庸懦諸紳雖掣肘練勇雖桀傲皆將
不能為害是不特於地方有益即他日既奏膚功二人由此為
國家用亦不得不謂之為　朝廷得人也此舉出弟之私衷惟足
下裁度焉當今人才難得如足下之見事曉暢勇於有為誠可謂
之國士然亦有一病往往遇義感激興致勃然稍一棘手即意氣

消沮是所謂勇而無剛者恐非至美之德也天地間事皆分內事苟我所能言我所能爲又無他人可以代爲者則其責在我不得以世俗顧忌之私而中止也顧忌中止則計較之心日重久之漸使浩然剛大之氣消沮而不伸其害匪細人之生世不過數十年又況遭際時艱後事莫必若不挺然自立留此真血性與千秋萬世相見則亦枉此生矣平日著述等身聲名洋溢皆於己無涉惟此真血性乃歷劫不磨者也久不見無知己可談義憤感激遂發狂言惟採擇焉

與馬命之書　癸丑

命之足下前日偶於城市見縣尊頒示團練十条愷惻詳明恩威

條日存

廼

監賢

並著竊以自去歲設局團練以來雖城中董事諸君日夜焦勞辛勤訓練每聞賊警足下與小嵩奮不顧身整旅防勦以致四境安然賊不敢偪而鄉間團練尚無成效者則以前此未有賢父母設立章程開誠布公激其忠義之心作其果敢之氣也今縣尊新涖此邦帶疾視事不惜一己之性命計安合邑之身家苟具人心誰不思憤適聞數日內果有金神墩居民盤詰奸宄送縣尊一言甫出一令甫行數十里之外應如桴鼓聞此事者莫不悲恨歎呼人人欲寢其皮欲醢其腦可見原無不可獲之賊原無不可用之民吾邑既得此賢父母為之紀綱又有諸君子為之統率日後雖有賊警亦孰不爭先殺賊以奏膚功上以報我 國家下以作興

膚報聽

聽羣裹往

士氣此一舉也誠衆美之所集也今者巷議街談皆謂仁
不忍殺賊聽賊詭譎之語信爲脅從之徒聞之甚駭夫既有賊贓
又有賊具受賊之僞服稱賊之僞官此爲脅從誰爲真賊此不忍
殺必如何而後爲真可殺者且脅從未久之說乃出賊之供詞賊
情狡詐肯言非脅從乎肯言從賊已久乎使真逃散不欲從賊何
以仍挾賊贓何以仍藏賊具何以不去賊服而仍稱賊官釋此真
虜不究而聽其狡猾之詞未免墮賊之術中而懈吾民之志意異
日即真賊群至亦必束手不前裹足不往甚有奸民窺見間隙反
謂吾縣尊及諸君子畏賊不殺於是有相從作賊者矣且曹劌有
云一鼓作氣管子云下令如流水之源此皆古名將良臣決不作

密

迂濶之論今者縣尊出令數日而首先獻賊者乃四鄉居民之所屬耳目者也若竟置之不論則不特此鄉解體他鄉莫不灰心於是以小人之腹度君子者或謂縣尊吝賞或謂縣尊食言異日雖曉諭諄諄皆將視為具文而不之應一事失信其餘九事雖愷惻詳明亦皆抗不遵行無所畏懼矣故此舉雖小關繫實大乃撥亂之機致治之樞紐也昔者粵賊初起亦有探得賊信上報者鄭中丞仁柔不忍以致奸盜日滋當日所不肯殺者不過數十百人而今各省傷殘蓋數百萬矣不忍於凶惡之徒而獨忍於無辜之受禍古之仁人豈如是乎故嘗謂當今之世抱仁心者必先疾惡如讐行仁有術殺惡人乃行仁之術也即如桐邑自春至今得安恬

者豈非殺戮數土匪之效哉其中間有可原然當變亂之際而以生人之心殺人即或少過所救已廣以為陰德此亦莫大之陰德也今縣尊之仁愚所深信蓋欲希古循良之政不欲為嚴酷之行然嘗思聖王所謂德化者謂於小民未犯科之前非於小民既作奸之後既已作奸犯科矣而欲用德化不忍加戮則彼前所傷害者何辜也故曾子曰如得其情則哀矜而勿喜不曰則哀矜而勿罪且此數賊者從賊已久心如豺虎一日之德化果能使彼洗心革面感吾縣尊不殺之仁乎彼即感德亦必不能令他賊不至況其不然起解回籍必且以為大恥將恐中路竊逃要結匪類搶掠平民以來擾亂我四境亦情勢所不可測者戎之生心民慢其政

此古人所以大懼也惟一意殺之壯我民之氣悚彼賊之心賊自是必不敢來即來而吾民人人有欲殺賊之心以要上賞賊則亦無所施其伎倆矣某閉戶讀書不干公事惟時抱義憤志切同仇非爲身家寔念君國矧此事關繫大局頗重不得不言非一人之私言乃合邑之公言也惟足下與董事諸君敬祈縣父母速殺此賊以張民威速頒寔賞以示民信至其所有諸贓聽擒獲者分取禁胥役不得需索且懸示他鄉以昭鼓勵四境之内團練之衆必能奮勇百倍矣腐儒之見惟採擇焉

與邑人論城守書 癸丑

某謹啟合邑縉紳先生董事諸君及局外諸有識士君子左右啟

備陷
傷慘
振斂

者自舊歲粤賊竄擾湖湘吾邑即籌備防堵之具不幸主意未定章程未立練勇未足器械未完而逆賊已破武昌陷安慶是時在我者戰守未可恃在彼者虛實未可知是以合城四散流離荒涼婦孺塞塗黃紙封户傷心慘目不可形容而城外土匪旋起乘机擾奪縣官逃亡鄉勇解散當此之時危在旦夕賴張君小嵩首先痛哭激發義勇馬君命之起而佐之董事諸君亦旋來整理局務籌貲練勇緝匪安良城局既振其綱鄉局因助其勢群小斂迹四境安恬不得全謂董事諸君無勤勞之力也使竟由此立定規模守城殺賊共奮忠義馴致承平不特自保身家亦且功在桑梓吾儕小人當不知如何感激矣今者賊據省城正大家竭力堅志之

頓

候乃聞局中諸君唯恐人心不齊皆用無出有藉口脫卸之意而局外諸君又或各逞私見各生議論或且徒幸賊之不來或別自恃己之有窟皆欲撤散大局全無固守之心愚竊以爲皆過也夫城池者合邑公共之城池也性命者合邑公共之性命也苟人人欲保全其性命自當人人共守此城池城池不守性命未有能苟全者也某思之既熟慮之甚遠請爲諸君詳陳之我　朝深仁厚澤二百餘年而桐城貴族人文尤爲天下之望忠臣義士史不絕書可至今日遺風頓盡試問局中局外諸君或身登仕版或名顯甲科即或納粟頭銜懷才未試而遠祖近宗亦嘗爲　天朝臣子封贈之榮何自而得門第之盛何自而來衣租食稅妻子安逸車

服繩
紀振

服炫耀享誰之福即至身為士民家無擔石而仰事俯育安土樂
天子孫繩繩累世不絶者伊誰之賜也今逢　國家多難而我等
但圖其私富者吝財貧者嗇力人出已見爭鬪氣而不顧大局城
池官府勢復委而去之清夜捫心其何以對我　皇上且前此安
慶江甯揚州鎮江弃城不守受賊毒虐已有明驗六安江浦江西
河南懷慶許州固守不破已有明效我等人孰無良何不學大清
國效死勿去之義民而學彼弃城而逃狗彘不如之官吏也保得
一城即為　朝廷振作一城之正一城之正氣守得一日即為
皇上措持一日之紀綱人人如此存心始不負封贈之榮始不愧
門第之盛始足報二百餘年食毛踐土之德此其不可不守者一

傷心

也祖宗之所以與我者遺體也而我之所以報祖宗者禋祀也前聞賊之所過大家逃散賊將木主斧以斯之或投水火或弃糞土聞之切齒思之傷心試問局中局外諸君貲財妻子與祖宗孰重平日席祖宗產業以養身家藉祖宗家世以耀閭里至此之時專計貲財專顧妻子各爲巢穴以求安全而祖宗神主弃置不問任賊燒燬任賊斧斤其城居不去者亦但徼倖賊之不來而非有固守之志設有不幸祖宗木主受其穢汙他日何以見祖宗於地下此其不可不守者二也正月之行猶云我之戰守未可恃今則練勇千百武藝嫻習火藥精良炮石堆積干矛鋒利刀棍齊全蓋諸公耗精勞神將近一年合城費金糜糧已數萬計而况堅城一座

據城

賫寇兵而助盜糧

可當萬夫帶勇諸公性皆忠義以戰雖非有餘以守未見不足若
復各懷私見盡弃前功賫寇兵而助盜粮不能衛人反以害人不
能滅賊反以益賊豈非大違義理甚失初心雖曰事關天數非人
所爲而諸君清夜捫心亦豈可謂無憾也試問守志不定火藥兵
器何以貯之練勇衆多何以散之賊若據城而守何以安居賊若
一據而空土匪四起何能復制賊一來即讓設使至再至三成爲
要道又將何以各謀生理故與其事敗而圖之不如乘今日全盛
之時而圖之之爲愈也此其不可不守者三也正月之行猶云賊
之虛寔未可知今則自賊中逃出者莫不謂賊皆裹脅之徒並無
伎倆不過嚴其法令大其虛聲觀河南江西固守殺賊數萬洵哉

賊不足畏也今我邑練勇果能一鼓作氣即可一以當十況我主彼客我逸彼勞來則固守去則追剿或先伏勇河干燒其船隻搶其輜重或先伏勇山谷乘其圍城出救與城中練勇內外夾攻又約西北二鄉隨後來助雖真賊千萬亦可破滅殆盡而況脅從者多我既盛強彼必解散一次喪膽永不敢來此長治久安之策也古人云知己知彼百戰百勝夫賊猶犬耳人愈退縮彼愈狂吠人但堅立彼必遠颺若再用術以餌之便可制其死命此其不可不守者四也若曰人心不齊財用無出是固然矣自古辦大事決大幾豈能必愚夫愚婦之心皆同一氣惟人心不齊而已心自齊人心不固而已心愈固則自然一唱百和如響應聲故但使局中局

外諸君願守者先立其綱願出者聽從其便百家不去即與百家共守之千家不去即與千家共守之亟立一册願守者註名願去者亦註名而城外居民願入城守者亦註名入册不拂人情各從其志如此則人心焉有不齊至於貲用則必大家公出願守者既或出財又或出力以保此身家願去者即不出力亦必出財以保此屋宇而二三縉紳前輩或身爲顯宦或齒爲達尊或著述等身或富連阡陌既爲一縣之望必爲一縣之倡雖年力衰邁不宜勞力勞心亦當首出倡捐以副人望上以報　國家之恩遇下以振鄉邑之頹風使後進欽爲典型群情無從異議又如一二寒儒素負文望雖盎無儲粟身無完衣亦必竭力捐助使中户無從藉口集腋成裘如此則財用何

至無出至於要隘之處集賢關宜請重兵進勦王家套宜諭東鄉堵
禦至樅陽爲賊出入之區尤不可不嚴爲防守宜急請呂公委成縣
尊開倉招勇散給貧民欄河下樁阻遏船楫此於費既不廣又爲義
所當行不然我縣官之倉竟聽賊封而不問而樅陽一鎮竟聽其爲化
外之民不特要隘之憂實亦官紳之恥愚人不察以爲不可激賊之怒
不知賊之所以猖狂者以官紳多無正氣也若我之正氣既壯則彼之
邪氣自消豈可自餒其氣而使邪氣乘間而入此其不可不守者五也
夫大亂之生起於人心既以人心不公不正而招之則必待人心懲忿
窒慾以解之故今無論身處局中名在局外總宜和衷合力不可各逞
其私相視當如一家之親相顧當如一身之病則以和感和而戾氣自

不得入以義激義而邪氣自無可乘此似迂腐之談而救亂之方寔無有善於此者若不知修者不知恐懼心術善者止思自保心術壞者時懷攸人不顧大局不奮公義惜財惜力用詐用貪吾恐以戾召戾以邪致邪不有人禍必有天刑不有近憂必有遠患故不特如前所云無以對 皇上無以對祖宗無以對自心無以對桑梓即爲身家性命之計亦恐非自安自利之道也此其不可不守者六也某本無官爵僅爲貧民徒以上念 國家下憂鄉里深恐守志不定棄城如遺功垂成而復毀事無實而妄貽笑於賊魁貽害於地方徒令深山之中賢哲之士大書其事留示後人豈不惜哉豈不痛哉某平情論事全無私心仗義昌言寔屬公道

伏望諸君清夜之中平旦之際熟察之

復與邑人論城守書 癸丑

是月十五日曾肅一啓懸之通衢言城不可不守者六事深冀各除意見共奏膚功非為私身之圖誠恐大局之壞今已數日觀者首肯論者心平然而城守之志終無定見城守之事仍無定議者何也豈忠孝之說迂腐之談不足動諸君義理之心回諸君利害之見耶則請專以利害言之孔子曰人無遠慮必有近憂夫賊之來否未可定也來之遲速亦未可知也惟一意守城則賊未來攻之時猶可各治生理既解圍之後仍可共圖安全平時雖是戒嚴而緊急不過數日若不以城守為志徒以遷徙為能則賊一日不

緊急故盧

肅

滅必不敢復回故盧賊一日不來又不能竟棄舊宇一家分處兩地難安富者傷財貧者廢業廢業既多則可憂之人不必在賊傷財既廣則可慮之事不事獨居城即如租課一事此時守志不固私見相持大局既傾租稅難定雖使稍有所入亦將置之何所也又如屋宇器物委而去之不難恢而復之匪易山中之僦屋而居豈若世守之業哉且鄉閭豈盡骨肉之親主人亦皆患難之友始不過藉宅圖利繼必至因利生爭其中弊端不可究詰又況局中局外諸君平日雖非作怨之人抑豈無召怨之事世風不古所至皆然人情之險於茲為甚賊方未來尚且狡焉思逞賊若既至豈甘獨受其殃假若以凶惡之輩為嚮道之人雖虎穴可穿豈兔窟

縉紳前輩

足恃耶若藉仕宦之聲勢而棄城不守聲勢已不足畏人若伏武
力之勇夫而棄城不居勇夫豈果能保我吾恐受禍之事比城居
更慘罹害之日比城居更長矣何如共守城池尚可仗官府之威
以自全尚可藉大衆之力以相保也哉某野無半頃之田城無五
畝之宅可去可處何懼何憂況夭壽無二死生不掛於胸中惟鄉
里情殷患難總期於共濟深知處今之事當今之時惟致命乃可
救命惟舍生乃可全生救己必在救人保家必先保邑鼓其正氣
自可以滅賊全其仁心始可以格天故不惜作趙良之藥言效賈
生之痛哭使二三縉紳前輩仍然褎如充耳不肯首出倡捐一二
寒素文儒仍然漫不關心不肯竭力從事當局者仍然泄泄沓沓

喪危

存石

大賢邱鈔

局外者仍然讙讙囂囂則正氣委靡仁心沮喪諸君旣安其危而利其災愚亦惟忍厥心而緘厥口矣雖自恨於事無濟亦已覺此心無慚惟諸君清夜之中平旦之際三思焉

上曾節帥書 己未

宗誠少處鄉隅學疎才拙加以境遇窘窮不能應科舉游四方是以於天下英傑未得一親謦欬然實留心當世之故每聞一大賢君子讜言偉行必私心竊識奉為師資往年於邸抄得讀執事奏議皆關 國家根本之計私與朋輩竊嘆以為斯言果能施用將可坐見德化之成也嗣後粵逆竄擾禍延江淮敝鄉旋陷賊中宗誠避處窮山隔絕天日逮賊牧菴孝廉統兵來桐始聞執事督師

東下已大破田家鎮威聲所播士民懷想計可不日會合以拯生
民於水火宗誠亦得隨父老後軍門拜謁仰瞻丰裁不料臧公屢
勝之師忽焉敗没執事又阻於江西望救之民如中路嬰兒之離
絕其母日復一日困賊遂至於今其間非無大帥之遥臨而未能
殲賊反張賊焰以失民心徒深浩歎去年冬李迪菴方伯奉執事
調度提勁旅西來如天雨降逆賊望風逃走已成破竹之勢小民
久困方幸永離虎穴長戢干戈不料將星忽隕於三河各路城池
因以復陷殘黎失恃雖婦人女子無不感泣哀思祝其更生蓋被
賊之地久受賊困中加兵殘無所仰望奄奄待盡自李公入境紀
律森嚴愛民如子秋毫無所犯愚民方知有　朝廷之恩德大帥

殲焰 陷黎 急密堅 肅勦

之威仁旋聞皆執事造就之將練習之兵知麾下定多熊虎之士於是益仰首西望如百穀久枯之待膏澤矣宗誠遯迹既久前年秋即為吳竹如方伯所招以家累未得遠離延至今春不得已棄家而出竹如先生視如骨肉孤身在外暫得依歸而家室流離死生莫卜秋間聞江西湖南肅清之後私心喜悅料執事定振旅直下收功金陵前月讀與竹如先生書果已與胡中丞四路前進歡欣鼓舞感激涕零恨未能趨赴行轅望塵而拜德也夫以肅清數省之兵勦窮蹙負嵎之寇水陸齊會慮無後顧所至不難克復惟是自古名將用兵必先規取要害以為根本根本既得則不急進取必布置得人防守周密而後以攻則氣銳以守則力堅況逆賊

窟穴金陵六合浦口蕪湖東關三河廬州安慶要害之處皆以死守中間往來竄逸以窺我瑕釁機械變詐尤為難防今執事與胡中丞欲進取金陵所以必先規取安廬以為根本而規取安廬所以必先分兵襲桐舒以撓賊勢以蔽障英霍潛太以策應安慶廬州兩路之師折衝勝算無逾於此然宗誠不憂執事不能破賊而惟憂既得之後敝省大府其將何以守之執事奉 命討賊勢不能久駐以治地方之事而以百戰攻取之城付之懦帥委用懦吏大軍一去是諺所謂前去後空者也萬一他處困獸衝突而出不亦危乎現在進取安廬以湖北為根本可無慮也安廬既得則安廬即為敝省之根本根本之地鎮撫豈可無人往年安慶之陷廬

陷

州之破及去年盧州之復潰無他故也以蔣李福三中丞全無固
計根本之地虛耳前年秦鄭二帥兵潰於桐去年三河兵潰賊皆
全力上竄而宗誠決其不能犯湖北者深信胡中丞根本之地實
也今以殘破之地居積弱之後當新復之日任防守吃緊之責此
非有才略過人者曷克勝任然則執事可不為皖省長久計乎昔
袁午橋副憲之在臨淮也威名甚著且能留心吏治人才皖省之
人無不望其總一省之政務乃以〔因〕被劾入都捻匪遂以大熾向使
早用為巡撫糜爛當不至此今翁中丞書生也屢潰屢退遠駐壽
春於安慶盧州諸屬人情形勢全不相熟在營候補人員亦多不
知兩府情勢不知於執事收復之後其何以固根本使執事無後

陷

顧之憂耶夫安廬既得地當吃重勢必有大帥大吏以為鎮撫而桐舒六霍廬巢諸屬亦不得不急擇良吏恩威並用和同紳士以辦防剿而撫窮黎內氣固則外邪不得而乘正氣虛則姦徒又可乘間而入此自然之理也然必先有賢大府而後有賢守令有賢守令而後善用賢紳士此又自然之勢也今用舍之權操之自上執事受　命討賊分難越俎然而根本之計不知能與胡中丞籌有轉圜之妙用否不然則所以和衷會合使之歸心聽計全無主客之分一切可為雖執事調度者亦必自有道也如是則克一邑固一邑克一郡固一郡甲兵之洗可企足待矣夫攻取之計團練之法守禦之方執事胸有成竹非愚儒所敢知也惟陷賊既久略知

情形常思善後事宜先以布置得人爲本而所以安人心固民氣
者亦有數端雖似無切於近功而或有關於本計欲藉執事重望
出示曉諭俾地方官紳得以施行一曰崇奬節義安徽自陸督蔣
撫逃潰之後各地瓦解士民直不知有節義之重矣自江中丞固
守廬州力竭盡節然後官紳士民漸知大義或以守城殉節或以
起義陣亡或以請兵遭禍或以助餉遇難或以團練拒賊而死城
池未復漸就湮没雖全省肅清之後可以訪明彙奏而究不如執
事兵到之日即首先示諭各地紳士凡於義士義民貞女烈婦速
即確切呈明爲之請旌祠祀免其家捐輸差徭以示矜恤又或有
老親寡妻孤子貧困顛連者遺骸未葬者令官紳籌貲安全無使

失所其殉節已經入奏者即飭地方官擇地爲祠立主以彰忠義
又訪有讀書守義之士甘心窮餓不汙賊命與前者大兵到日賓
曾出力報效之家因遭毒禍者亦令官紳報明嘉奬以扶正氣以
伸義憤至賊到之後凡屬貢舉生監或充賊官或應賊試盡行斥
革不准考試其有與賊爲婚者禁止平民以後不與爲婚其常助
賊殘害忠義之家則必嚴加之罪如是則士民耳目一新心志一
振可以激廉恥而生義氣庶後來有所畏效矣二曰寬散脅從破
城之日先須立數大旗許以投誠免死城破奔投旗下者審實遣
散不留軍中其仍向賊方奔走者則先伏兵殲之無使逃佚聚而
爲害至擒獲偵探必殺其姦黠以嚴防禦其餘有審係廹脅者可

振庶

庶聽報

給予告示令回賊中勸使解散以搖脅從之心其他賊所久據之
地必脅居人以充偽職而偽職實有不肖之徒藉賊所為利助賊
為虐者亦有為身家之累不得而逃者兵到之後先須一味寬大
諭其但能助團助攻助守免其罪戾有功者一體保賞使之不懷
疑懼為賊耳目城破之後訪明一二確為窮凶極惡害民已甚必
正軍法以平士庶之心其餘限日繳偽印出首出力聽公正紳士
指使趨公兵吏不得訛索士民不必報復惟逾限不繳偽印負固
不肯趨公者則一經紳士控告必加重罪以示之準如是則畏威
懷德閭閻無擾而公事易辦矣三曰嚴令固守凡克復之後責使
守禦堅凝守之不堅賊或再竄傷元氣失民望更甚往年大兵復

急穀

城城中全不辦守所得賊糧聽兵竊賣所膳屋宇聽兵拆燬無怪
再有賊竄潰散常數百里也夫南方向來有城無壕今賊所踞多
為深溝高壘藉資憑恃加以近年數省米穀豐稔但須擇賢守令
重其事權嚴其責成急與紳民力辦城守練兵積穀毋得任為空
城大兵前進即有殘匪竄入一面固守一面分兵回撲賊無城可
據始易殄滅即我兵偶有挫刃亦可退入城中以圖再進守一城
者必重賞失一城者必顯戮毋徒為革職効力軍營之文如此則
已復者之城守既堅而未復者之兵氣愈壯矣四曰籌費團練大
兵收復一城既不能不急辦團練以助守衛而團練之費勢不能
不取於民然民受賊禍既久未能撫卹而即責其出貲誅求刻削

據護

陷

徒失民心念自逆賊據城以後民之財力半歸於賊半歸於僞職以及爲賊使用之人此時元惡固所必誅其餘既蒙寬恕必諭公正紳士秉公罰使出金以爲保護地方之用次則收取各地公欵再有不足然後按田出費以助之如是則人心平而公費亦可無絀矣五曰奏收僧田自賊破陷城池而後各地菴觀寺院焚燬幾盡佛像無存僧道反俗其田租皆歸賊收克復之後此欵正可爲將來無窮之利即以桐城而論各鄉菴田每年租入六七千石若大兵克復即示令紳士察收暫助一時團練城守及爲修理學宫忠義諸祠之用以後此田即永留爲義倉僧徒佛像有尚存者僅量人與粟使足自給而已蓋地方因賊既久窮民最多一旦遇有

廬糧糧

聽

凶荒現當帑藏空虛萬難賑濟富室凋殘何能勸分惟有以此項田租立法定章盡為義倉擇各地公正紳士豐年收積凶年給散分存各鄉不經胥吏之手則取之無盡用之不竭比常平社倉更為得力蓋常平社倉皆必散而復收無租入以為永利也若此事行之十年之後元氣必復不然民窮太甚一有荒年勢又不能不生意外之患矣天下事有當承平不能更張者乘大亂之後而更張之則易為力此似無補於一時而蓄積足恃實可銷後來無窮之禍矣六曰招集流亡潛太桐廬田地尚未大荒六霍舒廬則荒田多矣大兵克復應即出示招集流亡其實無主之田或尚有主而力不能耕種者即招外邑人民耕種完粮納税以充軍食有主

者分與租課如此則公私兩便而民氣漸復矣七曰簡省獄訟地方無官既久平日定多積怨官兵一到每事報復當此團練兵差喫重之時官紳士民宜一力團練以防後來之患獄訟滋多官未能問徒爲吏役訟師所魚肉蓋書吏差役失業既久一旦得勢直如餓虎出山誘人興訟常置保衛地方大事不問而專於鬧事興波作浪以撓大計尤可惡也大兵所到望即示諭各處紳士庶民一切仇怨俱宜解散專辦團練以衛身家惟有匪民奸徒及命盜之案則必當時控究其餘爭端各延紳士勸和無許興訟不可和者亦俟賊遠之後再聽告理而猾吏虎差訟師必飭地方官嚴行懲治如此則同心合力而團練可齊矣八曰勸化積習凡遭亂之

地雖屬氣數實亦人心風俗之壞有以召之平日驕奢淫佚奸詐險惡其士子專務浮華而不為實學其富室專務吝刻而不存忠厚其貧民專爭末利而不守本分及至守城之時又復各存私見惜身保己大義懵如富者吝財貧者惜力以致遺殺身亡家之禍失守之後更多染賊惡習以强為勝以惡為能以搶掠為常行以寡廉鮮恥為恒事詩書之不習禮義之不知若不急行勸化人心不悔禍天心終不厭亂也夫當承平之時習安已久雖有勸諭視為具文今當亂也賊大創之後又當大兵收復之期沐鴻恩而懾威聲若能愷惻宣諭指其從前招亂之由憫其中間被亂之苦勸其盡改前非與之更始以銷戾氣以迓天庥並飭紳士家諭戶曉

愚民未有不感泣心動者也往見執事起義檄文間一爲愚民讀之多有感激泣下者安見良心之不可動哉凡此八者皆於攻取大計無當也然而振廉恥定人心固民氣爲後來守禦之用未必無補前此舒廬桐收而不能守者未嘗非但爲目前剥削之謀而不爲長久根本之計執事以命世之才負中外之望迂儒之見不徒望執事戡一時之禍亂而望執事戡一時之禍亂而望執事開百年之太平復一邑即振起一邑之人心克一郡即保養一郡之元氣方今天下多故執事所討者賊也而宗誠所憂者官箴士習人心也本原之地不清逆賊雖平禍終未已私心竊望執事急平殘寇早立　朝端則所以正本清原其任更有大者天下幸甚萬

民幸甚前見執事與竹如先生書稱宗誠制行端粹望宗誠近裡
著已讀之汗下且感且慚謹以山中所記俟命録十卷恭呈斧正
伏惟鑒察不宣

上曾宮保書 辛酉

去夏辱賜書保定教誨懇懇并荷招致幕府感激無已時吴竹如
先生遠出未可啟行當即肅函致謝今春因去秋胡宮保兩函邀
入中許以主講書院可為挈眷避地之計是以南旋藉欲晋謁
我公奉為師範不料行抵大梁捻匪梗塞嚴渭春中丞留司章疏
曾因湖北委員奉上一書并桐城亂後殉節士女諸傳呈請彙奏
未知達否現聞楚師大振江北漸就肅清想金陵蘇常克復之期

肅晉

存

卷

夷報

聽服

當不遠矣南方底定則北捻亦孤夷人懾我軍威當不敢再有反
覆宮保功在社稷固非徒皖江士民世世當俎豆馨香以報也都
中自九月三十日　乘輿入京兩宮　皇太后垂簾聽政
仁明英斷　皇上渾厚端默　回鑾之初當將誤國諸姦分
别正法恭邸入軍機議政務留意人才賞罰用舍當天下之公朝
野見聞無不悦服中興氣象昭然可見矣天下之福萬世之福惜
胡宮保先薨未及見也昨閱邸抄兩次　降詔求言凡内外文
武大臣於用人行政皆許密封章入奏並責從前諸臣不肯直言竊
謂此機不可失也宗誠於　詔旨未下之先曾擬薦舉人才一
疏嚴公復參酌而上之然其中多疏漏且猶非治本所在治本在

勦寇

君德而　君德在輔導況今　皇上冲齡尤宜得賢師傅
以輔養　聖德前者董御史元醇所奏三策　皇上俱極稱
贊已行其二惟師傅尚未簡派竊念李蘭生太史雖謹飭有學然
惟此一人恐尚不足當　帝王之師今聞倭艮峰先生已蒙
內召補左都御史竊謂大臣中德學兼備老成碩望足以涵養
聖德而懋勉　聖學者無逾於艮峰先生矣昨接吳竹如
先生來函以都中無念及此者為慮伏惟宮保德行學問向為中
朝之望又自起義師救民勦賊以來實為我　國家柱石德位
望一進言必見信於吾　君今奉　明詔自必有嘉謨入告
或者以輔導　聖德為首務而舉艮峰先生當師傅之任乎此

非我公不能見其大言其深也昔者　先帝即位之初宮保
請行日講一摺□沮之不得實行以致後來之顛躋世人但見
宮保今日治兵滅賊為千秋偉績而宗誠以為此特宮保之小者
也向使當日日講說行　君德修朝政肅君子日進小人日消
則賊必不至如是之肆宮保亦無今日可見之功然不見之功澤
流愈遠矣今海內仰望宮保者但以滅賊為重而宗誠獨竊以乘
此機會扶植根本望宮保也至現在小人雖退而君子猶未盛良
由人才久衰故一時難收其用宮保藥籠中物此時大可薦舉以
共圖治　國濟民也古之薦賢者曰明明揚側陋必能不拘官階
資格凡真知者皆薦舉之然後可以盡天下之才且可以激勵天

聯庶

下未成之才宮保以為何如苗逆陷壽州意圖汝頴光固以為根本然後可以侵吞中原現在雖懾於宮保軍威憚擣其巢故不據壽州亦未敢遠出然日使其黨羽脅園領旗賈方伯不足有為必彭中丞提勁旅直擣三河尖趨固頴州成提軍由六安趨固壽州與豫軍聯為一氣又須到處解散其練明諭但誅苗逆及羽翼數人庶可銷弭中原之害嚴中丞忠勤廉直銳於任事惟河南積疲已久無著名將才非楚皖豫兵力合并不能大舉也再皖省安慶廬州六安諸屬雖經收復而人民凋殘田地荒蕪閒兵亂之後廬舍耕牛田器子種俱無從出不能興種則民食不足軍食不濟而盜賊仍恐叢生伏望宮保令江楚成熟地方商賈運子種至皖

據壽州

陷陷

不 未刻

墝發賣其田器耕牛不足之處令民種包穀旱梁其無主之田許富民開闢至僧寺道觀之田急飭地方官紳查明立簿招人興種以為公田每年積貯租課以備水旱下濟民食上省　國帑不勝大幸宗誠為眷屬所累暫羇於此計來年當可上謁也臨楮依戀不盡欲言

與郭筠仙都轉書　同治癸亥

自保定黄子壽寓中一侍清光遽爾别去雖未獲多奉教言而溫文重厚才勝景仰當今需才孔亟每與曾公胡公書必以先生出處為詢前年客豫撫幕中欣見　朝政清明尤急望我公一出乘時勢之可為而施其經綸之用及聞先生奉命出山深為吳人慶

而又不止為吳人慶也時宗誠客鄂撫幕中後晤汪梅村孝廉述
先生已過鄂不得見又以為恨夫人之相知有一見而深契有千
里而同堂有勢位相懸而性情甚相得者宗誠自幼不慕榮利淡
然寡交游其學行不甚欽服雖屬同里富貴姻親亦終年不入其
門十年不一通書而獨於海內英賢則無論窮達慨然思慕有彼
不甚知誠而誠觀其一文聞其一言見其一事而深切愛敬者雖
富貴貧賤之分殺然自守不稍干謁然終未嘗不心慕其為人無
他學術衰頹主持世道者全賴得一二大君子或在上或在下以
維世運於不墜也昨讀上節相公牘請奏減江蘇漕糧與裁撤衛
丁事真經世之文詢之節相許俟與蘇州克復捷音同時上奏此

漕捷

夷犯京

肅蔭

議果行真萬世之德也湯文正公所不能得請者今乘此機而革數百年之弊政先生之有造於吳人豈有既乎吳中風氣浮靡當金陵失守數年而猶不警天戒以致有今日之禍先生與李中丞劉方伯皆負人望其能力挽其風乎南中軍事曾胡羅李彭楊諸公力挽狂瀾不特功在南方而牽制逆賊不得北上雖夷人犯闕入東師　乘輿播遷而終帖然就撫不敢安于天位者未嘗非心懾於南方之有健將强兵自知其無能為也故宗誠嘗以為曾胡諸公實為　禝社之臣今南方雖未底定竊以為必可肅清惟收復之後須謀為遠大之規願先生宏此遠謨不特吳人之慶即皖人亦賴餘蔭也吳中孑遺之人才曾招致否山陽魯通甫現居

何所浙中平湖有顧廣譽積學篤行之士秀水有秀才陶模者少年篤實在亂中隱遯山谷讀書不懈未嘗蓄髮海鹽張銘齋與鍾子勤亦然是數人者誠皆未與交也先生其招徠以留讀書種子乎宗誠所著書往者子壽盡録去惜無副本呈覽今僅以戎幕中所擬諸疏并雜文數首呈政尊箸胡文忠公行狀簡而有要伏望賜下數十本以分贈同志幸甚

上曾節相議江南不可分闈書　甲子

竊以江南皆為人文淵藪近十年來粵逆據金陵長江上下南北兩岸數千里民人受其蹂躪士氣因以凋喪近數年間賴宮保中堂秉節鉞選將練兵知人善任凡所位置莫非俊傑凡

參陷

鬱

庶

隱

綏調度動合機宜始能撥亂而反正轉危而為安又於修明武備
之暇振興文教尊賢重士樂育人才意在培養善類以期漸復
國家之元氣今東南數省遞告肅清民困獲蘇士氣亦寖以振奮
蘇皖兩省士子幸脫兵戈之禍而懷抱利器久鬱鬱不得一試者
夫孰不欲乘時進取而仰贊執事治化之盛乃近日傳聞蘇江紳
士有建議鄉試分闈之請不知信否羣情駭然想執事總理庶政
主持大局其是與非自有卓然定見權衡於其間原不待某等妄
參末議然某等細察形勢博訪輿情竊見其決然不可者約有數
端謹為執事陳之一曰舊制不必改也前者執事初克安慶念
安徽失陷既久而金陵蘇常克復無期因欲創建貢院俾兩省次

勦急

第舉行鄉試以興羣士好學之心化甲兵乖戾之氣此特一時權
宜之計非欲為千百年長久之規然終以贛江木筏兩度漂流東
去不果興工此其中雖有蒼蒼者默為主持而執事之鑑空衡平
毫無成心不定以分闈為然從可知矣今則上下江所屬州縣全
行收復止餘金陵一城就軍事論則大功垂定必以勦除首逆為
先而試事非其所急就試事而論若不待金陵克復先行分闈鄉
試則既非執事盡忠體　國滅此朝食之心若待金陵克復之後
補行鄉試則自有數百年之舊規奚取乎分闈創造且夫改絃更
張之舉必有大利害存乎其間今　聖主纘承大統正當冲齡
苟非萬不獲已之圖皆宜杜漸防微未可輕言改易　祖宗之

淵叟

舊制況東南數省大亂之後當興復者不知其幾而分闈考試猶
非必不可已者也二曰地利不可失也金陵龍蟠虎踞氣象宏濶
我
朝定制兩江總督駐節金陵上下江貢院即合建其中誠以
金陵為適中扼要之區亦以其據江山之全勝也惟其江水清淑
地脈雄厚甲乎天下故發為人文亦極天下之選今若兩省分闈
蘇城或可創建貢院然去淮徐已太遠矣安慶城小萬不能容八
府直隸五州之士且其形勢為潛嶽之邐支不足以收鍾毓之秀設分
闈後安徽貢院獨建於金陵則地方官供給差使不能不分畛域
設江蘇貢院獨建於金陵則當日貢院基址乃兩省公地往者號
舍頹壞徽商不惜捐金鉅萬獨力修葺上江人士豈肯以數百年

陷賢

公業舉而棄之方粵賊踞金陵時兩省同受其禍忠臣義士助餉
戮力東征者兩省皆竭盡脂膏克復之後兩省均當與共享其成斯
平允大公之道也夫天下之氣聚則厚散則薄兩江受賊禍之後
似宜及今力圖萃聚以固正氣豈可自為判渙聖人序易師之後
必繼以比程傳曰相親輔然後能安意深遠也況上江錄遺考棚
各郡縣會館公所各大姓賓興試資產業俱在金陵將來皆望修
復亦斷斷不忍輕棄者往者桐城張文和歙縣曹文正兩公不主
分闈是老成之見後賢未必遠過之也三曰財力不易籌也金陵
未復舊日貢院之存與毀尚殆未可知然地基一切如恒兩省合辦
非若獨力之難因舊仍修復亦較創始為易安徽陷賊十年受禍為

隱際

天下最各府縣文廟衙署書院考棚忠義名賢祠宇及各族宗祠義學至今無力興復即如安慶省會重地府儒學尚為坵墟若復棄數百年貢院之成規而在安慶相基址引江水庀材鳩工大興土木勢必不能即能之落成亦在數年之後　國家武功底定選舉一途豈宜過遲設蘇省人士獨因其舊事半功倍可以先行鄉試亦殊非人情所安若必欲剋期分建則各縣派捐操之太切尤非所以恤民隱況兩省合闈鄉試相承已為同鄉數百年來鄉大夫鄉先生宦遊交際率以道德文章相砥礪其情誼之聯洽兩省直如一省今一旦以同鄉之親易而為分闈之疏即使財力能分充裕尚覺此情難恝何況其勢實有不能也四曰公論不可違也故

前此湖廣分闈鄉試以有洞庭之險橫亘其間是以楚南公論不
願就試楚北今金陵界兩省之中上游府縣應試遠者不過五百里
內外上游亦然又皆有長江內河可通并無阻碍鳳潁嶽甯去安
慶為遠去金陵為近安慶江水直下少泊舟之港城池狹小少安
寓之居所不便者不可勝數且士子讀書稽古於草茅之中亦必
登高涉遠曠覽江山文物之盛始足以廣胸襟而增學識與其使
兩江人士各守方隅何如兩省英才傑士三年一聚互相觀摩
自濯磨之為愈也如曰南闈從前號舍較少士子往往以額滿見
遺不得與觀光之列則請修復貢院之日多購民地拓其規模度
此時隙地極多購置極易非若往日欲添號舍之難也如曰南闈

往覽

日 存 存

中額較少不足以盡攬羣英則請克復之後以兩省捐輸總數援
例　奏請分別廣額亦事之易行者也謹按　欽定科場條例太
學題名碑錄兩湖通志雍正年間湖廣分闈鄉會中額并未增加
有謂分闈可為廣額地者考之未審爾魯人為長府閔子騫曰仍
舊貫如之何何必改作竊謂今日分闈之議亦正類此恭惟中堂
人倫師表多士歸心今日之事實兩江文教興替所關管窺土得
不忍緘默僭呈末議伏惟鑒察

與曾沅浦中丞書　甲子

沅浦中丞執事春間晉謁元戎暢聆教誨睹軍容之盛不啻入亞
夫之營而我公鎮靜從容行所無事指揮談笑又不啻親接謝太

傅羊叔子之手裁生平仰止之懷於斯大慰固深知首功之成非公莫屬也拜辭回皖時憂蓋勞太過以致玉體違和然念我公倥傯少暇故不敢以蕪箋瀆清覽惟每謁見節相必敬問興居以慰下忱焉耳是月十九日清晨得知十六日午刻大兵克復金陵闔城驚喜相告雖婦人孺子無不舉手加額頌我公英謨偉畧文武兼資前既拯皖人於水火之中今又登吳人於衽席之上從此首逆殲除東南之民可以永享昇平之福矣宗誠竊獨以為天下有衆著之功有不見之功恢復安慶金陵此時衆著之功也方我公初駐軍金陵吳越皖南莫非賊窟而我公避易就難棄末伐本獨為擣穴擒渠之計以二三萬疲病之卒當數十萬凶狡之寇如

陷

服隱

坎之一陽陷於二陰之中當是時不知者或且以急功近名議之即宗誠在鄂時上節相書亦謂當左次无咎而公識定力堅不疑不懼卒能擊退圍賊而牽制城中百萬窮寇如死囚之相守不敢竄出一人以救吴越故兩省之師得以成功之速議者或且以金陵收功獨遲爲疑而不知其速成者亦莫非公之扼其吭而制其命也此不見之功也况洪逆首禍十餘年分使徒黨竄擾十有六省而捻匪會匪練匪苗逆回逆亦皆因之以起即夷人之跳梁海上震驚　京師亦以洪逆不可制無暇與較挾此以脅中國今首逆一除彼必驚　大朝有人漸漸可以威服而隐銷無窮之禍其他賊之在楚北江右者聞之必多潰散而回逆之在雲南甘肅苗

闔

逆之據貴州者將來亦漸可分兵勦之中興之局定於此舉此我
公贊助節相成安社稷萬世之功而淺人之所不見者也夫自古
惟不見之功蓄德最深而慶流後世者亦永永無極宗誠迂腐下
士衆人所祝膺封侯之賞著竹帛之勳不必爲公賀惟祝公益加
含蓄以養德福於無窮而已前在幕府曾聞公與蘭泉侍御言欲
俟金陵事畢即上章解兵辭官大功成而不居非深知聖人易象
勞謙之義念不及此宗誠叨侍末座竊嘆公之識量何其宏濶而
深遠也惟念　聖主沖齡四海尚未永清或仍欲仗我公勳業
顯赫以鎮撫東南兼可懾服奸宄則爵賞之加一辭之後又似不
可堅辭蓋君臣之義相與以誠古大人之心先天下之憂而憂必

待後天下之樂而樂今時方艱難猶非我公樂志林泉之時也金陵城北山水極佳如節相命隨至金陵再拜謁軍門以謝大德

謝曾節相保薦書　乙丑

四月二十二日奉到札諭荷知遇之隆於金陵功成叙録勞績與賤名於其中奉　旨以知縣留江蘇儘先補用聞命之下慚悚莫名宗誠少誦詩書原有意於仕進每觀古循吏名臣之事蹟亦未嘗不心慕其人遭家不幸二親即世家貧如洗自傷後雖獲禄不能逮養由此始絕意進取專以授經營葬爲事又念先世本無仕宦惟多好古力行篤學之儒遂亦不自揣量欲爲窮理之學究心經史文章冀纘先緒以慰兩親幽冥屬望之心如是而已遭亂

聽

出遊未變斯志曩者吳竹如侍御臬司幕中承中堂召歸從戎
已畧陳微志於左右嗣以中堂勲德學問卓然可師故應命南旋
踵門上謁蒙中堂列諸養士之末而月廩餼之每進見瞻仰德輝
竊聽緒論不特忠誠雅量深識遠謨可宗可法即公事餘暇論學
論文亦皆足以起懦氣而開益神智所以相從三年未受一事終
不以素餐為恥者良欲親承德教以資薰陶故小廉有所不事也
惜器淺識薄終不克少有所樹立甚孤厚德復蒙薦拔能勿汗顔
夫人雖至愚生當大賢之時得登其門荷其提挈又幸逢 君明
臣良天下中興之盛際亦豈不思自效以報天地高厚之恩况中
堂之於我江南有再造之德祖宗邱墓子孫支緒莫非賴中堂出

卷備

水火而登衽席始能絶繼而存亡苟有微長義當竭力趨事赴功
以求報稱於萬一不當畏懦退縮坐享承平俾中堂獨任賢勞也
而縣令一官最為親民之職尤士君子關心民瘼者之所願為惟
宗誠自反聰明才力實於入仕非所長而性情氣質亦與作官不
相似學問閱歷又不善變化而擴充之若不量而後入一出無小
補於民生慮累中堂知人之明而貽平生著書立言之恥此私心
所深懼也且出處之義亦似有不安於心者宗誠本意以德學奉
中堂為依歸既非參贊幕府又未奔走戎行無籌餉之勞乏陳事
之策雖濫廁採訪忠義局中與軍事相附麗然宗誠在局不過檢
閱文卷作傳記小文字以備異日志乘之採擇已耳乃同以軍功

得官似覺義有難安於心實未能自慊蓋聞士之自處與上之薦士不同古大臣之薦士也第見其人有片善微勞之足錄即急登諸薦剡冀為國家收得士之用於一時而士之自處則必於幾微之界擇之精而審之詳不安於心者即不可見於行是又宗誠所不敢不勉者也承中堂教育三年義理指歸恐未能折衷至當伏候訓示為幸

上曾節相書　乙丑

宗誠頓首謹上宮太保中堂左右竊以勳德彪炳乾坤今天子以南服救安復任以北方數省軍政誠念固根本安國家之大計非公莫屬也中堂知人善任經綸變化自必洞合機宜

頓

宗誠迂疏寡識精力早衰不能奔馳戎行從事左右深用為恨謹就管見所及為中堂陳之竊謂撥亂反治之道必知前之所亂以而後知今之所以圖治轉敗為勝之機必知人之所以敗而後知我之所以取勝其要在反其所為而已矣一曰務持重夫帥與將不同將以衝鋒為能帥以調度為重僧邸追賊往往身先士卒彼負兼人之資又有馬數十乘隨地更易士卒匹馬單騎困乏無可更則追奔不及所以或遇賊伏或賊反鬥常至敗衄中堂此行似宜擇一重鎮駐節選將練兵養精蓄鋭然後偵賊所在分兵以擊之務出萬全以斬大創不可急於一戰以損威聲所謂立於不敗之地以制勝者此其要也二曰薦賢帥用兵之道以一人總其綱

聯勦

領而又必有羣策羣力以輔其成往者粤賊據武昌安慶江寧
起義師東征長驅直下已成破竹之勢然一阻於江西再阻於
皖南者以其時下游諸督撫無共濟艱難之才此勦彼鬆此進彼
退不能成犄角之勢也其後胡公撫鄂李希菴中丞撫皖左公撫
浙李少荃中丞撫蘇又有沅浦中丞及彭楊二公各領重兵
持其成是以馴致於成功是諸賢者莫非之所推薦也
此所以有大功於天下也北省用兵十年始終無知兵督撫
故將帥中如邱聯恩伊興額及僧邸號稱忠勇追風逐電而各督
撫不能會勦以成犄角之勢所以久而無成此行由淮徐進
至濟甯其防河之任當奏請責成直東豫三督撫其防淮之任當

竊夷釁

往據剿

責成漕督安皖撫其西竄之路當責成豫秦鄂三撫現在惟直督秦
撫著名知兵東撫有操守更才而於兵事非所習至豫皖鄂三撫
則尚未盡知兵者也今進兵東北竊計勳威久著賊必避而
之西而豫皖鄂三省邊界又受其擾追剿則力疲不追則頓
兵於此聽賊肆擾於彼義又不可及移兵往剿而賊又將去而之
他故非各督撫會剿賊終不易滅也使得知兵大帥分任三省軍
事各駐邊境會剿而調度其間以健將鵰剿追擊務使賊無
可竄則必易滅而北方根本之地可固矣所謂同心戮力乃克有
成者此也三曰求人才大帥以集思廣益開誠布公為先之
所以成功實用是道僧邸忠國之心有餘知人之識不足幕府既

厚

鮮良佐將弁亦罕真才分位遂過高人既不敢進言彼亦無虛衷求言之意經畧數省已經五年而所到曾未留心采訪人才所保薦者亦未聞有真堪大任之選夫人才隨地而生要貴有大力者振起而激勵之矯揉而變化之故自古大賢所居涵育薰陶積久便成為風氣中堂往者供職京師延訪英傑天下賢士歸心及倡義湖湘而忠貞魁偉之士奮焉興起楚才遂為天下最駐師安慶任李公為蘇撫而淮南武健碩膚雄勇之士亦皆忠義勃發奮志功名然則北方數省風氣樸厚謂無人才吾不信也而至今未見有一著頭角者豈非其大吏大帥無遠謀深識為國求人之實念與宗識往游河南一年訪求學問篤實留心時務之士為友即得

往

聯往

數人皆有志節才識由此推之必更有所不及知者德學勳業足以風動天下望更鼓舞作新使北方才俊振興寖成風氣則不特一時軍務可以資益而為　國家收得人之效其規模自遠矣四曰鼓練氣北省地勢不同於南方平原曠野無險可扼民非團寨不能保身家而謹蓋藏然而前人堅壁清野之法即可藉此以為用往游山東河南見圩寨星羅棊布其寨長亦往往有忠義智勇出衆之才保護鄉里戰守足恃惜各省督撫大帥皆不知激揚獎勸故不能聯其心力而收其全功今以中堂威德如所到宣示圩寨獎其已往之勞勵其將來之氣令其互相聯絡互相應援賊至則固守賊去則截擊不事他調不許遠追專以精兵為游

擊鵰勦之師而籍團寨為防守助威之用有功者特加保賞如其中有奇才更可拔置戎行以資造就如此則遠近聞之必可使民氣一新而威聲大振矣五曰示解散賊中種類大約有三一種著名賊首真為倍逆之人一種脅從已久無籍可回即逃回又恐本籍不容無可藏匿一種則隨時裹脅之人耳往者勝帥統兵專事招撫然既重保其首逆仍使帶勇又不散其黨羽仍使相從所以屢招而屢叛也今宜於賊所未到及料賊必到之地遍布告諭明示利害其著名叛逆決不姑容其脅從雖久有籍可回如肯來投給文回籍其能擒首逆以來歸者必加重賞如裹脅未久逃回者令各州縣及圩寨無得傷害資給以歸如此則賊勢可孤而民心

裹

聊報

亦罔不感激思奮者矣六曰慰民望北省用兵十年而將帥多無紀律勝帥為甚僧邸雖軍令嚴肅然下情不能上通州縣差徭之繁重士卒兵馬之繹騷小民困苦無可控告今中堂駐兵所宜宣示行軍紀律務使小民耳目一新心志一動望之如時雨歸之如流水往者幕游河南勸嚴中丞刻布中堂愛民歌解散歌其時士民讀之罔不感泣何況中堂親率師北行號令所頒有不愛之如父母而畏之如師保者乎民心既安賊氣自餒邪正不容並立此行師之根本也夫用兵之機權非迂儒所得而言也而憂世之微忱則迂儒所得而同也凡茲六者皆無與於行兵大畧且亦久在中堂燭照之中而宗誠冒昧上陳非欲有補於高深聊以報教

頡奇徉

聽

歎賢

○和 未刻

育知遇之德而已惟中堂裁之

復李宫保書　丁卯

某頓首謹啟少荃宫保爵師左右某自少讀書即慕古奇偉非常之士然僻處孤陋所從游者惟一二碩學醕儒友朋往來不過數文學君子相講論未見有奇傑英偉足稱濟時之才而可慰生平願望者避亂以後益思得命世之英扶　國祚於顛危拯生民於水火久之乃見胡文忠公今節相曾公忠誠偉畧私心竊歸慕之繼又得見我　公著撥亂反正之猷展治世安民之用益復自慶遭逢之盛昔蘇子由自以見歐陽公未見韓太尉為歉故上書自通願得覲賢人之光耀聞一言以自壯然後可以盡天下之大

備

觀而無憾某少從家兄植之先生游先生博通古今近承方姚之
文統遠守程朱之學脉所著諸書皆關世教義理考證文章三者
兼備而醕德至行又足以赴其所言非徒區區文字之可傳而已
蓋百餘年來所未有也某鴻文實學雖上比之歐陽公而無愧焉
某往者既幸得從游於家庭之間矣而節相曾公胡文忠公及我
宮保勳業經綸大忠偉節又足與韓公曠世比倫至其遭時之艱
成功之鉅且有十倍於韓公者乃某藐然迂生俱得親承教育而
明公又為同鄉先達疊荷禮遇異於恒人俾某不必上書自通得
侍賓僚之末仰瞻器量之豁達竊聽議論之宏深固陋之識為之
一開然則某遭逢之盛又豈非子由之所深願而未得者哉夫以

衰

賢備寇寇

某遭逢如此宜有以自振拔矣顧才學庸淺不能從事幕府効力戎行徒賴明公南征北伐盪寇平氛而某日安居暇食抱書生之業坐享承平無絲毫之益於當世不誠可愧也乎宮保前旣平定南服威震外夷今復膺受　天子重命宣力中原某愚駑下才未敢上問平賊之方略顧惟自古名將所至必以網羅人才博採輿誦爲先漢高祖所謂役羣策羣力諸葛武侯所謂集衆思廣忠益也豫鄂被兵久聞宮保北征自必仰之如時雨歸之於流水而官紳士民之中未知有可採之謀可造之才否如有賢才降尊招致以備咨訪亦收人心之一助也且夫平賊之方戰事居其半吏事居其半故練兵以禦寇察吏以安民兵精可以靖已形之亂吏

盧導

良可以消未形之禍必兩者交盡而後足以清亂源而固根本宫
保其尤加意於此乎前者宫保倡率淮軍諸將欲建求忠書院於
皖城而延吴竹如先生爲之師具見尊賢育才明倫興學之至意
以皖中任事無人孤此盛舉竊謂盧陽古大郡人心雄直宫保前
以忠義倡之而才俊之士畢出若即創建求忠書院於盧陽延有
德學者主講席導以義理澤以詩書則宫保之所造於桑梓者不
更大且遠乎盧陽任事之才必多成事當不難也其才德雙乏不
能少有裨於時雖好窮經著書然不足以自立惟喜綱羅前賢及
忠臣義士名儒名臣之遺編往者曾搜羅江忠烈遺文江達川方
伯刻之於四川編訂邵位西遺文吴仲宣漕督刻之於清淮編定

馬命之遺文其子復震刻之於浙去年編定植之先生及先師許玉峯先生書二種因彭宫保何方伯贈貲爲刻拙文固辭不獲乃用以刻兩先生書於安慶編校游定夫先生集游文清公集及前儒養蒙彝訓游子岱刺史今刻於和州删定陸象山先生集延吴竹莊方伯刻之於皖編定唐魯泉大令遺稿友人甘紹盤刻之於金陵又編定吴竹如先生集王子懷先生奏議植之先生文集俱尚待刊某非藉此立名也誠念忠臣義士名儒名臣之書足以維植綱常扶翼世教故也程子曰今農夫深耕易耨播種五穀吾得而食之百工技藝作爲器物吾得而用之介冑之士披堅執鋭以守土宇吾得而安之無功德及民而虚度歲月晏然爲天地間一

蠹庶竊

卷徽

蓋切輩

蠹惟綴緝聖賢遺言庶幾有補耳朱子曰平生自知無用只欲修葺小文字以待後世庶有補於天地之間某何敢妄擬斯語然亦竊有志焉近來又校訂植之先生漢學商兑書林揚觶二書吳仲宣制府任爲刊行惟文集十餘卷闡明義理考證經史醞茂昌明真宇宙間之大文某名位卑微不足闡揚潛德且居窮守約無力刊行乃蒙宫保賜函任爲付梓感激何似宫保膺平賊重任時事多艱蓋勞方切而猶念及鄉先輩遺書思有以表章之既使宿學老儒附青雲而益顯又使後學之士得見前輩明道正學之鴻文庶足以端其學識是雖與戡亂戢暴之功異而其爲益於世道有補於治術則同豈徒某一人之感激也耶某頓首

往肅捷震

存 存

上李宮保書　丁卯

前在金陵拜讀鈞函往復循環曷勝感激十一月自游西湖返金陵舟中肅呈謝啟計已久達節下矣十二月由金陵返皖欣聞大師連捷首逆駢就誅擒此中原人民所共慶幸者也宮保功在國家威震華夷前既底定東南今復肅清西北以十餘年橫擾五六省之流寇聚中外之兵力歷數大帥不能制今未及一年而撲滅之撚匪既平則畿內馬賊聞此聲威當必漸次斂跡而夷人之窺伺海疆者睹此氣勢或亦不敢萌猖獗之心來年換約當不致肆行要索安內即所以攘外正氣壯則邪慝者不得作理固然也然則宮保實隱有計安　社稷之功不徒粵逆撚賊之平賴宮保

之力而已數年來內外之氣不甚相通故以節相及宮保之竭智
盡忠力任艱鉅勳勞事業顯見於天下而尚有掣肘於其間者竊
以此番大功既成當請解兵入覲庶幾　陛見之日可以具達內
外之情形而通　君臣上下一體之氣且前者粤賊之平朝廷不
免欣喜或過視天下若無可患者矣今者捷書到京恐更喜樂太
甚而漸少憂勤惕勵之心是尤可懼也　陛見之時能將外間生
民之困苦帑餉之空虛伏莽之潛滋暗長者尚不計其數人心風
俗之澆薄士習官常之未見振起凡可憂之事不妨一一陳之則
所以格　君心而匡天下者其功更大設或　朝廷知以畿輔為
重舉以任之宮保是尤為天下之福則望宮保直任而不辭以得

口占一存

勝之兵乘大捷之勢勦滅馬賊分駐要害固根本示形勝使夷人知我毫不可動搖則自有消沮退藏之意撫約之時可以操縱自如矣如得節相久任東南宮保久任畿輔則　國家安固之基可以永世無極故望宮保直任而勿辭也宗誠本欲趨謁節鉞恭賀奇勳并陳一切以近得微疾中止肅函敬賀恭請鈞安不宣

上曾節相書　己巳

宗誠於客冬揚州叩送行轅旋赴上海為應觀察商訂志書體例書院章程歲冬回皖北望節鉞曷勝馳依正月回桐省墓二月廿八日接奉馬督憲札諭始知正月十七日宗誠仰荷中堂恩遇於奏調人員揭內業奉　諭旨以知縣發往直隸補用拜讀之下

捷勦表

感悚難名宗誠性拙才疏自少毫無一長足供當世之用雖草野愚忱遭逢時變亦常關心　國事念切民艱而學識固陋器量淺隘性情拘迫迂直實非有辦事之才前者過承中堂（執事）保薦私衷感激亦屢欲乘時上進稍報特達之知乃中自忖度於州縣事理毫無把握是以甘心守拙不敢冒昧求仕以上玷中堂（執事）知人之明不然中堂（執事）之於我江南有再造之德而於宗誠以養以教尤有父母師保之恩苟具人心豈有不思出（舍）身報效之理況宗誠先人畢生勤苦今雖祿不逮養亦未始不思博得末秩庶可上邀　封贈之榮凡此情事皆常輾轉於心而莫釋者無如才具淺薄不得不量而後進深慮一入仕途不能為榮反貽羞耳近年精力益頹聰

聽

鑒

明益滅遇事輒忘不能强記目疾時發風沙火日皆所深畏州縣爲親民之官事上使下伺候奔走案牘會計瑣屑紛繁徹特非性質所安即精神亦恐不給至聽訟對簿笞杖呼號之聲尤素心所不欲見聞者也其餘需次無費入都之資尤覺拙於經畫以此左右思維念不仕無以仰答中堂之知仕而不能有爲尤慮無以仰答中堂之知也厥罪維均請受其輕者可乎宗誠依戀之情即不奉奏調亦屢思上謁以親德輝矧蒙寵遇尤當馳謝請俟目疾痊愈家事布置有緒稍籌資斧即行東裝謝謁仰承訓示伏維台

鑒

刻外編

上曾節相書 庚午

爽夷

槍釁夷

上曾節相

前日晋謁仰見德容病雖稍痊而憂　國憂民思深慮遠之誠形於辭色宗誠受教育之恩而一無所能未獲從侍左右以效馳驅奔走之勞實深内疚竊以為天下事有能成功於一時者有雖不能成功於一時而必存其道以示萬世者頃者天津民夷搆釁竊謂由平日教堂一事本不協輿情加以今年拘花一案供由教民給藥法領事又持洋鎗先行傷人激動衆怒其釁實由法夷而啟在愚民無深遠之見方群以為大快人心而斃夷酋毁教堂之日即大霈時雨尤群以為天怒人怨至此而銷足見天人感應之不爽也向使　朝廷即乘人心之可用以法夷之曲播告諸夷謂諸夷自和好通商以來皆無嫌隙獨法夷傳教不協輿情常致滋事

寄夷

釁夷

此次又以拍花啟釁先開兵端以後中國專與諸夷和好通商而法夷一國必與之辨明曲直則理直氣壯中國之人心民氣未始不可振作而外夷未嘗不心有所慴服況以中堂之德望威望如一切不由中制悉聽籌畫機宜則兵心民心蓋無不唯命是聽如此則戰既有備和亦易講安見不可成功於一時也乃雖　命中堂查辦而樞府總署唯恐與言曲直疊寄　諭旨似法夷尚未見大肆猖獗而我氣之餒理之曲已儌俯伏在地雖愚人見此亦必敢於放肆無所畏忌而況狡譎之法夷乎法夷肆則諸夷未有不從中挾制者我既自認全錯則將來要求有萬不可應承〔許〕者何以荅之浸假而索我百姓償命甚至索我以官償夷官之命又何以

夷

備款

籌備疊

荅之此不大傷民心乎民心不願從夷敎此乃　國家之根基民心久傷民氣久抑終必有一發而不可制之時矣愚見以為中堂忠君愛國出於天性既已毀譽死生置之度外則必守道不移無論　諭旨若何當執理而爭者仍必執理以爭此次奉　旨查辦仍須查明曲直及辦理情形雖不言戰而暗中當何以防備雖可言和而有當許有萬不當許之欵總宜愷惻直陳雖不可激禍於一時亦斷不可貽譏於後世查明復奏之後仍宜回省布置如猛虎在山令人不敢輕入講和之事以請　旨另派人與講為宜中堂似不宜久駐天津恐夷人輕褻以失中外之望道不可行事有萬不可從者即可以去就爭之縱不能救其事猶可存大義大節

慮微遠

潛口百十

剡外編

於天壤亦可以振人心固　國家之正氣也盛衰治亂理數之常
實賴有人潛移默運於其間非中堂其誰望哉

上曾節相書

前謁送時本欲有所陳説因見中堂憂深慮遠無微不燭隨感而
應自合機宜鄙儒小言未敢遽爾上達惟時時與作梅觀察及荔
秋摯甫言之此事我直彼曲誤在崇厚一奏再奏以為其曲在津
民及地方官欺蒙　皇上及在廷諸臣遂致屢降　諭旨自認
全錯與夷照會一味乞和夷人本無理可言而有此　諭旨照會
反得執為挾制之具崇厚誤國欺君之罪人人痛恨非斬不足以謝天下而
又不自擔此責奏請　諭旨令中堂來津查辦凡乞和之條款既

崇厚

崇厚聽

先已明奉　諭旨總署又先與各國照會則中堂奉　旨查辦
自不得不遵　旨辦理如此則焉得不內受總理通商兩署之牽
率而外受夷人之挾制哉中堂守經太過專欲以忠信盛德孚於
上下而反為其所玩弄向使受　命之日即力陳崇厚之言不可
聽地方百姓之氣不可不固請　皇上不專恃和議但急為防
禦之策而與之辨明曲直彼可和即與之和彼不可和即斷不受
其挾制正道一倡雖（不能大振威[illegible]亦不）未必遽大有敗衄此關既鬆於是夷人要挾
令則不得不遵　旨奏案矣在中堂以為甯使守令受冤自已
庶幾免　皇上之震驚受小曲以求大伸誠純臣之用
心也觀中堂家書謂此舉內負疚於神明外得罪於清議而未必

於事有益中堂可謂洞見垣一方矣雖洞見其不可恃而猶委曲
從其請者以冀幸無患此中堂之苦心爲國也乃夷人得寸進尺
必欲中堂即殺守令而後甘心噫此何言也中堂我　皇上之
大臣豈夷人所得而指使之觀此舉動則要挾之事必多十許其
九猶恐以不許其一爲我罪也則乞和豈可恃乎宗誠欲乞中堂
急宜密疏直陳前日不得已而參守令意欲委曲求全而究恐不
足恃急請都中爲守禦計而後來有萬不可許者中堂必抗言以
拒之實在不得已則鼓動百姓及衆兵以禦之或可少折其驕氣
而和議可成若不爲守禦計專欲將就求和則恐夷人看破機關
一味要挾或焚殺百姓或佔據津城將各官困於其中中堂豈可

以坐視不早疏陳恐以後夷情變詐內外無備不但公論皆與責
賢之議即 朝旨亦必歸咎於中堂矣此是總理通商兩署做成
此局以陷中堂亦何必竟受其欺侮也如此和成固不免後人之
議如不和成而又無備則且以辦理不善之罪歸於中堂小人姦
謀雖無足恨而自己所守之道義與安社稷報君父之深謀則不
可不堅以守之竊以為中堂社稷之重臣在小人雖為陷害之計而
在 皇上未嘗不深倚以為重則崇厚欺蒙以致 皇上誤
諭旨之罪總[redacted]明誤與照會認錯之非守令之無辜民情
之公憤中堂委曲求全之心與和議之不可恃防禦之不可不備
斷宜愷惻直臣便 皇上知有所處置中堂疆臣也自當以守

密夷

土為重宗誠深慮夷人見中堂住天津城兵船一到[redacted]入
上派兵守城門與中堂共處一城大肆要挾總理通
兩署一切推諉中堂固抱之死靡他之志然與其憤鬱無聊奄
奄待盡寒天下功臣之膽灰天下忠義之心何如先有以備之兵
端雖不自我而開而必有以應之暗傳紳士宣告百姓密為防禦
調兵入城令道府縣必為固守之策而密令城外諸營為護城之
計彼如大肆焚殺開炮攻城即內守外戰兵民合力以死拒之且
奏請調李中堂入衛調劉軍門來治兵如果一戰而勝夷人知我不
懼且伊先開兵端理曲辭窮和議可成即或一敗而百折不回必
可以倡忠義之先而鼓天下豪傑之氣和議如不可成必先謀驅

逐京城夷人出城為第一着盡燬其在京夷館永遠駐兵守禦都城以清內患和議如尚可成必立條欵以限定之但許通商而不許傳教以絕後來民教滋事之端中堂既懷以身殉國之心現在雖屈已求全然大關節處斷不可讓如聽其入城則生受其挾制死亦無益於國中堂行事無論生死必為法於天下可傳於後世不比常人輕於一擲也夫國家治亂存亡固屬氣運非人力所能爭第人臣各有一仁至義盡之道則不可不擇善而固執義之在我者當如是則如是耳成敗利鈍豈所計哉宗誠受中堂生成教育之恩而才庸性拙不能報效自違中堂寢食不安自以局外菲才不敢獻言悠忽至今實負大德然輾轉反側終覺難已謹縷陳之

復吳桐雲觀察書

接奉二十三日夜中手書知前函已達屢命赴津宗誠亦久欲相晤惟洋務一事宗誠才識迂拙又向來不在幕府中堂亦向不與議論是月初三日謁見面請從行未蒙許可是以退而作稟又未敢遽上但於陳務秋與摯甫前言之意欲中堂奉查辦之命到津即明查是非而嚴參崇厚欺君誤國之罪請收回出使之成命無令其辱國而置之顯戮以謝天下然後與法夷爭曲直蓋此次津民之殺法領事實由法領事先持洋鎗欲殺通商大臣及天津知縣以致百姓動公憤其死也實法領事所自取而百姓則出於親上死長之心固無罪也其毀教堂則由法領事激怒又由

夷致

教民王三以迷藥與武蘭珍迷拐幼童反匿王三不與及搜出王三有供可據亦非百姓之罪也若謂供出於武蘭珍不足憑則雖取有挖眼剖心之實迹亦可謂我栽誣不足憑矣辦理之法但當照會諸國皆通好如前誤傷之人必抵命誤毀之堂必賠修而與法國則有戰無和法夷求和則止許通商不許立教堂以致滋事而急調東直各營以為戰守之資未必法夷不心懼也即有小挫而我志果定未始不終有決勝之時當日髮逆破鄂入皖下江南愚民無知以為必難抵禦矣迨楚師百折不回未嘗不轉敗為勝而終以有成蓋人苟志氣一立計謀一定始雖不能無敗兵折將失地之事而久之則奇謀必出奇才必多衆智衆力之所聚自必

夷釁厚

夷派往

有破賊之良法今日所大患者自克復江甯後中外大臣無有以辦夷事爲念者勦清完捻匪之後亦然皆以爲和議可以長安而全不爲正本清源之計是以今遇夷人開釁而崇厚兩疏專歸罪於百姓專歸咎於天津守令以媚夷人而欺君上總署及政府既向來不以求才練兵爲自强之計忽聞此舉心忙手亂亦以爲百姓之罪地方官之咎而一味俯伏在地自認不是不顧辱國而但欲求和於夷人明見於　上諭明與以照會徑派中堂往查辦百姓及地方官不准一言兵事以爲防備自守之策中堂純臣也内而總理外而通商兩署既合爲一氣持　諭旨以制之政府又全無卓見則内氣之虛不可言喻中堂不遵　旨辦理則事一決裂都

震遵夷

夷釁

中全無防禦既恐震驚宮闕殘害生民為禍必速且大遵 旨辦
理則一味受夷人之挾制受小人之播弄牽曳內有疚於心外有
愧於清議而禍更深且久所可恨者 國家有如此之人心民氣
而不能因而用之有中堂之威望兵民皆服又當此夷人自行不
義以開釁端之機會而不能乘此與法國爭曲直先驅都城之夷
酋以清內患外逐各省之教堂以除姦民惟通商不禁此外皆與
之絕約果能大振乾綱中堂力不足即調李中堂及從前成功諸
名公賢將以助之未始不可有為也此機一失以中堂為天下第
一流者而且受其挾制以後夷氣愈驕而民氣愈餒天下事尚可
為乎宗誠未奉中堂命不能往津即此時往亦復何益惟求閣下

叅密厚

夷密備

時時進見叅贊機宜為奉宗誠竊以為國可亡而國氣不可亡人可死而人心不可死正道雖不能行而正論不可以不存前日中堂之劾天津守令實欲隱忍小辱此誠無可如何之事也故中堂家書中有此舉内負疚於神明外負罪於清議等語惟夷人得寸進尺此特要挾之一端耳恐尚有不止此者何以待之宗誠意欲中堂雖如此委曲奏叅而必急上一密疏言此特不得已之舉仍當將崇厚欺君誤國之罪密陳之乞神機營陰為守禦之計以防夷情之大變而天津城亦似不可不密籌守禦之策戰守之備成而後可以議和宗誠前已自獻言於中堂更望閣下爭之也中堂久抱一死之志然死非難所以處死者為難區區之意望中堂之

○存　書

刻外編

參竊効隱

切聽夷

隱竊

守死善道全在此時也鄙陋之識惟閣下裁之

復曾節相書

前以愛敬之忱憂惶之切徑出忿詞上塵鈞聽深慮以狂妄見罪乃敬奉尊諭曲賜含容並示近日洋務辦理情形實深欽感酋夷近欲回京顯因無理之要求中堂不允且聞　朝命李爵相帶兵來津故欲乘其未到向總署要挾如蒙應允則兩中堂皆無如何此其隱情也中堂留其在津了結此案誠為要計宗誠竊以為制夷之法必先自備以立於不敗之地可守可禦而不為禍始堅定持重示之以大信裁之以正義令其知我不可動搖則術自窮而尤在先除附夷之人以清我腹心之疾使彼見我舉錯得宜賞罰

夷釁

悉當風裁可畏庶或有所慴服而不敢肆今李中堂及海軍門以及
　諭旨所調各軍到後儘可分踞形勢之地以為守禦之用而從
前明奉　諭旨及總署照會所允數事雖云過當示弱然既已允
之必不失信以貽口實而開兵端至彼於此外過於要求則必執
正義以與之抗且可照會諸夷與之說理謂各國通商多年此次
特教堂與津民滋事非我中國君臣與諸國有開釁之處一也津
民與教堂滋事本是教民王三不應與藥迷人法領事不應先持
洋鎗到商署激動衆怒而我　大國皇帝全不計較曲直引咎歸
已許治官民之罪修還教堂撫卹死者之家出使通好事事包容
誓不開兵端以敗和局所以對外國者無一事之失二也且此事

庶儘

遽夷堅

特津民與法國教堂滋事耳他國並無讐隙雖有誤傷之處諸國皆能諒之豈可助法國以害和局三也即就法國而論津民止與教堂滋事於法國商人無涉何必助教堂以敗通商和好四也即就教堂論亦止津民一處於他海口無涉他海口已令地方官保護何必助之為無理之謀五也我之所以待法國者盡情盡理如此而法國之要求者無情無理如此則是法國定欲開兵端諸國諸商如欲助之則是諸國諸商自絕和好非我之咎將來百姓到處抵禦焚殺於我無與事事與之說明意各國商人重在通商未必因此一事遽與我敗盟也設令夷酋斷欲入都中堂急宜奏請

皇上堅持定見一面派兵嚴防一面諭總署勿再有應允堅

夷使倆振

夷

鑒祭

刻外編

守前說候李中堂至即可帶兵入都與之再議至萬不就範圍之
時則亦不必多所計較祇得先設法驅都城之夷以清內患而駐
重兵以守京城然後開或戰或和皆可無內顧之慮內患不除終
為險著此次　諭旨似有振作之意若一經夷酋入都哃喝仍然
無所不從飽其所欲則夷人看破伎倆一錢不值矣從此中國之
氣尚可振乎承命赴津近因受暑日疾復甚俟暑退即行上謁

上曾節相書

前覆呈一稟計邀鈞鑒近日未審德躬舊疾奚似想憂　國憂民
諸事不順於心一時難以復元也祭華天津守令一事每讀中堂
家書及諸與司道書皆深自引咎以為辦理過重欲助交刑部及

發台之貴昨讀致臬台書又因　朝旨令解守令至津質訊意欲為之斡旋並深慮其不早到以致難於補救中堂委曲以求成全
國事之心人所共見天所共鑒但咎己而不求諒於人責深欽

真是盛德君子

職不朽也

惟宗誠私憂過計竊以為生殺予奪之權惟天子得以操之是非黜陟之公惟有司得以持之若是非黜陟不顧公論而惟姦臣小人之意是徇是亂國也生殺予奪不歸天子而惟外夷之挾制是從此危國也漢唐宋明四朝亦有姦臣小人之禍然君子生其時有受其害者而從無牽制君子以入其黨而為之分謗者有姦匪小人殺害君子者而從無牽率君子以為之殺害君子者若君子是非黜陟之公惟姦匪小人是徇天下事尚可為乎若中國天

夷

乎駁

子生殺予奪之權外夷得而要挾此柄一失何所不至雖幸免一
時之兵爭而必貽無窮之禍亂又況數小人附之而即挾君子以
從之天下後世將不咎外夷不咎小人而專咎君子誠令人日夜
疚痛心寢不能安食不能飽者也且刑部應同夷人會訊以失體
統而推之於中堂中堂勲德爲我　朝第一人爵通侯位上相而
可與夷人並坐以質訊守令耶守令爲我中國之臣豈可令之屈
於外夷公使耶守令若有氣節必不肯屈將何以處之一次如此
後必成例則我中國生殺予奪　天子之大權彼分其半而且
自中堂首開其端雖出於　朝旨而中堂不能爭後世其誰諒之
且一會訊必多方狡駁中堂雖欲爲斡旋恐亦不得自由矣將來

夷聽

據

夷叅

中堂欲輕辦而夷人照會總署必欲重辦總署必惟其言是聽或重遣戍或置於死天下不知但以為此經中堂質訊所定以成此寃獄也豈不痛哉是非之公一時雖或抑之終必有大明之日何況此案今日已無有一服心者矣中堂豈可再受諸小人之牽制而不早為昭雪也據宗誠愚見　朝旨令解赴津質訊而守令未到之前中堂急宜具疏明言守令本無辦理不善之咎當時法須事豊大業激動公憤聚集數萬人守令實難彈壓後十餘日民情洶洶守令日夜彈壓方保無事何能急拿凶手臣不過仰體

皇上寛大之心欲息事甯民通好修和不得不徇夷情奏叅革職已屬過重無須質訊況臣斷不能與夷人會審守令亦斷不肯屈

夷

喪

於夷人之前如斷欲置守令於死即請治臣前此參華過當之罪況我中國生殺予奪之柄斷不能自夷人操之是非黜陟之公斷不能自臣失之抗言以爭或可補救在夷人知此為第一關必爭勝而後許講和在我又豈可以此第一關而輕讓之耶愚人不察以為固爭則激禍然激禍於一時其害猶小而貽禍於後日其害更大也夫中國與外國之勝負固在兵力之強弱而尤在正氣之盛衰公道之存亡人心之聚散若自沮其正氣棄其公道喪其人心兵力雖強亦必敗失若自養其正氣守其公道保其人心兵力雖弱亦可轉而為勝強故易曰立天之道曰陰與陽立地之道曰柔與剛立人之道曰仁與義人果能自守其仁義之正則天之

陰陽地之柔剛皆從而順之此所以人能參天地而立極也董子曰天不變道亦不變宗誠竊以為道不變天亦不變古今亂亡之時皆由人道先變而後天因之而變故君子之欲經綸天下挽回世運扶持國祚無他焉惟守定正道不移而已矣守定正道則正氣盛公道存人心聚即不能一時强盛而終有盛强之時即不能一時轉移而終有轉移之時縱中外臣工皆不能守而我必一人守之縱無救於時而無害於道救時之功小害道之咎大也今所患者只計兵力之强弱而全不保養正氣不顧天下公論不懼失天下人心此特數姦臣小人之議論耳稍有識者皆不謂然中堂可不力挽狂瀾哉昨見總署與錢臬司書謂守令不赴津質訊為

違抗　朝命內失　朝廷之政體外失夷人之懽心是該守令自貽伊戚是將以違抗　朝命殺之也夫中國天子生殺黜陟之大權而讓夷人操之夷人欺中國之官民中國不能辨是非明曲直而一味欲殺百姓以媚夷治官府以媚夷此不懼失　朝廷之政體恥乃專以守令不遵　朝命赴質訊為失　朝廷之政體亦何謬也不懼失百姓之懽心失天下仁人君子忠臣義士之心而懼失夷人之懽心夫既一味欲得夷人之懽心則將來何所不至哉宗誠分位本不當僭妄陳言祇以忠直之心出於天性而祖宗數百年邱墓之鄉土受中堂拯救之大德歿世不忘加以教育之恩同於父師故不敢不以鄙見上陳惟中堂察區區忠愛之忱而恕

其愚幸甚此事中堂不補救無爲中堂補救者不早具疏直陳則後雖欲補救恐又牽制不能補救矣中堂深心遠慮意在曲全宗誠以爲當去計較之心而一行之以直道庶正氣可伸事事曲全未有不受姦人之欺挾者李中堂到其兵當何以分布亦宜持定見無須存畏心也是否有當伏祈鑒之

已刻 外編

上吳竹莊中丞書 同治戊辰

方宗誠頓首竹莊中丞左右竊以安徽省治建於安慶上接楚鄂下連吳會居中扼要實爲長江之鎖鑰中原之咽喉山川雄厚風氣樸茂經文緯武人物之盛載記不絕固地脈使然亦歷代賢大府興建培養之所致也前者粵賊蹂躪百度凋耗收復之後又賴

各大府體戎　皇上如天之仁奏請薄賦輕徭一意休養生息培補元氣及我公陳臬翰藩游歷開府數年以來恩威並用文武兼資內姦不生外寇胥遠乃謀興建學宮奎星閣以振文教設通志局以徵文獻興建大觀亭刻印乾坤正氣集以顯忠義興建各衙署以肅觀瞻整齊道路疏通溝洫以除壅塞巍煥堅實郁乎有文洵輔弼中興之氣象也惟是省會尚有應興建一大事請為我公陳之安徽為宋大儒朱子篤生之鄉素明禮義忠孝節烈史不絕書自咸豐三年至同治三年所有官紳士民婦女殉難者無慮數十萬人幽忠奇節湮滅者多而前給事中吳焯林之望御史薛春黎等在京兩次訪明曾奏請旌䘏者數千人欽差大臣兩江總

督曾公於咸豐十一年奏設忠義局委員採訪歷案奏請旌卹者數萬人又歷任督撫奏請旌卹者亦不減千百人皆奉　旨分别旌卹立祠建坊　國恩高厚崇獎節義有加無已然遠州下邑被賊禍久民氣未蘇多有不能建祠及坊者幽忠弱節鬱而未章何以顯大義而維風化往見江西石鍾山蘇州惠泉山皆自古名勝之地兵部侍郎彭公曾奏請建立水師昭忠祠於石鍾山廢址之上江蘇巡撫李公亦曾奏請建昭忠祠於惠泉山廢址之上去年節相曾公亦奏請建立總旌祠於金陵名勝之區今安慶迎江寺廢墟亦往日游人萃集之地也江水之勝載在志乘欲乞我公奏請度寺旁隙地建立忠義節烈三祠一祀全省殉節官員一祀全

省殉節紳士庶民一祀全省殉節婦女中立總位而臚列其名於
匾額以懸於堂不特廉頑立懦可贊王化亦且宣導幽鬱足和神
人將來省會之地大江之濱登臨名勝者皆知觀感興起仰思
皇仁而不僅為遊覽之勝事風化幸甚愚昧之見未知當否祇
請鈞裁

李節相諭元儒劉靜修先生應從祀文廟書　庚午

伏查雍正二年奉　上諭先儒從祀文廟關係人心學術典至鉅
也道光九年奉　上諭先儒升祔學宮祀典甚鉅必其人學術精
純經綸卓越方可俎豆馨香用昭崇報咸豐十年大學士軍機大
臣遵議從祀章程應以闡明聖學傳授道統為斷除著書立說羽

翼經傳真能躬行實踐者准各該省督撫奏請從祀同治二年奉
上諭祀典至崇必其學術精純足爲師表者方可俎豆馨香用
昭勿替竊考元集賢學士謚文靖劉因祖籍容城當宋南渡之後
南北道梗載籍不通元史稱因三歲識書長而深究性理之學日
閱方策思得如古人者友之作希聖解初爲經學究訓詁疏釋之
說輒歎曰聖人精義殆不止此及得趙復所傳周邵程朱諸書即
曉然曰我固謂當有是也常評其學之所長則曰邵至大也周至
精也程至正也朱子極其大盡其精而貫之以正也所著易繫辭
說見於元史今雖散軼而所傳四書集義精要二十八卷靜修集
三十卷俱收入四庫全書伏讀　欽定四庫全書目錄稱盧孝孫

採朱子語類文集編四書集義一百卷讀者病其複雜因乃摘取精要以成是書又稱因文在許衡吳澄之上而醕正不減於二人北宋以來講學而兼擅文章者因一人而已孫奇逢採其言行冠理學宗傳元儒之首又列入北學編其集先與楊繼盛合刻為兩賢集後與楊繼盛孫奇逢合編為三賢集而楊孫二賢皆私淑於因故其學問源流言行本末則與學術精純羽翼經傳授道統之論旨相符至元史所稱因愛諸葛孔明靜以修身之語表所居曰靜修丞相不忽朮薦於朝徵拜右贊善大夫後復詔為集賢學士皆以疾固辭元帝稱歎古有所謂不召之臣其斯人之徒與則其經綸卓越雖未見之施行固已可以想見明儒薛瑄稱其有鳳

翔千仞氣象又稱其足以廉頑立儒百世之下聞其風者莫不爲之興起又曰靜修不屑就其意微矣近儒孫奇逢稱其生有元之盛闡明學絶復能高蹈之上九時與許平仲耶律晉卿稱三大儒而大義懔然體純學粹先生一人而已薛瑄孫奇逢皆從祀文廟之大儒其言自足徵信兼考之元史所載孝友廉介細行大節無一虧欠則其真能躬行實踐足爲師表與　諭旨議定章程亦復允協是以當時君相推重學士尊從元臣李世安等累章請與許文正同祀明禮部尚書王沂翰林學士宋聚等亦嘗以從祀請成化元年助教李伸亦請從祀宏治元年禮部尚書周宏謨等議薛瑄與元儒劉因並祀正德間容城張紹烈復以是力言宜準揭時

例從祀以格於時議曠廢至今伏思元儒從祀者如金履祥許謙
皆學有師承許衡則從姚樞興起獨因生於金元之地奮然自立
以開北方之正學眞可謂豪傑之士無文猶興其出處一節雖吳
澄猶若不及議者不考其本末謂因渡江賦為幸宋之亡不知因
祖父以來為金元人於宋實無故主故土之誼渡江賦深心隱痛
蓋王景略不欲滅晉之意孫奇逢嘗著文辨之公論已明無可疑
議考其言行載在史傳表章於歷代從祀諸（迴）大儒而我　高
宗純皇帝欽定書目稱其文為北宋後一人迴在許衡吳澄之上
醕正亦不減二人今二儒既已從祀則因之可以從祀實與歷奉
諭旨所議無不相合況邦畿之地維民所止以粹然醕正之大

儒而久不崇明禋實為缺典如得奏請實足以興世教而振人心伏祈中堂俯覽遺文上稽往訓援例奏請從祀文廟以昭激勸並以見我國家重道崇儒昌明正學遠邁前古萬萬也

復楊石泉中丞書 辛未

刘林編

石泉中丞左右客歲冬杪在天津接奉鈞函備承獎飾望風景仰曷勝依依欽維我公以盛德醕儒為百僚師長正學清節人士歸心固不僅兩浙之地獲被仁風雅化已也宗誠前肅請奏以張楊園先生從祀文廟承示已會同學使奏請矣此舉實關學術風教實為至幸宗誠前年為應敏齋方伯編定楊園先生遺集方伯函來亦為刊於蘇州公見之否元儒劉靜修先生學術正大精純不

覽䟦

巫許魯齋而出處大節較吳草廬更無遺議去冬宗誠亦請於李
節相為之奏請從祀羅忠節公學問精粹純實體立用行我 朝
名儒自張楊園先生陸清獻公而外無有及者雖孫夏峯湯文正
皆不能如其大醇無疵也而氣節經濟又卓然為一時名將名臣
之冠門人子弟凡經指授皆能有猷有守出為濟世之英王文中
河汾之教無以過此從祀之典日久論定終必及之前屬我公奏疏
請而我公自以為忠節之門人謙退不敢遽行上奏留以待天下
之公議是足見我公之卓識然其著述似可先行進呈 御覽
前年夏菽甫學正之著述其門人胡侍郎肇智以之進呈尚蒙
旌獎留覽何況忠節公之人極衍義西銘講義陽明學辨孟子劄

記言言心得體明用達確爲程朱正脉乎即一詩一文無不根極
理要以之進呈不惟上足以資
聖學而多印數十部分散京
師志學之士又足以興起來將且可爲異日請從祀之基本愚見
如此我公以爲何如宗誠學業無成時懷憂懼近復爲浮名所累
羈於一官乞假未能進退不得自主未知何時能再承德教也

上李中堂

頃聞明年春皇上親政普天同慶想必有浩蕩之覃恩及于四海意中堂必將入覲天顏且必有大猷遠謨贊勷 帝德以新天下之耳目振天下之人心非庸愚小臣所當與聞者惟管見所及不揣僭妄冒昧陳于中堂之前惟裁察焉竊以同治初元 皇上御極之時正天下擾攘之際未及十年海宇澄清廓然成中興之業凡文武勳臣克復一省城肅清數千里者莫不上承天眷封以五等之爵惟胡文忠公力争上游克復武昌籌兵助攻江西親帥兵進圖安慶其時尤難其功甚偉不幸薨於金陵克復之前未得與封爵之賞今 皇上

親政之始似宜首請加恩從前文武功臣及死難忠臣
以勵臣子貞一之志而胡文忠一人尤宜請與各勳臣
克復大省會者同膺爵賞褒故臣之忠正所以砥純臣
之節此古人所謂千金買駿骨也在 朝廷行之足昭
崇德報功之典在中堂言之亦足見推功讓能之心此
所欲陳者一也 朝廷之上第一難得忠直之臣知無
不言言無不盡雖其所言未必盡可採用而為人臣子
能于 國家之事盡忠竭慮不求名利專以計安 社
稷為心實可為人臣之表則宗誠竊見咸豐時王子懷
侍郎奏議四冊凡 君德人才兵事財用無不殫思竭
忱反復盡言今 聖主親政似宜首請 加恩從前忠

直之臣以勵臣子敢言之氣凡如王侍郎者似宜奏請特恩賜謚並以其奏議事跡宣入史館立傳以垂型後人此雖部臣之職非疆臣所宜言然中堂今日雖為疆臣而實則首輔固無一事不可言者此所欲陳者二也方今天下禍亂雖已肅清而非講求吏治人才無以清亂源而立治本現各省大吏固皆簡用得人而從前賢大府如閻丹初侍郎沈幼丹中丞嚴渭春方伯皆精于吏治勤求民隱似宜奏請 特旨召用以獎賢良其他中堂所深知者似皆可密陳之庶盡以人事君之道並請 皇上宣諭天下督撫明保循良以端風氣賢臣濟濟于上庶吏治烝烝人才日出而治道可久矣此所欲陳者三也自

古治世之道以厚人倫美風俗為先欲厚人倫美風俗
莫如抑奔競利禄之徒而崇敦倫飭紀之士書曰旌別
淑慝表厥宅里樹之風聲者此也前年曾文正公督直
隸設禮賢館以延訪士子意甚善也惟司事者不得其
人所舉者未必盡賢而真賢不肯自就甚非德意以宗
誠所見直隸士子大抵樸陋者多有學者少惟深知足
為士林矜式者四人新城王振綱進士壯年高第篤志
養親三十餘年不求仕進温恭篤厚仁孝性成實足為
人倫之師表樂亭舉人史夢蘭幼孤好學守節母之教
年二十餘登科後節母不願其出仕即仰承母志讀書
孝養數十年頃刻不離左右博學多聞文行卓著深澤

舉人王肇晋亦少年登科不求利祿事親至孝兄弟四人相師友極其友愛尤好為善舉義行一門仁厚著于閭里其學博洽而于正經正史大儒之書尤能穿穴洞奥心體力行廣平進士武汝清登第甚早亦以母老不戀仕途教授于家孝養終身其為人守正不阿頗著風節是四人者洵直隸士子中之賢者也中堂如能表其孝行奏請賞加京銜以旌揚之似亦振起人心移風易俗之一助並請 詔各直省大吏皆勤加訪求以振士氣而厚人倫此所欲陳者四也 列聖登極皆有豁免積久錢粮之 宏恩蓋積久錢糧在貧民者斷難征收徒授胥吏追呼之柄需索之資而實無補于 國計可

否請　皇上普行蠲免同治十年以前之錢糧雖于民間無大實濟而普天之下究無不歌頌　皇仁于無疆矣此所欲陳者五也迂拙之見知無補于高深然泰山不讓土壤河海不擇細流惟中堂裁之

○上李中堂

敬密稟者宗誠忝司任一邑不能盡當為之職分何敢妄論天下大政以取越禮犯分之愆惟胸中憂鬱有不能已於言者又感我中堂豁達大度曾不以言罪人而於宗誠所言所行尤加優異雖毫無足取亦常以度外包容之用敢越職陳言以備採擇竊以軍興以後雖獲四海永清而民間元氣凋耗極矣直隸地瘠民貧加以水

不存

不存

旱偏災差徭繁重盜賊所在多有幸遇中堂德威並著
仁義兼施賑卹災黎嚴治匪類窮民賴以安全畿輔賴
以鎮定寬大仁厚之氣固宜有以感召天和潛消災沴
乃自去年至今冬雪不降春雨不時入夏以來亢旱尤
甚麥秋既已不登秋糧不得播種且不止一邑一郡已
也舉直隸全省皆然亦不惟一省已也聞關外山右河
南山東皆然以根本之地虛耗之民何以堪此我 皇
上憫念民艱去冬至今屢屢設法祈禱中堂及各憲下
及州縣官民亦無不誠心以求而神靈罔應間有陰雲
之布終無雨澤之施尤可怪者雷電不作風霾時形天
人一理此其中必有故焉事天以實不以文側身修省

施德行惠愛民如子疾惡如仇好民所好惡民所惡此
事天之實也設壇祈禱此事天之文也易曰天地交則
為泰不交則為否天氣下降地氣上騰陰陽和而後雨
澤時萬物育焉天地之不交陰陽之不和是必有戾氣
隔塞其間故也戾氣者何在上則政事為之在下則人
心為之自古君明臣良之世惟是使上恩得以下究下
情得以上通若君雖明而臣不良或大臣良而小臣不
良又或有良有不良於是 朝廷雖有愛民之心立愛
民之法而中間為臣工所壅蔽致 君上之仁恩不得
下究下民之困苦不得上通此天地之所以不交而為
否也洪範庶徵曰蒙恒風若今春夏以來天氣未嘗無

下降之時地氣亦未嘗無上騰之時然往往不俟其交而即有狂風以散之是以　朝廷用人行政賞善罰惡有蒙蔽於其間者使上恩不得下究下情不得上通故致陰陽不和而膏澤不降也易曰洊雷震君子以恐懼修省又曰電雷皆至豐君子以折獄致刑夫天之有雨露所以養萬物也有霜雪所以成萬物也雨露仁也霜雪義也仁以育萬物義以正萬民不正不足以成其育不義不足以成其仁無霜雪之肅殺何以能成其雨露之仁愛故大學傳曰惟仁人放流之屏諸四夷不與同中國此謂惟仁人為能愛人能惡人不能惡人即於仁人之道大有歉也一冬無雪或者　朝廷過于仁愛有

當惡而不惡當肅殺而不肅殺者以召致云乎鼓萬物者莫疾乎雷雷所以震動萬物之生氣使之達也故曰雷以動之雷者天地之怒氣而實為天地之仁氣也無雷霆之怒斷不能成天地之仁故曰天之無恩而大恩生迅雷烈風莫不蠢然今自春以來雷電不作所以雖或有油然之雲終不能成沛然之雨或者 朝廷行政有貪暴殘民之官當大震雷霆之怒以行刑者而偏於仁愛不肯行刑以致此乎夫天人之理至微宗誠豈敢妄測天心而中堂則有爕理陰陽之責者也聞之京師輿論皆以前提督成祿在甘肅妄殺數百人實足以傷害天和感召戾氣 朝廷辦理此事過于仁厚緩妄殺

數百人者之罪而反以叅劾妄殺之直言不諱者為非
刑賞不公人心之直道難泯人心所不服即天道所不
順傳曰吾之心正則天地之心亦正焉吾之氣順則天
地之氣亦順焉天地人為三才而君與相尤與天地為
一體參贊化育位天地育萬物之任非 聖天子與賢
相之任其誰任哉夫致中和可以位天地育萬物非迂
言也亦非空言也致中和必有致中和之實德實政當
殺而不殺當速殺而不速殺是必 朝廷偶然錯悞失
之不中不和耳果能翻然悔悟大震雷霆不受蒙蔽不
護前非成祿之當立決者即立決之吳可讀之忠直當
褒即褒嘉之是即致中和之實德實政也民心愉悅天

心有不豫順者乎曩者　仁宗睿皇帝時京師旱　詔
減釋軍流不雨釋安南黎氏二臣亦不雨　仁宗手詔
赦洪亮吉是日沛然大雨遂頒　諭言天人感應之理
至捷誠臣工弗以言為諱　御製得雨詩有亮吉原書
無違碍之句有愛君之誠實足以啓沃朕心之注　仁
宗之大公無我順天應人毫不存成見實足為天下萬
世法今旱象如此恐即禍亂之機民間歌謡如此可見
民心直道之公而諸臣皆知之皆無肯言之者是即蒙
之象也諸廷臣蒙蔽如風致下情不得上達　皇上不
震雷霆之怒所以上恩不得下究此時尚不過陰陽不
和將來必致天地否塞且以畿輔之地虛耗之民如果

竟成全省大旱亂民為亂猶可治也災民為亂何以治
之迂腐之見欲求中堂或容陳或明目張胆為我　皇
上言之忠義精誠必能感動我　皇上為　仁宗睿皇
帝之所為者宗誠謹昧死以陳又嘗思天澤不降上下
之氣不通陰陽之氣不和宜奏請我　皇上施浩然曠
大之恩凡自同治十三年以前民欠錢糧全行豁免蓋
民間積欠徒飽胥吏追呼之欲壑而實無裨于司庫何
如下愷惻之　詔施之于民以感召太和之氣乎又各
省府州縣官原以通下情於上推　上恩于下府州縣
官不得其人則　國家雖有良法美意而　恩澤不得
下究閭閻雖有疾苦寃抑而阻絕不得上通似宜奏請

特旨嚴諭各直省督撫藩臬專心留意人才勤政愛民者必不次超遷以鼓勵之貪暴怠慢者必全行斥革以懲創之而督撫藩臬亦當各矢公忠無存私見掃除積習勿喜逢迎一心為　朝廷分別賢否激勵人才一意為百姓訪求循良培養元氣而不可以同年同鄉意存偏袒稍事瞻徇是亦致中和以召和氣之一端也直隸麥既未收早穀未種貧民皇皇待食即令十日之內得雨亦祇能補種晚穀可否祈中堂訪明南省何地豐稔招致米商由海運津俾民間得以買食又祈奏請如有姦民藉荒明搶持械行强者許地方官嚴拿正法以遏亂萌愚昧妄言伏求台鑒

右存

○上李中堂

敬稟者宗誠前日妄有陳言深慮以出位見罪乃於十一日奉到鈞函過蒙鑒宥採以入告雖諸葛公之開誠布公集思廣益無以過之惟於天人之理感應之神似有未深信者故疑洪亮吉之案遇赦而雨為適逢其會宗誠竊不以為然也天下譬如人之一身嗜欲飲食寒暑失宜氣血凝滯而後病生焉善醫者窮其受病之源順其理而調其氣以和解之消導之甚則攻治之而效立見不得謂皆適逢其會也天地人一氣而已而冥漠之中實莫不各有條理以主持於其間無理則為亂氣人失其理則人氣亂而天氣隨之乾為父坤為母大君

者吾父母之宗子其大臣宗子之家相也故天地人雖皆一氣而惟君相之氣與天地尤易感通譬如父母與衆子孫雖皆休戚相關而究惟長子與家相之言是聽其家道之隆替家運之盛衰亦皆惟長子與家相能主持之衆子孫但同其禍福而究不能主持其事也然則綱維治道斡旋氣運非君相是望而誰望哉且夫綱維治道斡旋氣運貴操其本而不可徒救其末操其本者易救其末者難操其本者速救其末者緩也　仁宗遇災而懼側身修省不肯怙已一時之過而奮然立改前非即此至誠為民一念是即所謂吾之心正而天地之心焉有不正者乎吾之氣順而天地之氣焉有不順者乎誠

所謂操其本者也孟子曰其為氣也至大至剛以直養而無害則塞乎天地之間夫天地之間本止有正氣而無邪氣邪氣之來乘正氣之虛而入故主持世運者必能知言養氣明夫道義而無所疑然後能配夫道義而無所懼不疑不懼然後能以直養其至大至剛之氣以塞乎天地之間如是則雖有邪氣之萌自不能敵浩然之氣而銷歸於無有矣若先于道義未能無疑天人感應之理未能深信則不能不生計較計較生則毀譽利害之見動於中而不能無所懼懼則至大至剛之氣餒餒則浩然之氣不能塞乎天地又何能感通天地乎古稱至誠格天至誠感神者不無計較之私一以直養之

而已矣稍有計較即非至誠且果立言之際忠懇愷惻委婉曲折以陳之未嘗不可回天也鈞甬謂天地陰陽為戾氣隔塞推究其故當非一端未必盡由成某一事洵為平情之論然既推究其故非一端即當盡陳於上以啓沃　帝心庶幾遷改以感通天地不得但救其末已也夫雨澤之降始于地氣上升地道也臣道也一也易言小畜密雲不雨謂陰不能畜陽故陽亢于上而膏澤不得下降中堂為首輔元勲功在　社稷名齊方召知天地不交陰陽不和恒暘恒風必有戾氣隔塞壅蔽於其間而不敢盡情上達是即陰不能畜陽地氣不上升之過也以中堂忠貫日月功震華夷豈肯出此不過

計較有益無益而後行耳夫事求可功求成委曲以濟
功名者三代以後之名臣也陳善閉邪責難於君成敗
利鈍皆非所計者三代之上純臣也宗誠職分雖卑而
志量甚遠內憂一邑之旱象外念全省之災黎望中堂
為三代以上之純臣不徒欲中堂為三代以下之名臣
區區迂見故敢再陳之不勝惶悚之至

柏堂集卷十二

桐城方宗誠存之

說

英才說 咸豐丙辰

草木之精氣著而為英絢爛靡曼采色奪目為蜂蝶之所聚婦孺之所嗟詩人文士之所賞嘆然使不斂而為實精氣泄根本傷則不待風雨之所飄揺霜雪之所侵摧零落於汙泥之中踐踏於雜鷔之足已為行人之所棄置而不復顧嗟呼吾甚惜夫天地之真精妙合而凝者之僅以英華著也孔子曰歲寒然後知松柏之後彫也周公繫易於剥之上九曰碩果不食夫松柏之與碩果其精

氣豈與百卉殊哉凝固於根柢而不肯泄之而為英雖著為英華而旋即斂之以就實不與衆卉爭絢爛於一時以悅庸衆之目此其所以後彫而不食也夫惟後彫而後可以當巨室之任利舟楫之用惟不食而後能含天地生物之性應時而發生生而不窮嗚呼此其與貞元會合同一無終極者也而何風雨霜雪之懼乎人生於世其庸愚者猶草木之枝葉也其賢而智者則英也孟子曰得天下英才而教育之既曰英才而猶必教育之何與今夫一歲之中其華英絢爛者盈天地間皆是也而卒之能後彫而不食者至少焉一世之中其以英才自負者無地而不有也而卒成其才者亦至少焉嗟呼吾甚惜夫天地之真精妙合而凝為人而於人

之中又得其賢且智者亦僅與草木同以英華敗也吾避亂柏堂馬生復震方生來復張生家驥族孫濤俱從余學余因為此說以示之咸豐六年五月

尚友說 戊午

予嘗論一鄉皆稱原人與鄉黨自好之士之所以異以為自好者不同流俗潔身自愛但求無失己之行而人之好不好顧焉若夫鄉原令色巧言闇然媚世甯自失而不敢失人意旨充其類雖亂臣賊子亦皆有所不敢違而無特立不懼至死不變之節孔子謂為德之賊雖過門不入而不憾其所以絕之者其切乎然孟子又嘗言一鄉之善士斯友一鄉之善士一國之善士斯友一國之善

久而思之而後知

士天下之善士斯友天下之善士以友天下之善士為未足又尚友古之人是知行冠乎當時學繼乎往哲古之所稱大人者第於一鄉之善士起不於一鄉之善士止向使一鄉之善士第自好其所為而不思求友好古以擴充其所未至則雖潔修自愛終未免為鄉人而已但知硜硜自守勝於鄉原為足賢而不知卑陋自安未能追配古人為可恥則亦安足貴哉余自咸豐癸丑冬避亂柏堂里中後進之士以余有一日之長多相從問學蘇生子獻馬生心鍇張生德駿族孫和甫山如依余最久丁巳冬予授經東鄙有蕭生敬甫者奉其師朱魯存先生遺言以詩為贄北面稱弟子貌恭而慤言樸而直讀其文博辨馳騁而不倍義理善士也[redacted]

[redacted]當盜賊橫行之際向之自許才士者多隨流逐波以去矣而諸子竄身草野苦節清修誓餓死不汙塵垢斯不亦難乎乃復能求友好古如此嗚呼其可畏也已今夫天地之心無時而窮故陽不生於春氣發動之時而生於堅冰既凝之際陽之生也愈潛滋暗長於下而重陰沍寒慘烈之氣愈偪塞於上然惟其寒愈酷而陰亦將衰矣何也寒愈酷則陽愈含蓄貞固鬱抑而不輕發于是乃一發而不可遏今諸子之志於正學其陽氣潛生之機乎雖然陽之生也必健行不息至於六陽畢出而後生物之功遂若一陽二陽浸長而忽止畜之不厚發之不暢終無以成造化之功人之學也亦然故必由友一鄉之善士以至尚友乎古人然後可以

德修於身而功業建於當世而不朽余特卿之善士也今將北渡大河東登泰岱遊京師遍交一世之賢豪觀古聖賢之遺跡以自廣諸子亦不自畫而務進取焉庶冀可為天地之心也已

讀書說 戊午

咸豐戊午夏予授經東鄉馬氏之寓齋有章生子從者叩余門禮甚恭意甚篤聽其言觀其貌蓋將有志於學也顧戚戚以生處僻壤無書可讀而欲請益於予予問其家舊所藏何書則曰小學四子書六經而已予曰噫嘻天下之書有過於小學四子書六經者乎小學四子書六經之中尚有未明之理未盡之事乎夫學問之道非炫多鬬靡之謂也所以求明體達用而已體者吾心仁義禮

智之性用者即吾心仁義禮智之性發而為惻隱羞惡辭讓是非之情見之於父子君臣夫婦昆弟朋友之倫與夫日用事物之微而已非有他也是其體也用也人心之所同然也聖人先得我心之所同然故其體無不具而用無不周性中情和盡倫而盡物既修之於身施之於事而因垂之於言以示天下後世之人使皆知所以明其體而達諸用焉此書之所由作也今夫日月者其示人以明昭昭矣日之方中而不知其明反自傷無爝火之用不亦惑乎然則學者不必他求也第即聖人之書反而求之於心使其心無一理之不明推而見之於事使其事無一理之不當必使聖人之書不作空言而皆備於吾身著於天下又因其已言者而悟其

所不能言者焉則凡經中之一言有終身行之不盡者矣而奈何猶以無書為憾耶且夫六經之用也廣矣大矣詩以道志書以道事禮以道行樂以道和易以道陰陽春秋以道名分是故六經者明道之書也而四子書者又六經之精蘊也大學者又四子書之綱領也小學者又大學之始基也由堯舜禹湯文武周公之書至孔子而集大成由孔曾思孟周張二程之書至朱子而集大成雖自周秦以來羣儒之言諸子百家之說無不有可取者而究其精微之蘊義理之本則小學四子書六經足以包括之而無餘以致其精反躬以踐其實斯道之妙固有不待他求而得之矣仁義禮智之性非求之小學四子書六經無由而明惻隱羞惡辭讓是非之情

非求之小學四子書六經無由而當父子君臣夫婦昆弟朋友之倫以及日用事物之微非求之小學四子書六經無由而盡於是處則以之修諸身出則以之教諸人見之於政事則政事和著之於詩文則詩文乃能淑性而載道而又何不足之有哉昔明道程子少厭科舉之學慨然有求道之志未知其要泛濫於諸家出入於老釋者幾十年反求之六經而後得之横渠先生少喜談兵又訪諸釋老之書累年盡究其説知無所得反而求之六經始涣然自信曰吾道自足何事旁求也許魯齋先生少泛濫諸家未得道學之要及見姚樞受小學四書集註讀之奉如神明敬如父母遂成有元之大儒然則生其可以知所從事矣

末刻

吴生兆學字說 庚申

吴生兆學年十六其祖竹如先生字之曰效爲既爲說告之以學
聖人之道矣古者冠而字必延大賓主之冠三加賓皆有祝詞以
勉之是蓋字說之所本也余忝爲生之師二年與古大賓無異義
不可默況將與生别情亦不能以已也乃告之曰人之爲學學爲
人而已矣聖人特盡其爲人之道非有加也是以論語首言學而
次即論爲人之道曰其爲人也孝弟又曰孝弟爲仁之本所以示
夫學之所當爲者不亦篤實而切要哉孝者所以學爲子也由父
母而推之以至于祖以上無不體其心之所願望者而爲之以求
得其歡心立身行道繼志述事凡古人之所已爲者必效而爲之

乃所以學爲子之事也弟者所以學爲弟也自諸父諸兄以至于
師友之賢者無不隆其禮而聽其言以求得其益事賢親仁就正
有道凡古人之所已爲者皆效而爲之乃所以學爲弟之事也予
弟之道盡而後爲聖人之本立若自少不盡子弟之分父祖師友
之言視之如弁髦而不肯爲甚且畏之遠之而唯恐其責以爲人
之道又安望其學爲聖人乎此原壤之長而無述孔子必推其本
在于幼而不遜弟也朱子論學曰必效先覺之所爲乃可以明善
而復初夫堯舜之道孝弟而已矣是真先覺之所爲也子懼生以
祖之言爲高而因告以學爲人之實生能不忘祖之訓與予之言
其於學爲聖人也何有

此卷未刻者俱已另行抄存

栢堂集卷十三

桐城方宗誠存之

贈序

送徐宇陵之官關中序 道光庚子

可刪

古之所謂學者非徒私一己也將以措之于世也其所以仕者亦
非欲利一身也將以行其所學于政也然而政治之善否又必本
乎學術之邪正學出于正則其仕也天下受其福苟或不然則其
仕無論榮界[?]而生民之類必皆將重蒙其禍世教之失也久矣父
兄之所導師友之所規罔不以學相敦勉然問所以爲[?]學者何意
則曰冀其得科名耳問欲得科名何爲則曰冀獲高爵厚祿以榮

肥其身家耳小學之教滅焉而不修大學之道蕩焉而不講程朱
諸子之書厭薄非毀而不使一讀仁義不居不由庶物人倫不明
不察致君澤民移風易俗之具尤以為迂遠而不適于用不諧于
時若惟恐其一學焉則有害于科名富貴之事故雖或有高志卓
識實學之士遠出塵壒之外而苟不富且貴則宗族鄉黨相與輕
之而富且貴者雖或肆情極欲陷于小人之歸而宗族鄉黨且相
與榮之時舉以勵其子若弟嗟呼重利祿而不務躬行如此此學
術所以日入于鄙陋與夫以重利欲不務實行之人又日從事鄙
陋之學一旦幸登顯仕天下其何所賴耶豈惟無足賴吾恐天下
之不罹其禍者鮮矣徐君字陵仕直隸十餘年所至有廉聲後奉

諱家居徙城北之石莊特來訪余因得時相還往每見其燕居之暇喜讀宋以來諸儒之書而言談之際惟以去利欲務實行為要然則君之學其可不謂之正乎道光庚子起官關中予惟關中在漢有楊伯起為清白吏以四知為戒在宋有張明公著西銘以胞與民物心是二賢者皆能去利欲而務躬行之實也君素慕其人讀其書今官其鄉當必能行其學使關中人實受其福也夫

送孫礀泉序 道光乙巳

余嘗怪天之生人宜無不愛也而何以使之有富貴窘窮憂患安佚之不齊又其甚者使之至于疾苦顛連無所控告豈天之于人固有愛有不愛耶久而思其故而後知天雖不能盡人而畀以富

貴安佚而固無不畀之以至誠惻怛之心使人皆不失其至誠惻怛之心則凡疾苦顛連者又何至于無所控告習俗之偷也人人務殖其私妻子而外凡弟骨肉之親已不能一體視矣五服九族抑又衰焉姻黨故舊抑又衰焉而况于外之人乎一二好仁之士又或身處卑賤其于人之急難雖為之痛心疾首日夜徬徨而終不獲引手救嗟呼可濟人者無濟人之心欲濟人者無濟人之力余于天道終不能無缺然也吾友文鍾甫何眉岡嘗為余道孫子磵泉之為人磵泉好善性成其少時讀書塾中見餓者憐之困終日不食以自試至中夜餒極嘆曰吾不食一日已如此彼常不食者何如也故其壯也推食解衣破千金之産無所惜磵泉工書法家既落索

筆遊四方所至爭相延致然得餽遺遇貧者輒散去遊歷十餘年而窮益甚嗟呼磵泉生今之世立心如此其窮固無足怪然使磵泉不窮則世之疾苦顛連者猶或有所托庇奈何使之窮也余因是益不能無疑于今之天道也磵泉胸無城府天真盎然與之處使人機心容氣俱忘余既久慕磵泉及納交十餘日而磵泉有荊楚之行因書此以贈之

贈何君序 道光戊申

天之降才智于人其矜重之意常百倍于富貴壽考富貴壽考不必得其人而後與也才與智必十百人之中始畀一人焉或千萬人中始畀一人焉是豈天之私此一人使獨得以才智自恣與誠憫

夫十百千萬之蚩蚩者不足以有為而特寄才智于一二人使之轉以相輔焉耳是故才智之出于十百千萬人者必能自成以輔十百千萬人之所不及而始足以承天今夫蛟龍魚之能變化者皆水族之絕特而不可比于常鱗者也然或終為蛟或終為魚或化而為龍興雲致雨澤施下物是豈天之有偏私于其間亦其所以承天者異也余拘守鄉閭不得交四方賢士常思與同里之英礪志勸學尚友古人然其所得志業同者不能及十人而已甚矣友之難也于時何君獨以才智出同輩之上余既樂與君交君亦不以世俗儔類相視今君一旦欲為燕齊之行嗟乎君自今離鄉曲之陋與四方賢士交遊視余之拘守鄉閭者不啻如鷃雀之飛集

藪澤間也君之樂固無窮而吾輩別離之感則何能已乎且夫人生聚散無常念昔與君初交時同輩之語道論文肆志于龍眠浮渡間者極一時之盛而君多為之主一二年來君以事牽吾黨之聚遊不復如曩日之樂矣今又重以遠別其能無慨然耶雖然君之才智固十百千萬人所倚賴者也天蓋將使君大成其才智以為十百千萬人之所不能為余故于君之行也為承天之說以贈之

可删

送馬晴齋序 丙午

將欲成名於一藝亦必淡嗜好寡營求甘寂寞貧富貴賤榮辱禍福毀譽得喪舉弗以動其心而惟希迹乎古人專精殫力究古人之法而深求其意為之愈久不衰樂之終身不厭如是而其藝始

精雖然非其至也不見夫太空之行雲乎千態萬狀變幻不可端倪倏然而往倏然而來者造化之奇觀而其實無心也其生物也亦然長養蕃盛勃發于其時之不容自已而因物肖物流露自然未嘗先作意于其間孟子莊子左氏司馬遷之文屈子之辭陶公杜公之詩顔公之書摩詰之畫所以為千古之至者蓋若是也藝之精者豈足以語於此斯道不明學者日役役外物而不知返貧富貴賤榮辱禍福毁譽得喪擾擾于中老死而不悟其肆志于詩文書畫者雖自以為超軼之士而探其隱微亦不過巧取世俗之名利而已嗟呼執藝以求藝藝雖精猶不得為其至況以之為獵取名利之具乎吾見其日輾轉于汙濁之中求一藝之精不可得

而又何足與論藝之至哉滁州馬晴齋自少以畫名金陵乙巳丙午間兩至桐城與之交因以向所積于胸中者告之馬君亦欣然道其所得與余若相契秋七月將歸金陵索余文以贈其行因書此以進之

送戴存莊序 庚戌

道光己酉冬余友戴君存莊舉于鄉其明年將試春官索言于余余惟 國家沿明制用經義取士其意本欲率天下學者沈浸聖人之經以明其道淑其身而達之於用也夫其能明道淑身達用者上之人慮不可得而知也故三年大比以試之蓋將即其發著于言者驗其明道淑身之實而收其達用之效近世學者不明其

本而專求之文於聖人之經特苟焉以從事而已師所敎弟子所
學咸若是間有超出之才不屑齪齪于此則争起而誚之其所親且
時用爲大慼嗟呼以是習俗以是學術尚望其能明道淑身耶治
一已不足又何足以達天下之用耶故其幸而得志操衡人之柄
則復用其所以進身者取人而人又揣摩時風投之以所好任臨
民之責者則事與學相背惟引用私人任私意循故例苟蒙上下
之耳目圖一身之失得其不至喪心戕民者已足稱良吏矣而其
不得志于時與嘗仕而退食于家者則又抱其浮靡之文挾其鄙
陋之學輾轉相導風氣日頹學術遂愈趨而愈降嗟乎聖人作經
垂世與　國家所以取士之本心豈知其末流之失至于此極與

存莊少攻舉業既治詩古文有聲後又研窮經學所著書傳補商貫穴古訓而一衷諸程朱之義理吾嘗推為世不可少之書治舉業者或笑之以為背于時存莊不顧為之益力昔韓子論士在能自樹立而不因循孟子論在外者曰求之有道得之有命觀存莊之不溺志舉業而亦得舉信乎士貴樹立而俟命矣世之人得則自驕失則自傷惟恐與時背然終亦未必得也不亦惑乎雖然聖人之經又非特訓詁章句而已不沈浸聖人之經而惟時是趨陋也沈浸聖人之經苟未至于明道淑身達用遂自畫焉亦猶未免于陋也存莊能益修其業終不為時所惑則真有得于聖人之經也已

送馬君之山西序 咸豐乙卯

可刪

昏夜同行陷荆棘之叢一舉步絓衣刺足欲撥治則手無斧斤茫茫焉無所措而又虎豹哮其西豺狼跳其東耽耽焉伺其出而飽其肉進退俱不可思困守以俟天日之明庶幾有見而振之者乎饑而密雲蔽沈陰霖雨終日夜不能辨昏曉於是相與號呼盡氣喀血無或過而問焉久之有仁者聞之率其儕挾弓矢疾馳而至望救者感泣歡呼以為旦夕可出命可續矣虎豹豺狼懼不免聊試一嗥焉矢石未施而已鹿奔鼠竄而去獨仁者以其身鬬死後之人遂益用為戒棄之如異域而不敢一至嗟呼同為覆載之民而獨窮困至此亦酷極矣哉有黠而健者曰與其奄奄坐守於此

以待盡也曷若犯危難出萬死而冀倖其一生之路乎卒乘虎豹之卧奮身越荆棘而逸之其愚者弱者與飢餓不能行者羨其出傷己之不能從益相與大號馬目無淚喉無聲足不能踊但〔椎〕拳胸哆頤張目作哀憐狀而已逸者行既遠幸其獨生方啞啞然笑也君子曰之人也智者也然而未仁者之視人之在患難也雖甚疎遠猶痛疾之廹其身不惜出死力以救之況同居患難之中而已獨出焉不求所以振之而第矜一身之得全以為己智則是諸人前者之困猶未為甚而今之困乃真酷極矣哉余與二三友人避亂山中欲竄身而無所今馬君獨慨然有山右之行出荆棘之林而趨康衢之道去豺虎之窟而游冠帶之堂馬君樂矣然吾願馬

〇 存

君毋獨樂其樂也其以吾儕小人號之痛望救之殷衷控於大力者之前急出絶技運奇謀以來翦夷夫荆棘驅戮夫豺虎掃廓夫陰霾俾同遊於光天化日之下而無棄之如異域焉其可乎咸豐五年三月

〇 送綏序 咸豐 丙辰

昔王子安少負才名裴行儉以為士先器識後文藝譏其浮躁淺露豈享爵祿之器竊嘗深味其言而猶惜其論之卑識之陋也夫子安仲淹之孫仲淹生隋世學絶道廢之時承其祖博士先生江州府君六世以來之學修身著書稽仲尼之心天人之事帝王之道眙眙乎誠所謂豪傑士也子安乃不能服先人之義續未竟之

緒沾沾焉以文辭自矜陋矣何傷其不享爵禄也哉且夫文辭
者天地之精英也精英含蓄凝固則元氣日礴而深厚發泄盡則
元氣瀉元氣瀉則人心薄而世數亦因之而降是故文士之多浮
藻之盛乃世運之大不幸也仲淹嘗言曰今天下言政而不及化
是天下無禮也言聲而不及雅是天下無樂也言文而不及理是
天下無文也王道何從而興旨哉言乎使子安知此何文藝之足
云綏植之先生孫也吾族自　高祖竹圃府君以儒者之學教子
其後世承其緒愈衍而益明待廬先生展卿先生皆以經術文章
著名當世植之先生尤集其成焉綏之孫也最先生所鍾愛常常
稱贊之余嘗笑謂先生昔吳幼清之祖喜誇其孫當時號有譽孫

之癖先生殆是也然幼清卒能不負其祖之譽篤學修行以見於世為有元之大儒使後世稱其祖知人之明綏乎吾願汝之為幼清而不欲汝如子安之沾沾以自小也余與綏避亂柏堂今綏將去余而客進因書此以送其行咸豐六年正月

贈宗屏序 丙辰

天地之初至渾穆也由渾穆而漸開始於樸素極於文明至於文明而渾穆之氣薄矣由是而支離而蔓衍而紛華靡麗而雕琢粉飾逐末忘本月異而歲不同窮大而無所歸文之敝於斯為極物極則必反人心喪廉恥衰爭奪興於是棄文尚武重利輕義舉數百年之禮樂文章聲明文物絃歌揖讓之風冠裳之會蕩然廢棄

而無存人知蕩廢者文明之衰而不知文明者已為渾穆之薄而蕩廢之漸也而文明蕩廢之餘又將為渾穆樸素之始歷觀古今世數之盛衰國之存亡家之興敗循環反復恒必由之君子見微知著初不待扶持於禮義消亡之後而常殷憂於文明方盛之時昔者孔子見周末文勝當思從先進證夏殷禮寧儉喪寧戚與其不遜也寧固刪詩正樂於國風思治之後而繼以豳風七月之章周魯二頌之終而附之以商頌皆欲反文明於渾穆也陶潛曰汲汲魯中叟彌縫使其淳湆其深知夫子之心者哉向使孔子當日得行其志用唐虞夏商之質而損益乎周之文使不至流於偏勝焉則亦何至有七國兵爭之事而秦氏焚書坑儒之禍亦必無自而

起人知焚書坑儒秦氏之罪也而亦知由周末文勝之敝之所致
耶吾桐地名始見於春秋宋元以前雖間有聞人然大抵渾穆樸
素之氣未散也至明而文明大啟當是時宗屏之祖斷事公於成
祖篡位之時以忠烈開吾邑之首其後明善先生繼何省齋講學
之後恒懼文之日勝也倡明實學以正時趨子孫後進世守為法
故終明之世吾邑學者多尚廉恥重禮義仕則直己守道以循吏
忠節著名史冊處則敦仁讓礪名檢修行孝弟於家正氣固於內
斯邪氣無隙而入獻賊之禍遍於江淮桐以孤城當其鋒者八九
年而卒完固者其本在是也且夫蓄之深者發必暢積之厚者澤
必長浮華太過者其根氣必傷藻采太盛者其昭質必剝斯固造

化流行之自然而亦人事得失之感也明之時吾邑文明已啟而先正立節崇實不使文之過磅礴鬱積迄於我朝而遂大發為人文科第仕宦既為江南北之冠而溪海峰惜抱三先生出海内論者又以為天下文章在桐城焉物盛則趨之者多而假托以依附者亦必衆末流之弊無其内徒飾其外遂其名而喪其實務為發泄而不知蓄積以厚其基正氣虛外邪遂得以乘之此亦天道之無可如何也已咸豐三年粤賊入桐城予與宗屏偕避亂魯洪每言及禍亂之由未嘗不歎息焉宗屏與予不同宗而少同學志相得常念吾邑文學之衰思異日有以救之吾謂今日文明蕩廢之餘正可為渾穆樸素之始則所以扶持而挽回者不僅在文也昔

存

者忠烈公有從容就義之詩明善先生有明倫崇實之論願與宗
屛日三復焉可已六年夏六月

送廿玉亭序 丁巳

昔孔子去魯曰遲遲吾行而吾觀昭公失國之時孔子遽適齊為
高昭子家臣至定公立始反乎魯夫魯孔子父母之邦當是時君
逐居外强臣擅政於內孔子何不在魯陰圖倡義以為君討賊靖
國難而鬱鬱去抑何恝然如是與蓋聖人之心所經綸者在天下
之大經立天下之大本急功近利見小欲速之謀有所不屑焉居
位任職敬君之事死君之難成敗利鈍之說自不得淆其中無位
無權則必潔身去亂養晦俟時不失身於亂臣而亦不可輕其

身以犯凶人之毒此所以為聖之時也卒之留其身以繫民望出遊諸侯之國三家雖强而終不敢行篡弑之舉昭公雖不復而定公卒得繼其位豈非孔子去魯之功與不然徒以身試險一擊不中則身死而三家愈以無忌魯之為國豈尚復有望乎且夫君子之居於世亦視乎天之降大任於我者何在而取而任之而已昔者微子遭亂以宗祀自任故去而之國比干以臣道自任故直諫而死而箕子是時獨明洪範九疇之理以為先王道統之傳在是不得不任而守之幽囚為奴忍辱不死以期傳道於後世蓋天之所以大任予者在是則不得不以是自任而輕身以就死也是以孔子稱之曰仁而繫易傳又曰箕子之明夷利貞内難而能正其

志何者以世情觀之偷生者多則能死者重以道觀之則守道者重徒死而不合于道者又奚足為有無哉吾友廿玉亭少負四方之志桐陷後眷眷父母之邦不忍去常取文文山零丁洋正氣歌諸篇三復焉以寄意而陰圖義舉身蹈危機卒不獲成其志今將遠行而猶豫未忍也予因發孔子去魯箕子明夷之意以示之則焉

送楊湘筠序 庚申

易以陽為君子陰為小人夫一陰一陽之謂道陰陽合德為聖人偏陰偏陽皆弊也而一以為君子一以為小人何哉陽性剛陰性柔剛之發為仁為直為果為毅為真摯為坦白愛人而任事好善

而嫉惡如青天白日之無不可見如長江巨川之一往而不可過如高山大陵之峻極而不可俯稟斯氣者其植志行身可以扶危持顛廉頑而立懦斯不謂之君子得乎陰之發為曲為媚為輭懦為貪殘為深險内荏而色厲貌恭而心狠如狐媚善變人受其毒而不覺如鬼蜮含沙射影而人不及防如機械陷阱人入之而不得出其當大任受深知可以惑主剥民蠹政而敗國斯不謂之小人得乎且夫陰陽之性不特有剛柔之分亦明暗之所以異也明則雖有時而過剛而終能變化其氣質之偏以成中和之德暗則蔽於慾狃於私矜於忿而不可化故自古君子變而為聖人者有之矣未有小人肯變而為君子者也何者以其既昧於義理之是非

又昧事勢之利害但遂其陰柔之性以苟安於目前一激動之
反逞其陰鷙之氣以與君子為難至於與君子為難而小人之勢
成矣是以聖人作易扶陽而抑陰夫扶陽抑陰者豈待其勢之
既成而後抑之耶亦制之於幾先而已故曰繫於金柅貞吉幾先
不能制至於内陰而外陽内柔而外剛内小人而外君子雖其數
猶足相敵而其勢已不可禦則聖人惟曰君子儉德避難不可榮
以祿而已是豈君子至是而失其剛哉知幾而退斂然自克一順
乎時義之當然而不敢遂其過剛之性以陷於血氣之勇此正所
以為剛德也與郎武楊君湘筠今之剛者也為郎官十餘年清介
至未嘗具車馬當事任不可屈撓嘗憂權倖蒙蔽為 國大患欲

乘其勢之未極發憤上書人皆為之危以　聖明在上僅鐫一級調用其後楚撫胡公舉人才以君名薦君見事之難為也即日移疾去官困處京師不能歸湘筠上書後一年夷人犯京師　乘輿播遷權倖之禍果驗湘筠避地保陽遇余相得也將别為文勉余而問余以所處予曰聖人言學易可以無大過夫無過則中焉而已中必隨時以處焉而不可執於一陰柔非也陽剛之過非其時而用之則不可以為中古之君子在位言位在職言職過時而忘焉雷霆之擊妖物也雖有中有不中然過則雲陰散而杲日出矣不以一不中而時殷殷焉累其太虛之體也宋鄒志完當章惇專政之日以言事得罪其友田晝曰願君無以此自滿士所當為

石

者不止此志完茫然自失謝曰君贈我厚矣予媿學不及田畫無以處君姑與君論易

送敎靜甫主政入都序 同治壬戌

六經無真文真文始見於莊子所謂真人真知是也真與僞反故解者以真為即聖經之所謂誠而予以為是大有辨焉莊子之所謂真主心而言也人心之喪也膠形骸縛情欲汨聰明魂交形開日與機械巧僞構結而不可解於是周深憫之示以真宰真君欲人去知離形而反其真焉虛無以為體因循以為用甘於不才無蹩躠焉以物為事而一切因其固然視聖人之仁義禮樂皆若梏其天真而開人以作僞之漸高則高矣抑亦超世遠舉者之所為

耶若夫聖經之所謂誠則主乎性以為言而不離乎達道達德人倫日用之實故其存誠之功不外乎庸德之行庸言之謹備極之至於經綸天下之大經立大本贊化育而後為誠之至故曰萬物皆備於我矣反身而誠樂莫大焉苟於吾性所具有所未知未能則雖心不為物累頹乎其歸一任乎其真而實去誠也愈遠何者誠必盡其性而無虧而真則第虛其心而無物耳故以真為入道之資可也若但率其真而不求自明而誠之實詣則豈足以開物成務而經天下國家之變哉予客中丞嚴公幕二年交望江倪豹岑郎中開縣李雨亭太守最後交榮昌教靜甫主政三君子性情才猷不必同而皆純任天真而無所矯飾郎中之恬靜太守之簡重主政之醇樸或以為有似於莊子之真人而

予觀其守已為人盖皆以誠為本者也夫以誠為本而擴充之出處進退經世宰物一順乎理之自然而無容心焉此雖莊子之真亦可以包蘊其中無遺而自無其陋此聖道之所以為大與三君子有濟世之責今主政將供職京師索予贈言予以真與偽相反者主政既已知之矣而真之與誠相似而不同者世儒皆未之辨焉學術之微所關甚重是不可不明析之也因書此以質之

贈黃仰範序 癸亥

予嘗怪孔子慨聖人不得見而思善人有恒夫善人有恒去聖人遠矣而孔子顧流連往復思之不置且深慨其不得一見何與及讀孟子書論美大聖神而先之以可欲謂善然後知善人者固神

聖之初基也夫善根於心成於性宜無人不可為而亦與聖人君子同為不可得而見者抑又何耶豈非世教衰學術壞人心風俗日即於偷薄而至然與周子曰師道立則善人多善人多則朝廷正而天下治然則欲救天下之亂而反人心風俗於太和之天非多得善人不可也盧江黄君仰範好讀書喜陰行善事雖遭亂離歷顛沛而嘗以扶植善類為心予宿欽其為人今年夏同寓皖城往還論學者兩月益悉其性情洵所稱善人者也君愛予文特甚手抄數十首以歸予謂文章末也君具希聖希賢之質當由可欲之善而充實之以至於盛德而有光輝使薰其德者善良庶可反人心風俗於醇厚之域是則聖賢之所重望也夫

存

送朱子欽序 癸亥

節相曾公駐師安慶幕下文武士多英傑才能之選公既知人善造士休休焉如有容而四方德行經濟文章之彥雖非思啟用於公者亦皆欲仰公風采而樂其陶成相與來游而聚處於斯既得公為依歸又各以其類為儕講習琢磨有麗澤之益一時傳為盛事謂皖為君子國也同治二年余自武昌反安慶賢豪長者皆不棄而樂與余交而其年之少於余志相同學相契者復得三人焉靈璧張鏡堂自雲南學政丁艱歸過皖徒行訪予者再樸重果毅肆力窮理之學讀其書洞徹本原而達於治道然猶不敢自以為是蓋篤學之英也遵義黎蒓齋以諸生應　詔陳時政侃侃萬餘

言　天子嘉之以曾公善造士命以縣令來江南予聞謂必有不可一世之概及與交温厚篤謹吶吶然如不能言者其亦奇士也哉最後又得交金華朱子欽郎中觀其所上節相書醇雅篤實識時務之要世之號為經濟文章者殆無以過然虛中好善粥粥然若無能其與鏡堂蒓齋所學不盡同而器量淵涵不以所得自封則一甚矣游於皖者之多君子也今夫天下未嘗無才也患在識趣卑陋不知所以養其才既驕且吝視天下事若無難非已莫屬而不知氣之浮者不足以任重而致遠也是故君子不可一日而無學學而後知不足夫惟時自以為不足者授之以事而後能縠然當之而有餘是故惟學可以擴其才惟道可以成其學才而不

不學才不足恃也學不知道學不足據也鏡堂之學務治經尤以孝經為天德王道之本純齋好史學古之名臣如諸葛武侯陸宣公郭汾陽范文正岳忠武李忠定王文成輩數十人皆手録其本傳而時誦之以為師資郎中好讀李二曲書以收攝身心為本講求時務為用三人者學不同而同有志於道故皆能不自足其才而思所以擴充之其所就豈可量哉予幸與三君交惜鏡堂前以憂歸靈壁令郎中居安慶匝月奉節相命將之江西予友六安涂朗軒石埭楊仲乾招同義寧陳右銘溆浦向伯常石埭陳虎臣涇縣洪琴西餞於江上郎中索言於予予無以應也孔子曰君子不器又曰君子胡不慥慥爾請為郎中誦之

送郎小唐司鐸靈璧序　甲子

古者君師之道不分而設官授職教養則各有專司後世內置卿相外置督撫監司守令明政刑以治民而自太學以及府州縣學又各立儒官以教士子大君總其成焉是其制猶古也然而教士之制同而士不如治古之隆者其故何歟古者立學所以明人倫後世立學所以崇文教而又不遠求諸古各惟其時是趨時愈趨學愈下是豈朝廷立法之不善哉毋亦官失其職無豪傑之士以轉移之者與夫朝廷之法于儒官祿雖微而禮貌之甚優大府所以接待之者不與守令等然以其祿之微不足以養也故士多不屑為之者類多闒茸衰老計無復之與諸生相視如贅疣枘

鑿而不相入雖趨時之文亦鮮所質正也學使者至儒官為諸生呈册而已其新入學者禮宜執贄來見稱弟子而較錙銖如賈人入行過是不相見如故也失職之中又失職焉若是雖求文教之興不可得又遑言造士如治古之隆也哉昔唐陽城為國子師進諸生而教之曰學者所以學為忠與孝也維時薰其德而善良者數十百人明曹月川先生為霍州學倡明聖學屏斥佛老遂開薛胡之首為有明一代儒宗士忠非豪傑耳何古今之足云貴池郎小唐善為文章負氣節當粵賊皖南小唐時伺賊動靜報帥府洞中機宜屢挫其鋒賊知之殘其家死者數人後避居安慶聞吾友石埭楊仲乾講心性之學棄其前所學而學焉所居窮巷敗屋中

衣食不給而讀書不輟嗟乎今之世若小唐者儻亦可謂傑士與同治三年夏奉檄司鐸靈壁將行予因舉古名臣大儒之事以貽之小唐慎無謂古之教不可行於今也本諸身而興起學者之心斯真豪傑之士也矣

送竇蘭泉先生入都序 甲子

道光三十年 顯皇帝初登極維平竇蘭泉先生由吏部郎遷御史時英吏既就撫天下宴然以為無事矣先生獨深念治本當以進賢去不肖為先遂首上疏條舉天下大政九劾首輔及蔽賢誤 國數大臣而力言少穆林公之賢旋以繼母老告養歸里未幾 先帝起用林公諸人皆罷斥由是海内讀 詔書

而泣翕然頌　聖明殷殷然望治焉先生實有以發其機也居
滇數載逆回亂先生不肯附羣議賄地招撫以遺後患大吏忌之
先生避亂蜀中又數年著書講學寂然無復仕進之意當是時天
下羣盜橫嘆更逆回就撫之不可信卒如先生料　今天子即
位召起天下碩德舊臣以圖中興於是先生年六十一退居十五
年矣同治二年冬奉　命復出下巴峽歷湖湘鄂岳之間至安慶
邀宗誠偕觀金陵營壘登鍾阜以覘賊窟訪吏治民生人才士氣
軍儲將畧與夫江山之形勝　國計之盈虛著書數十篇將至京
師以為獻言施行之助方先生之告歸也年未及五十京察一等
記名部堂官又顯薦於朝天下方承平人皆阻之曰　上行

且大用矣先生曰母老可貪官乎浩然而去不復顧今先生還朝入又阻之曰公年已逾耆著書講學足成千秋業且流離數千里外無家室僅一子方稺蒙棄之而仕無乃傎乎先生曰此何時也大亂未靖　天子方沖齡不我用則已耳豈可自戀六齡子而不一覲吾　沖主乎於是又浩然而去不復顧夫古之君子論出處之義曰難進曰易退然此特言其常耳若夫時事艱難朝野望重國脈人心之所繫則進固有不必難而退固有不必易者矣往者宗誠從吳竹如方伯問先生學行方伯曰先生守義介如潔身不苟予疑先生義則潔矣然義之過或恐害於仁乎今觀先生之出藹然忠孝之思而後知義之盡者乃能仁之至潔身不苟者

存

始可以展胞與之懷彼悻悻自好以爲義者不得爲仁亦非所以爲義也先生在道光朝其時正學輟講久獨先生與唐鏡海太常及今大學士倭公[redacted]節相曾公[redacted]侍郎吳公[redacted]前殉節英山何丹溪觀察互講明朱子之學諸公大節夷險如一皆實能行其所學終始不渝今值　聖天子在上孜孜圖治諸公以三世耆舊柄用於　朝先生又出而助之後世數中興碩輔與倡正學之功其在斯歟其在斯歟

○送游子岱刺史序　乙丑

昔太史公以奉法循理之吏不伐功矜能百姓無稱亦無過行特創立循吏列傳加於儒林酷吏之前夫酷吏務一切嚴削以齊倍

本多巧姦軌弄法之民去先王仁政日遠其後於循吏宜也儒林守先聖之業述六經之旨而乃列之循吏之後何哉蓋遷所見儒者大都博而寡要勞而少功故以為不如循吏之實能見之於政施之於民為有所濟於世也雖然儒林不能為循吏者世固有之循吏而不本於儒林者自古及今未之嘗聞子皮使尹何為政子產曰吾聞學而後入政未聞以政學者也此子產之所以能為循吏首與周成王董正治官其言曰學古入官議事以制政乃不迷孔子亦曰學而優則仕又曰君子學道則愛人由是觀之不能為儒林之傑者必不能為循吏之所為其出不能為循吏而徒以儒林以著者其所為儒決非孔子所稱學道之君子儒可知也新化游

君子岱以刺史需次安慶與予交循循恭謹可畏愛聽其言觀其
行知為篤學志道之儒也尤愛與予論學一言當往往為數日喜
予以君將膺民社每遇君必述古循吏之所為今夫世之所謂循
吏者吾惑焉習常蹈故以狥俗例為無過是循弊也非循理也是廢
法也非奉法也無功無能固不得與有功而不伐有能而不矜者
同年而語其無過者苟且取巧以避大吏之詰責而已若是者民
之無稱無可稱耳豈民無得而稱之謂耶因循姑息以圖目前之
無咎而釀成事端反授酷吏以殺人之柄元氣愈喪風俗日濤而
大亂起矣是豈學道愛人者所忍出此夫欲奉法必先明於國家
之法欲循理必先窮極事物之理使其表裏精粗纖微曲折無不

盡然後能措之經權常變而無不宜由是興事立功效能於國而學養日深自無矜伐之迹是真循吏之所為也已同治四年秋君奉檄司牧和州將行與予別無以贈君也因獻言曰學優而仕君既已知之矣已能之矣仕優則學請復為[illegible]君誦之

送馬雨農先生入覲序 乙丑

古大臣之事君也入則有嘉謨嘉猷輔導君德以為治本出則以居賢德善俗樂育人材用致之於朝廷是道也內之卿相外之督撫監司皆所宜然而於督學使者之職為尤宜蓋督學使者以臣道而兼師道者也周子曰師道立則善人多而天下治故非能盡乎師道即不能無虧乎其為臣抑必臣道克盡足為法於天下而

後其師道立所謂大人者正己而物正其以是與且夫天下之治
人才重矣然才本於學學術明而後人才出自宋明以來養士之
制甚備郡縣皆立學專設儒官以教之又特命侍從卿貳重臣為
學使試官以別優下[illegible]定黜陟然典試者與士不相接且日淺惟
學使三年一任號為宗師果得其人士風常為之丕變而郡縣學
之外又各建書院以造士延名卿大夫之退居者以為之師其法
之美制之備如此然而天下常有乏才之患者何哉倘亦師道有
未立而學術猶有未明者與然則制治之本原可識矣咸豐十
一年大理馬雨農先生以侍讀學士奉　命督學安徽學正而
守介性篤而氣和方有意於明學術為士子倡未及行而以丁內

艱去官節相曾公延主講敬敷書院時大理久淪於回逆先生欲歸無計不得已乃留為諸生師先生之教重行而後文文必以先正為宗根柢於經術其論學歸本人倫以為天下無倫外之人即無倫外之學倫不可一日絶學即不可一日廢以故從其學者大都循循敬行檢不徒事浮文先生猶不自足虚衷好學不懈遇事咨訪一言可取皆識之不忘孝弟忠敬出於篤誠德器涵養日即於温粹夫以言教者入人淺以身教者其入人也深使天下為師者皆知先生而學術有不明世猶有乏才之患者乎吾知其必無是矣同治四年先生服闋將入覲諸生各為詩文以矢弗諼先生之教宗誠與先生游處久相知尤深竊謂古大臣之使於外也諏

存

謀度詢必咨於周固所以廣聰明作興人才亦所以為使歸之獻也先生奉使來時盜賊遍江南今幸肅清而所以弭亂之本開治之原與凡官方吏治士習民風兵謀將畧盛衰成敗之所以然平日親歷而周咨者今使歸 天子將臨軒而問焉當必更有嘉謀嘉猷入告以輔導吾君成郅治者是誠足為當世師又不獨皖人士之感其教澤也已

○贈單伯平先生序 丙寅 ○

國朝山左守朱子之學以治經勵文行者濟陽則有張蒿菴安邱則有劉直齋昌樂則有閻懷亭濰縣則有韓理堂予皆嘗讀其遺書集而嚮往之及游濟南訪求四先生流風餘韻邈不可得又未嘗

不嘆齊魯古聖賢之鄉即顏曾冉閔之徒不世出而學行如四先生者固不應寂無其人也久之乃聞吾友方魯生道高容單先生之為人先生自少篤志力行好古人之道闇然不求炫耀于世為博士数十年固窮績學予嘗見其與魯生論學書衛道侃侃而詩辭書翰懿雅淵蘊心竊好之以為四先生之餘風固猶未墜而相隔数千里末由一見又時隱用為憾也夫人第欲為時俗之學則第日與時俗之人處足矣苟有志于希古之人則不惟誦詩讀書而已又必遍求當世賢豪長者耆儒碩德以為師友然後足以開發其固陋而振攝其神明以庶幾大遠于流俗也先生不求知于世世亦鮮有知先生學者官棲霞僻處海隅與世曠然若不

相聞朝邑閻公來撫東邦謂治道以風化為先延先生主講會
且薦其學問行誼于　朝刊其說經諸書同治五年予自家奉節
相曾公命來濟寧復于役青州道濟南始見先生望其貌龐然以
清聽其言温然以樸因與論為學要旨而謙讓抑自下若不知其為
者宿篤學之儒也昔子思子作中庸其論學要歸在于君子闇然
一語夫闇然未有不日章然方其闇然之時固不計其日章之效
也使為其日章而後闇然則猶未免于作僞蓋闇然日章乃天道
自然之理而非君子之所以豫存諸心者也若先生之見知于閻
公之敬先生皆相遇于淡漠之中無所為而然者是豈不足為學
者法而端風化之源歟予是行也沿大江泝長淮泛微山南陽之

重湖浮運道入黃河旋登泰山謁孔林復循山而北轉而東渡汶水涉淄濰歷四先生講學之地而式其舊廬瞻望伯夷孤竹齊桓公管仲之故墟至瑯琊上超然臺以望渤海其于入也過金陵訪汪梅村道淮安訪丁儉卿居濟寧晤宗滌樓至諸城謁吳竹如先生皆海內耆舊予久故也而先生以十餘年之神交今始得一見既欽閻公為政能以風化為本又以予此行得釋十餘年之宿憾為幸因書此為先生壽六月三日阻濰水撰於旅舍

送陳心泉觀察入覲序 丙寅

太虛之中有浮雲焉其倏忽變幻能使天宇之澗日月之明為其所障蔽而陰霾沈晦之極能使山川失其象人物失其形然吾嘗

登泰山方其在麓也密雲覆蔽若將陰雨然者所見不及百步之外及陟其半回視之而雲之縹緲無端者僅如洪河巨濤之洶涌于其下而天日之清明于上者固無或異也登其巔而仰觀焉天宇之闊日月之明更毫髮不能爲之隔塞須臾大風起東北雲惝恍失所憑依任其飄蕩而不知所之山川城郭人物衣冠之在下者仍歷歷不失其形象也然則人特患不能置身萬仞之巔耳何浮雲之足云凡人心體之廣大如天然其明則如日而貴賤榮辱升沉得喪毀譽是非之無定者其倏忽變幻于吾前則浮雲焉夫浮雲之蔽天日特以欺在下之人不見耳而天日之真體固不能蔽也然則貴賤榮辱升沉得喪毀譽是非之無定者又豈足以累

德人有道之士之心體哉觀察陳公心泉先生初以御史出守江西節相曾公奏其賢調守慶久之擢分巡安廬滁和道安慶首郡安廬滁和新設首道也以公德學足為僚吏表率故特薦之公素講明心性之學恬淡寧靜而又通經致用其為政務惇大成裕以養元氣敬賢訓士潔己惠民民愛之如父母師保焉未幾有不悅公者蜚語上聞　上命解任入覲公素位而行無所動于中而皖人士則不啻若子弟之將離父母師保也微獨皖人凡天下之慕循良者皆若不慊于心忽忽不樂如浮雲之障太空焉余適自登岱歸皖謁見公喜公安之若素不以毀譽得失動其心又幸今入覲天子聖明昭昭然如天日之在上浮雲固不足以蔽之也公其以

存

王道之大帝學之要吏治之汙隆民生之休戚凡所以端本澄源撥亂反正綏內攘外制治保邦之具敬陳於吾君相之前斯有以慰天下之望也夫

叙交一首贈張廉卿 戊辰

同治壬戌予客楚北交與國萬清軒君子儒也其冬因清軒獲交武昌張廉卿廉卿好古敦行於學靡不窺而尤深嗜左氏莊周司馬子長韓退之王介甫之文昕夕諷誦以究極其能事清軒則專守朱子學造次必於禮研經考史博觀北宋以後儒家之言手鈔至數十百卷無一畫苟而獨不好為文辭宗尚之殊如此然秉忠信安恬退介然不汨流俗而與物以和不傲睨自喜篤內修而不

事表暴雨人之性行初無異也古之君子論交曰和而不同又曰
以同而異惟異然後可以長善救失補已所不足而裁成其有餘
後之君子之結交也中無主則唯阿以隨人有所主於中則一得
自矜而好人之同乎已夫好人同已為學與政之大蔽也天下之
理一而已然必合衆不一者而貫之以成其一非僅守一而遂足
以概天下而況可屏去天下之不一者欲盡人以同已之一乎二
君之相與為莫逆其知此義也已予於學亦不盡同乎二君之所
為二君亦不以予之不盡同而棄予見則相與賞奇而析疑不見
則無日不思蓋各以性之所近者為學而互相資其所能不必強
人同已所不能亦不必盡舍已所學而唯人之隨是則予與二君

存

亦無有異也易曰同人於宗吝若是者其有合於出門之交乎其抑猶未耶予別二君歸皖七年今歲秋賡卿來謁湘鄉相侯於金陵不期而與予同居使院兩月沖淡坦夷嗜學如昔讀其文日進於古而未已而予則頹然志業衰退見賡卿欲强自策勵從之而未能賡卿歸晤清軒其又將何以振予之惰也

送田勵丝徵士歸里序　甲戌秋

昔子游在聖門以文學稱意其所與居游者必多文學之儔而拘方之士非所尚矣乃其為武城宰獨重澹臺滅明之為人且以滅明之行不由徑非公不至文采不見於當世與子游宜若不相入者而何乃相契如彼其深也孔子曰道不同不相為

謀文曰君子以同而異子游滅明所學之術業不盡同也而其
志於道也則同道同則安得不聲應而氣求耶且夫古人之論
文也必有不同而後可以輔其同譬之水火之相濟金木之相
攻而後可以達材而成德以水濟水助之溺而已矣以火濟火
助之熖而已矣金攻金木攻木曷以成致用之器哉滅明因子
游而得聖人以為之師子游得滅明而益成其弦歌之治洵所
謂相得益彰者與蘇子瞻文章政事卓越千載然以伊川程子
之大賢深詆而迂笑之嗚呼此其所以為文人之雄而與聖門
文學之氣象相戾也予官東强亦深有慕於滅明之賢求之
不可得久之得深澤王小泉孝廉河内蔣一齋布衣不遠數百

里或千餘里相就講學數月而後去一齋又為予稱其同門友田勵齋予益嚮慕之其明年勵齋亦不遠千里而至貌恭而色毅行謹而言篤君子儒也先是河内李文清公講學河朔二君皆嘗從之游一齋學務高遠於人世智名勇功及一切日用之事往往鄙夷不屑而於道之大源獨自喜若有會於心勵齋不謂然也特於朱子小學家禮凡彝倫風教所關兢兢持之不肯從俗苟且又嘗留心當世之務欲推而致諸用同治初

詔舉孝廉方正邑人以君應時文清公在樞府欲官之格於常例未果而君亦不欲求仕矣然天地民物之念猶時隱然動於中也每語予以治術予或從或否君守其說益堅蓋其篤於自

信如此雖然勵岳與一岳論學不必同而同歸於安貧以求道予與勵岳論治不必同而同歸於學道以愛人君子亦仁而已矣豈以苟同為貴哉予生平好文學勵岳則質多而文少夫文勝則質喪聖學之所深棄也言之無文學之不講則非惟不能以行遠且恐抱一已之見而不能博觀聖賢之成法以會其通亦道之蔽也予與勵岳各省其所偏而自克焉可矣

○贈蔣一岳序 甲戌春

古今重特立獨行之士然非狐峭之謂也鳥獸不可與同群吾非斯人之徒與而誰與聖人豈和光同塵也哉天地如此其大也民物如此其蕃也要不外於五倫曰君臣曰父子曰兄弟曰

杏

○

夫婦曰朋友其不在五倫之中者要皆由五倫而推之也故曰民物即曰仁民愛物曰老安曰少懷曰事賢友仁又曰尊賢而容衆嘉善而矜不能即在上位亦曰舉善而教不能觀天地之化育合聖愚賢不肖有知無知有能無能之物無不在太和涵濡之中知天地之化育則知聖人之度量矣孟子曰伯夷隘君子不由夫以伯夷之不念舊惡是用希其清至於非君不事非友不友而孟子猶以其隘也不得與於見知聞知之統誠以其與天地萬物一體之仁不相似也彼雖成為清之聖而由而學之其弊必至於楊朱之為我甚至於釋氏之棄君臣父子夫婦之大倫以求其清淨無為寂滅之性莫非由此而岐焉孔子

不與荷蕢丈人沮溺之徒亦猶差之毫釐謬若千里學術可不
[慎]與一無特立獨行之士而性情類於狐峭自喜蓋伯夷之徒也
昔者魯男子善學柳下惠吾願生善學伯夷其可乎

存
未刻

送蔣生[之永平]序

[韓子曰]古之學者必有師然伊尹則曰學無常師主善為師孔子亦曰
三人行必有我師子貢稱孔子曰夫子焉不學而亦何常師此
其所以為聖人[也]與漢儒重家法各守一師之說而不相通沿及
宋明儒者亦往往分門別戶雖其師傳之誤亦不肯破除己見
而互相爭執嗜抑何所學之小也夫士希賢賢希聖聖希天孟
子曰一鄉之善士斯友一鄉之善士一國之善士斯友一國之

善士即至友天下之善士猶以爲未足又尚論古之人而友之古之君子不安於小成如此是非狹貪多而務廣也豈識知道無盡學無窮故不欲得一自封守一先生之說而不相通也雖然又有說焉孔子曰篤信好學又曰信而好古故親師非難信師爲難樂多師友而不能篤信師友之言則與泛濫而無歸者何以異與河内蔣生李文清公高第弟子文嘗不遠千里至直隸從予友祝爽亭黃子壽及予講論今聞游子代太守之賢擔簦二千里欲往從之游予因爲師說以贈其行

国家出版基金项目
NATIONAL PUBLICATION FOUNDATION

安徽省圖書館藏
桐城派作家稿本鈔本叢刊

方宗誠 卷 2

安徽省圖書館 編

北京师范大学出版集团
BEIJING NORMAL UNIVERSITY PUBLISHING GROUP
安徽大学出版社

柏堂集卷十四

桐城方宗誠存之

此卷壽序擬皆删去不存　可删

壽序

吳潔齋七十壽序 咸豐戊午

人之所以為人者仁孝之心而已達則以之澤物而愛民窮則以之承先而啓後無二道也人能常存此心而不失則根本固元氣充和德蘊於中自與天地乖戾之氣人心拂逆之機不相感而應雖處危亂之地遭橫逆之時而常能以和名和終其天年而不致中道之夭故予嘗謂莊周言可以保身可以全生可以養親可以盡年者其道蓋無他焉守其仁孝之心不失而已矣吾鄉吳君潔

未刻

齋少讀書性孝友明於大義繼母劉孺人嘗患病三年君時以家貧授經十餘里外雖風雨無日不歸省躬侍湯藥倦則隱几而卧未嘗就牀席繼母臨終執其手呼曰吾病至此無汝不能到今日矣生無以賜汝死當佑汝子孫於地下淑配胡孺人亦盡孝養繼姑病穢衣衾一日夜屢易屢滌凡三年未或告勞姑没鞠育諸幼叔極其恩誼鄉人有以嫂兼母之稱道光間歲屢奇荒君恨力不能濟人謂諸子曰欲濟人之食飲者必先自節其食飲能分一升一匊之粟與人即增一分一毫之德於己貧人有欲鬻妻者君倡助之完其家室里有叔姪分異成隙將致訟者君以天倫恩義動之兩人遂泣下如雨至今感其德不忘嘗讀史至文文山事録之以示

其子曰古人雖死如生爾可勉之嗚呼君之存心如此亦可謂有仁孝之本矣雖終身困於鄉里未得上達以抒其愛民澤物之志而以此承先啟後固一家之元氣豈不懿與孔子曰仁者壽詩曰樂只君子遐不眉壽又曰樂只君子德音是茂蓋推本而言之也蓼蕭之詩曰其德不爽壽考不忘蓋必德不爽而後得壽考不忘也又曰宜兄宜弟令得壽豈壽豈者壽而且樂也蓋必宜兄宜弟而後為令德之實而後有壽豈之樂也不然天之生物傾者覆之不仁不孝之人微特不得其壽於天即壽矣而戾氣之積人皆不樂其久生何得曰壽考不忘壽而且樂耶至於壽考不忘壽而且樂則知其德之所積者深而所以為壽者遠矣吾久聞君賢今君

未刻

子兆蘭從予遊述君之行乞予文以爲君稱七秩觴時予將往山東恨不獲登君之堂因推明君之所以得壽者以諗於君且欲君益修其德而不懈焉君其欣然爲我晉一觴也乎

吳育泉六十壽序 同治戊辰

後已有墓誌此篇可删

桐城多世族自明以來聲明文物震區宇彪史策著爲望姓者蓋數十家吳氏其一也然考其先大都力田孝弟仁讓明經世業積累之久而後勃然雲興歷數百年而其澤不窮其或中衰而敦詩説禮先進樸厚之風固守弗亡則其後必又拔起而不終廢絶何者其本實固也若其始積累不厚或一發而遂剝其基一窮而遂不知自振則焉能世澤如是之久長者往與吾友吳育泉徵士論

天人盈虛消息之理纖微不爽頗非性靜欲寡而極深研幾者不足以知之也育泉固巨族然自高曾以下皆以績學善屬文困諸生無所試育泉沈默仁厚尤工為文章歷試不售遂謝時名篤内行與德配馮宜人安貧守約孝事親友于兄弟睦婣任卹極肫摯悱惻之誠咸豐中粵逆陷桐城故家多摧燬頹落而育泉播遷流離獨無恙諸子皆以能文名仲子摯甫尤嗜古學以少年掇高第入秘閣出參幕府譽聞一時豈非世德積累之久天乃篤生賢子以昌其族耶然余觀育泉當其抱經生之業授徒以營朝夕之養冬無縕夏無葛而振窮扶困之心無一刻忘若不自知其為窶人也其後舉孝廉方正制科又得賢子有祿養可以自娛樂而蕭然寂處

窮鄉布袍粗糲不給年已六十故多病出入常步行未嘗一秉肩
輿隨所禄入分給三族之親而已仍為窶人人之見之者固不知
其為封翁也宜人之好善與育泉同而又皆出於天性之自然非
有要譽希報之心於戲其可敬也已今夫樹木之枝葉花實繁盛
絢爛者人無不艷稱之而余循其本則根幹盤鬱堅凝擁腫拳曲
全無外觀之耀蓋所以暴烈日蒙冰雪受兒童牛羊之摧觸而元
氣葆固不散者數十年而後有如斯之繁盛絢爛也雖繁盛絢爛
而根幹之盤鬱堅凝不耀外觀者仍如故焉此其所以能久長於
世與孔子稱必得其壽而推之至於天之生物栽者培之有以也
夫同治八年三月為育泉六十壽辰其冬十月宜人亦届六十摯

甫先期將隨湘鄉相國入都預請余文以佐觴余因以平日與育泉所論天人盈虛消息之理合之育泉及宜人修德之報以告同人知其壽攷康強後嗣之盛蓋未有艾也而摯甫兄弟其亦可知所以壽其親者矣

未刻

誥封一品太夫人李太夫人七十壽序 戊辰代

昔八元八愷昆弟以明德著史策雖上古極盛之時不可多見然傳第言其為高陽高辛氏之才子而其為同母與否則未有明文惟周之八士伯達仲突之倫實為一母所生故聖門弟子記之千百載後猶令人想像周家之盛事蓋天地精英之氣磅礴鬱積既久而後畢發於一時又必有仁厚忠孝積德之家其吉祥善氣乃

能與天地盛德之氣默相感召而後得鍾毓於一門也是固非偶
然者也然八士之生先儒所傳或曰周成王時人或曰周成王時
人或曰宣王時人考成王時著名卿相侯伯者則周召畢毛君陳
呂伋而八士無聞焉宣王中興其贊襄輔弼兼將相侯伯之任者
則惟方叔南仲召虎仲山甫尹吉甫之流亦無所謂伯達昆季其
人者意八士雖賢殆不過為方叔南仲等之僚佐而猶非卓然有
豐功偉烈之可傳且亦未言八士成名德時其母尚存與否由是
推之其家門之盛與其母之福德猶未有若今　誥封一品夫
人合肥李太夫人者也太夫人生世德之家幼以孝繼母聞逮歸贈
光祿公又以孝敬仁慈著稱族黨光祿公以甲科官刑曹俸入甚

薄大夫人經理內政自奉儉約而與人有恩居恒無疾言遽色而
教家必以禮法御下寬而有制光祿公好為義舉太夫人時質督
珥佐之一門和藹敦睦之象整齊嚴肅之規善望氣者固知其家
之必大昌熾也粵賊事起光祿公奉　命出襄團練賫志以沒
時伯子小荃中丞以拔萃為縣令仲子少荃伯相以翰林從軍
太夫人時勗以忠孝成光祿公未竟之志及狂寇益熾蔓延江湖
南北上下數千里之中而撚逆又乘間竊發擾中原震畿輔太夫
人間關烽火履險如夷益敦促中丞及伯相挈叔子季荃觀察稚
荃觀察季子幼荃都轉俱戮力治軍惟留叔子和甫觀察主家政
戒之曰汝等當憂國如家無懷內顧心使我得見賊平以上告汝

先公即為孝也中丞既佐湘鄉曾相侯成肅清江右之功屏藩粵
東開府兩湖兩浙伯相先運籌相帷幄既克安慶旋開江蘇率羣
弟總師干底定吳越膺一等爵土之封權任兩江制府復以
欽差大臣督師北征悉平撚逆以十餘年傚擾數省逋寇一朝殲
焉中原澄清　社稷鞏固遂膺上賞為中興賢相諸弟亦皆爭
著首功由是天下不惟頌　聖主得賢臣而以一門同母昆季
之衆英才偉畧勲業爛然遠邁於周之八士則即一門氣運之昌
而卜　國家中興之運蓋未有紀極也伯相既平寇入覲復受
命持節總督湖廣以明年二月三日為太夫人七十誕辰爰請假
便道歸省時惟中丞撫浙未歸伯相率四弟及諸子十五人朝衣

戲綵稱觴上壽極曠古未有之盛遇而太夫人受寵若驚處之澹然且以盈滿為戒盛德若虛如此其福豈有艾乎某從事伯相受知最久深悉太夫人之福皆本於太夫人之德有以致之羈於官守不獲登堂獻斝惟願中丞伯相兄弟益礪名德如周召方叔吉甫諸人為千古純德之臣不徒以功名高於一世俾太夫人顧而樂之頤養天年則太夫人之福其與國咸休也夫謹序

旌表節孝史母王太宜人八十壽序 庚午

同治己巳湘鄉曾相國總督京畿既肅清吏治乃復設禮賢之館以數求部下德行才學之士於是樂亭令以史君香崖學行薦相國降手書招之香崖以侍養壽母王太宜人辭不至敦促再三於

是香崖念相國勳德今古偉人而禮賢甚盛舉也誼不可不一上謁以答相國德意維時宗誠亦以奉相國辟至自江南聞其賢特造訪焉觀其貌聽其言讀其所著書樸重而温恭博雅而有典則信乎其為北方之賢者也香崖既見相國即固辭曰夢蘭生六月而孤五歲始能言賴吾母王太宜人礪志節鞠育以成立方其孩也一語一笑一動一趨凡有涉於暴慢徹忽者靡不申警而嚴斥也稍長讀書或勤或嬉文字佳惡不齊太宜人雖甚愛憐而又無時不糾察之弗姑寬也逮夢蘭領鄉薦五上春官不第以史館議敘例得官將謁選入時吾母年甫逾六旬夢蘭年始近四十母呼而諭曰窮達有命不必强同汝承先人緒足衣食富文史但得常

侍予左右予曰聽汝讀書課諸孫佔畢聲勝見汝祿養多矣無慕外榮而傷天屬之至樂也夢蘭自是絕意進取不敢一日離即有事出不踰旬誠不忍吾母倚閭之望也今吾母年八十矣夢蘭敢復鶩名於外以貽吾母思子之憂乎相國聞益賢之且以啟太宜人之賢不可及也香崖復請於相國曰吾母之節禮部已　旌如例矣而吾母則終身歉然不以節孝自居平日不持齋不信巫不問星卜惟日課諸婦織紡訓子孫積厚德以為常尤不喜事浮華方七十壽時夢蘭欲製錦屏稱觴母讓之曰汝以此為孝耶抑以予必待此為榮也夢蘭自是不敢請今某年月日為吾母設帨之辰欲求公書四字以賜歸懸之聽事為吾母壽公之德也夢蘭之

幸也當亦吾母之願也敢固以請於是相國手書堂額以歐陽母為况香崖拜受而歸既逾月復遣使持書幣執禮甚恭謂宗誠曰吾母之壽既得相國之重賜矣敢復請先生文庶幾吾母之節與所以教夢蘭者皆得載先生集也宗誠慚懼不敢承命既又念昔北方之賢者有博野尹公元孚初以節母之教而成其賢復以元孚之賢而章其節母之德吾鄉方望溪先生嘗為之文是則香崖所當效法者也予文豈足壽節母哉重香崖之請不敢違請即以元孚之所以壽其母者為香崖勵因以為太宜人壽當亦太宜人之所樂聞者乎謹序

宫太保相國列侯湘鄉曾公六十壽序 庚午代

未刻

皇帝御極之七載相國湘鄉曾公自江南總督移節直隸舉賢黜
貪政平刑理吏民大和既二年　天子念公前在江南久有撥
亂反治之功凡數千里之民陷于兵燹者幾十年賴公奮忠智倡
義旅知人善任集羣策群力拔之水火之中登之袵席之上故公
之勳德雖被于天下而江南士民念公德澤尤深因　特命公
復移節兩江以慰民望而代公督畿輔者為協揆合肥李公公門
人也李公既任事銘傳亦奉　命來視師謁見公于天津適遇
天子以公今年十月十一日六十壽辰　特頒温詔褒嘉
寵賜優渥一時中外鉅公名卿文武僚吏無不為詩文稱觴
上壽非徒壽公亦用為我　國家慶也于是銘傳諸將士相與榮

之謂銘傳曰昔詩人頌周室中興而美其將相大臣曰方叔元老克壯其猷又曰文武吉甫萬邦為憲若此者其惟公之謂乎公其可不為頌禱之詞銘傳因告之曰諸君知公為人倫冠冕而抑知公之勳德之所以大乎周書稱一个臣無他技其心休休其知有此容盖公之勳德之所以大也公自幼為學實事求是自入翰林至卿貳無時不以延攬人才為心　顯皇帝登極之初公應詔上疏陳所以造就激勵人才之道甚備海内靡不仰望風采公尤具知人鑑凡所論薦後皆卓然有所建明李公未登第時從公游公即決其必能為　國任艱鉅嗣後洪逆起粤西公倡義楚南所募賓僚將弁始不過布衣書生小吏走卒公率之以行百折不挫

遂掃蕩上游數省以及于江南而諸所識拔之士雖下卒亦多著
忠節立奇功顯名于天壤李公時奉　命團練鄉里亦起而從
公戎幕之中旋奉公命召集淮南義師助公南平粵寇北清捻逆
中原悉定雖以銘傳之不才亦得率諸君從公為　國宣勞倘非
公休休有容善作成人才曷以致此耶孟子曰為天下得人者謂
之仁詩人頌文王之詩曰壽考作人夫人臣事君一人之仁不能
博施而有濟于衆也惟作成人才登用於一方則一方被其仁登
用於天下則天下被其仁風氣既開人人皆以作人為心則自一
世以延于數十百世皆莫非吾仁之所廣被也孔子曰仁者壽夫
仁者作人之效至能為天下捍大災禦大患使斯民皆飲和食德

以登于仁壽之域，則大德之必得其壽，又何疑乎？詩曰：豈弟君子，遐不作人。而先頌之曰：豈弟君子，干禄豈弟；豈弟君子，福禄攸降。公其有焉。將士咸以銘傳言不妄，且謂公之所以成其勳德者，洵足爲天下後世法，因請序之，以爲公壽。公其或者以爲知言而進一觴乎。

未刻

李節相五十壽序 辛未 代

同治十一年正月五日，爲今相國合肥李公五十壽辰。先一年，僚屬欲豫稱觴，公固辭。至是，僚屬相與語曰：爲此春酒，以介眉壽，躋彼公堂，稱彼兕觥，先王時實有之。周公著之於詩，孔子列之爲經，此誠上下忠愛禮讓，爲國之本，不可視爲世俗頌禱之虚文已。

震

也惟人之壽不同有在一身有在一世有以百年為壽者有以千萬載以逮於無窮為壽者是不可以無辨公少以文學侍從之臣受知於湘鄉相國曾公具時天下方承平人多狃於宴安公獨日從曾公講習經世大業其志固在百世矣咸豐初寇起粵西蔓延東南數省曾公倡義旅於湖南號曰湘軍既肅清江鄂將進規江南公時襄事幕府運籌決策不二年復安徽維時江蘇全省淪賊中湘軍力不足以濟公倡創立淮軍之議召集忠勇武毅英傑奇士數十輩各募敢戰者數十百人從公駛輪船越賊巢翔集於滬上遂拜巡撫江蘇之命陽施陰設幾深勇沉忠義貫乎天日威武震於中外雖以西夷素不臣服中國而懾公之智勇亦多有願效

死力為公助戰者於是三年全境盪平且分兵以助克閩浙邊郡
公之志量誠欲致一世之人於仁壽之域豈壽一身者哉東南既
平中原捻逆猶充斥公先繼曾公總制兩江轉餉西北各省復繼曾
公督師於豫鄂齊魯燕趙之郊二年之間羣醜既殲渠魁授首畿
輔之地危而復安大功既成入覲
天子遂進讜謀於中樞
以為居安不可忘危王畿重地尤不可不為深遠之計也
天子遂召曾公由江南來督直隸而以武昌長江上游襄漢南北
之要害番舶屯聚惟公威信足鎮撫之　命公之湖廣總督任
旋奉　命使蜀安撫民夷雜處之地復督辦陝西軍務而天津
逼近京師為中外交涉之境事體尤重且艱復　命公來代曾

公而以曾公復膺兩江之任昔宋之用兵於西夏也范韓二公互為經略夏人請臣而成周之初周公召公二相分陝而治聖天子之用曾公與公其亦此意也夫抑嘗讀詩至宣王中興之時有曰維嶽降神生甫及申甫維周之翰四國于蕃四方于宣是蓋以宣王中興之盛推本於賢臣之挺生而賢臣之所以挺生又推本於山嶽之鍾毓爾雅以衡山為南岳而史傳又稱霍山為南岳霍山之高大雖若不及衡山然其挺特不群固亦江淮間諸山之宗也湘鄉公稟衡岳之精公世居盧州其霍岳之降神篤生我公以為中興碩輔乎曾公前在直隸逢六十壽辰今公亦適值五十壽辰二公之壽非一人之壽乃天下人之壽也然則屬吏等烏可不躋

公堂而稱兕觥乎於是書之以為公壽謹序

伯姊七十壽序

同治乙亥冬十有一月為吾伯姊七十壽辰鄉之俗每前一年族戚稱觴上壽宗誠別吾姊六年矣吏事拘牽不獲躬親拜祝於是為文敘情述德令兒子守彝代予晉一觴焉亦聊以慰吾姊之念予焉耳吾父母產子女十二人多不育今其存者四人而已而吾姊長予年十有三長予弟十有六時家貧不能傭婢僕予與弟之少也保抱提攜胥吾姊是依自頭足櫛沐衣裳浣洗雖至穢汙不潔吾姊不以為嫌及其稍長飲食烹飪衣履縫綴雖至碎細煩雜吾姊不以為苦吾父母遭家不造心常憂鬱然

以吾姊之能代母事亦稍減其況瘁焉逮姊嫁而吾母之勞乃甚益吾母每思姊則大慟吾省姊見姊思母亦然今憶之猶惻惻然心如割也姊之初于歸也家小裕事姑如事母其後遭水災壞堤乃大窘艱姊夫遠出養姑撫子女皆姊一人昕夕紡織以為生姑卒乃歸居予家予父母之沒也姊得親含殮焉嗣後姊夫歸吾姊益勤治家事家復小裕是以遠近無不稱吾姊為善持家者今年雖七旬精神猶健教子撫孤孫猶不肯一日安逸觀其狀大耋可期也獨念誠少受吾姊提携之德長同吾姊居貧履困今以虛名出佐幕府遂得以微才列名于朝作宰於畿疆屢蒙　覃恩推及兩世祖父母父母歷膺五品四品之封

吾姊思親之心亦可以稍慰顧予祿不逮養一弟一妹分散江皖不得合并惟吾姊居故鄉而六七年不獲省視安否雖吾姊不以是罪予予能無歉於懷乎惟祝吾姊善自遣節勞加膳含飴攜孫不復以家事自勞他日歸得重侍杖履優游於田間扶拜先人之壟而庶幾可補此日之憾吾姊其許我乎

未刻

許若秋孝廉九十壽序

若秋先生吾鄉樅陽詩人也自少即以風流儒雅著聲當世四方賢士大夫宦游吾皖者咸願親其謦欬瞻其風裁自撫軍方伯以下至郡太守無不倒屣相迎延致幕府於是為諸侯賓客者四十餘年先生為人貌恭而言和舉止談笑飄飄

刺

然有淩雲氣愈老而愈可愛慕尤喜接引後進善說詩論文追述生平所見前輩言論事迹終日亹亹不倦聽之者如獲新聞恒惟恐其去也先生生平無一日不自得雖困於諸生五十餘始貢太學八十餘始舉於鄉遭亂之後室家飄揺而其豪情逸興健步善飲提筆作詩頃刻立成雖壯者不逮也是豈天之所賦予者獨優與抑先生春和之氣得於詩人温厚之旨者深故與太和元氣足相感召與於戲是亦可謂異人也已湘鄉相國曾公合肥相國李公相繼爲江南總督設忠義局以採訪兩江殉難士民而招致者儒碩德居其中委以採訪之任蓋古人引年乞言之意也於是先生與懷甯王魯園太守陳燮樓刺史鄧少白待詔桐城馬星房大令宿松

松趙蕉泉孝廉歙縣程可山太學皆與於其選諸君年皆逾八十或與先生同歲生或少於先生一二歲俱以文行爲一郡望乃未幾皆先後棄世獨先生巋然爲魯靈光先生與宗誠爲忘年交二十餘年予奉檄北來别先生五年矣雖相違數千里而書問無間今年夏寓書宗誠曰吾行年九十矣子其爲文壽我予讀其書惻惻然不可以不文辭也吾桐以文學見重於天壤而前世負文望者錢田間先生方望溪侍郎劉海峯學博姚惜抱郎中吾從兄植之先生俱年逾八十説者謂桐城山脉本於南嶽天柱峯南爲文明之方而南山尤主壽故桐之以能文名者多壽考然猶不逮先生之年至大耄耋而未有已也豈非山嶽之氣鍾於先生者爲尤厚與惜宗

誠拘於吏事不獲歸而稱觴請與先生約俟期頤之日爲先生扶筇擕酒游於樅陽登陶公惜陰之亭聽先生談詩論文追述往事其可乎

栢堂集卷十五　　　　桐城方宗誠存之

記

椒園記 道光戊戌

椒園在桐城之龍眠西明季少司馬孫公魯山避居讀書處也其前二里許為雙溪張太傅文端公別業與墓在焉其上二里許左有椒子岩右有氷岩最為龍眠勝境自雙溪達此鬱盤窈深人從曲徑旋折下上俯仰環顧峯巖巒泉石之狀側極變幻之致然其蹊徑罕坦夷游者往往至雙溪遂止余為童子時嘗飲椒園茶而甘之或告余曰此是孫司馬避居椒園時所手植者余詢之因得畧聞其地山水之勝道光戊戌友人甘君魯斌授徒

柏卷

存

環顧

所手植者

其中其秋余以事訪焉之日已酉落羣鳥投林明月出嶺表岩壑萬千杳冥渾一余與廿君汲泉煮茶露坐對月縱談至夜分四聽不聞人語風鳴泉咽虫吟木脫俱涵靜意彷佛別一天地不復知此身尚在人間世矣茹其茶殊非曩時可比明日恠問其主人曰天下真者必不輕出以售世其輕售者多非其真也此茶僅十餘本而世之慕名以而求者夥多土人因得假其名而酬之其實真者固在此也且子不聞陸羽之論水乎曰山水乳泉石池漫流者上今此茶非得此泉真味亦不顯余聞而深契焉因求示以兩岩之徑欲探其勝忽家人以事促歸不果游道光戊戌九月

侍游圖記道光己酉

宗誠先世居桐城魯谼大父遷龍眠又遷古塘最後余父築室芝溪之上余父嗜山水宅面山背野溪水環帶立戶外四望名勝地可指數余父嘗侵晨獨游及暮腹枵然猶拄杖嶺樹間或與友人偕期數日歸逮入山則喜而忘焉往往逾歸期然以治生故無多暇歲不得數遊遊亦未嘗過旬月也宗誠成童後間獲從遊當其時不解其樂今憶之不可再得矣宅西北十餘里有洞曰披雪兩岩對峙數十尺中一澗曲折數里岩合處懸瀑二道長數丈最後者尤奇自重岩噴薄而下紛披若飛雪人坐溪石觀瀑前後岩合無罅宛如洞然吾師玉峯許先生嘗於鄉賢趙樅江姚惜抱文見之詢里人不可得余父導以入誠獲從遊竟日樂甚其事約在道

攜

光丙申丁酉之間也宅東十里曰投子峯十五里曰谷林寺戊戌
二月余父携誠與汪大登投子絕頂東南眺望可二百里西北諸
山雲烟出沒余父一一示其處命誠歸以文記之其橋友人劉岱
卿持去八月又與汪大携誠歸自田家迂道游谷林晚宿山下草
舍次日余父欲留誠獨返今每思省不知當日之返何故也桐城
近治山水龍眠稱首與衍深秀不可勝窮而余先宅在龍眠者雖
經三遷宅故存祖父母墓亦在焉余父一歲數至誠或從或否不
盡省記余父中年患目疾五十後日篤登陟遂艱庚子春携誠至
黃柏嶺謁祖母墓歸小憩雙溪因過椒園訪孫翁及甘君魯斌遂
止宿明日孫翁招飲椒子岩山家椒子岩者在椒園左近二里許

岩谷深邃盤鬱居其上可覽龍眠全勝游踪蓋罕至孫翁年八十餘健步豪飲與余父各舉十餘觴拇戰數巡又舉十餘觴時日已西落誠懼歸徑崎嶇說翁與余父罷飲而翁與余父固未醉也翁固止宿父固辭携誠由山蹊歸月下行二十里倦則就路旁石坐臥漏下數十刻抵舍自是余父未嘗入龍眠矣然乘目疾小愈猶間為數里之游去宅西行里許有玉屏蘭若其上為屏風嶺近治山高者惟茅公洞祈雨頂然皆自屏風嶺來也一日余父與黃生陟其巔宗誠從俯視二山皆如奴婢侍立余父少習形家言為指示山勢脉絡下山憩息循城西隅諸名園而返憶余父嘗謂吾母曰吾以親老皃子幼弱不獲為汗漫游少時第一渡江登九華倘

持鍤

得兒子大余傳家事遠游一二年死不恨然余父之願卒未遂今余父沒已七年誠亦僑居他所每至先宅四望情景恍然在目或至向所從游處輒悵望唏噓不忍去焉金陵馬雲工畫事與余交久丁未歲嘗請為作侍游圖因縷述其事以識永感云道光乙酉夏宗誠謹述

蔬圃永感圖記乙酉

余父始居芼溪屋二楹後於宅東結茅屋數間宅西又購屋二楹稍葺之為誠讀書之舍內一小圃竹數竿雜植果樹籬落間可望見龍眠諸山誠每清晨坐書舍則見余每持鍤入坐地下蒔花藝蔬視燥濕滋培之花蔬皆有成列閒人家異本必求得之圃中無

寸隙地然予母生平固不喜簪花花時與予婦鄰媪賞玩而已余母主中饋終歲未嘗一出游少暇則入小圃食時家人皆食予妻往請母食值母方蒔蔬不答也誠數往牽衣始反予母卒數月書舍燬於火時予妻先卒後二年弟妻亦卒室空無人圃廢不治予僑居他所歲時至故居入圃中敗垣荒草一桑尚存則予母手植也倚桑而立憶昔與予妻牽母衣情事如昨鄰媪見予曰予往與而母日在此隔墻語而母或聞予未食即歸持米來貸予言已而嘆又曰不見而母于茲七年矣悲悼久之馬君晴齋為予作蔬圃永感圖予爲附記其畧於後道光己酉夏六月宗誠謹述

○ 頌嘉山亭記道光庚戌

存

攜酒 經其麓

自北拱門出渡河循溪湄而上村墅錯落竹樹蔟翳旖旎行數里望見一亭欹山缺人往來其中如甕口曰頌嘉山游東龍眠者恒經此庚戌九日友人張君携酒招客飲於亭上山高不過數十仞而前敞可眺百餘里溪水經其麓有山環向横當不見其流去山遠者殆數十蒼翠潔秀若斷若連布列如屏凡北嚮則龍眠諸峯下有曲徑達於幽谷時大風雲煙沸鬱雄深盤屈之勢不可勝狀張君擬之畫境以為前如文待詔後如黄子久云憶往歲丙午是日游雙溪探椒園椒子岩之勝登其巔繼又入氷岩觀瀑岩踞椒園右山罅中緣澗蜿蜒入里許奥窈殆非人境同游數人或中道止惟吾偕馬命之何眉冏喬頌南携一僕至焉退而考之昔人詩

存

與文俱未有稱述及之者私矜創獲以為天下奇妙之境類非人人所得而至乃今登是亭又知奇妙之境未始不即在常人耳目之近或且日往來其間而人自忽之耳偕遊之客為滁州馬晴岚雲同邑葉瀚池棠胡伯良純鄭容甫福照童子一人瀚池子道光

庚戌

勺園雅集圖後記庚戌

余友江貽之館於勺園三年將歸以所為勺園雅集圖詩示余蓋往歲己酉秋其主人張君嘗集同人燕游於此既又命工畫事者馬晴岚圖之以記其盛今貽之將有遠行故追述情好唱嘆低徊如此當晴岚作圖時余亦座中客也以謂造化日新年命潛移人

之生世蓋無時不有變易君子素位而行惟見在者足娛樂而不可忽棄已往者特幻迹也故獨不欲圖形其間命晴厓以[筆]意為之今主人遠客燕山晴厓歸金陵復來既而又歸矣圖中與余最契者四人文鍾甫甘玉亭張小嵩貽之而鍾甫今歲客邗關明年未知何往貽之玉亭皆將馳驅無定所甫踰一年已散而不可合并則異日朋儕回思聚處之盛坦直相對意態各別又未嘗不藉[賴]此圖之存也人生至足樂之事當其時或不[甚]深惜逮事過境遷始感念不盡者其不類此也與張君常屬余序之余卒卒未遑以為今故記此於貽之詩後道光庚戌冬十二月

觀披雪瀑記道光[咸豐]辛亥

幼時讀鄉先生姚惜抱文始知邑西披雪洞瀑布奇勝有宋紹聖
間遊人摩岩題名鋭意欲一往觀之未果也道光丙申丁酉間秋九日嘗
侍先君子玉峯許先生及張小坪方情恬遊於此捫幽躋險俯仰
竟日尋題名班駁尚可辨小坪擬使石工鐫名其次余于時笑曰
人貴自不朽耳恃此存名亦悲矣先君子許先生頗奇余言其後
丙午丁未間復偕友人戴存莊馬命之喬頌南輩三次來遊戴君
為作記今又數年馬子謙吞何生衍祺欲觀其瀑復延余導焉兒
子培礽從游計去侍先君子許先生游時十四年矣許先生卒
已十年先君子卒已九年岩谷峭邃依然而景物且隨時變幻以
增泉石之勝歸觀北宋人題名亦猶未更剝落而余向所云人貴

自有不敝者乃至今無一足恃也得不為山靈所竊笑耶瀑布有
二長皆五六丈許宋人題名在前岩姚先生文所謂有石潭若甓
瀑墜甓中飛沫散霧蛇折雷奔者亦前瀑也攀岩循澗蜿蜒行水
石中深入半里乃得後瀑勢更奇縱徃余為侍遊圖記云水自重
岩擊搏兩析而下紛披如飛雪人坐谿中四面岩合無罅如洞然
者謂此也而姚先生文顧未及之豈游蹤亦未到此耶聊復記之
天下奇妙之境不可勝窮以目之所僅見者[illegible]為異觀陋矣
以為後之探勝者導焉咸豐紀元辛亥秋八月

豈游蹤

存

遊龍亭記　乙卯

予避亂魯嶼既二年魯生玉亭屢過余於柏堂趙介山先生亦時
自龍井崖至因相與携酒往觀臥龍寺之瀑寺久廢瀑小無奇乃

循環深入左右折旋二里許忽得一亭魯嶺之山多巉然而高峭然而真少迴環秀麗之壯態可供人媚悅亭所據獨當崖谿之勝前有龍井故土人作亭以祀龍神者也大木千章葱蘢回合水流其下衆響琮然瀑數重深落澗底望之奇幻而不聞轟然激搏之聲面勢深曲而開朗靈秀之氣襲人襟袖然居萬山之中人以其外之巉然峭然也不知其中藏之美故遊之者鮮焉於是命兒子培初汲泉煑茶拾敗葉煖酒人各盡醉而返介山魯生因述其壯歲客金陵武昌所遊山水園亭之勝而予亦回憶往歲與魯生玉亭及亡友馬命之大雪登大觀亭白鶴峯故迹今皆已成夢幻嗟乎士當平世經歷乎江山之遠矚覽夫宇宙景物之大如茲亭之

僻處崇山中美好不外見名聞不彰宜其不足當好事者之一盼乃自今思之大江南北名勝之區其不為逆賊之所踐踏者鮮矣其名愈盛其受汙必愈烈而此亭獨以幽僻險遠得保其真佛釋氏所謂淨土者其在斯與其在斯與咸豐五年二月記

朱氏龍井崖觀瀑記 乙卯

魯檏諸山出龍眠之背形勢高峻多嵯峨大石又無茂林叢翠名園古蹟以相為掩映故雖雄渾過於龍眠而遊者絕鮮然其中幽峭靈幻之區亦往往有殊異者由余柏堂而西緣溪行二里許兩山益偪側無田塍人蹤溪中石磊磊然人行石上四山插天如扃深苑又數百武忽聞雷聲殷殷震山谷駭視山上日影㬚然入如

人蹤 插天

茆屋

伐鼓淵淵聲疑其間有浮屠老子之宫也溪盡登山數步一曲攀草樹而上乃見水源自山腰懸崖千尺噴薄轟奔而下其狀如翔龍如舞鶴如雲下垂如雨雪集霰如白魚噓沫如珠玉之相擊撞桐城之瀑蓋未有或奇於此者崖之上豁然中開有朱氏茆屋臨水居緑竹古木猗隆簷外回顧所來之徑山之對峙者數十重如城闉然趙介山先生避亂居之自稱小桃源余宗魯生廿玉亭胡伯良徐晉生每過訪予則相與遊觀驚為絶境往予城居時聞邑人嘖嘖道石門瀑布之勝前輩摩崖題名至今猶有存者及往觀之瀑甚小崖壑俱無奇特今見此瀑埋没於深山谷之中數千百年以來無有知而賞玩之者流俗之見聞隘陋而謬為品題耳

食者隨而和之而遂不求其真往往如此然石門之瀑不因虛譽之溢而美以增茲瀑之奇異不因前世無知之者而損其勝物貴自有其實耳浮名之有無又烏足為輕重也咸豐五年二月記

棲賢洞記 乙卯

余所居柏堂之左有小溪焉水自半天峯重崖飛瀑而下每陰雨煙雲四起余從戶外望見瀑如游龍夭矯雲際以下吸於溪潭奇縱之狀最可愛玩瀑之旁有石洞如矮屋可容數人居咸豐四年十一月宿遷臧公戰沒於桐城賊怨義民之助官軍也聲言將肆掠余先以上策軍門懼為姦民所指目而朱魯岑先生尤時避居龍眠之雙溪亦以薙髮不容於主人余聞急迎之歸每晨起具饔則

攜樸被扶先生以坐於洞旁石上四山環蔽人聲不聞仰觀飛瀑倏然意遠相與論造化之微究學術之奧古今興衰治亂之機人事之變與夫六經莊屈秦漢以來文章之要腓時其得意狂笑長吟與溪瀑聲相應和因嘆自有宇宙即有此山而前之世亦曾有高賢逸士於其中坐論嘯歌如先生者乎微余固不足以發先生之微言而非遭時亂離無所容其身則亦何緣棲先生於此是固世之不幸而又安知非余與茲洞之大幸也與後數日事稍平先生辭余去余時時猶造先生寓問起居今先生遠館荒江之上每念先生不得見則獨詣洞口靜坐恍惚與先生晤語時也先生年今七十餘壯歲遊四方謂余曰余於山見太華於水見洞庭一郎

一壑雖有奇異不足觀矣又爲余述道光初客關中適 朝廷命將出師平定張格爾回疆之亂獻俘京師道潼關親往見之因歷歷言張逆形貌之陋及其時大將軍威之盛令人想見之馬先生精神强健如壯時前歲賊執不屈被刃斫不死意者天留一老以再觀此賊之成擒也夫今命洞曰棲賢所以志玆洞之遇也咸豐五年三月

登千佛山記咸豐己未

予客濟南游覽名勝之地三曰趵突泉大明湖千佛山而趵突泉予獨無取其泉三穴出池中池水盈盈泉湧沸高出六七寸横列整齊相離各尺許似人爲穿鑿而成非盡天然之奇且地近喧囂

予嘗一游焉而已泉在城之南其北城内大明湖為諸水滙注之
地煙波草樹蔽隔城市如在曠野間遥見千佛山奇偉深秀如畫
屏遠列泛舟其中蓮葦紛披水清洌游魚出沒可數無異南方山水
勝處也千佛山出城南五里望之不甚高聳自下而登蹊徑曲折
回觀城郭平原境象移步變易山多大石壁立十餘仞佛宇亭榭
依倚為垣各踞其勝面臨大野鵲華河濟山水環繞雄遠之觀又
江南不可多得者咸豐己未秋八月予與何子永吳執夫携諸生
往游半日坐山上古亭飲香茗縱談易理而返山巖多鑿石供佛
故曰千佛山又曰歷山相傳以為虞舜耕稼地也古聖賢居游之
所後人往往扳以為重今無從考信不足辨惟佛宇旁有堂數處

像設虞舜以二女夾配焉此則近於褻矣齊魯東為聖人之鄉名賢大儒歷代生於是與官茲土者不其人何以未加釐正予故附記之以為欲明道教者告焉

登小孤山記 同治癸亥

小孤山介宿松湖口之間崛然屹立於江心石壁嶙峋孤峻聳直江流遇之劈分為二環繞旁趨蓋江漢自大別合流而東至此數百里天特設是以蓄上流之氣而啟下游之門户也自前世用兵往往以此為防江之要區山勢壁立不可登有僧架屋其間疊石磴為道曲折可上兵燹之後為賊所踞咸豐七年衡陽彭公雪琴率舟師敗賊奪而歸命工人修理一新以快游人之登覽同治元

年予由武昌歸安慶舟行欲上而風甚利不獲泊舟其下深以為恨明年春復反安慶與長沙黃毓岱太史皮篠林主政約共登臨是日大風雨又頗以為憂將至山麓風息雨霽遂相與維舟循磴道委折攀躋汗背酸足真登其巔山不甚高大以踞於江中四顧無所倚附又其形峭直無曲阿拗堂可以容樹木之陰翳園亭之宏麗蓋徽特不倚附於物也即物亦不得而倚附之故其名為孤焉然江岸遠近諸山對之皆如拱揖不敢與抗登其上望風帆之上下聽波浪之奔趨風景勝概昕夕百變若皆為茲山所有也以孑然巨石立於驚飆駭浪之中當夫風起水怒力與山石相擊撞聲聞數里日肆其浸淫剝蝕者不可以數計而曾無損於分毫

雖盜賊縱横焚燬摧殘而本真未之或失若是者豈非堅剛之性船石之固根據於水中者數千百壽而未有紀極耶是殆天之元氣所凝而非猶夫人力砌叠而成者與夫君子所見者遠則必居者高所守者固則必立者深往余遊濟南登泰山觀日出嘆其巖巖之氣象以為非至聖大賢不足以形容以茲山況之誠藐不可追然其砥柱於中流亘千古而不變者亦庶幾可比於特立獨行之士與余既歸安慶太史將旋楚南[illegible]補記此日登臨之樂以歸卿余聞楚南衡山洞庭其雄傑淵深又非茲山之比惜不得隨太史一往遊焉太史歸務盡覽其勝書以寄余一洗余之陋也同治二年三月記

密雲

重登泰山記 同治丙寅

咸豐九年予客濟南友人方魯生主講膠州其秋特徃反二千里邀予爲泰山之遊自麓至絶頂躡危磴折旋而升旁及黑龍潭王母池石經峪後石塢窮幽峭皆至維時山下霧雨上晴日予登孔子崖南望城郭原田無一有惟陰雲白黑相間彷彿長江洪河數十道風御之以行若波濤洶湧然泰山之陽盡平原其陰則濟南諸山蔓延起伏以及於海上回視之密雲霞被汪洋浩渺與天無際初不知其中有千巖萬壑在也俄而風播雲漾諸峯出沒隱見如大海之浮島嶼低昂靡定忽近忽遠縹緲變幻不可端倪予與魯生詫爲奇觀以謂山之勝境有盡而此則天助神奇以快登臨

者之心也宿山上四鼓起觀日出雲歛諸山呈露原野如畫極目千里予曰茲非由鴻濛而變為文明之象乎復捫崖考古搜尋奇異下山過岱廟觀秦碑漢柏唐槐自是與魯生別去不得見同治五年春予居安慶將應節相湘鄉公召于役徐州先一月魯生自蜀歸里過予為敘二酉三峽之奇示其所為歌行予因回憶兩人登岱觀雲之樂以為此生無緣再至而魯生妻子寓青齊又將復為泰山之遊也健羨者久之正月十二日予別魯生赴徐未至而節相移師濟甯爰沿江泝淮泛重湖以達于沛至則隨節相浮運入黃周覽南北形勢扼塞之要四月十六日遂登泰山文武賓佐僚吏士民登陟俯仰各適其趣予徘徊坐卧日觀天柱諸峯望西

闊遠

北羣山崒嵂嶐崇環列拱侍如弟子千百人追隨于先生長者之側又如大將雄視獨立而百萬之師擁侍以行也其東南闊遠平曠數百里縮小僅如苑囿俎徠諸山猶几席之列于庭户間泰安城形方大如棋枰人物衣冠之盛藐乎其不可睹也予嘗嘆泰山巖巖魯邦所瞻孔子登之而小天下然方其在下睇之塊然一山耳固不見其有中藏之美亦不覺其巍然高矗于雲表也及旁搜深探奇特之境殆不可勝窮登其巔瞻觀天地無有遠邇能為之隔塞循階而上如排天閶然絕無險巇不可攀躋之域而徬徨四顧自謂無或得而踰焉遠絕塵囂肅然凝靜而陰陽晦明春秋冬夏凡造化之巧變皆可攬而有之嗚呼此其所以為大觀也或者必以

宇内靈奇之境以及危險不可至之山相與比絜豈非莊生所謂游方之内者乎是役也弓擬之彭城不期而獲重至乎此魯生之歸也固將復游青齊便道登岱而為里中學子所遮留行止之不可豫期其移易常在須臾之頃是有天焉淡漠以與之相遭可已曩者之游魯生有文與詩記之今同游者亦多為詩文劖刻山水各極其致予故第言大畧以志予幸且追敘向之所見為今同人所未及者以與同人樂之也五月一日撰於濟甯戎幕

栢堂集卷十六

桐城方宗誠存之

記

求是齋記 道光辛丑

可删

許君吾田博聞多識於書無所不窺而尤邃於輿地沿革分合舉古今志乘如指諸掌嘗以求是名其齋屬為文以記夫是非之心人皆有之事不求是則必失其是非之心故漢書載河間獻王之學曰實事求是而子朱子寢疾詔門人亦曰惟事事審求其是決去其非而已漢儒所謂求是今之為考証之學者宗之朱子所為求是世之為義理之學者宗之余以為二者不可偏廢而必以求

未刻

豫

義理之是為主本義理者人心之所同然也學不求明義理之是以即乎人心之安而徒執乎旁證左驗以求之則或泥古而不通於今或據此而不通於彼名為求是實足以淆天下之是非且使所求果是未知其於吾之身心有當焉否耶天下國家有裨焉否耶聖賢之學帝王之道有補焉否耶夫明之心學疑朱子格物之說為求義理於外而教人專事其心末流之弊遂至於師心自用而不法古今之漢學又以朱子窮理之說為空疏而務言考証其弊往往以搜聞駁辨穿鑿附會而不反求諸是非之本心又烏在其能求是也許君之學不專習一師然不知所謂求是者其有取於獻王之事耶其有取於朱子之說耶抑皆有取焉而特主一說

未刻

去

以爲之本耶許君之明當必有在矣道光辛丑歲八月方宗誠記

涇縣厚岸王氏義莊記 甲辰

天下之生如此其庶也必盡使幼有所長老有所終生者不失其性死者不替其祀孤獨矜寡顛連窮疾賢智愚不肖無一不得其所雖上天好生之德先王仁天下之政亦皆有所不能故曰天地猶憾堯舜猶病誠事勢有不得遍及也然生民之在宇内猶手足頭目血脉筋骨也聯爲一身人一支節之痛疾四體爲之不和而可聽其終不得所耶是以仁人善士在一鄉則起而分任其一鄉在一族則起而分任其一族情親地近法易立而周勢易及而不患於隔備之於預而持之於久於如是亦足以輔相天道之所不

及而濟王澤之窮涇縣學岸王君久客於桐嘗慨然思一本之親欲於其宗立家塾置祭田具祭器創育嬰積穀施棺諸法且言其族中多好義者將歸而遂成之預乞吾文以記俟事集而刻諸石昔范文正公創立義田大庇其族人至今數百年而吳郡范氏苟非大不肖無失所者海内慕其風傚傚其法者且數十百家今王氏義莊成吾知亦必有聞而興起者矣孔子曰吾觀於鄉而知王道之易王氏之族亦云道光甲辰三月桐城方宗誠記

重修二程夫子祠記咸豐辛酉

開封府城外有二程夫子祠旁祠屋三楹曰褒忠曰名撫曰報功皆祀河南先賢及官斯土而有功德于民者也歲久不修多所傾

旅 屬

圮軍興駐兵其地師無紀律益加殘燬甚有析木主以爲薪者咸豐十一年新繁嚴公撫中州祠后土過之惕然不安於心謂僚屬曰豫當天地之中河嶽鍾靈伊古以來聖賢輩出二程夫子得堯舜孔孟千載不傳之學繼往開來德業盛大固不可不尊崇其祀以重儒宗其餘忠烈名臣鄉賢奇節偉行皆足以師表人倫風範百世今雖軍旅孔急豈可視俎豆禮樂之事如弁髦聽其摧敗而不爲之所乎皆欣然曰諾遂合捐廉俸鳩工修理嚴禁軍民無得妄入工成屬宗誠爲文勒諸碑予惟自古治亂之迹視乎理道之存亡天理民彝不絕於人心世雖小亂而終可以復治然則撥亂之要亦在乎復天理民彝也在人心者而已矣程夫子之言曰有

天德然後有王道其要(惟在)慎獨吾願入斯祠者仰瞻二程夫子之遺範而思其立教之言蘊之為德性行之為事業出則實心實政禦災捍患遺愛在民没世而不忘處則表正鄉邦興利立功以遺無窮所謂鄉先生没而可祭於社遭際時艱則志在持危扶顛臨大節而不奪成敗利鈍有所不計而惟一心為國百折不回以振宇宙綱常之氣人心常存世運自隨人心而轉夫修祠迹也而所以修祠之心則欲共以諸賢為法使天理民彝不絶于人心是則公之所深勉也夫亦諸先賢之所重望于後之人也夫

重修開封府儒學記 辛酉

三綱五常不可一日無於天地間故古之聖王必以學校為重學

者所以明人倫也人倫明於上小民親於下天下所以久安而長治無學則賊民興而邪慝起觀亂之所由作不即可知所以致治之源乎昔者三代之學盛矣當是時人皆習於禮樂而亂不興故享國最為長久漢革秦弊首以太牢祀孔子求遺經招學士守經訓敦氣節而漢祚昌唐重文學尊崇儒術詔天下皆立學明重六經性理之教故其時雖有治有亂而學術猶明士氣民心固結而不散藉以享國者皆數百年秦晋六朝五代之時專以干戈智力相角三綱不正五常不存乘世衰微爭雄竊位人道同於禽獸故皆不久而殄滅矣觀往知來至理所在莫或爽也我 朝開基之初即以崇儒重道為本教士專用四子六經及宋五子之書頒布學

宮列聖登極必皆 御書四字以隆孔子之德升朱子配食堂上以定學者之所宗自太學至天下郡邑之學有興無廢祀典所載于前代不減有加教化浹洽既久綱舉目張故享國者二百餘年矣雖其後苗莠不齊承流宣化者或奉行不實者以致亂賊縱橫干戈四起而 朝廷尊崇聖道隆禮學宮之意終未變更嗚呼即此可卜我 國家承天之休永永無極而為臣子者亦不可不奉宣德意修廢舉墜以隆至道而致平成開封府儒學以軍興久未歲修門廡將圮咸豐十一年新繁嚴渭春中丞撫中州以是為治本不可以不先率屬捐修並及附祀諸祠所藏書板皆為整理從祀主位正其紊亂務樸與華數月工畢公時奉 命督師陳州以

以宗誠客幕府屬為文記之嗚呼天下擾攘弍以武事為重修學明教當在治定功成之後予以為似矣而未盡也夫亂之起由于人心人心之不正由于廢學學所以明人倫也使為士者皆知重學而明乎父子君臣之道則達而在上自能有公而忘私國而忘家之誠經濟自裕氣骨自礪亂如之何而不平窮而在下亦將有守分安業之心上下辨民志定亂如之何而不息今以聖人之學宮而聽其廢壞世將視學為贅文人倫其何由而明人心其何由而正乎是助亂也抑吾重有憂者天地之間邪與正不能並立正道虛而後邪教得以乘隙而滋生亂民之害在一時而邪教也害且流極於後世今外方邪教入矣惟大明吾聖人之道使學

存

者相與講明三綱五常之實以存于世人心既正則爲邪說誣民者終將消沮而不得行此尤公修學之微意也吾願凡入學者皆凛凛于古昔聖王立學明倫之意而不負 聖天子尊崇正教之心馴至海宇清平文教大興邪說者不得作其斯爲長治久安之策也歟

鄢陵劉修朱子祠堂碑記同治壬戌

中州自河南二程夫子得不傳之學于遺經一時學者宗之自北而南至朱子集羣儒之大成其道遂著于天下而傳于後世歷元及明學者非程朱之說弗尚也中州儒者如許魯齋曹月川薛文清守之尤兢兢云其後陽明王氏之說興由南而北程朱之真傳

幾為所掩獨中州涵濡程朱之道久顯然與為難者尚無其人夏峰孫徵君先生崛起北方避亂河朔惡學者之紛爭一以和合朱王之旨為宗其奇節偉行居德善俗又足以風動乎一世于是中州之學大都以夏峯為師而不純乎朱子以上溯二程夫子之所傳矣其間惟儀封張清恪公論學一本程朱然力不足以勝之予嘗謂朱子之學至陽明而一變至涇陽景逸念臺夏峯二曲而又一變諸君子生陽明之後能不為其説所囿必兼取乎朱子是固豪傑之士矣而有喬乎百世之下毅然卓然一宗朱子而上溯乎二程者不尤為振古之豪傑與吾友鄢陵蘇君菊邨少好朱子學既嘗興復文清書院刊行張清恪所選薛文清遺書又于書院之西創

建朱子祠取志仁以名其堂率同人共爲修己利物之事嗟呼朱子之學至今日而晦極矣前此和合陽明之説者猶不失爲君子也自漢學之徒興務爲雜博穿鑿支離而朱子之學晦詞章之徒出妄爲華靡浮誕放蕩而朱子之學晦功利之徒起務爲機械巧詐見小欲速而朱子之學愈晦而且顯爲攻訐肆爲無忌憚之言學術亂而世運因之有由然也其他若科舉之徒雖日讀朱子之書立言不敢稍悖而識之陋志之鄙則更有甚焉是以朱子之學名存而實亡朱子之學亡而古聖人相傳之正脈于是絕矣夫欲繼古聖之正脈非朱子之學無由入而欲明朱子之學非志于仁無由成故朱子嘗作仁説以示學者程子尤以識仁爲學之基入

斯祠登斯堂者其皆志于仁焉斯可為豪傑之士與祠作于咸豐元年冬大有記同治元年菊邨書來屬予記其顛末予因述中州學脉之源流正變與朱子之學之所從入以諗學者焉桐城方宗誠謹撰

重建大程夫子祠堂碑記 乙丑

明道程子於宋仁宗末年為上元主簿本學道之誠施愛人之政其治績具載史傳行狀後世思其德澤建祠堂於江甯郡城之南咸豐癸丑燬於賊同治甲子節相湘鄉曾公既克金陵籌善後策莫宜於正學術飭吏治為先仰思明道程子盛德光輝體用純備足為百爾君子之所師法乙丑春率屬興建祠堂於舊址加恢擴

馬正堂祠程子兩廡以高第門人附祀前為講堂其外為垣為門旁為守祠人之所居規模宏肅瞻其宮牆入其門登其堂欽愛景仰之心不禁油然以生六安涂君宗瀛權守江甯董治斯役既落成屬予為文以記後人予曰夫民生之困悴由官方吏治之衰而吏治之不興又原於學術之不正然而世亦間有宗法正學者矣及用之世而寡效試之一官一邑而無裨於時遂來流俗之訕譏以為聖賢之學固若是其迂遠而濶疏也嗟呼是果得為聖賢之學耶觀明道程子承濂溪之傳而啟關洛之首當時君若相未能真知而大用之也然偶一用之則隨所在而無不效同其學者如伊川如橫渠傳其學者如上蔡如龜山如朱子如勉齋如西山以及

我

朝之陸清獻湯文正用行舍藏無不法足於天下其政教所設施初非有尚智術計功利之心也然而道德之積著為事功自然有濟於民生有補於君國流風餘韻且能使千百世以下之人罕然想像其徽烈是真儒之學也孟子曰仁之勝不仁也猶水勝火以一杯水救一車薪之火不息則謂之水不勝火是又與於不仁之甚者也世之不知正學者無足言矣宗正學而不求其實真不用其極反貽流俗人之口實何以異於孟子之所譏哉節相既撥大亂首新此祠以學為術吏治倡凡百君子其可不勗抑予尤有感者自古治亂之機甚微知幾之士必觀於邪正之氣之消息乘除以善其扶陽抑陰之用正氣固斯邪氣不得而乘不然一時之

戢有治象而無亂形而其邪氣之隱伏於中者將潛滋暗長而馴至於不可制是有心者之所深憂也講明程子之學修諸身而施於世使天下皆知道學之非無用斯正教昌而正氣興陰邪之氣自可日即於消弭而不獲逞此又節相修是祠之微意也夫

存

存

金陵普育堂記 乙丑

江甯府治故有普育堂四曰老民曰老婦曰育嬰曰殘廢粵匪之亂堂燬不存同治三年湘鄉相國奏遣其弟沅圃中丞既攻克金陵相國自安慶移節江甯制府大歛善後之政招集流亡百廢具興助牛種勸農修書院造士行保甲法以詰奸安民郵宦裔士族以維廉恥禮義又令江甯守六安涂君朗軒復建是堂以收養難民之無

告者鳩工庀材計人給室廬米薪內外整肅條理燦然太守屬巴州廖君綸桐城甘君紹盤分任其事罔不竭忱殫力宣布　朝廷德意以佐相國愛民之心由是孑遺之民生氣盎然以與太守屬宗誠記始末且曰此本古人發政施仁必先四者之意願子之闡其義也予惟鰥寡孤獨古所謂無告之民在是也而遭世亂離之後則無告者不啻止於此哉推仁人利民愛物之心必大生廣生無所不周而後有以滿其量然而發政施仁則不能無緩急輕重先後多寡之序以為之節所謂義也義以制仁而實所以全其仁昔孔子謂博施濟衆堯舜其猶病諸夫堯舜之病人知其仁之至也而不知其為義之盡也天下惟義之盡者為能仁之至使不論

制

本末大小以權其緩急輕重先後多寡之數而概欲博以濟之則必有宜施而不能施當濟而不得濟者矣天地有春生不能無秋肅王者欲休養生息不能無禮樂政刑秋肅者所以凝固其春生之氣而禮樂刑政所以維持休養生息之心於不忘也然而天地必以春生為本王者必以休養生息為本分雖有制而心實無窮是又為人上者所宜加之意也夫太守奉相國命既善養其民又將率諸君修復清節堂義學以區別其間不惟養之而又思有以敎之以端風化其法良其意美也昔者光武中興漢統既平大難一以吏治民事為心明章之世循吏著史册者家而漢祚亦因是得以久長然則扶國家以贊元化者其在斯也與其在斯也與

永康胡氏義田記 乙丑

予讀大理馬雨農學士所為永康胡氏七烈傳竊嘆忠義之氣雖本性生而至於父子兄弟夫婦之間皆能以身殉義臨難不苟則意其家庭詩禮之教涵濡薰陶必有其獨至者與抑其先世積善之久故天厚報之使忠義節烈萃於一門以為邦家之光與及與月樵觀察游見所定義田法程然後知其封公及太淑人之所貽謀者固非流俗人之所及也封公諱仁楷字良直　誥贈中議大夫太淑人姓施氏居平喜除行善事尤好培養士氣道光十五年捐田為邑士歲科試卷資又助義塾一曰培文書院咸豐四年疾亟慮經費不給施太淑人捐田益之承夫志也計共捐田畝百六

十有三焉積德累仁久而不懈益勤其善氣所薰蒸固宜其子孫男婦皆知忠孝節烈之為重也或曰積善之家必有餘慶以封公太淑人所為若是宜以富貴顯赫大其門閭而乃死亡相繼如此豈非天道之無知與予曰非是之謂也夫天之報施善人也或及其身或及其子孫蓄之愈久者發之愈遠固不可以世俗耳目之近妄測之也且富貴顯赫之盛所以報之於一時忠孝節烈之稱所以報之於千百世孰厚孰薄智者必能辨也而況忠孝節烈之後嗣天必又將報之於無窮耶觀察屬為記義因顛末予懼妄疑天道者其說無以勸善也因發明其所以然俾為善者無滋懼焉七烈者鳳岡鳳韶贈公子宗壽鳳韶子贈公孫也鳳鳴鳳雖鳳恩

贈公凡　誥贈武功將軍仁栁子其一盧氏贈公子鳳標妻事蹟具學士傳中鳳韶父子既死義妻王氏復以身殉今觀察捐其遺田二十餘畝為邑士鄉會試資上承封公太淑人之志下推亡弟之德澤於一鄉胡氏之積善不懈如此是可風也故附著之同治四年桐城方宗誠記

和州游定夫先生墓記丙寅

宋儒游定夫先生登元豐五年進士徽宗時以監察御史出知和州卒葬含山昇城鄉車轅嶺今其地曰察院嶺蓋以先生故得名和州誌詳載之矣惟志表載先生知和州為元豐時與墓誌年譜不同豈失之未考耶傳稱先生所至有惠政民愛之如父母去則

見思愈久而不忘伊川程子嘗稱其德器粹然問學日進政事亦絕人朱子論述先賢謂先生清德重望皎如日星流風餘韻足以師世範俗然則先生政績雖世久遠不可考而固可想見其概矣昔孔子言君子學道則愛人書曰學古入官議事以制政乃不迷世之以不學入政者無論矣嘗有學古而號為政事之才然終不遠於俗吏之所為何哉則以其所學未明夫君子之大道也故或愛民而失之姑容或惡惡而失之嚴酷或一意休養無明作有功之心近於黃老之所為或欲興利除弊而不能為久大之規徒局於一時急功近利之見是皆非議事以制而於聖賢愛人之道未也有聞者也先生初從河南兩程夫子游受其微言至論而躬行

之其為政實得古人明德新民之意故令人沒世不忘如此然則世嘗謂政不必本於學學不必衷諸道甚且以道學為無用而詆諆之遂使真儒之學不獲見於天下豈非斯民之不幸也哉先生墓故有垣與碑其旁有祠咸豐中燬於賊同治五年新化游子代刺史來牧是州糾僚吏民士民修易之又捐俸買田以永春秋祭祀謂予素慕先生者屬為記其顛末予惟先生之學見於遺書其醕德至行著于先儒之所紀述至其所以治和之政蹟則史傳未之詳焉然而流風餘韻至千百年猶令人過墓生欽而奮然興起有不知其所以然者此儒者之設施所以異於尋常循吏之所為也與五年三月桐城方宗誠撰

奎星閣藏乾坤正氣集記 丙寅

天地間邪正不容並立正氣盛則邪氣不得而乘久之且消沮閉藏變化陶鎔而漸歸於無有所謂赤日當空羣陰自退而伏也正氣衰然後邪氣與焉邪氣盛則正氣雖不變而從邪然孤陽不能敵羣陰徒存浩然剛大之氣配義與道扶人極而立人倫而究不能救天下之禍敗雖然邪終不能干正也正氣百折而不回邪氣詭隨而巧變當邪氣之興正氣之撓敗摧殘雖若不能不爲之屈然屈於一時而伸於萬世其所以扶人極而立人倫者固無時不塞乎天地之間也彼邪氣者固已不適時而消歸於無有何也締奕詩曰既克有定靡人不勝豈不然哉且夫邪正之氣雖關乎是世運

要必有大力者以主持於其間上有主持乎正道者則正氣日盛苟其心稍從於邪則邪道日進而邪氣即乘隙而興則甚矣主持世運者之好尚不可不慎也道光間桐城姚石甫觀察與長洲顧湘舟輯古忠義詩文爲乾坤正氣集一書湘舟自刻詩集而以文集屬涇縣潘芸閣河督校栞於是益加搜訪自周楚屈原至明季殉節諸臣之有集者得百有一人爲傳五百七十有四又人爲小傳以弁其集者版成未印而賊氛猝至藏書盡歸灰燼惟此版獨存噫非正氣之不磨於天地者何能與於斯新建吳公從湘鄉相國治軍有年江南既平奉　命陳臬於皖旋權布政使念邪氣之興乘正氣之虛而入也今粵逆雖平而邪說誠行未盡廓清則

布化宣猷當以培養正氣為要義既創建奎星閣於郡城之巽方又印行乾坤正氣集百部分布天下而藏其一於閣上俾登斯閣者睹是集而諸忠之正氣凜然存焉而吾人之正氣亦怵然豐焉由是人人懷忠君愛國之心勵取義成仁之志則雖有邪氣無間可乘久之且消沮閑藏變化陶鎔有不自覺者矣周子曰天下勢而已矣勢輕重也極重不可反識其重而急反之可也孟子曰君子反經而已矣經正則庶民興庶民興斯無邪慝觀公之藏是集也其得撥亂反正之本原也哉公既印行此集而顧氏所刻正氣集詩版已燬復為之刊行云同治五年冬十有二月桐城方宗誠謹撰

存

楓葉晚紅圖記 戊辰

咸豐辛酉予客中州時苗沛林假團練名懷叛志陰使其黨盬食豫疆固始張瑞生時以布衣携一子一僕匹馬犯危難走千餘里籲大府遣兵圖之予義其人因與交嘗揚於豫撫嚴中丞及今節相曾侯謂其有俠烈之氣機警之才守正而不阿忠於所事而不欺蓋君子人也嗣後數年苗逆伏誅粵賊撚匪相繼夷滅瑞生隨侍節相於金陵予亦適往來幕府瑞生乃圖其生平所經歷爲四冊其犯難請兵者曰楓葉晚紅圖紀其時道中所見也以予悉其顛末屬爲記之夫人忠義之氣見幾之識蓋莫不同然惟計較利害之私有以間之遂至於委靡泯没而不獲振然世又嘗有當大

義所在不難出身入險慷慨激發及事定時夷回思往事昔不覺怵然悚惕於其心遇小利害僅如纖毫比可以坦然由之而無疑者而猜嫌億度營擾於中而不去若是者何也一時激烈之性無學以繼之斯義理不足以養其心故也瑞生始當粤撚合圍固始時號數十萬曾冒萬死不顧一生縋城而出以請援師卒助邑令固守郤賊以解全城之厄其後秦中大亂慨然受嚴中丞之託子身旋行入西安出嚴公子於險其蹈義不計利害匪直圖苗逆一事也今以縣令來江南雖精悍如故而惴然喜讀書親德行文學之士虛懷請益每觀古聖賢言行氣象則反己自慙若不可為人者然則瑞生其進已乎昔孟子論用世之道在於不動心而不動

心之本則又必在於知言集義以養浩然配道義之氣瑞生果進乎此則前日之舍命不渝者又不足道也歟己同治七年八月桐城方宗誠識於金陵節署之東齋

盧江吳公祠碑記己巳

文宗皇帝御極之初年循　祖制特開制科　詔天下舉孝廉方正之士於是安徽舉者凡數十人而吾友盧江吳君蘭軒逵香泊桐城馬命之三俊皆與其選君與馬君故石交也先同以優行貢太學至是兩郡人士復各以其德行學業舉聞於　朝天下知兩君者咸謂是科得兩君誠不虛兩君誠無愧斯舉也君與馬君益明經修行方將大展其才志以報　國家而粵賊蔓延

已躪及江南矣時承平久文武恬嬉官民多不思樹節行勵廉恥舍生毀家以為挽回氣運之本畏懦退避習為固然君與馬君獨首倡義憤各團練鄉兵禦賊逮城陷馬君起義師霍山進攻舒城戰沒周瑜城下君亦購間賊中以其所募卒與鄉兵薄廬江城拔之孤軍無援苦守一月而城復失時咸豐四年九月二十九日也初君起義時或危之故君故美鬚髯神采灑然動人掀髯笑曰如若言亂將誰拯及城復陷急自裁或奪刀勸速行君厲聲曰復城守城吾義盡矣出城一步非死所也遂巷戰死之去馬君起義陣亡時四閱月也當天下糜爛之初賊烽方銳甚馳突七八省莫可誰何氣節陵夷幾不可振君與馬君以書生興義師豈不知其必

不足以勝之哉然甘心赴死而不辭者誠欲奮孤忠申大義以激勵頑懦衰薄之氣也易之剥象上九曰碩果不食夫剥之一陽亦終無不剥之理然剥於上則復於下雖剥盡為純坤而復之一陽已潛伏於其中由是而為臨為泰為大壯為夬為純陽之乾皆此一陽之所滋長也是以古者中興之運文武智勇之英傑奮起以著功名人皆艷稱之而不知其先國運顛危必有一二忠誠志節之彦守死不回以固國家之正氣由是人心漸奮國氣漸振而文武智勇之英傑始得以致旋轉之力於其間君殉節後其子長慶與馬君子復震方年少能繼志事奮力從戎轉戰江淮吳越齊魯燕趙助平粵逆撚匪以成大功而淮以南文武智勇之英傑遂

數十百人相繼而起著滅賊勳以贊成中興之景運是皆君與馬君精忠奇節倡起義師有以振作於其先也然則一時績雖未成而人心由之以起世教因之以興其功不尤偉與馬君之死事也既奉

旨勅建專祠君殉節事聞亦荷

勅賜祠祭世襲雲騎尉長慶以功官至提督

誥贈君振威將軍今

皇帝同治七年復念君死節之難

追贈君四品卿銜先是長慶從復盧江奉君遺骸以埜建祠于盧江城中春秋官紳致祭額曰吳公祠巍煥顯赫稱君正大剛明之氣象予以主講盧江三謁君祠念君生平常依依不忍去長慶乞予為文以記君與馬君之學行大節予既嘗為之傳矣惟念君之大節猶人所知也其振起人心世教以

潛挽國運之功人所不及知也因復表而出之以勒於碑同治八
年九月桐城方宗誠拜撰於蕪湖舟次

安徽旅殯園碑記 庚午

三代之時仕者不越其國民鄉田同井死從不出其鄉養生送死
之具有制而無憾又設墓大夫掌凡邦墓之地域為之圖命國民
族葬而掌其禁令正其位掌其度數使皆有私地域卽其屬而巡
墓厲居其中之室而守之先王仁義之政至於斯極矣士民之生
於此時者亦何其幸也逮秦罷封建為郡縣天下統歸於一由是
仕宦軍旅游學商賈始不免為四方千萬里之行甚有去鄉久遠
老而不復旋歸故廬者矣秦漢間儒者記禮於月令有孟春掩骼

埋胔之文殆尤先王布德施惠之遺意與記曰樂樂其所自生禮
不忘其本狐死正邱首仁也今客游遠方生或不能旋其鄉沒又
不能反葬其祖父之邱墓已極人生之不幸矣乃至暴露數千里
外荒烟野草之間白日黃塵之下而骨月不得歸復於土游魂滯
魄靡所憑依而此在孝子慈孫孤窮羇旅實處於勢之無可如何
者固仁人之所隱痛於心凡塗之人見之皆不能無惻然於懷為之籌躇莫釋者矧其為
同州郡共鄉里之人乎保定京師近畿為天下士民所止吾皖人
官學商旅萃於此者實繁因之客死而不能遽歸者間亦有之乾
隆時鄉先達方敏恪公總督直隸倡買義園於城南紙坊頭咸豐
初吳竹如侍郎陳臬於茲復於北關外丁家園倡購義地四十五

亟以殯旅櫬嗣後江南大亂游客不獲歸者益多張振軒方伯官直隸數年今將調任山西宗誠與同鄉皖人之官游於斯者咸以義地偪塞請公聞之慨然適與丁樂山廉訪劉子務觀察洽軍駐此爰各率屬捐廉俸以倡屬汪大令守惇買地城南八里莊七十五畝有奇封畛種樹以正經界中畫為三男婦別壤而塋搆草舍招守者佃田納賦以其餘租修祀事又有餘則用備他舉即屬汪君興王君立勳司其事凡塋必先白司事者循次計簿無失遵所定行列丈尺不得淩亂將及塋稽簿依次啟塚不至游移司事者出仕外郡擇人以代必慎無廢成規噫是舉也非但以濟王道之窮也亦以共篤鄉里任恤之情庶幾不墜諸先達之遺風云爾其法之所未

備者則以俟後之君子既成公命宗誠泐石以記而識其餘於碑之陰

修理安徽義地碑記 庚午

同治庚午春丁樂山廉訪與劉子務觀察治軍保定適張振先方伯陳臬直隸將遣任山西讌同鄉官游諸君於官廨語次予與諸君以安徽義地偪塞告方伯欣然捐廉俸以倡屬汪五峯大令於城南八里莊購地七十五畝有奇以為安徽旅殯之原命予詳定規条泐石以垂永久丁公亦與劉公率全軍將士捐資襄成義舉復令將士等周圍濬溝築垣區分內外召佃人常居守之將士多安徽人故皆不辭其況瘁也先是乾隆間鄉先達方恪敏公總督直隸

買義地於城南紙坊頭歷年既久書契散軼所餘旁地多為四鄰所侵蝕土裂墓崩棺朽骨見視之惻然爰請清苑大令李君問渠同往相視餘取鄰地契用部頒弓尺量度之於是審實寶泉寺僧於東偏佔地玖畝八分九釐四毫其北偏關帝廟道士佔地一畝三分六厘七毫公議收回寺僧所佔一畝九厘將士某某等捐資立石其上以正經界復率兵士取土河中築墻四周修補破壞其餘仍給僧道士食其租為永遠守塚之資并請李君示禁而泐僧道所具認狀于石夫人之生死一氣之屈伸耳旅亡異地無所依歸若同鄉里共宦游者不為之掩骼埋胔聽其暴露飄零則游魂滯魄與鬱神悽殊足以梗太和而作厲氣況百年朽骨既已閉於九原復

孫石

為無知之徒貪利而昧仁揭諸黃泉而散落於白日之下其殘忍之性尤足以干鬼神之怒而賊天地之心則其感於戾氣而召不祥吏為理之所必然者也方伯陳臬于斯固有理寃澤物之責于公與諸軍將士雖治兵事而亦時體天地生物之心以為心伸死者之氣所以解生者之厄固非徒以為德於鄉人已也既成屬予記其事予念諸將士之慷慨好義亦足嘉也例當泐於碑之陰

思古圖記 庚午

同治己巳余與金君鷺卿同被湘鄉相國辟至直隸鷺卿仕江南以能名及來佐相國治案牘數月有訟平政理之效每與予論事甚相得也鷺卿嗜學好古嘗於揚州市肆中購得班固玉印一方

形制隸法考於古皆合既屬其友為之記矣復作思古圖以誌嚮往之情而命予記之且為揭其義焉予觀固之印所以寶於世者非以其玉以其名也而固之名垂於億萬千年而不朽者豈不以其所著之書存哉固之書雖法史遷而多更其義例蓋古之立言者精粗巨細不必同而要必有能自樹立不因循者然後可配德與功而不朽於後世遷著史記創立循吏傳先於儒林固用其法變而通之先儒林而後循吏其意蓋以為儒者通於世務明習文法以經術潤飾吏事始能上順公法下順人情所居民富所去見思故所傳文翁諸人皆以其能好學興文教有德讓君子之遺風焉彼俗吏不效古而徒任刑法雖以趙廣漢韓延壽尹翁歸嚴延

年張敞之倫之才皆稱其位而固終屏之不以與於循吏之數則以其學不足之故也列其徒以武健嚴酷見稱者焉耶書曰學古入官議事以制政乃不迷鶩卿因固印而發思古之情吾知其將來設施必能於固立言之指意有合也矣庚午春三月桐城方宗誠識於保定寓舍

劉節婦延嗣圖記 庚午

節婦姓張氏山西平定州人年十九嫁同里劉氏子畋世族也然宗支單微惟畋與兄耕分承祖及從祖祖父祀事家苦貧張氏于歸時繼祖姑尚存以紡績佐其夫孝養不倦生二女一子而夫遽亡時張氏年二十有八忍死育孤未成室而殞二女既嫁生子而

復殀亡時惟兄公耕一子一孫存病幾殆兄公子婦亦既先亡矣張氏泣曰劉氏宗祀繫此二人敢不瘁心力朝夕在視恩勤兄公子病得痊鞠育其孫十餘年為娶婦生曾孫焉四世數支之祀賴以不絕先是其二女死各遺子一人張氏亦提歸撫之有成兄公子壽祺感其德既請　旌如例復繪柏舟延嗣圖以識其賢張氏有弟映檽以拔貢生判直隸深州叙其事乞文以彰之予謂家國之艱難一也逢顛危之際皆恃有人焉樹貞固之節存公大之心以扶持之彼娟嫉之夫既自有不足有為見忠智足以濟事者皆非附己之私人則必挫折屈抑之使不得竟伸其用寧坐視國之亡祚之絕而狹隘忌妒之私必不可除觀節婦之存心不必其為夫

存

之後已之所出顧可為祖宗承祀事者即竭智力以長養之是豈
第足為女婦風哉秉國鈞者苟存是心焉天下其無復有危亡之
事也矣同治庚午三月夜在保定與陳作梅觀察衡論古今感節
婦事因太息而記於圖之末桐城方宗誠識

譚瀛雅集圖記庚午

高麗於古為朝鮮自殷箕子以洪範授周武王而不臣避地朝鮮
由是海外諸國獨朝鮮衣冠制度有三代之遺今高麗國王李
氏自其先世開國於明洪武間今五百年矣世世稱藩奉朔於中
國篤恭順守禮義其立國設官取士賦稅刑名之制大約與中
國近而朝野上下所肄業者皆孔孟之書易書詩禮春秋之教謂

之大方七書於戲何其懿也古者洪荒之世其民獉獉狉狉中與
外無絶殊也自五帝三王聖君賢相繼世迭出道德齊禮教以人
倫澤以詩書禮樂法制日偹教化日廣中國遂為天下宗四方萬
國重譯而至其後教衰而孔孟以布衣起而修明之師法百王洋
溢中國施及蠻貊從其教者興違之者覆亡隨之古今中外一也
今高麗享國數百載不衰往年西夷欲强行其邪教於高麗敗潰
而反不敢復入其篤守孔孟之教之所致哉夫孔孟之教何也曰
仁義曰信讓仁義以固國信讓以交鄰聖人之道乃天道也高麗
奉此以為治雖强足以折西夷而於中國　天子則謹守藩服
之義誠所謂畏天保國之道也若中國天下宗主四方萬國之來

吾中土者自皆宜涵育覆幬於至仁之中嘉其善而不能者含容以俟其化是謂樂天彼挾其狙詐貪婪之性而欲行其滅理廢倫之教者亂聖人之經悖天者也悖天者自絕於天其又焉能久存者乎高麗使者李敬之鴻臚以請　頒來歲朔至京師貴州黄子壽編修招飲於興勝寺縱談中外典章法制山川人物將與索詩文爲贈子壽因作譚瀛雅集圖以紀之予既喜高麗國小而偏去京師三四千里能以中國聖人之教自强其國俾庶民興而邪慝不作又嘉鴻臚能通中國之文章不辱其君之命於是乎書是日同飲者爲福建楊湘筠觀察江西陳右銘太守陳洛君大令及宗誠主客六人期而以病未至者大興劉子重郎中侍立于側者則

子壽二子國器國璪也大清同治九年十月二十二日安徽方宗誠記

存

宋文貞公祠堂碑記 庚午

今直隸順德府南和縣於唐隸邢州宋文貞公實生於此沒後邑人思其德祠祀至今攷唐書稱公風度凝遠人莫涯其量宜乎和平溫厚歛鋒鍔去圭角者乃觀其生平當武后時則力請窮治張易之當中宗時則力請以武三思付獄案罪雖被詰責不悔不挫甚且有請先誅臣終不奉詔之對二人以此嘗欲擠之於死而公氣益厲曾不以之少慑於中其後睿宗朝又忤太平公主元宗朝以議皇后父王仁皎葬禮忤皇后公之嘉猷爲功於唐室者甚衆故

終唐之世語賢相必以姚宋並稱然當開元初勵精圖治公[illegible]以直道事君無足異也方武后中宗時邪臣媢子穢亂朝政人主又從而信向之而公於是時即能毅然特立不稍爭委蛇是誠可謂威武不屈之大丈夫矣昔孟子言不動心之道曰我知言我善養吾浩然之氣吾嘗以是觀之人之所學苟未至於知言則理不明義不精固無以知人之邪正事之是非而不免為詖淫邪遯疑似亂真之辭所惑不能養浩然之氣則方其盛時雖能任艱巨立奇勲而血氣一衰即不免為利害所眩時勢所撓又何以扶樹道教而立人之極故雖其功烈震耀於一時而流風餘韻終不足使千載之下頑廉懦立聞之者為之感動而興起公之没也去今千

有餘年而祠祀至今不衰豈非其剛大之氣有以持天下之正能令人久而不忘與然則世之徒以鋤鋒鍔去圭角為風度雅量者其猶辨理之未明析義之未精也已同治九年夏資江王竹堂大令鏞權篆南和重修公祠以書屬銅梁黃靜軒請予為文以勖于石竹堂為人剛正有大節其子棊曾知清豐縣出境勦賊沒於軍縣人奉 敕為立專祠其傳家忠孝故拜公之祠自有曠世而相感者修而新之宜矣抑予有深念焉自古世運之推移不能有治而無亂朝廷之上雖盛世亦不能有百正而無一邪惟君子克守其正執德秉義斷不從之而邪則其邪終不能以勝正世雖亂吾心不因之而亂則其亂也終可以轉而為治安此公之所以能

中興唐室也後之為人臣者可以鑒矣桐城方宗誠謹記於天津
道署

滄州忠義祠碑記庚午

咸豐三年粵逆自江南竄豫晉轉擾近畿九月二十五日陷滄州知州沈公如潮城守尉德公成吏目孫君文驄北堡千總劉君世祿各率其下力戰不屈死之殺傷賊幾四千人賊嘆恨曰使郡縣抵禦皆如是我輩何得至此乃屠漢滿回民男女守義不辱者萬餘人先是賊陷歸德圍懷慶入平陽破臨洺關勢甚張至滄州其鋒始挫越三日遂大敗於天津由是官軍踵至賊屢敗次年四月據連鎮不復出五年正月僧忠親王克復連鎮首逆林鳳祥伏誅磔

餘賊三十四人於滄州粤賊自是無敢復謀北竄者嗟乎粤賊之
興始莫非　朝廷赤子也以去京師萬餘里　天子之德澤不
得下究邊徼郡邑守令多不務宣揚　朝廷恩德以教化養育
為事堯舜周孔程朱之書所以道人以孝弟忠順之德愛人易使
之行者士子多不習小民不得聞商賈耕耨傭販之夫日役其力
供其賦稅養父母畜妻子又往往受官府之欺淩胥吏之悉索無所控告及
窮而為盜而官之懦者不敢詰貪酷者反因以黷貨誅及無辜於
是民之黠桀者益肆無所忌良善者或反藉黠者為黨以庇其身
一二姦民乘間伺隙遂煽其邪說惑世誣民以為逋逃之藪而大
亂作矣天下承平久文武恬嬉一旦亂起遂倉皇而莫知所為守

土之吏防禦之將其能率千萬人以死禦敵者不可一二數也兩年之間賊出粵西躪七八省犯及畿疆去京師僅二三百里向非滄州天津力遏其鋒其禍殆不可測然則諸公守禦之功死事之烈與其士民抗義殉難之衆其可及也哉諸公忠義既　旌於朝俱奉　敕予祠州人董觀察友筠著失城紀畧于秀才光襄著兵燹錄其後葉司馬圭綬復著滄州殉難傳王州佐國均復纂為殉難録載其事甚備前刺史滕君雋為刊其書惟祠堂未建明禋尚缺不足以伸忠義之氣今州人某某建祠於州之某所知州事盧江項君率作董成請予為文以泐諸碑予既欽諸公之忠士民之義有功於畿輔甚大又喜某某之好義能不忘前賢之遺烈因為

勿去 仍存

記其始末如此且論述逆賊興滅之由以為天下守土者戒也

慕廬記 辛未

古者孝子之於其親生則致愛致敬竭力以盡奉養之誠歿則事死如生事亡如存善繼善述而不忍一日違親之志事故孟子曰大孝終身慕父母非惟終父母之身終其身焉爾同治十年予來知棗強側聞有臧廷魁者兄弟四人俱敦孝友之行而廷魁尤酷篤親歿已廬墓八年鄉里嘖嘖稱孝焉又聞其親生平喜施藥於人廷魁苦身節用以繼其志其母蔣生前樂聞讀書聲廷魁日耕墓旁飲食必獻出入必告夜則浣漱整衣巾跪誦孝經墓前以慰其親之靈久之喟然曰是書最足養性情惜乎今之塾師罕以之教

弟子也於是積躬耕所入寄京師刻印萬本遍散冀州所屬五邑
村塾蒙士又往往於農暇與村人講誦孝經以故其村中少鼠牙
雀角之爭予甚驚異其人因訪諸墓旁草舍與之語信不誣也夫
廬墓非古也孔子曰葬之以禮又曰卜其宅兆而安厝之禮固無有
以廬墓為孝者然孔子殁子貢築室於場三年賢者之於其師且
然則孝子不忍離親體魄之藏不亦宜乎聖王制禮但示以中人
之所能行而不强人以難能之事然有行人之所不能行者固亦
聖人之所許也廷魁能繼其親好善之心久而不衰又能推廣孝
思其志量尤不可及予觀其所居草舍僅足避風雨衣履粗惡僅
足以蔽其身讀書僅能分析章句非多學博聞深識義理之學

者也而能約其身以及於人如此非其一念慕父母之誠擴而充之有如是乎予既爲之籲大府請　旌於朝又題其廬曰慕廬而爲之記非廷魁之志所以風邑人也廷魁字占蓭今年五十有七歲

黄孝子墓碑記辛未

王君倫階宰河間政修民和尤以旌善癉惡明倫正俗爲先既周詢苦節之婦數十人及孝女馬氏籲大府請　旌於　朝復聞乾隆間有孝子黄天梅摯行性成年十二父殁母盲天梅乞食爲養製二囊盛粗糲自餐而别儲腆潔者持歸奉母數十年如一日母賴以終天年道光三年母没孝子年四十有五矣殯葬後未逾

月以哀毀卒至今鄉里稱道之遂亦為之請　旌於　朝而
捐俸買田立石以表其墓書來乞予為之記予時知東強亦訪有
臧孝子[illegible]孝女二人式其廬狀於學使表其宅里喜王君為政與
予有同志也因不敢以不文辭夫孝之為道廣矣大矣非一端一
節之可言也然要莫非循吾性分之所固有盡吾職分之所能為
性所當盡而職有所不得為則亦第竭吾力殫吾識以安吾親之
心與身焉而已聖人固有所不能盡也故極其量雖以舜之大孝
武周之達孝亦止為庸行之常非於孝有加焉而推其細則雖愚
夫愚婦一節之至行秉之終身亦可以對聖賢質鬼神而無愧何
者其職止於斯也孝子所遭至窮極困而所行如此在孝道之中

不過萬有一焉爾然其職之所能為者止於斯則其他所不能為者於性固無所歉也觀於孝子則知天下無人不可自盡於其親謂窘於遇而力有不能者其亦孝子之罪人也夫

創建江南會館碑記 壬申

同治十年合肥相國李肅毅伯奉　命持節總督直隸既一年德威丕著中外協和朝野皆倚以為重於是安徽江蘇兩省人士宦游於茲者相與議建旅館於會城為歲時公讌之所請於公公諾之度地庀材數月告成復為享堂祀宋范文正公朱子於其中以興鄉後進高山景行之思創制之意絕善明年正月公與僚屬同讌於此諸君請公文泐諸碑以垂永久公轉以屬宗誠曰是

鄉人之意不可辭也予惟古者以萬二千五百家為鄉謂同行省之人為同鄉非古也然自科舉取士以來三年大比合行省之士而試之為鄉試其得舉者謂之舉於鄉今天下十八行省獨安徽江蘇同為江南總督所轄又同應鄉試於金陵則兩省人士相遇於宦學之地謂之同鄉亦宜也昔者孟子言一鄉之善士斯友一鄉之善士推之至友一國天下之善士猶未足必尚友乎古人又曰舜為法於天下可傳於後世我猶未免為鄉人是則可憂由是觀之人無論窮達要當有四海一家之量胞與民物為懷囿於一鄉非也史稱范文正公為秀才時即以天下為己任故其言曰士當先天下之憂而憂後天下之樂而樂朱子生南宋偏安之世其出也則

時以格君心育賢才恢復土疆報讐雪恥為急務志不獲行以註經明道繼絕學開太平為心若夫識趨卑陋僅欲行比於一鄉隘矣不能友天下之善士進而尚友乎古人而僅與一鄉之人相比相黨而無公天下之心尤為隘矣古之君子羣而不黨周而不比故曰同人於宗吝又曰出門交有功其在於鄉儔類相與偕則必德業相勸過失相規以共砥礪於學行其羣聚而仕於朝或同官於四方則必各以政事節義爭自濯磨一心戮(勠)力於王家而無黨同伐異之見此其所以可法而可傳也是以及其學之成德之尊勲業炳於宇宙教澤沛於千載鄉邦之人相與稱引以為榮而要其人之德業所以自樹立者固非一鄉一國所得而私焉者矣觀

之文正朱子不其然乎江南人文之地非徒以仕宦顯也名賢之著於史策者指不勝屈而二公尤爲百世之師予與諸君子幸生兩大賢之鄉讀其書考其行其可不深仰止之願乎抑予讀小雅燕饗諸詩而有感也君臣上下平日相與勤於職業無敢逸豫及歲時清宴鼓瑟吹笙獻酬交錯之時猶必交相勉曰人之好我示我周行又曰德音孔昭視民不恌君子是則是傚又曰樂只君子民之父母樂只君子德音是茂是何也蓋古人居安思危樂而不至淫故無時不以德行相勗如此春秋時卿大夫相聚會必賦詩以見志猶此意也予不敏幸與鄉人之列值兹館之成得以僚屬從公燕樂於此願與諸君子歌鹿鳴南山有臺之詩以交相勉即

以是爲斯館頌禱可乎公以爲然因命泐諸碑以示後人其捐資

監修諸職名自當泐諸碑陰

重修棗强八蜡廟記 壬申

同治十年春予奉檄知棗强時去兵燹未久蝗旱相仍民氣未蘇獄訟鬬爭循生疊起盜賊間作思教養之政無逾於省刑息民既清積牘釋滯囚治姦宄平反寃獄至夏久不雨民以播種爲憂率同官禱犀神祝以宰官不職宜降辜無罹我民復遣使祈祀於邯鄲之龍井使還大雨時降歲以有秋次年麥大熟五六月之間旱苗秀而不能實復禱雨邯鄲神應益速先是邑之東境鄰故城有黄盧河枝流壞二堤防㩇浸民田廬乘其涸也董督修築之因勢

利蕖增高繼長彌厚且堅武邑澤中蝻生蝕稟強邊率民撲之不日殄滅遂大有年民氣以和訟爭日少邑之士民多歸功於予予曰是神之福我民也如之何其貪神之功乎夫古者聖王之爲政也先民成而後致力於神故記曰八蜡以記祭四方四方年不順成則八蜡不通以謹民財也順成之方其蜡乃通以移民也今年豐人樂宜行蜡祭以報神休且以移吾民猒倦之心而生其欣羡之意亦政教之一端也縣東門外舊有廟祠八蜡已圮毀爰庀材鳩功爲室三楹前後爲垣爲門如舊規惟舊皆像設非古制因各爲位以依神祀先嗇一司嗇二百種三農四郵表畷五猫虎六坊七水庸八或曰康成鄭氏爲知禮之大儒其注八蜡有昆蟲無百種

王肅分猫虎爲二無昆蟲亦無百種今增百種去昆蟲無乃率臆見而非典禮與應之曰八蜡之祭始見於禮郊特牲其言曰蜡之祭也主先嗇而祭司嗇又曰祭百種則百種之祭記禮者明言之矣鄭氏以先嗇若神農司嗇爲后稷皆始教民稼穡之人功在萬世而百種惠養兆民其利甚溥是三者之祭記皆謂以報嗇也何爲非典禮乎記又曰饗農及郵表畷禽獸禽獸即下文所謂迎猫迎虎是也又曰祭坊與水庸是五者或曰饗或曰祭而獨無祭饗昆蟲之語其曰昆蟲毋作者蜡祭之祝詞耳鄭氏注昆蟲爲螟螽之屬爲害者也祝神佑其毋作豈反祭之哉然則舍百種而祭昆蟲乃鄭氏注禮之偶疏王肅知昆蟲不當祭而亦昧於記有祭百

是亦綜結

種之文是不可不援經以正其失也今據禮記之本文與其自釋
之義定爲三壇其曰主先嗇祭司嗇祭百種而釋之曰以報嗇也
是當爲一壇饗農及郵表畷猫虎而釋之曰使之必報之是宜爲
祭坊與水庸而釋之曰事也是又宜爲一壇
一壇三壇同墠以祀於兩楹之中衆强向無田豕之害而常有旱
蝗之災雍正二年以元指揮劉承忠元亡自沉於河其神能驅蝗
世稱劉猛將軍　諭各府州縣廟祀縣舊祠於八蜡廟今仍故
制立位於東楹附祀之以爲民祈福邯鄲龍神雖未列各縣祀典
而神靈赫濯州縣吏禱雨於邯鄲者環千餘里京師旱　天子
遣大臣祭禱焉賜金以崇大其宮褒以匾額今神旣屢降澤於衆
强民不忘其德故亦爲位於西楹以祀之從民願也禮成進庶民

存

而告之曰夫民者神之主也故民和而後神降之福書曰鬼神無長享享於克誠又曰黍稷非馨明德惟馨蜡之祭仁之至義之盡記言之矣然則官與民苟不能仁以存心義以制事各盡其職以承天休神其佑之哉衆唯唯因記之以示後人

重修東強縣倉神祠記　壬申

東強舊有預備倉在縣署西北隅久廢其東偏有常平倉乾隆十三年定制積穀二萬石又因社倉久圮穀附存常平倉中十六年知縣單作哲復新建義倉十所於四鄉有義倉圖貯士民捐輸義穀其後義倉俱傾圮常平社倉穀久空虚移義倉餘穀數千石附貯之咸豐中奉大府檄撥運深州又以兵荒團練耗費既盡而常

平倉廒亦遂無人修理廢為墟莽矣倉旁舊有倉神祠已毀神位寄署東關帝廟神像前縣令循故事春秋致祭考古者有神倉而無所謂倉神記曰農事備收藏帝籍之收於神倉祗敬必飭鄭氏謂藏祭祀之穀為神倉孔氏曰貯祀鬼神之倉也後世有倉之所必祠司倉之神非古制然常平社義諸倉皆昔賢創制以惠濟小民者也既立倉即祠倉神以致出納必質神明之意且以為民祈福法甚善也今諸倉既墟神祠久壞而神之木主寄祀於關帝之前反廢關帝之祀予初致祭慼慼然不安於心將仍其舊而祀之則僭越位次紊亂禮制非所以妥神也將毀其主而廢其祀則禮曰有其舉之莫敢廢也子貢欲去告朔之餼羊孔子曰爾愛其羊

我愛其禮令諸倉雖廢而倉神之祀猶存庶幾休養既久民氣復

元捐輸積穀興復舊規以倫〔備〕救荒之具是亦餼羊不去之微意也

夫予宰東强之二年爰度舊址新作一室移神位於其中以祀之

而復關帝之祀所以示民禮也抑吾聞聖王之為國也制民恒産

教民樹畜取之有經用之有禮使民皆三年耕足以餘一年之食

以為歲飢之倫〔備〕其後井田之制廢常平社義諸倉之法興焉亦所

以濟王道之窮也及其敝也利歸於贓吏蠹役而害貽於閭閻民

不食其惠而反受其無窮之累是以言及捐輸積穀之事多視為

畏塗予不德承乏於兵旱之後愧無以為民興久遠之利也惟禱

祝神佑助吾民風雨和年穀登千倉萬箱藏富於民而不待上之

存
存

極救焉其可乎

彭孝女碑記 癸酉

孝女姓彭氏名詠春安徽懷甯人父爵麒官直隸知州女幼隨母侍父官舍未嘗一日違母左右嗜詩書聞古今孝義節烈事稱誦不去口嘗兩割臂肉以療母疾同治十一年冬母卒於景州刺史署女年二十五矣方母疾篤時焚香泣誓必隨侍地下庶幾報母劬勞之德至是欲殉母又懼死之遽或過傷父心也起居飲食如常至百日晨起沐浴脫簪珥更衷衣而密縫紉之往奠於開福寺母殯之所寺有十三級浮屠託言禮佛攜幼妹拾級以登戒他人無得入至十一級西嚮母殯泣拜三南嚮州署度父所在泣拜三

復西嚮號我母者三躍而下暈於地膚體無傷父聞亟舁入署中氣始絕時十二年正月二十四日也衣袖中遺札二啟匣中復得遺言五皆與弟妹訣别之詞具述矢死已久甘之如飴屬殮無更衣殯必母側閉寺門無或使外人得見且請父無過傷情嗚呼是殆所謂視死如歸者耶昔子夏言事父母竭力事君致身古無有必以致身其親為孝者然而傳記所載孝義往往有其事不可為天下後世法而實有可以興起人孝義之心且可因以感愧人不孝不義之情者北宫女之撤環不嫁木蘭之代父從軍是豈可為女子之庸行而書傳稱其孝則以真性之激烈固足令千載下感動而唏噓也孝女殉母其義有類於是景州人士欲建坊立碑而

○存

屬予為記予懼不善學者或徒以一死為孝也因記其事而發茲論焉

重建東强火神廟記　癸酉

東强舊廟祀火神於城西縣志不載創自何年同治辛未季夏大霖雨廟久不修至是盡圮神像露坐於中庭時予令東强甫數月念為一邑神民之主聽其暴露非禮神之道且無所以為民禳災而祈福也然古之知政體者必先成民而後致力於神不務民義神不歆其祀既一年政刑少簡民氣漸和歲亦大熟爰庀材鳩工而重建之廟惟三楹不減不增復其舊制高其門垣從其堅實示民以禮而不示民以美觀也攷古者有火政春秋時宋災樂喜為

司城火所未至凡所以禦災之具皆備禦災之官司各守其職不專以祈禳為事也鄭裨竈知有火災請先禳之子產不可曰天道遠人道邇惟謹修救火防亂之政君子稱之誠不欲為民上者惑於鬼神之不可知而遺棄夫救災禦患之實政也然而天之與人一氣相通事神亦所以勤民之一道故樂喜火政亦使二師令四鄉正敬享使祝宗用馬於四墉祀盤庚於西門之外子產既火之明日亦令郊人助祝史除於國北禳火於元冥回祿祈於四墉既又為火故大為社祓禳於四方振除火災君子亦以為禮焉民事既修所宜致力於神者亦不可得而廢之也然予又以為禳災既古人所有則與其既火之後祓禳振除何如於未災之先敬修明祀

以祈福於民之為善興或謂火星天神似不得祀以人鬼之像歟春秋傳曰古之火正或食於心或食於咮杜元凱以為古之火正掌火有功封為上公祀為貴神故或以配食於大火之心星或以配食於鶉火之柳星今所祀者古昔之火正官生為功臣沒為明神固可以像設也宋仁宗慶歷中修大火祠以閼伯配今制以六月二十三日祀火德之神雖未載入各州縣祀典而京師固已祀之矣廟而新之有舉無廢不亦宜乎既成率同官致祭祝之曰官政不修惟神直之民生蠢愚惟神翼之保其室廬扶之植之如有凶殘惟神殛之億萬生民其永德之因書之以俟他日勒於石

重建東强名宦鄉賢二祠記 癸酉

同治十年仲春予作宰東强首謁學宮見有名宦鄉賢木主位置於先師孔子之旁大驚異詢之司宮之胥知二祠久圮春秋上丁設席棚致祭禮甚苟簡祭已神位無所棲故寄於此急擇大成門外空室遷置之春秋即明倫堂為禮以祭涖任方始欲作二祠力未能也古之記禮者曰聖王之制祭祀也法施於民則祀之以死勤事勞定國則祀之能禦大菑捍大患則祀之是以後世官斯土者果有功德於民沒世不忘　朝廷許各直省大吏順民之情奏請祀為名宦其生於其地之賢士大夫或德學足為鄉里儀型或仕宦德澤被於他邦譽望重於閭黨所謂鄉先生沒而可祭於社者　朝廷亦許奏請祀為鄉賢皆列祠於學宮左右所以崇德報

功亦所以興起人士慕古學道之心也聽其久圮非惟違失典禮無以感興斯人亦非所以宣揚　朝廷德意古之善爲政者事無妄舉舉必以教養斯民爲心邑中兵燹之後社稷神祇先農八蜡諸壇廟皆頽壞不修蝗旱相仍民氣凋敝獄訟滋多禮教衰失爰先與吏民約無終訟無留獄無剝喪元氣無從外方之民習其異教繼築堤坊以備水患修壇廟以爲民祈年既二年政刑漸清歲亦屢稔於是乃命工庀材新作二祠於舊基之上其前忠義孝弟祠後崇聖祠有不合禮者亦爲更易如制既成稽舊志作新主又詳考諸公學行政蹟書於主之北率同官邑人士循時代先後安位設祭祭畢進邑人士而告之曰學校禮義相先之地故古者以

存

大賢大儒配享從祀於孔子其次則各祀於鄉或祀於所官之區不可紊也然皆得千秋俎豆於學宮之旁豈不偉與是以周子曰士希賢賢希聖聖希天希天至矣要必自希賢始士君子尚論古人以天下之士為未足豈可囿於一鄉然而鄉先生與官兹土之賢大夫固切近之師範也諸君子尚其勉之哉

正誼講舍記　參酌

東强故有大原書院舊志謂明萬歷時江陵張文忠為政檄毀天下書院自是遂（廢三百餘年）無興復之者考古者君師之職不分凡有父母斯民之責者即當兼行教養之政自宋以來詔天下皆立學設學官以造秀士又自各行省以至府州縣往往別立書院延賢士大夫

之退居於鄉者為之師以作育人才所以輔學官之不足法甚良意甚美也惟書院之興始於宋世儒者與士友共講所聞其後乃降而為課文之地夫課文非立書院之本意也明之儒者如顧端文高忠憲之興復東林書院仍以講學為主其所為固無倍於古義而議論間及朝政則與思不出位之訓或稍戾焉然其修行明經砥礪名節忠君愛國之忱足使頑廉懦立明季氣節之盛不減漢宋寒權奸之膽扶國祚之衰不得謂非諸君子講學之功也江陵不知為國之本乃惡書院之講學而創議毀之昔子產不毀鄉校孔子稱其仁原伯魯不說學閔子馬憂之以為不學將落下陵上替之漸因以知周之將亂而原氏之將亡江陵號為救時之相

何不以子產為師而乃以原伯魯之不說學為法也夫秦禁挾書而秦亡宋禁道學而宋亡明排首善錮東林而明亦旋亡江陵雖才而不知為國家固根本之計其所謂未聞君子之大道者與近世書院雖興而猶習其餘論但以為課文之地而學之不講曾不知以為憂同治十年予來令東強欲興復書院而未遂乃於月朔望集諸生於明倫堂講學會文一年矣諸生頗相親也其明年始於署之西偏搆草廬六間以為講舍仍以朔望課文於此亦以學規公暇則與之講論為人之道其文則躬為改正教以準繩時時頒賜書籍導之從事於實學而不徇俗習以為利誘焉東強古廣川地大儒董子實生是邦予時為諸生誦董子之言曰正其誼不謀其利

存

明其道不計其功是為學之正軌也今因取正誼二字以名斯舍願學者時思其義以為學焉庶無戾於古人立學造士之本意也夫同治十二年冬桐城方宗誠記

重修縣署後樓記 癸酉

棗強縣署居城之中其前爲南城門左右為東西門闍臺高聳獨無北門故前人於北城之上作樓以配之於是四方皆有居高臨下之勢署前為鼓樓昔人因作樓於署後以與之相稱亦所以時觀游節勞逸望雲物察災祥也惟樓之上下無階梯人不得登臨又少牖戶不能通天日陽明之氣晦塞既久相傳有鬼物據其中呼之為仙朔望官禮拜之否則見怪異數十年閉其門無敢入者

聞直隸公廨中往往若是同治十年予來令是邦以為非典禮罷其祀未幾大霖雨樓圮其東偏予方念民生凋敝思所以培養之而未能無暇念及於此既二年民氣稍蘇官事日簡乃用俸錢修復其舊規爰於樓之東壁啟牖一樓之下亦然日出射影其中光明洞達居之可以習靜登之可以眺遠時與賓僚憑而樂之春秋傳曰妖由人興人無釁焉妖不自作記曰非所祭而祭之名曰滛[淫]祀為官者違戾典禮以祀滛昏之鬼則妖由是興焉非果有妖也人心恐懼惑亂則目失其明耳失其聰眩焉熒焉遂疑見怪異而以為鬼物也易之道以陽為君子陰為小人故聖人參贊化育必以扶陽抑陰為心積陽生明積陰生暗暗則致邪陽明之氣伸則

存 存

陰邪自未由而作是以君子作事務求其本而治其所以然彼夫姦宄之敗常亂俗邪説之惑世誣民皆由陽剛之德先靡焉而後得以乘間而入往者邑有習耶蘇之教者數百家横恣閭閻莫可誰何予因事循理按法治之遂無一人入其中者久之舊染汙習亦爲之一變焉孟子曰君子反經而已矣經正則庶民興庶民興斯無邪慝豈非爲政之首務與予因重修是樓登兹論以後待之君子是正云同治十二年冬桐城方宗誠記

創建敬義書院記 甲戌

東强漢屬清河郡與廣川鄰歷代沿革分合遷徙不常名屢更遂與廣川相雜故今猶稱古廣川云漢大儒董子蓋生是邦今

棘

縣城中有董子祠舊縣村王善友村多姓董氏者亦有董子祠三馬又相傳為古棘津地司馬遷史記游俠列傳謂呂尚困於棘津集解徐廣曰在廣川司馬彪續漢書郡國志於冀州清河國下稱廣川故屬信都有棘津城今縣舊有太公祠蓋用史記集解之說且棘與棗相類故援引太公以為地重而劉昭續漢志注補則謂太公棘津琅琊(邪)海曲非此城也夫太公之果嘗困於此事遠難稽即董子之生果為今棗強境與否亦未可定然人心秉彝好德之良與學者慕古希賢希聖之懷有非口舌所能奪者是固可以置而不辨也縣故有大原書院近董子祠舊志載明萬歷初張江陵(陵)為相檄(檄)毀天下書院遂改為北察院

今祭院已毀舊址無可徵矣惟董子祠如故太公祠亦久圮春秋有司設席棚城外致祭書院曠廢已三百年學之不講蓋亦久矣考太公曾封武成王蓋以詩有時維鷹揚之語又以世稱六韜陰符為太公之書予謂太公于古實聞道之聖人其告武王以丹書之言曰敬勝怠者吉怠勝敬者滅義勝欲者從欲勝義者凶實與虞書危微精一之傳成湯以義制事以禮制心之論若合符節其後孔子作易傳曰敬以直內義以方外敬義立而德不孤其言與堯舜禹湯同揆而實則太公已先發之矣是以孟子歷叙道統于太公望稱為見而知之推重如此誠百世之師也後世不考六韜陰符皆周末秦漢人所附託而鷹揚之

績亦止言其一端封為武或不亦陋乎當漢武帝時功利橫流學術淆雜而董子獨抱仁義禮樂道德為學其對武帝之策曰仁人者正其誼不謀其利明其道不計其功又以為諸不在六藝之科孔子之術者皆絕其道勿使並進其旨與太公所以告武王者無以異也故劉向稱其有王佐才雖伊呂無以加而劉歆獨不然其父言劉龔班固附而和之是皆未聞乎大道之要者也夫為學而不知道求道而不得其要其論古固設涉於偏陂其所以致知與力行者亦必散漫而無紀雜陋而鮮當其處困窮既不能隱居求志以期道集於厥躬其用於世又何能行義達道以佐君而致治況欲其或潛或見立德立言使百世之下

聞風而興起不亦難乎甚矣學不可不知道而求道不可以不得其要也且夫古之聖賢亦人也予亦人也所貴乎慕古之人者求其所以爲古人者而師之也誦古人之言行古人之行則予亦古人而已矣豈徒扳引古人以爲州里之榮哉同治十年予來宰東强構講舍五間於署之西偏立學規以課士又二年得前邑令張君所購宅基一區在董子祠前爰籌資創建書院取其間中爲廳事後爲講堂堂前爲義學延師以訓蒙士堂之後爲經師弟子居游講習之所因取太公所述丹書之言名之曰敬義書院而講堂則大書董子正誼明道之訓以爲諸生觀感之資誠以之數言也乃大道之要而學之所當法守者也每歲

課士時率諸生拜董子之堂而春秋太公之祀亦即於講堂設位行禮以革除野祭之非願諸生肄業其中無徒囿于世俗科舉之陋而必以太公董子之所以教者為師蘊之為德行行之為事業庶無負區區創建之意也夫同治十三年秋

存

考棚記

東強故無考棚歲科試張葦席於縣署儀門內遇風霾雨雪往往飄捲壓墜攲側滲漏無安坐之地祁寒溽暑不能蔽風日士甚苦之同治十三年春予因前令張君士銓所購宅基創建書院講堂二重既成將修肄業之舍邑士李清華李咸臨父子兄弟來請曰願以西偏宅房基址輸入書院庶可多建齋舍以為縣試之資予

聞而善之其明年邑紳士王均王堉亞壻亞錫兄弟諸子亦相與來請願鳩工庀材於前後講堂之中捐建齋居房舍十八楹前為長廊横列窓櫺高明爽塏由是闔境士民咸樂與觀成共捐制錢萬七千串餘文有奇遂增建廡舍十五間于西偏講堂前新作精舍四間李氏宅基前舊有瓦房六間後有小閣一座平房四間俱修理整齊各為院落務堅無華四方壘磚為牆上立雉堞高二尋許寬三尺長各十餘丈重門稱是以謹關防遂定議於其中分立義學二書院一每年延經師居其西蒙師居其東專主教育寒素子弟又延院山長居後講堂聽士子聚居齋舍考道問業而月課之第其高下覆試其真偽而獎以膏火之費以後平房四間又新建瓦屋一間

為庖湢之所凡為屋五十餘間平時為諸生肄業者之所居歲科試時即以為縣試之用而前後講堂不與焉洵一舉而數善備也縣舊有太公祠在西關外土岡中久圮有司春秋猶致祭於野予謂野祭非禮重新其祠則多費因太公所引丹書敬義二言有合於孔子易傳之旨遂取以名書院為諸生勗春秋有司即設主於講堂以祀之祭畢安其主于小閣之上名之曰見知閣以太公於文王為見知之聖人也閣之下空其地長今尺三十二步濶丈八尺有奇以為歲試武生之射圃納射圃于書院中者期以詩書之澤化武人桀悍之氣又所以振文士委靡之氣也修建將畢以餘財買地九頃有餘命紳士經理之以為師生束修膏火之所自出

又備經史數部及予所校刊縣志鄉賢諸集板俱弃其中而令義

補正 鄭公 劉公 詩春秋二錄

學師主守之是舉也予經營二載得李王諸君為之倡又適值時和歲豐政刑清簡始克聚合邑之力以底於成後之司事者念創建之艱必時省而歲修之無至於廢壞而不覺而有教士取才之任者必務敦實學而無徒事浮華俾士皆經明行修緯武經文以無負國家之録用是則予所厚望者夫

敬義書院膏火地記

同治十三年予創建敬義書院既成乃以紳士商民捐輸餘資議存為肄業生延師束修膏火之用又慮發商生息不可以持久也於是買上地召佃人耕種之戒以每年登麥登穀之期分

兩季納其祖不由胥吏不入官府而擇紳士司其出入之數以綜理其成棗强保甲舊章一邑分為六路曰縣前曰南關曰縣東曰東關曰縣西曰西關六路各有長謂之分管地方居城中應官府之召令其鄉村則各有地方長而以六路分管統之縣有事召分管分管召鄉村地方不日而辦其法絕善予為書院買地必其地畝所在之村有紳士為相視地之肥瘠選擇佃人之勤惰然後書券成契一村之地以一村之地方司其祖一路之地以一路之分管司其祖每及期書院綜理紳士召六分管地方告之曰時至矣速催租無息于是各路分管召各村地方而告之如其言地方催佃人隨[illegible]入城由分管以交於綜理之

紳士登諸簿以待用其佃人之骫疲者令分管自往催之甚則
令其村之紳士更擇一人命之佃不必白官府簽差役慮擾農
民也其分管地方佃人之姓名與租入之數具載於契不必記
且亦時有變更不能終古如一也惟地畝之數與所在之村落
不可不志之以垂久遠其縣前路所轄之村三曰黑蟒曰楊蘇
村曰魏家莊其南關路所轄之村一曰趙家屯其縣東路所轄
之村三曰八里莊曰郭家莊曰趙林村其東關路所轄之村四
曰危家屯曰南甕口曰良黨村曰後王善友村其縣西路所轄
之村二曰崔家莊曰劉村其西關路所轄之村二曰蕭張村曰
杜烟村凡為村十有五為地九頃三十二畝五分五厘八毫四

○存

絲乙忽其地横長濶步丈尺之細數具載于契凡用制錢一萬六千餘串每豐歲地租所入計制錢一千串有奇六路分管地方及鄉村地方時有更革必令繼之者具承催狀存於公牘契之正者存於綜理團紳士其副本亦存公牘縣禮吏司之紳士綜理者有更易必檢契往驗其地無厭煩勞致日久或乾沒以壞成規是則邑人士所重賴者夫同治十三年冬

親民書屋記

予讀書治事之所在縣署静治堂東重門洞開時時與吾民相見因題親民二字于門楣之上自晨起至夜分兀坐其中無事則流覽羣籍事至則立起以應之不逐事而廢學亦不貪學而

厭事廢學則治民無本厭事則民[illegible]有受其病者矣夫州縣親民之官也能日與民親斯壅蔽之者少焉且官民相親而後知民間之疾苦惻怛痌瘝之念自不覺其隱然而內生噫官之初民也官之子孫亦民也可不念哉可不畏哉同治十三年

未刻

深州游公去思碑記 代

節相曾公自江南移督畿疆先入覲疏薦人才八人請調至直隸用備任使既受事舉廉黜貪於是吾深州牧劉公以循良報最擢為正定太守士民婦孺沐劉公之德去咸不忍其者慮無能繼其後者矣劉公乃屬耆老而告之曰汝儕何所見之小也方今 主聖臣大業中興登崇俊良後先濟濟繼予來牧茲

土者爲新化游公其先官安徽治行爲兩江最節相奏調北來以爲吏治之師其愛民必十倍予也汝等其何患特患士不安於絃誦農不力於耕桑將爲至治之羞耳汝等其勉之哉未幾游公至視其貌樸然老儒也聽其言肫然慈父也親其教誨受其督責肅然嚴師也而初不自知其爲官長也入其詩書數筵之外無一有焉瞻其服食則布帛而已菽粟而已其出而訪問民間疾苦也則徹車羸馬從一僕張一蓋而已而人皆不知爲其官長也日未出而興夜既分而息坐堂皇終日訟至則爲平其爭分其曲直事已則讀書誦詩吏役懍懍不敢爲姦公亦教誨之如子弟之其持已也約其取民也廉其勸善也篤其懲惡

厲其勵士也以行誼其率民以孝弟而尤以修女教正蒙養為轉移風俗培養人才之本根治深一年政化大行博徒斂跡訟獄希少戴公德者始信劉公之言不虛益欲世世長為公之民也未幾大府重其才改知灤州深之民欲攀留而不得又未幾

天子聞其賢降旨擢守永平深之民欣公之得大用喜灤州永平之民之久得賢邦君而益惜其去深速且遠不獲再沛德澤於吾民然而至今深之士安于絃誦農力于耕桑不敢違公之教以為公羞者猶是食公之德飲公之和焉公之為德于深者其有涯已乎詩曰豈弟君子民之父母又曰有斐君子終不可諼兮公其有焉因相與立去思之碑以詔後世

○棗强改建神祇壇記

國家之制天下府州縣必廟祀孔子關帝以逮歷朝循吏名賢忠孝節烈皆有祠春秋祀之所以明教化也又必分立三壇以祭風雲雷雨山川城隍社稷先農諸神蓋民事莫重于教養仰事俯畜不贍奚暇治禮義聖王立政雖曰先成民而後致力于神然使神無所依將何以為民祈福立三壇者所以重農事厚民生也棗强典禮所在諸壇廟予莅任後既皆次第修建以飭祀事惟風雲雷雨山川城隍一壇地近民居未能與墟市廛集聚囂而不靜屢思卜地易之而未得心常慼慼不自安也光緒三年秋歲旱民飢予惟孟子言旱乾水溢變置社稷此謂祭祀

不失其禮而神不能為民捍災禦患則毀其壇壝而更置之若壇墠失禮不修神不歆祀年不順成是乃有司不重民事之咎非神之不降福于民也四年春予始擇得南門外故玄壇廟之南有地數畝相其陰陽之軒朗觀其流泉之環帶去民居市廛絕遠蠲潔靜穆庶為神祇所式憑乃屬紳士王君堉建壇如制與舊壇之土築垣四周而封樹焉昭誠敬也其夏久不雨予晨夕禱于壇下應時而雨歲以有秋考禮記古之雩祀惟曰四海大川名源川澤井泉又曰雩祀百辟卿士有益于民者以祈穀食此舊典也後世禮教不明釋老之言異端之鬼日以繁興而聖王所制明神之祀反成具文甚至聽其廢壞而不為之所夫

不修民事而惟祈福于神是為誣不修典禮而曰吾惟民之勤
是為慢二者皆非所以居民上也交修不怠俾神為民主民為
神依庶幾可為民之父母也夫後之君子其時有無廢也哉光
緒五年正月人日桐城方宗誠譔撰

創建棗强義倉記

棗强故有預備常平社義諸倉皆久圮無一粟存舊基廢為墟
或為坳堂不可識辨予前為倉神祠記言之詳矣常思用豐年
補敗之義興復之而事之待整理者多不可不循其序遂遷延
久不就光緒三年夏不雨富民畏旱粟不糶貧民無可糴勢岌
岌不知所為未幾得雨歲幸有秋予延耆老謀積穀無應者四

年春乃擇城隍廟之東地勢爽塏捐俸構倉厫六間既成復旱積穀之謀又不遂其秋秦晉燕豫皆大饑民之待糴粟者邑以數萬戶計而千里之內無可糴予既以災狀大府請蠲征糴奉
天梁截留南漕報可予躬親稽戶口乃走天津貸軍需銀七千購奉梁二千六百石轉以拯民大府以畿輔饑上聞　詔賜金撫郵而吾邑以先貸軍需錢糴粟後以撫郵金償軍需民得梁勝得金必緩須臾死四年春無麥予復請蠲征借子種發奉梁漕米六千石麥千石自東轉運數月不絕又勸富民[illegible]錢萬緡各自散其近村之族黨以助官糧之[illegible]其發粟也用富戶車運至鄉閭分極貧次貧不分男婦大小由其本村計口授食周而

復始其孝子節婦貧士病民加矜䘏焉其播種而力不能鋤者復以粟貸而梁至皆先入倉而後發無暴露之虞漏卮之患於是民皆知倉之為用大也先是冬春民艱瓦木磚石無主售者予乃倍價易之寓以工代賑之意復捐俸增作倉厫十三間門堂數間樸䕺堅實與前相稱夏六月復旱既而得雨遂以有年於是聚邑民而告之曰九折肱然後知為良醫往歲豐未能預為籌補敗之計致吾民受此重困此予之辜也今春奉　詔令富民修倉積穀予深知民艱修倉自任之不以勞民穀則官民兩任之何如皆曰諾於是共捐穀市粃七千石有奇合倉斗萬石有奇相國合肥李公時為直隸總督聞而善之書有備無患

四字于門上復為規畫制度令邑紳士綜理之每歲必視燥濕
慎防守非年飢不得輕議出納遇凶歲紳與官合議出其半留
其半無地者賑有地者貸貸者加息歸倉以補賑者之不能償
市穀貴平其價以糶之儲其價于富者豐年穀賤買補之其餘
錢亦以補出賑者之不足果如是永無匱乏矣皆曰善予又告
之曰天下事可與樂成難與圖始然而守成亦非易也孔子言
人存政舉人亡政息夫人非亡也所患者人存而心亡人人但
顧其私而無民胞物與之量此天下事所以廢壞也苟人人皆保
其仁民愛物之心視一邑事如其家之事視鄰里鄉黨之困厄
皆如其身之顛連而官斯土者復以慈惠為之師廉明為之主

又何斯倉復廢之足慮哉光緒五年正月八日桐城方宗誠撰

俱已刻

柏卷

石

甯

柏堂集卷二十七　　　桐城方宗誠存之

傳

徐觀察傳　咸豐甲寅

公名豐玉字子逢號石民桐城人也父鏞嘉慶己巳進士官順天府尹山西布政使終太僕寺卿公少負經世才鄉試不售遂援例入貲初任貴州平遠州知州歷威寗黃平二州擢安順府即岱同知署思州府升湖北黃州府未數月擢[redacted]授湖北督糧道公智勇兼人洞達當世之務執大義不為上官屈所任盜賊歛迹獄訟希少去則士民泣送數十里外其治黃平有劇盜保禾聚黨據

劫巡剿

巡庶密

險日肆掠大府慮以激亂釀釁不敢捕公至詳陳利害不聽其後
盜劫公車巡撫懼事聞乃奏遣候補知府胡公林翼統兵剿胡公
坐鎮巖門緝盜撫兵胥任公未幾胡公去遂專以委公當是時廣
西奸民李世德凌十八洪秀全楊秀清輩各以邪教惑衆作亂巡
撫鄭祖琛故文儒畏懦粉飾將致全省鼎沸勢成蔓延貴州省治
極邊苗夷獷悍難治公懼因循久盜勢積重亦必大爲民患乃練
民壯及營兵獨入山前驅者中礮死衆却公挺身前遂登山奪寨
以計盡得盜首誅之事平巡撫抑公功士庶多不平公曰吾爲地
方除害豈以人命博升階耶時張公亮基撫雲南署雲貴總督入
覲過黄平廉得其實密疏薦之故公一歲歷升至黄州府涖任未數

粵犯[illegible]

縉

月而粵賊數萬犯長沙先是道光三十年　上初臨政盛怒鄭
祖琛釀禍罷職起林公則徐於家任之林公道遘薨復使李公星
沅周公天爵鄒公鳴鶴皆無效　特命大學士賽尚阿節制諸
軍　賜遏必隆刀期殄賊相國畏葸賊益肆而兩湖總督程矞
采防堵衡州復退縮賊遂由全州犯湖南境知州曹燮培都司武昌
顯固守十餘日提督余萬清劉長清頓兵不救賊由是連破州
縣直至長沙是為咸豐二年八月也時　上已罷賽尚阿程矞
采命兩廣總督徐廣縉督辦兩湖軍務張公亮基撫湖南既深知
公才奏調公公至以梯入城分守西門晝夜巡察不懈九月三十
日南城圮公仍督守西城不動徐廣縉奉　命後逗遛十月賊始

解圍至岳州提督博勒恭武棄兵逃賊遂直攻武昌公隨廣縉至
岳州力請統大兵進援不聽十二月武昌失公復謁廣縉曰事急
矣武昌失守賊必順流直下江西江南將不保公盍移節黃州截
賊下流無使猖獗大臣任事當爲　國家計利害不當計一身生
死亦不聽三年春賊果東下兩江總督陸建瀛駐兵九江復敗走
安慶江寧俱陷而廣縉亦卒以逗遛得罪是時奉　特旨擢公
湖北督糧道張公調署湖廣總督奏請以公權漢黃德道是時賊
甫東下城中無官吏土匪肆行公至誅其魁數人民始安賊之東
下也沿江被焚掠　上命分別緩征廣濟知縣蔡閏琛格不奉
令且加賦奸民宋關佑等因率衆譁於縣庭黃州知府部綸至縣

衆數勦曉廬

歸營奮

彈壓調黃梅知縣鮑開運兼理廣濟事殺數人民變戕鮑與邵聚
衆數千張公檄公及按察使江公忠源提督阿其統兵勦公聞變
白張公曰小民為胥吏迫非作亂也方今粵賊猖急持之反與
賊合成巨禍其請往誅其首戕官數人足矣至則曉諭使解散被
寇者免征未被寇者納賦為首戕官者地方縛獻宋關佑等懼罪
煽惑愚氓（民謂官兵至）老少皆屠之不如抗拒糾衆數萬不從者焚其廬公與
江公每戰率兵勇先擒數十人誅其首餘給示使歸諭鄉民無恐
無助賊一夜賊圍營公與江公命營中燭盡滅兵勇偹守禦無譁
而營外炬火光如晝賊不見我軍虛實而我兵洞見賊俟賊逼營
兵勇齊聲奮勇出殺賊數百人賊驚潰首逆多就擒餘遂解散居

竄燒

民俱復業自二月粤賊據江寗提督復據揚州鎮江提督向榮奉
命勦賊江寗提督鄧紹良勦賊鎮江爵帥琦善提督陳金綬
勦賊揚州夏揚州賊分竄鳳陽歸德攻開封不克遂渡河北竄餘
賊擾河南鎮江賊突出襲燒大營而江寗之賊亦分竄江西將復擾
兩湖江公奉命赴援江西張公遂特奏公駐兵田家鎮總理湖北
防堵軍務漢黃德道張公汝瀛副之田家鎮者扼賊竄兩湖之要
害也蓋江至荊州始闊至武昌會漢水始大至田家鎮江面極仄鎮在
江之北後有大山曰黃金塔鎮之上小山曰老鼠山再上曰磨盤
山鎮之下大山曰羊子山有沙[illegible]江中與南岸半壁山對半壁
山陡絶水[illegible]山上無緣路船至必順[illegible]過北岸沙[illegible]乃得[illegible]

巡算眾

上公列營諸山又於沙洲札木簰夾棉絮竹笆中作城其上礮不
能穿而沿城鑿穴列礮位賊船至沙觜礮轟擊無不碎者半壁山
後為湖通興國州其入湖曰富池口公欲營於半壁山而兵單不
可分乃遣●都司駐兵瞭望公治兵有紀律恩威并行大將皆懍
懍日削木牌千百方書告諭落江流中諭脅從者來歸給路資於
是投誠四散者無算始江公赴援江西與巡撫張公芾為固守計
傷賊甚衆賊百計攻之不能破遂分擾府州縣數十掠糧數百艘
接濟江寗自九江以下賊船上下無敢過問者公常慨兵興以來
各省防而不勦非善策又以賊之得上竄者一失於梁山不守一
失於安慶巡撫李嘉端棄安慶退駐廬州擬疏極言其非乞張公

代奏其所設施慨然欲以滅賊自任而張公亦深心倚之八月賊知江西終難破燒營解圍復據踞安慶其渠魁統衆上竄九江不守白帨蔽江遂至富池口攻田家鎮公遣兵迎戰連獲勝賊泊小池口不敢上九月朔賊分路登岸直撲太營公督戰急都司董某接應兵適至賊大奔追殺數百人次日公出木牌攻戰賊退駐富池口是時公所統兵勇僅二千餘餉不繼又水戰礮船不足屢請於督撫時張公已改撫山東欲督兵來援而巡撫崇綸欲棄田家鎮留張公城守張公爭之乃使署按察使唐樹義統兵二千同知勞光泰統礮船二十四接應田家鎮樹義旋奉檄防江北遂屯廣濟先是賊分船入湖破興國州又由小池口擾黃梅境以分我兵勢

奉陷

奔屢

至是皆聚富池口專力攻田家鎮荊門州知州李公棣者忠勇士也時奉檄從戎以為不直擣賊營終難破賊遂追賊至富池口棄舟登岸李公亦登岸直趨賊營賊衆大譁亂棄營走而李公忽陷於淖副將張全甲望望之策馬狂奔兵勇隨之潰賊乘勢反追李公死之同死者守備羅某把總某某皆勇弁也賊追至木牌公率勵戰拒之而賊遂乘隙據半壁山之險越二日江公至自江西謂兵單賊衆宜退回省城公不可時大風賊船乘隙過木牌公以礮擊沉之餘船據半壁山上流公遣千總周鵬舉迎擊次日復大風賊船乘勢蜂湧上公與張公督戰木牌上而船之越半壁山者掠小船渡北岸奪礮船周鵬舉棄船走賊遂燒營及田家鎮公曰

公回大營督戰而木牌火起兵勇潰張公死之公躍馬出營手及賊來愈衆僕某曳公行公怒叱之遂自刭墜馬賊衆戕之殁九月十三日也自賊起廣西大吏皆以防堵為名不會剿及賊至又以退守為辭無與賊一戰者逮賊據江寧長江險要棄不守大吏第擁兵自衛而公獨以書生統孤軍遏賊全鋒力戰十餘日鋭意欲為上游保障乃竟賫志以殁悲夫公年甫四十有一殁後賊遂復攻武昌濱江州縣多被害其據安慶者復入桐舒破廬州安慶不守退駐如廬州之不善卒如公言公神寒骨重辭氣樸誠暇則吟古人詩從容有儒將風每述殉節諸臣及大吏逃遁失機事慨然流涕曰臣事君以義顧名計子孫死節已非純臣况忍辱偷生者耶

擊戰舉燒

竊堯學

其調守長沙謂妻子曰汝輩各自礪吾此身不為家有矣公之受
知於張公也或謂公宜以世俗門生禮見公曰張公為天下求人
其豈得為張公私哉卒不可時以為傲張公汝瀛字仙舟山東樂
陵人以舉人由教習揀發廣西知縣用軍功累擢至漢黃德道性樸
直好問遇事真實雖與公同官自知才不逮公計聽言從虛心以
圖共濟殉節時年五十六亦張公亮基所識拔者江公李公皆然故
時稱張公知人云公子宗亮
論曰吾每讀邸抄竊歎史臣之頌堯也曰其仁如天今吾
聖主之仁則又包乎天地之外也國家承平久文武恬嬉而學
賊之興、　聖主之所簡用者皆必其素有名譽事功之可紀及其無効重不過罷職遣戍以示懲儆或仍使之代罪以立功自博勒恭武王以鵬飛而外未忍遽置重典也其死難者不特如烏都統曹刺史武都司輩之真能盡忠效死爲之哀悼不已厚予䘏廕即蔣文慶陸建瀛亦由以其死也沛殊恩焉於予寬仁如此有人心者忍負也哉然則公之殺身報　國固其所也

金太守傳　甲寅

公名雲門字吉予號菊軒休寧人也少好學宗朱子以其說講行於家中道光癸巳進士氣象端凝接人以誠歷仕知縣有惠政嘗爲浙江雲和縣俗多溺女雖富戶無三女者公憫之申嚴法禁分俸錢以倡募民日出錢三四或一錢助公所遇貧不能育女者給錢其

驗粵殘隱

釀竄

厚隂

號甯

毋約期捐□呈驗瘦則滅其錢民感焉僧道革丁艱服滿選湖北
知縣游擢至安陸府知府咸豐三年署武昌黄州二府時遭粵賊
殘破後埋□屍數千有腰牌姓名者誌其塚撫卹民隱甚至尤以
百餘年來學之不講釀此大患慨然以礪臣節振士氣為務七月賊
之擾河南者復竄入黄州境先是二年冬賊至署知府劉若鉦棄
城走至是都司某欲逃示意公公怒曰吾生為黄州守死為黄州
守耳九月賊攻江西不克復上竄既破田家鎮黄州庫無餉城無
兵公念戰守無可恃徒令賊屠吾民無益乃慷慨矢以一身報國
謂其友桐城方士超曰天位乎上地位乎下惟忠孝節義之氣足
以支柱其間[illegible]四字滅天道反覆人道同於禽獸矣予忝守土不能

殺賊衛國又不能干城衛民死且有餘罪敢復愛死以玷臣節遂
從容作書數十促幕賓出城賦絶命詩二章是時武弁文吏無一
在城者十六日賊將入公冠服拜　闕辭祖手及儀門外井側
端坐父老環跪請去公曰吾不能保全父老反使父老憐予速去
無相累父老知公終不出私負之而趨公急躍入井中賊至出其
尸將割截父老號曰此吾清官也吾等求之去卒不可盡忠死何
罪賊乃相詫曰是好官爲覆席置井側始公以朱子學教家家多
化之武昌破公防守通城妻黃恭人及二女居武昌者皆死節公
弟瑾僉正衣冠坐尸側賊至索金帛脅使降叱曰吾兄全其清官
也安得金恨不能殺爾安有降爾理公嘗知崇陽以捕巨盜活脅

從者千百人民感之一賊宗陽人忽驚曰是吾前縣官金公弟耶為其儕述公宗陽惠政相率去公殉節時年六十子早卒二孫長曰述祖次曰邁祖皆幼瑾畬困武昌時所百計保全者也瑾畬名人銘陷武昌時一月不去冠服賊亦不殺至今人咸稱之

論曰自宋程朱大儒倡明正學宋明之世傳其學者高可以窮理盡性開物成務其次亦不失為君子之徒歷變亂而不渝其節當時君德昏庸政刑乖錯小人執權勢而君子之道不行以致失國世之論者乃以為講學之過禁書院不得聚徒講學而卒之化行一家取義成仁者如公依然講學之力也然則講學何負於國哉

○存

廣濟知縣陳君傳　甲寅

君民肖儀字勤泉江西弋陽人年十九筮仕湖北由縣丞擢知縣咸豐三年九月二十七日殉節廣濟年已六十矣先是粵賊入江西署兩湖總督張公亮基奏以督糧道徐公豐玉漢黃德道張公汝瀛統兵扼田家鎮及田家鎮破徐張二公死賊撲省城餘賊登岸肆掠濱江州縣多被害廣濟去鎮七十里故無城垣招募鄉兵多望風走君知事不濟持刃端坐見賊擁入數其罪大罵之目眥盡裂抽刀自刎未殊賊縛君曳於市子恩藻奮臂擊賊賊立殺之君罵聲不絕賊鑿其齒血淋漓猶噴血叫讓賊復劓其頰膚盡見骨淩虐三日而激昂慷慨之氣終不衰賊遂解其體為五遠近聞者悲憤賊去競歛焉始賊船往來江上村民覘覦官庫訛言時起

擊鑿

讓煩解競斂往

隸賓囊樹

九月三日有小隸夜撾門倉皇報曰土匪入矣官役盡走小人備
肩輿請急避君厲聲叱曰吾守土官也何所避疾呼賓友曰諸君
無死義可急去冠服坐堂上不動恩藻侍側時擔囊盈門外者千
百人見君不去大失望天明遂巡塘田家鎮破後按察使唐樹義
在廣濟一夜兵譁亂合署駭散君復端坐如前日自賊起粤西蔓
延數省所陷州縣以百計守土者賊來先遁賊去乃覥然握符篆
治民事大吏蒙隱不奏或且飾辭為解脫　國家仁厚又不忍刻
究嚴加之罪官吏遂奉善逃為上策君常慨曰身為　朝廷官
力不能禦醜類寧不能舍一死以答君父教其子曰吾不願以
功名富貴傳家但欲世守忠孝足矣君為人剛正直闊達政有便

粵匪據乖舛

於民必白上官不從則詳陳利害是非侃侃辯論必從乃已故歷任有政績先是君遭母喪奉柩歸舟泊塘角會夜火發江中舟焚四面皆火烈燄君以身伏柩上隨江流下得不死柩亦無恙一時稱奇孝云君有五子五人長某亦由縣丞擢知縣餘俱敦實行有聲庠序君之殉節也桐城縣學生趙又良親見之為予述其事又良耿介君子也

論曰吾家桐城城堅民殷富明季流賊數危困卒保以全民至今頌前令楊公爾銘張公利民之德也今粵賊蔓延桐更調縣令數人每聞有警皆挈篋棄城走故民無守志以致為賊所據而如君之效死不去者又無城可憑依天之位置人何若是乖舛哉

安慶二典史傳 甲寅

張寶華字子秋江甯人為望江縣典史縣境濱江咸豐二年冬粵賊陷武昌寶華謂其妻曰賊勢必下竄予職卑任輕殺賊[illegible]無能為役獄不可罵賊死乎爾何以自為計其妻曰君死職守予則殉君耳時官吏逃遁成習視為固然僕婢驟聞其語皆笑之初武昌未破時　上命爵師徐廣縉馳赴湖北爵師琦善馳赴湖北河南交界之地兩江總督陸建瀛馳赴九江上游江西巡撫張芾馳赴九江協力會勦皆不進及武昌破陸建瀛退回江甯賊遂陷九江犯安慶矣餘賊入望江知縣衛君選殉節寶華聞賊至急與妻冠服望北闕拜以謝又望東南拜辭其祖妻自縊寶華繫印于身

守獄門罵賊死僚友王泗華陽鎮巡檢亦以罵賊死焉咸豐三年正月某日也寶華妻死後有賊欲脫其服飾尸忽以足亂擊之賊大驚走立死聞者異焉予聞之於江倪豹岑主事云

平源者直隸大興人也咸豐三年正月始署懷甯縣典史先是安慶大吏以粵賊故備兵防堵然皆粉飾虛文實無城守志陸建瀛之退自九江也至安慶使人謂巡撫蔣文慶曰賊至矣公等速為計於是一城皆還徙十七日賊至布政使李本仁署按察使張印堂塘總兵王鵬飛參將普泰知府傅繼勛知縣許垣總理軍需局務同知劉丙知縣周蓀元皆避去巡撫出巡城與遇賊轅門外死之源聞警嘆曰一城盡走如君臣之義何予職雖卑然不欲

服屬

存

與諸公同生也乃冠服坐堂皇賊至大罵死或曰死於獄門

論曰賊之圍桂林也桂林固守焉其圍長沙也長沙亦固守焉及攻武昌一月城雖破然大吏尚多有與城俱亡者獨至安慶城棄不守文武吏皆莫知所之六屬之中二典史一巡檢以死節聞悲夫

朱主事傳　甲寅

君名麟祺字卧雲江寧六合人父京昌國子監生君中道光丁未進士用刑部主事咸豐三年正月逆賊入安慶據江寧先是二年冬賊出湖南　上特命侍郎呂公賢基至安徽團練鄉兵為守禦呂公奏請給事中袁公甲三荊宜施道趙公畇前工部主事徐君

啟山及君襄焉是時賊甫東下廬鳳頴亳間捻匪乘機四起聚黨
多者至數千人與逆賊遥相應和勢洶洶成臣寇侍郎周公天爵
自[illegible]請專任其事君先駐宿州團練旋奉檄統兵勇於頴州盱眙
天長來安懷遠臨淮諸集鎮湖山間勦捕所殺獲甚衆江以北捻
匪之不遽成巨禍者推周公首功而公與袁公及太守金公亦與
有力焉金公者名光筯時為壽州知州也先是襄辦團練諸員呂
公奏以袁公與君等防北數府而安慶六屬邑則委於趙畇然六
邑團練徒虛名實無一能備賊者八月賊復入安慶呂公不得已移
自[illegible]節桐城徐君從時團練紛紛已久而賊又逼近官紳日遷徙
相率為棄城計呂公居月餘終亦不能振作而去十月十四日桐

篋備戰歐熙

城陷是時君來廬州聞之即馳赴舒城呂公因委君與漢中鎮恒興進駐桐城北峽關防勦君日夜營謀製備攻城具將設伏運奇刻期為收復計未數日而賊已至君見賊遽督勇前進賊少却恒興者前與按察使張熙宇守集賢關退居桐城之逃將也至是望賊而退賊見君勢孤遂大進君與武生侯昭勇目袁光佳侯紹宗拒戰死之十月二十八日也君死次日賊入舒城呂公與徐公君從容投池水死而恒興張熙宇旋以逃故伏誅

論曰吾聞之張勳云君喜談禪寡世俗之好行篋中時備一冊記當世忠節事及其詩文諷誦之每有戰必奮勇爭先乃年未四十未得展其才志以沒悲夫彼世之望賊而逃者無他畏死耳然如

恒興張熙字輩終亦不免於天誅其死同而視君之死何如哉

祁門知縣唐君傳

君名治字魯泉句容人也中道光乙酉江南鄉試舉人以大挑知縣分發安徽君爲令短於才然清廉篤實無聲色服好食之好所至勤政愛民嘗權知桐城縣歲大水君先時請　帑勸分誓於神不沾一錢亦不假手胥吏延邑中公正士按口賑施民實惠而鬚鬢一月盡白次年大水君益拮据振濟當是時江南北被水州縣以百計而惟桐城少餓莩之民君尊禮賢士邑有名儒方先生植之窮老家居前令疾其直嘗以事誣之欲致之獄不得則多方毀於大吏以窘之君至白其冤後以師禮事焉調任祁門益以興利除

興穀

害為務創義倉積穀數千石以備水旱修復東山書院而以禮延
方先生為諸生師嚴緝盜賊獄訟希少君淡於宦情常欲告退然
念時方多難不忍歸言及　國事則泫然曰與其死於家曷若死
於　國以報　君父咸豐三年二月粵賊據江甯安徽改省治廬
州巡撫棄安徽慶不守賊船上下無所顧忌君上書陳利害不用
祁門依山無兵依山為城甚卑陋而徽州以富名久賊久覬覦之
欲犯徽必道祁君屢言於太守請以兵守險太守不能行其謀而
祁之奸民前若君嚴緝者遂為賊嚮道四年正月二十四日攻祁
門君先作書寄家人言城存與存城亡有死無二身率鄉兵冒
矢石嚴守半日炮轟擊數十人城陷後被執勸之降不可凌虐數

躪

疇隷忍戲

日亦不屈乃以禮遇之終不食飲賊告以黟縣令率民進全事君
發怒戟手大罵遂與大洪司巡檢鍾君先後遇害尸沈於河鍾君
名晉塘紹興人賊欲説降之笑曰吾年逾六十矣即不知羞恥事
而降爾賊能再活六十餘年耶祁人傳其罵賊猶尤烈云
論曰賊躪安徽守土吏死者殉節死者惟蒙城縣知縣宋維屏全
家以忠烈聞其餘鮮不聞風棄城走或預託防堵出城賊去復靦
顔位民上竊　國家之禄其甚者如廬州知府胡元偉六安知州
宋培之銅陵知縣孫潤舒城知縣紐復疇屈身降賊受辱如奴隷
而不忍一死嗟呼死固若斯之難也君生時同僚多戲之以為愚
及今觀之其殆孔子所稱愚不可及者夫

盧舒二義士傳 乙卯

鍾繼昌者舒城人也以貲得州同銜年少有俠氣咸豐三年十月三十日逆賊入舒城知縣紐福疇先數日棄城走民無恃多被追脇以雞豚供賊繼昌念其族高祖邦期當乾隆時以太守陣亡金川詔祀昭忠祠子孫承世職勿替慨然謂其族曰吾忠孝之家不可為賊辱率族人團練以拒賊不敢犯鄉民有供賊者執而戮之賊自入舒後旋破廬州陷六安掠英山霍山渡河北竄復分賊入無為州巢縣廬江或據城而守或大掠自棄去橫行數月不聞有一將一兵攻復一城者繼昌與前訓導金上珍獨陰畜死士圖恢復巡撫福濟聞其名密授機宜約日圍城檄其官及合肥義

槍廬陰

勇為助及期火城門援梯四面上賊中大譁亂多中槍礮死廬江
桐城守賊聞之皆震動忽天大雨如注火器不能施六安合肥援
賊至官紳勇驚潰繼昌與金訓導遂被執始賊圍廬州知府胡元偉陰
降賊城之破元偉有力焉及繼昌事敗元偉為賊説降繼昌駡
曰吾祖為忠臣孫豈效爾降賊耶訓導故元偉屬官亦大駡遂俱
被害賊怒繼昌尤甚剜腸胃而支解之咸豐四年春某日也
吳廷香者廬江人也字奉璋號蘭軒咸豐二年優貢生舉孝廉方
正三年冬逆賊破廬州旋入廬江知縣徐某棄城逃廷香避之山
中常泫然曰吾不死於賊終當殺賊以報國廬江為江城北僻壤
不當衝衢自四年春提督和春奉　命圖復廬州夏提督秦定三

奉　命圖復舒城皆去城數十里名圍城實不據賊要害賊援皆由廬江進往來不絕廷香念不斷賊援不分賊勢舒廬雖常獲小勝終無以復理乃往舒營請兵襲城不可得遂歸募餉招民勇千人偕前邑外委熊允升密約居民為內應八月三十日殺賊數十人廬江復是時和提軍統兵勇數萬人秦提軍統兵勇數千人皆無功廬江復廷香請分兵守城不至賊四路來攻熊允升督勇戰敗之賊遂焚掠遠鄉以絕城中餉道巡撫福濟命何觀察桂珍募勇而以三河巡檢沈某權邑令觀察先因勦匪至霍山沈某與婁某蔡某率勇駐湯池不進固請之始入城毀民房登城以守然是時城中無糧廷香與允升力支軍食十餘日賊眾來圍城外援

不至婁其蔡其欲潰縱勇掠居民廷香登城椎胸泣月曰吾志欲報　朝廷今反得罪鄉里死有餘恨矣九月二十五日沈某走廬江復陷廷香拔刀自刎左右奪刀勸之行廷香厲聲曰出城一步非吾死所也遂巷戰死先是廬江既復賊大震鄰邑之民皆鼓舞歡欣亦私議團練殺賊矣及聞官兵不救城再陷團練助餉之家多受害始股慄無敢起義者而廬大帥益藉口賊多逾年猶不未克復[illegible]

論曰吾嘗玩易陽生於下剛浸而長則為復為臨為泰為大壯為夬之象今逆賊凶横而以余所聞見草野士民多有欲殺賊報國者如六安之朱武舉殷甲起義於蘇家鋪桐城馬三俊起義於

霍山與二義士之皆卓卓著耳目者又聞同繼昌起義時有王大虎者亦被執使降大言曰我王某何如人得與金校官鍾二君同死不亦快乎何降為而廬江復陷時又有諸生鮑雲鵬力戰死諸生吳潤盤罵賊不屈備受慘毒死其後宿遷賊公圍桐城又有諸生張勳從戰死是皆稟陽剛之質也陽氣生於下為羣陰覆壓而不申雖不得遽為泰為大壯為夬然固已有復之機矣君子見微知著所以百折而不悔也

陰機

馬徵君傳　乙卯

君名三俊字命之桐城人其先祖有諱益禎者仕明萬曆天啟朝為剛直名臣事具明史烈列傳祖宗璉嘉慶乙未進士父瑞辰嘉慶

讒釀劍

乙丑進士官工部都水師司員外郎皆以經學顯君少沈毅有至性初從其師方魯生士超講明心學後又從名儒方植之先生遊得其微言闡修深造淡於嗜慾忘懷世勢利於時俗之名不好也雖没世之名亦然然負俠氣喜飲酒擊劍好讀屈原莊周太史遷賈誼劉向朱子之文至仁賢不遇忠義俗流空立俗流失世敗壞未嘗不廢書而流涕也見讒巧醜正姦邪蠹國庸臣鄙夫唯阿瑟縮釀禍亂則又氣結語鯁恨不生其時拔劍而殛其人閒飲酒言及往憤懣不終能終席焉常自以義理遏抑之為經義詩文粹然深醞然幽憂之思悲憤之意亦時不覺其流於詞也屢困於鄉舉不悔咸豐元年始以優行第一貢太學又舉孝廉方正制科高等

方是時粵賊披猖文武將吏貪財惜身不顧國患君本無宦情其
應舉欲以順親非所好也至是忠憤鬱積乃始慨然有澄清之志
三年正月安慶失守訛言賊旦夕至桐人惶懼失措知縣高郎東
恪符莫知所往姦民蠭起十百為羣官兵往來境上亦多乘亂為
患害時獨縣學生張勳慟哭誓死以待君奉父兄命亦急起而坐
鎮之擒殺姦民為倡者十數人又用張君謀立法勸富民給散貧
者亂始定賊既陷安慶盡趨江甯上游諸帥皆遠避置安慶蕪湖
不堵截君知賊之必回竄也日夜居明倫堂訓練鄉兵非省親不
入私室大盜十餘人夜越獄君親率勇擒之又時與張君往來四
鄉聯合團練聲勢桐本無守營兵君所練勇止三百人而當是時

備策

桐城團練之聲聞於江南北號數萬五月賊復竄安慶攻江西七月賊竄太湖君皆與張君揚兵堵境上賊莫測虛實不敢至也時知縣宋恪符已解任去遵義劉兆彭繼之旋亦罷蓬山宮國勳繼之皆無城守志而事者亦多無戡亂才惟粉飾敷衍倖賊之不至而已君獨與張君日夜勤勞不懈八月賊攻江西不克回據安慶修守備桐人大恐時巡撫李嘉端駐節廬州前按察使張熙宇駐集賢關皆畏安慶不敢至君上書撫軍以為制寇之道必先能進攻而後可退守守禦之策亦必先要害而後可保城池全州不守禍及湖南岳州不守禍及武昌小孤不守禍及安慶而安慶又棄不守然後禍及江寗鎮江揚州以及大江南北此明驗也今賊據

安慶此其意必在廬州夫前之置安慶而退駐廬州已失計矣今賊欲窺廬必由桐舒而桐城逼近省城尤為要害之城地桐城能守則舒廬聲勢乃壯人心乃固桐城不守則逆賊凶燄必熾虛勢必張是以三俊前此不量輕弱每有賊警即與諸生張勲率勇出堵非徒欲保此區區一城也誠以桐城地勢關係北路最重故欲冒險以遏賊勢且三俊統觀近日賊情賊勢大都利於水而不利陸於我之所以禦賊者大都利於守利於戰而獨不利於退避自粵西起事以來賊之所破多不守而破非固守而破也賊之所敗多不戰而敗非力戰而敗也觀桂林長沙南昌開封四省城苟能死守賊未有陷之者六合小邑殺賊數千而賊不敢至江浦含山

許州皆以守而得全不可大見乎全州之守而破乃余萬清頓兵
不救之罪非守之過也今江北全勢完固虛實未為賊覺而安慶
之賊又皆江西敗殘之餘且未齊集伏望明公於此時親統重兵
或委一舊勇將弁乘其未備迅速進攻而分兵守桐以為接應如
安慶敗則退保桐城以為舒廬之障使賊鋒於桐一挫再圖進取
猶可為也若此機一失俟其休息窺破我兵怯懦情形竄桐舒以
入廬州則北搆匪結勢難阻遏非惟廬州莫保也河南北山東西畿
輔之地恐又將受其禍矣書上撫軍始遣總兵恒興會熙宇堵剿
而皆擁兵不進先是當事者本無城守志畏君嚴正不敢泄及是
宮國勳明示令人遷徙邑士民有上書誓死願守者國勳譙讓之

奮

君與張君以正義爭不得涕泣反覆深明遷徙之害而同事者亦不信也時呂侍郎賢基以團練駐節桐城君白之亦不能禁君年少分卑無可如何惟日涕泣而已張君欲率勇至省城助官軍攻安慶亦不得越月熙宇恒興棄關逃君固請呂公嚴劾之而自統兵進攻或即以其兵守桐城呂公以奉　命團練非統師也謝不能而去十月十四日賊大至熙宇恒興所統兵尚千餘人皆遁走城不可閉獨君與張君率鄉團數百人拒之遂敗潰賊果屠殺數千人遷徙之家多受害後月餘賊遂入舒城陷廬州渡河而北蔓延千里一一皆如君所料也初君入局即自矢死守曰吾不求利祿不計勳名但欲為國家蕩寇平氛使共覩光天化日耳如其不幸轉

豫

溝填壑得權杼熱血忠腸不亦勝於鬱鬱而生哉因作輓聯以自誓其友方宗誠曰君無官守而有父兄在義未可以自主也及城陷仲兄星曙遇害伯兄建勲奉父避居邑西唐家灣君遂奔父所省視而土人懼賊不肯容父兄亦促之行君不得已泣辭去後數日父被賊執不屈死君聞之哭曰吾志保欲城亦所以保吾父也逮城不能守原欲與城俱亡徒以老父在不忍乃又迫於勢不得保全父不忠不孝罪大惡極即後能復仇報　國亦何面目入人世乎然自是是吾效命之秋矣當是時賊燄張甚舒廬又旋失君孤身往來楚豫之交數月無可藉手以報君父者四年夏遂與前任桐城知縣成福六安參將慶麟招集義勇於霍山啓　撫軍福濟欲助

官軍殺賊撫軍義之時賊多據廬州桐舒潛太之賊不過數百人
安慶之賊亦不踰千人皆無備而大帥第擁兵廬州不知乘虛擣
賊後五月　提督秦定三統兵圍舒君曰此其時矣因張勳說
秦提軍急攻舒而已以義兵襲桐約慶麟以義兵襲潛太三路期
會攻其不備則賊勢必分必心亂勢不難於克復然後進兵以攻
安慶絕廬州之援則廬州亦自易於勦滅矣廬州破而以全軍截
江此君平賊之計也於是又白撫軍以為事成不邀功賞事敗則
以身死之撫軍獎與益至君急於復仇遂先進兵中梅河以俟而
秦提軍性持重不肯進攻君既孤軍深入又憤欲殺賊不肯退行
至周瑜城援絕餉匱奸民搆賊夜襲營力戰死六月二十一日也

初寇桐懷失守後寇久不聞官兵聲息及邵君起義檄多鼓舞思
為內應者而賊亦震恐不敢居城乃竟不果成功而卒賊因是大
修守備將吏益恇怯遂終年不克復君學既精醕而狀貌魁偉舉
止端凝言論從容中理又有武力能挽强弓舉數百斤刀石指揮
麾如意故時稱其有文武才惟性渾厚與人誠實無欺人欺之亦
不盡覺嚴氣正性而應變達機非所長也以　國難家仇憤積胸
臆遂奮不顧身不擇人而與圖事故以賫恨終知之者莫不傷焉
君殉節時年三十五事聞　上憫恤甚至　特旨與其父兄
俱優恤并於殉難地方建立專祠君死後數月張勳亦隨宿遷藏
公戰沒於桐

蚤

8 石

四

羈

論曰學之不講久矣君以忠信之資聞道甚蚤使得大成其所學豈可量哉乃竟摧折困鬱并不能稍伸其忠孝之忱以死亦獨何與或曰孝子之至莫大乎尊親君雖不獲削平大難殺賊瀝血以告於父兄之前而捐軀報　國使父兄之節因君而益彰血食萬祀流譽無窮豈非大孝也哉

宿遷臧公傳　乙卯

公姓臧氏名紆青字牧菴江蘇宿遷縣人中道光辛卯舉人自少倜儻好談兵所結交多不羈之士當㗖夷入寇時公見武備廢弛久人不知兵敵寇至多受殘害因立法團練鄉兵凡萬人備守禦靖逆將軍聞公名聘入幕府公主戰將軍主和奏公名議敘同知銜公

曰無功而受賞不可且以和受功不亦恥乎卒辭去自是海内咸
知有臧孝廉者咸豐三年逆賊陷安慶據江寧河淮之間捻匪乘
釁為亂聚黨多者至數千人與逆賊互爲聲勢侍郎周公天爵奉
命治之周公夙重公因奏請公練勇勦匪且言公才可大任聽
自成一隊公素有威名捻匪畏之如虎稱之曰老虎兵所至撲解
滅解散多願歸附效死者周公薨副都御史袁公甲三繼其任亦
深倚重之積勦匪功奏賞四品銜四年冬遂奏請命公統兵勇來
桐城先是桐以三年十月城陷士民先後乞救於舒廬兩營者幾
一年不可得袁公時駐兵臨淮念桐人請救之殷也又欲取安慶
以截江路遂以人心向化機不可失奏請進勦　天子以臨淮

為南北扼要不允於是復乃奏請公行當是時曾公侍郎國藩已克復武昌大破田家鎮順流東下使塔提軍齊布羅觀察澤南由陸路進攻廣濟黃梅　上既允袁公請復以曾公故命公速進兵接應潛太時和提軍春統兵圍廬州秦提軍定三統兵圍舒城皆久無功　上切責之其速破賊以圖會勦公既奉　命至六安又得曾公書相期會於是遂疾馳至桐兩敗賊於大關呂亭馳追至城下十一月六日也公以兵少不能安營又以舒廬圍師率離城十餘里不斷賊出入餉道以故久無功遂自率兵勇一千圍南門參將劉玉豹同知李安中各統兵勇五百圍東門南門當賊衝故已獨當之公治兵有紀律愛之如子其勇精悍敢戰而不

衆晨報急戰

妄取民間一錢一粟初賊以土匪目官兵煽惑民聽及見公之兵而民皆大悅簞食牛酒日接踵至公又宣示固辭以吾來未爲民除害而先擾民可乎民益喜多懷義憤欲助之攻城者時攻城之具未備城堅不可猝下賊既敗於湖北又懼公破城後與湘兵成夾攻之勢也悉力來援十二日公迎擊於天林莊大敗之十四日又迎擊於掛河車七戰賊七北追至陶沖馹凡至桐殺賊甚多獲軍裝器械無數而我兵無一死傷者然當是時公以孤軍深入師盧大師頗忌公不爲接應又不急攻城以壯聲威賊益得專力於桐劉參將李安中皆怯懦無能當賊者方公之追賊陶沖馹也參將同行屢請班師公曰寇未窮也而遽班師賊反撲我師有遺類

手李安中亦屢催公回營防守越日公歸悄然曰此老賊也不乘
勝直追雖敗不而散諸君不能戰不能攻又不能守事事須吾一
人吾其敗矣安中與公有隙公性剛直又不能俯仰以和衆也十
七日清晨賊援猝至公性過於鎮靜先時有報賊來者公不聽及
是急出戰劉李適走城中賊突出焚營公與邑諸生張勳督勇殊
死戰殺賊三四百人以無接應兵賊伏起遂俱戰死是日劉李退
走百餘里次日又走二百里賊益肆凡桐人助餉團練之家皆受
禍公死後舒盧大帥益持重不敢進賊又得悉力拒曾公於九江
不得下兩湖揔督楊霈守北岸亦退走賊遂乘釁攻湖北武昌復
陷公死時年五十九桐人雖重受賊禍然念公之來秋毫無犯身

檜

先士卒無不感泣思公者袁公曾公尤悼嘆如失左右手事聞

上憫恤甚至賞加三品銜

論曰公至桐余與友人方士超往見之鎮靜從容以其所著易學相質宛然儒將也忠義植立急欲削平大難竟以孤立不能成功惜哉公死後余與友人犯難尋其尸見胸面間被二十餘槍可悲也已嗚呼自賊陷安徽將吏習為退避能守者惟撫軍江公能戰者惟公而皆死而致二公於死者皆居然峩冠博帶以生而反歸咎於死者以自解免其不忠之罪焉悲夫悲夫

義士張君傳 乙卯

君名勳字小嵩桐城人縣學附生祖同冠父錫祺俱長者君性伉

爽負氣家貧甚好倡義行嘗曰大丈夫遭亂世則當卓卓著功烈死忠死孝今幸承平無功業可建忠節可立亦當處而為鄉賢出而為名宦生為人望死則千秋俎豆學宮之旁每聞人言忠臣義士孝子貞婦循吏則喜動顏色贊嘆如不能出諸口里有孝子丁德輔陳貞婦者僻居遠鄉君皆親往拜之歲時致餽又嘗搜羅桐城節孝貞烈婦女二十餘人無力上聞者彙請　旌表著總旌録四卷倡瘞枯骨千棺立法施舍義棺數百歲饑集資為施藥育嬰卹嫠諸善行甚備與族人其倡振族衆積倉穀所全活甚衆咸豐三年正月十七日安慶失守桐人訛言賊將至闔城驚潰土匪四起君獨慷慨泣曰我　國家深仁厚澤養士民二百餘年桐城科

第人文素為天下望我張氏受　國恩尤渥可聽其陵夷一旦
陵夷若此獨正衣冠入學宮痛哭誓死招鄉兵激發忠義見者咸
感泣俄而馬徵君三俊亦至因與君練勇勦匪安撫貧民以定亂
其後每有賊警皆親率勇至四境防堵經營不懈然當事者終無
城守志始賊入安慶復棄去大吏遠避不能守八月賊復據安慶
君單騎往謁前按察使張熙宇於集賢關請乘賊未備急圖之已
願率鄉兵以助熙宇不答旋復棄關來逃十月十四日賊至廬
宇又擁兵先遁衆驚潰獨君與馬徵君拒賊南門河遂敗走時呂
侍郎賢基駐節舒城素重君因往請兵隨朱主事麟祺堵賊大關
圖收復不勝復奉命呂公命之六安請兵於撫軍江公方是時賊

盧濬濠埤

勢銳甚欲北竄江公命兵不足命君歸伺隙為內應三年五月聞馬
徵君起義兵於霍山秦提軍定三秦　命園舒至六安君徃為
徵君畫計遂見秦提軍曰舒城小可擊桐城堅可襲而不可破當
今賊衆據盧州舒無備公宜馳駐城下急擊之馬三俊由間道襲
桐其歸約桐義士為內應賊勢分心亂不數日兩城可悉得由是
合兵圍安慶斷盧州之援此公立功之候也遲則賊濬濠增埤以
死守之破不易矣提君不聽君遂歸後果如君言當是時據桐城
之賊不過二百餘人無防備君歸暗籌餉要結義民甚衆七月復
至舒營請兵終不得而賊勢漸熾十月聞宿遷臧公紆青統兵來
桐君徃六安迎之謂公曰桐近日賊勢與前大不類若兵單寡援

恐不勝宜先助攻舒舒破與秦軍合進然後為勝算又數以書勸
秦提軍遣弁迎之提軍信讒言不可臧公亦不肯往也十一月四六
日遂隨臧公疾馳至桐凡四戰四捷君皆在行間為先鋒臧公極
重之十七日遂與臧公督戰死年三十五君為人信義慷慨敢言
不顧利害毀譽為趨舍初張熙宇之聞賊而逃也啓大吏皆曰屢
與賊戰勢不敵大吏亦多為蒙隱君至舒廬列其實乞呂公以
聞熙宇始與總兵恒興以罪死臧公初至桐是時桐人受賊禍迫
年忽聞官兵擊敗賊皆喜相慶雖婦孺無不登高以望有泣下者
而同知李安中以為是皆賊黨觀望意在助賊具文書將啓副憲
袁公臧公亦惑於其言君爭之不得乃以身家保意氣激烈侃侃

不撓臧公為之燬其書乃已君與馬徵君始不相知久知之兩心折
馬卒俱以身死　國難君於桐多義舉桐人尤思之君二子家驥
家駿皆幼是日隨君死戰又有吳文謨馬
吳文謨者字翼甫桐城人年少負義氣意與馬徵君子復震為文
友徵君死文謨不告其子獨冒險往尋其尸邑老儒朱魯岑先生
有道士也城後陷不得出文謨嘗自荷蔬犯難入城省視及出貧
甚故交顯達無顧之者文謨嘗解衣衣之固辭乃已性好善見賢
士之敬事之如師弟子禮張君重其人遂隨張君奔走請兵不倦
殉節時年二十有一
論曰昔明之季桐以一孤城當賊數十萬衝突圍偪七八年不得

破至今邑人猶頌諸生王雯耀邱山葦協守之功不衰然當是時縣令則有楊公爾銘張公利民武弁則有潘公可大張公翰張公寶山竇公成大帥則有史公可法黃公得功縉紳中則有方公孔炤姚公孫棨互相戮力出奇計故二君得成其名今君與馬君豈才不如古人哉運謀效力百折不回而徒以死節聞悲夫君死後予與甘玉亭黃南山及君族人宗翰慶堯幼青謀得其尸殮之衣冠焚燬殆盡而寸膚無焦焉異哉

張子斌傳 丁巳

書名開運字子斌桐城人咸豐三年賊入桐君被脅居城中久乃得出因是與賊中偽職多相習六年八月提督秦定三奉　命統兵

寶縉

勇來桐十月巡撫福濟壽春鎮總兵鄭魁士復統大兵至桐駐軍
東門外連營二十餘與賊營相持久不下是時桐大饑士民助餉
者數百家貴臣萬君因與邑人黃其葅其吳其二十五人謀結賊
中偽職為内應君與賊多相習故為謀主凡守北城門司火藥局
及城上更柵擊柝之賊皆日招與飲乘間遊說以功利歆動之月
餘皆大悅許可者百餘人君遂先後白撫軍總統期黑夜疾攻城
東南而伏兵城北内應者俟東南戰酣爇火藥局啓北門導伏兵
入内應者亦皆許躬為殺賊自效撫軍不信君又說内應者送偽
職二人為質於大營於是撫軍總統皆報可而卒不果屢失期内
應者多咎君君復往返大營陳說足為之腫君妻生子使告君君

曰但得祖宗有後足矣不歸視也然所謀卒不遂先是撫軍總統命無與秦提軍言至是不得已密白於秦提軍提軍大悅約以二月四日乃先二日總統大兵潰秦提軍亦潰矣賊入大營得君所上軍門狀遂被執閏五月某日殉難於南城門外内應者亦殺二人凡二十五人之家與諸助餉者皆受禍先是君被執入城慷慨自認臨難前一日以書與友人托以老父與妻子且言義無死得死其所何憾焉惟不得一杯酒與諸君作别爲可惜耳其從容如此君既殉難賊嘗登高臺以其所上軍門狀二千餘言高聲誦之以曉衆人且笑諸軍之無能爲也聞者惜焉

論曰吾聞廬州克復時武舉人沈光慶及黄冠某先詣軍門約内

號卿　の石

應者及期內應者與賊鬥殺甚急而大兵不至內應者於城上求救呼聲震數里於是大兵始入城遂克復奏聞　天子嘉撫軍福濟提軍和春功其餘諸將皆進秩有差內應者亦獲賞焉君殆聞其風而興起者耶乃竟不得成功而死悲夫

沈大令傳　同治癸亥

君諱衍慶字子符號槐卿池州石埭人祖賡颺父作舟俱縣學生重行檢君生而聵祖父附耳授之書即成誦年二十中道光乙未進士丙申補行殿試用知縣分發江西銳意有為尤善折獄每以小几對簿準情度理衆心洽然代理金谿四十二日即有政聲權興國有蕭姓爭繼之控大府提訊矣君初下車進而語之曰吾欲

為一決何如兩造皆稽首君判以孤子無生父之命禮不為人後又別無應繼之人因援無子祔食之例以田租之半永存為祭産則不繼而祀自不絕以其半分給周親于是一邑服其明數月間清積牘三百餘歉歲土匪藉禁米出境據河行暴客貨至抽釐違者輒覆其舟君廉得其情督役捕治訟師以人命為奇貨旋控旋賄和君痛懲之實寬虗坐欺詐寖寢息丁外艱服闋署安義補泰和尤以除暴安良興學善俗為務民初以抗糧成習及君治之皆踴躍輸將上官嘉其能移任時民號呼泣畱者不絕其在興國安義也亦然叙加同知銜調鄱陽鄱陽江西繁要地君既涖任拓芝陽書院廣育嬰堂養濟院施藥餌棉衣棺木置義塚凡

厚濡停

興利除害事無不備鄱湖素稱盜藪君親訊漁戶編名册置巡船梭織其中獲盜則嚴治如法舟行肅然邑兩遭水災君先設棚山阜以移民居捐廉作餅與粥常服衣雜諸馬户中以察厚薄多寡之數弊蠹一清賑部下按户造册無濫無漏數月中衣不辭食不飽衝波冒險無稍停全活民以數十萬計上官命緝私鹽君以荒民窮藉負販為生持不可屢受詰責不較麥秋至君乃徽行要隘遇販者告以實民感之皆復業　文宗顯皇帝登極下詔旁求人才巡撫費開綬學使張公芾明保君治行江西第一咸豐元年入　覲回鄱陽萬民夾道以迎當是時粵逆竄據永安延江大吏多泄沓以為去賊數千里也君獨憂其必下竄慨然曰

上不能為　國分憂下不能為民保命　朝廷何賴此臣子乎刊
鄉守備要編十家牌領橐為倡製器械造戰船練丁壯十日一畢校
閱賞罰必信鄱勇遂為章江最二年賊果東竄三年正月十五日
大雪訛言賊至民震動君短衣佩印挾弓矢縱馬出城見有掠市
肆者發二矢斃一人生擒四人疾呼曰良民歸船不用命者殺無
赦衆鳥獸散君諷知為粮艘水手搆謠言惑民欲乘機刼掠也治
之如律民心以安是年春金陵失守提督向榮下攻君解粮二萬
石濟之五月賊復上寇南昌巡撫張公芾調君救援君星夜率勇
往見客[窑]訂破賊計六月二十四日大破之又料賊必乘虛襲鄱陽
也紆道回時樂平令李君仁元兼理鄱陽不肯去君曰吾土也豈

可累子李君亦曰君不負我我可負君遂共籌守備甫一日而賊至值久雨秋潮大至浸饒城數尺坍處可通舟向之木橋塞河者氾無津涯賊帆乘風蜂擁上君親帥勇然礮擊沈之復大雨火

器閾鬭奮

器無所施水益濶賊船由上游遁入東門君涉水迎殺梟黃衣賊首標之竿賊退轉由北門昆水入李君截鬭君馳助未及而李君遇害君益怒奮力殺賊賊來益衆君負重傷鏖戰死之七月十四日也賊退家人尋君尸面如生裹衣適鈐鄱陽縣印蓋自賊東竄時已倫[備]之矣年四十一事聞　贈道銜予專祠君為人孝友信義好尊禮賢士自幼慷慨立名節在官慕陸清獻[獻]公之為人常讀其書方賊之未回竄也君料其不忘江楚與人書曰郡中無城可守

然裹糧生甲惟敵是求斷無因噎廢食之理每懷鄉先生金正希吳次尾之遺風不禁拔劍欲起也救援省城自撰楹聯益以取義成仁擔荷綱常自勵卒能不負所言生平論事有深識不為苟且一時之計道光二十二年英夷議和君上書大府力陳制夷之策力決和議之不可恃侃侃數千言不十餘年而其言言皆驗其文藏集中所著有槐卿遺稾六卷槐卿政績六卷子二人芝修棠修

論曰余往聞君治行也詳竊嘆循吏者弭亂之原也以君之才使得留於粵西賊未起也地則所以銷患於無形而止患於方來者其必有道何至斯民之不幸若是耶及讀君論和議書又歎歷官之政績皆不足為君道矣孔子論臧文仲曰知柳下惠之賢而不

隄

與立吾于君亦云

李太守傳

君名標字紫藩宣城人父宣範山西盂縣驛丞以循良幹濟游擢至松江府知府君隨侍久習知吏事父卒入貲為縣令道光二十七年選授湖北公安縣故濱江多水患適連歲江漲他守令例請以工為急代賑而老弱俱無所得食君獨以賑務為先水始至即貸數千緡載餅餌[illegible]席徧給之親稽戶口於四鄉設賑局收養棄孩千數百人次年春夏歸其親黨嚴治攘奪閭里肅然士民懷之而隄工亦次第修築咸豐元年調孝感二年調鍾祥時大水壞隄君方勘工謀賑而粵寇自湖南竄武昌全省震驚土匪四起君擇

邑之壯丁千餘人部伍而訓練之率以徇有不逞者立擒治境內
無敢爲匪者君率徒以治鄰邑之盜屢獲其魁襄陽匪郭大安聚
衆數千道撫府勦捕不利撫之不肯服挾衆南奔將投粵寇君聞
之設伏於道出不意戮其渠而散解其黨天門巨盜自稱蓋天王
爲暴尤甚君乘大霧率所部擒之以歸羣賊無一得逸者三年春
粵賊大掠東行湖廣總督張公亮基聞君賢擢知荊門州其夏粵
寇林鳳祥等北犯敗回自汜水掠而南陷湖北之黃安趨麻城張
公檄君將兵千人會合漢陽同知張曜孫都司董玉麟迎擊之敗
賊於鵝公頸馬鞍山辛家沖賊大潰君獨追至羅田僅餘三百人
由英山竄安慶君復追之聞賊殲始反過宿松適縣有警君爲擊

勦鬭奮數

賊于下倉埠敗之其不分畛域如此八月君回鄂未至適江西賊由追回
上竄蘄州之田家鎮田家鎮者全楚之門户也時張公已以君前
擊賊功奏請以知府壁用矣至是復檄君防守田家鎮後路鎮將
督糧粮道徐公豐玉漢黄德道張公汝瀛調君救援君念後路緩而
鎮急也疾赴之九月賊至君四戰賊皆賊敗走又念第防禦終無
以制勝也初十日帥兵出擊副將張金甲當先水師繼其後及戰
金甲逡巡君獨率所部迎勦賊敗追之金甲不前賊反圍君奮
勇搏戰斬殺數十人賊復敗君益追至富池口距後軍遠賊分襲
君後君傍江以就水師水師懼江而去君陷泥淖中所部二百
人皆鬬死君手刃數賊罵不絶聲賊支解之越三日田家鎮陷賊

上竄事聞奉　旨優卹贈道銜公安孝感鍾祥之民聞之皆痛哭
如喪所親君內行純篤為政主於精清勤常以平旦坐廳事闢署
門聽所親而治之中夜乃歸寢因事至鄉懷餅為食不事行廚恒坐廟
村中或大樹下決事鄉民環觀之如師長其在孝感也清積牘
三百餘在鍾祥巡行四鄉未及署大府調君署江夏民聞數萬環
府乞留及君反謁見攀留者日數十百人又伺於城門肩輿出必
驗視唯恐君之去也有幕賓出貌似君羣譁然以為君行矣傾城
老幼擁之不得前君出而慰解之乃散後君歿孝感士民請祀之
于名宦祠閱七年子雯奉君母來楚公安孝感民爭迎奉之其得
民心如此殉節時年四十一後蒙　特旨賜謚剛介專祠子四

人長雯襲雲騎尉世職

論曰余始聞友人方魯生于黃州見君稱君忠勇有古烈丈夫風及游楚北益得君治行之詳嗟呼亂賊之興也由吏之不職使然使得君輩數千百人遍布天下守令之中則民將思愛之不暇而忍作賊乎未究其用徒以力戰捐軀嗚呼惜哉

南陽鎮總兵邱公傳

公姓邱氏名聯恩字偉堂泉州人以世襲男爵初為直隸副將咸豐四年河南捻匪起髮逆復上竄湖北逼豫疆用薦擢公南陽鎮總兵公居心忠純時以殺賊自任臨敵果勇異常賊畏之號為邱老虎在南陽五年馳驅戎行日夜無休暇息縣李世林投誠餘黨

[illegible][illegible]

勦濟　[illegible]

丁心田聚衆擾烏龍集巡撫英桂令公往擒之湖北游勇倡亂破樊城撲鄧州衆萬餘人勢猖獗南陽告急公先以勞[illegible]大血駐固始聞之即旋鎮簡精兵先挫其鋒復聯鄉團以助聲勢民乃安五年正月李士林戰沒黄梅[illegible]下易天幅擁衆逃歸結汝陽巨匪王黨羅苗義息縣匪朱明義林其賢北逼馬鄉傷官兵南戕烏龍集州判遂破息縣圍光州據光山巡撫調公圍攻數日嚴守關隘絶其援賊宵遁公窮追大破之巨匪皆授首河北連莊會滋事巡撫自督勦而以三關防堵事任公駐信陽時公舊疾發兼中風痺力疾[illegible]勵如平時是年冬張落刑龔瞎子等倡亂蒙亳歸陳震動[illegible]勦[illegible]月無功　上命巡撫往督師巡撫檄公先由間道赴歸德

六年正月會兵進戰公常居前敵屢挫之後遂有渦水雉河之捷七年春張龔二逆圍困始都統勝保擊敗之賊竄擾三河尖方家集分股擾光息都統駐軍洪河北專防北竄南路無兵堵人情洶洶公率千餘人至光州知州鄭元善更簡精銳勇二千人屬公公進駐詹家營距方家集二十餘里方家集賊老巢也五月六日公分軍四出自居中直擣賊壘賊傾巢出衝中軍公督戰良久無不一以當百破之乘勢入賊壘殺賊數千屍浮河而下者累日二逆由此膽落不敢窺南岸十六日賊遁三河尖都統由河北追剿公取道淮南進紮橋溝集賊遁正陽關公復追至連戰皆捷初公之破方家集也角子山捻匪乘隙作亂擊兵者數失利巡撫檄公西

豫派邊疆

征勝都統以賊雖敗竄公去恐復熾光息紳民亦惴惴恐公去乞留至是正陽關克復東賊遠而西賊愈熾九月公奉檄往剿時都統德楞阿敗賊於碓山公乘勝追擊連破之賊西竄入泌陽嵩縣諸山中出入無常公陟險縋幽搜剿數月羣盜平自公去光冬十二月張龔二逆結髮逆數萬圍固始七十日餘巡撫以公剿西匪得力不可中止八年春南陽賊平遂飭公來光時固始圍已解而髮逆又自皖竄楚破麻城公駐軍沙窩坊防虎頭關策應光山商城賊遂未敢入豫境十月孫葵心竄周家口巡撫調公往破之於槐店十二月賊擾三河尖巡撫恒福新莅任飭公剿辦公率兵至光防禦得安公自平丁心後因九汝光間邊疆有警上自士大

夫下逮鄉里婦孺莫不嘖嘖望公來公來即傳之以為慶賊聞之
弱者遠竄强者戒備益嚴則皆曰邱老虎至矣公面方而黔微有
痘班而含慈惠而顧視懔懔有威身材中人豐采綽然每行軍所至
將士如雲人爭識之當是時皖境皆賊豫皖鄰無高山大川以為
之阻自公至豫賊雖屢擾邊而不能深入為民害前巡撫英桂深
任公故公得盡其才九年春賊自寧陵睢州竄入豫公連破之追
至五溝營賊分為二其東竄者公派兵擊於商水南殲之而自追
其西然孤軍獨進無有與公夾擊者公方勦賊不遺餘力而恒福
劾公以自謝過公不自明發憤追賊至舞陽北舞渡薄暮馳百餘
里人馬皆未食時黑夜猝與賊遇彼此難辨公督戰急賊却追

至殺虎橋公聞其名嘆曰人謂吾虎也今當死於此矣豈非天乎未幾賊大至圍之如重壁公潰圍出而復入獨從者多受傷勸公退守公殺所乘馬示無退志天色昏暗悲風四起賊死戰公力盡猶手殺賊十餘人竟戰隕於北舞渡時年四十有六公卒後繼公督師者多不知兵賊遂遍竄河南郡邑間數年民大困公治兵有紀律尤以愛民為心不以供張累州縣州縣有以米錢犒士卒者則欣然俵分也兵所駐境上或逾旬經月商賈居民幾於不知有兵者前防堵光州時天沍寒出錢十緡屬一弁為市舊羊裘弁獻狐裘錦其表不取值公曰吾非以儉博名念士卒口粮幾何而導之靡勢益不給起而攘奪甚於寇賊而事不可為矣卒以已

餉俸

錢市羊裘乃安時度支匱軍餉薄且絀公嘗節縮俸錢以給兵食而未嘗向人言也然士卒或不法輒嚴治之故軍中畏其嚴而樂其恩行軍數年雖無事未嘗解衣卧時時訓練務使緩急可恃其勤奮持身仁義率下公忠體國數年如一日每戰克捷所向有功非偶然也嘗與人談及時事誓不與賊兩立其許國之誠如此公遇難後降將廢卒多泣下汴東南數百里士民道祭罷市而哭越十餘日始得公屍身被重傷而顏色如生然

○存

浙江巡撫羅公傳 甲子

公名遵殿字有光號澹村宿松人少孤節母延師課之始有立天性孝友有兄貿遷於外歲暮母憐之公即奔馳百餘里偕度歲

鬬粵

除道光丁辛未舉於鄉乙未成進士以知縣分發直隸署南樂肥鄉補唐山調清苑皆有治績擢知冀州未受篆擢浙江湖州府時海氛甫熄湖屬漕務棘手公日詣倉市開誠布公愷切宣諭事以辦又捐建書院於歸安以正士習捕獲巨寇百餘名數月湖州治凡四載移守杭州未數月擢湖北安襄鄖荊道襄陽古重鎮為南北要害習俗強悍好鬬是時海內無事人不知兵公見世事日非憂危時形於色無何粵匪起流毒東南公撫循士民簡練武備以故武昌三陷漢陽四失而襄境獨不被兵其後恢復武漢亦以此為之基也咸豐六年擢兩淮轉運使巡撫胡文忠公以武漢未復乞於　朝留之是歲大饑冬間散遣川豫驕惰之卒黠者遂煽土

匪作亂蔓延荊襄鄖宜四府公率五百人固守旬餘待援軍至次
年五月平之七年春擢湖北按察使八年遷布政使時楚境肅清皖
豫多警文忠嘗率師東征駐行間籌度軍儲整飭吏事多倚公以
治九年夏奉　命撫閩入　覲文忠疏請代撫鄂滇帥乞往滇黔
皆不允　召對六次備蒙　温旨　陛辭後中途奉撫浙之命九
年十月履任自粵賊踞金陵浙省供給甯國一軍恃以捍禦門戶前
巡撫胡興仁不願餉鄰省又與甯鎮將鄭魁士不和劾之易以他
將魁士武人闇大體然善戰守得士卒心貫遏賊不得入浙魁士
去而賊時有窺浙心公至見吏治軍事頹墮深以為憂嚴舉劾察
營伍籌畫布置旰夕焦勞匪懈然將吏泄沓久病公所為多毀之

十年春賊由寗（甯）國境突入浙杭州城大兵單飛章乞援皆不至二月二十七日賊以地雷裂城三十餘丈城遂陷方賊之始至也公知城不可守集家人諭之曰吾與城存亡義也汝等其各自為謀妻徐氏憤然曰作君家婦四十餘年尚不我知耶愧未能助君殺賊耳何用生為次女陳顥秀之妻及族子宗傑妻周氏皆故孀居亦感泣誓同死自是日夜登陴守禦城陷俱仰藥未發復同趨西院自經以殉公清節過人兵事非其所習又適承前人頹墮之後受事未及三月狂寇奚來於是浙人皆咎公事聞 上以公素有官聲實心任事既賜優卹矣而御史高延祐奏請撤銷其後節相曾公白其冤得復賜卹典如初公自守令至巡撫不名一錢俸所

○存

餘即以助族人未嘗購半畝之田徐夫人亦儉素恒著布衣殉節
後幾無以為生子二人長某候選員外郎次某

彭氏三死事傳　丙宗

彭雲漢字寶臣衡陽人與彭瑞益為從父昆弟瑞益字榮耀皆從
今太子少保兵部右侍郎彭公雪琴於水師擊賊湖湘江鄂之間
始逆賊洪秀泉楊秀清自粵西下竄據金陵今爵相湘鄉曾公奉
詔治鄉兵勦賊念非創設舟師莫能制乃拔侍郎諸生中及今
陝甘總督楊公厚菴於偏裨並為大將典水軍雲漢瑞益為侍郎
族兄弟行俱奮跡起從之咸豐七年九月官軍攻九江久不下舟
師懸隔外江內湖不得合併侍郎謂楊公曰九江賊恃湖口為援

拔賓

蔭儘壽

不拔石鐘山九江終不可得遂密約李忠武公續賓師陸軍由八里江潛濟出賊不意撼其城內外水師夾擊兩晝夜礮震內飛時雲漢瑞益俱以六品軍功為左營哨官殊死戰恨不以一當百遂於初八日中礮子死次日侍郎劇梅家洲賊城燔石鐘山賊巢殲悍逆萬餘人攻克湖口於是水師三載阻絕者內外得合遂衝突長江數千里賊船不通江皖吳楚城池始以次復由石鐘山先奪其隘也而前水軍陣亡者數千人侍郎乃請
旨建祠石鐘山雲漢瑞益與馬彭蔭槐者雲漢族子也字必貴亦以從軍功得儘先外委苗沛林叛於壽州蔭槐從總兵王吉率水師軍臨淮同治二年十月十日戰歿事聞亦入昭忠祠與雲漢等俱世襲雲騎尉

論曰予讀宋史彭汝方彭乘龍震龍諸傳及今聞雲漢等事何彭氏忠義後先相輝映也當侍郎治水軍時惟以忠憤鼓勵其事士卒不顧死生成敗迄今十有餘年東南告靖偏裨走卒多得膺節鉞之榮而三人者竟先死於王事士貴各成其志耳得失固自有命哉

柏 卷

〇存

柏堂集卷二十八

桐城方宗誠存之

傳

楊文軒傳 同治壬戌

楊文軒者武昌人以千總為巡撫某公巡捕官咸豐二年冬粵賊攻武昌將以浮橋渡江士卒請出城撤浮橋巡撫不可或言當駐兵洪山無使為賊據得俯攻城中巡撫令營洪山不二日復棄之後果為賊所守有陳姓者貴族也請毀家犒士出殺賊巡撫不應專治守於城中及城陷巡撫微服出署文軒引至其家則已置櫬庭中結環其側曰此某報國之具也今請大人先某願侍於九原

矣巡撫未決文軒為引帶繼之中梁侯氣絕再拜慟哭為殯殮鑑後自經於旁

論曰予避亂山中即聞文軒事頗疑之後游嚴中丞幕中中丞以為信然又見浙人楊利叔所著瓠蘆筆記得其詳以問於楚人皆一詞也文軒其賢矣哉順德羅椒生尚書謂予曰某撫軍究為加人一等也往英夷犯廣東虜總督入夷船中巡捕官某勸之投水不從卒為國辱然則某撫軍猶可與為善者哉

王大令傳 壬戌

君名恩綬字樂山一字佩綸先世自金壇遷無錫遂為無錫人父鼎汾候選縣丞母趙氏世有積德君幼端重性孝友愛敬父母能

曲得其歡心侍疾治喪竭誠盡禮為文章必本至性遇事果敢勇於有為少以文行為巡撫林文忠公所知常親為講論道光己酉以恩貢生中順天鄉試舉人慟父母不及見悲涕時涔涔下也庚戌科考取教習補左翼宗學漢教習三年時惠親王為稽察本學大臣謂此職人皆視為具文其能引誘後進如恐不及者王教習一人而已每祇領 御賜等物及俸米必感激自慚無以報咸豐癸丑粵匪竄天津京城戒嚴或勸君不宜居內城君力持正論不為動教習期滿奉 旨以知縣用是時湖北已再陷被賊害甚烈督撫以揀發請 旨下赴選者視為畏途多方規避君曰時事多艱正人臣効忠之秋豈可為趨避計乎整冠束帶而往遂入選

單戰壽

奉 旨發往湖北委用乙卯二月行抵湖南聞武漢有警或勸君暫住以待君不可十六日抵武昌城閉不可入時胡文忠為布政使督兵城外留君隨營君矢志進城遂率仲子及僕二人縋城入廵撫陶文節公恩培武昌知府多山皆贊嘆委公出城仍至胡公營君執不可同登陴守禦十七日城陷有勸君去衣冠者君曰何哉聞陶文節公殉節黃鶴樓單騎往哭之賊大至偕多公率兵巷戰同時殉節仲子及二僕丁貴吳福壽皆死之君剛方廉介不經營衣食家計好行善濟人尤以忠義自矢當賊陷金陵鎮江時君致書所親曰大夫死衆士死制吾輩身居庠序不謂之士不可也制當死乎當走乎及赴楚復[illegible]其伯兄曰大丈夫遇此時勢與其

老死牖下何如埋骨沙場伯兄知君性激烈勸之曰萬一有警不可不死亦不可輕死君曰不甘心徒死必折其角而後死乎其立意較然如此殉節時年五十二歲仲子名燮字理堂寄籍宛平入縣學生辛亥挑取 内廷謄録以 宣宗成皇帝實録告成議敘從九性誠孝能曲體親心處兄弟之間恩義備至君入武昌城時命回湖南不可遂從君守城死年二十八事聞俱贈䘏入祀昭忠祠

論曰自粤賊作亂以來守土吏借符檄出城者多矣既欲脫一時之禍又[illegible]為異日免議之地其計不亦巧乎求有當危急之時而入城固守者寥寥也況如君本非有守土之任者哉予客河南時

聞有謂君為迂者嗟乎非迂孰肯舍生以取義乎

三忠傳 壬戌

世焜字顯侯滿洲正白旗人未詳其姓氏所出曾任江蘇常州知府以愛民稱咸豐四年知揚州時富粵逆蹂躪後市井蕭條公至辟草萊招流亡還定安集之民氣稍蘇城中無官廨公借居蔣氏園有桂甚茂公顏其廳事曰三十六桂軒而題其後曰百物凋殘此桂獨盛吾願揚民之復生欣欣向榮亦如此也其時賊踞城南四十里瓜洲鎮官軍壁壘林立以扼其北向之道五年春鎮江江甯之賊渡江至瓜洲官軍同時潰散公知城不能守毅然不肯去率鄉兵二百人登城城破巷戰一賊自屋内用火槍擊公馬仆公

墜地被執勸之降公紿賊曰釋吾民之被掠者然後吾可降賊以為信然公俟民去遠即自刎死三月一日也公無子一妾一女當賊入城時有老婦引入旁舍藏夾壁中日饋食飲賊破城十三日而退老婦送至大營官酬以金不受曰吾以報吾賢仁太守之德也公殉節之地名梗砍子街頭云

德克登額號靜菴滿洲人亦不詳其姓氏通滿漢文始在家訓蒙為生繼以筆帖式改武粵賊起從將軍都興阿都統舒保至湖北先後立戰功洊至以副都統　記名咸豐七年攻廣濟公守營壘不得眠者七晝夜牙盡脫為人善涵養沈靜寡言無事則閉帷靜坐必正直身不稍倚雖溽暑不去長衣待友最誠信然諾不輕舒

公性峻直公遇事必委曲言之期於有成心極恬淡無嗜好嘗言賊平即回家授徒暇則垂釣於黑龍江上又常語同人曰吾世受國家豢養之恩得一日授命疆場則吾事畢矣同治元年秋粵賊由豫入鄂公隨舒公援孝感與邑令韓體震守城被害是為閏八月二十六日也公有母無子僅一女（舒公于同治二年亦陣亡）

韓體震字省齋河南夏邑人以貲郎任山東德州州判改湖北知縣歷任光化江夏以清勤得民心咸豐九年冬丁艱去不名一錢冬僅一裘其妻猶衣棉也同治元年服闋權孝感縣篆僅四月粵逆合豫捻犯楚疆孝感經屢次殘破後城鈌不完君謀修葺之招鄉勇二百人為城守計君故與都統舒公善因請入援駐城中舒

毫

公止馬軍五十人始解鞍而賊覘兵少由城缺入舒公急上馬堵擊追出於十里外君與副都統德公復守城賊後隊至君率勇巷戰手及數賊賊愈多一勇牽君退君叱之從子某泣挽之君又叱之去身受十傷刃子穡（檜）子無不備猶大呼殺賊而斃先是賊警至城中居民盡室以行君不令妻女出城城破女被獲舒公救出之君殉難後舒公復入城擊賊賊旋復孝感民言及君殉難事與平日愛民之政無不泣下者是秋賊所陷城曰隨州應山應城孝感惟君稱守土云

論曰予游楚與蔣丈若太守交太守至荆門還書告予以十年來死事諸人深知而確見者惟世公韓君其死最烈而居官亦毫無

○存

砦議武人中尤欽德公之為人述其事命予作傳以為是扶正氣之一端也予文不足行遠感太守樂道人善因綴三忠事論次之

宗義宗智傳 壬戌

宗義宗智者内黄人宗飛之二子也飛一名芸閣嫺武藝嘗團練鄉兵能公平鄉人信服之後其叔父超犯法連飛繫獄當絞咸豐十一年三月六日山東鄆鉅賊竄河北偪内黄内黄近楚旺漕糧屯聚之所也城高不滿丈難守禦于是飛二子欲殺賊以贖父身邑人素服飛之得鄉兵心也為請於知縣黄見三且各以身家保其出獄集團助勦二子喜父之出獄也俱求為鄉兵前鋒越數日賊分竄楚旺攻縣城勢猖獗飛率二子督鄉兵五千人趨至西關

數振作

禦之二子首入賊隊力戰死飛受重傷不退鄉兵皆奮勇殊死戰賊始敗走其竄楚旺者飛亦先調鄉兵擊退之漕糧完城闔解邑人上其功並其二子死事巡撫嚴公疏請免飛罪卹其二子焉是為三月九日事也

論曰賊起粵西蔓延天下逾十年惟湘鄉曾公率鄉兵轉戰數千里力與之角而賊焰始衰其所部今多為名將名臣豈忠義經濟之士湖湘獨多與抑無人振興而提拔之斯正氣不作與予游齊魯燕趙陳宋聞其以鄉兵捍賊死綏者不乏也然振興無人懷才抱異者多湮沒而不顯如飛二子以死戰代其父飛以將死之身一出獄即立功鄉里以表見於時不猶為幸也夫

檢獲竊

馮福基傳 壬戌

馮福基者潛山天堂巡檢馮焯之子也粵賊據安徽天堂介桐城霍山潛山之中山深多險要賊所不至咸豐七年間賊始入焉時福基年十四歲聞警匿母他所身藏利刃欲殺賊為賊所獲因日伺隙刺賊不得間常飲泣隨至湖北黃梅境中竊買市肆毒藥置飯羹間與賊共食飲賊不覺毒殺賊十七人福基泄憤而死安徽巡撫李公聞之嘉其節為請於　朝得　旌卹焉

論曰賊之所至專務裹脅其壯者為兵蠢者役使之士則使寫文書從之者始由懼死繼或甘心屈辱或不得已從戰陣受嘗苦染疾疫而終不免於亡其能乘間逃者已幸矣卒未聞有以殺賊顯

○存

名者也予往讀柳子厚童區寄傳嘆古今人之不相及今見福基事不又爽然自失也乎

趙孝子傳

孝子名深彦湖州歸安人祖炳言湖北巡撫有政聲父景賢福建糧儲道未之任適浙江賊勢甚熾景賢家居倡守城是時皖南浙東西郡縣俱陷湖州前後左右數百里皆賊烽景賢激勵官民固守以待援而地勢懸隔兵不得達曾相國既克安慶急遣將力攻甯國廣德以通援師未及拔而湖州已以糧盡被陷是為同治元年五月也景賢守城幾一年至是始失時深彦居其叔父景應湖南道庫大使署中年甫十二歲日憂念其父不置及聞湖州陷謂

父必死號泣不欲生六月七日夜潛起服毒以殉

論曰景賢城守之節雖張許無以過也然猶讀書稽古數十年君臣大義久固結於其心而不可解故雖非有守土之責而義氣直貫金石而不摇若孝子者率性而行可以無死而必與父為存亡又出於童稚之年是何其肫肫其仁若此哉

閻震並養

○存

閻省齋傳 辛酉

閻淑震字省齋項城縣學生年少篤行與同邑曹欽軒學禮鋭意為劉念臺孫夏峰慎獨養性之學困窮礪節力探本原嘗著洗心譜其序曰吾人不幸處窮鄉僻壤欲脱然自拔於流俗非尚友古人其何道之由夫尚友古人者非拘陳跡嗜糟粕已也以古人之

性情陶鎔吾之性情循循于忠孝節廉之行超超于世利紛華之外不與衆人爭一日之短長不與天下校無益之是非不與吾身計目前之聲名澹然闇然與物無競不入俗而亦不戾於俗焉斯可矣其礪志如此咸豐十年春捻匪入項城境淑震遇賊不屈死年二十餘歲

論曰河南為二程子之鄉　國朝初孫夏峯湯潛菴耿逸菴先後講學於此故其流風至今未墜也太康張性淵以省齋遺詩見示讀之深有慨於心其感與詩曰面牆實鬱鬱中情思奮發又曰鑽仰以没世一息足千秋又曰窮達各有道義命定不移又曰勿萌温飽志用存動忍資嗚呼是足以見君之學矣年未壯而遽以節

死惜哉

候選訓導胡君傳 甲子

君名澤順字梅坪涇縣附貢生[候選]訓導少聰穎好學無所不窺四十後益就平實讀書以隨在自反為歸不馳逐聲譽重義輕財尤喜振孤窮之急咸豐三年安慶陷於賊甯國涇縣議團防君奉父命前後輸金幾三千不邀議敘所居涇東鄉又毀家財助鄉人講求捍禦之法甚具嘗謂時事孔棘惟有固守忠義二字以衛鄉里以報 國家為分內事以是任諸己亦以是教諸家爲其宗族里黨以故人心感激屢蹶屢振賴以安堵者數年而君生計日窮嘗以麥粥療飢然處之泰然人不覺其貧也十年正月二十八日

涇防失守諸子請避賊君自以受職為儒官即力不能磔賊亦不
願與之並生於是恭 讀聖諭廣訓危坐廳事以待賊入門擄其
子凝然自若賊以刃逼之乃執巨挺鬪賊受五傷賊始舍之去次
日人見之頭面及衣皆血一赤人也三月十四日賊復至諸子泣
請行君曰行將焉往吾已受 國恩死耳一定之理可逃乎十六
日賊至家君與鬪受重傷賊退家中人環跪欲負傷而逃昏迷中猶
張目視諸子責以不遵吾訓乃為姑息之愛將致我不能得正而
斃也十九日見賊復大罵遂遇害年五十一是日長子婦朱氏投
水死焉先是賊掠其二子五子貞吉亦以不屈死君所著有四書
一得録周易觀玩録已刊行同治元年節相曾公以君殉節事聞

存

得旨予專祠

論曰孔子云危邦不入亂邦不居君以儒官在籍無守土之分去之於義無傷也乃自君視之若大不義者然使其當官任職豈肯委而去之以偷生耶嗚呼是誠可謂篤信守死者矣

太學生吳君傳　甲子

吳君名摛字石僊涇縣人國子監生父芳培仕至左都御史兵部左侍郎君爲人剛方遇事果決幼隨父任所於古人忠孝大節懔然於心與圖兵畧一切濟世之具靡不研究困於諸生無所試咸豐三年二月粵賊陷金陵涇爲賊上竄之路君奉大府命團練鄉兵助官軍防勦吳氏於涇爲右族君遂於族中設立總局糾合茂

督備器勦

林永定思齊三都親督倫軍火器具招募選練數千人吳氏子弟尤多四年七月援劉黃柏萬級雲嶺各隘會復石埭追勦青陽閏七月赴援寧國復馳援灣沚八月出防蕪湖魯港燬賊船殺數百人是時君義勇之聲著於江南北隣縣聞君所在皆捐穀餉軍賊畏之不敢嚮邇五年正月堵勦箬坑馳援石埭五月復會勦石埭八月赴繁昌援出防南陵所至陷陣先登隣邑防勦事宜亦咸咨決君自以世受　國恩分應敵愾每論功退讓不居以此人心感奮隨所在團集六年三月十七日勦太平郭村聞太平陷遂由滄溪移駐龍門隘時賊大衆抵青陽分竄萬級雲嶺芝麻高濂五嶺隘口君調勇分堵之是時都鎮軍守樵嶺君與約先復太平後併

厚

力進擊青陽期二十二日三路會勦及期都鎮軍馳赴厚岸遊擊徐某新至未能進賊遂竄越黃華嶺涇縣被陷君時搜賊太平星夜馳回灣灘籌克復二十六日進攻君奪門先入巷戰至晚賊死拒君受重傷時已不寐者九晝夜猶復力與賊持手射殺賊數人鄉勇奔救之賊由北門潛遯城克復而君以力竭傷重死子弟義勇從殉者數百人君自團練義兵四年涇雖被尚無恙隣邑皆賴之自君死後數年賊始盤據皖南民大困十不存一君殉難時年六十七歲

候選教諭王君傳 甲子

君名汝貴字金門合肥人世有文行父朝選君少嗜學篤行過

以嘉慶戊寅副貢生道光壬午就職教諭以親老不赴選授徒養親弟子成名者百餘人晚年篤志宋儒之學曰讀書真種子在是也咸豐三年春正月賊陷安慶巡撫李嘉端駐節廬州檄君辦團練先是安慶破皖北千里震動君既受命乃招流民練壯丁編保甲儲積粟人心為之一固嘗謂人曰 國家養士二百年獲效正在今日吾人讀書數十年致用亦在今日勿諉為異人任也或曰賊若入境蓄髮全軀若何君怒叱曰薙髮而生戴髮而死何以見先人於地下十月賊陷桐舒廬州大震時李嘉端以罪去十一月十日巡撫江公忠源至方嚴飭守禦越二日清晨賊已蝟集城下江公文武才智勇絕人應變隨機殺賊甚衆人心始定君奉諭守

大東門督民夫塞水關一夜而工竣遣練丁李榮陞等隨江公親兵踰城擊賊榮陞有膽力每遇賊奮勇當先連燒賊營獲渠魁竟以深入被殲江公惜之然以是知君之能用人也賊穴地道攻城江公傳令取棺盛土塞之里人匿空棺君曉之曰事亟矣不從公令城且破無死所矣何棺為衆皆諾先是江公至危城中兵不滿千餉需告匱君振臂呼曰江公善守江西有明效此長城可恃也由是荷戈者雲集富商巨室爭毀家輸軍簞壺相屬於路江公疏言盧郡紳民萬衆一心為君及一時倡義諸人發也堅守月餘城陷復完者再而賊以數萬環攻旌旗蔽日金鼓聲震天黃霧陰霾連日不解是時陝甘總督舒興阿奉　命援盧州駐軍六十里外

不進城中鉛藥垂盡勢不支十二月十六日五鼓西城忽有聲如雷有頃北城火起江公命各抽勇禦之君方巡守東門率勇奔赴至演武場南何氏宅旁遇賊勇丁許之坦范國祥等三十人皆戰死君被執訶之跪君罵曰我在籍候選教官也狗賊當為我跪我豈為賊屈乎賊怒脅以刀罵益厲遂被害有隣人蔡九者逃入何氏曬菸竹箔下竊窺之次日又見賊扛衆屍擲大窖中獨君屍挺卧地上力舁不動賊舍去既而逃出告君子往殮之君為人沈博淵靜平居退然如不勝衣及臨大節則義刑於色所著有經籍集古今體詩文悉燬於火里人感君義附祀於岐王墩江呂二公祠中後巡撫福濟為請卹於　朝君殉難時六十子三人

存

縣學生胡君傳

胡君名浚字深如黟縣人縣學生讀書有氣節咸豐五年正月賊匪陷黟破羊棧嶺徽州府勇丁方建國章名輝二十五人死之匪以計劫丈士君時卧病起髮長特薙髮至匪所唾匪面罵曰我大清秀才胡先生也爾何甘心悖逆為抑知往者吳三桂耿精忠張格爾策布坦其力百倍爾終撲滅教匪林清黨與半天下蠢動七八年卒正法即粵匪李沅發藍朝漬等亦皆不獲逃天誅況區區餘孽竊金陵一城能移漢祚乎今乃敢窺伺我黟我已設守險要府兵至爾輩殲矣此矣其速悔悟歸順或可貸一死也言未卒匪使人送胡先生出曰是狂疾者勿留也君怒叱曰爾病狂

振壺屬

存

寶數

喪心作彌天大罪反謂我狂疾耶時范欲要結愚人心未加害也
君行至迎鑾門持大挺詫而入遇賊便擊君力大且憤怒傷賊多
挺折力盡死於迎鑾門范得君首懸而曰胡先生真　大清秀才
也乞者在城親見之二月禮部郎中余毓祥遣其子監生余肇元
以徐兵備倫之師至賊由六都焚民房數百間而遁有吳正貞者死
之賊既遁乞者出乃為人言胡先生不屈事也

汪學鑑傳

汪學鑑字寶霞黟縣人少習賈為人貿遷於常州勤謹端恪數十
年不易主人好讀書每讀史至可憤歎事未嘗不慷慨激越也自
粵賊陷金陵常州戒嚴籌防籌餉學鑑每慫恿主人捐金以倡且

吳紀

謂之曰我輩久享昇平皆蒙　國家之德今不幸值多事擁厚貲
而不急　國難是狗彘不仁也咸豐十年春逆賊竄出金陵大營
潰三月二十五日陷溧陽主人以眷屬託之避於丁家橋四月六
日常州陷宜興繼不守學鑑病遣主人眷屬遠避無負重託獨留
丁家橋命其子隨團丁拒戰子以父病有難色學鑑頓足搥胸曰
我年踰六旬死乃分內事所以未即死者以與主人交久欲得
其存亡消息耳爾當志切同仇勿以我為念五月團丁失利賊燒
殺甚慘以學鑑老病未之害也學鑑反婉言以勸其反正不從則
讜言以聲其叛逆有丁二者勸無蹈虎口學鑑不謂然也初六日
賊又至學鑑急起罵觸賊怒推於門外學鑑益怒以手搏之因

遇害賊焚其寓宅十五日始他竄子歸尋其屍挺直如生爆烈日
中久無一蠅蛆見者傳為異事年六十有二生平然諾不苟無疾
言遽色事父母以孝友稱

內閣中書銜教諭趙君傳 甲子

趙君名起武進人道光庚子舉人揀選知縣以團防功 欽加內
閣中書銜即選教諭祖巽乾隆辛巳一甲三名進士貴州貴西兵
備道有文名君為人清正咸豐十年三月金陵大營潰四月二日
賊竄攻常州先是總督何桂清駐常州聞金陵潰即遯走士民團
留之守城不可由是文武吏俱先期散君以世受 國恩義憤激
發不肯去遂約前廣東澄海知縣李彬勳職員曹和兄子浙江候

補知縣祿保與紳耆籌議激勵鄉團登陴固守以待援凡四晝夜
殺賊無算外援不至而賊來日益衆初六日午刻城陷君回家先
命妾蔣氏率合室婦女自沈於園池遂整衣冠端坐廳事罵賊至
有識君者以君居鄉稱盛德勸令自全君大聲叱賊引刀自刎子
縣學生曾寅以身衛父賊數人遂被害祿保以拔貢生中道光已
亥舉人是日城陷後赴保衛局罵賊遇禍尤烈云其沈於池者蔣
氏外曰劉氏君長子前福建候補同知達保妻也曰汪氏三子附
監生曾愷妻也曰劉氏五子曾寅妻也曰湯氏六子候選通判曾
錫妻也曰君從子從九品銜曾乾之妻呂氏縣學生曾晉之妻呂
氏孫從九品銜承銓之妻余氏達保女五姑曾愷女登姑次子湖

顧

北候補知州曾裕之女三姑細姑曾裕妾顧氏凡死者十三人君孫承銓者[illegible]曾愷子也[illegible]見祖父叔父被害母赴水[illegible]不忍獨生沈於池

陳鼎霈傳 甲子

陳鼎霈定遠人監生咸豐九年五六月間捻匪結髮逆攻定遠先是撫軍翁同書駐兵於此數月矣及是將移屯壽春定遠令周君佩濂苦諫不聽竟拔去周君遂與紳民約死守鼎霈與焉嬰城二十餘日城陷時六月十八日也周君變閒顧謂其兄義宜去曰親老無從死也奮擊大罵殉節鼎霈先約族人防守西門聞東城地雷聲遂各持械奔救猝遇賊巷戰死從昆弟附生鼎選死於西門董公

墓監生鍾第受五傷死於宅旁同力戰死者曰附生鼎煜鼎璜監生敦培德培裕培文童吉培寅培壯培憲培山尊安均端培忠培鍾奇鈞戴鈞諮全才及坦凡十有八人其不能戰而全節者則有附生表培年八十附生興培年七十皆曰吾老矣不能報國殺賊其將以守死對聖賢可乎於是與興培之子附生鈞泰從子附生鈞亮孫駿生五人同縊於明倫堂附生宗培廪生鼎璥子鍾璧聞之亦曰吾輩諸生死學宮乃其所也于是三人亦同赴明倫堂至牌樓遇賊麕至齊聲大罵拾地下磚石擊之遂俱殉節合肥例貢生蔡祥陳氏壻也亦同時罵賊死之州同銜驥干與其子監生叙培候選縣丞念培從子從九嘉培受培慶培六人相與語曰吾父

密

子聚而生當聚而死以明吾一門全節之義且既不能殺賊亦無使此身汙於賊手也於是以髮相結共死於塘中其守城罵賊死於城隅者則又有候選縣丞鈞栝監生鍾熙文童鈞藻丈培理培沛生鈞調鈞籌凡八人當是時城中婦女死節者尤多而陳氏為尤烈河南候補道鼎雯之妾䭾封安人王氏先自盡於後園草舍鼎雯有子婦方氏守節二十餘年當城未破時即密縫衣裙自書姓氏於帶以防非常至是以罵賊受傷因自刎不殊乃奮身投塘死族中節婦鈞祐之妻方氏亦以罵賊死之又有李氏者鼎雯之子候補知府鍾琪之妾也舉火自焚曰無使賊得踐吾體有宋氏者監生秉楨之婦也閉户仰藥而卒其女三姐年十六見母死遂與

從九鼎年之幼女四姐投塘中四歲知縣用候選縣丞秉杰之女大姐年甫十六罵曰吾與生而待死毋寧殺賊以死之為烈也手執廚刀見賊來劈傷其背賊擊之傷數十浴血而罵齒舌俱碎賊斷其喉乃已鈞恬既死於城隅妻徐氏亦罵賊被害全才既以巷戰死妻楊氏遂自縊以殉興培既盡節學宮女大姐遂投井中曰吾父不辱聖賢吾亦不可以辱吾父以縊死者尚有鑄培之妻何氏鈞祐之妻宋氏死于井者尚有鼎璥之妻方氏湖北候補從九蓺之妻方氏蓋相約也附生鈞欽之妻張氏女大姐附生一籌之女適淩氏子婦方氏亦俱死于井中其持杖擊賊者則有節孝盛氏玉龍之妻也年八十見賊至擊之又以頭撞賊賊以其老不殺盛

甯廚

氏乃率其孫婦方氏同壯培之母施氏端培之母張氏嘉培之母劉氏德培之母周氏立政之母唐氏孔培之母武氏曰吾輩年逾七旬雖賊不能汙然與賊共生一城即汙也何如死於塘中借清水以洗此恨耶遂同死德培女九姐壯培女大姐鍾桂女大姐皆從之鼎雯家有女媼数人失其姓氏皆投井死鼎雯孫沐生從子金鑄從孫彭壽俱三四歲從乳媼死之凡男婦死節者七十七人陳氏于定遠為巨族自咸豐三年髮逆陷廬州與定遠壤相接陳氏以募勇助官兵守禦者毀家財巨萬後有土匪圍城陳氏守陴出戰陣亡者數人城得全及是以撫軍退駐壽州城始陷撫軍駐壽州久之復陷于苗霈林之亂

酉齋廠

口右

侍讀銜內閣中書鍾君傳 乙丑

君名淮字小亭江都縣人父大志道銜候選知府誥封中憲大夫

叔父大念候選州同誥封朝議大夫早逝命君為之後

節母周氏姑適王氏者亦少寡君事之以孝聞嗜學好義道光丁

酉科中順天鄉試舉人援例為內閣中書加侍讀銜補漢票籤中書

舍人充 國史館校對 玉牒館謄錄以本生父病乞養歸遂不

仕所居佛感洲瀕江恃隄障君嘗竭貲保固人賴以安己酉江水

大漲數百年未有君奉母避居揚州賃舟捐齋餅餌餱糧約同志

沿江上下拯災民無算遂上書當道請設粥廠十別男女第老弱

招同人分任其事自晨至夕盛暑烈日中無少暇不足則于古道

過器

院自設一廠賑之又念世族子弟不忍其褋處也設局于安定書
院勞來安集冬水涸乃遣歸多所全活倡之者君也君因謂防患
貴于未然遂興修江都儀徵圩岸親督率之工實且堅洲迄今無
水患咸豐三年粵賊竄據金陵揚州將不守君歸洲謀曰洲地居
瓜洲東為賊衝要賊至當保聚以拒之不克死之無靦顏偷生為
也未幾賊入揚州據瓜洲君禦賊之意益奮都統琦善率軍至聞
君名乃以江洲鄉團統於君君不辭募勇二千人乘賊不備營虹
橋虹橋去瓜洲八里為東路門戶自是東路得安枕無恐軍糧器
械皆傾家所有以濟之君少習武事膽識過人臨陣[illegible]為士卒先
迭攻瓜洲皆出奇制勝斬馘擒生焚賊巨艦賊來偪輒戰卻之賊

與衆

甚畏憚然慮經費不貲非亟破瓜洲不能與賊持久也遂約艇師
水陸夾擊以五月二十九日進攻其時賊營羅列江岸君攻其北
艇師乘風直上攻其南賊死甚衆將不支忽反風艇師下退賊由
南面出兜我軍後衆不敵促君行且俟後圖君曰我退賊必追虹
橋將不守我當以身禦之力戰而死家丁徐嘉明以身蔽君格鬬
甚力殉難之夕有素受恩養者潛入瓜州尋得君面如生而腸腹
無完膚事聞　詔加知府銜賜卹廕又奉　旨依禮部議入祀京
師昭忠祠并入祀陣亡地方府城昭忠祠六年奉　上諭附祀提
督雙來瞿騰龍揚州城外双忠祠君殉節時年三十九子毓麟
論曰吾聞揚州未破時郡人江壽民出款賊以為賊必不至即至

亦不害民也闇者信之不設備而賊遽至江壽民無地自容以死
等死也與禦賊以死者何如哉君矢志捍衛鄉里及死而東路實
賴以全嗟乎使君早有專城之寄或寄專城者皆如君天下事豈
至是耶

柏卷

存

栢堂集卷二十九

桐城方宗誠存之

傳

許節婦傳道光己亥

許節婦張氏桐城許孟琳妻也于歸數年而寡性仁孝事姑得其歡心節婦父母農家也慮其貧無子屢欲嫁之不為動一日肩輿至門紿曰母病篤念女甚急須女歸一訣也節婦倉皇登輿及至非母家痛哭欲自經而防禦嚴不獲一物節婦號且詈曰吾不祥婦也何取為且吾欲守義而強奪吾節鬼神不容吾誓死為厲鬼以擊殺奪吾節者終日哭不納食飲媒懼趣其母家送歸許氏先

是其舅與夫弟授徒百里外故母家得乘其間及舅聞信馳歸而節婦已潔身還矣遂守志以終其身今年七十餘近舍者咸稱曰是嘗逼嫁不從者也

論曰吾始聞玉峯許先生賢孝師事之既因先生得見東山先生益嘆其學行之有本也先生又嘗為余道其嫂氏之節嗟呼一門之内節孝爛然非一氣之所感召與彼憂身修而不能化行一家者可以反矣

曹烈女傳 丙午

曹烈女者無為州人也州有某寺僧不法與某婦通鄰童入寺中見之僧懼童洩其事與婦殺而埋焉其父母失兒遍訪不可得聞

或言嘗見入某寺後遂失比也就問僧僧詞不遜訟諸官州牧某性偏而躁初嘗為某縣令立意欲止訟遇訟者不加究察遽施刑故愚民反多負冤抑而奸盜日滋鄰父之訟也亦被創然以痛子故訟不已牧不得已詰責僧僧乃具服僧念身為死囚不如多所扳誣以稽時日于是扳良家子女與通者三十餘人而烈女亦在誣中被誣者咸欲泣愳死獨烈女從容白父欲至公庭自表暴父許旦入城睄吏忽一女子乘肩舁至視之乃女也父大駭女意色灑然見牧召僧面質之僧寺近女家故識女佯笑曰此非曹某女耶女曰然僧曰吾所交惟汝最久且密女曰果爾吾身異于人處汝當知僧曰昏夜往來安得知女固求入內室使婦人驗則女下

體有疵贅焉至是牧始知僧言皆妄慰遣女歸而三十餘人之証亦俱得白女既歸嘆曰吾所以靦顔至公庭者非惟自表暴也蓋欲全三十餘人之名節而救其死耳今事既明吾廢人也何必長存天地間且可使昏官暴吏有所愧懼也遂自經死

論曰古之循吏聽訟必務絶株連之獄誠知株連一人則吏役乘勢肆毒必有亡身毁家者矣況事關名節之重乎是獄也苟非女之俠烈則被誣三十餘人者必皆將抱不潔之名以死嗟呼為民父母至使民抱不潔之名以死又何心哉

侯節婦湯烈女傳 戊申

侯節婦黄氏余妻甘氏從姑行也歸侯某數年生一子而寡家故

爨機

貧夫死益窮節婦治木棉為生伺侍躬執爨即就竈下治之不輟夜無膏油坐月下紡績以為常漏數十下鄰婦睡已醒猶時聞節婦机聲達戶外天未明節婦紡已久而鄰婦猶多未起以故節婦所治視他女婦常數倍鄉里有慶禱事召優人演劇他婦女咸出觀游而節婦惟閉戶自理其業有田一頃無力僱庸作常自伏陌上以手耨之卒撫其子以成立今已納婦生孫家計小裕矣而黃氏之姻有湯烈女者端重慧美適里人某為婦常扃戶執女工勤甚非夫在家扃不啟鬱鬱似重有戚者夫問之不以情告偶歸寧父母詰之亦不言居歲餘自經死死後家人始漸知蓋為其舅所為非人也是事也余妻蓋聞諸黃氏云妻又曰烈女余未見

吾從母自守節至今數十年貌常蕭然如菜色也

論曰從一而終婦人常節耳然世教衰讀書知名之士求無愧常德者鮮矣則婦人之能不渝常節者頗不重與而况兩人所處又有其甚難者耶余弟妻汪氏其姑行有適張氏者苦節三十餘年撫其子成立受室及生孫而子又死節婦又以撫子者撫孤孫焉余鄰人汪氏有女適樵夫段小段小死一子在襁褓中婦因依母氏居業窶鑣自活及子長課以耕今亦納婦矣而余繼室之母蘇節婦者西鄉汪氏女也儉勤類儀節婦而艱苦倍之凶年常茹青草以生三節婦余所親見懍然秋霜之色可敬也因並著焉

陳節婦傳 戊申

蚤蚤屬養

陳節婦李氏桐城陳仲文妻也仲文勤學早卒是時節婦來歸甫四年一子東明猶在抱家窘乏無以為生節婦忍死育孤蚤夜勤女工自給東明少長節婦省食飲俾就傅學及弱冠屬文能以授經養母矣而節婦得痼疾不起時東明婦陳氏已先卒遺一子亦襁褓中東明因謝遣生徒就養凡頭足櫛盥衣履縫紉臥起扶掖飲食承奉疴癢抑搔以至中裠廁牏皆躬親浣滌無頃刻可去左右用是益窘艱東明恒並日不得一時食里中賢士夫知節婦高行及與東明交者時加餽遺然每當窘急時東明必籌錯節婦食飲不令節婦知節婦既知之亦無怨言曾未嘗教東明往干乞人也苦節二十餘年痿痺又十餘年而卒節婦性慈孝煦煦然惟恐傷人雖

屬屢

〇和

子婦未嘗出一語詈之東明授經時常屬東明勿扑責其弟子先是節婦未嫁時父寢疾刲肱以進及節婦病革東明亦劀臂和藥者屢焉東明字啟之里中咸稱陳孝子云

論曰吾觀古今節孝後嗣往往昌大賢如節婦而東明之所遭至是是何天之報施有時而不信耶或曰天不以富貴之子報節婦而以賢孝子報節婦其所以報之者特異或曰彼其厲節于隱微之地者已自完其惟矣困苦固其所甘天亦何為如俗情相酬答也是二說者倘可謂善言天道者與

徐貞女傳 戊申

貞女徐氏桐城人小字順姑生四齡父斐章許字同里吳牧皐皋先

生次子克偉克偉幼穎異其章篤愛之召至家讀書五年克偉殤時貞女甫九歲也其後女及笄父母謀為改字女聞輒泣涕蒙面請于父母曰兒與吳郎雖未成禮然固已幼許之矣又嘗同室讀書今其狀貌猶記憶而豈忍倍其死耶即父母念吳郎當亦不忍令兒之改字也父母憐之寢其議後女積哀病瘵乞歸於夫家未果臨卒時諳諳求與克偉同墓父許諾氣絶年二十二遂合葬小古塘吳氏祖山下

論曰幼時聞里中長老言有吳孝婦者刲股療其舅之疾長詢之乃吾父執友牧皋先生母也先生忠信重鄉里余嘗喜從之游故述貞女事屬余為傳嗚呼是何與其夫祖母後先相輝映也方貞

顧

石

女涕泣求母改字及死乞歸夫墓時亦旨其天性然耳豈計數十年後有紀述其事者哉

二貞女傳 壬子

貞女錢氏生桐城之東鄉幼許字同里陳氏子曰霞池未及于歸而霞池卒貞女聞誓往守死于陳氏東鄉俗喬野鄙諺相傳以為子死而婦來守于家不利未之許且慮其衣食終將為累也貞女乃毀容守于母氏久之陳氏感女節迎歸為其夫立後貞女撫之時貞女年甫二十後數十年邑張小嵩道東鄉聞之特往存問告以　朝廷旌表貞女與節孝烈婦並重許歸為請于有司後將奉其主入祠貞女頗驚詫其言蓋數十年含茹苦辛實不知　朝

廷有旌表貞女之典亦不知所謂貞女祠也先是東鄉有李貞女者錢保重聘妻也聞夫死不嫁歲大饑餞行乞張君見而義之為之請已得　旌于朝

論曰昔顧亭林言文無關于經術政理之大者不作關中李中孚為其節母乞傳顧氏終辭之余謂此顧氏之過也夫經術政理之大有大于維植綱常者與如二貞女者雖止為一人一家之事而其行足感與懿德者多矣是其心即為樹節立名而然吾猶將賢之而況其無所希冀而為此歟

方烈婦傳壬子

方烈婦姚氏余門人方宗海妻也母為宗海之姑無子以女贅宗

海于家烈婦性不慧而醕摯過人嘗兩刲肱肉以療其母字宗海數年生子一女皆殀宗海羸弱多疾性躁急婦百事順承疾篤亦割肱和藥以進逾数年病復大作烈婦質服飾求醫治百方又割肱療之終不起婦乃刺指血作疏虔禱于神願減己壽以代越月宗海卒先是宗海疾篤時烈婦憂其不壽即心許從夫以死至是宗海殮殯畢而烈婦父母前死未葬乃急買山籌祭費屬親戚為營葬事宗海兄弟五人父已卒伯兄子徽亦早死弟三人奉母以居子徽妻知歸婦欲死勸與己同守婦曰嫂氏有孤女死則累姑我無子女不死反是累姑也乃作書謂婦不孝不能終事姑乞嫂氏與嬸代為養又詩一首詞極悲壯皆秘藏篋中一日乘間仰藥

死咸豐二年七月四日也夫宗海死時四十九日方烈婦仰藥未死時夫世父召青急營救婦謝曰亦各行其是耳夫姊夫張君小嵩議為請旌婦又謝曰吾豈圖名者第殷殷乞為其父母營葬事婦既死姑發篋得書及詩讀之無不感嘆泣下烈婦卒時年二十三歲

論曰余幼喜聞人言奇節偉行每中心藏之不能忘然又私恨足跡不越數百里外不獲親見其事今夏得姚石甫觀察學西書亦言賊破永安時有勸知州吳江出走者不聽同平樂副將阿尔精阿衣冠端坐被難神色不變其妻亦同死屢欲訪求其詳記之以為守土者風未果也不數月乃目見烈婦殉夫事因先次之以為

○存

歸養服畫

膝

傳焉

何烈婦傳 癸丑

烈婦姓張氏桐城人監生何衍福妻也衍福字眉岡父薇照常為浙江龍泉縣知縣婦父名同聲山東膠州知州眉岡豪軼負雋才婦淑慎溫恭常出篋中資助夫濟人急又嘗懼其夫晏安勸之出遊並應順天鄉試歷五年至咸豐癸丑粵賊破江寧眉岡聞之始急歸至舒城病死婦聞哭曰天乎使夫子此行者我也今病莫養于下死未接一言夫子無憾我而我何以事夫子越十日夜服藤黃毒死時六月二十二日也藤黃者眉岡家居時儲以供畫事者也先是正月十二日賊破九江十七日至安慶大吏皆逃避桐城

地當衝逼近省城知縣真知所往邑人士無所恃紛紛散婦不得已隨姑避居龍眠山別墅中臨行以藤黄自隨曰賊果至則以此畢吾事矣後賊稍遠婦奉姑歸而仍藏藤黄于篋中倫不測至是乃以殉夫死當婦毒發時或以子弱姑在不可死勸服藥以解婦曰吾久思之吾夫有從弟可託也為服素服目不瞑服斬乃瞑烈婦所居地名楊子巷往歲有方烈婦姚氏者以死殉其夫與烈婦居相望也人因謂之雙烈巷云

論曰烈婦生長富貴之家雖寡不憂衣食又有子可撫乃竟一切屏弃割絶無稍顧慮其慷慨視古烈丈夫何如哉烈婦死有議為賢智之過烈婦誠過也彼為人臣子未見賊而逃散者或委于兵

甯屬戲粵

○存

勇之潰或以退守要害為詞或以為遇賊格鬥被戕復蘇于義似有可託以無死者嗚呼是當謂之依乎中庸也耶

金烈女傳 甲寅

金烈女休寧人父雲門道光癸巳進士後以黃州知府殉節者也女幼慧能詩激烈有英氣黃州嘗以吟風弄月戲命其孫屬對女從旁應之曰立地頂天黃州出而嘆曰惜哉女子也方粵賊圍長沙湖北巡撫於武昌備防守女隨母寓居會城嘆曰胡不統重兵往駐岳州耶岳州失武昌殆矣時以當道大吏偷生悞 國恨不能效木蘭從軍殺賊悲憤之意屢形之於詩賊之攻武昌也黃州先奉檄防守通城而賊由蒲圻入女隨母黃恭人及長姊困危城

中城陷將自裁叔父瑾會士之女大信曰叔父何説也吾第與賊一面即辱矣指其父二孫姊一子曰保此血脉者叔父之責吾隨吾姊奉母於地下耳乃為母與姊整冠服皆縊然後從容自縊於家咸豐二年十二月四日也年二十二所著詩曰紉蘭集

論曰乾道成男坤道成女此天地常經也故丈夫之德貴剛健而女子之德貴柔順陰陽乖錯不和則陰常勝陽剛之德往往抑鬱而不申故為丈夫者多陰柔之行鬱之久無所洩而女子或反得之以成其奇節噫此豈世道之小故哉

秦烈婦傳 甲寅

秦烈婦畢宜人鎮洋畢尚書沅之女也歸江甯秦學士大士之孫中丞

服粵蹟

承恩之子夫曰耀曾以舉人仕止郎中咸豐三年二月粵賊破金陵宜人呼其家婦女及左右隣婦人至而告之曰吾家世受 國恩於義當死爾等雖非宦族然皆 朝廷百姓也平日享 國家成平之福今一旦至此可愛死乎且一為賊擄辱必不堪有求死不得者矣雖悔何及於是服某 命服扶杖赴水死從之者數十人其後不死者為賊所得閉女館跣其足服勞苦之役而使粵賊悍婦督之踩躪至死不可勝計宜人死時年近八十歲

論曰死生之義大矣忠臣烈婦第求不降不辱已耳豈為受 國厚恩而後然耶然固有世受 國恩又曾為達官致仕為鄉老而猶為賊服役者矣宜人殊[死]足貴而吾於其告隣婦之言尤不禁反復

而咏嘆也有味哉有味哉

四烈婦傳 甲寅

朱烈婦倪氏桐城老儒朱魯岑先生冢婦也夫名兆麟卒時僅遺一女婦慟甚絶粒數日家人苦勸乃復食守節養姑十餘年足未嘗出户咸豐三年十月十四日逆賊入桐城恣殺掠婦念舅姑在不忍先自裁忽二賊至門索金帛舅不應被數劖暈於地姑救之復被戕時尚有祖姑年九十六矣與賊相爭賊尋去婦曰吾本欲奉祖姑舅姑以老也今不幸遭此賊倘復至門吾寡婦一人其可支乎乃先命其女縊死而自投於井其從女亦從死娣葉氏死而復蘇

鄭烈婦邵氏大興人父葆槎官於蜀與桐城鄭主簿連為僚友相善也因以女妻其子婿曰中彥縣學生主簿以丁憂歸里家貧甚而中彥旋卒婦所以上事舅下延師教子備極苦艱無怨色子四人長福申次福照同為學官弟子粵賊陷桐城主簿家居被害賊復以刃脅烈婦第三子降謂婦曰命爾子降我免爾死烈婦罵曰吾所生子能教之爾作賊耶賊怒殺之三子福泰亦大罵不屈死有王君者陷賊中逃出述所目見如此云

瞿烈婦余氏其夫瞿成章山西人贅於桐早死一女一子皆幼或勸婦改適婦曰吾寧餓死耳攜子女行乞市中常低首無聲得食飲啖必避人其女稍長則閉置家中不出惟使其子攜之以行乞

於是者十餘年婦知書能詩嘗自陳其困於安慶江寧大吏有憐其節遺以金者乃得安居習業焉粵賊陷桐城至婦家見其女欲汙之堅拒不可則紿之曰暮夜來賊去母女俱投井死

桂烈女者張氏婢也主亡數年矣里有貴家子欲娶之誓死不從而養主人之母最孝謹粵賊陷桐入其家見主母年老相率去曰明日復來女曰是終非安土也吾先欲留此身養主母今若自汙其身可乎乃盛服拜辭主母將投池主母止之則泣曰願放吾一生路也遲則求死不得矣急赴水死主母有婦葉氏先一日亦自經於池中

論曰賊之入桐也男婦老弱以受刃横藉死城郭者二千餘人其

厚攜蹤迹

存

懼汙自盡及不屈死者亦往往而是也予聞四烈婦死事尤詳又皆述於親見者之口故先著之嗟呼彼有城守之責者平日竭其民之脂膏以鮮衣而美食乃賊至先去獨使無告之民罹其凶鋒是誰之咎也

戴烈婦傳 乙卯

烈婦姓李氏桐城舉人戴鈞衡妻也淑慎有賢行咸豐四年冬十一月宿遷舉人臧紓青奉　命勦賊戰沒於桐鈞衡以先籌餉請兵又獻策軍門屢敗賊為偽職姦民所忌嫉婦知禍必及促夫遠避曰君宜留身奉二親我婦人易處耳初婦生三子皆慧而殤聞邑有劉氏將嫁婢親往視之愛其舉止重厚為夫買焉夫既避

之舒婦乃携劉氏及二女往依夫友姚氏賊日蹤跡鈎衡不可得二十四日夜姦民某導賊數十人突至婦所執之仲女年十六詈賊甚賊怒斫傷棄於道婦及劉氏幼女執入城婦亦沿途大罵既入城賊使婦女嚴守之婦佯與諸婦女言縮手裹衣忽血自口中噴沫出仆地蓋婦前知有賊禍時藏剪刀於身至是始得刺喉死有姚氏亦執入城後釋出歷歷言之且曰婦死一賊欲褫其衣一賊怒曰此烈婦也剥衣吾殺汝其義烈動人如此婦既死諸婦防劉氏益密劉氏亦陰受烈婦誡保護幼女不忍遽死初賊僞令嚴其黨有犯姦淫者殺無赦後忽改令許娶妻為羈縻守城計時劉氏幽囚已兩月餘不櫛髮不言至是賊某使謂劉將娶之劉大罵

存

不已賊怒殺之東門外臨難時猶罵不絕曰吾今可以下報女君矣烈婦幼女有賊中有以敬烈婦者出之

論曰烈婦及劉氏之死人或咎其夫籌餉請兵及入營獻書為自招殃禍然吾聞見所及粵逆竄擾以來士大夫圖安而反得危懼禍而終得禍者固不少矣然則顧身家戀妻子而不思奮忠義者果遂可以倖免乎哉

二烈婦傳

張烈婦姓趙氏揚州人膠州知州張同聲之妾也遣歸桐城以書屬家人曰欲嫁則嫁之婦執不可曰吾雖賤妾義不可以二也家居數年粵賊入桐城婦先期避之山中咸豐五年膠州卒於官訃

污陷蓋

聞婦盡取所有服飾分寄膠州諸子婦僦五嶺僧舍設膠州位祭
奠哭盡哀然後仰藥死婦死年餘又有曹烈婦殉夫事烈婦姓方
氏廬州人姑與夫皆執賤役傭於縉紳間婦亦傭於人有美色而
能自守不苟言笑咸豐六年夫病篤屢目婦婦知夫不起慮夫卒
後家貧甚逼其嫁也又慮賊踞城日往來山中婦無夫終不可自
保遂自經與夫同日死
論曰二烈婦賤妾僕婢之流即夫死無子改適亦豈有非之者哉
乃皆守死以明志當濁亂之時而皭然不染於污習嗚呼可謂賢
矣吾聞桐陷時婦女之義不受辱投水自經死者數百人又有被
賊驅入女館者防甚嚴錐刀皆去之女取鐵鑪蓋鋸其項不殊血

淋漓地下於是數婦女互相鋸也又聞湖北復陷賊掠其婦女至桐將以配賊有婦五人先入城閉之空室欲自經不得一物乃裂衣紐為帶互相絞以死嗚呼烈哉而皆不得其姓名以傳悲夫因傳二烈婦附著焉

盧江二貞女傳

戴孝廉存莊嘗為述劉何二貞女事云得之盧江徐棻欲為傳未果而卒余懼其無傳也因次其語以終存莊之志云劉貞女者父名保和幼字同里周文蔚之仲子未嫁也文蔚仲子殤女年甫十一家人不以告十三歲始知之遂自易素服告其母誓不改字年十六周氏迎之婦入門拜舅姑次日適夫壟慟哭幾死自後獨居

一室閉其門雖族戚婦人至罕得面隔窗答語而已是為咸豐元年事也先是道光中年有何貞女殉節事何貞女者夫曰王某未嫁而夫殀夫之家告女之父母曰可改擇壻矣女初不知也越一年母以告女泣曰兒命薄如此改適何益遂不食母涕泣勸之且日防其死也不得已乃强食飲如平時母卒為改字將嫁前半月女之叔母具酒食召女女佯為腹疾狀謂母曰兒痛不能行即往亦不能食母往赴之毋拒叔母意母信之女遂閉門自縊死女之父母貧將藁葬焉王氏族姻相與議曰有烈婦如此而忍聽其藁葬耶相與具棺衾迎歸葬其夫之墓側

論曰女教至今日稍陵夷矣而草野之中顧常有烈性抱奇節

歷九死而不回者彼其初未必讀書史聞古烈節之行也而士之讀書史聞古節烈之行或且號爲工文章爲人紀載貞烈之事而臨大節顧不如亦獨何哉

孫貞女傳 庚申

孫貞女者桐城人父頴昌廣東開平知縣明季以楊龍友監軍死難謚節愍諱臨女孫也幼隨父之任所時廣東陸路提督碭山王兆夢有孫曰秉湝其父湖北候補縣丞名廷寶以幣聘女父許字之將贅秉淳於官廨而病卒女年二十一歲時魏方伯元烺内升侍郎聞女賢欲爲子聘之父母探女意泣不允自是乃不忍奪其志當是時女從父任所久居紛華靡麗之中而獨寂然貞

歸壽

其金石之志聞者莫不欽之道光二十二年歸夫家為夫立主時舅已卒繼姑無子乃依其伯舅參將名廷賓者於金陵廷賓卒無所倚遂歸事其母時女父亦卒數年矣家中落女以十指佐母甘旨焉後奉母避亂桐城山中轉徙河南依其族兄長壽侍母不違左右母倚之如丈夫子茹苦含辛至今二十餘年

方宗誠曰曩余讀孫節愍公事略與其夫人方氏教子遺訓往往至泣下當明之季君亡國破公以諸生從戎卒殉國家之難方夫人自經不死餓數日氣不絕吞金如故因崎嶇亂賊之中數千里奉公遺骸歸葬上事姑下教諸子成立自是世有顯人二百餘年之後乃今復有貞女相輝映焉嗚呼懿哉固貞女之天性攸殊抑

亦公與方夫人之流風遠也嗟呼世之為子孫而不能繼其先德者聞貞女之節行顧何如耶

二烈婦傳 同治壬戌

張烈婦劉氏桐城縣學生張聰讓之妻父魁舉人知浙江龍泉縣擢升直隸州知州聰讓少失怙恃庶母桂氏撫育之成人烈婦年二十六而寡育孤守節事桂如事姑桂病為齋戒祈壽咸豐三年十月賊將至桐桂病亟家人勸婦避不可託孤于姻家曰庶姑病不能遠移予[illegible]無獨去之理萬一城陷隨姑死願為我留一綫以延先夫祀足矣十四日賊入城桂幸免婦獨遇害僕婦周氏逃出述其事甚詳曰賊始欲殺桂婦曰請殺我勿傷吾姑因泣謂桂曰

婦不能事姑矣願天右我姑無恙待幼孫長成代我孝養時桂昏迷罔覺後聞僕婦語常泣下焉始婦在室時事父母亦盡孝養母病喘晝夜待湯藥不離左右歸寧亦如之一子鈴存

吳烈婦葉氏桐城人父贊清道光癸未進士刑部主事夫調琯監生父早卒無子婦延母孝養于家粵賊陷桐城夫攜其妾與子之臺灣婦留養母避居邑東鄉咸豐九年秋八月賊入東鄉大掠婦被執懼汚大罵賊賊怒捶擊之婦亦擊賊罵愈亟賊怒衆戕之受重傷死先是婦以妾故不得志於夫及是以死為夫守清白聞者欽之

論曰吾客保定鄉人來告予以吳烈婦之節客河南復聞張烈婦

死難之詳因並著之嗟乎當張烈婦死節時吾邑守土吏棄城逃者至今猶靦然民上也吾在保定值夷人入京師欲求仗節守義以死禦强敵者寂然未多聞而適聞吳烈婦與賊抗拒至互相擊搏以死可敬也哉可敬也哉

孫烈婦傳 河南 壬戌

烈婦姓常氏祥符人孫友琴太史妻也明季有舉人常惺者流賊犯汴時倡守城事載守汴日記其後賊決河灌汴城汴人存者七姓常氏其一也烈婦為其六世孫父啟心教之讀過目輒成誦性端靜寡言及歸太史經理家政無廢事太史無子為買妾王氏甚愛之太史疾謂王氏曰我將死汝年少勿自誤也王氏曰主人謂妾

不能守乎請先死以明吾志遂飲鴆卒烈婦哭之慟曰夫在吾不能偕汝死也既葬而太史痊咸豐己未捻匪陷蘭儀轉掠杞洧新密間烈婦適自閿鄉歸至中年傳言賊且至難民塞途烈婦納匕首于袖謂其僕曰賊至若逃為報主人予畢命于此矣賊旋南竄故不及太史入都散館而病勢甚危烈婦聞之晨夕禱天願以身代太史歸其而病益劇烈婦夜不解帶日見太史食則食疾革謂烈婦曰予將若何對曰從君死耳太史卒烈婦為具棺殮盡禮謂人曰予天地一贅人耳上無翁姑下無子媳安庸食言以負亡人惟繼嗣不定不敢遽死遂請諸親戚議以兄公之子之瀚為夫嗣時烈婦不食者三日矣子婦跪請僅日進薄糜朝夕奠必手調食

品凡太史平日所嗜無不供一日群為備葬事且製素衣為卒歲計晡時撫棺與子婦語謂諸子曰善事汝父奠畢衆被假寐先是烈婦每奠以慟哭淚盡繼以血是日獨語言自若家人異之侍牀下不去烈婦曰予倦甚汝且休明晨有事須早起也黎明家人入省顔如平時撫而問之已溘然逝矣其所飲藥蓋於太史未卒時藏之也牀側一笥緘甚固啟之殮具悉備是為咸豐十一年十一月二十一日也初烈婦未字時侍父母疾寢食幾忘晷刻不離左右言及病輒嗚咽不能聲父母卒哀毀鵠立及嫁侍翁姑疾亦然其事太史也敬常曰夫天也而可慢乎知其卒也去太史之卒二十七日云

屬

論曰婦人殉夫儒者或議之以為過予謂不然亦觀其時義何如耳人君與社稷為存亡人臣與土地為存亡婦以夫為天則與夫為存亡不亦可乎惟上有翁姑可事下有子女可撫則不當急于一死耳若烈婦之所以死其夫者夫豈有遺憾乎哉

張貞婦傳 壬戌

貞婦姓盛氏名明錕字者姑武甯人父翊監生貞婦幼讀書明大義齠齡時許字同里張氏夫名英濬監生年二十病垂危貞婦聞請於父母曰兒既為張氏婦宜往視之不許則號慟曰吾雖未嫁然身已屬張氏久矣夫未病嫁期由父不敢專也夫病垂危不使我往視湯藥恐終無盡婦道之日矣為人婦而不得盡一日婦道

何如死父聽之入夫門覘病良劇淚滴藥鑪間夫家促之歸不從曰
夫病起吾歸以待可也今若此吾又何歸越日夫卒貞婦哀慘不
忍聞求行廟見禮所親阻之不可卒衣麻衣奉夫主拜于祖堂水
漿不入口者四日既而泣告太姑曰婦死今日分也然不爲夫立
後其如夫祀何此嗣子既立遂忍死事太姑以課子爲事居常惟
手列女傳以時觀覽或讀近時節孝傳必爲泣下焉所居雖同懷
弟無敢輕入者其守義懔然如此居三年病作不藥不食終日飲
水焚香坐一室有問疾者輒謝之逮除夫喪之夕哭盡哀謂嗣子
曰爾父既去母豈久生爾其讀父遺書守母遺訓足矣遂除喪九
日而卒咸豐三年九月七日也婦守貞時年甫十八歲初貞婦先

蘇

世有祖姑名善才和嫁夫死守貞於母家與婦後先相輝耀云
論曰吾嘗讀武甯盛氏一家詩及盛于埜先生字雲渠集何其族
之賢才衆多也武甯初無為古學者自于埜先生起而風氣始開
詩書之澤刑于家邦惠于後學無窮焉則其後有貞婦之賢曷足
異哉曷足異哉

節孝蘓母王孺人傳 辛酉

孺人姓王氏諱州人歲貢生候選訓導諱鳳苞之女年十九歸鄢
陵蘓氏夫諱立誠孺人通孝經毛詩明于大義生一子源生歲甫
周而夫得喀血疾不起孺人抱子立牀下夫瞪目直視孺人哭曰後
嗣君無慮乃瞑時舅及繼姑尚存孺人上事親下所以育子者瘁

心力俾舅姑忘子之亡舅姑歿遺幼女教育成人如姑在課子尤
嚴偶戲遊責之曰汝不讀書何以對汝祖時談先世遺事以訓之
尤以擇交為諄諄一日見有行不謹者過門乃大恚召源生跪
而杖之隣媼走相解曰若孤子也孺人哭曰若惟孤子也不教後
且不可教矣若祖若父以屬于我今若此我何以見先舅先夫于
地下言已益大哭乃掖源生起為述遭遇艱難門户衰替一不慎
將墜厥宗語絶慟源生自是知守身之義長好古能文積書萬餘
卷孺人喜曰能酬汝祖父之志吾無憂矣孺人性寛厚厚惡言人過失
嘗戒源生曰言而非則傷忠厚即是亦招怨尤又曰疾惡太嚴何
以容衆宜改悔無任氣源生舉道光丁酉科振貢生復中庚子科

壽臺

副榜貢生候選教諭篤行誼淡仕進窮經考道毅然為朱五子之學皆孺人有以啟之孺人守節時年二十七又四十四年以壽終咸豐二年六月二十八日也先是道光壬辰果恭勤公為河南布政使檄學官採訪節孝孺人與焉奉　旨建總坊旌表如式源生復博求海内名人作為詩文有貞壽堂贈言一卷

論曰吾觀古之名賢大抵得於母教為多而以節孝之母成其子之賢者尤可貴也遠者不述近世如劉念臺張楊園李二曲顧亭林李剛主尹元孚張皐文碩學鴻文彪炳海内子以母而成其賢母以子而顯其節然則人子求所以揚其親者必有道矣源生學行不減昔賢故特著孺人之所以教者以為後世法其他懿行皆

不具焉

節孝楊母鄭孺人家傳 辛酉

孺人吳江鄭氏父諱培候選州同年十九歸秀水縣學生楊君錫圭生子一而天夫亦旋卒孺人慟欲絶舅諭撫孤以後其夫乃不忍死既而嗣子汝鏊授室生孫矣孺人始稍慰而嗣子復亡孺人復撫其二孫讀書有成以慰其夫焉初孺人來歸時姑性嚴孺人善承志意室無間言嘗侍疾三月不離側倦則倚榻假寐幾失明夫歿權厝祠堂中孺人絶肉食語及輒泣塋畢乃如常嗣子亡孺人理家政至老不以分二孫誦讀心楊氏世業故中人資數遭變孺人拮据治之竟復初且多方以濟人之急兩孫先後補博士弟子孺

葬

人惟以積學勵行養性情擇交游為訓不以科名責望也長孫既
生子孺人復育之於内寢時告以傳記中忠孝事卒前七日猶然生
平無故不出門巫尼以佛事告者絶不應咸豐元年十月三日卒
年六十六先是大吏以孺人節孝聞于　朝得　旌如制孫象濟
孺人卒後中己未科鄉試舉人既狀孺人之行以請誌銘于平湖
皆今世有道能文者也
顧徵君廣譽請表墓之文于監利王主事柏心復請宗誠為家傳
因論次之
論曰孔子傳易以為妻道也臣道也皆無成而代有終也故夫死
從死易而代夫事親與撫孤成立以終其夫之志事為尤難若孺
人者撫子不成復撫其孫而卒教其孫以有成其與人臣託孤寄

命百折而不回者何以異哉

楊母吳恭人家傳 辛酉

恭人姓吳氏武進人明學士中行其先祖也歸楊氏夫曰某生一子傳第甫襁褓夫即客游四方數十年不歸時恭人年十七家極貧養親教子盡鬻嫁時衣嚴冬夜繡血涔涔盈指度足一日食方就寢傳第幼讀書其旁告之曰汝能勤讀吾無恨矣恭人性方整而待人極寬遇人疾苦視如己事好讀史是非得失持論多中三族疑難事輒以咨恭人然後行舉止端嚴言動皆可為法教子非敦品力學者不得與通傳第少以文學知名及長官京師猶時以立身行己擇交之道諄諄寄諭之焉咸豐十年常州陷於賊恭人避

石

岡殯殮葬

亂鄉間每聞警即先偕子婦孫女坐池側相戒賊至即赴水死十一年傳第客河督幕中迎養恭人於河南寓黑堈口下南同知工次黑堈地僻咸豐三年粵賊圍汴梁數日無一騎至黑堈者且濱河有警則艤舟北渡太宜人安之八月五日捻匪撲省城城門閉傳第隨河督城中欲歸省母不得賊竄黑堈恭人以罵賊殉節死傳第恨不欲生既殯殮其母以三女託友人以葬母事託從弟以書與河督託其從弟且勸與大帥急謀勦賊為母撰行述成遂仰藥死十二日也先是傳第欲以身殉母以為為人子不能先事預防陷母死地罪通於天無可生之理友人以無嗣為之阻則曰生子如我何須有子也惟以立後事託之從弟而已傳第字汀鷺道光

晉粵

口存

己酉舉人咸豐壬子會試挑取謄録充　宣宗成皇帝實録館
謄録官議叙知縣報捐候選知府事聞得奉　旨賜卹
論曰予少時聞傳第名今夏客河南與傳第始一見而未深交結及
傳第殉母後讀其與友人書及恭人行述志力堅定母烈子孝可
敬也然傳第之孝自行其心之所安而不可為法于後世余故不
為傳第立傳而傳恭人之賢亦以終傳第之志與

馬烈婦傳 同治癸亥

烈婦姓張氏桐城人舉人馬康晉之妻咸豐三年十月粵賊入桐
城恨馬氏團練鄉兵有名搜其家室二十一日遂破唐家灣唐家
灣者在邑西掛車山中去城六十里巖谷阻深康晉先避居於此

然其地多宮室故土匪導賊入焉是夜烈婦聞賊至啓後戶同康晋出避坐山上草樹中賊搜獲康晋執以行烈婦持康晋手甚堅與賊奪賊力大曳之去烈婦不肯釋牽而隨之至危巖足墜烈婦懼累其夫遂釋手墮巖下而死年甫三十無子康晋被脅數月始逃歸

論曰君父與夫三綱也故臣之於君子之於父妻之於夫常則有相成之道變則有相死之義是固天之經而民之行也粤賊之興臣子不顧其君父而苟且以偷一己之生者有矣烈婦捨生以衛其夫綱常之重賴之以存可敬也哉

節孝左宜人家傳 乙丑

宜人姓左氏長沙人祖諱本有舉人官衡陽教諭父諱光南增生
貤贈儒林郎翰林院庶吉士宜人年二十歸同邑劉君琴川諱
紹謹先是贈儒林君授琴川經見其居母喪年甫十二哀毁至絶
食飲器器其有至性以宜人字之家甚貧生子成業歳未周而夫病
彌留屬屬曰養親撫孤惟子是賴矣宜人于是忍死以終事舅教子
成立咸豐中成業以從提督楊公水師東征功得官安徽候補知
縣加同知銜宜人守節時年二十八歳其後逾五十咸黨議為請
旌于朝宜人謝曰婦女守節不幸事也但願子成人可以下報
吾夫足矣忍以夫死帶吾名哉又嘗訓成業曰貧乃士之常勿以
養薄為歉戚戚然致喪所守遭亂家益窘時成業遠游粵東宜人

備

戒其婦曰：婦人重節操，非深歷險艱，不能見。劉氏兩世惟爾夫父子存，爾夫在外，汝惟當保護爾子，他無以為念。故宜人子婦皆賢，宜人之教也。初，節婦女兄弟三人，幼者適巴陵楊氏，亦早寡，撫從子為夫後。每歸寧，宜人指兩家子相謂曰：吾與妹未死者，以若輩未成立耳。妹有姑侍養，所處尤難。然凡為節婦者，當深知守節之難，而不可畏守節之難，堅忍圖存，爾與我今日是也。兩人以姊妹相師友，俱有賢聲。宜人卒時年七十有七。子一，即成業。孫一。

方宗誠曰：昔曾子論人才，可以托孤寄命，而臨大節又不奪，斯為君子。然才與節兼者，自古難之，況婦人乎？若宜人者，可以謂之君子也矣。宜人行義甚高，而其訓言尤可為世法，故備著于篇。

右

丙寅

彭太夫人家傳

彭太夫人王氏贈光祿大夫衡陽彭公鶴皋之妻今兵部侍郎雪琴宮保之母也世為山陰人父維則客游江南挈家寄居安慶父卒事母篤孝不忍離年三十始歸贈光祿時贈光祿為懷寧三橋鎮巡檢後調合肥梁園鎮巡檢清操自矢愛民息訟廉俸外不取絲粟于民而孝友睦婣任卹力所能為無不盡太夫人實左右之性嗜書明大義夫弟仲季未有室太夫人鬻嫁時衣飾為完娶以娛姑心姑卒贈光祿將奔喪歸時太夫人母王太夫人年老矣留太夫人于皖泣辭曰女豈忍與母離念未能事姑生前于其歿也又不從夫奔喪以補前愆焉用婦為也久之諸兄弟死贈光祿已

禍

先卒太夫人乃遣子迎王太夫人至衡陽孝養以終其身遺命諸子曰吾夫不幸先沒既祔祖塋而葬我後死不獲祔吾夫當依吾毋也異日吾子孫春秋時祀或可上及吾毋以報鞠育之德乎先是贈光禄家窘艱游京師十餘年供事　實録館始獲議敘一官積俸託所親為購田盧丁艱歸所親匿契不以聞太夫人易禮服治姑葬事向所親索升斗禁不與且加横逆焉贈光禄氣結發疾疾卒諸子泣血有忿言太夫人執其手慟絶復蘇泣曰汝宜自立不可蹈非常之禍子讀書稍懈又怒而泣曰吾不隨汝父地下者冀汝輩成立耳今若此吾何以對汝父一日所親投其子于塘遇救得生族衆怒欲控之官且為追還其田太夫人不可曰吾夫官

攜跪

雖微然曾坐堂皇斷人獄且又孝友今骨未冷吾携子跪公堂下訟所親以爭田盧何面目見吾夫九原耶當令吾兒謹避之耶且田盧外物吾兒倘不肖雖得之終必棄之義不爲也于是命宮保肄業石鼓書院次子學賈以脫禍已惟勤女紅節米鹽以爲生無怨言宮保微時嘗爲人理質庫嘗養粵賊犯郴桂至耒陽近城二十里烽火四逼太夫人自家以手書戒之曰古人受千金託死且不苟汝毋輕棄以虧信義賊退始召之曰吾前實病不肯言今喜汝不負信義可歸視吾病矣其篤守大義若此咸豐壬子八月二十四日卒年六十有七方病革時呼人理髮易衣命宮保扶之坐戒曰汝生平好用血性宜人以義理繩之有怨莫報受恩勿忘

滿招損謙受益多墮先人緒常體吾言語畢而絕後宮保以諸生應今相國湘鄉曾公招治水軍十餘年成大勳洊擢今職太夫人累荷 覃恩誥贈一品太夫人子二人長玉麟即宮保次玉麒議敘道銜

論曰吾觀古名臣之生其先必有潛德隱行鬱積而未發且多艱貞苦節處人所不堪之境氣屈抑而不獲伸久之乃篤生英傑以為國家之楨非偶然也觀太夫人之行不其信與粵賊之興十餘年以功勳節義卓越古今者不能及十人宮保與焉嗚呼考太夫人之所以教與天之所以報太夫人者可以興矣

程烈婦傳 丁卯

日存

薄養

烈婦姓胡氏績溪人父雲衢太學生年十八歸於程夫曰光輔是時粤逆擾徽州光輔從父兄避居安慶旋遷金陵習賈未幾兩兄病卒父命更讀書婦事舅孝謹日勉夫勸學以纘父兄之緒敬而姒少寡守節家事煩碎多一身任之不以為勞同治六年夏光輔歸徽州應童子試入縣學返寓染痁疾誤食醫方疾革謂婦曰爾將何依對曰君必不死我惟與君相依耳婦侍疾帶不解日飲薄糜及夫卒遂絕食飲泣拜舅前自謂婦不孝不能終舅養年少無嗣恐留身反為舅累惟乞為夫立後死無恨家人驚悼延親戚勸之再三婦答曰吾既許吾夫義不食言也時天溽暑人不堪婦渴餓靜默容節如平常將卒前二日沐浴更衣拜夫主復拜辭祖宗

及舅轉拜兩姒託以孝養舅撫遺孤卽是遂閉目不語六月六日亥時卒年二十一自絕粒至卒凡七日室中時覺異香漬溢久之始散云安徽江蘇兩省人士咸敬異以狀請節相曾公為特疏奏聞

於　朝得　旌

論曰烈婦之死固孟子所謂可以死可以無死者也然天下事理惟介於兩可之間則易游移而不能堅持其心若烈婦從容不迫視死如歸雖告以聖賢之時義而終不能變其從夫之志豈非舅之恒其德貞而婦人吉者耶君舅衰齡連喪三子氣息奄奄無生人意味見烈婦守義殉夫為門戶光心雖戚亦用以少慰焉嗚呼豈非孝與……

金節母家傳丁卯

節母盧江馬氏女父曰維農年十六為副室於金夫曰楨國子監生溫厚孝讓不苟言笑處內外親族無違言逾二年生子維楝又二年夫病篤焦勞侍側飲食俱癈焫薌禱神祇願代以身凡十二晝夜迄無驗及沒欲身殉以孤方呱呱而啼遂忍死撫育之終身不飲酒茹葷浣濯縫紝井臼之事皆躬操作足不履戶外者三十年卒撫其子以有立家以日裕方維楝幼時人皆謂節母止一子宜愛憐之而節母督之甚嚴常泣勗之曰汝穉齡失怙當倍自策勵無虛歲月忘乃父地下望汝成人之志也及維楝長人或謂節母止一子宜多蓄金錢以畀之而節母教子之衣食出入無妄費

無苟取與諸從子析居悉使推膏腴地歸之而取其瘠歉歲命出藏粟貸鄉人多賴以全活後或不能償弗與較其仁厚多此類咸豐丙辰某月卒年六十有六維棟國子監生節母没後數年鄉人念其苦節善行具狀上聞得旌表如例云

論曰吾見守節之婦類多稟剛決之性而於子則往往能愛而不能勞此於承夫之義未備也夫地道無成而代有終父未能親教其子以成立而賫志以没則其責專在於母焉若節母者其庶幾無愧茲道也已

賫志以没

○存

節孝左母璩宜人傳 丁卯

宜人姓璩氏桐城人世居龍山之阿許嫁左氏夫名行恕字仲言

家奇窮生一子歲未周而仲言疾革宜人刲肱救之卒不起念孤幼舅姑頹齡不可以身殉遂茹苦含辛代夫養二親教育幼子讀書成人為諸生後以諸孫貴得　贈其夫奉直大夫已為宜人年九十餘見元孫始卒知者皆以為節孝之報云始贈奉直卒時有謀使宜人再適者宜人知之竊抱其孤以逃獲免有方翁者念其節苦堅時周錢米焉久之宜人義不受晨無米則偽炊烟出屋上使見之可無餽也其勵節如此夫弟行格性孝友自封奉直没負米供炊爨妻死不繼室撫兒子無異所生宜人感之子長命兼祧而以第五孫德沛為其孫以報之宜人一子[illegible]六孫[illegible]某部候補主事宜似山東候補知州某某山東某縣知縣[illegible]改河南

存

某縣知縣孫某某河南某縣知縣者四人

論曰：吾嘗游龍山，其勢盤鬱雄峙，石骨嶙峋，不可攀躋，有類於忠臣義士貞婦之不可屈撓也。左氏在明有忠毅公，精忠大節，著史冊，而孝子節婦彪炳志乘者不絕書。宜人殆稟山川之正氣，而又習聞家法者深與。予初聞龍山方氏述宜人節行，復訪之，宜似得其詳，宜似請為家傳，爰書之如此云。

金貞女傳 戊辰

金貞女，懷寧人，父曰陶安，許字同里王君立人。未嫁而患瘵，陶安遂辭王氏婚，請別擇配，曰：「無誤婿大事也。」立人不可，年二十二矣，母為買妾，辭不納，曰：「男子三十而有室，古也。如其時婦不愈，請唯母命越四年貞女㾓疾起將嫁矣而立人病卒貞女聞誓以身殉家人守之嚴勸俟立後乃忍須臾死以待居常廢食後二年卒葬於母氏之黨其後立人弟思樂以子璪為兄後璪成進士訪求得其墓為封樹立碑焉璪貴後得　誥封立人中憲大夫貞女恭人初貞女墓在金氏屋側名蝍形鄉人傳其墓不加培而巋然自若或取其土及聽牛羊踐履輒有疾病災殃殆貞節所感為明神呵護云

論曰予與封中憲嗣子魯園先生為忘年交得知其先世軼事微獨貞女之賢抑封中憲之義不可及也方其守義以沒豈復知有嗣子賢孝成名身享封贈之榮雖有嗣子不可必而卒守其在己

○存

之義以終其所為不可及與

節孝徐孺人傳 己巳

周節母徐氏懷甯人父曰有年自幼知以禮法自閑年十七歸桐城周君思立賢明盡婦道生一子光霽而夫遘疾日侍湯藥夜泣禱空庭冀以身代夫卒慟絕水漿然念舅老子稚無以慰夫泉下心遂忍死終舅養撫其孤以成立其艱難勞瘁有人所不能堪者孺人守節時年二十四光霽甫四歲舅性端嚴以生平積學未獲及身顯揚遂欲以望之孫課讀頃刻不假夏楚之威往往流血被面節母時茹聲飲泣然終不為子求寬也子歸仍收淚切責之其後舅沒瞿然曰吾子如廢學其何以承先人緒乎亟延師教之里閈

中有文行可益予者來家塾必為具雞黍優禮或見其母子煢煢肆欺淩節母惟專心持家教子不與計曲直曰但望吾子才他可不必較也如不才即人不欺侵生業可保乎久之光霽補博士弟子員孫愛蓮復相繼入學節母年六旬戚黨為稱觴始欣然謂光霽曰自汝父沒予無生人趣久矣束於禮不能夜號恒欲啟關赴水死同顧汝在床不忍也今汝幸成立予其可以下見汝先人而無憾矣聞者莫不心惻節母性慈祥好施與里媪有號寒者常以嫁時服贈之族子貧質衣以助其衣食至今言之猶有感念泣下者咸豐六年三月卒年六十有六守節四十有二年子一人孫三人曾孫七人節母卒後數年愛蓮以選拔貢成均鄉人皆曰節母

隸巡熙

行

[illegible]善之報也

贊曰吾桐多巨族考其先類常以節孝著閒(閭)其奇節苦行足以感天地泣鬼神抑其善教子孫之效也吾見有節甚高而子孫不才推其故由以姑息為愛是其節無愧矣而於孝猶未盡焉若節母者其可以為如宗也已

馮烈婦傳 庚午

烈婦姓閔氏儀徵人父崇熙以諸生援例為直隸巡檢母某氏治家有法婦之始生也崇熙愛之甚欲其德比於玉為名之曰玉瑩及長字之曰蘿卿而歸於湖州馮文炳時年十有八歲矣婦幼習家範知禮教嫁夫八月而文炳以治刑名客任邱得腹疾遝保

家

定遷沒於寓舍時烈婦適歸寧聞訃倉皇歸㦤姑之慟也哭其夫似不甚哀而事姑倍謹於平日躬操作不改其常毋疑之遣媪隨臥起而陰為之防婦陽陽然毫不形於言而未幾竟以飲藥殉夫死先是婦書一紙藏篋中以慰其姑及父母兄弟其略曰予死無他求求完乎為人婦而已父母兄弟幸勿慟予心無所苦惟姑老不能事是恨耳末署正月初八日申刻及殉節之日遣媪歸謂之曰予不能事吾親汝代予省視即旋可乎比其反也烈婦已毒發死顏色如生距夫死四十二日時同治七年正月二十日也

方宗誠曰人孰不當愛其死然有時愛其死而即無以為人則有生不如死者矣烈婦欲完乎為人婦而死無他求焉何其貞一而

勇決也推斯言也使為子者求完乎為人子而死為臣者求完乎為人臣而死天理民彝庶幾其不墜也哉

節孝羅孺人家傳辛未

節婦羅氏衡陽人年十七歸同邑周君省吾克勤婦職省吾為諸生沈毅好學父咯血委頓牀褥間省吾昕夕侍湯藥不懈父卒毀甚越八日卒羅氏時年二十八欲以身殉其夫念舅没姑老四子皆孩提强自抑其哀以慰其姑遂以冢婦繼姑治家事自米薪虀鹽之常以至婚嫁喪祭之節上事姑下撫諸子禮賓延師周旋族姻里黨皆條理井然不遺不紊每日雞鳴起夜分而休率家人讀者讀耕者耕婦人紡績蠶織無游手坐食者故家計日起諸子多

爐牏瑣

游庠序有聲姑年七十後失明足躄寢食動履時需人扶持節婦年亦漸老矣與其姒更番入侍嬋湯嬋潘執盥授巾寒而爐燠而箑食飲必時撰具必精下至中裙廁牏浣濯煩攝之瑣皆躬親其勞以慰說姑之心子婦請代不許曰惟我諳姑性久矣櫛沐抑搔非我無以適我姑意也如是者二十有二年姑得以上壽終人咸稱節婦為孝婦則謝曰吾夫以慟親毀其身吾代吾夫子盡職耳何孝為同治元年邑人以婦節行聞於　朝得　旌節孝如例子四人孫十五人曾孫八人

論曰　朝廷旌揚之典節婦必以孝並稱明非節不足為孝抑非孝不足以全其節也然予觀苦節之婦往往情多剛烈而少和順

之行於孝不無歉焉故其福澤亦因之而薄若羅孺人者其真無愧於

旌揚之典也已

王孝女傳 辛未

孝女王氏直隸東强人高祖坦官至寧紹台道有政蹟父濟源國子監生女少賦毅烈之性七歲讀書尤喜誦孝經常自引恨身不為男兒得以終身依父母也女寡兄弟娣姒至輒涕泣其後父母益衰老遂矢志守貞侍養以終其身父母卒盡禮營葬樹碑建祠擇族孫以承其祀同治元年逆賊竄東强人皆憂生不暇孝女雖倉皇必親負木主避之境外年逾六十遇父母忌日猶號泣祭墓哽咽不能食其孝思有足感動人者先是道光四年聞孝女年方

攜

十七歲有巨盜攻門禍將及親女乃捨身拒賊持火鎗立暗室中辛斃一人賊退親得無恐咸豐四年賊竄踞連鎮僧忠親王兵過境上孝女捐金餉兵不求奬勵忠親王詢知孝女高得行書孝烈可風四字以表門閭同治十年予為東強令以孝女聞於制府李公學使鮑公得為請　旌於朝

論曰女必有夫人倫之正也撤其環瑱至老不嫁以養父母戰國時始有之非中庸之行然其終身忍情節性不肯一日違親之心固非奇女子不能也況如孝女之捨身拒賊捐金以濟　國家之難其義尤足多哉

楊貞婦傳　壬申

貞婦彭氏安慶懷甯人祖世彰副貢生父德懋縣學生女幼許字於同邑楊鳳翔未嫁而夫死曰貞婦者明婦之志事也先是女父客遊粵西女年四歲即隨母往依父所十歲父母繼没依其從父德卲從祖父正楷外祖母吴節婦以長以教得至於成人正楷以知府權全州牧攜之官見女有才德甚愛之比於諸孫函召鳳翔往作贅婿於粵西時鳳翔為邑學增廣生擅文譽年少氣豪銳志於功名不欲往也咸豐二年正楷遣使送女于歸至長沙道梗於賊回全州六年正楷卒七年閏五月鳳翔卒時女依從父德馨而安慶久陷於賊八年凶問始至女誓以死從家人持護復蘇者數四於是刺血作書上翁姑自明之死靡他之志初貞婦父母無子客

陋

一

游所積金錢盡為女製服飾而正楷亦盛為僃嫁衣裳資甚厚至是盡謝遣之易服毀容飲蘗茹冰急謀歸代夫事翁姑畜一婢教之禮義欲俟歸嫁其夫兄為副室冀生子以承其夫之祀九年乃偕正楷妾徐氏反安慶時安慶未克復粤賊縱横轉徙湖南江西湖北適賊上竄湖北遂流轉陜西之商州賊竄商州回匪亂作避居山洞久之復反粤同治五年始得歸里拜翁姑為夫立主成婦禮焉時翁姑年皆七十餘一子鳳儀以知州需次江蘇尚無孫貞婦夫兄也貞婦為夫後計奉翁姑命親送婢於上海婢不得志於夫兄貞婦復買婢與之生子起聰承夫後翁誼高奉檄為靈璧鳳陽學官將獨行貞婦曰翁老矣獨行則侍養無人非所安也於是

奉姑以從凡道途逆旅官舍之事皆親操作翁姑安之忘其老視容婦如子視客舍如家室而貞婦亦樂之忘其疲勞貞婦性剛明而和厚曉暢事理終身衣粗食淡去膏沐服御之飾娣姒族黨婢僕皆敬之無間言云

論曰貞婦少而孤未嫁而寡顛沛流離崎嶇兵亂之間可謂極人生之奇厄矣而卒能全其節守其身孝養其翁姑似續其夫後使夫死而未死楊氏絕而復繼貞婦誠賢矣乎抑其才大有足稱者也予寓居懷甯與誼髙為鄰知貞婦事最悉著之文以為世教風焉

吴節婦傳　壬申

柏卷

報擊衛

柏堂集附編卷三

桐城方宗誠存之

擬疏

選將練兵兼籌全局疏

奏為選將練兵以保豫疆兼籌全局而固根本恭摺奏祈

聖鑒事竊臣以庸材忝膺疆寄四郊多壘鄰寇分乘若以專辦有人坐視事變之來而不為之備大局一變收拾更難前次卮奏擬精練三千人駐紮近郊作為活兵以備雕勦之用恭奉

硃批依議辦理仰見

聖慮周詳軫念中原之至意顧臣前與毛昶熙撥東三省馬隊未

靡餉竊疆

蒙
俞允昨准湖北撫臣胡林翼來咨前經奏調楚勇一千名現因事
緊急未能前來李雲麟又為多隆阿留守潛山一時難以到豫接
閱之下中夜彷徨計無從出伏念禦賊莫急於練兵練兵莫先於
選將豫省軍務從前督辦諸臣多半粉飾因循不求實計際老師
縻餉以剿則少敢戰之士以守則無節制之師加以投誠降卒雜
湊其間錮疾日深幾於不可救藥現在江淮賊日肆披猖各種匪
黨乘機竊發粵逆震驚予疆圉苗練搆衅於鄰封賊勢如彼而兵
力如此譬猶以朽壞塞潰隄何能有濟臣聞琴瑟不調必改絃而
更張之事至疲敝之秋非力為振作不能肅軍威非精選將才不

夷隸

奉甯

能當閫任方今威望素著之帥如僧格林沁曾國藩胡林翼駱秉章袁甲三李續宜楊載福都興阿巴棟阿左宗棠等各有疆埸之責人值防剿喫緊之時或固南藩或堵北竄均不可以輕動而勝保現握重兵以防夷情之反側根本之地尤不可虛且勝保前在皖豫各省督辦軍務亦未蕆除巨寇以著成功臣再四思維查有前任左副都御史張芾籍隸陝西與臣祖籍同鄉素不相識上年張芾奉

旨回籍補行守制道經鄂渚始與晤談蕭然儒素不似達官及抗論兵戎洞悉機要前在江西徽甯等處七載行間辦理防剿深得民心上年甯國之失實因餉絀兵單非盡其過且其人恪恭醖謹

志慮忠純早在
聖人洞鑒之中其所拔人才若江長貴周天培周天受陳大富等
後皆屢著戰功卓然良將當此需人孔亟之時萬不可聽其閑散
合無仰懇
皇上俯念豫省安危飭令陝甘督臣陝西撫臣會同張芾於提鎮
下各營内精選馬隊五百名步兵三千名擇其久力歷戎行忠勇
有謀之將弁分起管帶交張芾統領迅速前來與臣會辦以資防
剿再查關中土厚水深代生名將大荔沙苑之間半係古羌氐蕃
羯舊部其人沈鷙悍勇而無他腸若於其人選募二三千人以鄂
軍營制認真訓練必能得其死力伏乞

服往

飭派聽

皇上一面飭令張芾督兵前來一面令其遴派知兵之將在於該處招募勁勇教之技藝授之紀律陸續聽調來豫以關中之將統關中之兵以訓練之師易疲憊之勇且使河朔英豪聞風興起臣雖闇弱亦振刷精神同心相濟而李雲麟所部一到亦可收贊畫之功則豫事庶有起色矣且臣請選將練兵非徒為豫計也前者粵逆下竄江揚曾國藩胡林翼等練兵選將於湖湘之間廓清數省而又分兵分將以為援粵援蜀援黔援江援浙援閩援皖之師雖未全奏膚功而牽制逆氛不得肆擾中原者實皆其力今者楚力盡矣從前名將半以力戰捐軀士卒久衝突於鋒敵間者亦漸為强弩之末賊鋒環逼直有應接不暇之勢天下之氣蓄久則開

籌竊樹幫

開久則洩洩久則竭理勢然也關中形勝雄固俗樸民淳質實強悍實爲可用且又未經兵戈民氣完固特無人振興故未開同仇敵愾之風以鼓其急功赴義之志然天下之氣蓄之久則發之愈不可遏想奇傑之士雄毅之才伏處以待

朝廷驅策者當必不乏故臣欲乘關中無事之時網羅將才招集義士練成一軍西與楚軍爲犄角南固豫皖之藩籬留此完善之區養此精鋭之氣以爲京師保障內固軍實外遏難乘而夷人之就撫者亦自不敢反覆生心矣萬有一變

乘輿西幸亦足以資守禦控制之備此固必無之事要不可不思患預防區區忠愛之愚忱伏乞

策掎角

皇上聖鑒訓示謹奏

籌辦河南軍務情形疏

奏為恭謝

天恩並陳現擬籌辦大概情形仰祈

聖鑒事竊臣欽奉

上諭嚴樹森著督辦河南剿匪事宜毛昶熙著帮辦河南剿匪事宜仍督辦團練欽此跪誦之下感悚難名伏念臣一介凡庸仰蒙

聖恩高厚

簡畀封圻處地方軍務積敝之餘當外寇内訌交乘之際原不敢以督辦有人稍事推諉涖任兩月以來夙夜焦籌未程寸效疚惕滋

深茲復奉
恩綸督辦剿匪事宜臣自顧非材何能勝此重任惟有殫竭血忱
力圖補救已就現在情形擴為布置約有四端伏乞
聖明裁奪一曰練兵大凡兵之為用最忌多而不精虛而不實訓練
精始可克敵挑選實始足備戰宋營兵勇多雜湊之流筋懈脉弛
積習已深難資得力臣前已函毛致毛昶熙飭取各隊花名清冊
尚未送到現復咨催俟冊到即派幹員核實點驗揀留精壯裁徹
疲敝勒限操演示以紀律又擬於各路選募雄勇樸實之民用楚
軍營制練成一軍以作前矛庶幾轉弱為強可收兵之實用二曰
選將自古將以兵為指臂兵以將為腹心臂之紳縮運動因乎心

脈派驗

舉將穆迅

兵之勇怯轉移隨乎將現在帶兵將弁如成景之類巧滑退避萬
不可用臣已飛咨湖北督撫臣催令現奉
旨署南陽鎮總兵趙鴻舉署信陽協副將穆正春並臣前奏調李
雲麟迅速來豫又於各處訪查勇敢知兵之將弁調其來營庶資
羣策羣力可收將之實效三曰審形勢從來守兵利在扼形戰兵
利在得勢形勢偏則有顧此失彼之慮形勢容則有犄角互用之
功豫省歸德僅可防捻匪竄入之一隅非全豫之門戶從前督辦
諸臣僅駐歸德賊出巢四擾每以一二股牽制我軍而其大股則
已狼奔遠駛省垣重地又無勁兵駐鎮平原蔓衍堵之不能追之
不及故由永夏之間北竄者有之由鹿柘之間西竄者有之蹂躪

動輒千里實堪痛心臣查捻逆竄豫之門戶一由歸德一由陳州一由光汝况今粵賊上竄楚北漢郡所屬黃孝德郡所屬隨應皆有賊踪則信羅三關胥為防堵要地臣夙夜籌維惟有商請毛昶熙仍紮宋郡簡練精銳以扼正東一路奏派臬司鄭元善馳往汝甯俟汝甯捻股剿滅進兵扼守三關以顧正南一路再俟所調諸將兵勇到齊派守陳郡以固東南一路臣當帶親兵出省雕剿調度各路互相救應庶幾門戶嚴密可據形勢之要四曰固根本從來防禦之法守城莫如守邊然廓清之序攘外必先安內腹地空虛使賊得乘隙攻瑕悔將何及臣奉

命後急思帶兵出省惟現在所調兵將尚無一至招募之勇尚無

賊蹤商請甯

庶密邊

緊庶聯

一來省城旗綠疲兵只千數百人成城勇一千人守尚不敷何可
言戰捻西南竄捻大股尚未回巢北路渡黃之賊亦將漸逼近臬
司統兵出省根本之地似宜布置周密使賊無間可乘臣若不揣
輕重遽行出省恐賊見兵力單弱更無忌憚而損威聲臣惟有趕
緊調將募勇勤加訓練以固省垣一俟將士齊至訓練稍成即
酌量情形擇最喫重之地相機進紮庶幾內外堅實聲勢聯絡可
免根本之憂惟是豫省地勢平衍兵事廢弛當皖省楚東省三面
之寇河北三府精華之地餉源所出而賊已渡河實為可慮臣以
愚直荷
主知不敢一言粉飾亦不敢稍涉因循惟有小心謹慎好謀而成

密竊竊

恪守成訓期免貽悞事機以仰副
聖主整飭戎行之至意再毛昶熙現在歸德此次不及會商故未
列銜合並併陳明所有微臣感悚下忱理合由驛恭摺叩謝
天恩伏乞
皇上聖鑒謹奏

參劾大臣養癰遺患疏　在河南上咸豐十一年
奏為大臣養癰遺患驕縱自恣據實密陳仰祈
聖鑒事竊以用舍進退
朝廷之權非臣子所得與也竭忠盡言臣子之職亦臣心所不能
已也臣受

巡報

誤會商

大行皇帝特達之恩由縣令十年洊升巡撫兼
命督師一介庸愚豈堪此任惟念
國步艱難願以忠清自矢力不敢不盡知不敢不言以上報
大行皇帝知遇之恩即以仰答
皇帝倚畀之重前於陳州行營接據署安徽撫臣賈臻函稱奏請
勝保督辦皖豫軍務旋接部咨奉
旨允准在
大行皇帝知人善任自以勝保久歷戎行又因苗沛霖是其收用
之人欲藉其駕馭之方恭繹
綸音俟北路肅清再令該大臣統兵南下仰見

廟謨深遠於選將出師之際寓操縱緩急之方勝保自當兢惕不遑以圖報稱臣查勝保前辦皖豫軍務已歷年矣雖有擊賊之功總以招撫為事始之不過藉招撫之人為剿賊之用而欲擁兵自衛以坐收成功故一味將就致貽今日之患譬如遏火以掩目前初不計燎原之禍也且訪其軍營之弊有五濫焉一曰濫耗軍儲供帳之費務為華侈不知節惜帑項以資兵食一曰濫用員弁奇邪雜選流品混淆强者以貪詐為功弱者以柔媚取悅狼狽相倚肆為姦欺一曰濫招匪黨元惡大憝並未受創輒遣人許以官職誘以投誠使之帶勇搶掠肆擾反側無常今大股捻首多其舊部一曰濫報勝仗小勝之師告以大捷脅從之賊餙為渠魁名為克

靡糜爛

寨克城實則縱賊他適一日濫開保舉請託賄賂列諸首功伺候
趨承登諸上賞其此五濫故在皖省已受其糜爛在豫省亦釀其
此種風前以三省勦匪之權而所辦止此其無成效已可概見乃
勝保猶敢為大言妄自尊貴即如收用苗練招降賊首屢出示矜
為奇功矣其收用之人即寄以所降之地隸以所降之衆雖其人
間有擊賊之功然皆蠶食以自封罔利以自肥豈真竭忠以衛
國地廣人衆禍將不可勝言苗沛霖之事其明驗也而勝保猶以
招撫粉飾謂已悔罪自新今苗沛霖之黨實猶肆出侵掠逼脅寨
圩官民日受其害以
朝廷命官而縱其叛亂何以肅法紀何以警官邪捻匪之亂名之

護膚

曰賊猶可以防苗練之亂名之曰官其何以制現豫省叅罷之官弁裁汰之濫勇多以勝營為壑其未及往者亦無不望其來而歸之易師之象曰開國承家小人勿用孔子繫之辭曰必亂邦也臣恐亂賊小人此時藉勝營為逋逃藪他日勝保必藉亂賊小人為護身符兵柄不撤權勢日尊兵柄一撤亂賊肆出

國家受害於粵賊捻匪者猶皮膚之疾也受害於勝保收用之人乃骨節之疾也受害於勝保之驕汰欺詐藉賊自重將為腹心之疾也今勝保未至河南而行文各府州飭屬呈地畝錢粮清冊夫兵事疆事各有專司勝保受

命治軍而索地方賦籍意欲何為河南軍興以來地方疊遭蹂躪

飭歛糧

范怨衆報

征收短絀臣於各省協餉昨經奏請停緩在案現在除解京餉之外本省軍務月餉七萬兩臣力求撙節已萬分難支而勝保來河南驟添兵勇多人餉需必不能給且勝保所部半屬降人慢無紀律悉索不遂勢必滋事是地方既受捻匪之擾又將受兵之殘是驅之皆爲賊矣若勉强搜括於七萬之外再月籌鉅萬則應解京餉必缺其害先在外省將終及於

朝廷又如已革游擊王天保殺死同官經臣叅辦在押脫逃并將管押之縣令茅豫春奏叅摘頂勒限嚴緝乃勝保朦混收用奏請開復令其領濮范降人馬步五千由曹縣渡河先行到豫將來尋仇搆怨恃衆作威是勝保但欲速報東省肅清以欺

解盡聯勦眾

皇上而實使之去東入豫以為民害耳夫自古窮寇投誠只可安插解散使之為民豈可盡籍為兵以耗餉項愈聚愈衆軍食不給藉官兵以制良民驅良民以為賊匪又使之與苗黨聯合是為國家聚賊非勦賊也勝保但欲欺飾目前以貪功不顧養癰以貽患今所招之人所降之衆心皆知有勝保而不知有

朝廷

皇上但聞諸人畏服勝保故使勝保往鎮壓之而不知勝保與諸人實交相為用也以志滿氣盈之人領朝降夕叛之衆當時艱事棘之會而假以外重內輕之權臣知勝保斷無異志而杜漸防微

實

隱誤

賜

國家不易之典臣與勝保係同年舉人素未謀面並無嫌忌實為
朝廷深憂過計兼欲為勝保全其晚節功名非有毫髮私意也臣
明知言出忌生然事關中原成敗大局臣職膺疆寄確有見聞不
敢隱忍避嫌貽悞
國事謹由驛據實密陳恭懇
皇上聖裁謹奏

應詔陳言明列大臣欺罔之罪疏 附片

在湖北上

奏為應
詔陳言不避忌諱明列大臣欺罔之罪乞
賜乾斷以答

竊衆

處慮隱

天戒而順民情事竊臣恭讀邸抄本年八月欽奉
上諭七月十五日夜間忽見星流向西南甚多二十五日夜間復
有彗星見於西北
上蒼垂象變不虛生茲奉
兩宮
皇太后懿旨天人交儆必政令有所闕所致即諸臣陳奏事件亦
有忌諱不敢盡言指陳利弊未能切實之處用特申諭中外大小
臣工務各齊心研慮於
朝廷政治得失之大且要者悉始忠赤讜言隱等因欽此仰見
兩宮

聽驗

皇太后
皇上遇災修省勤求直言不以天道難知稍弛
寅畏凡為臣子者何敢隱情惜己自同寒蟬臣維天視自我民視
天聽自我民聽古帝王用人行政欲上承天顧必下洽民心情民
情不得上達於是天心仁愛始出災異以譴告之故善言天者必
有驗於人欲求用人行政之得失亦期當乎天下之公好公惡而
已欽惟
兩宮
皇太后
皇上親政以來刑賞黜陟一秉大公以故

擊處

朝政清明南方軍務亦漸有起色惟以西北重地軍務之要必委之勝保一人此則用人之一失也查勝保自上年冬間膺督辦皖豫軍務之
命其時河南陝西湖北三省並無一髮逆竄擾也乃曾國藩李續宜多隆阿等力戰於南皖境漸就肅清勝保督辦兩省軍務身居皖豫之交不能密籌堵截而放賊入豫入秦擾亂完善之地致回匪乘釁而起糜爛至今而髮逆之縱橫於楚豫秦三省邊境者雖經楚師疊次痛擊而忽此忽彼到處沸騰不特增西北之憂抑且掣東南之肘不知勝保督辦皖豫之名何在乃猶恬不知恥竟以解潁圍擒狗逆攘為己功鋪張入告

殘掩

聽解

朝廷亦受其害歟不暇問豫秦之變逆從何而入不知潁圍之解
乃賊震於廬州之捷與楚師之至也狗逆之擒乃苗沛霖先與勾
結以為羽翼既而懼多隆阿李續宜等率師進剿始縛献以圖功
也不然楚師未至之先潁圍何以不解狗逆何以擒不而廬郡潁
州之變逆何以不竄東南而竄西北則勝保防剿之疏可見矣即使
能保殘破之區而放賊入於安全之地亦屬功不掩罪此事皖豫
之民皆知其欺且行軍之地悉受其害特其威權赫濯邪黨勝多
敢為大言上淆
聖聽下惑左右大臣故無敢為
皇上直陳者耳髮逆入豫之後潁圍早解勝保既有豫事之責並

不回軍堵擊追髮逆入秦又不遵
旨急赴河洛截賊歸路及聞楚師漸次入秦始復取巧自請勦辦
回匪致多隆阿援秦之師進退無據今勝保又奉督辦陝西軍務
之
命矣查勝保入關其兵勇多虛濫之數其將弁多叛降之徒臨潼
一戰並未獲功勝乃勝保又復鋪張其詞以欺
皇上瑛棨撫陝兩年職為亂階生靈塗炭徒與勝保互為欺蒙臣
接據陝省親友各函皆言勝保之兵日以縱酒宣淫為樂有目不
忍見耳不忍聞等語輿論如此則其為天怒人怨極矣臣竊恐勝保
督辦皖豫軍務既放髮逆以入豫秦將來督辦陝西軍務又放回

數勦隱

竊

逆以入
畿輔賊愈入愈深而勝保之兵權愈不可解在
皇上或以其帶兵多年不肯廢棄抑思勝保與僧格林沁曾國藩
等同爲
欽差大臣諸臣廓清數省所薦將才多爲忠良著有明效勝保勦
辦皖匪數年不過招降苗沛霖等耳勦辦東匪多時不過招降宋
景詩等耳雖飾成一己之功仍隱留
國家之患臣恐天下事諸臣合力成之而不足勝保一人壞之而
有餘何者人臣事主惟恃一誠勝保則始終一欺其所引用諸多
奸僞之人互爲黨援自成風氣是即真能平賊而禍種遺貽留不

知其幾況其不能也
皇上或以勝保前有抗直之言以為可當大任不知此乃勝保乘
間抵隙善於要結
君上之知
皇太后
皇上及左右大臣或尚隋（墮）其術中使彼果有忠誠何以一切奏報
肆為欺罔此天下所共知共聞非臣一人之私言也臣查勝保自請
入關之時正兩次星變之時又皆見於西方或者
天心眷顧見民情不得上達特垂象以示儆與臣非謂勝保有不
軌之心特以西北重地軍務之要付之勝保一人將釀成不可解

怨報隱

之禍臣與勝保同年舉人並無仇怨然為人臣子挾仇報怨而顛
倒賢奸者是欺也避嫌遠謗而隐忍固位者亦欺也況臣於六月
間疏稱陝省軍情恭奉
上諭以後如有續接信函關係陝省確實情形者著隨時具奏欽
此臣何敢不遵
旨直陳哉如有不實願以臣章
明示中外臣甘受欺罔之罪夫應天以實不以文求言者文也用
言者實也臣上年八月曾疏言勝保之養癰貽患其後應
詔條陳十二事有慎簡大僚以重屏藩一節即言山陝督撫須得
其人蓋深懼有今日之禍而知瑛棨之不足恃也奉

旨留存軍機處未見施行固知人微言輕不敢再瀆然耿耿之愚

忱終不能已天下者

祖

宗之天下東南寇亂十餘年賴諸臣戮力同心始補救於萬一何

堪復以西北重地任勝保一人敗壞耶如謂多隆阿已遵

旨出關陝事接替無人臣查固原提督雷正綰甘肅提督馬德昭

保全陝省深得民心若以軍務交此二人與之重權所需糧餉責

成撫臣籌辦自必不負委任孔子曰舉直錯諸枉則民服子產曰

天道遠人道邇星變俱見於西方自當慎用西北將帥大臣庶民

氣和而

贛慮處

天庥溶至矣臣賦性愚戇不知忌諱除照録陝省親友來函咨陳

呈軍機處備查外謹繕摺瀝陳伏乞

聖鑒無任戰栗隕越之至謹

奏

再臣接據探報陝省㺯匪渭南倉頭一股約五六萬人大荔王閣

村同朝一股約四五萬人省東北沙河一帶約三四萬人咸陽一

帶約五六萬人高陵涇陽永樂店一股約五六萬人鳳翔一股約

萬餘人甘肅河州一股新來數萬人首逆有雲南各省之㺯聲言

必取陝省以為根本與雲貴甘肅之㺯聯為一氣割據數省然後

東下河洛則有建瓴之勢北偪

騷游占住民房

圍解

畿輔則有剥膚之災冬令水涸踏冰渡河晋省必首受其禍西北騷然則東南新復之地殘破之區更易擾亂查勝保之軍皆游勇乞丐雜湊而成不禁營壘佔住民房非但不能制賊轉恐激成内變所部宋景詩等反覆無常惟利是視恐將勾結省回以為賊應勝保又聲言欲調苗沛霖之兵入陝果爾是不能退虎更進一狼其禍益烈陝撫所有標兵及戈什哈半係回民把持瑛棨之短長一動一靜通知於賊並有假英棨號令阻撤民團之事是勝保瑛棨不去則省城堪虞省城有變則全局瓦解矣務祈

皇上立奮乾斷黜陟得宜雖不能弭患於未萌尚可以回瀾於既倒方今事勢危迫已極臣不敢不據實瀝陳伏乞

聖鑒謹
奏

柏卷

竊

柏堂集附編卷四

桐城方宗誠存之

擬疏

代彭宫保奏請開缺疏

奏爲東南一律肅清水師章程已定謹瀝陳下情懇請開缺回籍補行終制兼就醫調理痼疾恭摺仰祈

聖鑒事竊臣以湘楚諸生感激時艱襄辦水軍十有四載仰蒙

文宗皇帝暨我

皇上逾格恩施洊擢至兵部侍郎又荷特恩賞穿黄馬褂全陵克復賞加太子少保銜並給予一等輕車都尉世職自顧菲才冒當

疊

辭著證

大任疊承寵遇至於斯極夙夜惶悚時慮弗勝同治四年二月十
六日欽奉署理漕運總督之命兩次陳情力辭並請開兵部侍郎
本缺申明不敢遽作歸計容將營中各事理清再行具摺請
旨回籍奉
旨覽奏情辭懇摯出於至誠彭玉麟着准其開漕運總督署缺所
有長江水師善後應辦事宜仍着該侍郎妥為料理欽此時臣正
在調理失血之症尚未就痊跪讀
諭旨感悚莫名因復帶病往來長江湖港周度情形擬立章程交
曾國藩酌核會奏維時臣病外貌稍瘥而神智日減迨夏秋數月
復患傷寒瘧疾幾於危殆至今不能復元祗以水師久餉過多不

得不駐營籌畫彌補之法兼以水師章程部議未上
諭旨未降交代無人仍不敢請
旨回籍今於同治七年　月　日欽奉
上諭　等因欽此微臣捧讀之下仰見
聖慮周詳規畫久遠曷勝欽佩惟念臣自出身從戎以來與水師
相終始今幸軍事已畢善後應辦事宜已有交代則臣之下情有
不能不瀝陳於
君父之前者臣少孤苦零丁傭書養母咸豐三年丁母憂未終適
遭粵逆之亂義憤所激遂應曾國藩之招墨經從軍非敢云移孝
作忠良以先臣曾受

忠義相勖耽

朝廷一命之榮臣母生前亦時以忠義相勖當
國家多難之日義不得顧私親也臣素無聲色之好室家之樂性
尤不耽安逸治軍十餘年未嘗營一瓦之覆一畝之殖以庇妻子
身受重傷積勞多疾未嘗請一日之假回籍調治終年風濤矢石
之中雖甚憊未嘗一日移居岸上誠以親服未終而從戎既難解
免於不孝之罪豈敢復為愛惜身家之圖然先人祠廟未成墳墓
久缺祭掃每一念及縕結於懷今荷
聖主如天之福軍事已終伏維
皇上以孝治天下開臣兵部侍郎本缺放歸本籍補行終制藉可
修理祠墓以贖十餘年遠離先壟之愆不致時抱終天之恨臣雖

巡疊

辭歸亂

至愚感德不朽且臣嘗聞士大夫出處進退關繫風俗之盛衰臣以感激時艱而從戎今賊已滅而不歸近於貪位長江既設水師提督責有攸司臣猶在此似乎戀權臣前奉安徽巡撫漕運總督之命自陳才力不逮再三懇請開缺叠奉

恩諭有誠實不欺情詞懇摯出於至誠之褒今忽改易初心戀戀官爵則前此之辭疑於作僞臣母服未滿聖人三年之制從軍殺賊猶可曰仰承親心今軍事已終不歸補行終制涉於忘親四者有一焉皆足以傷風敗俗夫天下之亂不徒在盜賊之未平而在士大夫之進無禮而退無義伏維

皇上中興大業正宜扶樹道教而整肅綱紀以振起人心臣豈敢

誤樹竊藏

稍犯不韙以傷
朝廷之雅化況人之才力聰明用久則竭若不善藏其短必致轉
失所長臣本無經濟之學徒以質性愚誠精力强壯恃勇往直前
之氣妄欲掃蕩賊氛幸荷
聖主福庇保全性命然十餘年中出入風濤經歷礟火危險震撼
疾病侵陵精力日衰心氣日耗飲食短少夜不成寐遇事一加思
索則恍惚不能貫注自治治人皆覺精神振作不起若再不妥心
調理必至貽悞
國家古來臣子往往初年頗有建樹而晚節末路隕越貽譏固由
才庸亦其精氣已竭也臣每讀史至此竊嘆其人不知善藏其短

又惜當日朝廷不能善全其長是以知進而不知退聖人於易深
戒之也伏望
皇上念臣病軀許臣回籍如果調治復元則報
國之日正長斷不敢永圖安逸所有瀝陳下情懇請開缺緣由理
合專摺上陳伏乞
皇太后
皇上聖鑒訓示謹
奏
為某公擬奏請旌全良吏疏
奏為叩懇

竊寃

脈竊

天恩矜全良吏以固正氣而培
國脈事竊我
朝仁厚開基力矯前朝薄待臣民之失數百年來雖百姓犯罪必
再三審慎唯恐情罪失當寃一無辜至於臣下有罪尤必力守
祖宗成憲一秉至公曾無有曲法以誤加重者若遇良臣循吏偶
然過失則更事矜全此我
朝正氣之所以長存
國脉之所以永久也竊聞天津府知府張光藻仕直多年循聲卓
著曾國藩曾經明保在案近因民教滋事先被崇厚奏參與知縣
劉傑俱以辦理不善奉

熙

著

旨交部議處既已降級留任矣後因法國誣其指使曾國藩誤聽
崇厚之言奏參革職交部治罪意在稍事委蛇曲全和好中外公
論群（羣）起而非之曾國藩深自悔恨致書總理衙門有内慚神明外
愧清議聚九州鐵不能鑄此錯之語請其力持正論代求曲全旋
奉
旨着直隸臬司改解天津質訊取具親供送部核議
命下之日不特曾國藩感戴
恩施凡中外臣民無不仰
聖主之仁明矜全小臣正所以保全
國體繼而曾國藩會同毛昶熙丁日昌成林等質訊詰難取具親

冤

疊

供奏交部議忽奉
旨飭令解交刑部中外人心皇皇深恐二臣入於冤獄奴才深知我
列祖
列宗開國以來未嘗有枉罪臣子之事況天津一案公論昭彰守
令之辦理不善勢處於無可如何並非指使曾國藩等已曾疊次
奏明以及張守賢聲素著皆久在我
皇太后
皇上洞鑒之中往者林則徐姚瑩達洪阿之獄事情重大十倍於
茲我
宣宗成皇帝雖爲息事安民稍施薄譴旋以民望攸歸復職大用

我

文宗顯皇帝登極硃諭猶稱諸臣盡忠盡力責當時宰相不能扶

持故至今天下猶莫不仰嘆

列聖之明如日月恩同覆載今我

皇太后

皇上雖亦欲息事安民亦斷無不思

祖制罔顧

國是之理況曾國藩為我

朝重臣始終守令係誤信崇厚之言致蒙舉世清議中心自疚不

可為人屢次函商總署深自引咎毫不推過於人惟求乞

聽冤

恩免解我

皇上之待大臣有禮豈有因其一時之誤聽人言而忍成其終身之大恥向使天下稱冤今曾國藩恥不可爲人即我國家亦將恥不可爲國也且自古朝有忠臣讐敵所忌善謀國者斷不肯喪國家忠臣之氣以遂仇敵忮害之心漢殺鼂錯以說吳楚究不能止吳楚之叛而徒貽景帝以刻薄之名宋殺岳飛以說金終不能禁金人之欺而徒貽高宗以忘仇之罪我

皇上自必上法

祖宗豈肯襲漢宋之誤況今日重罪守令以謝夷人將來此端一開何以立國惟有仰懇

脈拔

天恩交部核議在守令自當為
國受過在議臣自當執法不移而在
皇上尤當施法外之仁以存正氣而培
國脉於一時權宜之中仍為百世不拔之計愚昧之見是否有當
伏乞
皇太后
皇上訓鑒謹
奏
附片
再叅劾守令查辦兇手係已前總署所許固不可失信於外國惟

徇

守令但當治以應得之咎而不可曲法以徇夷情百姓但當審辦
應抵之命而不可逾數以傷元氣此外未經許過之事如有求請
不可輕許輕許而不行則以我為失信輕許而必行又將何所底
止願
皇上飭中外大臣上下一心堅持定見為自强之計諸國重在通
商斷不至與我為難至海口防兵當飭交直隸總督整頓成林初
任通商未諳兵事不足倚任教堂一事終難相安此次宜與之約
中國習中國聖人之教外國習外國天主耶蘇之教教堂在中國
者只許外國學習不必傳中國之人中國之人如有私從其教者
遇有因案犯罪之處中國官府以中國法令治之不得牽涉教堂

而教堂亦不得干强官府百姓之事各安其分然後通商和好永
無滋事之端天津為京師咽喉外夷如或以百姓為詞欲設防兵
斷不可許此皆關利害甚大是否有當伏乞
聖鑒

安徽省圖書館藏桐城派作家稿本鈔本叢刊

方宗誠 卷 3

安徽省圖書館 編

国家出版基金项目
NATIONAL PUBLICATION FOUNDATION

北京师范大学出版集团
BEIJING NORMAL UNIVERSITY PUBLISHING GROUP
安徽大学出版社

卷鄂

不編

倭疆

柏堂集附編卷五

桐城方宗誠存之

擬示諭同治二年為鄂撫嚴中丞作

鄂吏約

從來氣運之隆汙繫乎風俗風俗之厚薄視乎吏治吏治者所以維風俗而固氣運也故善圖治者必端其本善除亂者在清其源大僚重考課之經斯四海被和平之福不佞起家牧令遭際時艱忝沐

殊恩洊膺疆寄雖才非大受而志切匡時常擊楫而興悲亦枕戈以待旦所願集思廣益開心見誠同寅協恭和衷共濟鄂省當江

齋春聯

漢之衡西通秦蜀北達河淮南扼沅湘之喉東踞吴越之脊用兵
十載始就廓清然俗敝民疲鄰烽未靖非綏内不足以攘外雖居
安猶不可忘危治盜必先治民正己乃能正物是故官聯宜敘也
官箴宜守也官方宜肅也官邪宜儆也豈徒居位食禄旅進旅退
已哉凡我同僚須念
朝廷所以授職之心黎庶所以急公之故無非望其保民衛
國宏濟艱難況今
宵旰憂勤萑苻充斥閭閻茹苦士卒衝鋒吾儕各具天良詎忍坐
觀飢溺而不思爲民除害爲
國培元耶天道循環無往不復古來寇亂之際其平日圖富貴耽

安樂而無益人世者幾見能自保哉晉駱統曰天下皆饑何忍獨
飽宋范文正公曰先天下之憂而憂後天下之樂而樂予雖不敏
願與諸君以實心行實政本淑己以淑人仁厚以立治基明敏以
求治理强毅以任治術貞固以成治功上行下效大法小廉平時
養元氣以靖內憂臨變鼓正氣以扞外侮然後上不愧吾
君也臣子下不愧吾民之父母矣夫舉不酬功大吏之咎也罰不後
時大吏之責也諸君果能竭誠奉職
國而忘家予斷不忍蔽賢隱才使久屈於下位如或自便身圖罔
恤民隱予亦必奉公執法不稍事夫瞻徇茲將吏治切要者剴切
申明條列於左諸君子尚其勉之

供平寫不稿

一操守不可不嚴也居官之道首重清廉清則能明廉則能正不清則利欲薰心理之是非人之邪正情之虛實事之利害皆不能辦辨必有以直為曲以曲為直者矣不廉則小人得而餌之且得而制之居大僚即受制於屬員居牧令即受制於門丁書役己不能正何以正人惡積於上而怨叢於下害歸於民而利飽於中己所得者不過一分民所受累者不止千百也近來州縣官甫經到省即探聽某缺肥某缺瘠巧為趨避即抵任一聞蠲免之詔或偶值散賑先存一含混侵蝕之心為清償宿逋之地居心殊不可問更有口不言錢遇案輒罰名為充公實則入己其去婪贓又幾何哉不知貪墨致富不過為一時宮室之美妻

淫

妾之奉已耳究之賄賂公行終必敗露徒自損其德行壞其名節且使子弟入於驕貪不知艱苦必將淫佚放蕩無所不為宦槖雖充豈能久保況今寇亂四起金錢充物之家往往受禍最烈而以貪致富者尤為衆人側目與其為身名之累子孫之災何如清白自矢身名俱泰耶

一關防不可不密也大凡厠名仕版豈皆甘受汙名不願為清官者乎但一行作吏動静語默環而伺者不知凡幾稍不留心則投間抵隙百弊叢生內而子弟官親幕友宜防其干預公事在外招搖外而書差門子約保宜禁其倚勢嚇詐藉端訛索門印簽押須擇質直樸拙者為之不可假以絲毫之權並不准與刁

生劣監交通往來如紳士因公來見必當延入公所與之討論是非虛心采納而不攬入私室既免壅蔽之患兼杜勾結之端然必勤慎自持躬理庶務人始不能乘間作弊苟非然者處處是弊防之不勝防矣

一僕從不可不減也大凡州縣官委署方定同寅莫不共薦家丁甚至輾轉相託不知其性情並不識其里貫者此通病也不知多一人即多一費多一人即多一弊迨人浮於事無從位置而閒散之徒動生觖望拂意而去散布謠言長吏不察信以爲實而官之聲名因以壞矣是在未出省時酌量缺分煩簡以定人數多寡簡缺毋過八人煩缺毋過十二人派定專司粘單壁上

曉

鬬

使衆曉然其無名者自不能隨赴任所且人少則約束易周防範易密不然廣收濫用有不為地方之害者乎至於差役之數尤必嚴查卯簿不許過更不准有白役之名寄於總役之下但能裁革一二蠹役即可保全無數良民此皆正本清源之要也

一聽訟不可不勤也居官者欲得民心先自聽訟始積訟不斷刁詐者得以欺弄愚懦拖累殷實使貧者曠日富者傷財訟師猾吏居間射利而民之元氣耗矣是在為牧令者勤於聽斷命盜重案准其隨時喊稟一切婚姻田土皆於三八日放告斷不准傳詞以絕鬬詐之弊亦不許攔輿以杜搭臺之風每逢告期親自收呈虛衷研詰理屈詞窮者擲責不准即有理而非大不得

寃

已者亦必委婉勸解告以利害勿任爭訟如遇原告遽詞而被告適亦來訴者即將兩造之詞提出令兩造之人立於堂下俟收詞事畢傳至照詞質訊登時可了省卻無限葛藤其真有疑難冤屈者即行出票傳人載入差票簿中按程計日寬以限期不許延擱於中取利逾限者立懲原差不稍寬假至於人證株連此弊尤宜痛革每呈到手細閱不干緊要人証立予刪除勿傳傳到者於取具供結之後立即省釋不許留難又如牽涉婦女之案非必須到案者不可輕傳傳到即問斷斷不可輕押以全人之廉恥總之聽訟一事隨准隨審隨審隨結既結以後洞開大門目送兩造俱出不准衙役私押則訛詐之端絕矣至於

骨月親戚涉訟總以婉勸為主或責令其族長姻尊調處免傷
天性之恩惟欺孤獨侮鰥寡詐富室等案官必為之主持一
置之法雖權要亦所不避每日新案即為掃除以清案牘其從
前滯因積案尤須隨時清釐查明承票原差勒限送案違者重
比兩造自願和息者亦准銷案如是庶無留獄矣

一命案不可不慎也人命重件衡情定罪固以供證為憑而尤以
尸傷為準一接報呈即刻下鄉相驗愈速愈妙速則尸未發變
傷痕易辨金刃手足他物比對要符且必親手揣按勿避臭氣
庶尸親心服不至致翻控有蒸檢之慘其地主鄰右無辜牽連
者當場開釋免得入城受累至下鄉之先傳諭地方先予以示

鑒

不准搭蓋尸廠預備公館所有夫馬火食概係本官自備不准書役訛詐分文驗畢回至中途或猝呼某書役名未來者必是在後需索務加重懲總之下鄉則令書役隨後而本官居前回署則令書役向前而本官在後雖有伎倆無所用之至若定讞則當平心靜氣逐細研鞫不可失入亦不可失出苟徒泥於救生不救死之說一味開脫生者或至漏網死者不免含冤惟不設成見持法以平務使供證相符情罪相當而後生者死者兩無所憾所有相驗之法悉載洗冤録中公餘之暇最宜潛玩南豐劉廉舫所著庸吏庸言相驗一條尤可師法

一捕役不可不懲也大凡捕役其始類皆爲盜甚有既爲捕役而

賊

故態復萌者以為盜之人而授以捕盜之權是以盜捕盜也以盜捕盜則盜不可捕而盜風轉熾故欲弭盜必先治捕每報一案隨即出票偵緝立限必嚴另註簿籍或五日一比或三日一比務期賊贓俱獲而後已設有賊無贓必須細細研詰如果所供之贓與所報之贓一一脗合即是正賊至誤買賊贓在所不免其有必須追贓者則於出票之時用硃筆註明只准取贓不許帶人以省拖累如一案而牽連十數家是曰開花非挾嫌妄扳即捕役教唆官只就案了案斷勿按名簽傳致墮術中並將該捕立予重杖若夫窩藏之家固宜根究以清盜源然必贓據確鑿方可懲辦否則恐係株連如此則捕役之技窮而盜風亦稍息

賦

矣

一徵收不可不實也○

國家賦稅本有常經現當鄰氛未靖鄂省兵餉每月不下五十萬兩勢不能不取之民間惟當於催科之中仍寓撫字之意查鄂省各州縣漕南二米經前部院胡文忠公

奏定章程刊立碑記地丁錢糧等款亦經各州縣開呈徵收數目責令各照向章經徵計除批解外皆有贏餘足敷辦公爲民牧者尚忍格外浮收乎是在開徵之先遍張曉諭漕南二米地丁各款均遵照刊立碑記及向來定章辦理而又限以時日告以大義使之自封投櫃毋待拘追如下鄉催徵凡遇公正紳耆不

密範

妨以需餉孔亟令彼轉相告誥誡早為完納至戶書漕承里差尤當隨時密察嚴為防範往往有本官潔清自愛而百姓仍不免追呼之苦者是由書差之舞弊耳嗟嗟小民誰無天良如此而猶有抗糧不繳者吾不信也

一蠹弊不可不杜也天下事利所在即弊所叢惟田賦一項其弊尤鉅查向來鄂省各州縣或不肎勾稽或厭薄簿書養尊處優一任戶糧總上下其手始則謂徵冊散失而欺隱田糧繼則謂板券煩重而擅用活券飛灑詭寄無弊不作於是有揑造枉緩者謂其垸水冲沙壓宜緩某戶逃亡故絕難徵官欲自顧考成不得不為之籲稟不知所謂水冲沙壓者半皆成熟之區而真

隱

沖真釐者未被其澤所求謂逃亡故絕者實多現存之戶而實逃實絕者未除其名迫災賑已辦成而弊恐敗露則又有捏徵之名以混之又有急公之說以掩之且更有例災名目謂某鄉民情頑梗從未完納錢漕每歲必藉災以資彌補而黠紳劣衿遂得起而挾之制種種蠹弊殊堪髮指余以為欲除其弊約有數法一曰謹丈量徵冊雖失田畝自在當此時而欲舉一州一邑之地概施丈量談何容易且亦不易籌此經費惟擇最刁玩之地訪察公正紳耆數人切實勸督隨時抽丈擇尤示懲逐一註明是無冊者可有冊而瞞糧隱戶之弊可除矣一曰嚴推收凡買成契以後立限投稅過割違者照例罰半入官仍科以隱

匿之罪勒令房書隨時推收不准刁難或責之保正鄉約循環來報或責之堤頭垸長隨時舉發而飛灑詭計之弊可除矣一曰清戶冊柱一戶而歧為數十花名者意在避大戶之廿實則應併而一之一田而數易其姓者每多冒老業之名則應確而易之總之戶名即可變易而田地斷難搬遷執田以求人執人以查糧是有田者即有糧而捏災枉緩之弊除矣大抵鄂省大小衙門皆有底缺世守其業換官不換吏州縣戶糧書一項為尤甚初則勤苦自立板冊清釐親操執以追索尚能年清年款一二傳後驕惰日形沈溺煙酒一切徵收等事委之各鄉各里各圖之黠者為之催納坐享其肥而總吏絕不過問久之而債累

日深生計日絀並其世傳之底冊輾轉售賣而冊書戶書里書里差之名所由起權益寖大房科之籍僅擁虛名鄉團之冊轉成貨戶甚至以冊為遺嫁之資問冊為相依之具膠庠之彥竄名里胥簪笏之紳入卯銀匠以公家歲入常經任其流失敗壞至此良可慨夫是在諸君子抖擻精神隨時隨地留心力挽頹風焉可也

一堤塍不可不固也查鄂省自卯辛卯以來迭遭水患故堤工遂為鄂省之巨政自大吏以及守令無不加意講求軍興以來漸覺無暇及此兼之水勢不大脩防未免稍鬆不知堤工一事脩補於乾旱之歲得力於霖潦之年若不思患豫防隨時整飭一

密段虞

旦水勢浩大措手無及田廬漂沒民其為魚誰職其咎該守令有堤工者到任以後務各周歷履勘細加體察官脩者親為經理為民脩者嚴加督飭單薄者量為培厚低矮者酌為加高務使夯築堅實功歸實用一届伏秋二汛水勢泛漲親臨工次督率汛員密分段落晝夜梭巡必使水勢異常無虞潰決乃為無負厥職其有赴堤夫馬伙食皆宜官自預備不費堤局半文自絕影射侵漁諸弊若視為故常草率從事脩不如法防不盡力設或有誤玩視民瘼咎有攸歸矣堤費關萬民性命官脩者或入私囊民脩者或歸中飽絲毫侵蝕殃及子孫可不慎哉

一倉穀不可不儲也常平倉及社倉義倉收儲穀石原以備凶年

平糶及賑濟之用從前間有州縣虧短缺額社長侵蝕肥己者無不隨時追賠自粵逆竄擾後食儲為之一空其未被賊擾之處州縣官竟視倉穀為畏途或慮交代之時盤糧折耗彼此推諉或懼賊氛猝至搶掠燬焚責成賠償率皆藉詞折變碾濟兵糈或出陳易新盈餘取之閭井或出實入折買補不能隨時徒有良法美意而廢墜不舉設遇凶年民食何賴第值庫款支絀之際未能請項採買是在賢牧令捐廉倡率切實勸導好義紳富因地制宜成此善舉先建倉厫再議儲備常平倉則官為勾稽社義倉則紳自經理出納維謹毋使缺額縱遇災荒亦有所恃而不恐此為目前急務望諸君子毋畏煩難黽勉行之

澆疆

一學校不可不興也居今而言謹庠序修學校敦詩書明禮義鮮不謂其迂者然試思昔日之文教昌明民情何以樸厚今日之禮樂廢壞民俗何以澆漓蓋民風之變士習之偷也士習之偷學校之壞也士習不正則日後居官何以率民居鄉何以為子弟法予前撫豫疆凡學宮及名賢名臣忠節鄉賢名宦各祠破敗者率屬修理嚴禁兵丁踐踏又立學規頒布通省以教諸生書院課試於舉業之外另課詩古策論以觀其實學實用率屬印行陳文恭公五種遺規分散諸生使之奉行今調撫茲土亦願為牧令者於案牘之暇整頓學校誘掖獎勸如名師之教子弟如慈母之愛赤子於考課文藝之時諄諄告以孝弟忠信之道潛

移默化不但刁生惡監漸入陶鎔而學術人才亦漸可磨礪而
出其有文行優兼之人不妨薦舉以待獎勵士心既得士氣既
振而小民亦必觀感興起有不知其所以然者倘遇烽烟告警
知義者多自赴義者衆人謂今之所急者整兵戎不必講學校
吾謂修學校即所以理兵戎經正則庶民興庶民興斯無邪慝
古人之言豈欺我哉

一勸課不可不勤也近來俗敝民刁間有圍逼衙署挾制官長之
習非循良之吏施信明義以結其心何能善是故為令者聽訟
已畢即乘衆人耳目俱在愷惻勸導示以法戒稍有餘暇即當
輕騎減從親至鄉村與紳民接見訪求民間疾苦與地方善惡

邪正其公正紳士特家（加）尊禮以樹風聲鄉閭（細）小之訟即使之勸解消化無令到官其訟棍地痞列名榜示風之使改令其懷德畏威不敢為惡或擇其尤者懲治一二以儆其餘其秀而文者則文藝外兼勗以品行質而愿者則力田外並勉以孝弟而復察其土宜可植桑者則教之養蠶之相其水利可溉田者則令之開堰凡遇教讀之師治經之暇勸其以朱子小學及諸儒所著有益身心之書教戒子弟以培養人才悃悃款款日以教養百姓為事民亦必諒官之心兩相團結一旦有事有不可倚為干城腹心者乎

一游民不可不禁也自來盜賊之起多出於游惰之民其始父母

稿

溺愛任其游蕩一無職業惟日以賭博烟花為事放僻邪侈積習成性既不能安貧即不能守分小則為竊大者為盜而背畔之事將無所不為矣故居官者於四境之民必查其有無恒業每於聽訟之暇或因公與民相見則必諄諄告戒曰子弟無論賢愚宜先讀書讀書不成農工商賈醫卜星相須令各執一業蓋有恒業斯有生計自不至入下流也若見有素賭博烟花嘯聚者即嚴行禁止而於公門以內僕從胥吏之游惰賭博者尤必嚴察以清根本是為至要

一邪教不可不禁也自來奸民聚衆作亂必先創立邪教煽惑愚民脏以禍福愚夫愚婦不知其情樂其誕而受其欺以為習其

衆夷

教即可獲福也於是舍本業棄家財以從之惑之既深從之既衆其中有一二不安本分行悖亂之事者則一倡百和矣自世教淩夷異端蠭起或假宣講

聖諭之名妄談休咎或藉持齋茹素之事蠱惑鄉愚流弊既久浸為亂階此人心世道之憂也是在為官者嚴行禁革不稍寬假平日愛民以結其心教民以正其習告之以孝弟忠信為根本安分樂業為生計自士子以至平民自衙役以至保甲諄諄告誡勤勤訪察凡習邪教者皆必絶其根株則可杜寇亂之源塞梟張之漸而要必興起正道為根本正道既立邪教未有不息者也

聯糧

一保甲不可不實也保甲昉自周官歷代行之輒著成效蓋十家牌挨戶編聯田土錢糧年歲生業無不載備計田土而貧富可稽也清錢粮而徵收可辦也辨年歲而壯丁可選也核生業而游民可禁也凡夫弭盜賊興學校查邪教備饑荒以及緝要犯恤孤寡育嬰孩禁賭逐娼等事無不因之推廣然近代以來奉行鮮有成效者因地方官疲於案牘不能不假手書差而一切工料飯食夫馬之資不無費用大約書役取給於約保約保購之甲長甲長索之牌頭牌頭則斂之花戶層層索費在在需錢而清册門牌任意填寫以至村多漏戶戶有漏丁徒費民財竟成廢紙此辦理不善之由誠有如南豐劉廉舫所云者賢牧令

真講吏治務須以劉廉舫庸吏庸言為主勿假手書役傳諭各
矜耆公舉老成端重衆所信服之人仿周官比閭族黨之意推為
保正按甲分之大小分别段落每保正一人先給草册一本並
日給飯食錢文令將所管段落各戶丁口查照劉廉舫所定章
成分别填註册內填畢呈驗查駁核無訛然後填給門牌其牌
頭甲長聽保正舉報即時批准絕不令書役干預本官杜(仍)不時
輕騎前詣各鄉及因公相驗履堪(勘)之便隨意抽查或於審理詞
訟時向兩造查詢其有不符者隨時更正如是則不至有保甲
之名無保甲之實矣賢牧令其勉力為之

一郵政不可不肅也驛站之設原為遞送公文不容稽延軍興以

來各省
奏章部文及軍營來往文移札稟有關軍需糧餉調遣兵馬等項
皆註有限行里數向來州縣官接遞此等公文一有延遲知干
吏議必向上下站通融時刻為邀免處分地步然與其央求他
人何若操之在己馬匹必期足額喂養不可尅減小費尤不可
吝惜管號丁書須識文字明利害勤實可靠者始可派司其事
遇有限行公文到站立刻掛號馳遞不可壓前等後稍事稽留
更不准丁書私送本官拆閱彼其意不過欲知近事不知洩漏
軍情縱脫要犯所關尤重其尋常公文亦隨時遞送不可稽遲
衝途州縣或於適中之處安設要站或添設步撥以省馬力而

攬

速郵傳之處悉由各牧令斟酌情形量為辦理

一求才不可不急也為政之要在於得人居官者於需次之時必留心人才見幕友中有品行端方公事嫻熟者與之訂交一旦請與共事然後能實心商辦即或偶執偏見亦必能婉轉就正若習氣太深驕樂佚游之友不可邀請以誤公事到任後於地方紳士以及同寅中尤須暗中訪察果有德行學問望重一時者必登門請見待以師友之禮以資切磋其有志氣不凡才華英邁可以造就者亦必優以禮貌力為延攬以成其才又或才堪濟世心地忠誠及夙諳韜畧武藝絕人者即薦之當道以待舉用或敦行孝弟門内無慚可為子孫之法者即據實稟報奏請

旌表當今時局艱難非人材不能挽回但取人之法皆必細考其
實行不可徒採其虛聲致累知人之明
一節義不可不重也禮義廉恥國之四維而忠孝節義即所以撐
持天地之氣運者也孝子貞女節婦烈婦在通州大邑之中名
門右族尚有為之請旌式閭者若夫山僻小邑以及窮鄉貧士
之家田野編甿之户其節孝貞烈操行更苦而湮沒愈多非地
方官勸諭紳士極力訪求何能發潛闡幽以彰風教如有呈報
者不准書吏需索使費隨即申詳以便彙
題然後可使義行昭著聞者奮興其尚存者如係孤苦無依更宜
賜金周卹並勸令其族戚收養以重高節鄂省被賊竄擾以來士

民婦女或力戰殉難或罵賊捐軀或懼辱自盡凡此皆正氣所鍾綱常所繫丙辰丁巳間余在武昌府任内捐廉延紳創立節義局手定條款分途採訪隨時據詳奏報分别旌䘏歷任武昌太守如冠九李午山及現任之黃虎卿連翩接辦計已

奏報數十次在案但恐尚多湮没願為守令者勤求博訪造册送局務使無一夫一婦之義湮鬱不彰至忠孝節烈之裔或有無寡婦孤兒無所依靠者各地方官倡助金錢令其族戚與地方公正紳士收養義骸未瘞者設法殯瘞如賊所過地堅守團寨並能殺賊者事後地方官宜據實稟報或給匾額或賞功牌

葬據報

以彰其義正氣既伸邪氣漸弭此皆撥亂反正之大機也

一形勢不可不熟也為州縣者必於所屬之山川險要城池關隘村莊集鎮路徑令工繪圖某處至某處若干里詳細註明常懸於心目之間各村各團之紳董皆有簿籍俾得隨時訪記其賢否至與鄰境相通之關隘及鄰匪出没之途徑皆必周知其情形而後能會商合辦為府廳州者亦必以一府一廳一州所轄州縣山川關隘道路繪圖常時省覽胸中了然庶有把握亟望各屬皆以方尺厚紙繪所轄地方全圖貼說寄呈以便查閱

一防守不可不重也當此多事之秋固守城池最為緊要況鄂省屢經兵燹之餘失守之地官民俱困前車可鑒今雖全境肅清

隱貌聯

而鄰烽未息是不可不思患預防也無事州縣固宜稽查奸細
整頓保甲其距鄰封烽較近者則當預計垜口派定戶丁以爲
臨時上城之用尤在地方官平日實心愛民勤於聽訟差徭賦
稅不事苛求勤求民隱興利除害以結民心而又時時勸導紳
士同心合力其有品有才者優以禮貌其常助官兵拒賊者立
與奬勵官民聯爲一心城鄉聯爲一體賊在鄉城中出兵勇攻
之賊撲城城中固守鄉民合力助之總期固守以待大兵援勦
賊有不殄滅者乎

一識見不可不廣也識見不廣何以通達政體周知民隱古人學
古入官胸藏經史然後能體力用行今則仕途雜進豈可苛求

佐治藥言

加以政務紛繁而尚欲其留心文史難矣然擇要讀之書不必
多而時加體玩未為不可如歷代名臣傳循吏傳朱文端張文
勤二公所編簡而有要皆吾輩之師資也元濟南張希孟牧民
忠告明呂新吾先生實政録我
朝陳文恭公從政遺規居官法戒録汪龍莊學治臆説佐治藥言
劉廉舫庸吏庸言徐笑陸牧令書等書皆淺近易行切要易讀
凡需次人員以及實任各官豈真刻無暇晷乎與其摩抄金石
徒員光陰沈溺詩酒深妨政務何如常讀此諸書之有益於吏
治身心也至於用兵之道如陸宣公李忠定王文成諸公尤為
命世之才其所布置皆具於集中有心濟世者尤宜熟讀而精

思之

一才識不可不擴也人之資性有長於治軍者有長於理財者有長於斷獄者有宜於安靜之地而為良吏者有宜於煩劇之區而為能吏者然而秉性過剛或傷操切居心太厚或近優容尺有所長不免寸有所短在大吏固貴用之不違其才始能各得其用而在有才之人尤貴勤學好問讀書窮理克己去私補偏救弊加之以閱歷世變熟察人情必使識見益深志慮益遠有可經可權之學斯有可常可變之才而後有可大可久之業不以一得自矜一長自滿則才之所成豈可量哉

一躁進不可不戒也人之富貴升降早遲自有一定之命何必強

求君子盡其在我隨分盡職不必暮夜干求上游自知器重若徒夤緣求用縱遇好諛上官得遂所求清夜自思亦屬可恥若遇清正上官反有因干求而棄置者矣近見有一種小官專好鑽營與長官之門即交結往來以通聲氣甚有稱兄道弟金蘭訂交者不知居官所以求榮也非以求辱也與此輩交通縱得一缺辱孰甚焉且此種小人本無伎倆居官者不自貴重與彼交結彼愈妄自尊大內竊長官之風聲以賣其權其實我能自重彼固不能為害亦並不能為益也況我真嚴氣正性居官有名彼小人者未嘗不畏之如使不法我更可得而制之出處進退士人之大節安得不慎

一言路不可不通也予雖鄙闇喜聞己過從善如流各府州縣離省稍遠凡有民間利弊吏治勤惰以及予所為有不合者皆不妨直陳諸葛武侯所謂願諸君勤攻吾短私心實願學焉而諸君亦須下采民言博訪周諮凡遇父老諸生皆必殷殷下問俾下情得以上達惟聽言必察實而後可行不可輕聽而妄舉耳

以上二十四條不能盡居官之道然於致治之要已思過半矣無高遠難行之事無矜奇立異之談上哲固不待煩言中材亦可以跂及要其所以行之者不過曰實心而已州縣為親民之官事雖叢雜總宜躬親尤貴耐煩萬不可厭薄簿書假手丁胥果能勤勤懇懇為

閭熟耽

倭

國為民於閭閻疾苦地方利害熟思審處博采輿論以求實討際不憚勞不避怨不躭目前逸樂不為粉飾之虛文即才具非優終有明效誠感金石信格豚魚實心之謂也若無真實不欺之心務為飾智驚愚之舉縱才堪肆應久之情見勢絀公不見諒於人私亦無益於己名實俱喪庸有濟乎不佞服官十餘年心思才力不逮古人萬一所自信者不浮不偽日有孜孜以愛子孫之心愛民以謀身家之心謀

國止此一念上答

主知毀譽得失皆不暇計凡所言者本之躬行心得之餘非徒取快一時之論願與諸君子講明而切究焉

卷

連奇寫

柏堂集附編卷六

桐城方宗誠存之

擬示諭咸豐十一年為豫撫嚴渭春中丞作

諭書院諸生

為曉諭諸生講明學術以正士習事照得學校書院皆培養人才之地興學教士為民生吏治之基學古乃可入官用行必由體立非可茍焉而已中州河洛名區歷代聖賢輩出本部院涖任方始當國家多故之秋欲致太平先儲真士欲儲真士先正士風欲正士風先明學術有真學術而後真治術出焉此撥亂之源保邦之本也本部院望治情殷求才心切諸生其務為真士上以備

驗

國家之取用下以正鄉邑之典刑本部院旋將課文以觀人諸生即可因文以見志今特就平日所聞學問之要道開列於後諸生其採擇焉

一曰立實心人之天性仁義禮智根於心本無不實迨氣拘物蔽嗜欲日深天機乃淺不求實際惟尚虛文虛偽日久則天機日漸銷亡矣處無實心以為學出即無實心以為政在家無實心以愛親在　國又焉有實心以愛君與民哉亂之所生實由於此子思曰誠者物之終始不誠無物是故君子誠之為貴諸生勉之

二曰敦實行孝弟忠信人之本根禮義廉恥國之四維本根不立四維不張亂斯起矣夫有文無行君子所恥諸生為學事事當求

實行處則實修孝弟忠信以教家出則實修禮義廉恥以範俗心性必求實得而無徒託空言才能必求實濟而無徒誇末俗詩文必求實有根柢而無徒騁浮華如是則窮可以師表人倫達可以兼善天下而禍亂弭矣諸生勉之

三曰講實學學問之道莫實於大學一書以明德新民為規模以格致誠正為根本以修齊治平為究竟如此方為有體而有用諸生為學必真求己德何以明民德何以新遇一物必窮其應物之理有一知必擴其未知之遂意之誠不誠心之正不正身之修不修皆必自反自克而無苟且以偷安家之何以不齊國之何以不治必皆窮其原委究其利弊研之於經驗之於史反之於心審之

籌

驗

於當世之故而思所以補救轉移之道如是方為實學而有濟於世也諸生勉之

四曰務實用人之為人固宜篤實而不浮尤忌迂腐而無用天下多難士子皆將有斯世斯民之責則經濟尤須講求如教養之方禮樂兵刑之具用人行政之畧緝盜禦寇之謀練軍籌餉之策在在關於國計民生茍不於平素詳攷古法揆度時勢周知人情訪察地利明其義理悉其利害一旦入仕將何以濟賈太傅曰臣謹稽之天地驗之往古按之當今之務日夜念此至熟也先儒尹和靖曰今國步方艱事皆繁劇宜先俊後以濟艱難此皆深識時務之言諸生勉之

諭抽丁守城事宜

為勸諭公出戶丁慎守採口以重保障事照得自古制寇之方干城乃所以禦侮防守之計地利尤在於人和干城固則根本不搖外侮自無間而入地利得則形勢既據人心始有險可憑然非衆志齊興群力合奮破除意見屏黜偏私各懷急公赴義之忱共圖長治久安之策則內氣不固外患難除民情不齊賊勢易熾此不可不深思不可不早慮也豫省地處中原賊窺四境頻年堵勦尚且防不勝防稍事疏虞必致困益加困本部院涖任方始圖治維新值逆氛逼處之時當軍務積疲之後雖才庸學淺韜略未嫻而國計民生憂勤罔倦冰淵自懍膏雨情殷急思練兵選將除暴以

安良尤期開誠布公同舟以共濟門絕苞苴之入戶蠲徭役之煩肅軍政以整戎行崇實學以勵士氣無非欲為吾民撥亂而反治轉弱以為強初非有自私自利之見也惟是忠義之氣在上者倡之亦必在下者和之防剿之事有兵以任之亦必有民以助之上勞其心下策其力則衆志可以成城兵戰於外民守於中則合謀可以集事本部院躬膺疆寄自當通籌全省而不得僅守一城爾居民俱有身家則當共保城池而不得專顧一己本部院現已調將選兵籌餉練勇雄師數萬分布諸方扼守沿邊之要害以防賊之窺伺我藩籬駐營附郭之原田以防賊之擾亂我城邑爾居民亦宜按戶出丁編伍成列平時仍各安生業鄰里有相親相愛之

籌

戰

糧

風聞警則鳴鼓登陴編氓具同袍同仇之概民籍兵戰兵資民守官因民力民仗官威賊盛則嬰城捍禦如虎負嵎賊退則出城追奔如石壓卵務使野無所掠城無所依有不日就窮蹙者乎但恐愚人好逸而惡勞鄙夫先利而後義謂晏居安而誠守為苦不願履危險而離室家謂兵有餉而民夫無粮不欲執干戈以捍牧圉抑知城保而身命可保是謂一勞永逸之圖城存而家貲俱存是為遠害全利之道不然苟且偷安必大不安徼幸嘗利終大不利也試觀逆賊竄擾以來粤西湖南江西河南四省城兵民固守至今猶享其休安慶江甯盧州蘇州四會垣兵民懈弛至今猶受其毒前者懷慶之民以守而安歸德之民以不守而敗明鑒不遠禍

曉聯

福難誣居今之世為今之民惟拚命乃可救命惟舍生乃可全生濟己必在於濟人保家必先以保 國鼓其正氣始可以消戾氣存其仁心始可以格天心若偷旦夕之安為私便之計自貽伊戚不亦愚乎況我 朝深仁厚澤二百餘年吾民安土重遷亦非一日受恩既深豈可不思毀家紓難稍報涓埃安居既久豈可不懼破卵覆巢致滋後悔本部院痌瘝在抱胞與為懷惟恐一城不得其安一夫不得其所為此剴切曉諭仰居民人等知悉無論為官為幕為紳為士為商為賈為百工為胥役皆必按戶口以出丁聯市巷以成隊冊記名姓旗幟腰牌分定城門認定垜口平時秩然而不紊臨時自井然而有條助官府之威聲補兵力所不及不責

以攻戰之事但期成守禦之功功成一體保奏同膺懋賞自示之後如有不顧大局不遵約束則是爲徇私背義之人必治以犯令違上之罪今將所有規條開列於後懍之慎之

計開

一汴城垛口計七千七百有餘每垛須派二人以便食宿便溺輪替歇息

一城中大户出數丁小户出二丁按户派丁按丁入冊街市衚衕編成隊伍鄰里鄉黨通同一氣則無事時易於盤查上城時易於齊集守城時易於聯絡

一每丁必自備小旗旗上書某市某巷某姓名派守某城第幾垛

號簿

樣備

旁書歸某隊長領又官給一腰牌所記照旗一律由官用印官有歸簿以便稽覈

一二十丁必有一隊長領之隊長自備一中旗上書某市某巷某姓名守某城下書所領隊下操夫某某姓名官給一中腰牌亦然

一十隊長必有百長領之一正一副官給一大旗上書某市某官某姓名守某城下書所領隊長某某姓名官給腰牌亦然一副亦然

一十百長必有十夫長領之一正一副官給一大旗上書某市某官某姓名守某城下書所領百長某某姓名官給腰牌亦然一

聯派

副亦然

一隊長百長千夫長即以本街市衚衕官紳耆董中精明老成厚重者為之

一城中某街某市某衚衕戶丁平日本同居睽給派城派垛仍照戶鱗次派定居東城者派東城居西城者派西城易於上城易於送飯

一城上垜口凡垜夫隊長百長千夫長姓名皆照旗上腰牌一樣先行用粉字書明派定之後須上城認定記清免得臨時忙亂官先帶千夫長認之千夫長帶百長認之以下如法

一城上雨衣雨繖燈籠小刀均須自備所費無幾又可為平日留

槍嚴派

巡鬪博

用之物官備則所費不資矣守城時飯食亦自備
一省城外駐兵數千迎擊追剿垛夫不用出城
一城上大礮大槍另派兵弁施放垛夫只嚴守扒城拋擲灰罐瓶
石斷手砍梯諸事
一垛夫上下必聽隊長號令隊長聽百長號令百長聽千夫長號
令不得自行回家回家必分班定時刻不准踰期
一垛夫守城時飯食必二人分班代取或由家中送食不得有一垛
一時無人看守每隊必備一長繩竹筐以便縋城下取飯食之
具公用
一垛夫牢守一垛隊長巡查各垛夫百長巡查各隊長千夫長巡

數單商

巡數熟遽

查各百長如有違令下城者或爭鬭賭博昏睡即加申飭記過
一次再犯則重懲
一每城另派官數員總司巡查千夫長百夫長皆歸管轄
一城中老弱殘疾四窮之民不得派夫極貧單丁許富商紳士傭
僱守垛
一巡查領隊之官長如有訛索垛夫一錢者立許稟究
一賊未來時每月須分數日分門按隊上城認識垛口一次籍以
練習熟悉
一賊退不可遽歸必城外官兵追遠方可解嚴然猶必時時偵探
防賊乘我之懈

號簿巡叅

一守城之時如東城驚擾西城不得擅動一隊驚擾諸隊不得擅動各城皆然恐賊聲東擊西以乘我之隙

一巡查之官命一人手執一號簿筆墨記功過以便賊退時行賞罰如巡查之人有所偏私即予叅革

一黑夜燈籠須懸於垛外城垣之半腰則我見賊而賊不見我可以防賊之偷城

槍厚

一城上槍礮石灰火罐漬筒火箭皆不可早發候施放得著再為施放乃不落空城堅垛厚賊一時豈能飛升何必忙亂急放為賊所擾

一守城無他法止是鎮靜不譁不懈則任賊千方百計皆不能攻

伺賊攻懈逃遯而後開城追剿無不勝矣

一省城居民衆垛口多其餘外府州縣城居民少垛口亦少皆可仿照辦理

一凡城外居民有欲入城避賊者必皆於平時註名入册臨警時委官執册坐城上欲入城者城外報名查册准其入城

一城外遠鄉及過往客商平時未經註册臨時欲入城避亂者必問其城中有熟識者能保則准（準）入

一城中居戶平時須多積穀富紳富商尤宜多餘米粟麥豆雜糧守城時官照時值定價既可獲利又可濟人若不肯積穀則危急時有銀錢無所得食何如多積米糧後來仍可易爲銀錢並

不虧本也

一將閉城之先凡城中先自外來之商賈工作及肩挑貿易之客民欲出者俱准其速出免得以後在城驚擾一聲閉城須急令各戶查各戶各隊查各隊各街巷查各街巷凡面生可疑之人皆須根究以防姦細窩藏再行整隊上城到城上守定垜口之後巡查官仍須按隊按垜點驗以防姦細攙入其中然後鎮靜以待

禁軍民踐踏先賢祠廟示

為出示嚴禁事照得宋大儒兩程夫子闡明聖學有繼往開來之功歷代祠祀尊崇正欲人興起而效法之也其餘歷代名宦名儒

窩攙靜

或留德澤於地方或興文教於後世至於忠臣義士尤為天地正氣所鍾國家綱常所繫故懿德之好各具秉彝查河南開封府城外有二程祠褒忠祠名撫祠報功祠並禹王臺有附祀諸賢各祠是皆前人創制之良規後人宜如何隆重昨經本部院親詣查看門窗拆毀木主凋殘究由附近無知之徒與往來兵勇任宿祠內者任意作踐實堪痛恨夫欲戡禍亂先固本根本部院方冀與官弁軍民人等共勵希聖希賢之心鼓作忠作孝之氣豈可於古之聖賢忠孝足為師法者先毀傷之除本部院率屬倡捐飭府修復外合行出示嚴禁為此仰軍民人等知悉自示之後如有藉稱兵勇強住祠內或本地無賴擅入祠宇任意作踐者許該祠奉祀生並

看守寺僧等赴地方官具稟以憑挐究不貸其各懔遵各處先賢祠廟皆准照此辦理特示

到任正學術示（同治二年十月為〔安徽〕學使朱九香太僕作）

為通行曉諭事竊為〔維〕督學之職所以扶正學而培世教非徒以衡文為事也學術不正安有人才人才不興安有吏治吏治不講安有民生民生日蹙國本安繫歷觀三代盛時及漢唐宋明以來郅隆之世學校之教莫非使士務實修人求實用故其時達而在上者本學以出治即可以輔襄鴻業烈窮而在下者本學以淑己亦可以師表人倫上下感應天地交泰民安物阜禍亂不興職此故也迨其中葉政教頹而變亂作猶賴學術昌明遺風猶在一二素

曉竊

有實學之士守正植節死生不渝持危扶顛於以奠民生而安社稷世運賴以長久國祚賴以中興是皆學術由明之效也至其久而衰也人尚浮華士習巧偽經史子集不於其中求明體達用之實際而但掇拾其詞藻故事之萬一以爲掩取名利之階梯凡古聖賢修身治世之大經大法與夫歷代名儒名臣之善言善行嘉謨嘉猷畧不知存諸心見諸行推而致之於實用甚且詆諆而迂笑之以故窮則鄙陋自安無足以興起後學達則惟知趨利取巧粉飾因循迨至百度廢壞萬禍萌芽而猶醞釀蓄積苟且欺蒙全不修省一旦禍發遂如火之燎原而不可驟熄矣論者或委爲氣運使然噫豈盡氣運使然耶實學不明人才敗壞漸積而至然也

懋

夫亂必有所由起亦有所由止知亂之所由起則知亂之所由止
今
天子嗣大統深達撥亂反正之原在振興學術培養人才
特命儒臣輪班進講懋成
聖學以裕出治之源又屢奉
諭旨命翰林院國子監掌院堂官身率諸生講明實學課試以經
史性理時務諸論策俾各達其所見以期學有本原不專以時文
詩賦為重又
諭各直省督撫及內外三品以上官皆以人才為心而凡天下碩
德重望之臣俱蒙

屢奉舉

暨江數

召起大用共圖至治其績學篤行之士伏在下位者猶懼不得上
聞也亦屢奉
諭旨命各省督撫提學訪求薦舉以待破格錄用是所以振起士
心培養正氣者至矣盡矣無復有加矣夫在上好尚之所注即爲
在下風化之所趨今士子當變亂之後幸遇
朝政清明德教誕敷可不知所以奮興也哉皖江爲大儒朱子之
故鄉歷代名儒疊出遭亂十載文教蕩然賴節相曾公奉
命督師肅清數省以及於皖長江數千里既底於蕩平崇獎節義網
羅賢才興復儒學使皖人士得重睹衣冠文物之盛再聞詩書絃
誦之聲本院幸於是時奉

勖

天子命視學蘇土自顧德薄齒衰不足以任斯職第念
國家所以試士之意原欲學臣選取英俊於學校之中使共讀聖
賢之書窮聖賢之理儲成興道致治之才用獲濟世安民之效爾
皖人士前受蹂躪之慘今幸恢復之初不可不追尋禍本思弭亂
源振拔精神激昂志氣各求身心性命之實學裕經綸參贊之宏
規以上赴
聖君賢相咸與維新之治本院校士才疏求賢念切往嘗典試粵
東視學楚北禮闈分校多士盈門雖智不足以識真要無不以學行
兼優為多士勖況今當
聖主沖齡踐祚奉

旨起疾出山委以督學重任尤思今日庠序中儲一真士即為異
日
廊廟中得一良臣共濟大難共享隆平爾皖人士其各勉之無違
特諭
一重根柢
國家以四子五經命題試士原冀士子涵濡於聖經賢傳之中庶
幾義理之學熟於口存於心蘊之為德行發之為文章見之為事
業學者誠能沈潛反覆而有得焉本精義以著之於文方不愧
朝廷因文取士之意乃末流之弊專揣摩時文以應舉而於四子
五經聖賢所以立言之旨全不知心體力行甚至束之高閣視若

迂遠日趨為空疏浮偽無本無用之文學無根柢異日為官安有
經濟近年奉
旨以孝經小學性理試士蓋添此一場欲以反積習使共講求根
本之地以懋實修乃府縣考試全不重此虛應故事何能端士子
之趨向而稱
朝廷良法美意哉本院恪奉
成憲專以孝經小學性理論經解詩賦作一場題必正大文必實
有發揮以期搜求實學之士正場試四書文覆試五經文旨不出
剿截無理之題以侮聖言而壞士心搃以能發明義藴無歉理法
為主其或好異喜新背叛朱註者決不録取要在即文以求人使

職

士子皆知因文以見道至平日未試之前既試之後諸生務當潛修於家講實學求實用操守端嚴不干預外事本院每月觀風一次亦皆以性經史性理要義出論題時務實濟出策題以觀士子之學識題與文皆由各學官收發學官本專為教士而設每月必須課試具有成規近來積弊惟知爭較贄敬而平日與諸生全不講習殊負職守飭各學官當修行明經重義輕利以端表率常與諸生砥礪實學以正風化觀風月課發題收卷學書門斗不得向諸生需索本院將來即以諸生學識之長進與否定各學官課績之上下切勿視為空言也

一○○○正名義

疊染

薄茲

學校之設所以明人倫也人倫之大莫重於君父讀聖賢書所學何事名節不立禮義消亡廉恥不知勢將何所不至皖省遭亂十年忠義殉難士民旣經曾節相開局採訪疊次奏請旌卹矣見在士子之中如有平日抗節不屈甘心窮餓於空山與逆賊全不相沾染者或更有仗義請兵助餉出力家受賊禍身餘一死者或更有團結堡寨保障鄉里屢與賊戰不受屈辱者仰各學官及地方官訪求真實稟報本院待考試發放之日當堂獎勵使正氣伸而大義明夫逆賊久据城池不特小民受其摧殘及貢舉生監被脅受屈者皆覺情實可憫惟有無恥喪良之徒既列膠庠之內而或反受賊之偽職應賊之偽試為之協理奔走與之交

寬過衊總

槍

結以害鄉閭此一種人實為士林之玷仰各學官及各學廩增附
生確實查明不准復入衣冠之內與考試之列雖
國恩寬大不過追求而濫列冠裳實非旌別淑慝之道公論所在
名義所關爾等不得徇私庇獲亦不得藉私汙衊總期正名定分
以警人心

一安義命

進禮退義士人大節苟且以得功名恥莫甚焉況得之不得曰有
命寡廉鮮恥以僥倖者亦未必盡得也守分安命而不妄為者亦
未必不得也士子平日務當講求實學不可臨考試時為欺罔之
計鎗冒夾袋夤緣等弊例有明禁本院矢心清慎弊絕風清一經

寬聽

冀往奉

舉盡屢奉

查出斷不姑貸盖
朝廷設科取士原期得績學篤行之士以待大用於將來若不知
禮義不顧廉恥干法犯紀以求苟得者異日為官有不肆行欺罔
者乎有不敗壞風俗者乎本院為掄才起見決不姑寬至點名入
場當雍雍有禮挨次聽點不可擁擠此亦守禮安分之一道也
一慎甄錄
設科取士冀得真才錄取不慎則賢否混淆是非倒置士子文風
往往以上之所取為效法謬種流傳風氣不愈趨愈下乎皖省久
停考試遭亂既久荒廢詩書者多而苦讀不懈者當亦不少今年
本屆歲試兼奉

旨補行歲科兩次若一案一試恐士子旅費爲艱若但併於一堂恐僥倖者多而真才反或被黜本院關防考試精心鑒衡如正場佳文足滿四案之額則分四案錄取如不足額則但錄取本屆或兼補一次其餘再行關防考試錄取庶不致下才幸得而真才向隅本院有掄才之責斷不敢草率從事也

一訪賢才

科舉求才原爲常典第人才有非科舉所能盡者近屢奉
諭旨內外三品官以上皆須薦舉賢才同治元年又奉
旨有孝廉方正制科之舉誠以賢才之興上可以備
國家之需下可以振士林之氣惟是真正賢才必不自出以求薦全

盡禮備舉報

在上之人加意訪求近來地方官各學官積習類非請謁不舉加以學書及各衙門書吏又每多所邀求如是豈能多得真士乎皖省素稱文物之邦遭亂以來老成凋謝然名師宿儒學行兼優經術修明足為後學儀型者必尚有人專心先儒之學心體力行著書明道以輔翼世教而闇然不求人知不急世用者必尚有人學問博雅留心時務講求經濟實用者必尚有人篤於內行志性純篤宗族稱孝鄉黨稱弟者必尚有人好善樂施為日不足睦婣任卹克己濟人者必尚有人廉節自持一塵不染居鄉任事守正不阿者必尚有人仰各學官會同地方官切確訪求如有此種人才務須致敬盡禮備文舉報有著述者即訪求呈覽其有名儒循吏孝

舉報厚

子已故者亦須訪求舉報以樹風聲蓋凡遭亂之中而能金石不渝者是碩果之陽不可不厚加培養也其各慎之

一舉節孝

婦女守節不二大義凜然表而揚之不特可以礪閫範亦可愧士子之懷二心以事君者皖省遭亂以來婦女殉節者既經曾節相採訪彙奏矣其餘夫死不嫁守義合例者及以死從夫性情尤烈者例宜由學官稟報近來惡習各官書吏非錢不行以故貧乏苦節遂多淹沒殊失維持風化之道仰各學官及各學生員各就所知訪求稟報書吏不准需索本院會同督撫彙案依總旌例奏請

闡隱盡虛

摭表以闡幽隱而宣鬱湮其各盡心慎毋虛應故事

一禁邪教

邪教之興乘正教之衰而入古所謂異端者楊墨佛老皆乘聖教不行而後其說始熾焉今則楊墨佛老不足為害而別有一種邪教惑世誣民姦人因之以聚衆煽亂世是亦由儒者不講明正學但為浮華駁雜之學以逐時趨小民不知孔孟正道之可樂而後羣入於邪也恭讀

聖諭十六條以黜邪教諄諄告誡士子安可不遵仰各學官教訓諸生諸生教訓其子弟生徒皆以聖賢正學為宗人倫日用為重所讀之書以孝經小學四書集註

欽定七經性理精義程朱全書近思錄文公家禮資治通鑑綱目
大學衍義衍義補諸類之書為主則明體達用修己治人具有規
模再能博考注疏全史通典通考以及歷代名儒名臣各大家全
集
國朝講求時務諸書則學識益加宏遠其他如駁雜浮華之書俱
可不藏不讀何況異端邪說害倫傷教為士子者尤宜視為酖毒
永行屏絕夫士學之純疵即為民風之瞻視孟子曰君子反經而
已矣經正則庶民興斯無邪慝豈不信哉又曰上無禮下無學則
賊民興夫無學豈果無讀書之人耶無講求聖賢之實學者也方
今賊民之禍由於邪教之興賊民之禍雖漸衰而邪教之入其孽芽

深可懼凡我士子當力守正道訓教鄉閭深憤而痛絕之也

一厚風俗

士子為讀書冠戴之倫小民矜式有轉移風俗之責大亂之來半由風俗靡（浮）奢淫爭奪貪汙所致皖省人士遭荼毒之後當互相勸勉力改積習富者敦尚節儉修明禮讓以積德累仁為心貧者廉潔不苟發憤自強以務本守分為要宗族鄉黨亂後存者無多仁人君子觸目心傷宜敦和睦厚任卹斷不可爭較長短以啟公（訟）端田地錢財宜學吃虧勿好爭端奪平日小嫌均當和解各安本分勤本業以復天地太和之氣庶幾災沴之數可以潛消至於君民大義士子尤宜謹守並各勸諭同鄉共族之人不可隱瞞錢糧不

厚冠帶

錢爭解庶隱

勦

盡厚

可抗欠
國課蓋士民食毛踐土受
歷朝養育之恩而亂天之興
聖天子命將出師宵旰不遑始有今日之安居樂業士民所以報
皇上者止此涓涘之賦稅耳況現倚是養將養兵為爾等勦賊安良也用士民可不盡心乎夫禍亂生於人心人心之蠹賊既平而後外賊無從而入然所以挽回風俗反樸歸厚者尤在於讀書士子為之表率也其各勉之

到任正民風示同治三年二月為盧鳳潁六泗兵備道孫琴西觀察作

為通行曉諭以正民風事照得盧鳳潁亳為古淮南地民風勁直

強悍良吏導之易以從善姦人煽之亦易以為暴習俗然也今自粵逆倡亂以來淮南北捻匪乘機四起不惟山東河南楚北之交受其荼毒即凡皖北四府一州之地亦鮮不被其蹂躪焚人之居刼人之財掠人之妻絕人之子傷天害理靡所不為於是皖捻之名聞於天下著於公牘此誠天地鬼神所同憤亦皖北遺民父老所共痛心疾首而深讐大恥者也

聖天子軫念斯民之困苦也日夜焦勞選將礪兵救民討罪歷茲十載始克蕩平凡從前著名捻首逆練盡皆誅夷實足以伸天怒而快人心又推

寬大之恩救脅從之罪俾民舊染污習咸與維新本署道奉

蕩盡夷染污

慮庶阨淫

命觀察一方入其境見田野荒蕪人民寥落實切傷心思欲與民
更始以無負
圖
朝廷德意願吾民痛悔既往奮力改滌慮洗心以向
聖化庶幾永離水火之厄而咸登袵席之安致其所以教爾民者
約有數端願吾民熟玩而深思之一曰畏天天道福善禍淫無往
不復雖時有遲速而理無改移觀之往古漢淮南王安之叛唐吳
元濟據淮蔡而反終皆身首異處觀之近事張落刑張漋孫葵心
龔德龔瞎子等著名者數十百人類皆聚衆數萬横行殺掠今皆
無一漏網者苗沛霖苗金開等擁練衆數十萬受
朝廷高官厚爵不圖報效而反易天常妄自尊大今各不保首領

薄徭幾

無有遺類其他聚黨或數千或數百率多破滅者更無論矣是皆
爾所親見親聞者也不特此也粵逆楊秀清韋正石達開陳玉成
等皆著名首逆梟悍異常以彼勇力智謀使知去逆效順為
國殺賊何嘗不可立功乃甘心為洪逆效用率皆滅族洪賊孤守
金陵亦不久即服天討矣可見天道助順而犯順者必誅天道好
生而戕生者必戮是不可不懍懍危懼也爾民或有從前昧於天
理刼（劫）於賊勢不敢不從者今豈可不畏天之威而思所以保壽命
安子孫長邀天佑也乎二曰敬上我
朝深仁厚澤二百餘年薄賦輕徭古所未有試問爾皖北居民當
明季大亂遺黎有幾非我

朝修養生息人民富庶何以百倍於明季近十年來不服
王化死賊死兵者不下數十百萬人而今日孑遺之民猶得安土
復業重見天日者皆若非
聖天子命將出師爲爾等驅除殘賊不克有此爾等受恩最重豈
可不知所報耶況今者
兩宮皇太后垂簾聽政
皇上天亶聰明延訪人才勤求民瘼賞罰明信將相和調內賊漸
平外夷就撫中興氣象煥然一新爾等大劫之後幸留殘喘於光
天化日之中可不士勤其學農服其田工習其技商安其業無好
爭鬪無啟訟端無抗錢糧無習奢侈父子兄弟鄰里鄉黨熙熙皞

夷劫服鬪熙

禍霸

皡為中興之良民以長亯昇平之福乎夫離亂賊之禍受浩蕩之恩而猶不思報者是梗化之頑民也料爾等必不如是也三曰興學孟子有言上無禮下無學則賊民興孔子曰君子學道則愛人小人學道則易使是故民風之悍戾由於士習之浮囂士習之不端由於學術之不講現在

朝政清明興起正學節相曾公駐師安慶善後事宜亦以興學為先崇獎節義振起文教扶持善類培養人才中丞喬公學使朱公皆同此志本署道少官詞翰出守大府亦無日不以人才學問為心爾居民雖遭亂之餘然老師宿學必尚有人務各教其子弟勸其鄉里諭其生徒稍有衣食之資即當從事學業以讀書化其氣

處死

禍仇怨

質以禮義養其性情以文詞鼓其志氣學成之後出可華
國處各可儀型豈不快哉至十餘年以來抗節死義之士女有來
報者本署道即為表章讀書立品不汙之士有來見者本署道必
加敬禮好學能文之士有求正者本署道必為評閱孝子節婦名宦
鄉賢未經闡揚者本署道必為詳請旌表總期化干戈之氣為禮
樂之俗爾居民當共成此雅化也四曰安分皖北向多莠民聚黨
掛刀結會拜盟名為光棍以欺良懦積為風氣釀成大刦良民受
害固多而莠民亦十不存一未嘗非天心震怒藉此以洗滌而擴清
之也今爾民當追念禍始力清亂源散黨解仇毀寨釋怨無為游
民而廢正業無好武事而啟爭端常以忠恕存心禮義為本父安

父之分而止於慈子安子之分而止於孝兄安兄之分而止於友弟安弟之分而止於恭宗族鄉黨各安其分而止於睦婣任卹貧賤富貴各安其分而止於勤儉溫良做百姓則安百姓之分而聽官長之約束做紳士則安紳士之分而無武斷之行為如是則可迎召和氣而永消禍本矣凡此四端皆今日切實之務爾居民宜兢兢守之本署道昔讀漢書見黃霸之治潁川尚教化而不專以刑法心竊慕之今承乏茲土亦不敢效古酷吏之所為故不惜諄諄告誡欲與吾民共啚郅治也如實有莠民梗化於其間則有天子之法在本署道亦不敢為煦煦之仁爾居民其慎之懔之特諭

柏堂集[illegible]編卷二十一

坿擬疏

擬疏咸豐十一年冬擬稿請豫撫嚴渭春中丞上之

薦舉賢才疏

奏為

朝政清明寰海悅服根本既正隆平可期請

召起老成碩德之臣以收群賢畢進之效謹竭愚忱臚舉所知仰

祈

聖鑒事竊臣近讀邸鈔欣知

皇上回京之初即奉

擬疏

寰根既正

君羣

初即

桐城方宗誠存之

兩宮

皇太后懿旨立將載垣端華肅順革職拏問明正其欺罔跋扈之罪博採群議置之典刑又將平日阿附媚諛諸臣革職薄懲昭示臣子事君之道激勵忠義廉恥之心而又

下寬大之詔不究其餘惟勗其後固已仁至義盡振古爍今矣現在老成典型既皆引置左右一堂師濟昕夕贊襄仰見我

皇上威比雷霆明並日月好惡協天理之正舉錯當民情之公是誠古帝王制治保邦端本澄源之盛治也

命下之日朝野歡呼中外鼓舞不動聲色已可措天下於泰山之

襄
正制外
奏
奏

安

獲聞竊

臨 正既盛邪

興 泰封

辭拔茅彙 彙

衆 衆長

機

封 攙

朝廷肅清軍威自振在江西湖北安慶不數月間克復府州縣

數十山東河南四川皆屢獲大勝賊勢披靡是皆我

皇上福曜照臨有以大作行間之氣正氣既盛斯邪氣自衰

天助人歸鼎興氣象已昭昭若揭矣臣竊有請者伏讀泰卦初爻

周公繫之辭曰拔茅連茹以其彙征吉蓋當泰運之初必群陽畢

升衆賢咸進然後可以成天地泰交之象君子道長則小人道消

此古賢后財成天地之道輔相天地之宜以左右民之機要也臣

受任封疆原不敢攙言

朝政然臣荷

安 廷 振 慶 復 府 縣 衰 卦 羣

特
御
盡默
竊　隱
蔭
蔭正
倚盡
退猶念忘

先皇帝特達之知值
聖主大有為之日賢材進用繫四海之觀瞻臣職兼右副都御史
分可盡言義難緘默不盡知者不敢陳也其真知灼見者不敢隱
也昔孔子以知賢不進為竊位孟子謂不祥之實蔽賢者當之臣
戰戰兢兢不敢不懍謹就所知為我
皇上一一陳之伏聞前任大學士翁心存戶部左侍郎羅惇衍戶
部右侍郎王茂蔭都察院左副都御史張芾之數臣者學問正大
志慮忠純直節亮工超邁流俗曾仰荷
列聖倚畀之重皆能不負
隆恩克盡厥職今雖退歸伏處猶每念不忘

侍郎
惇

特
猷卿農菴
正表
御埻守蘇
廣劉蘇
酣
通黃
懈

君國未便任其閒散如蒙
特旨起用必能竭忠盡智黼黻
皇猷又如前三品頂戴太常寺少卿李棠階河南進士品端養粹
正學所宗前鴻臚寺卿田雨公山西進士言表行坊端嚴純粹前
春坊中允李惺四川進士耆年清德訓型閭里學問淹通品行貞
介前任御史竇埻雲南進士直節守義學有本源前任給事中蘇
廷魁廣東進士忠孝性生危言危行前翰林院編修劉熙載江蘇
進士樸質清端志趣恬靜前翰林院編修郭嵩燾湖南進士沈酣
經史通達政體前翰林院編修黃彭年貴州進士純孝性成澹泊
明志前翰林院編修車順軌陝西進士篤實端方清修不懈前翰

院庶根柢郎
實孤外辰
兼候補
述雷砥節當
望守
蒙家
特器抒襄
廣饒略冠時才
堪變隸候補
愛縣徽候

林院庶吉士陳鼒江蘇進士廉介質實學有根柢前户部郎中楊
寶臣福建人清節孤忠不避權貴前刑部員外郎邵懿辰浙江舉
人忠直篤實學行兼優前刑部候補主事王柏心湖北進士孝介
孤高著述淵博是諸臣者好學力行留心經濟砥礪名節當官之
日著有清望現或告歸本籍或閒居京師而操守端嚴不干進用
如蒙
特旨召見量材器使必能各抒所學贊襄
鄧治又如前任江西廣饒九南道沈葆楨福建進士識畧冠時才
堪濟變曾守危城著有成效前直隸候補道王檢心河南舉人清
修實踐勤政愛民歷任江南州縣至今尸祝前安徽候補知府李

猷樹
令
肄才
外
録
雅
内共
鑒待於然愛

宗羲四川進士孝行純篤歷著循猷前四川候補知府牛樹梅甘肅進士力紹關學以德化民歷任牧令士頌民歌前陝西西安府知府徐棟直隸進士學守貞介悃愊無華是數臣者才德俱優堪勝外任未盡其用告歸家居如蒙

聖恩録用必有實心異政宣布

朝廷雅化夫用賢者

主上之權也進賢者臣子之分也臣與諸臣多不相識而諸臣抱負實海内所共知想在

聖明洞鑒之中固不待於臣言者然臣區區愛

國之心若過於拘泥於天下人才知而不陳其何以仰承

邪　褒寡
轉
旨懷
飭眞務虛野
初肅
昇

聖天子維新之政而報
先皇帝特達之知耶且夫國運之盛衰視賢才之多寡而賢才之
多寡視用舍爲轉移臣非謂天下人才盡乎此也第舉臣所知而
凡爲大臣者亦將各舉所知並請
明降諭旨凡懷才未遇抱道未出者皆
飭廷臣疆吏訪察真實各舉所知務使才不虛生野無遺賢則天
下之士爭自濯磨棫樸菁莪之化再見於今日矣抑臣更有請者
自古哲命之貽端在初服從來臣工之肅必本
皇躬昔周成王沖年繼統元聖輔政當時海宇初定頑民未平咸
王日新又新克承大業開八百載之昇平後世稱爲守成令主我

齡竊
懋
拚垂餘餘
惟勖其後盡
艱
共野
擴
邪疑愼終
正己興慰

聖祖仁皇帝亦以沖齡繼世當時逆藩叛民竊發數省
聖祖任人行政仁如天而智如神致四海晏安蠻夷率服加以懋
勤聖學緝熙光明修法立制創垂至今二百餘年以開億萬世無
疆之業臣惟古稱達孝在於善繼善述顧我
皇上時念
先皇帝仁明英斷夙夜憂勤與諸臣宏濟艱難乃逆賊未平
天壽未永人神共慟朝野含悲欽惟我
皇上聖德日新擴充善政遠法周成王近法我
聖祖敬天勤民知人善任用賢勿二去邪勿疑由愼始以愼終本
正己以正物繼中興之業立不朽之規上慰

望

附

遵

旨

藎

振機厚

脈

恭

竊

邸

旨

先皇帝在天之靈下副四海臣民之望天下幸甚萬世幸甚臣愚
昧之見是否有當謹附驛具陳伏乞
皇上聖鑒訓示謹奏

應詔陳言疏

奏為恪遵
諭旨敬陳管見以輔
君德以養人材以振戎機以肅吏治以厚風俗以培
國脉條分縷晰恭摺奏祈
聖鑒事竊臣恭讀邸鈔欽奉
諭旨朕以沖人未堪多難重賴

幾匡翼
正宜默特外
卿據
非外切
忍
正

兩宮
皇太后萬幾日理王大臣等匡勉翼爲何敢不博採讜言虛公攬
納期以施行措正上理日臻刻當各省軍務未竣民生多戚凡爲
臣子均當竭誠抒悃之時豈宜醜正忠直苟安緘默用特諭中外
臣工九卿科道有奏事之責者於用人行政一切事宜皆得據實
直陳副朕側席求言之至意等因欽此又因恭親王奏請求言
申諭中外大小臣工嗣後於朝廷用人行政如有所見務當切實
直陳毋得稍存畏葸隱忍之見我
兩宮
皇太后方詢切芻蕘以求治理卽恭親王奕訢正欲與諸臣精白

襄

目 臣

聽

艱

獻 以

一心同襄郅治亦得虛衷參酌盡其多方延攬之誠爾諸臣其盡
忠納誨陳善閑邪竭爾股肱耳目勛予心膂毋負諄諄申命爰咨
爰度之懷實有厚望焉將此通諭中外知之等因欽此仰見我
皇上聰明天亶好問察言樂取於人以為善舜之所以為大知者
無過於此是誠念
祖宗締造之艱
先帝付託之重兢兢業業務欲
君臣一德內外一心固非徒循廣言之故事博納諫之虛名已也
中外臣工苟具天良何敢負
清問之殷忠讜言之獻臣愚昧之見未必有當謹擇時務之切要

陳導養

者十二事爲我
皇上敬陳之
一愼簡輔導以養
聖德也自古帝王雖生知安行必加困勉之學力堯舜禹精一執
中之傳君臣師相交戒互警務求心德純明然後能成知人安民
之功成湯太甲以伊尹爲師高宗以傅說爲師武王以箕子爲師
成王以周公召公爲師君與臣講求至道懋昭大德緝熙光明然
後能發政施仁開數百年之盛治蓋天下之化成必本主德主德
之隆替全在學脩而學脩之是非又必在於師保之不負所任師
保得其人然後能講明乎二帝三王之道明德新民之功辨別乎

緝
蓋主
辨 不从力从刂 別

略　異染　初　退

用人行政方之制治保邦之略如不得其人則雖有聖智之資而輔導未得其正或惑以功利或誘以權謀或悅以浮文或進以小慧又或導之以百家異端之說引之以流俗卑陋之規爲君者得其先入之言以爲主馴至嗜慾日開紛華日染後雖有聖賢之說忠直之言皆不能入矣昔宋哲宗沖年嗣位宣仁太后召用賢臣司馬光呂公著等爲相以大儒程頤爲講官故元祐初年之治比於真宗之盛其後程頤被小人毀謗引退哲宗無賢師輔導日就昏庸遂復退君子用小人舉元祐初政盡取而更張之墮宣仁中興之業宋之國勢遂以不振此可見輔導之任關乎君德之昏明宗社之安危也臣伏讀邸抄

導危
安蒙養
榕
導
正辨邪
正亂機
辭雜

兩宮
皇太后以
皇上沖齡踐祚亟宜典學以端蒙養之基博訪老成端謹學問優
長之員用資輔導而裕性功臣仰見
皇太后深知政本在
皇上之一心故急以博訪輔導為第一要務書曰能自得師者王
是之謂矣臣伏思
帝王之學與儒生不同惟在乎稽古正學明善惡之歸辨忠邪之
分曉然於趨道之正出治之本存理遏欲之要撥亂反正之機而
浮辭雜技之學皆不必事也則欲為

黼座求輔導之臣亦必其識足以明理德足以識身通達治體洞
澈民依而又有清修重望端正和平
皇上親之近之足以涵養氣質薰陶德性者然後可以當之非是
不敢舉也伏查左都御史倭仁學正養和人倫表率自幼篤志力
行即以慎獨誠意為宗
先皇帝即位之初倭仁曾上切直之言深蒙
諭旨嘉納令大小臣工須以國計民生為重愷切直陳以倭仁為
法等因欽此由是任以卿尹歷中外倭仁恪恭厥職進修不懈
德日粹而望日隆臣又查前戶部左侍郎羅惇衍誠慤忠貞寬洪
仁恕歷任考官學政清修亮節海內共知而尤以人才為心以宋

卿敬
望

腐亂

勖庶

奬予

亂救

[redacted]

望

五子之學教士

先帝即位之後屢進讜言深荷

褒嘉謂羅惇衍勖朕以學實出自愛君之忱庶慰朕求諫之意等

因欽此仰見

先皇帝知人善任奬予忠直倭仁臣亦百能不負所知始終一節體用

兼賅實可勝師傅之任夫流俗之病在以聖人之道為迂腐抑思

二帝三王之道行於時而天下治孔孟程朱之道不行於時而天

下亂然則聖人之道乃救時良策非迂論也救時不本於聖道則

皆雜霸權謀雖補苴於目前流弊究不可殫述倭仁之學雖不敢言及

望孔孟程朱然能誦其言守其法躬行實踐忠

聽聞
充
辨黜算
寶録圖
潛長

君愛
國著有明效若用爲師傅日爲我
皇上開陳善道則以
聰明睿知之資日聞乎古聖先賢之訓涵濡既久心體力行擴而
充之則二帝三王之治不難見於今日矣
一精辨賢否以嚴黜陟也自古行政莫先於用人而用人莫切於
君子小人之辨方今
寶籙初膺勵精圖治百爾臣工視
九重之好尚爲轉移君子道長則小人道消若一辨之不精使小
人得容於其間終將潛滋暗長招朋引類以爲

辨
佞退柔
闒導
異 正以
（倫）般
儉
阿導 奴
勇

朝廷之害夫君子小人不難辨也要在先正
皇上之一心志氣清明義理昭著如明鏡在上物自不能遯其形
大抵君子忠信小人佞巧君子恬退小人躁進君子方直小人柔
輭君子疎節闊目坦懷相與小人矜心作意專習儀容君子愛惜
人才小人排擠異己君子秉公持正小人循（徇）欲撓私君子導君於
恭儉憂勤小人引君於般樂驕侈君子圖遠大以國家元氣爲先
小人計目前以朘削民膏爲事剛介不撓無所阿附者君子也依
違兩可伺候人主之喜怒以相趨避者小人也憂深慮遠防禍於
未然者君子也依阿淟涊導人主遂非長傲者小人也趨死不顧
利害勇於擔當以爲國家者君子也見利則趨見害則避取巧以

依

變長逸
懋黜
良
屏外
媢

圖身家者小人也進憂危之議諫動人主之敬心者君子也動言
氣數不畏天變以滋長人主之逸志者小人也公私邪正每每相
反但使昔仁宗于咸豐初曾為先皇帝條分縷析懇惻詳明
先皇帝辟言之疏蓋天下傳頌
皇上懋勤聖學天理日明去忌諱樂匡直罰唯諾黜緘默考二帝
三王以來聖主賢君之事以為法取歷代名臣庸臣奸臣之行以
觀人則小人自不能容於其間而君子始無掣肘可以盡力於
國事此治天下之要機也臣尤有進者君子不難於知而難親小
人不難知而難遠自古英明之主豈盡不能知人哉良由知其為
君子而厭其拘板嫌其剛方屏之於外使嚴氣正性不得接於吾
前然後可以任吾所為知其為小人而喜其輭媚不拂吾之意引

庶倚隱聽

導陶御 三四

遠與

振術陶

專

置左右然後可以濟吾之所欲又自信吾之才可以駕馭彼必不能爲吾害馴至庶事叢脞無可倚重之人而一二正人又折於小人之寵任威權奉身引退安於隱默而小人益剛愎自恣由是君遂眞以其人爲可恃受其所制被其所愚言聽計從利歸於彼而害歸於國後雖悔悟無及矣然則人君欲求知人之實效尤在以眞能親君子遠小人爲至要歟

一振興實學以育人材也天下之事需人而理而人才之盛視乎學術今天下有乏才之患非乏才也實學不明無以造就而陶成之也昔堯舜三代之世立學專明人倫敬敷五教無後世浮文末藝之習故其時人才篤實體明用達非後世所及西漢重經學舉

良節

復專

襄衡薛劉

聚

樹

改冊沿盜

孝廉東漢重循良崇節義而經學孝廉循良節義之士遂處柄於
乾坤漢祚賴以扶持墜而復續唐宋元明以來專尚辭章浮文盛
而實學衰士風日降實由於此猶賴一二講學大儒如唐臣韓愈
宋臣程顥程頤張載朱熹元臣許衡明臣薛瑄王守仁高攀龍劉
宗周等聚徒講學倡明聖道風行天下流傳後世習其學者往往
明理守義窮達各有建樹學雖不明於上而猶明於下故人心風
俗賴以維持我
朝稽古右文科舉取士循明代之制以四子五經諸史為本原欲
士子涵濡聖經博考史冊為有體有用之學也乃沿習既久盜襲
浮藻鮮事實修甚有四子五經精義未明諸史法戒未曾考鑒歷

竊

代大儒名臣全體大用之書直有終身不知其名目者但剽竊杜
撰以取功名工摹書翰以登清秩無怪乎處無實德出鮮實用也
今天下教養人才之地有四曰翰林院掌院學士國子監府州縣儒學書院
而造就人才之官有五曰翰林院掌院學士國子監祭酒司業直
省學政直省正副主考官府州縣儒學教授等官應請
皇上明降諭旨飭令翰林院掌院學士國子監祭酒司業等官務
求德學純備言表行坊可為人師凡教習庶吉士及肄業諸生等
皆必令之窮經考史博究歷代名臣名儒修身治世之大經大法
以為根柢而於吏事武備天文地輿兵刑錢穀各因其本分所近
而習之務期有實德實用勿徒為剽竊杜撰之文而已也長官隨

正
飭
非備表
令敦脩
根柢穀
竊撰

長

飭

參劾

最

時訓誨考察其有經明行修才堪濟世者隨時明列所長具奏以
待察用而不徒課其文詞看其書法用之有效者賞及長官無效
者罰及長官又請
明降諭旨令各督撫學政飭各府州縣儒學教授等官必身率諸
生講明實學教士之法必以綱常名教氣節經濟為歸其講學勤
奮訓士有效者各直省督撫學政隨時查明保舉其廢職不修教
士無法者隨時糾劾昔宋臣胡瑗始為湖州教授以經義治事二
者教士成就至數百人宋廷取其法施於太學頒行天下擢胡瑗
為太學師開宋世講學之首伊川程子實出其門是國子監堂官
儒學教授一官最易成就人才之明效也至如各直省學政正副

衡

旨飭正裂

奇求才

留

選薛

考官取士衡文尤須

明降諭旨飭其以正大精實之題取正大精實之文不可割裂聖

經專取浮藻尚小巧誇新奇務以真文求真才上應

國家之用昔宋臣呂祖謙知貢舉閱文而知陸九淵爲名儒王應

麟知貢舉閱文而識文天祥爲忠臣此考官善拔取人才之明驗

也學政爲日最久遍(徧)歷各府州縣考試與士子相親尤須諄諄教

以正學並當留心訪察人才其有懷德抱道未經大用者無論曾

仕未仕搢紳布衣許其臚列所學實德實用隨時薦舉於科舉之

中寓選舉之法昔明臣薛瑄提學山東首揭白鹿洞學規開示學

者延見諸生必先詢其學行而後及於文藝親爲講授遂開明世

奏
廉正
選舉非
總
聰表
正等

三百年講學之盛成就至數千百人此學政一官能造養人才之明驗也而各直省督撫司道亦必督率地方官修理書院延訪賢哲講明道德以共成養賢育才之盛無徒視為具文我

朝定制

歷聖登極必特開保舉孝廉方正一科應請

敕各督撫督同司道地方官盡心選舉務求真實勿濫勿遺

皇上親試而用之毋徒成故事而不收其實用總期才本於德而後為真才德本於學而後為成德若才不本於德德不本於學纔有小聰小明不過掩飾一時終足以欺君而誤國夫士者民之表也士風正則民風隨之果自翰林院掌院學士以下等官皆以倡

術
亂
庶
止
縣
陋汙貪振
雜甄別

明實學成就人才爲心學術既明
國家收眞才之用而尚不能撥亂反正者未之有也
一澄汰官方以清亂源也天下之大非一人所能理故必百僚師
師期以勤庶政而奠民生官不得人則庶政荒而生民蹙此亂之
所由生也知亂之所由生卽知亂之所由止必在於官勤而後事
治官清而後民安矣今天下入仕之途有四曰科目曰議敍曰捐
例曰軍功四項人員內則布滿於部曹外則布滿於府州縣其中
英才傑士勤政愛民固自有人而庸陋卑汙姦貪險詐委靡不振
但顧身家罔恤
國計者亦復不少捐例軍功流品尤雜不嚴加甄別澄汰以之居

釀凋[illegible]喪 弭 飭 襄 俱 蠹 參

於民上非陋劣以釀亂即貪酷以激亂當此軍務紛繁元氣凋喪
之日苟非內外庶官清廉自矢貞固有為仰副
聖天子維新之政則亂源終何由而弭若專恃將帥防剿而官方
不飭則賊民日興恐此剿而彼生此防而彼竄也應請
皇上明降諭旨飭令內而宰相六部九卿各堂官外而督撫於司
員屬吏必先勤加訓誨務期盡滌舊習咸與維新以襄郅治其有
供職勤能盡心謀
國潔己愛民者隨時訪察開具事實保奏其有廢職曠官蠹政害
民者亦隨時開具事實參革不得徇情濫保亦不得見好姑容若
長官不以整飭官方為心一經發覺即治以曠職之咎至各省統

勳
旨
切貪
眞正勇覆
融
甄

兵大員於實有軍功者固當保薦以勵忠勤然必確查勳績不可
冒濫至保舉道員知府知州知縣等官皆有地方人民重責一不
勝任流毒無窮應請
明降諭旨敕各省統兵大臣於凡保舉軍功以道府州縣用者必
審明其人將來能安地方勤民事者確具切實考語如後犯有貪
汙枉法之事必坐各大臣以濫保之罪武官如提鎮大員所關亦
重必眞有忠正勇敢之蹟曉暢軍務堪當一面者然後可以覈實
列諸薦剡不得冒濫通融以貽後來之禍夫京察大計軍政年終
甄別定例非不嚴也然第循例而行其中猶多蒙混惟當此
朝政清明天下望治之時令各部院堂官各直省督撫統兵大員

別黜貪

開備裕

目嫺槍暨

於文吏武將中秉公考察嚴行訓飭隨時甄別取其勤而去其惰崇其實而黜其華賞清罰貪獎恬抑躁拔用剛介不屈之士毋用圓滑傾巧之流務使善者勸不善者懼則吏治清官方肅天下其有不長治久安者乎

一開武備館以裕將略也夫將者以忠信廉恥為本質樸厚重為幹謀勇兼優為用而後可以勝任歷觀古名將制勝之道率由講習古法熟諳韜略特善變通以運用之耳我

朝承平日久文臣在翰林者但習詩賦楷法在部屬者止嫺簿書例案武臣則僅習弓馬槍械而於太公穰苴左氏春秋孫吳各家之說以及歷代名臣名將忠義之事經武之略留心者間有其人

冰碌奇
持執
害
翼番
冣見
見卿

餘多視之如弁髦言之如冰炭一旦任之以事故碌碌未有奇策
其膽識素優者尚可勉强支持功過參半其才質稍下者勢不至
僨事而不已也夫兵凶戰危上關
國家之利害下繫生民之存亡自非秉賦絕倫焉能不學而至自
粵西用兵以來將帥多倉皇失據貽誤大局者豈盡不願立功名
哉良以素不知兵故也曾國藩胡林翼等在翰林時留心經濟文
武兼資故自練兵湖湘轉戰數省立功最偉麾下得人尤多此可
見武事不可不素講將才不可不早儲也臣愚以為應請
特旨開武備館發內庫所藏兵家各書地輿全圖等類以及歷代
名將名臣各集收存其中於現任閣部九卿翰詹國子監衙門諸

砥遠
會備潛偉
派
總往
兼
奇
蓋安
聚熟
勇

員中其有砥行立名器遠識宏樸直沉毅膽略超羣欲習武事者
由各堂官公舉仍食本俸就武備館潛心究學互相講習俾知天
下郡國利病山川要害古今將略並簡派大員中有韜略學守者
總司其事而時考察其才其學果有所得即奏請派往公忠直諒
統兵大臣營中學習歷練兼資籌畫其將帥未曾讀書明理者命
其人往與講論古人忠義之事及雄才大略以相資助果立奇功
著實績者即命游升將帥之任蓋天下不能有治而無亂故宜預
儲戡亂之才誠使經濟之士羣聚館中留心兵事熟求古大臣忠
孝節義之蹟紀律訓練之宜出奇制勝之策而又與各老將帥磨
礲則有勇知方自必勝於尋常萬萬矣若文臣不求知兵而兵事

尋盡

異衆髮限

宜

整飭根

震脆

衰隙

盡付之近日行伍出身之輩或由帶勇立功或由投誠專閫或由
軍營夤緣擢用異日流毒不可勝言衆著之髮捻有限而未萌之
髮捻正無紀窮也是固今日所宜遠慮者也
一整飭京營以重根本也我
朝威德播於寰宇京師重地從無震驚太平既久京營之兵向未
經戰守之事故亦不免於柔脆疲弱令天下雖漸清平而賊烽究
未滅絕諸國雖云就撫然逼處內地不可不暗爲之防我氣盛則
彼氣自衰我計疏則彼恐乘隙而動應請
飭下統帶京營旗兵大小各員務須實力整頓日日訓練講求戰
守之法所謂有備無患者此也或曰此時口糧不足難於振起不

會　內　識　見　徽沿　湯鞏　虎　蓋　總

知訓練須食即不訓練亦未嘗不食可
飭京營各大員勤加簡擇專取丁壯强悍者練習有方內以作京
畿之干城外即震懾各國使愈知恭順是或亦重本之一道與
一慎簡大僚以重屏藩也現在湖廣兩江四川安徽湖北用兵之
地官文曾國藩駱秉章彭玉麟李續宜等久著威名忠勤卓越沿
江數千里自必能竭力盪平以固東南之藩而西北如山陝數省
乃畿輔近地又為完善之區賦稅餉需所自出山陝鞏固則畿輔
近自得永安況三晉表裏山河關中形勝龍興虎視沃野千里尤
不可不得其人經畫鎮撫養民力簡軍實儲將領謹蓋藏以固中
原之氣臣查前任雲貴總督張亮基歷任封疆能當大事前任湖

廣勳

最救

徽脅

廣勳知人善任尤著勳名今雖告病乞歸然當此天下未安之時
皇上沖年焦勞
兩宮
皇太后萬幾日理王大臣等夙夜在公固不容該督優游林下也
天下事最患庸臣誤之於前而後使賢臣救之於後兩湖兩江近
雖稍有起色而元氣已虧則十年以前庸臣誤之之故也西北重
地豈可不早為之所乎

一彰善癉惡以礪節義也逆賊竄踞安徽江南數省州縣最久脅
制民人納稅服役此固迫於無可如何唯有舉貢生監往往始欲
保全身家受其偽職繼或從中取利藉賊凌人又或應賊試充賊

衣

旨

彙

郵變

察

官廉恥不知節義何在若賊滅之後聽其衣冠頂戴復列士林則
名教掃地忠孝禮義之風終不能振起矣應請
明降諭旨飭令各督撫凡收復之後其地方舉貢生監曾受偽職
應偽試者盡行斥革以明大義而端士行其平日殉難盡節者固
當查明彙奏請
卹矣而其中士民有守節不屈受害不變者或曾經籌餉請兵團
練殺賊者皆當查明嘉獎使士氣大伸蓋賊邪氣也乘正氣之虛
而入若收復之後不急明廉恥節義則正氣不復邪氣終有時
而乘此所以周之頑民始平而畢公以旌別淑慝表厥宅里彰善
癉惡樹之風聲為要務與

擄

卿

見

察貌

察菴

函

一預籌蓄積以復民氣也逆賊竄踞江南北州縣數百蹂躪擄掠
民不聊生加以大兵戰守經時雖漸收復而財殫力痛不可勝狀
一有凶荒現當
帑藏空虛萬難議賑富室凋殘何能勸捐饑困者多民情易動又
不免生意外之虞臣查逆賊所踞之地僧寺道觀焚毀幾盡佛貌
神像蕩滅無存其田地租入克復之後正可收爲將來無窮之利
應請
旨諭江浙安徽各督撫飭令各州縣官於大兵克復之後即督同
紳士查明各處已廢菴觀寺院之田盡爲合邑義田每年租入擇
令公正殷實紳士管理收存以爲義倉不經吏胥之手而出入存

歲
歉執
救陰
最紀

案官時稽查遇有凶歲即出以賑散豐年仍自積存取之無盡用
之不竭比常平社倉更為得力蓋常平社倉皆必散而復收無田
畝租入以為永利也古之善為治者曰惠而不費又曰因其勢而
利導之今以廢寺觀之田取為義田義倉以救沿江數千里亂後
之民而培養其元氣上省
國帑下濟民生不亦因勢利導之法乎
一嚴究服制之案以重倫常也近日刑名積習皆以救生不救死
為心反以能救人為陰德此習牢不可破而尤足壞人心術風俗
者莫過於服制之案我
朝刑名講求最細有案關倫紀而實有可原之情者

蓋遲
簽毆
護初
毆様
依様毆
紀
乖犯

特旨准刑部夾簽聲明盖服制之案皆係立決淩遲一經夾簽即
特旨改爲監候不數年即可減免如胞姪胞弟之毆死胞伯叔胞
兄實因叔與兄毆詈其父兄而弟姪自護其父兄其初因有可原
之情故
特旨施此法外之仁乃後之辦案者欲救其弟姪即先坐其兄與
伯叔以不孝不弟之罪依様葫蘆竟成成例小民何知只見毆死
胞伯叔胞兄皆可不死反不若平人尚有時而抵償者法紀日弛
性情日乖肆無忌憚夫作亂本於犯上犯上之案不加重咎其何
以重倫理而絕亂源應請
旨飭令刑部及各直省督撫臬司認眞申飭屬吏於倫紀重案細

鞫[redacted]

聽犯

紀正

淫

添製銀

裁著

閭

肯

心研詢不聽老幕之言不受猾胥之技苟非真實情有可原不准故出其罪使殺人者必死而犯上者必誅人人皆知尊長之重則倫紀明而民情正是以亦清理亂源之一道乎

一嚴禁淫靡以惜物力也臣前讀邸抄欽承

上諭總管內務府大臣所有應行添製金銀器皿以力守節儉為要一切服御用物有可以節省裁撤者着隨時奏聞等因欽此仰見

兩宮

皇太后及我

皇上深念度支告匱閭閻力竭躬行節儉不肯稍涉紛華臣望

變
黜 廉
參
壞
戲
逸 眞 最

皇上始終持此一心久而不變以身作則並請
嚴飭中外大臣皆仰體
聖德黜奢崇樸率屬化民儉以養廉惠以利物不寶金玉而寶善
人不重珠寶而重粟布而凡奢侈過度者皆許參黜至都中戲園
尤壞風氣優伶頑童充斥京師公卿大夫宴會溺侈恬不為怪實
為士習官方之害現當遏密八音之時臣愚以為宜乘此時請
旨永行厲禁革除戲園以絕侈靡之源杜荒嬉之漸蓋天地之運
樸實者乃能久長精華太竭浮靡太甚則本根[illegible]而元氣[illegible]昔大
禹以游佚戒舜周公以無逸訓成王漢之文景唐之太宗宋之真
仁皆以節儉率天下故當時民氣完固享國最永我

脈厚壽

朝
歷聖開基無不以恭儉仁慈為本故
國脈之厚異於尋常今
皇上既力崇節儉並請
嚴飭天下臣民一概反樸歸質而絕淫戲之復萌天下其有瘳乎
夫今世上下皆知憂貧矣皆知理財矣不知理財之法先在節用
開財之源不如節財之流天地之生財有盡而人心之奢欲無窮
不知上下杜奢防侈而欲民殷國富者未之有也
一永開言路以通下情也
歷聖即位之初皆命臣工上書言事既而言無可采或偶有一二

初

羣
宸

荒謬瑣瀆不知政體者經
宸訓批斥遂人懷畏懼循為故事但於
詔旨初下之日群言並進後仍甘為含默絕無納誨之人夫天下
事變日生
君德當日進而無疆庶政當日新而愈廣所言之事不必皆當而
進言之心總覺無他故言路當常開而不可暫開也下情當常通
而不可暫通也
先皇帝即位之初
詔求直言倭仁曾國藩呂賢基羅惇衍王東槐王慶雲諸臣皆有
陳列遂受

先皇帝之知其後諸臣或立節或立功不負委任此言路開而人才出之明效也伏乞

皇上好善之心始終不倦忠懇讜直者必加顯榮阿附逢迎者必加顯戮又推廣言路內自部院僚屬外自督撫僚屬苟於軍國大政實有所見皆許其呈請長官代奏

本朝定制原有此例宜乞

諭旨申明之則進言者廣而人才亦因此可以考見至士子鄉會

殿廷諸試策問於詢經考史而外尤當按切時政要務出題以試之

聖祖仁皇帝原有此制務使士子之留心經濟酌古準今者得以

撰弧
泰逮通
機
凜乎
才

上陳不致流爲空疏杜撰之學弧落而無用易之卦象以上下交則爲泰上下不交則爲否上恩不得下逮下情不得上通則爲屯其膏然則傾否保泰濟屯之機其在斯乎以上十二條係臣拘墟之見臣受
恩深重職任封圻分內之事日夜懍懍猶恐遺誤滋多何敢妄論
天下大事惟生逢
聖哲遺際艱難欽承
降詔求言則上自
君德下至人才內而京畿外而封疆以及風俗人心民生
國計凡數十年以來積弊及今日所以救弊之方自當竭誠殫思

隱雜

鑒寄

恭竊

旨真才英弼

盡言無隱不敢以瑣屑猥雜無關大體者上瀆

宸聰是否有當伏乞

皇上聖鑒訓示謹奏

特保真才以重疆寄而肅吏治疏

奏為特保真才以重疆寄而肅吏治恭摺具奏仰祈

聖鑒事竊臣等前讀邸抄疊奉

諭旨以為政之要首在得人直省督撫及統兵大員責任實屬重

大但得品學端方通達治體者分任其事則上行下效僚屬等自

必滌慮洗心惟在廷臣虛心延訪留意真才共矢公忠弼予郅治予

等因欽此仰見我

選
竊羣
衡
慇廉
正邪察見
西嚴
察

皇上深知政本慎選疆臣伏讀之下欽佩難名臣等竊惟天下吏治之弊其大端在貪與欺貪則病民欺則罔上其端自大吏開之而群吏效之貪詐[illegible]欺飾積習成風牢不可破一旦潰決遂至不可收拾是以欲擇封疆大吏必以二者為衡苟能不貪不欺在辦賑省分自能選將練兵節餉禦寇在無賑省分自能激濁揚清興利除害雖人之才分各有不同但使以誠慤居心以清廉礪節則正氣固而百邪自無由入矣臣等查現任大理寺卿鄭敦謹操守端嚴綜覈精實前在河南藩司任內正身率屬門絕包苴至今吏畏民懷嗣官山東學政志操清潔始終不渝又查現任直隸按察使吳廷棟誠慤無偽方正不阿深識遠謀有為有守前在山東藩

沐聲

安頓

致

靡

疆籌竊變

司任內奉公潔已不染一塵清正之聲至今載道是二臣者其德行聞望早已孚信於衆人其清節亮貞又可挽回乎風氣雖於用兵省分或非所宜若畀以節鉞使治安靜之區整頓地方培養元氣行見綱舉目張民安吏懾實足以保全完善漸致富强今天下靡爛十已七八有賊省分督撫得人澄清可冀無賊省分督撫得人治安可長其事雖殊而為功則一臣等受

恩深重知賢不敢不進若所舉不實臣等甘任其咎庶上副我

皇上慎重疆圻求賢若渴之至意謹陳所知伏乞

皇上采擇施行謹奏

柏堂文集附編

擬示諭咸豐十一年為豫撫嚴渭春中丞作

諭書院諸生

為曉諭諸生講明學術以正士習事照得學校書院皆培養人才之地興學教士為民生吏治之基學古乃可入官用行必由體立非可茍焉而已中州河洛名區歷代聖賢輩出本部院蒞任方始當 國家多故之秋欲致太平先儲真士欲儲真士先正士風欲正士風先明學術有真學術而後真治術出焉此撥亂之源保邦之本也本部院望治情殷求[illegible]切諸生共務為真士上以備 國家之取用下以正鄉邑之典刑本部院旋將

課文以觀人、諸生即可因文以見志、今特就平日所聞學問之要道

開列於後、諸生其採擇焉、

一曰立實心

人之天性仁義禮智根於心、本無不實、迨氣拘物蔽、嗜欲日深、

天機乃淺、不求實際、惟尚虛文、虛偽日久、則天機日漸銷亡矣、

處無實心以為學、出即無實心以為政、在家無實心以愛親、在

國又焉有實心以愛君與民哉、亂之所生、實由於此、子思曰、

誠者物之終始、不誠無物、是故君子誠之為貴、諸生勉之、

二曰敦實行

孝弟忠信、人之本根、禮義廉恥、國之四維、本根不立、四維不張、

亂斯起矣夫有文無行君子所恥諸生為學事事當求實行處則實修孝弟忠信以教家出則實修禮義廉恥以範俗心性必求實得而無徒託空言才能必求實濟而無徒誇末俗詩文必求實有根柢而無徒騁浮華如是則窮可以師表人倫達可以兼善天下而禍亂弭矣諸生勉之

三曰講實學

學問之道莫實於大學一書以明德新民為規模以格致誠正為根本以修齊治平為究竟如此方為有體而有用諸生為學必真求己德何以明民德何以新遇一物必究其應物之理有一知必擴其未知之途意之誠不誠心之正不正身之修不修

皆必自反自克而無苟且以偷安家之何以不齊國之何以不治必皆窮其原委究其利弊研之於經驗之於史反之於心審之於當世之故而思所以補救轉移之道如是方為實學而有濟於世也諸生勉之

四曰務實用

人之為人固宜篤實而不浮尤忌迂腐而無用天下多難士子皆將有斯世斯民之責則經濟尤須講求如教養之方禮樂兵刑之具用人行政之略緝盜禦寇之謀練軍籌餉之策在在關於國計民生苟不於平素詳攷古法揆度時勢周知人情訪察地利明其義理悉其利害一旦入仕將何以濟賈太傅曰臣謹

稽之天地、驗之往古、按之當今之務、日夜念此至熟也、先儒尹和靖曰、今國步方艱、事皆繁劇、宜先俊傑以濟艱難、此皆深識時務之言、諸生勉之、此稿刊行河南通省學宮書院

柏堂文集附編

擬示諭同治二年為鄂撫嚴中丞作

鄂吏約

從來氣運之隆汙、繫乎風俗、風俗之厚薄、視乎吏治、吏治者所以維風俗而固氣運也、故善圖治者必端其本、善除亂者在清其源、大僚重考課之經、斯四海被和平之福、不佞起家牧令、遭際時艱、忝沐

殊恩、迭膺疆寄、雖才非大受、而志切匡時、常擊楫而興悲、亦枕戈以待旦、所願集思廣益、開心見誠、同寅協恭、和衷共濟、鄂省當江漢之衝、西通秦蜀、北達河淮、南扼沅湘之喉、東踞吳越之

沓用兵十載始就廓清然俗敝民疲鄰烽未靖非綏内不足以攘外雖居安猶不可忘危治盜必先治民正己乃能正物是故官聯宜敘也官箴宜守也官方宜肅也官邪宜儆也豈徒居位食祿旅進旅退已哉凡我同僚須念

朝廷所以授職之心黎庶所以急公之故無非望其保民衛

國宏濟艱難况今

宵旰憂勤萑苻充斥閭閻茹苦士卒衝鋒吾儕各具天良詎忍坐觀飢溺而不思為民除害為

國培元耶天道循環無往不復古來寇亂之際其平日圖富貴耽安樂而無益人世者幾見能自保哉晉駱統曰天下皆饑何

忍獨飽、宋范文正公曰、先天下之憂而憂、後天下之樂而樂、予
雖不敏、願與諸君以實心行實政、本淑己以淑人、仁厚以立治
基、明敏以求治理、强毅以任治術、貞固以成治功、上行下效、大
法小廉、平時養元氣以靖內憂、臨變鼓正氣以扞外侮、然後上
不愧吾
君之臣子、下不愧吾民之父母矣、夫舉不酬功、大吏之咎也、罰
不後時、大吏之責也、諸君果能竭誠奉職、
國而忘家、予斷不忍蔽賢隱才、使久屈於下位、如或自便身圖、
罔恤民隱、予亦必奉公執法、不稍事夫瞻徇、將吏治切要者、
剴切申明、條列於左、諸君子尚其勉之、

一操守不可不嚴也居官之道首重清廉清則能明廉則能正不清則利欲薰心理之是非人之邪正情之虛實事之利害皆不能辨必有以直為曲以曲為直者矣不廉則小人得而餌之且得而制之居大僚即受制於屬員居牧令即受制於門丁書役已不能正何以正人惡積於上而怨叢於下害歸於民而利飽於中己所得者不過一分民所受累者不止千百也近來州縣官甫經到省即探聽某缺肥某缺瘠巧為趨避及抵任一聞

蠲免之詔或偶值散賑先存一含混侵蝕之心為清償宿逋之地居心殊不可問更有口不言錢遇案輒罰名為充公實則

入已其去婪贓又幾何哉不知貪墨致富不過為一時宮室之美妻妾之奉已耳究之賄賂公行終必敗露徒自損其德行壞其名節且使子弟習於驕貪不知艱苦必將淫佚放蕩無所不為宦橐雖充豈能久保況今寇亂四起金錢充牣之家往往受禍最烈而以貪致富者尤為衆人側目與其為身名之累子孫之災何如清白自矢身名俱泰耶

一關防不可不密也大凡厠名仕版豈皆甘受汙名不願為清官者乎但一行作吏動静語默環而伺者不知凡幾稍不留心則投間抵隙百弊叢生内而子弟官親幕友宜防其干預公事在外招摇外而書差門子約保宜禁其倚勢嚇詐藉端

訛索門印簽押須擇直質樸拙者為之不可假以絲毫之權並不准與刁生劣監交通往來如紳士因公來見必當延入公所與之討論是非虛心采納而不攬入私室既免壅蔽之患兼杜勾結之端然必勤慎自持躬理庶務人始不能乘間作弊苟非然者處處是弊防不勝防矣

一僕從不可不減也大凡州縣官委署方定同寅莫不共薦家丁甚至輾轉相託不知其性情並不識其里貫者此通病也不知多一人即多一費多一人即多一弊迨人浮於事無從位置而閒散之徒動生觖望拂意而去散布謠言長吏不察信以為實而官之聲名因以壞矣是在未出省時酌量缺分

煩簡以定人數多寡簡缺毋過八人繁缺毋過十二人派定專司粘單壁上使衆曉然其無名者自不能隨赴任所且人少則約束易周防範易密不然廣收濫用有不為地方之害者乎至於差役之數尤必嚴查卯簿不許過多更不准有白役之名寄於總役之下但能裁革一二蠹役即可保全無數良民此皆正本清源之要也

一聽訟不可不勤也居官者欲得民心先自聽訟始積訟不斷刁詐者得以欺弄愚懦拖累殷實使貧者曠日富者傷財訟師猾吏居間射利而民之元氣耗矣是在牧令者勤於聽斷命盜重案准其隨時喊稟一切婚姻田土皆於三八日放

告、斷不准傳詞以絕關詐之弊、亦不許攔輿以杜搭臺之風处
每逢告期、親自收呈、虛衷研詰、理屈詞窮、鄭責不准、即有
理而非大不得已者、亦必委婉勸解、告以利害、勿任爭訟、如
遇原告遞詞而被告適亦來訴者、即將兩造之詞提出、令兩
造之人立於堂下、俟收詞事畢傳至、照詞質訊、登時可了、省
卻無限葛藤、其真有疑難冤屈者、即行出票傳人、載入差票
簿中、按程計日、寬以限期、不許延擱、於中取利、逾限者立懲
原差、不稍寬假、至於人證株連、此弊尤宜痛革、每呈到手、細
閱不干緊要人證、立予刪除、勿傳、傳到者於取具供結之後
立即省釋、不許留難、又如牽涉婦女之案、非必須到案者、不

可輕傳，傳到即問，斷斷不可輕押，以全人之廉恥。總之聽訟一事，隨准隨審，隨審隨結，既結以後，洞開大門，目送兩造俱出，不准衙役私押，則訛詐之端絕矣。至於骨月親戚涉訟，總以婉勸為主，或責令其族長姻尊調處，免傷天性之恩。惟欺孤獨、侮鰥寡、訛富室等案，官必為之主持，一一置之法，雖權要亦所不避。每日新案即為掃除，以清案牘。其從前滯囚積案，尤須隨時清釐，查明承票原差，勒限送案，違者重比。兩造自願和息者，亦准銷案，如是庶無留獄矣。

一命案不可不慎也。人命重件，衡情定罪，固以供證為憑，而尤以尸傷為準。一接報呈，即刻下鄉相驗，愈速愈妙，速則尸未

發變傷痕易辨金刃手足他物比對要符且必親手揣按勿
避臭氣庶尸親心服不致翻控有蒸檢之慘其地主隣佑無
辜牽連者當場開釋免得入城受累至下鄉之先傳諭地方
先予以示不准搭蓋尸厰預備公館所有夫馬火食概係本
官自備不准書役訛詐分文驗畢回至中途或猝呼某書役
名未來者必是在後需索務加重懲總之下鄉則令書役隨
後而本官居前同署則令書役向前而本官在後雖有伎倆
無所用之至若定讞則當平心靜氣逐細研鞫不可失入亦
不可失出苟徒泥於救生不救死之說一味開脫生者或至
漏網死者不免含寃惟不設成見持法以平務使供證相符

情罪相當而後生者死者兩無所憾所有相驗之法悉載洗寃錄中公餘之暇最宜潛玩南豐劉廉舫所著庸吏庸言相驗一條尤可師法

一捕役不可不懲也大凡捕役其始類皆為盜甚有既為捕役而故態復萌者以為盜之人而授以捕盜之權是以盜捕盜也以盜捕盜則盜不可捕而盜風轉熾故欲弭盜必先治捕每報一案隨即出票偵緝立限必嚴另註簿籍或五日一比或三日一比務期賊贓俱獲而後已設有賊無贓必須細細研詰如果所供之贓與所報之贓一一脗合即是正賊至誤買賊贓在所不免其有必須追贓者則於出票之時用硃筆

炆

註明只許取賦不准帶人以省拖累如一案而牽連十數家是曰開花非挾嫌妄扳即捕役教唆官令訖案了案斷勿按名簽傳致墮術中並將該捕立予重杖斃若夫窩藏之家固宜根究以清盜源然必贓據確鑿方可懲辦否則恐係株連如此則捕役之技窮而盜風亦稍息矣

一徵收不可不實也

國家賦稅本有常經現當鄰氛未靖鄂省兵餉每月不下五十萬兩勢不能不取之民間惟當於催科之中仍寓撫字之意

查鄂省各州縣漕南二米經前部院胡文忠公

奏定章程刊立碑記地丁錢糧等款亦經各州縣開呈徵收數

目責令各照向章經徵計除批解外皆有贏餘足敷辦公為民牧者尚忍格外浮收乎是在開徵之先遍張曉諭漕南二米地丁各款均遵照刊立碑記及向來定章辦理而又限以時日告以大義使之自封投櫃毋待拘追如下鄉催徵凡遇公正紳耆不妨以需餉孔亟令彼轉相諮誡早為完納至户書漕承里差尤當隨時密查〔察〕嚴為防範往往有本官潔清自愛而百姓仍不免追呼之苦者由書差之舞弊耳嗟嗟小民誰無天良如此而猶有抗糧不繳者吾不信也

一蠹弊不可不杜也天下事利所在即弊所息惟田賦一項其弊尤鉅查向來鄂省各州縣或不屑勾稽或厭薄簿書養尊

處優一任户糧總上下其手始則謂徵冊散失而欺隱田糧繼則謂板券煩重而擅用活券飛灑詭奇無弊不作於是有捏造枉緩者謂某坑水沖沙壓宜緩某户逃亡故絶難徵官欲自顧考成不得不為之籲稟不知所謂水沖沙壓者半皆成熟之區而真沖真壓者未被其澤所謂逃亡故絶者實多現存之户而實逃實絶者未除其名迨災已辦成而弊恐敗露則又有挖徵之名以混之又有急公之説以掩之且更有例災名目謂某鄉民情頑梗從未完納錢漕每歲必藉災以資彌補而黠紳劣衿遂得起而挾制之種種蠹弊殊堪髮指余以為欲除其弊約有數法一曰謹丈量徵冊雖失田畝自

在當此時而欲舉一州一邑之地概施丈量談何容易且亦不易籌此經費惟擇最刁玩之地訪察公正紳耆數人切實勸督隨時抽丈擇尤示懲逐一註明是無册者可有册而瞞糧隱户之弊可除矣一曰嚴推收凡買田成契以後立限投稅過割違者照例罰半入官仍科以隱匿之罪勒令房書隨時推收不准刁難或責之保正鄉約循環來報或責之堤頭垸長隨時舉發而飛灑詭寄之弊可除矣一曰清户柱一户而歧為數十花名者意在避大户之實則應併而一之一田而數易其姓者每多冒老業之名則應確而易之總之户名即可變易而田地斷難搬遷執田以求人執人以查糧是有

田者即有糧而捏災枉緩之弊除矣大抵鄂省大小衙門皆有底缺世守其業換官不換吏州縣户糧書一項為尤甚初則勤苦自立版册親操執以追索尚能年清年款一二傳後驕惰日形沉溺煙酒一切徵收等事委之各鄉各里各圖之黠者為之催納坐享其肥而總吏絶不過問久之而債累日深生計日絀並其世傳之底册輾轉售賣而册書户書里書里差之名所由起權益寖大房科之籍僅擁虛名鄉團之册轉成實户甚至以册為遺嫁之資問册為相攸之具膠庠之彥竄名里胥簪笏之紳入卯銀匠以公家歲入常經任其流失敗壞至此良可慨夫是在諸君子抖擻精神隨時隨地留

心力挽頹風焉可也

一堤塍不可不固也查鄂省自辛卯以來迭遭水患故堤工遂為鄂省之巨政自大吏以及守令無不加意講求軍興以來漸覺無暇及此兼之水勢不大脩防未免稍鬆不知堤工一事脩補於乾旱之歲得力於霖潦之年若不思患豫防隨時整飭一旦水勢浩大措手無及田廬漂沒民其為魚誰職其咎該守令有堤工者到任以後務各周歷履勘細加體察官脩者親為經理民脩者嚴加督飭單薄者量為培厚低矮者酌為加高務使夯築堅實功歸實用一[illegible]伏秋二汛水勢泛漲親臨工次督率汛員密分段落晝夜梭巡必使水勢異常

無虞潰決乃為無負厥職其有赴堤夫馬伙食皆宜官自預備不費堤局半文自絕影射侵漁諸弊若仍為故常草率從事脩不如法防不盡力設或有悞玩視民瘼咎有攸歸矣堤費關萬民性命官脩者或入私囊民脩者或歸中飽絲毫侵蝕殃及子孫可不慎哉

一倉穀不可不儲也常平倉及社倉義倉收儲穀石原以備凶年平糶及賑濟之用從前間有州縣虧短缺額社長侵蝕肥己者無不隨時追賠自粵逆竄擾後倉儲為之一空其未被賊擾之處州縣官竟視倉穀為畏途或慮交代之時盤量折耗彼此推諉或懼賊氛猝至搶掠燬焚責成賠償率皆藉詞

折變，碾濟兵糈，或出陳易新，盈餘取之閭井，或出貫入折，買補不能隨時，徒有良法美意，而廢墜不舉，設遇凶年，民食何賴？第值庫款支絀之際，未能請項採買，是在賢牧令捐廉倡率，切實勸導，好義紳富，因地制宜，成此善舉，先建倉厫，再議儲備。常平倉則官為勾稽，社義倉則紳自經理，出納維謹，毋使缺額，縱遇災荒，亦有所恃而不恐，此為目前急務，望諸君子毋畏煩難，黽勉行之。

一、學校不可不興也。居今而言，謹庠序，修學校，敦詩書，明禮義，鮮不謂其迂者，然試思昔日之文教昌明，民情何以樸厚？今日之禮樂廢壞，民俗何以澆漓？蓋民風之變，士習之偷也，士習之偷學校之壞也士習不正則日後居官何以率民居鄉何以為子弟法予前撫豫疆凡學宮及忠貞名臣忠節鄉賢名宦各祠破敗者率屬修理嚴禁兵丁踐踏又立學規頒布通省以教諸生書院課試於舉業之外另課詩古策論以觀其實學實用率屬印行陳文恭公五種遺規分散諸生使之奉行今調撫茲土亦願為牧令者於案牘之暇整頓學校誘掖獎勸如名師之教子弟如慈母之愛赤子於考課文藝之時諄諄告以孝弟忠信之道潛移默化不但刁生惡監漸入陶鎔而學術人才亦漸可磨礪而出其有文行兼優之人不妨薦舉以待獎勵士心既得士氣既振而小民亦必觀感興

起有不知其所以然者、倘遇烽煙告警、知義者多、自赴義者衆人謂今之所急者、整兵戎不必講學校、吾謂修學校即所以理兵戎、經正則庶民興、庶民興斯無邪慝、古人之言、豈欺我哉、

一勸課不可不勤也、近來俗敝民刁、間有圖逼衙署、挾制官長之習、非循良之吏施信明義以結其心、何能善是、故為令者聽訟已畢、即乘衆人耳目俱在、愷惻勸導、示以法戒、稍有餘暇、即當輕騎減從、親至鄉村、與紳民接見、訪求民間疾苦、與地方善惡邪正、其公正紳士、特加尊禮、以樹風聲、鄉閭些小之訟、即使之勸解消化、無令到官、其訟棍地痞、列名榜示、風

之使改令其懷德畏威不敢為惡或擇其尤者懲治一二以儆其餘其秀而文者則文藝外兼勗以品行質而愿者則力田外並勉以孝弟而復察其土宜可植桑者則教之養蠶相其水利可溉田者則令之開堰凡遇教讀之師治經之暇勸其以朱子小學及諸儒所著有益身心之書教戒子弟以培養人才悃悃款款日以教養百姓為事民亦必諒官之心兩相團結一旦有事有不可倚為干城腹心者乎

一游民不可不禁也自來盜賊之起多出於游惰之民其始父母溺愛任其游蕩一無職業惟日以賭博烟花為事放僻邪侈積習成性既不能安貧即不能守分小則為竊大者為盜

而背畔之事將無所不為矣故居官者於四境之民必查其有無恆業每於聽訟之暇或因公與民相見則必諄諄告戒曰子弟無論賢愚宜先讀書讀書不成農工商賈醫卜星相須令各執一業蓋有恆業斯有生計自不至入下流也若見有藉賭博烟花嘯聚者即嚴行禁止而於公門以內僕從胥吏之游惰賭博者尤必嚴查以清根本是為至要

一邪教不可不禁也自來奸民聚衆作亂必先創立邪教煽惑愚民眩以禍福愚夫愚婦不知其情樂其誕而受其欺以為習其教即可獲福也於是舍本業棄家財以從之惑之既深從之既衆其中有一二不安本分行悖亂之事者則一倡百

和矣自世教凌夷異端蠭起或假宣講
聖諭之名妄談休咎或藉持齋茹素之事蠱惑鄉愚流弊既久浸為亂階此人心世道之憂也是在為官者嚴行禁革不稍寬假平日愛民以結其心教民以正其習告之以孝弟忠信為根本安分樂業為生計自士子以至平民自衙役以至保甲諄諄告誡勤勤訪查凡習邪教者皆必絕其根株則可杜寇亂之源塞梟張之漸而要必以興起正道為根本正道既立邪教未有不息者也

一保甲不可不實也保甲昉自周官歷代行之輒著成效蓋十家牌挨户編聯田土錢糧年歲生業無不備載計田土而貸

富可稽也清錢糧而徵收可辨也辨年歲而壯丁可選也核生業而游民可禁也凡夫弭盜賊興學校查邪教備饑荒以及緝要犯恤孤寡育嬰孩禁賭逐娼等事無不可因之推廣然近代以來奉行鮮有成效者緣地方官疲於案牘不能不假手書差而一切工料飯食夫馬之費不無費用大約書役取給於約保約保購之甲長甲長索之牌頭牌頭則斂之花户層層索費在在需錢而清册門牌任意填寫以致村多漏户户有漏丁徒費民財竟成廢紙此辨理不善之由誠有如南豐劉廉舫所云者賢牧令真講吏治務須以劉廉舫庸吏庸言為主勿假手書役傳諭各衿者公舉老成端重衆所信

賑之人仿周官比閭族黨之意推為保正按甲分之大小分別段落每保正一人先給草册一本並日給飯食錢文令將所管段落各户丁口查照劉廉舫所定章程分別填註册內填畢呈驗查核無訛然後填給門牌其牌頭甲長聽保正舉報即時批准絶不令書役干預本官仍不時輕騎前詣各鄉及因公相驗履勘之便隨意抽查或於審理詞訟時向兩造查詢其有不符者隨時更正如是則不至有保甲之名無保甲之實矣賢牧令其勉力為之

一郵政不可不肅也驛站之設原為遞送公文不容稽延軍興以來各省

奏章部文及軍營來往文移札稟、有關軍需糧餉調遣兵馬等項、皆註有限行里數、向來州縣官接遞此等公文、一有延遲、知干吏議、必向上下站通融時刻、為邀免處分地步、然與其央求他人、何若操之在己、馬匹必期足額、喂養不可剋減、小費尤不可吝惜、管號丁書須識文字、明利害、勤實可靠者、始可派司其事、遇有限行公文到站、立刻挂號馳遞、不可壓前等後、稍事稽留、更不准丁書私送本官拆閱、彼其意不過欲知近事、不知漏洩軍情、縱脫要犯、所關尤重、其尋常公文亦隨時遞送、不可稽遲、衝途州縣、或於適中之處、安設腰站、或添設步撥、以省馬力而速郵傳之處、悉由各牧令斟酌情形、量為辦理。

一求才不可不急也。為政之要，在於得人。居官者於需次之時，必留心人才，見幕友中有品行端方、公事嫻熟者，與之訂交。一旦請與共事，然後能實心商辦，即或偶執偏見，亦必能婉轉救正。若習氣太深，驕樂佚遊之友，不可邀請以誤公事。到任後，於地方紳士以及同寅中，尤須暗中訪察，果有德行學問、望重一時者，必登門請見，待以師友之禮，以資切磋。其有志氣不凡、才華英邁、可以造就者，亦必優以禮貌，力為延攬，以成其才。又或才堪濟世，心地忠誠，及夙諳韜略，武藝絕人者，即薦之當道，以待舉用。或敦行孝弟，門内無慚，可為子孫

之法者即據實稟報奏請
旌表當今時局艱難非人才不能挽回但取人之法皆必細考
其實行不可徒採其虛聲致累知人之明
一節義不可不重也禮義廉恥國之四維而忠孝節義即所以
撐持天地之氣運者也孝子貞女節婦烈婦在通州大邑之
中名門右族尚有為之請旌式閭者若夫山僻小邑以及窮
鄉貧士之家田野編甿之户其節孝貞烈操行更苦而湮没
愈多非地方官勸諭紳士極力訪求何能發潛闡幽以彰風
教如有呈報者不准書吏需索使費隨即申詳以便彙
題然後可使義行昭著聞者奮興其尚存者如係孤苦無依更

宜賜金周卹並勸令其族戚收養以重高節鄂省被賊竄擾以來士民婦女或力戰殉難或罵賊捐軀或懼辱自盡凡此皆正氣所鍾綱常所繫丙辰丁巳間余在武昌府任內捐廉延紳創立節義局手定條款分途採訪隨時據詳奏報分別旌卹歷任武昌太守如冠九李午山及現任之黃虎卿連翩接辦計已

奏報數十次在案但恐尚多湮沒願為守令者勤求博訪造册送局務使無一夫一婦之義湮鬱不彰至忠孝節烈之裔或有寡婦孤兒無所依靠者各地方官倡助金錢令其族戚與地方公正紳士收養義骸未葬者設法殯葬如賊所過之地

堅守圍寨並能殺賊者、事後地方官宜據實稟報、或給匾額、或賞功牌、以彰其義、正氣既伸、邪氣漸弭、此皆撥亂反正之大機也、

一形勢不可不熟也、為州縣者必於所屬之山川險要城池關隘村莊集鎮路徑、令工繪圖、某處至某處計若干里、詳細註明、常懸於心目之間、各村各團之紳董、皆必有簿籍、俾得隨時訪記其賢否、至與鄰境相通之關隘及隣匪出沒之途徑、皆必周知其情形、而後能會商合辦、為府廳州者、亦必以一府一廳一州所轄州縣山川關隘道路繪圖、常時省覽、胸中了然、庶有把握、並望各屬皆以方尺厚紙繪所轄地方全圖、

貼說寄呈以便查閱

一防守不可不重也當此多事之秋固守城池最為緊要況鄂省屢經兵燹之餘失守之地官民俱困前車可鑒今雖全境肅清而鄰烽未息是不可不思患預防也無事州縣固宜稽查奸細整頓保甲其距鄰烽較近者則當預計垛口派定戶丁以為臨時上城之用尤在地方官平日實心愛民勤於聽訟差徭賦稅不事苛求勤求民隱興利除害以結民心而又時時勸導紳士同心合力其有品有才者優以禮貌其常助官兵拒賊者立與獎勵官民聯為一心城鄉聯為一體賊在鄉城中出兵勇攻之賊撲城城中固守鄉民合力助之總期

固守以待大兵援勦、賊有不殄滅者乎、

一識見不可不廣也、識見不廣何以通達政體周知民隱、古人學古入官、胸藏經史然後能體立用行、今則仕途雜進、豈可苟求、加以政務紛繁、而尚欲其留心文史難矣、然擇要讀之、書不必多而時加體玩未為不可、如歷代名臣傳、循吏傳、朱文端蔡文勤二公所編、簡而有要、皆吾輩之師資也、元濟南張希孟牧民忠告、明呂新吾先生實政錄、我

朝陳文恭公從政遺規、居官法戒錄、汪龍莊學治臆説、佐治藥言、劉廉舫庸吏庸言、徐笑陸牧令書、等書、皆淺近易行、切要易讀、凡需次人員以及實任各官、豈真刻無暇晷乎、與其摩

抄金石徒負光陰沈溺詩酒深妨政務何如常讀此諸書之有益於吏治身心也至於用兵之道如陸宣公李忠定王文成諸公尤為命世之才其所布置皆具於集中有心濟世者尤宜熟讀而精思之

一才識不可不擴也人之資性有長於治軍者有長於理財者有長於斷獄者有宜於安靜之地而為良吏者有宜於煩劇之區而為能吏者然而秉性過剛或傷操切居心太厚或近優容尺有所長不免寸有所短在大吏固貴用之不違其才始能各得其用而在有才之人尤貴勤學好問讀書窮理克己去私補偏救弊加之以閱歷世變熟察人情必使識見益

深、志慮益遠、有可經可權之學、斯有可常可變之才、而後有可大可久之業、不以一得自矜、一長自滿、則才之所成豈可量哉、

一躁進不可不戒也、人之富貴、升降早遲、自有一定之命、何必強求、君子盡其在我、隨分盡職、不必暮夜干求、上游自知器重、若徒夤緣求用、縱遇好諛上官、得遂所求、清夜自思、亦屬可恥、若遇清正上官、反有因干求而棄置者矣、近見有一種小官、專好攢營、與長官之門印、交結往來以通聲氣、甚有稱兄道弟、金蘭訂交者、不知居官所以求榮也、非以求辱也、與此輩交通、縱得一缺、辱孰甚焉、且此種小人本無伎倆、居官

者不自貴重與彼交結彼愈妄自尊大內竊長官之風聲以
賣其權其實我能自重彼固不能為害亦並不能為益也況
我真嚴氣正性居官有名彼小人者未嘗不畏之如使不法
我更可得而制之出處進退士人之大節安得不慎
一言路不可不通也予雖鄙闇喜聞己過從善如流各府州縣
離省稍遠凡有民間利弊吏治勤惰以及予所為有不合者
皆不妨直陳諸葛武侯所謂願諸君勤攻吾短私心實願學
焉而諸君亦須下采民言博訪周諮凡遇父老諸生皆必殷
殷下問俾下情得以上達惟聽言必察實而後可行特不可
輕聽而妄舉耳

以上二十四條、不能盡居官之道、然於致治之要已思過半矣、無高遠難行之事、無矜奇立異之談、上哲固不待煩言、中材亦可以跂及、要其所以行之者、不過曰實心而已。州縣為親民之官、事雖叢雜、總宜躬親、尤貴耐煩、萬不可厭薄簿書、假手丁胥。果能勤勤懇懇為

國為民、於閭閻疾苦、地方利害、熟思審處、博采輿論、以求實際。不憚勞、不避怨、不耽目前之逸樂、不為粉飾之虛文、即才具非優、終有明效、誠感金石、信格豚魚、實心之謂也。若無真實不欺之心、務為飾智驚愚之舉、縱才堪肆應、久之情見勢絀、公不見諒於人、私亦無益於己、名實俱喪、庸有濟乎。不佞服官十餘年、

心思才力不逮古人萬一所自信者不浮不僞日有孜孜以愛子孫之心愛民以謀身家之心謀國止此一念上答主知毀譽得失皆不暇計凡所言者本之躬行心得之餘非徒取快一時之論願與諸君子講明而切究焉 是篇擬行于河南未果中丞改撫湖北復修改之並與張璘三李雨亭西太守倪約岑主政參酌而刊頒于通省

柏堂文集附編

擬疏咸豐十一年冬擬稿請嚴渭春中丞上之

薦舉賢才疏

奏為

朝政清明，寰海悅服，根本既正，隆平可期，請

召起老成碩德之臣，以收羣賢畢進之效，謹竭愚忱，臚舉所知，

仰祈

聖鑒事。竊臣近讀邸抄，欣知

皇上回京之初，即奉

兩宮

皇太后懿旨、立將載垣、端華、肅順革職拏問、明正其欺罔跋扈
之罪、博採羣議、置之典刑、又將平日阿附媚諛諸臣、革職薄懲、
昭示臣子事君之道、激勵忠義廉恥之心、而又
下寬大之詔、不究其餘、惟勗其後、固已仁至義盡、振古爍今矣、
現在老成典型、既皆引置
左右、一堂師濟、旰夕贊襄、仰見我
皇上威比雷霆、明並日月、好惡協天理之正、舉錯當民情之公、
是誠古帝王制治保邦、端本澄源之盛治也、
命下之日、朝野歡呼、中外鼓舞、不動聲色、已可措天下如泰山
之安、

朝廷肅清、軍威自振、現在江西湖北安徽不數月間克復府州
縣數十、山東河南四川皆屢獲大勝、賊勢披靡、是皆我
皇上福曜照臨、有以大作行間之氣、正氣既盛、斯邪氣自衰
天助人歸、鼎興氣象已昭昭若揭矣、臣竊有請者、伏讀泰卦初
爻周公繫之辭曰、拔茅連茹以其彙征吉、蓋當泰運之初、必羣
陽畢升、衆賢咸進、然後可以成天地交泰之象、君子道長則小
人道消、此古賢后財成天地之道、輔相天地之宜以左右民之
機要也、臣受任封疆、原不敢攙言
朝政、然臣苟
先皇帝特達之知、值

聖主大有為之際、賢才進用、繫四海之觀瞻、臣職兼右副都御
史、分可盡言、義難緘默、不盡知者不敢陳也、其真知灼見者不
敢隱也、昔孔子以知賢不進為竊位、孟子謂不祥之實蔽賢者
當之、臣戰戰兢兢、不敢不懍、請就所知為我
皇上一一陳之、伏聞前任大學士翁心存、戶部左侍郎羅惇衍、
戶部右侍郎王茂蔭、都察院左副都御史張芾、之數臣者、學問
正大、志慮忠純、直節亮工、超邁流俗、曾仰荷
列聖倚畀之重、皆能不負
隆恩、克盡厥職、今雖退歸伏處、猶每念不忘
君國、未便任其閒散、如蒙

特旨起用、必能竭忠盡智、黼黻
皇猷、又如前三品頂戴太常寺少卿李棠階、河南進士、品端養
粹、正學所宗、前鴻臚寺卿田雨公、山西進士、言表行坊、端嚴純
粹、前春坊中允李惺、四川進士、耆年清德、訓型閭里、學問淹通、
品行貞介、前任御史竇垿、雲南進士、直節守義、學有本源、前任
給事中蘇廷魁、廣東進士、忠孝性生、危言危行、前翰林院編修
劉熙載、江蘇進士、樸質清端、志趣恬靜、前翰林院編修郭嵩燾、
湖南進士、沈酣經史、通達政體、前翰林院編修黃彭年、貴州進
士、純孝性成、澹泊明志、前翰林院編修車順軌、陝西進士、篤實
端方、清修不懈、前翰林院庶吉士陳鼐、江蘇進士、廉介質實、學

有根柢、前户部郎中楊寶臣、福建人、清節孤忠、不避權貴、前刑部員外郎邵懿辰、浙江舉人、忠直篤實、學行兼優、前刑部候補主事王柏心、湖北進士、孝介孤高、著述淵博、是諸臣者、好學力行、留心經濟、砥礪名節、當官之日、著有清望、現或告歸本籍、或閒居京師、而操守端嚴、不干進用、如蒙

特旨召見、量材器使、必能各抒所學、贊襄

郅治、又如前任江西廣饒九南道沈葆楨、福建進士、識略冠時、才堪濟變、曾守危城、著有成效、前直隸候補道王檢心、河南舉人、清修實踐、勤政愛民、歷任江南州縣、至今尸祝、前安徽候補知府李宗羲、四川進士、孝行純篤、歷著循猷、前四川候補知府

牛樹梅甘肅進士力紹關學以德化民歷任牧令士頌民歌前
陝西西安府知府徐棟直隸進士學守貞介悃愊無華是數臣
者才德俱優堪勝外任未盡其用告歸家居如蒙
聖恩錄用必有實心異政宣布
朝廷雅化夫用賢者
主上之權也進賢者臣子之分也臣與諸臣多不相識而諸臣
抱負實海內所共知想在
聖明洞鑒之中固不待於臣言者然臣區區愛
國之心若過於拘泥於天下人才知而不陳其何以仰承
聖天子維新之政而報

先皇帝特達之知耶、且夫國運之盛衰、視賢才之多寡、而賢才之多寡、視用舍為轉移、臣非謂天下人才盡乎此也、第舉臣所知而凡為大臣者、亦將各舉所知、並請

明降諭旨、凡懷才未遇、抱道未出者、皆

飭廷臣疆吏、訪察真實、各舉所知、務使才不虛生、野無遺賢、則

天下之士、爭自濯磨、棫樸菁莪之化、再見於今日矣、抑 臣更有請者、自古哲命之貽、端在初服、從來臣工之肅、必本

皇躬、昔周成王沖年繼統、元聖輔政、當時海宇初定、頑民未平、

成王日新又新、克承大業、開八百載之昇平、後世稱為守成令

主、我

聖祖仁皇帝亦以冲齡繼世當時逆藩叛民竊發數省
聖祖任人行政仁如天而智如神致四海晏安蠻夷率服加以
懋勤聖學緝熙光明修法立制創垂至今二百餘年以開億萬
世無疆之業臣惟古稱達孝在於善繼善述顧我
皇上時念
先皇帝仁明英斷夙夜憂勤與諸臣宏濟艱難乃逆賊未平
天壽未永人神共慟朝野含悲欽惟我
皇上聖德日新擴充善政遠法周成王近法我
聖祖敬天勤民知人善任用賢勿二去邪勿疑由慎始以慎終
本正己以正物繼中興之業立不朽之規上慰

先皇帝在天之靈、下副四海臣民之望、天下幸甚、萬世幸甚、臣

愚昧之見、是否有當、謹附驛具陳、伏乞

皇上聖鑒訓示、謹奏、誠按此疏上嚴公蒙以人才居之褒先後召十八人多大用者

應　詔陳言疏

奏為恪遵

諭旨、敬陳管見、以輔

君德、以養人材、以振戎機、以肅吏治、以厚風俗、以培

國脈、條分縷晰、恭摺奏祈

聖鑒事、竊臣恭讀邸抄欽奉

諭旨、朕以冲人未堪多難、重賴

兩宫
皇太后萬幾日理，王大臣等黽勉翼為，何敢不博採讜言，虛公
攬納，期以施行措正，上理日臻，矧當各省軍務未竣，民生多蹙，
凡為臣子，均當竭誠抒悃之時，豈宜醜正惡直，苟安緘默，用特
諭中外臣工九卿科道有奏事之責者，於用人行政一切事宜，
皆得據實直陳，副朕側席求言之至意，等因欽此，又因恭親王
奏請求言，
申諭中外大小臣工，嗣後於朝廷用人行政，如有所見，務當切
實直陳，毋得稍存畏葸隱忍之見，我
兩宫

皇太后、方詢切芻蕘以求治理、即恭親王奕訢、正欲與諸臣精
白一心、同襄郅治、亦得虛衷參酌、盡其多方延攬之誠、爾諸臣
其盡忠納誨、陳善閑邪、竭爾股肱耳目、匡予心膂、毋負諄諄申
命爰咨爰度之懷、實有厚望焉、將此通諭中外知之、等因欽此
仰見我
皇上聰明天亶、好問察言、樂取於人以為善、舜之所以為大知
者、無過於此、是誠念
祖宗締造之艱、
先帝付託之重、兢兢業業、務欲
君臣一德、內外一心、固非徒循廣言之故事、博納諫之虛名已

也中外臣工苟具天良何敢負
清問之殷忘適言之獻臣愚昧之見未必有當謹擇時務之切
要者十二事為我
皇上敬陳之
一慎簡輔導以養
聖德也自古帝王雖生知安行必加困勉之學力堯舜禹精一
執中之傳君臣相師交戒互警務求心德純明然後能成知人
安民之功成湯太甲以伊尹為師高宗以傅說為師武王以箕
子為師成王以周公召公為師君與臣講求至道懋昭大德緝
熙光明然後能發政施仁開數百年之盛治蓋天下之化成必

本主德主德之隆替全在學修而學修之是非又必在於師保之不負所任師保得其人然後能講明乎二帝三王之道明德新民之功辨别乎用人行政之方制治保邦之略如不得其人則雖有聖智之資而輔導未得其正或惑以功利或誘以權謀或悅以浮文或進以小慧又或導之以百家異端之說引之以流俗卑陋之規為君者得其先入之言以為主馴至嗜慾日開紛華日染後雖有聖賢之說忠直之言皆不能入矣昔宋哲宗沖年嗣位宣仁太后召用賢臣司馬光呂公著等為相以大儒程頤為講官故元祐初年之治比於真宗仁宗之盛其後程頤被小人毀謗引退哲宗無賢師輔導日就昏庸遂復退君子用

小人舉元祐初政盡取而更張之墮宣仁中興之業宋之國勢遂以不振此可見輔導之任關乎君德之昏明宗社之安危也臣伏讀邸抄
兩宮
皇太后以
皇上沖齡踐祚亟宜典學以端蒙養之基博訪老成端謹學問優長之員用資輔導而裕性功臣仰見
皇太后深知政本在
皇上之一心故急以博訪輔導為第一要務書曰能自得師者王是之謂矣臣伏思

帝王之學與儒生不同惟在乎稽古正學明善惡之歸辨忠邪之分曉然於趨道之正出治之本存理遏欲之要撥亂反正之機而浮辭雜技之學皆不必事也則欲為
黼座求輔導之臣亦必其識足以明理德足以誠身通達治體洞澈民依而又有清修重望端正和平
皇上親之近之足以涵養氣質薰陶德性者然後可以當之非是不敢舉也伏查左都御史倭仁學正養和人倫表率自幼篤志力行即以慎獨誠意為宗
先皇帝即位之初倭仁曾上切直之言深蒙
諭旨嘉納令大小臣工須以國計民生為重愷切直陳以倭仁

為法、等因欽此、由是任以卿尹、敭歷中外、倭仁恪恭厥職、進修
不懈、德日粹而望日隆、臣又查前户部左侍郎羅惇衍誠慤忠
貞寬洪仁恕、歷任考官學政、清修亮節、海内共知、而尤以人才
為心、以宋五子之學教士、
先帝即位之後、屢進讜言、深荷
褒嘉、謂羅惇衍勗朕以學、實出自愛君之忱、庶慰朕求諫之意、
等因欽此、仰見
先皇帝知人善任、奬予忠直、二臣亦皆不負所知、始終一節、體
用兼賅、實可勝師傅之任、夫流俗之病、在以聖人之道為迂腐
抑思二帝三王之道、行於時、而天下治、孔孟程朱之道不行於

時而天下亂然則聖人之道乃救時良策非迂論也救時不本於聖道則皆雜霸權謀雖補苴於目前流弊究不可殫述二臣之學雖不敢望孔孟程朱然能誦其言守其法躬行實踐忠

君愛

國著有明徵若用為師傅日為我

皇上開陳善道則以

聰明睿知之資日聞乎古聖先賢之訓涵濡既久心體力行擴而充之則二帝三王之治不難見於今世矣（誠按此条採行不數月以倭仁為總師傅）

一精辨賢否以嚴黜陟也自古行政莫先於用人而用人莫切於君子小人之辨方今

寶籙初膺勵、精圖治、百爾臣工視
九重之好尚為轉移君子道長則小人道消、若一辨之不精、使
小人得容於其間終將潛滋暗長招朋引類以為
朝廷之害、夫君子小人不難辨也、要在先正
皇上之一心、志氣清明義理昭著、如明鏡在上、物自不能遁其
形、大抵君子忠信小人佞巧、君子恬退小人躁進君子方直、小
人柔輭、君子疏節闊目、坦懷相與小人矜心作意、專習儀容、君
子愛惜人才、小人排擠異己、君子秉公持正、小人徇欲撓私、君
子導君於恭儉憂勤、小人引君於般樂驕侈君子圖遠大以國
家元氣為先、小人計目前以朘削民膏為事、剛介不撓、無所阿

附者、君子也、依違兩可、伺候人主之喜怒以相趨避者、小人也、憂深慮遠防禍於未然者、君子也、依阿淟涊、導人主遂非長傲者、小人也、趨死不顧利害勇於擔當以爲國家者、君子也、見利則趨、見害則避、取巧以圖身家者、小人也、進憂危之議竦動人主之敬心者、君子也、動言氣數、不畏天變、以滋長人主之逸志者、小人也、公私邪正每每相反、倘使

皇上懋勤聖學、天理日明、去忌諱、樂臣直、罰唯諾、黜緘默、考二帝三王以來聖主賢君之事以爲法、取歷代名臣庸臣奸臣之行以觀人、則小人自不能容於其間、而君子始無掣肘、可以盡力於

國事此治天下之機要也臣尤有進者君子不難知而難親小人不難知而難遠自古英明之主豈盡不能知人哉良由知其為君子而厭其拘板嫌其剛方屏之於外使嚴氣正性不得接於吾前然後可以任吾所為知其為小人而喜其輭媚不拂吾之意引置左右然後可以濟吾之所欲又自信吾之才可以駕馭彼必不能為吾害馴至庶事叢脞無可倚重之人而一二正人又折於小人之寵任威權奉身引退安於隱默而小人益剛愎自恣由是君遂真以其人為可恃為其所制受其所愚言聽計從利歸於彼而害歸於國後雖悔悟無及矣然則人君欲求知人之實效尤在以真能親君子遠小人為至要歟誠按此条已採行

一振興實學以育人材也天下之事需人而理而人才之盛視乎學術今天下有乏才之患非乏才也實學不明無以造就而陶成之也昔堯舜三代之世立學專明人倫敬敷五教無後世浮文末藝之習故其時人才篤實體明用達非後世所及西漢重經學舉孝廉東漢重循良崇節義而經學孝廉循良節義之士遂彪炳於乾坤漢祚賴以扶持墜而復續唐宋元明以來專尚辭章浮文盛而實學衰士風日降實由於此尤賴一二講學大儒如唐臣韓愈宋臣程顥程頤張載朱熹元臣許衡明臣薛瑄王守仁高攀龍劉宗周等聚徒講學倡明聖道風行天下流傳後世習其學者往往明理守義窮達各有建樹學雖不明於

上而猶明於下，故人心風俗賴以維持。我
朝稽古右文，科舉取士，循明代之制，以四子五經諸史為本，原
欲士子涵濡聖經，博考史册，為有體有用之學也。乃沿習既久，
盜襲浮藻，鮮事實修，甚有四子五經精義未明，諸史法戒未曾
考鑒，歷代大儒名臣全體大用之書，直有終身不知其名目者，
但剿竊杜撰以取功名，工摹書翰以登清秩，無怪乎處無實德，
出鮮實用也。今天下教養人才之地有四，曰翰林院、國子監、府
州縣儒學、書院，而造就人才之官有五，曰翰林院掌院學士、國
子監祭酒司業、直省學政、直省正副主考官、府州縣儒學教授
等官，應請

皇上明降諭旨飭令翰林院掌院學士、國子監祭酒司業等官、務求德學純備、言表行坊、可為人師、凡教習庶吉士及肄業諸生等皆必令之窮經考史博究歷代名臣名儒修身治世之大經大法以為根柢而於吏事武備天文地輿兵刑錢穀各因其才分所近而習之、務期有實德實用、勿徒為剽竊杜撰之文而已也、長官隨時訓誨考察、其有經明行修才堪濟世者、隨時明列所長具奏以待察用、而不徒課其文詞看其書法、用之有效者、賞及長官、無效者罰及長官、又請

明降諭旨、令各督撫學政飭各府州縣儒學教授等官、必身率諸生講明實學、教士之法、必以綱常名教氣節經濟為歸、其講

學勤奮訓士有效者、各直省督撫學政、隨時查明保舉、其廢職
不修、教士無法者、隨時參劾、昔宋臣胡瑗始為湖州教授、以經
義治事二者教士、成就至數百人、宋廷取其法施於太學、頒行
天下、擢胡瑗為太學師、開宋世講學之首、伊川程子實出其門
是國子監堂官儒學教授一官、最易成就人才之明效也、至如
各直省學政正副考官、取士衡文、尤須
明降諭旨、飭其以正大精實之題、取正大精實之文、不可割裂
聖經、專取浮藻、尚小巧、誇新奇、務以真文求真才、上應
國家之用、昔宋臣呂祖謙知貢舉、閱文而知陸九淵為名儒、王
應麟知貢舉、閱文而識文天祥為忠臣、此考官善拔取人才之

明驗也學政為日最久遍歷各府州縣考試與士子相親尤須諄諄教以正學並當留心訪察人才其有懷德抱道未經大用者無論曾仕未仕搢紳布衣許其臚列所學實德實用隨時薦舉於科舉之中寓選舉之法昔明臣薛瑄提學山東首揭白鹿洞學規開示學者延見諸生必先詢其學行而後及於文藝親為講授遂開明世三百年講學之盛成就至數千百人此學政一官能造養人才之明驗也而各直省督撫司道亦必督率地方官嚴查書院延訪賢哲講明道德以共成養賢育才之盛無徒視為具文我

朝定制

歷聖登極必特開保舉孝廉方正一科應請
敕各督撫督同司道地方官盡心選舉務求真實勿濫勿遺
皇上親試而用之毋徒成故事而不收其實用總期才本於德
而後為真才德本於學而後為成德若才不本於德德不本於
學縱有小聰小明不過掩飾一時終足以欺君而誤國夫士者
民之表也士風正則民風隨之果自翰林院掌院學士以下等
官皆以倡明實學成就人才為心學術既明
國家收真才之用而尚不能撥亂反正者未之有也謹按此條已採行
一澄汰官方以清亂源也天下之大非一人所能理故必百僚
師師期以勤庶政而奠民生官不得人則庶政荒而生民蹙此

亂之所由生也知亂之所由生卽知亂之所由止必在於官勤而後事治官清而後民安矣今天下入仕之途有四曰科目曰議敘曰捐例曰軍功四項人員内則布滿於部曹外則布滿於府州縣其中英才傑士勤政愛民固自有人而庸陋卑汙姦貪險詐委靡不振但顧身家罔恤

國計者亦復不少捐例軍功流品尤雜不嚴加甄別澄汰以之居於民上非陋劣以釀亂卽貪酷以激亂當此軍務紛繁元氣凋喪之日苟非内外庶官清廉自矢貞固有為仰副

聖天子維新之政則亂源終何由而弭若專恃將帥防剿而官方不飭則賊民日興恐此剿而彼生此防而彼竄也應請

皇上明降諭旨飭令內而宰相六部九卿各堂官外而督撫於
司員屬吏必先勤加訓誨務期盡滌舊習咸與維新以襄郅治
其有供職勤能盡心謀
國潔己愛民者隨時訪察開具事實保奏其有廢職曠官蠹政
害民者亦隨時開具事實參革不得徇情濫保亦不得見好姑
容若長官不以整飭官方為心一經發覺即治以曠職之咎至
各省統兵大員於實有軍功者固當保薦以勵忠勤然必確查
勳績不可冒濫至保舉道員知府知州知縣等官皆有地方人
民重責一不勝任流毒無窮應請
明降諭旨敕各省統兵大臣於凡保舉軍功以道府州縣用者

必審明其人將來能安地方勤民事者、確具切實考語、如後犯有貪汙枉法之事、必坐各大臣以濫保之罪、武官如提鎮大員、所關亦重、必真有忠正勇敢之蹟、曉暢軍務、堪當一面者、然後可以褒實列諸薦剡、不得冒濫通融、以貽後來之禍、夫京察大計軍政年終甄别定例非不嚴也、然第循例而行、其中猶多蒙混、惟當此

朝政清明天下望治之時、令各部院堂官、各直省督撫統兵大員於文吏武將中秉公考察、嚴行訓飭、隨時甄别、取其勤而去其惰、崇其實而黜其華、賞清罰貪、奬恬抑躁、拔用剛介不屈之士、毋用圓滑傾巧之流、務使善者勸、不善者懼、則吏治清、官方

肅天下其有不長治久安者乎誠按此条已採行

一開武備館以裕將略也夫將者以忠信廉恥為本質樸厚重為幹謀勇兼優為用而後可以勝任歷觀古名將制勝之道率由講習古法熟諳韜略特善變通以運用之耳我

朝承平日久文臣在翰林者但習詩賦楷法在部屬者止嫻簿書例案武臣則僅習弓馬鎗械而於太公穰苴左氏春秋孫吳各家之說以及歷代名臣名將忠義之事經武之略留心者間有其人餘多視之如弁髦言之如冰炭一旦任之以事故碌碌未有奇策其膽識素優者尚可勉强支持功過參半其才質稍下者勢不至僨事而不已也夫兵凶戰危上關

國家之利害、下繫生民之存亡、自非秉賦絕倫、焉能不學而至、自粵西用兵以來、將帥多倉皇失據、貽誤大局者、豈竟不願立功名哉、良以素不知兵故也、曾國藩胡林翼等在翰林時、留心經濟、文武兼資、故自練兵湖湘轉戰數省、立功最偉、麾下得人尤多、此可見武事不可不素講、將材不可不早儲也、臣愚以為

請

特旨開武備館、發內庫所藏兵家各書、地輿全圖等類、以及歷代名將名臣各集、收存其中、於現任閣部九卿翰詹國子監衙門諸員中、其有砥行立名、器遠識宏、樸直沈毅、膽略超羣、欲習武事者、由各堂官公舉、仍食本俸、就武備館潛心究學、互相講

習俾知天下郡國利病山川要害古今将略並簡派大員中有韜略學守者總司其事而時考察其才其學果有所得即奏請派往公忠直諒統兵大臣營中學習歷練兼資籌畫其将帥未曾讀書明理者命其人往與講論古人忠義之事及雄才大略以相資助果立奇功著實績者即命洊升将帥之任蓋天下不能有治而無亂故宜預儲戡亂之才誠使經濟之士羣聚館中留心兵事熟求古大臣忠孝節義之蹟紀律訓練之宜出奇制勝之策而又與各老将帥磨礲則有勇知方自必勝於尋常萬萬矣若文臣不求知兵而兵事盡付之近日行伍出身之輩或由帶勇立功或由投誠專閫或由軍營夤緣擢用異日流毒不

可勝言、衆著之髮捻有限、而未萌之髮捻正無終窮也、是固今日所宜遠慮者也、

一整飭京營以重根本也、我朝威德播於寰宇、京師重地、從無震驚、太平既久、京營之兵、向未經戰守之事、故亦不免於柔脆疲弱、今天下雖漸清平、而賊烽究未滅絶、諸國雖云就撫、然逼處内地、不可不暗為之防、我氣盛則彼氣自衰、我計疏則彼恐乘隙而動、應請飭下統帶京營旗兵大小各員、務須實力整頓、日日訓練、講求戰守之法、所謂有備無患者此也、或曰、此時口糧不足、難於振起、不知訓練須食、即不訓練、亦未嘗不食、可

飭京營各大員、勤加簡擇、專取丁壯强悍者、練習有方、内以作
京畿之干城、外即震懾各國、使之愈知恭順、是或亦重本之一
道與、誠按此条已採行
一慎簡大僚以重屏藩也、現在湖廣兩江四川安徽湖北用兵
之地、官文曾國藩駱秉章彭玉麟李續宜等、久著威名、忠勤卓
越、沿江數千里、自必能竭力盪平、以固東南之藩、而西北如山
陝數省、乃畿輔近地、又為完善之區、賦稅餉需所自出、山陝鞏
固、則畿輔自得永安、況三晉表裏山河、關中形勝、龍興虎視、沃
野千里、尤不可不得其人、經畫鎮撫、養民力、簡軍實、儲將領、謹
蓋藏、以固中原之氣、臣查前任雲貴總督張亮基、歷任封疆、能

當大事、前任湖廣知人善任、尤著勲名、今雖告病乞歸、然當此
天下未安之時、
皇上沖年焦勞、
兩宮
皇太后萬幾日理、王大臣等夙夜在公、固不容該督優游林下
也、天下事最患庸臣誤之於前、而後使賢臣救之於後、兩湖兩
江近雖稍有起色、而元氣已虧、則十年以前庸臣誤之之故也、
西北重地豈可不早為之所乎、誠按山東豫夏西北之禍未半年而粵逆猖亂于秦矣
一彰善癉惡以礪節義也、逆賊竄踞安徽江南數省州縣最久、
脅制民人納稅服役、此固迫於無可如何、唯有舉貢生監往往

始欲保全身家受其偽職繼或從中取利藉賊凌人又或應賊
試充賊官廉恥不知節義何在若賊滅之後聽其衣冠頂戴復
列士林則名教掃地忠孝禮義之風終不能振起矣應請
明降諭旨飭令各督撫凡收復之後其地方舉貢生監曾受偽
職應偽試者盡行斥革以明大義而端士行其平日殉難盡節
者固當查明彙奏請
卹矣而其中士民有守節不屈受害不變者或曾經籌餉請兵
團練殺賊者皆當查明嘉獎使士氣大伸蓋賊邪氣也乘正氣
之虛而入若收復之後不急明廉恥節義則正氣不復邪氣終
有時而乘此所以周之頑民始平而畢公以旌別淑慝表厥宅

里彰善癉惡樹之風聲為要務與

一預籌畜積以復民氣也逆賊竄踞江南北州縣數百蹂躪擄掠民不聊生加以大兵戰守經時雖漸收復而財殫力痡不可勝狀一有凶荒現當

帑藏空虛萬難議賑富室凋殘何能勸捐饑困者多民情易動又不免生意外之患臣查逆賊所踞之地僧寺道觀焚毀幾盡佛貌神像蕩滅無存其田地租入克復之後正可收為將來無窮之利應請

旨諭江浙安徽各督撫飭令各州縣官於大兵克復之後即督同紳士查明各處已廢菴觀寺院之田盡為合邑義田每年租

入擇令公正殷實紳士管理收存以為義倉不經吏胥之手而出入存案官時稽查遇有凶歲即出以賑散豐年仍自積存取之無盡用之不竭比常平社倉更為得力蓋常平社倉皆必散而復收無田畝租入以為永利也古之善為治者曰惠而不費又曰因其勢而利導之今以廢寺觀之田取為義田義倉以救沿江數千里亂後之民而培養其元氣上省
國帑下濟民生不亦因勢利導之法乎

一嚴究服制之案以重倫常也近日刑名積習皆以救生不救死為心反以能救人為陰德此習牢不可破而尤足壞人心術風俗者莫過於服制之案我

朝刑名講求最細有案關倫紀而實有可原之情者
特旨准刑部夾簽聲明蓋服制之案皆係立決凌遲一經夾簽
即
特旨改爲監候不數年即可減免如胞姪胞弟之毆死胞伯叔
胞兄實因叔與兄毆詈其父兄而弟姪自護其父兄其初因有
可原之情故
特旨施此法外之仁乃後之辦案者欲救其弟姪即先坐其兄
與伯叔以不孝不弟之罪依樣葫蘆竟成成例小民何知只見
毆死胞伯叔胞兄皆可不死反不若平人尚有時而抵償者法
紀日弛性情日乖肆無忌憚夫作亂本於犯上犯上之案不加

重咎其何以重倫理而絕亂源應請
旨飭令刑部及各直省督撫臬司認真申飭屬吏於倫紀重案
細心研鞫不聽老幕之言不受猾胥之技苟非真實情有可原
不准故出其罪使殺人者必死而犯上者必誅人人皆知尊長
之重則倫紀明而民情正是亦清理亂源之一道乎
一嚴禁淫靡以惜物力也臣前讀邸抄欽承
上諭總管內務府大臣所有應行添製金銀器皿以力守節儉
為要一切服御用物有可以節省裁撤者着隨時奏聞等因欽
此仰見
兩宮

皇太后及我
皇上深念度支告匱閭閻力竭躬行節儉不肯稍涉紛華臣望
皇上始終持此一心久而不變以身作則並請
嚴飭中外大臣皆仰體
聖德黜奢崇樸率屬化民儉以養廉惠以利物不寶金玉而寶
善人不重珠寶而重粟布而凡奢侈過度者皆許叅黜至都中
戲園尤壞風氣優伶頑童充斥京師公卿大夫宴會淫佚恬不
為怪實為士習官方之害現當遏密八音之時臣愚以為宜乘
此時請
旨永行厲禁革除戲園以絕侈靡之源杜荒嬉之漸蓋天地之

運樸實者乃能久長精華太竭浮靡太甚則本根傷而元氣損
昔大禹以游佚戒舜周公以無逸訓成王漢之文景唐之太宗
宋之真仁皆以節儉率天下故當時民氣完固享國最永我
朝
歴聖開基無不以恭儉仁慈為本故
國脉之厚異於尋常今
皇上既力崇節儉并請
嚴飭天下臣民一概反樸歸質而絶淫戲之復萌天下共有瘳
乎夫今世上下皆知憂貧矣皆知理財矣不知理財之法先在
節用開財之源不如節財之流天地之生財有盡而人心之奢

欲無窮不知上下杜奢防侈而欲民殷國富者未之有也
一永開言路以通下情也
歷聖即位之初皆命臣工上書言事既而言無可采或偶有一
二荒謬瑣瀆不知政體者經
宸訓批斥遂人懷畏懼循為故事但於
詔旨初下之日羣言並進後仍甘為含默絕無納誨之人夫天
下事變日生
君德當日進而無疆庶政當日新而愈廣所言之事不必皆當
而進言之心總覺無他故言路當常開而不可暫開也下情當
常通而不可暫通也

先皇帝即位之初、
詔求直言、倭仁曾國藩呂賢基羅惇衍王東槐王慶雲諸臣皆
有陳列、遂受
先皇帝之知、其後諸臣或立節、或立功、不負委任、此言路開而
人才出之明效也、伏乞
皇上好善之心、始終不倦、忠鯁讜直者必加顯榮、阿附逢迎者
必加顯戮、又推廣言路、内自部院僚屬、外自督撫僚屬、苟於軍
國大政、實有所見、皆許其呈請長官代奏、
本朝定制、原有此例、宜乞
諭旨申明之、則進言者廣、而人才亦因此可以考見、至士子鄉

會殿廷諸試策問、於詢經考史而外、尤當按切時政要務、出題以試之、
聖祖仁皇帝原有此制、務使士子之留心經濟、酌古準今者、得以上陳、不致流爲空疏杜撰之學、斲落而無用、易之卦象、以上下交則爲泰、上下不交則爲否、上恩不得下逮、下情不得上通、則爲屯、其膏、然則傾否保泰、濟屯之機、其在斯乎、以上十二條、係臣拘墟之見、臣受
恩深重、職任封圻、分內之事、日夜懍懍、猶恐遺誤滋多、何敢妄論天下大事、惟生逢
聖哲、遭際艱難、欽承

降詔求言、則上自
君德下至人才、內而京畿外、而封疆、以及風俗人心民生
國計、凡數十年以來積弊、及今日所以救弊之方、自當竭誠殫
思、盡言無隱、不敢以瑣屑猥雜無關大體者、上瀆
宸聰、是否有當、伏乞
皇上聖鑒訓示、謹奏誠按末條亦採行原疏留中

特保真才以重疆寄而肅吏治疏

奏為特保真才以重疆寄、而肅吏治、恭摺具奏、仰祈
聖鑒事竊臣等前讀邸抄疊奉
諭旨、以為政之要首在得人、直省督撫及統兵大員、責任實屬

重大但得品學端方通達治體者分任其事則上行下效僚屬
等自必滌慮洗心惟在廷臣虛心延訪留意真才共矢公忠弼
予郅治等因欽此仰見我
皇上深知政本慎選疆臣伏讀之下欽佩難名臣等竊惟天下
吏治之弊其大端在貪與欺貪則病民欺則罔上其端自大吏
開之而羣吏效之貪詐欺飾積習成風牢不可破一旦潰決遂
至不可收拾是以欲擇封疆大吏必以二者為衡苟能不貪不
欺在辦賊省分自能選將練兵節餉禦寇在無賊省分自能激
濁揚清興利除害雖人之才分各有不同但使以誠慤居心以
清廉礪節則正氣固而百邪自無由入矣臣等查現任大理寺

卿鄭歆謹操守端嚴綜覈精實前在河南藩司任内正身率屬
門絶包苴至今吏畏民懷嗣官山東學政志操清潔始終不渝
又查現任直隸按察使吳廷棟誠慤無偽方正不阿深識遠謀
有為有守前在山東藩司任内奉公潔己不染一塵清正之聲
至今載道是二臣者其德行聞望早已孚信於衆人其清節亮
貞又可挽回乎風氣雖於用兵省分或非所宜若畀以節鉞使
治安静之區整頓地方培養元氣行見綱舉目張民安吏懾實
足以保全完善漸致富强今天下縻爛十已七八有賊省分督
撫得人澄清可冀無賊省分督撫得人治安可長其事雖殊而
為功則一 臣等受

恩深重、知賢不敢不進、若所舉不實、臣等甘任其咎、庶上副我
皇上慎重疆圻、求賢若渴之至意、謹陳所知、伏乞
皇上采擇施行、謹奏。謹按疏中無賊省分指山陝也二省吏治敗壞故欲薦二公以救亂于未然

疏上鄭公放山西布政使陝西督撫未蒙更調不數月陝西被粵逆竄入回匪因之以作亂糜爛盡矣

吳公一年後內用大理寺卿旋擢刑部右侍郎

公請吳中丞興建忠義節烈三祠稟

為稟請興建以重地方以彰風化事竊安徽省治建於安慶上接楚鄂下連吳會北控長淮南鎮黃海居中扼要實為長江之鎖鑰中原之咽喉山川雄厚風氣樸茂經文緯武人物之盛載籍不絕固地脈使然亦歷代賢大府興建培養之所致也自咸豐三年粵賊竄陷安徽由是蔓延各省至十一年秋今 天子始嗣大統八月朔日日月合璧五星連珠官軍即於是日克復安慶天順人應氣象一新自是不數年東南一律肅清中原漸就安謐此可見安慶一省關繫大局甚重也惟是粵賊甚重也蹂躪之區皖省最甚收復之後百度凋耗賴各大憲體我

皇上如天之仁奏請薄賦輕徭一意休養生息培補元氣
及仁憲陳臬翰藩游歷開府數年以來恩威並用施文武兼資內
姦不生外寇胥遠民氣漸盛乃謀興建學宮奎星閣以振文教
興建大觀亭以顯忠義興建閣各衙署以肅觀瞻整齊道路疏
通溝洫以除壅塞巍煥堅實郁乎有文由是商賈輻輳市廛林
立興旺之氣日新又新惟是省會尚有應請興建者數事前以
經費未充須權緩急先後今請為大人陳之一東門外迎江寺
向有振鎮風塔一座載安慶通志前明江西泰和王公宗徐來守
安慶隆慶庚午始建此塔良以長江自小孤而下至天門始有
關鍵故立塔以固省會之風氣且其位當後天卦次之巽方孤

標插天勢淩江表有木火文明之象是以兩朝四百年來人文日盛迄今頌王太守之功不衰粤賊踞城撤去塔頂語曰爲浮屠者必合其尖以譬凡事必造其極而底於有成也今塔頂不存是爲有初靡終實關地方風氣欲請大人以善後經費之餘命工庀材合尖以還舊製地方幸甚一安徽爲宋大儒朱子篤生之鄉素明禮義忠孝節烈史不絶書自咸豐三年至同治三年所有官紳士民婦女殉難者無慮數十萬人幽忠奇節湮滅者多而前給事中吴焯林之望御史薛春黎等在京兩次訪明曾奏請旌卹者數千人欽差大臣兩江總督曾公於咸豐十一年奏設忠義局委員採訪歷案奏請旌卹者數萬人又歷任督

撫憲奏請旌卹者亦不減千百人皆奉　旨分别旌卹立祠
建坊　國恩高厚崇獎節義有加無已然速州下邑多有不能
建祠及坊者查江西之石鍾山蘇州之惠山皆自古名勝之地
前者兵部侍郎彭公曾奏請建立水師昭忠祠於石鍾山廢址
之上江蘇巡撫李公亦曾奉請建昭忠祠於惠山廢址去年督
憲曾公亦奏請建立總旌祠於金陵今迎江寺既已殘燬如重
修振風塔欲乞大人奏請度寺院旁地建立忠義節烈三祠一
祀合省殉節紳士庶民一祀合省殉節婦女中立總位而臚列
其名於匾額以懸於堂即令寺僧看守不特廉頑立懦可贊
王化亦且宣導幽鬱足和神人將來省會之地大江之濱登

臨名勝者皆知觀感興起仰思　皇仁而僅不爲遊覽之勝
事風化幸甚愚昧之見未知當否理合肅稟恭呈臺鑒敬候鈞
裁不勝悚惕之至同治七年五月　日稟

柏堂集補編 下

柏堂文集附編

擬疏咸豐十一年客河南為嚴中丞作

選將練兵兼籌全局疏

奏為選將練兵以保豫疆、兼籌全局而固根本、恭摺奏祈

聖鑒事、竊臣以庸材忝膺疆寄、四郊多壘、鄰寇紛乘、若以專辦

有人、坐視事變之來而不為之備、大局一變、收拾更難、前次片

奏擬精練三千人駐紮近郊、作為活兵以備雕剿之用、恭奉

硃批依議辦理、仰見　聖慮周詳軫念中原之至意、顧臣

前與毛昶熙奏撥東三省馬隊未蒙　俞允、昨准湖北撫臣

胡林翼來咨、前經奏調楚勇一千名、現因楚事緊急未能前來、

李雲麟又為多隆阿留守潛山、一時難以到豫、接閱之下、中夜徬徨、計無從出、伏念禦賊莫急於練兵、練兵必先於選將、豫省軍務、從前督辦諸臣、多半粉飾因循、不求實際、老師糜餉、以剿則少敢戰之士、以守則無節制之師、加以投誠降卒雜湊其間、錮疾日深、幾於不可救藥、現在江淮捻賊日肆披猖、各種匪黨、乘機竊發、粵逆震驚予疆圉、苗練搆衅於鄰封、賊勢如彼而兵力如此、譬猶以朽壞塞潰隄、何能有濟、臣聞琴瑟不調、必改絃而更張之、事至疲敝之秋、非力為振作、不能肅軍威、非精選將才、不能當鉅任、方今威望素著之帥、如僧格林沁、官文、曾國藩、胡林翼、駱秉章、袁甲三、李續宜、楊載福、都興阿、巴棟阿、左宗棠、等各有疆場之責又值防剿喫緊之時或回南藩或堵北竄均不可以輕動而勝保現握重兵以防夷情之反側根本之地尤不可虛且勝保前在皖豫各省督辦軍務亦未翦除巨寇以著成功臣再四思維查有前任左副都御史張芾籍隸陜西與臣祖籍同鄉素不相識上年張芾奉

旨回籍補行守制道經鄂渚始與晤談蕭然儒素不似達官及抗論兵戎洞悉機要前在江西徽甯等處七載行間辦理防剿深得民心上年甯國之失實因餉絀兵單非盡其過且其人恪恭醕謹志慮忠純早在

聖人洞鑒之中其所拔人才若江長貴周天培周天受陳大富等後皆屢著戰功卓然良將當此需人孔亟之時萬不可聽其

閑散合無仰懇　皇上俯念豫省安危飭令陝甘督臣陝西
撫臣會同張芾於提鎮下各營內精選馬隊五百名步兵三千
擇其久歷戎行忠勇有謀之將弁分起管帶交張芾統領迅速
前來與臣會辦以資防剿再查關中土厚水淺代生名將大荔
沙苑之間半係古氏羌蕃羯舊部其人沈鷙悍勇而無他腸若
於其中選募二三千人以鄂軍營制覈實訓練必能得其死力
伏乞　皇上一面飭令張芾督兵前來一面令其遴派知兵
之將在於該處招募勁勇教之技藝授之紀律陸續聽調來豫
以關中之將統關中之兵以訓練之師易疲憊之勇且使河朔
英豪聞風興起臣雖闇弱益振刷精神同心相濟而李雲麟所

部一到，亦可收贊畫之功，則豫事庶有起色矣。且臣請選將練兵，非徒為豫計也。前者粤逆下竄江揚，曾國藩、胡林翼等練兵求將於湖湘之間，廓清數省，而又分兵分將，以為援粤、援蜀、援黔、援江、援浙、援閩、援皖之師，雖未全奏膚功，而牽制逆氛，不得肆擾中原者，實皆其力。今者楚力盡矣，從前名將半以力戰捐軀，士卒久衝突於鋒鏑間者，亦漸為強弩之末，賊鋒環逼，直有應接不暇之勢。天下之氣，蓄久則開，開久則洩，洩久則竭，理勢然也。關中形勝雄固，俗樸民淳，質實強悍，實為可用，且又未經兵戈，民氣完固，特無人振興，故未開同仇敵愾之風，以鼓其急功赴義之志。然天下之氣，蓄之久則發之愈不可遏，想奇傑之士雄毅之才伏處以待朝廷驅策者當必不乏故臣欲乘關中無事之時網羅將才招集義士練成一軍西與楚軍為犄角南固豫皖之藩籬留此完善之區養此精銳之氣以為京師保障內固軍實外寇難乘而夷人之就撫者亦自不敢反覆生心矣萬有一變乘輿西幸亦足以資守禦控制之備此固必無之事要不可不思患預防區區忠愛之愚忱伏乞皇上聖鑒訓示謹奏誠按此疏欲乘關中無事選將練兵保全完善內固軍實外寇難乘未行越二年大亂

籌辦河南軍務情形疏

奏為恭謝天恩並陳現擬籌辦大概情形仰祈

聖鑒事竊臣欽奉
上諭嚴樹森著督辦河南剿匪事宜毛昶熙著帮辦河南剿匪
事宜仍督辦團練欽此跪誦之下感悚難名伏念臣一介凡庸
仰蒙
聖恩高厚
簡畀封圻處地方軍務積敝之餘當外寇內訌交乘之際原不
敢以督辦有人稍事推諉莅任兩月以來夙夜焦籌未程寸效
疚惕滋深茲復奉
恩綸督辦剿匪事宜臣自顧菲材何能勝此重任惟有殫竭血
忱力圖補救已就現在情形猶為布置約有四端伏乞

聖明裁奪、一曰練兵、大凡兵之為用最忌多而不精、虚而不實、訓練精始可克敵、挑選實始足備戰、宋營兵勇多雜湊之流、筋懈脉弛、積習已深、難資得力、臣前已函致毛昶熙、飭取各隊花名清册、尚未送到、現復咨催、俟册到手即派幹員核實點驗、揀留精壯、裁撤疲敝、勒限操演、示以紀律、又擬於各路選募雄勇樸實之民、用楚軍營制、練成一軍、以作前茅、庶幾轉弱為强、可收兵之實用、二曰選將、自古将以兵為指臂、兵以将為腹心、臂之伸縮運動因乎心、兵之勇怯轉移隨乎将、現在帶兵将弁、如成景之類、巧滑退避、萬不可用、臣已飛咨湖北督撫臣催令現
奉旨署南陽鎮總兵趙鴻舉、署信陽協副将穆正春、並臣前奏

調李雲麟迅速來豫、又於各處訪查勇敢知兵之將弁、調其來營、庶資羣策羣力、可收將之實效、三曰審形勢、從來守兵利在扼形、戰兵利在得勢、形勢偏、則有顧此失彼之慮、形勢密、則有犄角互用之功、豫省歸德僅可防逆捻竄入之一隅、非全豫之門戶、從前督辦諸臣僅駐歸德、賊出巢四擾、每以一二股牽制我軍、而其大股則已狼奔遠駛、省垣重地、又無勁兵鎮駐、平原蔓衍、堵之不能、追之不及、故由永夏之間北竄者有之、由鹿柘之間西竄者有之、蹂躪動輒千里、實堪痛心、臣查捻逆竄豫之門戶、一由歸德、一由陳州、一由光汝、況今粵賊上竄楚北、漢郡所屬黃孝、德郡所屬隨應皆有賊踪、則信羅三關胥為防堵要地臣夙夜籌維惟有商請毛昶熙仍紮宋郡簡練精銳以扼正東一路奏派臬司鄭元善馳往汝甯偵汝甯捻股剿滅進兵扼守三關以顧正南一路再偵所調諸將兵勇到齊派守陳郡以固東南一路臣當親帶兵出省雕剿調度各路互相救應庶幾門戶嚴密可據形勢之要四曰固根本從來防禦之法守城不如守邊然廓清之序攘外必先安內腹地空虛使賊得乘隙攻瑕悔將何及臣奉

命後急思帶兵出省惟現在所調兵將尚無一至招募之勇尚無一來省城旗綠疲兵只千數百人成城勇一千人守尚不敷何可言戰西南竄捻大股尚未回巢北路渡黃之賊亦漸逼近

臬司統兵出省根本之地似宜布置周密使賊無間可乘臣若
不揣輕重遽行出省恐賊見兵力單弱更無忌憚而損威聲臣
惟有趕緊調將募勇勤加訓練以固省垣一俟將士齊至訓練
稍成即酌量情形擇最喫重之地相機進勦庶幾內外堅實聲
勢聯絡可免根本之憂惟是豫省地勢平衍兵事廢弛當皖省
楚省東省三面之寇河北三府精華之地餉源所出而賊已渡
河實為可慮臣以愚直仰荷
主知不敢一言粉飾亦不敢稍涉因循惟有小心謹慎好謀而
成恪守成訓期免貽悞事機以仰副
聖主整飭戎行之至意再毛昶熙現在歸德此次不及會商故

未列銜合併陳明所有微臣感悚下忱理合由驛恭摺叩謝
天恩伏乞
皇上聖鑒謹奏
河實為可慮臣以愚直抑待
燮省東省三西之交河北三府精華之地為源所出而賊已渡
勢聯絡可究根本之憂惟是該省地勢平衍兵事廢弛當賊者
衛成即酌量情形擇最要重之地相機進紮庶幾内外堅實聲
惟有趕緊調將募勇勤加訓練以固省垣一俟將士齊至訓練
不輕重遽行出省恐賊見兵力單弱更無忌憚而直趨省垣
需討賊兵出省根本之地仍宜布置周密使賊無間可乘臣若

禁軍民踐踏先賢祠廟示

為出示嚴禁事照得宋大儒兩程夫子闡明聖學有繼往開來之功歷代祠祀尊崇正欲人興起而效法之也其餘歷代名宦名儒或留德澤於地方或興文教於後世至於忠臣義士尤為天地正氣所鍾國家綱常所繫故懿德之好各具秉彝查河南開封府城外有二程祠褒忠祠名撫祠報功祠並禹王臺有附祀諸賢各祠是皆前人創制之良規後人宜如何隆重昨經本部院親詣查看門窗折毀木主凋残究由附近無知之徒與往

來兵勇住宿祠內者任意作踐實堪痛恨夫欲戢禍亂先固本根本部院方冀與官弁軍民人等共礪希聖希賢之心鼓作忠作孝之氣豈可於古之聖賢忠孝足為師法者先毀傷之除本部院率屬倡捐飭府修復外合行出示嚴禁為此仰軍民人等知悉自示之後如有藉稱兵勇强住祠內或本地無賴擅入祠宇任意作踐者許該祠奉祀生並看守寺僧等赴地方官具稟以憑拏究不貸其各凜遵各處先賢祠廟皆准照此辦理特示

凡二程祠府儒學名宦鄉賢名撫褒忠各祠後皆修理一新

柏堂文集附編

擬疏同治元年為鄂撫嚴中丞作

應　詔陳言明列大臣欺罔之罪疏附片

奏為應

詔陳言、不避忌諱、明列大臣欺罔之罪、乞

賜乾斷以答

天戒而順民情事、竊臣恭讀邸抄、本年八月欽奉

上諭七月十五日夜間、忽見衆星流向西南甚多、二十五日、夜

間復有彗星見於西北、

上蒼垂象、變不虛生、茲奉

兩宮
皇太后懿旨、天人交儆、必政令有闕所致、即諸臣陳奏事件、亦有忌諱不敢盡言、指陳利弊未能切實之處、用特申諭中外大小臣工、務各齊心研慮、於
朝廷政治得失之大且要者、悉矢忠赤、讜言無隱、等因欽此、仰
見
兩宮
皇太后
皇上遇災修省、勤求直言、不以天道難知、稍弛寅畏、凡為臣子者、何敢隱情惜己、自同寒蟬、臣維天視自我民

視天聽自我民聽古帝王用人行政欲上承天顧必下洽民情
民情不得上達於是天心仁愛始出災異以譴告之故善言天
者必有驗於人欲求用人行政之得失亦期當乎天下之公好
公惡而已欽惟
兩宮
皇太后
皇上親政以來刑賞黜陟一秉大公以故
朝政清明南方軍務亦漸有起色惟以西北重地軍務之要必
委之勝保一人此則用人之一失也查勝保自上年冬間膺督
辦皖豫軍務之

命其時河南陝西湖北三省並無一髮逆竄擾也乃曾國藩李續宜多隆阿等力戰於南皖境漸就肅清勝保督辦兩省軍務身居皖豫之交不能密籌堵截而放賊入豫入秦擾亂完善之地致回匪乘釁而起糜爛至今而髮逆之縱橫於楚豫秦三省邊境者雖經楚師疊次痛擊而忽此忽彼到處沸騰不特增西北之憂抑且掣東南之肘不知勝保督辦皖豫之名何在乃猶恬不知恥竟以解潁圍擒狗逆攘為己功鋪張入告

朝廷亦受其欺不暇問豫秦之髮逆從何而入不知潁圍之解乃賊震於廬州之捷與楚師之至也狗逆之擒乃苗沛霖先與勾結以為羽翼既而懼多隆阿李續宜等率師進勦始縛獻以

圖功也不然楚師未至之先穎圍何以不解狗逆何以不擒而廬郡穎州之髮逆何以不竄東南而竄西北則勝保防勦之疏可見矣即使能保殘破之區而放賊入於安全之地亦屬功不掩罪此事皖豫之民皆知其欺且行軍之地悉受其害特其威權赫耀邪黨甚多敢為大言上淆

聖聽下惑左右大臣故無敢為

皇上直陳者耳髮逆入豫之後穎圍早解勝保既卸豫事之責並不回軍堵擊追髮逆入秦又不遵

旨急赴河洛截賊歸路及聞楚師漸次入秦始復取巧自請勦辦回匪致多隆阿援秦之師進退無據今勝保又奉督辦陝西

軍務之
命矣查勝保入關其兵勇多虛濫之數其將弁多叛降之徒臨
潼一戰並未獲勝乃勝保又復鋪張其詞以欺
皇上瑛棨撫陝兩年職為亂階生靈塗炭徒與勝保互為欺蒙
臣接據陝省親友各函皆言勝保之兵日以縱酒宣淫為樂有
目不忍見耳不忍聞等語輿論如此則其為天怒人怨極矣臣
竊恐勝保督辦皖豫軍務既放髮逆以入豫秦將來督辦陝西
軍務又放回逆以入
畿輔賊愈入愈深而勝保之兵權愈不可解在
皇上或以其帶兵多年不肯廢棄抑思勝保與僧格林沁曾國

藩等同為
欽差大臣諸臣廓清數省所薦將才多為忠良著有明效勝保
勦辦皖匪數年不過招降苗沛霖等耳勦辦東匪多時不過招
降宋景詩等耳雖飾成一己之功仍隱留
國家之患臣恐天下事諸臣合力成之而不足勝保一人壞之
而有餘何者人臣事主惟恃一誠勝保則始終一欺其所引用
諸多奸偽之人互為黨援自成風氣是即真能[illegible]賊而禍種貽
留不知其幾況其不能也
皇上或以勝保前有亢直之言以為可當大任不知此乃勝保
乘間抵隙善於要結

君上之知、

皇太后

皇上及左右大臣或尚望其術中使彼果有忠誠何以一切奏報肆為欺罔此天下所共知共聞、非臣一人之私言也臣查勝保自請入關之時、正兩次星變之時、又皆見於西方、或者天心眷顧見民情不得上達、特垂象以示儆與臣非謂勝保有不軌之心、特以西北重地軍務之要付之勝保一人、將釀成不可解之禍、臣與勝保同年舉人並無仇怨、然為人臣子挾仇報怨而顛倒賢奸者是欺也避嫌遠謗而隱忍固位者亦欺也況臣於六月間、疏稱陝省軍情、恭奉

上諭以後如有續接信函、關係陜省確實情形者、著隨時具奏、
欽此、臣何敢不遵
旨直陳哉、如有不實、願以臣章、
明示中外、臣甘受欺罔之罪、夫應天以實不以文、求言者文也、
用言者實也、臣上年八月曾疏言勝保之養癰貽患、其後應
詔條陳十二事、有慎簡大僚以重屏藩一節、即言山陜督撫須
得其人、蓋深懼有今日之禍、而知瑛棨之不足恃也、奉
旨留存軍機處、未見施行、固知人微言輕、不敢再瀆、然耿耿之
愚忱、終不能已、天下者、
祖

宗之天下東南寇亂十餘年賴諸臣戮力同心始補救於萬一
何堪復以西北重地任勝保一人敗壞耶如謂多隆阿已遵
旨出關陜事接替無人[illegible]查固原提督雷正綰甘肅提督馬德
昭保全陜省深得民心若以軍務交此二人與[illegible][illegible]權所需糧
餉責成撫臣籌辦自必不負委任孔子曰舉直錯諸枉則民服
子產曰天道遠人道邇星變俱見於西方自當慎用西北將帥
大臣庶民氣和而
天庥洊至矣臣賦性愚戇不知忌諱除照錄陜省親友來函咨
呈軍機處備查外謹繕摺瀝陳伏乞
聖鑒無任戰栗隕越之至謹

奏誠按疏中言禍種貽留不知其幾又曰雖飾成一己之功仍隱留國家之患不數月宋景詩苗沛霖皆復叛

再臣接據探報陜省狪匪渭南倉頭一股約五六萬人大荔王閣村連同朝一股約四五萬人省東北沙河一帶約三四萬人咸陽一帶約五六萬人高陵涇陽永樂店一股約五六萬人鳳翔一股約萬餘人甘肅河州一股新來數萬人首逆有雲南各省之狪聲言必取陜省以為根本與雲貴甘肅之狪聯為一氣割據數省然後東下河洛則有建瓴之勢北偪畿輔則有剝膚之災冬令水涸踏冰渡河晉省必首受其禍西北騷然則東南新復之地殘破之區更易擾亂查勝保之軍皆游勇乞丐雜凑而成不紮營壘佔住民房非但不能制賊轉恐

激成内變所部宋景詩等反覆無常惟利是視恐將勾結省狗以為賊應勝保又聲言欲調古沛霖之兵入陝果爾是不能退虎更進一狼其禍益烈以撫所有標兵及弋什哈半係狗民把持瑛棨之短長一動一靜通知於賊並有假瑛棨號令阻撓省城民團之事是勝保瑛棨不去則省城堪虞省城有變則全局瓦解矣務祈

皇上立奮乾斷黜陟得宜雖不能弭患於未萌尚可以回瀾於既倒方今事勢危迫已極臣不敢不據實瀝陳伏乞

聖鑒謹

奏

誠按此疏留存軍機處數月後奉 旨採行

東南肅清請開缺回籍疏 代彭宮保同治五年擬作七年上之

奏為東南一律肅清水師章程已定謹瀝陳下情懇請開缺回籍補行終制兼就醫調理痼疾恭摺仰祈 聖鑒事竊臣以湘楚諸生感激時艱襄辦水軍十有四載仰蒙 文宗皇帝暨我 皇上逾格恩施游擢至兵部侍郎又荷 特恩賞穿黃馬褂金陵克復 賞加太子少保銜並給予一等輕車都尉世職自顧非才冒當大任疊承 眷注至於斯極夙夜惶恐時慮弗勝同治四年二月十六日欽奉署理漕運總督之 命兩次陳情力辭並請開兵部侍郎本缺申明不敢遽作歸計容將營中各事理清再行具摺請 旨回籍奉 旨

覽奏情辭懇摯出於至誠彭玉麟着准其開漕運總督署缺所
有長江水師善後應辦事宜仍着該侍郎妥為料理欽此時臣
正在調理失血之症尚未就痊跪讀　諭旨感悚莫名因復
帶病往來長江湖港周度情形擬立章程交[illegible][illegible]藩酌核會奏
維時臣病外覲稍瘥而神智日減迨夏秋數月復患傷寒瘧疾
幾於危殆至今不能復元祇以水師久曠甚過多不得不駐營
籌畫彌補之法兼以水師章程部議未上　諭旨未降交代
無人仍不敢請　旨回籍今於同治六年　月　日欽奉
上諭　等因欽此微臣捧讀之下仰見　聖慮周詳規
畫久遠曷勝欽佩惟念臣自出身從戎以來與水師相終始今

幸軍事已畢善後應辦事宜已有交代則臣之下情有不能不
瀝陳於
君父之前者臣少孤苦零丁傭書養母咸豐三年
丁母憂未終適遭粵逆之亂義憤所激遂膺曾國藩之招運經
從軍非敢云移孝作忠良以先臣曾受
朝廷一命之榮臣
母死〔生〕前亦時以忠孝〔義〕相勗當
國家多難之日義不得顧私
親也臣素無聲色之好室家之樂性尤不耽安逸治軍十餘年
未嘗營一瓦之覆一畝之殖以庇妻子身受[illegible]稍長多疾未
嘗請一日之假回籍調治終年風濤矢石之中雖甚憊未嘗一
日移居岸上誠以親服未除而從戎既難解免於不孝之罪豈
敢復為愛惜身家之圖然先生人祠廟未成墳墓久缺祭掃每

一念及蘊結於懷令荷　聖主如天之福軍事已終伏維
皇上以孝治天下開臣兵部侍郎本缺放歸本籍補行終制
籍可以修理祠墓以贖十餘年遠離先壠之愆不致時抱終天
之恨臣雖至愚感　德不朽且臣嘗聞士大夫出處進退關
繫風俗之盛衰臣以感激時艱而從戎今賊已滅而不歸近於
貪位長江既設水師提督責有攸司臣猶在此似乎戀權臣前
奉安徽巡撫漕督之　命自陳才力不逮再三懇請開缺疊
奉　恩諭有誠實不欺情辭懇摯出於至誠之褒今忽改易
初心戀戀官爵則前此之辭疑於作偽臣母服未滿聖人三年
之制從軍殺賊猶可曰仰承親心今軍事已終不歸補行終制

涉於忘親四者有一焉皆足以傷風敗俗天下之亂不徒在盜賊之未平而在士大夫之進無禮而退無義伏惟　皇上中興大業正宜扶樹道教整肅紀綱以振起人心臣豈敢稍犯不韙以傷朝　朝廷之雅化況人之才力聰明用久則竭若不善藏其短必致轉失所長臣本無經濟之學徒以負性愚誠精力強壯恃勇往直前之氣妄欲掃蕩賊氛幸荷　聖主福庇保全性命然十餘年中出入風濤經歷艱[illegible]嘗[illegible]疾病侵陵精力日衰心氣日耗飲食短少夜不成寐遇事一加索思索則恍忽不知能貫注自治合人皆覺精神振作不起若再不安心調理必至貽悞　國事古來臣子往往初年頗有建樹而晚

節末路隕越貽譏固由才庸亦其精氣已竭也臣每讀史至此竊嘆其人不知善藏其短 惜當日朝廷不能善全其長是以知進而不知退聖人於易深戒之也伏望 皇上念臣病軀許臣回籍如果調治復元則報 國之日正[illegible][illegible]不敢永圖安逸所有瀝陳下情懇請開缺緣由理合專摺上陳伏乞

皇太后 皇上聖鑒訓示謹 奏

布置水師周妥再行回籍疏　同治八年代彭宮保作

奏為遵
旨將水師分汛事宜布置周妥再行回籍恭摺仰
祈
聖鑒事竊臣於同治七年十二月　日奉到十二月
初一日
上諭彭玉麟奏回籍起程日期各摺片所陳各節
籌畫雖極周密而相距較遠深恐呼應不靈且專任不責亦不
足以資統攝著該侍郎將水師分汛事宜布置周妥明春再行
回籍一俟百日期滿即著懍遵前旨迅赴[illegible]地駐紮用資
控制以副朝廷廑念江防曲體重臣至意諒該侍郎素矢公忠
必不至再行瀆請置身事外等因欽此跪讀之下感激涕零仰
見我
皇上慎重兵防體恤下忱無微不至竊長江分標歸

汎諸事宜千条萬緒臣清理數月昕夕不遑至歲除章皆妥帖所敌營哨員弁均於開正陸續抵任各分防守以責專責成臣一介諸生素非有經濟才名足膺當世之用方粵賊之興不過一念愚忠奮發遂忘其無官守之責慨然罢[illegible][illegible]日中可至今日疊受　殊恩涓埃未報而反欲置身事外奈禀質孱弱痼疾日深頭暈心忡神悸目眩一日數起加以咯血之症交春即發年力日衰氣血日耗誠恐回籍後醫治未能速愈有負屢次溫綸惟有仰體　皇上愼重江防之至意暫緩歸期於本年正月十五日交卸軍符後即以散員同黃翼升巡視察看各標營次計長江上下須兩月有餘始能周歷敦勉各營弁無忘

操練以備不虞無圖安逸以縱盜賊無好酒色以離汛地無貪財貨以擾商民獎其勤勞而教誡其不逮上以宣布　朝廷之威德下以申十餘年統帥之私衷總期合五省水師意浹情融聯為一氣自是以後惟黃翼升一令是聽庶幾仰承　諭旨專責任以資統攝而不至或有弊〔廢〕弛之弊端天下事創始實艱而守成亦不易至新舊交代之際尤為勤惰之所乘除今水師改勇歸標雖守成實同創始此次交代之[illegible]誡至再至三振作其精神聯絡其恩義諒諸員弁各具天良自無敢不力加勤奮以圖報効　高厚於萬一臣不學無術僅以鄙見所能及微力所能到者盡心布置上答　鴻恩至見所不及力

所不到所籌或有疏虞與其時或有當補救更張之處應請
諭旨令沿江各督臣撫臣隨時會商提臣精心籌度請
旨施行以資整頓所有臣遵　旨將水師分汎事宜布置周
妥再行回籍緣由理合專摺上陳伏乞　皇太后　皇
上聖鑒訓示謹　奏

遵旨回籍疏

同治八年代彭宮保

奏為水師布置事竣遵旨回籍恭摺仰祈聖鑒事竊臣於同治八年正月　日在金陵具奏遵籌水師分汛事宜布置周妥再行回籍一摺時因舊疾日重旋赴江浙就醫三月　日奉到二月二十二日上諭長江水師關繫東南大局彭玉麟於交代之後不即回籍擬赴江浙就醫仍回長江周歷勸勉具見悃忱深堪嘉尚該侍郎在江十餘年氣體日衰朝廷不忍遽拂其意准其回籍等因欽此跪讀之下感泣莫名維時臣疾沈痼日深春氣感發咯血更甚服藥久之不見大效據醫者云病由前此自恃年力富強勞傷過度寒暑不節以致精

血虧耗今非屏除人事息心靜養徒藉藥力難以見功臣因是言不待醫治就痊即於五月初旬由大江西上自瓜州鎮起於月　日行抵武漢沿途察看兩月有餘長江數千里中仰賴　皇上恩威盜賊斂迹舟楫不驚里閭各安其業雖凋敝之後一時未能復元亦已漸有昇平氣象接見水師各營弁諄諄勸勉以大義鼓舞以至情亦皆各凜責成不離汎地且俱能上體　皇上慎重江防專一事權之至意勤於職守惟黄翼升一人是聽但使永遠不懈恪遵定章斷不至變故忽生上勞　聖慮臣近因兩月以來接對營弁語言過多酬應少煩氣復上衝時加嗽嗌若再不息行調理恐遂成為廢人臣才

識庸愚深荷　恩遇初志不惜軀命與兵事相始終今幸東
南肅清水陸安宴臣疾雖難速愈固無遺恨於心如果調理就
痊尚堪驅策斷不敢專圖安逸自外　生成所有遵　旨
回籍調理緣由理合專摺上陳伏乞　皇太后　皇上
聖鑒謹　奏

柏堂文集附編

擬批示同治二年八月代曾節相作于安慶

批桐城縣薛令稟請庵田歸公詳文七月初八日稟

據詳已悉。本部堂復經訪查。桐城慈濟寺。係雍正年間禪林田租歲入三千餘石。向來住持僧退位。必請合邑紳士。於本寺僧衆中。公選清靜勤能精持戒律佛者。接領其衆。稟官立案。令該寺於咸豐五年爲賊所燬。僧衆散亡殆盡。住持道言沒於陷賊之時。何得復有傳位之事。游僧廣然。本非寺僧。又非合邑公立。即真道言一已私情。亦不足爲據。而況揑造遺書。蒙稟圖佔。既經該縣查明申詳。應即如詳。不准聽其管業。其他除原廟原僧俱存者許其仍舊住持外餘仰該縣確實查明概不准游僧揑詞圖佔仍照去年批示歸公惟地方善後事宜莫急於教養二大端桐城素稱文獻之邦自逆賊竄踞十年學宮書院忠孝各祠片瓦不存文教掃地不急修理何以振學術而勵人心仰即查清此欵乘此年穀順成之時務委公正廉勤實心辦事之紳士立章經理收租積穀由縣詳報數目速行興復

文廟儒學漸及忠孝各祠逐年而成亦具册詳報然後永定為合邑書院造就人才之經費安慶省城將來興造貢院各縣灘派桐城亦可於此項公租分撥也又查得桐城紳士河工同知孫長壽於咸豐四年冬捐田租三千石助臧孝廉忠狀營之軍

需、今聞此欵雖存、章程不立、將來恐致濫費、桐城向稱富庶、而
被賊之後、凋敝實深、一有水旱偏災、民不聊生、人心難靖、況桐
地介七省通衢、現在逆賊未平、城無積糧、守禦難恃、查桐城向
有永惠倉田租一千餘石、又有城北豐備倉一所、尚皆完好、仰
該縣即行查明孫長熹所捐之田、並永惠倉向有之田、自今年
始、飭公正殷實紳士、收爲倉穀、具數存案、不經書吏差役之手。
有事以濟守禦之用、無事以備水旱之需、永遠定爲合邑倉穀
之蓄積、所有一切章程、仰即會議詳稟立案、庶於善後教養二
端、實有裨益、當今公私交困、財用維艱、菴田一欵、在游僧固不
准捏報圖佔、以肥私囊、歸公各欵、在邑紳亦不可藉稱善後、有

名無實、本部堂一經查明、定不寬貸、此繳、

批桐城縣稟請姚姓試資章程詳文八月二十三日詳

據詳已悉、姚故紳所捐試資田租、在當日原爲愛士善舉、本非爲子孫之謀、今邑紳念其後裔貧寒、請分租周恤、亦屬報本之意、仰該縣即照所請立案、每年按實收租稻每百石酌撥三成、以資體恤、惟本部堂復經查明此項試資、向是量入爲出、本無不敷、故職監姚永康經理不善、以致積累、現在馬壽華經營、即着乘此鄉試未行之年分、將債負速行清理、一俟開科之日、即當照舊給散試資、不得藉詞搪拖、失前賢培養人才之意、該紳馬樹章等、亦當隨時查察、以防弊端、姚故紳子孫、亦當急圖

自立、不可久食捐出之義租、有虧祖德、除候撫轅批示外、即飭遵照可也、

柏堂集餘編

奏議

代彭宮保遵旨查覆疏在石鐘山作

奏為遵　旨確切查明據實具奏仰祈　聖鑒事竊臣於光緒七年七月初五日在江西鄱陽湖口巡次承准軍機大臣字寄六月十三日奉　上諭有人奏兩江總督劉坤一嗜好素深又耽逸樂年來精神疲弱於公事不能整頓沿江砲台多不可用每一發砲烟氣迷目甚或坍毀又有人奏該督嗜好過深廣蓄姬妾稀見賓客且縱容家丁收受門包在廣東所築砲台一經霪雨盡行坍塌各等語現在東南海防

正關緊要所奏是否屬實著彭玉麟按照所參各節確切查
明據實具奏毋稍狥隱江海防務辦理有無把握著彭玉麟
擇要駐紮將水師各營認真整頓不必拘定巡視長江原議
以專責成原摺著抄給與閱看等因欽此臣[illegible]謹恭膺
巡視長江之命惟期與沿江文武諸臣和衷共濟思患豫防
職任之外不敢與聞今奉　諭旨查明督臣劉坤一被參
各節自應據實覆陳不敢稍有狥隱查劉坤一心地寬平向
無嗜好始隨江忠源征剿粵逆歷樹戰功及任封疆勤勞素
著皆在　聖明洞鑒之中惟勞瘁多年體氣漸弱前在廣
東復受瘴濕致有脾瀉痼疾粵醫為言洋烟有升提之力因

而夜吸數口以期止瀉辦公久之欲禁則舊疾復然畏疾故遷延難斷劉坤一常自怨艾尚非貪於逸樂又查劉坤一年逾五旬未有子息置妾為嗣續計亦誠有之在言者未嘗無因在劉坤一勢不得已與耽於逸樂者情有不同劉坤一到任之始公事原欲整頓客至應時立見家丁嚴行管束惟兩江總督公事浩繁非精神四周整頓實大不易非因公來見之客亦不無謝絕之時家丁收受門包各省已成通習往者惟閣督臣曾國藩前督臣沈保楨所官之處真能獘絕風清餘則精神一有未到積獘即有難防若縱容家丁細訪尚無此事至　諭旨飭查劉坤一在廣東時所築砲台一經霆雨

盡行坍塌一節臣相去甚遠無從訪查竊思海防砲台關繫要兵可百年不用不可一日無防防備不實與無備同應請
諭令兩廣督臣張樹聲確切查明始事如有未周繼任即宜補救封疆大吏責無旁代應改造者力圖改造應修整者力圖修整必思於
國事有濟豈得以前後相推張樹聲素性公忠曉暢軍事自能熟籌盡善防患未然至
諭旨飭查沿江砲台多不可用每一發砲烟氣迷目甚或坍塌江海防務究竟有無把握一節查沿江砲台非劉坤一一人任內所辦前督臣李宗羲於同治十三年實始經營以固海疆之防惟砲台之設首在得地次在得人次在得法李宗羲忠清端

恪吏治足以表率羣僚而兵事夷務閱歷較少當與砲台之
時商臣勘擇要隘臣愚以為砲台守險須在緊束易守之處
可省兵力為要不宜在散漫難守之處貪多以壯觀瞻再四
詳勘謹擇海船由狼山福山口入江之江陰鵝鼻嘴劉聞沙
南北兩岸對照可守者為第一重門户次則圌山關東生洲
南北兩岸江面最窄有險可扼者為第二重門户再次則象
山都天廟南北兩岸焦山雄峙中流相為犄角有險可守者
為第三重門户江陰以下形勢寬漫似可無庸浪費焦山而上
險隘雖多然皆長江之堂廡金陵之卧榻矣李宗羲復委司
道軍需總局各員往勘數次定議興工乃局員專司其事只

修焦山象山江陰兩處至圌山關并北岸各隘臺之不築所築者多用暗砲台故每一發砲烟氣迷目事屬誠然復於鵝鼻嘴之外大小石灣黄山港等江寬散難守之處修築多台不問有砲無砲焦山而上至金陵亦復如是所謂發砲墜土坍塌者即此等處也沈保楨總督兩江後北岸各隘砲台臣復商之沈保楨親往察看始修成之焦山象山砲台之不善者始修固之去歲劉坤一到任臣約其親赴下游查閱操演台砲目見其弊經守江陰統領福建提督唐定奎公同酌議折去無關緊要之砲台三十餘座移出砲位以實無砲之台復修改明砲台數座以免烟迷木榻石墜傷人之弊且砲台

操練以子藥為先務戰船相輔拒敵以火器為急需江甯總局子藥稀少領取不易如漬同火蛋火毬火箭火包之類皆水陸諸軍打仗之急需乃該局全無製造時際艱難經費原屬支絀然似此要需豈可概行節嗇且善籌畫者凡事必擇輕重緩急之分彼無益之功不急之備往往糜費巨萬置諸無用之地又復聽其損壞壞而應急備者反委以無款可籌名為撙節實則因循雖有礮台徒壯虛聲莫明實濟臣未敢言有把握也欲求實有把握仍以得地得人得法為先要隘之台須常增築加修添置砲位製造之法尤須精益求精封疆大吏固須得人委員辦理亦貴得人劉坤一秉質素弱前

在廣東時奏懇終養未蒙　俞允時會艱難受　恩深重
遂不敢復上乞退之章上年與臣察看圖山關地勢及各砲
台操演水陸兵勇並出洋一次終日登山陟險步履尚健於
臣惟難耐勞勞則疲倦精神稍不如前兩江地大政殷慎海
疆之重防全該督臣之晚節出自逾格鴻施微臣未敢妄請
伏讀諭旨令臣擇要駐紮將水師各營認真整頓不必拘定
巡視長江原議以專責成一節查巡視長江是臣職所應盡
之事不敢不端竭盡微忱惟整頓水師必須巡閱往來查訪
方周操練方熟勢不能擇一要地駐紮反覺散漫難稽見在俄
事已結海宇澄清而防患未然正當乘此無事之時力固海

疆之屏障臣久病之軀難兼海防重任仍請　天恩派南
洋大臣專辦海防俾微臣專巡長江免致貽誤所有遵
旨確切查明各節恭録據實覆奏伏乞　皇太后　皇
上聖鑒謹奏

彭宫保復查兩江疏

奏為遵　旨確切查明據實覆陳仰祈　聖鑒事竊臣於光
緒八年七月十四日承准軍機大臣寄字六月廿九日奉
上諭有人奏劣員招權納賄有損勳臣聲望請　旨飭查一
摺據稱兩江營務處道員王詩正知縣栁葆元狎妓浪遊權
勢熏灼賄賂公行又有遊客道員張自牧知府郭慶藩外內

串通招摇撞騙揑報商名請引漁利等語著彭玉麟確切查
明據實參奏無稍徇隱原摺著抄給閱看將此諭令知之欽
此臣跪讀之下仰見　聖主信任勳臣扶正黜邪以示保全
之至意臣伏思自古君明臣良之世上下相與以誠臣責難
於君君責善於臣開誠布公盡言無隱此所以上下交而為泰也
左宗棠忠直性成勳績卓著久在　聖明洞鑒之中方今
海宇清平封疆任重　皇上以兩使相分為南北洋大臣
如周召之分陝而治知人善任媲美成周左宗棠職任兩江兼
奉　命為南洋大臣則察吏安民籌餉練兵鹽漕河務江海防
營地大事殷固皆責無旁貸然年逾七旬雖盡瘁殫誠而一

人之精神自難周密況到任未久人地生疎須用向來親信之員以資任使此亦勢所宜然惟　朝廷貴慎簡大臣而大臣亦必慎簡僚吏得其人庶足以資佐理不得其人卽難免受欺蒙昔尹吉甫佐周中興成功之後必以孝友之張仲為賓僚然後足以受多祉此萬世勳臣之法則也道員王詩正係前道員王鑫之子當粵逆初起之時王鑫以諸生首練湘軍歷樹戰績後以帶勇進勦江西吉撫瑞臨等府受傷病亡蒙　文宗顯皇帝賜謚壯勇優予蔭卹而其所遺老湘營東征西剿勳勞大著於天下王詩正以難蔭從戎陝甘左宗棠以其年少有才久習戎事又以其為忠藎後嗣派委總辦兩江

營務處以造就之出於公忠之誠無私意也兩江營務繁難為吏治軍政上下公事之樞紐文武員弁交涉事多權勢所在趨承者半謗議者亦半王詩正初到江南資望本淺少年意氣難免驕矜言者謂其放遊狎妓招權納賄[illegible]查尚無確據然舉錯頗多輕率言語不敢無放誕矜才使氣行事不檢用致物議沸騰實不得謂無因而至前知縣柳葆元係留甘補用之員左宗棠以其嫺於詞章派司文案帶至兩江用資熟手此不過隨材器使無甚事權查柳葆元文采翩翩不至如言者之所詆惟江南風土景物素號繁華左宗棠巡閱之時署中文案事少柳葆元偶爾閒遊事亦有之不思節署關防甚

正月初八日抄二千四百二十六字

嚴何得任意遊覽致生疑謗是二員者皆不免負左宗棠之
任使至道員張自牧知府郭慶藩均在湖南本籍且郭慶藩
有奉參贊之日本之行臣再四訪查實未來遊兩江則串通外内
請引漁利之說係言者得諸傳聞之誤惟查有廣西候補知
府聞於貴州案内保升道員張崇樹少年寡學貪鄙性成慣
事蠅營放達不檢當左宗棠整頓鹺綱奏請添票添引之時
張崇樹聞之意圖買票充商漁利遂在長沙商同饒太和錢
舖代向銀號挪借銀六十萬兩滙兑親來兩江捏報賀全福
鹽商牌名請運湘鄂鹽三百票每票銀五千兩設法鑽謀先
交現銀六十萬兩希圖撤票到手在外招摇加價賣與人不

須真運鹽行銷而本利先已俱獲然後繳清票銀歸還錢舖
而彼收無本之利左宗棠籌畫軍國大計鹽政係其職分所
當經營整頓醝綱收回楚岸引地添票添引皆前督臣曾國
藩沈葆楨所欲為而不能遽為者左宗棠曾插奉皇太
后諭旨并非不候旨遵行故見有來案禀請買票行鹽者
先交現銀後交欠銀似在情理之中自應照例批准毫無私
見也惟求效太急奸巧小人乘間而入從中漁利左宗棠偶
被其蒙所謂君子可欺以其方耳又查有武巡捕參將柳國
瑞前投効甘肅充當勇丁打仗尚能出力左宗棠保至今職
派充巡捕原冀其感激知遇實心從公不意小人得志昧良喪

心與稿案門丁唐鈞陽為謹慎陰為鬼蜮又有游客附貢生王代英湘潭縣人附生蔡熙林長沙縣人至兩江圖謀館地左宗棠念係故舊子弟留食署中并未授之以事乃乘左宗棠閱兵外府遂勾引交遊少年肆行不謹在外招搖原奏所謂狎妓浪遊內外串通漁利者實皆張崇樹郴國瑞諸人之所為言者因姓氏多同故風聞不無訛舛現在諸人多已為左宗棠查知屏逐矣臣維近君子遠小人自古聖君賢相莫不守此為兢兢然豈有知其為君子而不親知其為小人而不退之理大抵君子多直小人多佞君子多正大小人多回邪左宗棠勳高望重齒卲位崇苟非有碩德耆儒參其幕府

直節正士為其佐僚而又虛心訪求獎進直諒則用人行政之是非孰敢盡言無隱彼二三小人或貌為謹愿於其前或外似有才故作忠言至計以投其所好而實假公以營私所以左宗棠受其蒙而不覺昔漢臣諸葛亮下教參軍曰願諸君勤攻吾短明臣王守仁懸牌示衆曰求通下情願聞己過古之名臣大儒深防壅蔽也如此即前督臣曾國藩亦諭僚佐曰願諸君常攻吾短勿事迎合以壞公事是可法也王詩正職司營務為左宗棠信任之人當如何感激報効乃如張崇樹之奸巧營謀柳葆元之外出遊覽柳國瑞唐鈞等之昧良喪心王代英蔡熙林之在外招搖遊蕩豈得委為不知而

互為蒙隱實孤左宗棠裁成委任之心言者謂令左宗棠數十年重望為之頓損夫左宗棠清操大節偉烈豐功信及豚魚忠貫金石固已中外咸仰士庶皆知即令僚吏一時行檢有虧而左宗棠心跡雙清自仍皎如白日然不即遵

旨參奏則不惟虧損勳臣之聲望誠恐墮我

國家之屏藩道員王詩正以忠藎子孫不知自重年少氣輕致招物議應請

旨恩施格外暫行革職撤去營務處差使交左宗棠嚴行管束不假事權如能降心讀書改過謹言慎行再准左宗棠奏明候

旨加恩錄用以示曲全知縣柳葆元職司文案雖無狎妓納賄情事究不應私出閒遊應屏出督署仍至甘

省候補以示薄懲知府張崇樹既作奸巧商巧謀漁利參將郴國瑞身充巡捕貪鄙卑污昧良之極皆有玷縉紳均應革職永不叙用以儆官邪附生（附貢）王代英附生蔡熙霖既居督署何得浪遊招揺雖經左宗棠斥逐不足示警王代英應革除附貢生蔡熙霖革去附生衣衿以端士習門丁唐鈞已經左宗棠嚴辦逐解回籍應不准其再至江南文武衙署俱不准收用以生奬竇道員張自牧知府郭慶藩查明實在事外應均免其置議并請

諭令左宗棠凜亢龍之有悔審勞謙之有終求賢才以為輔佐采直言以通下情凡僚屬僕隸遊客有似此類者皆屏斥勿用俾勳臣之令譽永終而國家之

封圻永固庶　聖主賢臣之頌萬世垂型矣所有微臣遵
旨查明分别參辦緣由理合據實恭陳　皇太后
皇上訓示謹奏
再臣敬閲　飭發原奏謂大吏聰明宜防壅塞勳臣聲望務
示保全誠如言者所云實大有關於　國體臣既確切查明
盡言無隱惟原奏謂左宗棠於　淮軍有心裁抑將士各懷
疑慮一節臣查實無其事惟淮軍往年在北地米糧最貴所
折米價稍多今駐紮江南出米之區糧價稍賤左宗棠因餉
絀為節用之計諭令各將士折減米價各將士亦皆輸誠臣
此次廵閲已抵江陰沿途接見江南北淮軍將士均能振作

精神操防結實於左宗棠開誠布公亦皆心服毫無異詞適李鴻章奉　命馳往北洋過此亦所親見則謂淮軍將士各懷疑慮殊屬傳聞失實原奏謂員缺補署悉不由司申詳徑自牌委盡屬同鄉一節臣查亦無其事惟高郵州因案撤委該缺虛懸無人值左宗棠大閱過州時江水與洪澤邵伯等湖泛漲正治淮堤工程緊要左宗棠慮堤不及修將成澤國急不能待即在巡次徑札候補知縣龔定瀛委署修堤以該員素稱勤慎能耐勞苦適是同鄉故致人言其各缺並無不待司詳之事臣伏思　朝廷之於封疆大吏無不信任不疑而大臣之職任疆寄者全在行事適合機宜而不在顧避小

豈能因是淮軍而不隨時以變通員缺如果需才

嫌以致貽誤米價如果當減豈能因是同鄉而不因才以器使補署固需由司申詳而時有緩急則道有經權不可拘執定例以致事機之遲誤存成心私也避嫌疑亦私也要在一秉大公事事為 君國生民起見耳然在言者雖係傳聞之訛而在左宗棠正宜慎益加慎臣愚昧之見有前奏所未及者理合再陳伏候 聖鑒

正月初九日抄二千一百六十一字

查復湖北疏

奏為遵 旨查明恭摺據實覆陳仰祈 聖鑒事竊臣於光緒八年十一月初六日在浙江承准軍機大臣字寄十月十九日奉 上諭前據涂宗瀛奏湖北操防營兵丁滋事

當諭令涂宗瀛等將實在情形查奏茲有人奏此案把總
楊姓與錢鋪商人口角江夏縣知縣袒護商人以致眾軍鼓
噪民心搖動涂宗瀛彭祖賢遏蹶張皇辦理不善請飭查參
等語著彭玉麟將此次滋事及辦理各情確切查明據實具
奏原片著鈔給閱看等因欽此復於十一月初九日承准軍
機大臣字寄十月二十四日奉　上諭前因有人奏湖北
營兵滋事情形當諭令彭玉麟確查具奏茲又有人奏此次
滋事由江夏縣知縣蔡炳榮暴虐所致涂宗瀛前既剛愎自
用辦理操切事後又不將蔡炳榮撤任敷衍了事請飭查辦
著彭玉麟歸入前奏一併查明據實具奏原摺著抄給閱看

等因欽此臣伏思此案既已　諭令彭該督查奏實在情形該督
近在同城職任所在自應據實覆奏不敢欺蒙其如何復奏
之處臣無從過問謹遵　旨於十一月初十日恭報起程即
乘小舟沿河出江所過各省謠傳不一臣俱不敢輕信謹按
照所參各節嚴密確查得其底裡先咨令將啟釁之知縣蔡
炳榮督標中軍副將鳳昌摘頂以靖民心十一月二十四日
馳抵湖北省城復詳查確實不以謠傳為憑謹以共見共聞
公是公是非者為我　皇太后　皇上陳之緣本年八月
二十八日有湖北撫標右營把總楊得魁因父病危急便衣
往就近營務處候補道程春藻所開同利昌錢鋪換銀錢鋪

壓平互相喧爭適江夏縣知縣蔡炳榮路過查問該舖聲稱
痞棍鬧事并不言其壓平之由該縣知是程春藻之錢舖不
免意存見好當於街市喝令笞責經該把總訴辦（辯）自言銜名
及路過眾人俱為乞恩該縣不照章稟明營官遽行掌責此
始初聽斷未公任性徇私擅責把總之實在情形也該把總
受責回營一城傳播闔營咸為憤憤撫標中軍參將焦克勝
右營遊擊周禮並城守營參將樊國泰出為調停該把總自
覺慚愧稟求撤差而眾兵嘵嘵不已督標中軍副將鳳昌係
該營統領明知眾兵不平既不善於教道又不以蔡令任私
擅打把總之事代達督撫以求持平辦理九月初四日該縣

拜客路由閱馬廠時值鄉試武生雲集先是該縣曾在外縣
因案慣責武生諸多怨恨適值擅責把總眾武生藉鳴不平
眾口沸騰該縣恃氣見有在道旁詈罵者飭差拘拿遂被民
石擊損肩輿該縣及輿夫均帶有傷樊國泰焦克勝等聞信
馳救幸而獲免此該縣擅責把總以後所以致毆之實在情
形也該縣被毆之後不言當日積怨於武生但稟是操防營
兵滋事督標中軍副將鳳昌前既未稟督撫致督臣於啟釁
緣由未能周知謹憑該縣之詞批飭養傷將該把總楊得魁
發交武昌府管押令焦克勝交出滋事之人惟時兵民考生
烏合之眾無從查出逾數日焦克勝撤任所有該管操防哨

官四員全行更換而蔡令始終未撤查焦克勝廉明正直與
論照章今見撤任兵心愈為不平經武昌府知府嚴昉將該把
總轉交城守營參將樊國泰管押蔡炳榮總未撤任仍令兼
署撫標中軍參將璞玉交人嗣經鳳昌璞玉交出四人并非
確切查明不過聊以塞責亦交樊國泰看守候審實無非刑
拷問之事十八夜二更外間忽喧傳督臣欲將此四人交親
兵丁正法謠言一播合城譁然該營兵丁情急齊赴統領鳳
昌衙署為四人鳴寃時鳳昌及眷口已先得信趨避衆兵見
署內無人並未動及物件惟門戶稍有擠損復赴城守營衙
署求將在押四人放出並呼該把總楊得魁同行該把總長

跪不行樊國泰以衆情洶洶諭使暫去再行請罪督臣聞知急欲親出鎮撫經文武各員並在籍紳士觀諭衆兵登時歸伍人心始定督臣至此時始知啟釁之由旋卽出示曉諭時次早督撫臣又同出示曉諭二十一日牌撤江夏縣知縣蔡炳榮任衆兵立卽心服旋具公稟乞恩並有在籍紳士帶各營官隨率哨弁等赴督轅請罪督臣面加訓諭均已俯首無辭繼復往各署謝罪照常回營差操當十八日以後訛言四起民間實有冒雨遷徙者嗣經督撫臣出示曉諭人心已安此入滋事及辦理之實在情形也臣伏查朝廷設官文武並重辦理案件貴持正尤貴持平持正則不致粉飾目前釀成

異日之禍持平則不致狥任性激成當下之爭端查此案決裂之由一誤於蔡炳榮負氣任性狥私見好不遵定例當街擅責實缺把總致動衆怒又執性徑由閱馬廠行走致攖衆武生報怨之鋒乃又不肯據實稟請查辦徒欲歸罪武營以洩忿再誤於該統領鳳昌平時旣不善教兵丁有事又不以下情上達致督臣不知啟釁緣由幾至釀成大患若不從嚴參辦則為州縣者狥私生禍無所懲戒將致人人效尤為統領者粉飾釀禍無所畏懼將致事事欺罔幸而敷衍了局一時偷安而吏治軍政毫無實心為民為民終將日即於敗壞而不覺應請

旨將啟釁之江夏縣知縣蔡炳榮釀禍之兩

湖督標中軍副將鳳昌一併革職以為文吏武弁因上徇私之
戒其兵民武生烏合之衆均應請
飭該督撫從容詳查平
心辦理寬其既往警其將來確懲其一二實在倡首滋事之
人其餘明示寬宥確守憲章嗣後有犯定即照例嚴辦以正
囂風而肅軍政至程春藻以司道大員既為湖北省城之官身
領要差何得謀利在本省又開錢舖當舖多家以致官吏迎
合激成事故現又改換舖號意在巧避名色以欺輿論亦應
請
旨交部議處以挽官員營利之風其撫標中軍參將
焦克勝向來樸實操練認真楊把總被江夏縣掌責之後焦
克勝稟請鳳昌轉詳并為該把總認過其後江夏縣被衆生

報怨焦克勝實無從查人交辦以致撤任不但兵丁不服公論亦咸為冤至十八夜間之事焦克勝先已撤任更非其罪應請免其處分至臣初次欽奉 諭旨飭查涂宗瀛彭祖賢竭蹶張皇辦理不善臣查涂宗瀛正直有為清潔有守彭祖賢勤慎精明士民稱頌該督撫久任封疆向無貽誤此案顧全大局安定人心雖難免竭蹶之情實無有張皇之事似尚可免辦理不善之咎二次欽奉 諭旨飭查涂宗瀛事前剛愎自用辦理操切事後又不將蔡炳榮撤任敷衍了事臣查涂宗瀛向來辦理認真持躬穩慎此案係誤聽鳳昌之言始之認真近似操切後之穩慎近似敷衍然始而聞兵

丁滋事為整飭軍政起見後則人心搖動為鎮靜兵民起見尚無剛愎自用之事竊以湖北為長江之上游中原之屏障非有威望知兵而又能通經達權者頗難勝此重任軍政不可不整軍心不可不固而刁風亦不可漸長紀綱亦不可不存伏求
皇上嚴加訓飭凡事當持平守正謹始慮終勿存已見用人聽言尤須精密威克厥愛必須公乃生明廉以持躬必須寬則得衆庶不負朝廷委任高厚之恩臣迂拙性成不敢稍為蒙蔽理合將遵
旨查明辦理緣由是否有當謹據實恭摺覆陳伏乞
皇太后
皇上聖鑒訓示再臣此次拜摺後仍回浙江以便明年巡閱五省出海入江查

察水師各營上馳以符定制合併聲明謹奏

附奏片

再密陳者臣今年八月於吳淞海上忽見長星光如噴瀑憂心如擣驚異非常又前五月間各處蛟災至有穿城垣破鎮市毀村庄且在端午前後兩日各省皆同不特為災實亦異事大雪後冬至前雷聲復大作亦非時令所應有上天示警必有由然凡我臣工皆宜深加儆懼務求各盡職分潛感天心憂民忠 國勤政明刑總期弭患於無形制治於未亂南省克復至今元氣未培風俗日靡人心日薄往往易動囂爭吏治兵事在在皆關緊要伏求

皇上念南方收復之功

同於再造武漢為長江之要害南北之樞紐必須威名素著德望允符方足以整兵保民控制全省關係半壁安危甚重此番營兵滋事急切整頓慮生變故敷衍苟安亦釀禍胎一處如此他處恐因而效尤小事如此大事將何以調度是皆足為隱憂不能急而亦不可不早為籌畫者也經權悉當恩威並濟要使兵畏民懷足以禦寇而不為寇是全在督撫之行事適機宜風裁可畏愛庶幾可以長治而久安是否有當

臣憨直無知謹密為我 皇上陳之伏乞 聖鑒謹奏

續行查覆湖北疏 正月初十抄二千七百二十字

奏為遵 旨續行查明據實覆陳恭摺仰祈 聖鑒事

竊臣於去年十月初十日奉 旨往湖北省查覆操防兵丁滋事一案事竣回浙至十二月二十五日始抵西湖退省庵即於是日承准軍機大臣字寄十一月十一日奉 上諭前因有人奏湖北營兵滋事一案疊經諭令彭玉麟確查具奏茲又有人奏涂宗瀛專以封殖為務揚州上海暨安徽本籍貿易產業甚多江甯藩庫存銀十六萬兩交藩司梁肇煌經管其在湘撫任內於保甲緝捕並不認真辦理惟事調勇自衛正月初二日撫標聚眾折毀中軍衙署亦不拏辦一人敷衍完案及任湖廣總督收受川鹽陋規新堤關稅仍蹈舊習秋間鄂省兵變該督首將眷屬私送過江以致民心驚惶

等語著彭玉麟按照所參各節歸入前奏一併確查據實具
奏原片著彭鈔給閱看等因欽此查前次　諭旨業已於去
年十一月二十八日覆奏在案此次　諭旨因臣越鄂往反
數千里行踪無定驛遞轉折是以奉到稽遲臣病軀衝寒怔
忡咯血筋骨疼痛益加觸發眠食短少交春更甚受　恩深
重未敢偷安復於本年正月初四日出江沿途訪查謹遵
旨續為我　皇太后　皇上陳之查凃宗瀛係由舉人
於同治元年大挑知縣分發江蘇前任大學士兩江督臣曾
國藩先官京師留心人才即已賞識及督兩江駐節安慶軍
務糧運最關緊要因凃宗瀛樸實廉幹委司穀米局三年籌

辦數百萬石軍糧轉運前敵絲毫無誤金陵克復委總辦金陵城内保甲局署理江寧知府復經前任大學士署兩江督臣李鴻章奏補江甯知府辦理善後事宜是時大亂初平兩督臣興廢舉墜利民除弊諸政如同再造涂宗瀛皆矢勤矢慎盡力匡勷一府之事亦毫無遺誤至今口碑載道兩督臣屢次列保人才由是上達

天聽洊擢今職其任上海道湖南藩司廣西河南巡撫曾無貽誤之處此其出身升用之所由來言者乃謂由報捐同知升用是其履歷尚未深考謂涂宗瀛專以封殖為務揚州上海安徽本籍貿易產業甚多臣查涂宗瀛生平最講操守歷官數省同官屬吏共信共知

何有專務封殖之事揚州上海貿易產業者原自有人涂宗瀛廉恥自將謹小慎微實不為此惟其歷任缺分尚優居身過於節儉在六安州本籍鄉間買有莊房兩所田數百畝分與胞侄為世業本身子孫兩房鄉間有老屋一所城内新架住屋一所買田計不足千畝留為退老及子孫教育之資此皆人情之常且從節嗇而致似亦不足為異亦六安州亂後書院並考棚防兩公所庀民無存涂宗瀛倡首捐建成工或因此遂訛為置產甚多與至謂江甯藩司庫存銀十六萬兩交藩司梁肇煌經管查藩司庫非代人存私財之地藩司非代人經管私財之官涂宗瀛久離江甯梁肇煌非其舊屬未謀一

面未通一音何至輕相許與此不辦而明者也惟查涂宗瀛
在上海道時前運司洪汝奎管理金陵軍需局兼書局涂宗
瀛與之同鄉同年寄存銀一萬兩託其代刻朱子大全集二程
全集近思錄朱子年譜元儒許魯齋明儒胡敬齋集理學宗
傳辨正倭文端遺書並醫書多種又因前刑部右侍郎吳廷
棟是其同州先達涂宗瀛少年嘗從問學業吳廷棟清德冠
時年逾七十告歸之後上無片瓦之覆下無一隴之殖流寓
山東曾國藩李鴻章迎居金陵清操飲冰安貧樂道涂宗瀛
託洪汝奎為刻其書並經理身後及祀鄉賢祠一切用度所
餘不足二千涂宗瀛調河南巡撫已將廣西湖南積存廉俸

一萬兩奏明買米捐賑因提前存洪汝奎餘款帶至河南應用言者又或因此而傳訛歟至謂其湘撫任內保甲緝捕並不認真查涂宗瀛向來辦事結實撫湘未久升任而去自未能從容辦理又謂調兵自衛查各省督撫年節皆於頭門左右支帳住兵以肅體制係屬實情撫署圍牆素矮涂宗瀛不肯因陋就簡加高數尺外間稍有議論然實是理所應為至謂正月初四日撫標聚眾一節查中軍參將施洪恩素行約束兵丁甚嚴冬季派兵協同更夫看守各街巷木柵該兵丁以為非其本分多出怨言新正飲酒戲賭營兵以為歲時伏臘不在禁例之列施洪恩必欲嚴責以整營規該兵等遂逞

醉滋鬧事誠有之為數無多尚無聚衆折署之甚涂宗瀛聞
之立即委候補道劉鎮長沙協副將春祥查辦該兵丁酒醒
知罪共舉四人杖責收監正擬嚴辦經在籍紳士憐該兵等
悉有老親懇求保出約束復行重責枷號革糧釋回該管官
千把總游定澤等俱已摘頂撤任此係照例外結並非未辦
一人數衍完案謂任湖廣總督收受川鹽陋規新堤關稅仍
蹈舊習一節查涂宗瀛素行慎操守亦時以操守繩人其任
內分所應得未必能一介不取其同流合污舊規當不至仍
蹈故常所參川鹽收受陋規及新堤關稅細查與收過付無
有實據謂鄂省兵丁滋事時首先將眷屬私送過江以致民

心驚駭一節臣前次往鄂查覆據通省官民謂該督臣治兵
過嚴辦理前事稍近操切者有之未嘗聞有人言其眷屬首
先私送過江者耳目眾著公論昭然臣督辦長江水師多年
涂宗瀛始以大挑知縣到省其後洊至大用臣與之但有公
事相接並無私交深知其居官為人辦事勤慎治躬清儉居
心正大與人誠樸廉於取材(財)而未能惠以濟眾嚴以守己而
未免苛以繩人愛民敬賢而惡惡不無稍過隨材任使而知
人未能盡明於吏治是其所長於兵事是其所短往者督撫
中如曾國藩胡林翼體用俱備文武兼資而又能尊(賢)養士知
人善任識量宏遠不計身家加之軍務雖繁而學問進德日

勤不懈敦求哲人博訪周咨以為輔益虛衷納善毫不自務[矜]所以能為我 國家撥亂反治襄成中興大業洵足為督撫將帥之法也涂宗瀛局量規模不能及此然在今日督撫中實為廉正老成精勤任事之員其才具品行固久在 聖明洞鑒之中臣不敢稍為徇隱理合將遵 旨查明確實緣由恭摺復陳伏乞 聖鑒再臣於去年往返湖北發咯血怔忡諸症至今疲困精神衰頹此次行抵安徽省城咯血怔忡更甚春愈深病愈劇拜摺後仍回浙江調理俟舊恙痊可方能出海入江合併聲明謹奏

保舉將才片

再臣於光緒八年十月二十四日奉九月二十四日上
諭各省堪勝總兵人員向令各該督遴選保奏候旨擢用現值整頓江海防務操練輪船水師尤為緊要必須簡任得人方足以資整理著李鴻章左宗棠曾國荃何璟涂宗瀛彭玉麟各就所知出具切實考語秉公保奏以副朝廷延攬將才之意等因欽此臣查總兵為專閫之大員水師扼江海之要害必須身經百戰胸嫺將畧忠義憤發謀勇兼優而又熟悉江海之情形湖河港汊之路徑且能操守清廉勤於訓練知人善任賞罰公平實心為國者始堪備干城而資表率無事庶可緝盜賊以為商民之保衛有事庶可任戰守以扼疆宇

之咽喉況總兵即提督之階不可不慎舉也惟時際艱難人為重邊防疆寄均關緊要武員固宜得人文員更宜得人庶幾吏治軍政互相講求而士習民風方可挽回以立自強之根本內患外侮庶有恃乎否則武員得人文員不得其人督撫與提鎮不能和衷動因小事過節嫌疑掣肘提鎮雖有將才亦終屈而不能伸矣此情勢之所必至應早在 聖明洞鑒之中臣閱歷既多深慮其弊前經遵 旨歷保文武十數員如道員李概李鎬馮譽驄知府麻維緒記名題奏提督王有章等提督王有章等均才堪大用今皆積勞病故矣人才愈用愈勵久則氣血衰老筋骨懈弛難勝重任臣老病頹唐

捋

一絲殘喘於時無補倍切悚惶惟願以人事君聯攄愛日之忱於萬一不敢蔽賢亦不敢徇私濫保除前文武各員外今就所知再三細察查有記名總兵現署浙江海門鎮總兵彭大光記名提督現管帶浙江水師張彪該二員均精明強幹廉潔奮勇身經百戰熟悉水師又文員江蘇藩司譚鈞培剛毅廉明肯任勞怨辦事勤敏有守有為浙江藩司德馨器識閎深公平廉重勤懇感民升用道安慶府知府沈鎔經廉明剛正勤奮有為通經達權深識治體似皆可勝重任不致孤負

朝廷謹以覆陳伏祈

聖鑒

代彭宮保辭謝兵部尚書疏

五月十一抄二千七百一十三字

書

奏為欽奉　聖旨恭摺叩謝　天恩謹瀝陳下情伏懇

收回成命以重兵樞要職以全微臣病軀仰祈　聖鑒

事竊臣於光緒　年　月　日在　承准吏部咨光緒九

年正月二十四日奉　上諭彭玉麟著補授兵部尚書未

到任以前著閻敬銘兼署閻敬銘見在出差著張之萬暫行

兼署等因欽此自　天降命悚惶靡安臣當即恭設香案望

闕叩頭祗謝　天恩伏念臣以一介書生素非有經世

之畧祗以時艱感激慷慨從戎渥被　鴻恩屢授實職臣

非不思高官厚祿上可光榮祖父下可貽穀子孫政典攸關敢

自立異惟菲材大受實慮曠官病軀重任尤虞失職是以疊

次陳情俱蒙　朝廷矜全俾得安其素守惟一念舍身報國
未忍自安故受巡閱長江並出海操練輪船水師之命而不
敢辭衰病日增時憂隕越去年八月巡閱江海事竣奏明遵
旨在西湖調理未幾兩奉查辦湖北撫標滋事之旨遂不
及養息帶病馳往湖北事竣咯血心忡症發奏明旋浙就醫
乃又奉續查湖廣督臣被參之　旨本年正月遂復帶病馳往
江蘇安徽沿途咯血更甚經年往反於風濤之中而病不得
息血不歸經心神不交眠食日減急思奏請　恩施另簡大
員放臣回籍俾兵政不致廢弛而臣命亦或可苟延因此次
巡閱未周擬在浙養息數月醫治稍痊勉力出江巡閱周回

然後請 旨加 恩開除差（差）事庶幾成始而成終乃忽被
寵命非常幾至震驚莫措伏思我 皇上用舍黜陟自有權
衡或以臣補授兵部侍郎在金陵未復以前至今已廿有餘
年資格似應與考績之例或以臣辭兵部侍郎奉巡閱長江
之命至今已十有餘載叙勞似當在升擢之中此自 朝
廷論官授職之宜至公無私臣豈敢但為身謀而不對揚
天子之休命且蒙 皇上知臣痼疾已深未能到任特
簡大臣署理是（欲）以榮名寵臣並不責以實任俾臣職守無虧
仁至義盡體卹周全臣更不敢固執成見苟能圖報何忍偷
安況以臣十餘年戀 闕之情亦正思入都仰覲 天顏

時依堂陛惟臣前此之微績既已為諸生游至卿貳加以
賞賜疊至久被曠代之殊榮後此之馳驅則係臣所當為在
病軀雖盡瘁殫誠於國事實絲毫無補方今民窮日甚人
心日偷竭正供以養兵兵未見能掃穴犂庭而多耗國計取
釐捐以養勇勇未見能安內攘外而徒索民膏吏治與疆事
相輔而成苟非大法小廉何能使元氣不虧足以禦風寒之
漸入　國脉與民生相須而治苟非心勤民瘼念切民依俾
民情無隱而不可以上通　上恩無時而不可以下究何能
使民心安靜不擾而邦本日固外侮自消臣雖巡閱江海之
防究皆僅治其末而未能治其本日夜疚心深虞罪戾若復

加官進秩豈不致　朝廷有濫賞之愆左右思維功既不足以掩罪何敢復飾罪以為功才既不足以當官何敢復受官以溺職病既不足以履任何敢復虛職以忝榮名臣聞德高者福厚祚薄者祿微臣無德可言斷不足以享厚福一子早亡四孫孤弱年方老而病日集志雖壯而體已衰祿祚之薄已可想見不但難膺　朝廷之艱鉅實亦難承　聖主之寵榮且兵部綰天下之軍政尚書總一部之紀綱豈可以微臣朽才曠　國家之官守惟有叩懇　皇上明目達聰知人善任特簡賢才以重要職俾　聖恩不致久負庶臣心亦可稍安臣衰病已深難振作使稍就痊可勉力上駛巡閱既畢

再請　天恩開除差事所有微臣感悚下懷謹披肝歷陳

伏乞　皇太后　皇上聖鑒

代彭宮保再懇辭尚書疏

奏為叠奉　恩旨謹再歷陳下情仰祈　聖鑒事竊臣於前奉　命補授兵部尚書比即恭設香案叩謝　天恩奏明老病頽唐不能勝任懇請　收回成命未蒙　俞允且仰荷宣力有年用資倚任之　褒嘉繼又奉該尚書病未全愈仍著加意調養之　溫諭祇承　恩眷感悚莫名竊念臣以朽木之廢材辱　朝廷之倚畀以膏肓之弱質荷　聖念之榮迴悚惶彌甚感激涕零急思就痊兼程　陛見以遂犬馬依戀

之忱無如三十餘年奔馳江上暑寒燥濕侵削已深兼往歲
三次受傷年力壯時撐持不覺今勞傷過甚氣血全衰且不
時咯血神智恍惚心忡氣逆筋骨疼痛目昏足輭治事善忘
語言滯澀酬應紛煩臣未延請幕賓案牘事事皆須親理靜
養則勢處不能參苓則虛難受補洵非一年半載所能就痊
況臣拙性褊急遇事不敢因循尤不敢顢頇一日巡閱差事
未撤則病體斷無能養之時一日兵部實缺未開則臣心實
無能安之日臣一介書生德薄能鮮知識淺陋謬蒙　天
恩高厚爵祿叠膺然臣自始至今累官均陳情力請開缺未
能履任治事者非敢辜負　裁成近於矯飾也誠以父母之

恩本於性生而臣則性分之內缺陷已多撫心實無可解免之地忠孝之倫必當盡職而臣則職分之中罪戾日積撫躬實無可報稱之時謹以臣生平苦衷為我　皇太后　皇上陳之臣生不幸少遭閔凶臣父彭鳴九嘉慶年間由實錄館供事議敘選得安徽省懷甯縣三橋司巡檢年過五十始娶臣母王氏生臣兄弟二人道光初元調合肥縣梁園巡檢丁艱歸里值族有忘負恩義者橫逆相加致臣父以疾棄養時臣未成童臣母念係一脈之親體臣父友睦之意不可圖報隱忍終身此臣之大不孝一也臣母貧寡撫孤家難疊至鍼黹度日勉臣苦讀期慰臣父冥漠之心乃僅得一衿謀館養

士

母既不能常依膝下時承臣母之歡又不能幸獲科名稍吐臣母之氣鬱抑至老勤苦以終此臣之大不孝二也道光丁未年新甯李沅發作亂臣奉母命從戎以資菽水及道光三十年四月李沅發就擒事平叙績帥臣擬以藍翎訓導儘先選用列保臣母命臣曰汝司文案筆墨而冒前敵將士功不可臣遵母訓具呈辭卻而臣母旋即棄世未獲祿養一日抱恨終天此臣之大不孝三也臣有此三不孝不可以為子又何可以為官清夜疚心涕淚常濕及咸豐初前大學曾國藩召臣從戎臣不學無術實不知兵兼母服未終不敢應命曾國藩勉以大義遂奮血性之勇隨曾國藩效力疆埸言明事

成不受爵祿惟願盡心竭力圖報　國家曾國藩亦概然許之
會逢　盛世身見承平附驥顯名因人成事　朝廷鼓勵
羣材錄長棄短遂奉　累朝恩命上賞疊膺然臣區區愚衷
終不敢自欺素志所擢實缺皆不敢任養廉公費亦不敢領
良以祿既不足以逮養何可貪厚祿以肥身家功既不足以濟
時何可忝高位以速官謗況少不如人老當得戒得臣以寒
士始願以寒士終非有家室之可念更無田園之可享早經
奏明在案臣了然一身無德為官有心効力每年奔波江海
萬有餘里特盡犬馬之勞以冀稍報　皇太后　皇上高厚
天恩於萬一實事求是但求於事有濟臣竭其力為之不敢

避難就易孤負　朝廷此臣素願也無如近年心動神疲五中無主實因心神不能貫注每治一事忘前失後似此何能裨益防務清夜自思寤寐凜凜實年力衰頹病軀難振奉召命而緩於陛見有失臣子事君之節受　恩命而怠於任職有損　朝廷命官之宜且臣以虛名而縻實缺致闕敬銘以一身而任兩官左右思維義無一可臣是以屢陳下情懇請　皇太后　皇上鑒憐愚忱速開臣兵部尚書實缺並請開除巡閱江海差事庶不致貽誤江海要防俾臣安心調理一二年苟餘殘喘遇有緊要事件臣無論何時立即應　命奔馳斷不稍戀故土稍圖安逸倘或病速就痊臣亦無論何時立即

來京　陛見叩謝　天恩用表微臣感戴戀　闕之忱斷不
敢自昧天良自深罪戾所有再陳請開缺緣由理合恭摺具
奏再臣昨於長江巡次奉光緒九年五月十六日　上諭飭李
鴻章左宗棠暨臣等將沿海防務實力籌辦不可虛應故事
等因欽此臣已面左宗棠並長江提督李成謀江蘇提督李朝
斌互相籌商就現在所有之水陸軍力認真布置以慰　宸
廑由左宗棠具奏合併陳明伏乞　皇太后　皇上聖鑒謹
奏

正月十七抄二千五百七十四字

請賞給先賢周子守墓奉祀生片

再臣往來治兵江上過江西省之九江府德化縣廬山之麓

有先賢宋臣周惇頤之墓歷代雖經修理兵燹已多頹塌前
賜謚忠節巡撫銜臣羅澤南駐兵九江時又經重修然當
軍務孔急之時未能大為修整上年臣巡閱長江至江西湖
口與鎮江提督丁義方言及集資鳩工督修堅固堂皇頗稱大
賢塚墓氣象壘石為壙甃磚為垣立豐碑坊表建守塚廬舍
培植松柏今年夏工竣六月初四日臣過九江率丁義方並
九江鎮道以下公同致祭惟聞該先賢裔孫住湖南道州本
籍及九江德化縣墓旁皆有奉祀生今墓所後裔並無奉祀
生實為缺典又每年春秋祭祀地方正印官並不躬親致祭
苟且草率虛應故事以致牆垣頹壞墓道荒蕪殊不稱 朝

廷崇儒重道之意且無以興士民高山景仰行之思理應請
旨飭下江西巡撫查明向有奉祀生與否如無奉祀生應請
飭部查照先賢祠墓之例給與守墓奉祀生生一名以昭我
國家崇祀先賢之盛典謹附片陳明伏乞聖鑒十八日上午初三百四十五字

校槩游定夫先生集序

正月作

所化游子代刺史權篆和州其爲政務以興廢舉墜化民敦俗
先既嘗修理游定夫先生墓於含山昇城鄉捐俸買田以奉
事復得先生裔孫文遠所刻廌山集重付剞劂盖不特使
過墓生欽以無忘前賢之遺愛又將使學者讀先生遺
行而求其學道愛民之所以然者以爲師濾也書來
正脱誤既足卒業竊以先生之學親受於兩程夫子
謝尹呂諸公俱稱高第弟子其所著論孟中庸諸解
取入精義集註章句集略之中而詩義易義歷朝欽定
大頗採其說頒之學宮以爲典憲所録二程先生語朱子

取之而其政事絶人又屢見於諸儒之稱述信[illegible]之醕儒也已雖其言立言間有小疵爲朱子[illegible]嘗卽先生之書玩之蓋第本其躬行心得之[illegible]經之文義不相應朱子註經必其不背於聖[illegible]率其胸臆之説者不得不嚴辨之此釋經之[illegible]而觀先生之言則足資感發者固已多矣且夫漢唐儒者第汩沒於訓詁名物義疏之中不復[illegible]以致之於身心家國之用自二程夫子起始獨有[illegible]章句箋疏之外而見聖賢立言之本心先生及同門諸子互有以發明之於是經之大體大用始著朱子繼起乃合漢唐

之訓詁宋諸儒之義理擇之極其精語之極其詳由是聖賢之
經義始如日月經天江河行地布帛菽粟之切於人生日用而
不可離譬之農焉朱子則陳列修治而爲之疆畎者也然非始
有旣勤敷菑如先生輩者則朱子一人又豈易芟柞而耕穫也
哉文遠本缺誤旣多予爲博考參稽盡錄先生全文使學者可
以考見先生之所得又坿注朱子論難之言以折衷經之本旨
其他有可徵信者補之疑者闕之而舊本卷首及坿錄之間文
盡爲刪削以歸簡約嗚呼先生生當道學未大明之時獨能奮
然興起立雪程門以求至道而見之於政事雖其所言未盡純
固不失爲豪傑之士也今程朱之書旣行孔孟六經之旨旣已

昭明而學者不知也體諸躬而措諸用徒摹擬于文義之間以
求不失聖賢之旨雖言之極其肖實不異優孟之衣冠也讀先
生書者其亦可以蹶然起矣同治六年後學桐城方宗誠謹識

姚惜抱先生年譜序

乾嘉間姚惜抱先生以碩學醕文為海內倡數十年來言古文家法者大都推桐城姚氏顧先生非徒文人也其仕止進退一審於義而不苟恬靜之操高亮之節實足以風範百世而又皆率其性之所安初無矯激近名者之所為其論學宗主程朱之義理而兼取考證家之長嘗慨當時學者以專宗漢學為至攻駁程朱為能倡於一二專己好名之人而相率而效者遂大為學術之害故力持正論以救之然心平氣沖粹然德人之言從其學者濡染漸多而風氣遂為一變至其論文之旨則以內充而後發理得而情當為貴嘗曰氣充而靜者其聲閎而不蕩志

章而檢者其色耀而不浮故為學之要在於涵養而已聲華榮
利之事曾不得以奸乎其中而寬以期乎歲月之久則必有以
蓋乎今而達乎古由斯觀之先生豈直文人而已耶讀其文固
可想見其人而因其文名之盛遂以掩其德之醕與學之粹嗚
呼其亦失之未考也已先生學行大畧散見史傳及門人所為
傳狀誌表序跋之中鄭君容甫少好先生學懽宗先生者不悉
其文行本末因徧覽諸家文集及先生家藏手稿取其有徵而
足信者次為年譜一書而於先生出處之概取舍之宜論學論
文之旨要尤博考而詳載之俾讀先生書者知其本原之所在
先生之學上承望溪方氏之緒而門人中傳其學者則以方植

之先生為最博且精往者吾友蘇徵君厚子旣輯有望溪年譜已刊行今容甫撰先生年譜成又撰次植之先生年譜一卷坿其集後噫何其勤也世嘗言天下文章在桐城觀是數譜則諸先生之為法天下而可傳後世者文章猶其末焉也已同治六年夏五月

八月初三日信寄金陵忠丞藩台

○

重刊歷陽典録序

古之君子爲學務實得諸己而有濟於時窮則不得已而著於言達則以其措諸躬者見之於政事之間而無所爲書惟於經則抱殘守缺發明蘊學奥於史則網羅放失闕疑紀實表幽潛垂法戒此則無窮達之異一也郡邑通志亦史家之流然史紀一代之事政繁體鉅其義例在紀其大而不能纖悉必具地志所載止一方疆域形勢城池田賦學校營制風俗人物一切因革損益原流本末皆可以博考詳稽為一方之典策使官斯土者得有所據以敷因地制宜之政生斯土者得有所考以知前賢之事蹟而為興起效法之基是尤濟世之君子所必盡心者也

後世郡邑志乘皆官主之纂修者學識意見不同體例間多蕪雜故博通之士往往徵文考獻成一家言既無瞻徇俗情又言皆有本故尤足以信今而傳後和州陳子犀府丞嘗纂輯歷陽典録一書於郡邑沿革山川古蹟職官人物史事藝文博稽經史子集以及稗官野乘凡五百八十餘種間附辨論淵博精鑿經始於乾隆乙未丙申間補輯于道光乙丑益統前後五十餘年始成洵一方之文獻也粵賊之亂版燬無存新化游子岱刺史來牧是州既政修人和百廢具舉爰遍搜典録殘帙為修補而重刊之命予序其顛末予惟書之傳否蓋有天焉往者吾友馬公實通判輯龍眠識略以補桐城志書之遺並而正其誤精

博不遂典録未付梓而通判殉節稿本亦燬于賊今陳先生比書既得傳布于生前復得刺史爲刊行于兵燹之後不誠歷陽人士之厚幸也哉讀是録者睹前賢之事蹟與鄉先生賢刺史之殫心國聞當必有興起效法者夫

程烈婦傳

烈婦姓胡氏績溪人父雲衢太學生年十八歸於程夫曰光輔是時粵逆常竄擾徽州光輔從父兄避居安徽慶旋還金陵習賈未幾兩兄病卒父命更讀書婦事舅孝謹日勉夫勸學纘父兄業敬兩姒少寡守節家事煩勞多身任之同治六年夏光輔回徽州應童子試入縣學返寓染痁疾誤食醫方疾革謂婦曰爾將何依對曰君必不死我生死與君相依耳婦侍疾帶不解日飲薄糜及夫卒遂絕食飲泣拜舅前自謂婦不孝不能終舅養年少無嗣恐留身反為舅累惟乞為夫立後死無恨家

人驚悼延親戚苦勸之婦答曰吾既許吾夫義不食言也時天酷暑人不堪婦渴餓靜默容節如平常將卒前二日沐浴更衣復拜辭祖宗夫主及舅轉拜兩姒請其代養舅撫遺孤自是遂閉目不語六月六日亥時卒年二十一自絕粒至卒凡七日室中時覺異香瀆溢久之始散云安徽江蘇兩省人士咸敬異以狀請節相曾公爲特奏聞於 朝得旌

論曰烈婦之死固孟子所謂可以死可以無死者也然天下事理惟介於兩可之間則易游移而不能堅持其心若烈婦從容不迫視死婦如歸雖告以聖賢之時義

而終不能動其從夫之志豈非易之恒其德貞而婦人
吉者耶君舅衰齡連喪三子氣息奄奄無生人意味見烈
婦守義殉夫爲門戶光心雖慼而用以少慰焉嗚呼豈
非孝與

十月三十日泊舟四源溝作

與潘君書

潘君足下前在金陵承先施並示讀大著存養說性道淺說死生說諸篇具見留心本原之學匆匆一談未獲繼見深以為歉然雖頃刻相接竊贍氣象之清和言辭之謙遜非真力學而有得者不能至今光風霽月之度猶在目前也別後維誦大著頗覺近理著已當今之士孰肯用存養之功求性道之歸為死生不貳之學者足下可謂志士矣然微嫌其于孔孟程朱之書似未深究其義理之精微而致力于日用行事之實輒欲自立一說以補救古人而不知實未得古人之真際也三篇之中大旨以覺言性以空譬性以光明為性體是皆染佛氏認心為性之

誤而不知性為吾心之實理覺乃吾心之靈明覺可言心不可言性也義理之在吾心者本真實無妄故存之為仁義禮智發之為惻隱羞惡辭讓是非見于五事為恭存從明聰睿著于五倫為親義序別信是皆真實之理得于天而具于心以散之于萬事豈可以空譬之哉佛氏以空為性此其所以滅絕倫理而不顧也光明者心體也性不可以光明言以光明為性是異端知覺運動為性作用是性之說也且既認誤認空覺光明為性故即以空覺光明者為未發之中謂佛氏致中不致和而不知佛氏特致虛寂耳非致中也謂義理之性乃得天之理佛氏所謂無生滅者而不知無生滅者釋氏自私自利之心耳非義理

之性之謂也性體有所未明所以論存養之功以敬為偏而欲
補救之以寬蓋既認性為覺為空為光明故疑涵養用敬之言
為拘為苦為汩沒性靈而必以寬補之然後可以從容自在還
其空覺光明之體也嗟乎是說也微特不知性亦不識敬之義
矣夫敬也者豈拘苦之謂哉特常存敬畏使此心不放為致知
力行之主庶幾吾不離乎道耳敬之中原自寬和不待以寬補
其偏以寬補之必至流為放蕩何者誠知性為吾心之義理義
理偶失即不可為人烏得而不敬畏以存之哉敬以存之則理
得心安俯仰無愧仁義禮智隨感而見七情五事五倫之間時
時戰兢自持恐懼修省不致有差則豈不泰然無累寬然而有

餘裕哉故敬則自有寬之效而寬不可以爲學也書曰御衆以寬寬之一字所以待人非所以持己持己之道堯曰欽舜曰恭禹曰祗湯曰聖敬日躋文曰緝熙敬止武曰敬勝周公曰敬作所成王曰敬之敬之孔子曰修己以敬皆單提敬之一字以爲主也何嘗與寬並言哉曾子曰戰戰兢兢子思曰戒愼恐懼孟子曰必有事焉千聖相傳只有此學此程朱居敬之旨所由來也惟居敬則不敢不窮理惟居敬則不敢不力行故曰敬者所以成始而成終豈待以寬補之哉總之明于性道之眞詮則知敬爲存養之要道能以敬爲存養則自然能盡性守道生順而死安孔子曰未知生焉知死又曰朝聞道夕死可也孟子曰

殀壽不貳修身以俟皆不外于存心養性盡生人之道而已無所為超生死之說也超生死者亦佛氏之旨也足下有志於聖賢之學何不專取孔曾思孟之四書朱子之四書集註小學近思録以及六經所載堯舜以來聖賢之道細心研究身體而力行之久之行道而有得于心自然寬兮綽兮與天地同其大也何必舍先儒躬行心得喫緊為人之旨而急欲自立一說豈不始於誤已終於誤人也哉夫人心易放而難存即兢兢業業日守涵養用敬之言猶必有寬然自放之獘況先以寬為學其放失何可勝言某於學未有所知特心服足下篤信好學虛心下問不敢不直陳之又細書所知于大著上下方以求指示伏惟

諒察

復李宮保書

十月二十七作於鎮江舟中

某頓首謹啓少荃宮保制府爵帥左右某自少讀書即慕古奇偉非常之士然僻處孤陋所從游者惟一二碩學醇儒友朋往來不過數文學君子相講論未見有奇傑英偉足稱濟時之才而可慰生平願望者避亂以後益思得命世之英扶　國祚于顛危拯生民如水火久之乃見胡文忠公今節相曾公忠誠偉畧私心竊歸慕之繼又得見我公著撥亂反正之猷展治世安民之用益復自慶遭逢之盛昔蘇子由自以見歐陽公未見韓太尉為歎故上書自通願得觀賢人之光耀聞一言以自壯然後可以盡天下之大觀而無憾某少從冢兄植之先生游先生

博通古今近承方姚之文統遠守程朱之學脈所著諸書皆國闗世教義理考證文章三者兼備而醞德至行又足以赴其所言非徒區區文字之可傳而已蓋百餘年來所未有也其鴻文寳學雖上迄比之歐陽公而無愧某往者既幸得從游于家庭之間矣而節相曾公胡文忠公及我宫保勲業經綸大忠偉節又足與韓公曠世比倫至其遭時之艱成功之鉅且有十倍于韓公者乃某藐然迂生今俱得親承教旨育而明公又為同鄉先達疊荷禮遇異于恒人俾某不必上書自通得侍賓僚之末仰瞻器量之豁達竊聽議論之宏深固陋之識為之一開然則某遭逢之盛又豈非子由之所深願而未得者哉夫以某遭逢

如此宜有以自振拔矣顧才學庸淺不能從事幕府効力戎行徒賴明公南征北伐盪寇平氛而某日安居暇食抱書生之業坐享承平無絲毫之益於當世不誠可慼愧也乎宮保前既平（定）南服威震外夷今復膺受天子重命宣力重（中）原某愚駑下士未敢上問平賊之方略顧惟自古名將所至必以網羅人才博採輿誦為先漢高祖所謂役羣策羣力諸葛武侯所謂集衆思廣忠益也豫鄂被兵久聞宮保北征自必仰之如時雨歸之於流水而官紳士民之中未知有可採之謀可造之才否如有賢才降尊招致以備咨訪亦收人心之一助也且夫平賊之方戢事居其半吏事居其半故練兵以禦寇察吏以安民兵精可以

探本之論所見甚遠　山識

靖已形之亂吏良可以消未形之禍故必兩者交盡而後足以清亂源而固根本宮保其尤加意于此乎前者宮保倡率淮軍諸將欲建求忠書院於皖城而延吳竹如先生為之師具見尊賢育才明倫興學之至意欽佩無量以皖中任事無人孤此盛舉竊謂廬陽太古大郡人心雄直宮保前以忠義倡之而才俊之士畢出若即創建求忠書院于廬陽延有德學者主講導以義理澤以詩書則宮保之所造於桑梓者不更大且遠乎廬陽任事之才必多成事當不難也某才德雙乏不能少有裨於時雖好窮經著書然不足以自立惟喜綱羅前賢及忠臣義士名儒名臣之遺編往者曾搜羅江忠烈遺文江達川方伯刻之

于四川撫（編訂）羅郎位西遺文吳灊（仲宣）督刻之於清淮編（定）馬命之遺文
左宮保助其子刻之于浙去年編定植之先生及先師許玉峯
先生書二種周彭宮保何方伯贈貲為刻拙文固辭不獲乃用
以刻兩先生書于安慶編校游定夫先生集（游文清公集）及前儒養蒙彝訓
游子岱（南史）今刻于和州刪定陸象山先生集近吳才伯刻之于皖
編定唐魯泉大令遺稿友人甘紹盤刻之于金陵又編定吳竹
如先生集王子懷先生奏議植之先生文集俱尚待刊某非藉
此立名也誠念忠臣義士名儒名臣之書足以維植綱常扶翼
世教故也程子曰今農夫深耕易耨播種五穀吾得而食之百
工技藝作為器物吾得而用之介冑之士披堅執銳以守土宇

吾得而安之無功德及民而虛度歲月晏然為天地間一蠹惟綴緝聖賢遺言庶幾有補耳朱子曰平生自知無用只欲修葺小文字以待後世庶有補於天地之間某何敢妄擬斯語然亦竊有志焉近來又校訂植之先生漢學商兌書林揚觶二書吳仲宣制府任為刊行惟文集十餘卷闡明義理考證經史醞茂昌明真宰宙間之大文某名位卑微不足闡揚潛德且居窮守約無力刊行乃蒙宮保賜函任為付梓感激何似宮保膺平賊重任時事多艱蓋勞方切而猶念及鄉先輩之遺書思有以表章之既使宿學老儒附青雲而益顯又使後學之士得見前輩明道正學之文鴻文庶足以端其學識是雖與戡亂戢暴之功

異而其為益于世道有補于治術則同豈徒某一人之感激也

耶某頓首

石主事家傳

君名廣均字方墀一字榘生姓石氏安慶宿松人先世有名玉修者以孝行旌文葆元嘉慶某科進士官翰林院編修典試貴州旋以思親乞養歸里君稟質醇實性行和易寬厚樂爲善而不矜名里有耆儒汪養園先生講學宗朱子及吕新吾之說經行修明君内稟庭訓又日從事汪先生與其門人賢士往來益以學相切劘故終其身嗜善不倦歷盛衰治亂之變未嘗貳其行君中道光丙戌進士用兵部主事時新貴者多務華飾競聲援君獨衣冠如寒素每出乘蹇驢車雖舉主不輕投一刺供職數月遽請歸養時年甫逾三十自是終日侍親旁不求仕進傳

十二月阻風泗浮清舟中作

受家政不使一事攖親心睦婣任卹之行皆能推廣其親之所
欲為篤學好禮如出天性邑中義舉每樂爲之倡凡修學校培
植文教者所費以巨萬計邑濱江道光間水災尤劇君公私拯
救亦以巨萬或曰頻歲勸分力憊矣宜少減君慨然曰一人減
人人效之如民命何拯益力咸豐癸丑粵賊竄江南君初助縣
官爲守禦後屢遣人迎犒官軍容團練鄉兵以待爲助及城克
復獻壺漿是時家燬於賊猶破產不惜曰義分所在行吾心所
安耳先是編修君捐立義莊贍族人君復增捐租千石其他善
行鄉人類能道之不勝書也辛酉春君避地楚北節帥湘鄉公
駐師東流素最重君以舟迎至之至七月卒年六十八初編修

君卒君繼志述事有德於鄉鄉人感之請祠編修君於鄉賢及
君卒鄉人追思君德復請與君之師汪先生同祀鄉賢祠君所
著書有內訟齋隨録亦園詩鈔人譜詩箴皆刊行未刊者有帝
鑒芻言臣鑒芻詩規示孫録若干卷子繩薌癸丑舉人候補內
閣中書先君卒孫三長祜光禄寺署正長禋同治甲子舉人長
祐縣學生
論曰昔孔子言富而無驕易而深嘆好禮之難註家以安處善
樂循理爲好禮之實事君蓋慕此而與焉者也君守義介如仁
心爲質不樂仕進而蘊其所有以施于家邦上貽父母之令名
下積德澤于孫子沒而父子俱祭于社以爲法于後人孔子所

稱善人有恒者其君之謂耶

十二月十四日作于朱處

柯貞婦墓表

新化游子代刺史治和州以正倫理厚風教為先未數月萬書某屬為紀柯貞婦事貞婦者常州徐氏女三歲鬻為和州徐氏婢十九許嫁柯某未字夫夭貞婦聞首白巾奔其喪誓死不去先是夫有兄早卒嫂某氏守節貞婦自是日與嫂撚燭心養姑姑亡營葬並葬其夫守貞不嫁二十餘年刺史聞式廬致敬種二松表其門閭刊予文以示州之士於是和人咸知貞節之足貴也衡陽彭雪琴宮保治水師于濡溪須見予文敬異之贈白金屬刺史為買田園刺史亦以金成其事同治六年九月某日貞婦病卒刺史卒同官為治喪具倫禮文葬某鄉某原又卒

同官躬拜其墓江淮大亂久喪禮廢壞不修于是知人益知貞節之貴而禮儀之可則也刺史又乞予文表其墓道且曰予向者持彭公金與貞婦貞婦不色喜適時為買田社取其金則貞婦未嘗啓封有貸于貞婦者貞婦將卒索錢買棺負責者欲貫棺與之貞婦不可曰異哉汝或不能償是予負人棺也予聞而益異之易曰婦人貞吉從一而終也又曰見金夫不有躬無攸利聖人既以從一而終明夫婦之正義而又推明世俗委巷之情其所以不能從一而終之由蓋莫不始于見利而動若貞婦視大府賜金如不見及將死而不欲人貫棺以殮其身此其精義致用雖士夫或有愧焉爰揭其高行以表于阡亦以助刺史

之風教也

上李少荃宮保書

前在金陵拜讀鈞函往復循環曷勝感激十一月游西湖返金陵舟中肅呈謝稟計已久達節下十二月由金陵返皖欣聞大師連捷首逆駢就誅擒此中原人民所共慶幸者也宮保功在 國家威震華夷前既底東南今復肅清西北以十餘年橫擾五六省之流寇寇聚中外之兵力歷數大帥不能制今未及一年而撲滅之撚匪既平則畿内馬賊聞此聲威當必漸次斂跡而夷人之窺伺海疆者睹此氣勢或亦不敢蠢猖獗之心來年換約當不致肆行纏擾安内即所以攘外正氣壯則邪慝者不得作理固然也然則宮保實隱有計安 社稷之功不徒粵逆撚賊之平賴宮保之力

十二月二十三日作

而已數年來内外之氣不甚相通故以節相及宮保之竭智盡忠力任艱鉅勳勞事業顯見於天下而尚有掣肘於其間者竊以此番大功既成當請解兵入覲庶幾　陛見之日可以具達内外之情形而通　君臣上下一體之氣且前者粤賊之平朝廷不免欣喜或過視天下若無可患者矣今者捷書到京恐更喜樂太甚而漸少憂勤惕勵之心是亦(尤)可懼也　陛見之時能將外間生民之困苦帑餉之空虛伏莽之潛滋暗長者尚不計其數人心風俗之澆薄士習官常之未見振起凡可憂之事不妨一一陳之則所以格　君心而匡天下者其功更大設或　朝廷知以畿輔為重舉以任之宮保是尤為天下之福則望宮保直任而不辭以

得勝之兵乘大捷之勢勦滅馬賊賊分兵以駐要害固根本示形勝使夷人知我毫不可動搖則自有消沮退藏之意撫約之時可以操縱自如矣如得節相久任畿輔則東南宮保久任畿輔則國家安固之基可以永世無極故望宮保直任而勿辭也宗誠本欲趨謁節鉞恭賀奇勲并陳一切以近得微疾中止肅此敬賀

恭請鈞安不宣

十二月十二日作

金節母家傳

節母盧江馬氏女父曰維農年十六爲副室於金夫曰楨國子監生温厚孝讓不苟言笑處内外親族無違言逾二年生子維棟又二年夫病篤焦勞侍側飲食俱廢焫薌禱神祇願代以身凡十二晝夜迄今無驗及没欲身殉以孤方幼呱呱而啼遂忍死撫孤終身不飲酒茹葷浣濯縫紝井臼之事皆躬操作足不履戶外者三十年卒撫其子以有立家以日裕方維棟幼時人皆謂節母止一子宜愛憐之而節母督之甚嚴常泣勗之曰汝穉齡失怙當倍自策勵無虚度歲月忘乃父地下望汝成人之志也及維棟長人或謂節母止一子宜多蓄金錢以畀之而節母

教之衣食出入無妄費亦無苟取與諸從子析居悉使推膏腴地歸之而取其瘠歉歲命出藏粟貸鄉人多賴以全活後或不能償弗與較其仁厚多此類咸豐丙辰某月卒年六十有六維棟國子監生節母沒後數年鄉人僉狀其苦節善行具狀上聞得旌表如例云

論曰吾見守節之婦類多稟剛決之性而於子則往往能愛而不能勞此於承夫之義未備也夫地道無成而代有終父未能親教其子以成立而賚志以歿則其責專在於母焉若節母者其庶幾無愧茲道也已

十二日十三日

節孝左母㻾宜人傳

宜人姓㻾氏桐城人世居龍山之阿許嫁左氏夫名行恕字仲言家奇窮生一子歲未周而仲言疾革宜人刲肱救之卒不起念孤幼舅姑頹齡不可以身殉遂茹苦含辛代夫養二親教育子讀書成人為諸生後以諸孫貴得　封其夫奉直大夫已為宜人年九十餘見元孫始卒知者皆以為節孝之報云始仲言卒時有謀使宜人再適者宜人知之抱其孤以逃獲免有方翁者念其節之苦堅時周錢米焉久之宜人義不受晨無米則偽炊烟起使見之可無餽也其勵節如此夫弟行格性耆孝友自仲言沒負米供炊爨妻死不繼室撫兄子無異所生宜人感

之子長命兼祧而以弟五孫德沛為其孫以報之宜人一子名其哲六孫某某戶部候補主事宜似山東候補知州某某山東某縣知縣後改河南某縣知縣

論曰吾嘗游龍山其勢盤鬱雄峙石骨嶙峋不可攀躋有類孤忠臣義士貞婦之不可屈撓也左氏在明有忠毅公精忠大節著於史冊而孝子節婦彪炳志乘者不絕書宜人詒稟山川之正氣而又習聞家法者深與予初聞龍山方氏述宜人節行復訪之宜似得其詳宜似請為家傳爰書之如此云

○

金貞女傳

貞女懷寧人父曰陶安許字同里王君立人未嫁而患痺陶安遂辭王氏婚請别擇配曰無誤婚大事也立人不可年二十二矣母為買妾辭不納曰男子三十而有室古也如其時婦不愈請唯母命越四年貞女痺疾起將嫁矣而立人病卒貞女聞誓以身殉家人[illegible]守之嚴勸俟立後乃忍須臾死居常廢食後二年卒葬於母氏之黨其後立人弟思樂以子璪為兄後璪成進士訪求得其墓為封樹立碑焉璪貴後得

誥封立人中憲大夫貞女恭人初貞女墓在金氏屋側名螂形鄉人傳其墓不時加培而巋然自若或[illegible]取其土及聽牛羊踐

履輒有疾病災殃殆貞節所感若有神明呵護云

論曰予與封中憲嗣子嘗園先生為忘年交得知其先世軼事徽獨貞女之賢抑封中憲之義不可及也方其守義以没豈復知有嗣子賢孝成名身享封贈之榮雖有嗣子不可必而卒守其在己之義以終此其所為不可及與

十二月廿九

○

王曾園先生傳

先生姓王氏名璪字曾園懷寧人先世明初以武功顯襲世職
四世後世以文學知名父贈公有厚德先生天性純篤而穎異
過人十齡時遍抹寺院題壁詩皆當師喜贈公大怒曰是浮薄不可
長也自是行身益謙謹異常高祖以下五世同居贈公誨以容
忍無任氣宜深涵養先生識之終身孝友睦婣無間逮事祖母
方太恭人常依依如孩提母程恭人病瘍須刻不違左右遣之
去則飾辭以慰母心自少為文務根柢叔子弟門以不屑趨時
詭遇以求速成年十七為學使山陽汪文端公所知試冠其曹嘉慶
戊寅中順天鄉試經魁復出文端之門道光壬辰成進士用戶

部主事司山東鹺務江蘇貢賦兼帶廣西銅運補雲南司主事洊升廣東司員外郎中兼管捐納房所處皆膴地時釐更制吏因緣為姦欺司事者多獲譴去先生素清正齊心釐剔無敢干以私亦無議其刻者處職二十餘年無纖毫詿誤咸豐四年以京察一等授湖南寶慶府知府權衡州衡為楚粵門戶水陸交會外禦粵寇內平姦民常先事而為之防所屬七縣迄無一失始賊陷郴桂治兵者濫殺不辜欲窮搜以邀功由是餘匪隱聚山谷間謀投粵寇先生剴切宣示予以自新令各歸取族鄰保狀示免牽累讀者感泣誓為良民後先生去任餘兵勇有謀亂者獲數十人鞫之衡西無一從者故衡人益追感不忘然時當大

亂當事者多主嚴覈而先生務持寬平意不合遂乞假去職先
是以平姦民功屬令晉超遷大府擬請加先生道銜辭之曰以
民命博薦擢非所願也生平以仁民澤物為心家居時不屑公
門惟歲大祲則助邑令賑貸徒行鄉里察戶口別等差汰浮冒
期實惠及民總脩邑乘實事求是而於節孝及人事關倫紀者
尤審慎焉安化陶文毅公撫安徽汶上劉玉坡制軍守安慶
咸推重之官京師時每安徽飢即倡同鄉官輸金助賑並條列
輿情形防患備荒諸策與官皖者言之多見施行尤喜振孤寒
之士教育成就數十人而仕內外二十餘年未嘗寄一錢家中
以為生計守禦未逾兩載軍務繁興公費多截充兵饟先生念

書院育嬰堂為教養所繫加意經理得無廢壞去之日士民攀轅泣送者數百人懸額公堂頌其德曰穆如清風又曰學道愛人知者咸以為皆實録也貧窶無能為歸乃之河南歷主周南宛南書院最後鄧相曾公延歸主安慶敬敷書院盡心教士士心歸之同治六年十二月十一日卒年八十有三妻朱恭人有賢行前卒子五人希本優貢生官懷遠訓導壽州學正支蟠優貢生道光某科舉人官高陽縣知縣皆有政蹟支釗支鈐皆縣學生早卒今惟紹曾一人存湖北候補州判孫存者十一人曾孫五人

方宗誠曰先生外和而内剛跬步必於禮法待人肫誠仁恕而

事所不可則侃侃敎戒之無唯阿京師人多以道學目之然先
生實未嘗講學蓋生質醇厚出於自然詢所謂老成人也予少
所交多耆宿皆久凋謝近十餘年來所見安徽先進惟吳竹如侍郎
之正學王子懷侍郎之清節與先生之賢行可並為後進典型
先生與二公交最久王公先卒而先生繼之今惟吳公一人存
耳先生居平不近利尤不務名獨卒前數日謂予曰子知我
者其為我家傳存族譜中嗚呼其可悲也已

汪君儉菴家傳　十二月卅日

君姓汪氏名紹墉字槿成世居歙縣之西溪唐越國公華之裔
孫也世有厚德君兄弟三人以孝友著聞少服賈蘭溪弟晥腴
有聲庠序君力行儉約廓先業獨任家事不以分弟讀書心每
資遣弟應鄉舉必有贏餘使得分潤族之貧者侍母疾晝夜不
交睫及卒哀毀得疾泄血如涌泉兄病卒復然居父喪委頓苫塊
間幾不起鄰人不戒於火君哀籲天誓隨父柩為存亡家人亟
出柩火亦竟熄歙地少土多山俗率厝親淺土瓦磚周棺有傳
喪至數十年不葬者君傷之杖而起相視原野卒卜兆而安厝之
既以食指繁兄弟異財而同居弟性亢爽好交游歲所費不貲

君歲節用積私財置他所計鉅萬金疾革屬其子曰吾所為蓄此沾沾者非較錙銖務貨殖以私子孫也慮汝叔父好翰墨樂友朋不治家人生產久之將無以應耳君卒後諸子遵治命歸金告叔父固辭不受再三言始取其半曰吾以終先兄之讓德也每言及此輒泣下生平行事不自以為功常假人名成之故甚貴而人不知教子不務時趨命從績溪胡文甫者當塗夏弢甫二先生游為根柢之學二先生者皆皖以南博學篤行者儒也由是子孫多以通古今學發聞先生卒年五十七國子監生援例授州同知子二運釗候選布政司理問運鏡候選州同知孫十人曾孫八人

論曰君之孫宗沂王子懔侍郎女夫也年甚少有志於兼綜漢宋儒者之學以曾節相及子懷先生命從予游篤信好古不倦久之乃知其祖父所教漸積使然也宗沂以其父所為狀請余為家傳予惟君孝友忘至性有似於漢書之獨行君子故樂為撰次之

五月十五日

校刊游默齋先生集序

游子代刺史校刊定夫先生集既成將以默齋先生遺文與詩附焉又屬余爲編次先生名九言字誠之諡文清嘗與朱子張南軒定叟兄弟交游學行屢見推重諸公集中與往復論學書可攷也宋史本傳謂其所著有漢唐精義默齋遺槀今刺史所得之本即定夫先生裔孫文遠附刻本也所載漢唐精義僅二則議論正大足以立萬世臣子之防然史傳既載其書名則意其原書必不止於此蓋遺佚者多今不可得而見矣惜哉其他遺文俱有義法可觀非苟作者而游氏世譜尤爲詳覈惟世譜中未敘及定夫先生父子兄弟僅述廌子正序稱察院爲其伯祖而亦不詳其親疏服

屬于意既不載於世譜，則亦未必爲親族矣。文志本附載游氏

名賢，其縣而散佚甚鉅，刺史特以先生曾從朱子講學，並紹定夫先生之

遺風，又其書可備文獻，足資後世考證，故特爲刊行。夫表章

前賢之言行，使後學有所興起以爲師法，此儒者夫道爲公之心也。

故業爲之撰次云。同治七年二月桐城後學方宗誠謹識

遜敏錄序

予幼僻處鄉隅家無藏書少師友淵源之漸以茲汩沒不知振奮少長得見許玉峯先生而師事之先生示以小學近思錄朱子薛文清遺書韓歐曾三家之文始稍稍知所嚮方而先生旋歸養不獲常見既逾冠始一日蘇厚子先生自粵歸過訪敝廬招至其所築帶經山莊縱觀所藏諸書且言為學塗轍甚備而尤以張楊園陸清獻二先生書望溪方氏文為切近師資予之知三先生學自先生言始先生為予從兄植之先生門人予請事以師禮辭而切劘甚至先生又見予以其二子予因是得游於先生父子間逾数年植之先生歸自粵東予與

友人文鍾甫甘愚亭戴存莊俱受業而方魯生馬命之亦常
執經問難於其門當是時吾黨好古篤學之士號稱極盛先
生時適未（越）幾亦歸自是遂常相聚處予所業必請正於先生
而先生所著楊園望溪年譜四禮從宜欽齋劉記詩古文必（亦）
俛就予商榷先生持身處事守禮法論詩文撰著（述）必以義
法為宗矩言規行同門之士無不憚其拘方而又欽其（有）執也
桐城自望溪方氏海峯劉氏惜抱姚氏三先生起以經學古
文倡後進末流之弊大都尚博雅而鮮研究義理之書獨玉
峯先生及先生初為於舉國不為之理時（窮理篤行）卓然不還於流俗
逮植之先生歸里及門講習者益多而後學術始知從事於

於根本之地先生論學最嚴謹植之先生尤稱之自許先生卒後數年植之先生繼之逾時而粵賊亂起蔓延江淮間命之以起義旅死綏存莊及先生鍾甫又相續以義憤菀結死獨魯生愚亭存而已頹然衰病矣大難雖平老成凋謝新學之士無所師承予方將編校師友遺文次第及於先生而先生伯嗣强甫客游歸已以先生遜敏錄四卷付梓乞予弁言予讀之不特如見先生學識之正持守之堅而數十年師友講論切磋之益聚散存亡之感與夫世道治亂盛迭衰之所以然者皆不禁感觸而隱痛於心烏能已於言乎先生少孤貧廢學年二十後始工書漸為詩古文三十後乃宗法宋儒

自周程以來儒者書無不博覽窮搜而深究其是非同異也是書旁蹊明正軌平近易知切實易行洵足為學者法程有志於學者可以考焉同治七年閏四月同門後學方宗誠謹識

校刊儀衛軒文集序

右植之先生文十二卷坿外集駢體文一卷先生初不欲自存其文雖門人嘗爲鈔録得二百四十八首而未有刻本亂後遺書多散軼焚燬去歳閩浙制府盱眙吳仲宣尚書來索取漢學商兑書林揚觶欲任爲刊行合肥李少荃宮保沅陵吳桐雲觀察歙程尚齋都轉亦各以書來命宗誠爲先生編次文集贈資鋟版宮保且許爲先生盡刻所著諸書宗誠無似於先生之學不能窺測一二感諸公誼不獲已因發先生遺文先選録百有文三首與同里友人鄭容甫福照先生孫濤校訂繕寫先生少承累世家學宗法朱子詩古文則嘗受學於姚惜抱先生之門然

先生氣質剛毅生平以明學術正世教為已任研經考史窮理精義宏通詳確而一歸於醇正言必有宗義必有本不欲為無關繫之文故其文茂實昌明而不盡拘守文家法律嘗自言其文於姚門不及管異之梅伯言又嘗以為吾固深知文然實不暇專力於此今節相湘鄉曾公亦以先生言為不欺然謂先生之學則遠非二君所及固自成為先生之文也亦亟勸為刊行爰付剞劂數月工竣先生行事宗誠嘗為之狀門人蘇惇元厚子為之傳容甫復為纂次年譜一卷於先生學行考之尤詳今取坿集後云同治七年閏四月門人三從弟宗誠謹識於安慶寓舍

楊勤恪公家塾邇言序代作

同治丁卯予由給諫奉　命備兵鳳穎越明年權按察使於安徽因念按察使所司全省刑名之要會也古之治刑者在唐虞之際首推皋陶爲明刑弼教其後論刑法號爲愷惻詳盡者莫善于康誥呂刑二書康誥推其本必曰明德慎罰呂刑論三后之恤功於民必以伯夷降典爲首而皋陶猶次之夫伯夷典禮非刑官也而論刑必本于此者以治民之道必先降典禮而民不從然後士師制百姓於刑之中乃不爲罔民之政也後世德化既衰而禮教亦不復重隋唐以後用文取士士子遂日趨於文於古聖賢詩書禮樂六藝之教非不夕研朝稽但襲取爲媒

名貫利之階而全不知躬行其實以爲修身齊家化民成俗之本噫弊也久矣夫士爲四民之首士不知守禮法而何怪于農工商賈之相率而效尤公卿大夫皆以士爲始基爲士而不知以禮義宅躬則他日之進而爲公卿大夫又何能仁民澤物理事慎刑以上報乎君國是故古者典禮之教必自士始誠以彝倫之所以叙風俗之所以醇政治之所以善其幾皆繫于士所關爲甚重也予不敏竊有志於明刑弼教之意而又思此猶非政本政之本德化非予所敢言也要當以修明禮教爲先古者家有塾黨有庠術有序國有學果能修明禮教使自家塾以至黨庠術序國學之中皆知以禮自持謹言慎行辨尊卑定名分

則閭閻之民耳擩目染庶幾無罪而入于縲絏者鮮矣若夫未嘗擧教於下而使民廹於不得已或限於不及知以重罹於刑圖雖曰明刑所以弼教猶不能無愧於心也况刑未必明乎此矣所不能也懷寗楊禮南學士自晉學四川歸示予以其五世祖勤恪公家塾遍言一書皆彙輯前賢嘉言及其先世彝訓分門別類自孝親忠君以及存心積德爲目四十有九予讀之眞有助于教化之書也爰取其根本印行頒發書院肄業諸生以示予修明教化之微意雖其書於古聖賢典禮之教未能該備而言近指遠切于人生日用之常易知而易行諸生讀之可以仰見鄉先輩好學修行足以爲法於後世而其生爲名臣没百餘

年而餘慶猶流及于子孫而不匱味其言師其德以謹其身以善其俗而不負于予修明教化不敢遽用刑威之意是則予所厚望也夫同治七年四月

三孝子傳

左樹德字華平桐城東鄉人幼有至性承父母意唯謹時其怒也輒跪而請責焉必怒解而後起已或賜果食則以讓弟女兄不先嘗族黨咸驚異之曰孩提若此他日必為孝子稍長益恭順家貧冬夜處親衾薄必為溫寢處歲以為常父嗜甘泉每疾必飲窮子饑水始得瘥愈適天旱泉涸竭樹德拜而泣泉湧出如平時父母病不解衣而侍及卒既葬則移苫塊廬墓旁三年護視如生存鄰里欽其孝且哀其貧贈以衣衾不肯受歲大饑日餐藜藿有持米鹽贈之者辭再三不獲則受之以周里之貧乏而已

韓如故也咸豐十一年粵賊掠東鄉村鄰遠避獨樹德守墓不忍離賊感之與金與米皆固辭賊嘆息而去村廬多因以不燬曰無傷孝子所居也樹德少輟讀書終身以課蒙為生去樹德所居十數里有劉桂枝者農人也生平不識詩書而天質醇孝家貧無田以耕日傭於人以為養父卒時年甫十二即能竭誠致哀承母訓未嘗有一言之忤終其身不與人爭是非惟恐致忌言以辱其親父母每奉甘旨必親嘗侍湯藥晷刻不去左右園有桃母手自栽培遇花時賞玩極歡咸豐六年母病思及桃花桂枝即詣園中禱祠焉數日果得花數萼以

供母母極喜病旋瘥十一年居母喪寢苫枕塊朝夕哭泣幾毀葬後即廬墓所三年饑寒不計鄉鄰咸感嘆焉先是二孝子名未聞時即共傳有王孝子事王孝子者京東鄉人名請字樹蘇性純篤而資魯鈍讀書未成父使耕請日勤農業夜侍寢畢輒諷誦以求說親心居常愉色怡聲凡親之所欲惡無不善承其志母卒以父在堂日則強為歡顏笑語以解親慼容夜視父安既已即赴母墓號拜哭泣雖迅風驟雨嚴寒霜雪中三年罔間咸豐九年賊猝至其家執其父請挺身求代始賊往來東鄉久聞有王孝子也至是知為孝子又感而釋

之生平謹徒養親得時食必持歸以獻親未食不敢嘗
父卒坐臥墓側問視如生無異生時也為學不尚浮文
嘗書顏子克己曾子省身二語於座側以自警前邑令李
蔚聞二孝子事式廬致敬書匾額以旌其門其旌請
曰立身行道見者謂為無愧云
方宗誠曰吾避亂山中聞友人方魯生道二孝子事甚詳魯
生講明心性之學不輕許可人者獨於孝子之親踐淺而拜
謁焉後寓居安慶又聞鄉人來言左劉二孝子也嘗咸
豐中江南北大亂賊踞城以百計　朝廷文教不通彝倫
泯亂極矣而二孝子獨自飭於善　王化所不及之地是

豈知數年之後海宇清夷而其孝行得以上聞表顯闡不知計而曾不以治亂二其行使醜逆遇之亦若於其凶頑之氣然則人性之善不於此可識與天彰善之癉惡樹之風聲特為人上者之責也而若三孝子之無所為而為其尤不可及也

記戲鴻堂帖殘石後

華亭董文敏公戲鴻堂石刻，初歸郡人大磵施氏，繼為王橫雲山人所藏，久之復流轉於沈氏之古倪園，世所傳此帖佳者不出是三本也。同治癸亥，合肥李幼泉都轉從其兄少荃宮保治軍吳淞，既克城，得百餘石于賊壘中，携歸皖上，摩本校觀，十存五六。或謂都轉宜取舊榻本補刻之，石都轉曰：寧缺無全，第存其真者可已。晦子適久客少荃宮保第中，獲睹寶物，詫為眼福，竊嘆自有此石以來三百餘年，興衰治亂如烟雲變幻，不可執著，而此石獨以千古法物，人名精神所凝聚，雖遭亂殘缺，終有鬼神呵護其

間然則天地中可以久存者固自有在而非世人之所
謂也昔蕭何入關中諸將爭取貨寶而何獨收圖書都轉
其亦可云善取者與予既幸見此石之僅存又嘉都轉
之善惜寶物爰誌其本末俾後人得有所考焉

重刊廣列女傳序

廣列女傳二十卷，桐城劉孟涂先生開所纂輯也。先生少孤，母吳氏守節以教，俾至成立。先生長博學多文，因欲修明女教以章母德，乃取劉向列女傳七篇，更其義例，而增輯史傳百家所記賢女足為後世儀範者以為是書。自皇后、王妃、公主、母儀、女範、節婦、烈婦、孝女、貞女、奇女、附録，凡為目十有一。每傳皆效向為頌義以繫於後。卷帙多者分為上中下篇，亦用班注向書分七篇為十四篇例也。惟向書善惡並列，以謂王政必自內始，故列古女貞淫所以致興亡者，以戒天子，其意主於納忠。先生是書則因母夫人之賢明節者孝而興，表潛闡幽，褒德勸善之恩

以慰母心故但列懿美而不載惡行其意本於錫類之孝要之
足助於政教有益於風化則旨趣初無異也至所採取諸書間
或刪易本文又間引及小說家言於著述之體似未盡善原先
生之意蓋在於廣取善行以明女教而已固不必其盡出於正
經正史也且向列女傳所載固多有與經傳乖異者疑亦未始
非出於稗官野乘而其引經文亦間有與原文增減不同者古
人引書類多若是先生或因循其意例乎是書先生未有刻本
卒後稿藏番禺張南山維屏家先生子繼既長始載以歸嘗屬
予為校勘道光丙午刊於金陵咸豐中燬於賊今新建吳公撫
安徽繼奉是書上謁公素樂刊輔翼世教之書閱之喜甚即任

重爲刊行復命宗誠爲校字謹以所知者補脫訂誤而其未詳者則從闕如之義先生母吳孺人妻倪孺人節行義烈具見時賢誌傳中前刻附是書之末今亦仍其舊云桐同治七年夏六月桐城方宗誠識

讀書日記

讀礼記，欲把定朱子說礼者天理之節文、人事之儀則二語，看作話條條，要看出如此方是天理。如此是天理之節。如此是天理之文。如此方是人事當然之儀則。

国家出版基金项目
NATIONAL PUBLICATION FOUNDATION

安徽省圖書館藏桐城派作家稿本鈔本叢刊

方宗誠 卷 4

安徽省圖書館 編

北京师范大学出版集团
BEIJING NORMAL UNIVERSITY PUBLISHING GROUP
安徽大学出版社

柏堂集

桐城方宗誠存之

公牘 同治壬申癸酉合集

上天津道憲 二月二十八日

近訪聞有積年刼盜之白洛玉本姓田係故城北邊田家小馬村人向來在景州武邑棗強各處行刼有夥黨二十餘人皆步行無馬匹各持洋鎗去年十二月曾在棗邑北橋用洋鎗拒捕打死吏夫今年二月十五日曾在武邑打死頭役王姓及散役二名捕快難以進步近聞在景州西北界内四十餘里之小營村窩主是李牛兒小營村與阜城武邑連界又聞景州趙庄一帶有宿三地方

馮三兒武一兒皆積年竊盜之案冀州有孫得全馬四麻子皆犯槍盜之案在逃可否請大人稟請中堂飭劉鎮及彭軍門派兵查拿景州地面亦大人所轄之地可否由大人派營兵查緝聞其地有團長多偏袒不肯認真可否嚴加申飭及如何爲民除害之法伏候尊裁

啓彭軍門（與劉軍門及故城王令同）

敬啓者冀州與棗強連界之大雨淋召村前出盜案首盜是孫得全劉二馬四麻子皆冀州人常在大雨林召村吸烟爲匪有蔡二黄毛窩留亦是匪人常爲地方之害如逃至貴處乞飭營中兵弁密密留心代爲訪拿至爲感激又聞景州屬宿趙庄有混名宿三

地方亦是向來爲匪之人並聞宿趙庄龍華廣川各地方皆多匪
人軍門公忠體國愛民如子伏祈飭營弁隨時留心訪查咸聲所
播去莠安良功德無既

復李中堂　稟本州相同　三月二十三日

三月十五日接奉鈞札通飭嚴查班館押犯及嚴拿訟師等因仰
見厚德深仁慈祥慎重之至意宗誠二月十五日接印後即親查
監獄尚覺乾淨親點人犯賜以錢文教以善言尚覺安分又親查
班管共有一處在儀門內鎖押十餘人皆鬥毆重傷具有保辜人
犯及搶劫竊盜拐賣人口未定之案不得不鎖押以待研訊其尋
常戶婚田土錢債鬥毆新舊各案日坐堂皇限日傳案一審即結

一結即歸專以教化為重不尚刑威此間人多不知倫常禮義凡
弟宗族因一錢而鬥毆興訟者不一而足宗誠皆詳細開導其真
刁狡者聊示薄懲訊明亦即釋回安業無久入班管候訊者訟師
似無所施其技倆間有一二刁狡帳目太甚者不得不交差押令
歸帳以警刁頑一二健訟土棍或慣好行兇打架或素不安分不
事正業為地方紳民公舉者枷責示衆交地方看管以待保釋不
入班管人心尚覺畏服監獄班管每日夜四次巡查即差役寓所
以及各處飯店皆派丁巡查毫無私押私放情弊凡因訟到城無
二三日不得歸農者監獄班管日間向來無大鏈繫貫及溲溺具
穢聞板鑿孔之事惟夜間不能不用大鏈繫貫恐其脫逃宗誠又

風俗重利尚氣之為一害

命家丁添易草蓆飭看役時時洒掃並買蒼朮大黃薰除穢氣事
事皆已實行凡此俱仰體憲慈不敢不盡心以副盛德惟才學雙
之未能使政簡刑清而緝捕一層尤覺無術刑求之案更非所安
實深罪戾合行陳明恭請福安

復李中堂 稟本州相同 三月二十三日

敬稟者宗誠接收程前令卷宗見有鈞札通飭查明燒鍋歸州縣
收解等因程前令已飭查在案宗誠復因接見公正紳士並下鄉
詢訪民情據云棗強向無燒鍋有案可據一因水性不宜一因去
衡水甚近凡高粱燒酒皆自衡水燒鍋中販買販賣既無舊業更
無新添村莊中間有用飯鍋自作黃酒歲時伏臘以餉農人者然

無甚工本亦不買賣若必查報令其投稅則人情畏累寧販買以
餉農斷不肯承任此事況查向例黄酒不在燒鍋之列宗誠再加
考察確是實在情形論爲國家經費起見自不可圖見好於百姓
容而刁商之偷漏論朝廷養民起見亦豈可貽百姓久遠之累而
强其所無實事求是平情辦理方可下有濟於民生上有裨於
國計隱瞞之事宗誠不敢爲聚斂之事宗誠不忍爲除仍飭差會
同地方查訪外先肅寸稟恭請福祺伏乞垂鑒

復李中堂 三月二十三日

敬再稟者宗誠接印後准程前令移交鈔札通飭勸民種桑開井以
裕衣食之源仰見憲慈愛民之心無微不至宗誠遵即出示曉諭

並接見公正紳士下鄉訪察民情據云中堂體恤民艱實深感戴惟此間民情向來以耕織為生無論男婦大小稍有空閒即訪棉織布尚無甚懶惰者紡織既為世業相習成風忽勸其改學養蠶愚民無知斷不能舍已熟之業而圖不可知之利況養蠶之法事事未諳又無教導之人即有教者又焉得人人而教之實難創始且養蠶必須潔淨之室北方婦女蓬首垢面土室灰塵雜以牛馬糞壤斷難潔淨既不知育蠶則亦不願種桑查棗邑道旁宅右柳木甚多廟會之期常賣木料邑民見柳木之利易求尚不知多有曠土亦似不必舍見成之利而更張之至開井一層宗誠尤諄諄教導以為可補造化之不足據紳民稟稱此間土性多沙水性

多鹹往往掘井至數丈不得土底又焉有水泉即掘數井之中得
一處有水又或味鹹一澆田園即成廢地或雖得甜水一經澆地
土即板硬異常穀更不長愈澆愈壞但使有益於五穀小民固不
待勸而自營生計也況掘得一井非百千不能成功既成之後年
豐無所用之歲旱則水泉亦渴數井不能潤一畝小民斷難規此
遠利遍訪四鄉人言皆同除仍督率紳民開井種桑外應將地土
情形先行稟明伏乞鈞鑒

復成州憲

敬稟者竊宗誠前奉憲札並蒙賜函飭令修理考棚批解憲署發
審修金各款本應即時遵辦惟宗誠甫經接印因遵鈞諭急宜清

理積案是以半月之中傳到即審一審即結已清理四十餘件現
值開征之際天久不雨僅征得二千餘金宗誠曾經稟明憲台竝
各大憲無論何事斷不侵挪正款所費收公費銀兩不足二百金
僅發本署幕友脩金之用雜項差徭僅足敷衍火食是以未能速
承尊命遲延之罪伏求慈宥今特飭工書馳往估工趕緊修理斷
不敢貽悞考事至發審脩金查明舊例係按月攤捐之款宗誠二
月十五日接印應即批解春季之半另文申送至夏季脩金屆時
照例批解無庸委催再憲諭鹽鋪幫差一款宗誠當即差催鹽鋪
呈繳據稟此款於道光二十九年已經停止查照舊案實屬相符
宗誠再三催提欲復舊規據商人云鹽引日漸滯消斷不肯復久

停之例宗誠又查前令收解各款亦早無此名目未便遽行更張
即如道署鹽當季規向係有贏無絀近十餘年來當鋪已多歇業
鹽鋪因引滯銷所交規費甚少每季解款必須縣中賠累宗誠到
任時程前令已收未解不能再向鹽當索取是以一時亦無力賠
解宗誠迂謹之性止能清白自矢斷不上負知遇下負所學欲取
官中之利以肥身家惟期以公辦公至力所不足則惟以 國家
正供為急其餘遞次量力補解素承厚愛慚悚實深

復本州 三月二十八日

敬稟者前奉鈞札飭解學憲歲考棚規並幫貼南宮縣承辦歲考
公費宗誠當因上忙錢糧緊急既不敢遲誤 國課正款而到任

未及一月不能撫字先事催科於理不順即於心不安是以專心番結積案限日傳到一到即審一審即結不使小民稍受拖累極力教導不尚刑威民情頗覺相信錢粮尚能踴躍照舊餘平三四百金已為捐買號馬重修考棚用盡是以辦考公費及棚規尚未能速行批解俟下卯平餘措齊定於學憲案臨之先敬遵鈞諭照舊申解斷不因進欵支絀稍事拖延仰求憲台無庸委員催提實為德便

復本州 三月二十八日

敬稟者正肅稟間又奉到鈞札催解考畢後歲修桌櫈銀両及州監禁卒工食銀両查歲脩桌櫈銀両本應考畢後按日攤解之

款例不先解宗誠現在措辦歲考公費棚規如能措齊即遵諭一
併申解州監卒工食前任所欠無後任代賠之理宗誠擬自接印
日起每逢一季之杪必批解本任一季之款斷不虧欠亦不能預
解合先陳明無須委催實爲德便

稟督憲與稟藩憲同　四月十八日

敬稟者竊宗誠仰蒙憲恩到任甫及兩月適值上忙已經開征宗
誠接征起正銀一萬二千餘兩因天久不雨二麥歉收棉種秋糧
多未入土是以催科未能踴躍尚少二千餘兩未能征起除已批
解外一俟征齊即行批解宗誠斷不絲毫挪用遵照卑縣舊章每
兩八分五釐平餘以資辦公之用統計不足九百餘兩而歲考期

廹考棚倒塌本州派新修考棚十二間用京錢六百餘千津貼本州辦考公費八十千津貼南宮辦考公費四百兩學台棚規一百二十餘兩其餘解費及應辦之件又百餘千馹號並無一馬捐買馬騾已用二百餘兩兩次批解錢糧車價解費需百八十餘千已解應攤捐之款百餘金統計上忙平餘所入不能敷此數事之用而署內火食幕友束修來往差使酬應馹號監犯賠發之款即謹身節用一月必須三百餘金其攤捐應派每月二百餘金應酬每節須二百餘金尚不在內本邑向有各項差徭原以資辦公之費經李前令為修城派捐定章減去十分之三棉布騾馬二稅因近年棉花太貴民多歇業加以春乾買騾馬者少統計每月所入京錢

不足五六百千左支右絀實無籌畫之處所以歷前令無不虧累
宗誠迂腐儒生恥言利事未知何以為計前接藩司催征永定河
漫口經費派捐四百兩案查前卷此款自同治七年八月初三日
卑前縣張令士銓奉文日起應攤至今年八月止宗誠二月十五
日接印一介寒儒焉能得此巨款即照例攤捐亦止應捐二月十
五日起至八月初三日止應攤之款其餘全與宗誠無涉而委員
催提花費實多又本道催提鹽當季規一款卑縣鹽店經季令定
章減成之後每季繳道署京平肚銀不足六十兩典舖已多歇業
止餘一座每季繳道署京平肚銀不足四十兩其補數添平賞號
解費一切每季須用三十餘兩皆由宗誠賠累而藩臬兩司應解

鹽當季規共四百一十兩向例扣廉而本邑鹽當於兩署向係絲毫不繳盡屬卑縣賠累竊思錢糧正款實欠在貧民者尚無令州縣賠累扣廉作抵之例而鹽當皆富商大賈應解各大憲季規公費反令州縣賠累扣廉作抵似于　朝廷立法養廉之意相背可否請中堂立一定章凡有鹽當季規之處札飭州縣照數派歸鹽當完納由州縣轉解州縣不得多取絲毫如鹽當太少或已歇業即應飭司道開除此款亦不得令州縣為商賈賠累實為公便宗誠竊思州縣欲惠澤及民自當以興利除害為務而興利除害非錢不行即如開井種桑觀風月課皆必有辦公之費先為民倡始然後小民起而應之又如緝捕賊盜非信賞必罰難期有效若悉

索太盡州縣何以辦公至州縣所取於民者縱不能裁革陋規亦豈可於陋規之外分毫妄取既不妄取則以規陋辦公尚且不足而乃為攤捐酬應各項所累日憂虧空之不暇又可能作惠澤及民之政乎宗誠左右思維無可如何止能于聽訟斷獄之中審情度理毫不枉曲毫不拖累稍為盡心因公下鄉輕車減從自發食用不使索民間一錢雖合邑頗知愛戴而心所欲為者皆不能一展加以精神日頹終恐有負知遇惟有仰懇憲恩早賜調回轅門差委感激無既

復督憲 四月十三日

敬稟者竊宗誠四月 日奉到藩司札發憲台批示前奉各件轉

飭行知仰蒙訓誨周詳實深欽佩宗誠到任以後亟思緝捕盜賊
為民除害查本境竊案甚多尚無著名之盜從前搶劫各案大半
皆在冀州武邑故城景州毗連之地多由外盜故意越境路故以
為逋逃之計如冀州之孫得全劉二景州之宿三地方等皆著名
逸盜宗誠屢致書隣封並開單函請彭提督丁道台賴鎮劉鎮屬
告兵弁代為訪緝三月十五日崔母廟會向來匪徒聚集宗誠先
期函請彭軍門親帶兵弁馳往彈壓並訪逸盜蹤跡宗誠亦自往
與彭軍門會晤得以安靜無事又捐廉封賞捕役俾作川資出境
訪拿四月初　日快役十餘人在南宮境內已將孫得全拿獲到
案適州中快役亦拿獲隨同孫得全搶劫之劉二飭發卑縣審辦

先後隔別審訊不用一刑直認不諱屢次究鞫供詞無差惟本州一
來以該犯著名盜賊屬宗誠稟請中堂就地正法始可以警凶頑
而該犯供認搶劫兩起竊盜三四起拒捕兩起俱未傷人照例尚
屬尋常搶劫之案未知能否與就地正法之例相符仰承鈞諭治
盜用嚴自顧庸才實難勝任然不欲專事刑求致有冤獄亦不敢
稍存姑息貽憲害於民伏乞憲台批示實為德便

○再稟者前飭查燒鍋已將實在情形稟明鈞鑒後復細加訪察實
係向無燒鍋合邑地方皆各具甘結存案非蒙藩司札發憲台批
示謂黃酒小鍋似可合并數十家或數家令其投稅宗誠查向來
定例黃酒不在燒鍋之內今欲合并造黃酒之小鍋為一燒鍋不

特民情沸然而舊章所無宗誠亦不願作俑況秦邑連年遭旱棉
花日貴訪織無資民間困窮異於往昔今春又復少雨二麥歉收
棉種秋糧多未播降先播種者亦漸乾枯宗誠自慚愛民有心濟
民無術澤不下究乖傷天和遍禱群神虔誠致祝皆請降罰於宗
誠之身不可貽罹於百姓而膏雨終不下降上忙錢糧實欠尚多
宗誠每至鄉閭真見小民之疾苦催科且不忍過於逼迫又豈肯
興法外厲民之端昨本道委員覆查無異已具印結申覆合行肅
稟叩請福祺

上藩台　三月二十三日

敬稟者竊宗誠接印後仰體憲訓因上忙錢糧關係國家正供

日事催征奈宗誠德澤毫未及於民信義又未浮於衆不能撫字
先事催科加以上年本非豐收現在麥苗望雨甚殷宗誠日事禱
未雨甘澤不降狂風時作橐邑向來以織布訪棉爲生業民間完
粮雜用皆恃此爲大宗近年天時常旱棉花歉收洋布愈行愈遠
粗布本大利微紡織歇業者多集市生意淡泊以故錢粮實難踴
躍宗誠惟有寓撫字於催科少取辦公之費先求於　國事有裨
極力勸諭儘征儘解茲將已征起正耗銀一萬一千五百十五兩
三錢六分二釐飭先行批解稽除具公文申送外伏求憲慈体恤
下情飭庫早收速發批迴免致書差久候車輛工食多候一日之
需即宗誠多一日之花費實爲德便

上李中堂 四月初三日

敬稟者竊宗誠接奉丁道憲來函具述鈞諭仰見憲台扶植下吏無微不至感激之私未知所以爲報宗誠才德双之實難任民社之憂惟既荷知遇之隆則勤慎篤實不敢言有利於民先求無害於民此心尚可自主視事以來仰体德意訪察風獘勤求民隱日坐堂皇寓養民教民之意於聽訟斷獄之中審案七十餘起無非一堂完結小民毫無拖累訟師架誣之詞皆不能欺士民遠近尚覺洽然惟天久不雨狂風時作禱求罔應殊切隱憂深懼無濟於時故私心時懷退計且宗誠尤有一事不安心者宗誠本無欲仕之心前此奉荷憲恩令宗誠先行署理秦強一缺宗誠當即稟明

程前令官聲頗好，素有清廉長厚之稱，然年近六旬，雖家四五千里，官私虧累甚重。若宗誠到任後，程前令不得即赴陸州任，是宗誠自圖得缺而擠人於空閑之地，非所安也。當蒙憲慈俯允，即令程牧赴任。宗誠又以此情面稟藩憲，亦蒙允准。宗誠旋即告之程牧，感荷實深。乃至今程牧在省久候，尚未有赴任之信。宗誠親見其寓中官況蕭條，家食維艱，自慚失信於人。縱程牧不疑，宗誠心實無以自明。況此間紳民人人感戴程牧，若於此好官聽其受困，蔽賢之罪，宗誠當之，尤非所願。伏求憲台鑒誠此衷，仍撤調回轅，以明宗誠之心非貪此官而擠人者，實為德便。

上鮑學使 五月初一日

敬稟者竊宗誠到任後訪聞有孝女王氏合邑稱賢未曾舉報因諭紳士爲開具册結呈學移縣宗誠已經具文申詳在案並撰其有傳文一首敬呈鈞鑒伏求早賜奏請旌表以彰風化並乞賜書匾額全銜用印表其門閭俾鄉人有所觀感庶於世教有裨實爲德便

再稟者宗誠自幼僻處鄉閭家計窮乏又賦性愚陋未嘗學問幸得一二賢師友提撕教訓始獲稍有所見聞雖不敢言存希賢希聖之心然戰戰兢兢不稍自暇逸以致淪於不肖者皆守賢師友之教也常念賢師友教育之恩無以爲報因爲編其遺書後經彭雪琴宮保何小宋中丞張琦三方伯惠金欲刻拙文遂爲先師許

玉峯方植之兩先生刊刻遺書二種爵相李公又賜金刻植之先生詩文六册外有蘇厚子先生遺書文徵君遺書詩姚惜抱先生年譜亦皆爲編定刻成聊以報成全之義諸先生生前皆砥礪廉隅修德正行經術文章有關風教非尋常吟風弄月筆墨可比茲特敬呈鈞鑒伏求賜以序跋以表潛德外當塗夏弢甫先生寄到聞見一隅録多前輩之懿行亦附呈一册恭求台覽

稟錢藩憲

敬稟者竊宗誠前日奉到鈞批以鹽當規一項爲上憲各署辦公之需名雖鹽當實則仍由州縣捐攤既難裁除即難更改等因仰見憲台通權達變因事制宜卑職迂腐儒生初入仕途以爲事事當

循名責實扣廉款項中既有此鹽當規名色自宜仍歸鹽當完納
當多歙業自應裁減今承台訓方知當日不過借此名目實則仍
是派州縣攤捐宗誠敢不循照舊章遵奉明諭惟謂宗誠爲善自
爲計未曾以絜矩之道爲上下計不過欲見好同官自爲地步則
宗誠實無此心宗誠自少讀書不敢妄自菲薄但思明理守道初
無志於富貴亦無意於功名遭亂之後不得已幕游諸明公之
間然迂拙性成但有益於 國計民生知無不言言無不盡曾不
爲一附阿之語若稍事依違以爲自計又何難委曲以就功名顧
拙直之性深以爲恥前年蒙曾爵相奏調屢辭不獲始行北上然
事兩賢相亦止以時進直言仰酬知遇分位之尊卑固有所不計

自已之用舍更有所不知追辭歸不得復任棗強因思既爲親民之官即當以愛民爲主視事三月無一念不體恤民間之疾苦積牘日清囹圄日慎專事教化不尚刑威刻刻與民相親家丁書役不許作弊所審一二百案皆準之天理度之人情一秉虛公不存成見雖案經數年積卷重重無非傳到即審一審即結反覆開導不惟分一時之曲直並爲絕異日之葛藤當堂具結釋歸不使百姓受一毫之拖累亦未有一人不心服者催征賦稅亦是愷惻勸諭未曾敲扑一人因事下鄉輕車減從自發工食不許沾民間絲粟百姓聚觀則下車訓誨此間惡習鬥毆案多兄弟叔姪宗族爭利興訟婦女上堂好訟卑職手批口講又散布告諭於各鄉村總

以倫常爲重廉恥爲先勤儉信義仁讓爲本近來惡習稍稍變矣求
兩月餘八焚祝文皆手自撰寫總求以如卑職有貪虐之政願神
降罪於卑職之身萬不可貽罹於百姓文廟神主位次紊亂爲之
更正損壞短缺者捐俸修理鄉賢名宦久無祠宇不知何人以木
主置於大成殿聖人兩旁在四配之上實堪駭異卽擇一間房移
供其中崇聖祠倒塌墻垣神主無位置之地捐俸於修整百姓送
匾傘聞之卽出示嚴禁禁之不止則大加申斥欲照例科罪然後
紳民恐懼撤回意在惟恐百姓破費一錢故嚴行禁止以絕後來
無知者之妄作初到任時有習教民恃强淩弱卑職各照本案重
責枷示鄉村自是教民數百家皆畏縮不敢肆害逸盜甚多懸賞

購線已於南宮舉獲積案一名孝女王氏呈報多年未為申詳卑職即捐廉與學書令其詳辨在江蘇書局購得聖諭百部撒散於各鄉耆老互相講勸邑有董子祠捐廉修理大意欲修明正教以正人心卑職本無學術之可言然所欲施濟於民者甚多而無財不可以濟事故前此發一迂闊之論意以為攤捐中少一賠累即可多行善政於本邑之中是豈自為謀哉且天下州縣官有不顧百姓而欲見好於上官者矣未有不慮得罪上官而圖見好於同寅者也有迎合上司不顧百姓以為自己地步者矣未有直已守道堅苦自立勤政愛民而猶謂是自為計者也夫一縣之財止有此數上既借名色以取於州縣州縣亦何莫非借名色以取於民

且其取於民者亦何嘗奉之於上不過虧挪正款剜肉補瘡苟且
因循以為此通籌大局以此為絜矩上下之道恐經術中似不如
此夫古者聖王設官雖有尊卑貴賤之分然無非教養斯民耳大
府爵位崇高不得見斯民之疾苦州縣親民旣真知民間之疾苦
欲行一二善政則正款之外其餘當取當與之數自當上達憲聽
或去或留一聽批示此方為上下一体若阻隔下情不許上達世
之為大府者類然非所望於憲台也卑職謬承厚望屬以經術飾
吏治矜式同寮自愧庸愚何堪言此然經術中如節用愛人視民
如傷等語不敢一念或忘求安求飽患得患失援上陵下之鄙懷
恥而不屑若以搜求陋規為理財以巧立名色為經術卑職迂拙

實不知此至輕量肥瘠罔顧全局世間或有此人卑職守經而不
達權則有之若云志趣之卑汚當不至此卑職前稟請變易舊章
誠爲不達政体然古人所謂政体者在大憲當以察吏安民爲政
体在小吏當以潔己愛民爲政体大臣能法然後小臣能廉小臣
能廉然後能使民受實惠若以　憲皇帝所定養臣子之廉俸改
易名色取爲供上司書吏之需以此爲政体則當日　憲皇帝何
以不爲此立法乎俗習相沿以爲因循不改可也以爲是政体恐
不足以爲天下後世法也士生後世不欲濟時則已然欲濟世固
難免委曲求全之處古聖人明正言順之道實亦難以直行然止
可謂之委曲濟時不可謂此即爲正道卑職自少不顧仕進深知

一入仕途即何能不因循遷就到任以來心所不敢為者甚多然、
亦不得不循照舊規私心愧怍第以為迫於時勢不得不然耳終
不敢以吝過飾非以此為政體為聖賢之正道當如是也地方陋
規卑職久欲裁革然迫於不能但期辦公之餘即以一邑之財培
養一方之事前稟所云非為懼一己賠累起見乃深覺無餘力以
辦地方善政耳即如憲台所云開井種桑多興書院養義倉留養
局之類苟非州縣寬綽何能倡辦不過紙上空談而已其有欲見
好於上憲紛紛上稟以為興辦者何莫非掩耳盜鈴否則挪彼移
此卑職實不願為此虛文卑職往在江南素承愛重而憲台之碩
畫鴻猷亦深佩服於中故忘其分位聊一陳之如以為迂狂不堪

造就請即撤回省垣聽歸故里補讀詩書實所心願與其仕而無濟於時固不如讀書之可以自行其志也敬請鈞安

上李中堂 六月初十日

敬稟者卑職前奉鈞批攤捐實爲弊政永定河漫口派捐未知始自何人作何開銷儘可無庸委員催提鹽當季規係司道津貼辦公之需自應責成州縣照常派歸鹽當完納等因仰見憲台體恤屬吏公允周詳敢不益盡心愛民以副見遇伏查永定河漫口派捐一款係同治七年閏四月初八日前督憲官批准前藩司呈詳札飭各府廳州縣自奉文捐解之日起核入交代分作三年捐補歸款並飭將所捐銀兩由現任之員赶緊籌措統限一月內普律

批解等因又同治七年七月二十四日前藩司盧札飭本州單開應捐銀兩轉飭各屬遵照自奉文捐解之日起分作三年捐補歸款等因八月初二日由前州札飭各屬遵照卑前縣張士銓係于同治七年八月初三日奉到本州札飭棗强縣派銀四百兩自奉文日起例應由張令先行批解照章歸入交代分三年攤捐至十年八月初二日屆滿每年攤銀一百三十三兩三錢三分三釐三毫前署縣張令自同治七年八月初三日奉文日起至是年十二月十七日卸事應攤交銀四十六兩一錢五分四釐前縣程令自七年十二月十八日到任起至十年二月十四日卸事例應攤交銀二百八十七兩四錢六釐卑職自二月十五日到任至八月初

二日屆滿尚有未攤銀六十六兩四錢四分理應歸卑職攤捐乃前張程二令應解之款皆未批解亦未移交今奉藩司札催若但交本任應攤之數則藩司嚴札不准若代爲兩前任批解不但卑職實在無款可酬即挪動他款將來作何開銷卑職愚昧實無計以處此夫攤捐雖係美政然責令剋日措齊解本任之攤捐猶爲有說若必前任攤捐未解之款盡令後任代解恐直省州縣斷難遵辦昨奉藩司批令本州札飭如再緩解即委員守提並詳明記過不准推於前此令與前督憲官前藩司盧定章似有未符若如此則凡奉文之事州縣皆可不遵以俟後任受過矣卑職罪過叢集記過在所不辭惟此款應如何批解應如何開銷之處伏乞憲

示遵行樸誠學雙之本無志於功名第既蒙知遇忝列官常則必求
上不負國下不欺民中亦不致貽累己身然後去就可以裕如久
違可以自主為他人受過不敢辭也若為他人受累將來一旦罷
職何以得賦遂初乎此則卑職之所不顧者也至鹽當季規一款
前奉藩憲批駁以為此款不過借立名目實則仍是派州縣攤捐
卑職自當照舊遵行惟其駁斥之辭殊出義理之外卑職手函辨
論不免暢所欲言自知賦性剛直非官常所宜乞早賜罷斥為幸

復李中堂 六月初十日

敬禀者宗誠前奉藩司及本州札飭奉憲台諭令各州縣於書院
留養局二事須盡心經理以期厚培士氣多卹孤獨等因仰見憲

台好士愛民無微不至實深欽佩宗誠到任後即已查明二事意欲實心舉行奈卑縣書院久廢欲勸捐興辦則連年旱歉民力維艱且到任未久德政毫無未信而使民出財徒滋民謗無益於事況積案甚多自當先其所急現在息積案已清出示通邑定于每月十六日月課士子於明倫堂惟宗誠竊以為課士之道行誼為重文辭次之此間士子素少實學宗誠亦已屢次出示曉諭鼓勵勸以敦品勵行儀型風俗初到任時見文廟從祀位次全行紊亂為之更正其神主之短少缺壞者為之修補崇聖祠倒塌捐俸修之董子祠汙壞捐俸整之鄉賢名宦祠全毀無存神主舊位置於大成殿之上宗誠一見深為詫異急擇文廟前閑房一間

修整安置擬俟年穀順成再當倡捐修建訪聞士子中有品者敬
之無行者懲之士子因事至署必與講明並送書籍時時教訓總
以倫常為重廉恥禮讓為先近已稍稍知所從事矣現在清查各
村書房擬秋間延致各村塾師與之講論教士之道以副憲台培
養人文之至意留養局城中止有一所業已捐俸修補敗露其餘
窮獨殘廢皆散處四鄉各村每月初三日來城領錢宗誠親坐堂
皇抽查錢數點驗名目共三百餘人皆沾實惠現仍隨時訪查真
在四民之列者自當隨時添補捐俸給發以副　憲台體卹煢獨
之至意

稟李中堂　六月初十日

敬稟者宗誠案查前因監犯中包萬順一起至今未結業已將未結詳細緣由於四月杪稟請憲示遵行至今月餘未蒙批示實深惶悚伏思此案雖因包萬順之子包七在逃詳請展限但懸宕九年之久未便再延業已奉駁七次又無可推求欲遵臬司指飭繩以謀殺該犯始終無謀殺之供若刑逼成招三木之下何求不得設法將包七就獲訊明實明謀殺在該犯無罪而就死地而宗誠故入人罪吏議非輕縱不計一身之利害不能不問一心之安否如照臬司駁示押帶全案人証赴省聽候督審該犯固孽由自作人証何辜宗誠訪得該人証皆因此案屢受拖累廢時失業蕩罄家今已死亡大半故現在一聞差傳即躲避無踪念此情形亦

殊可憫若再令赴省則更不可問矣且謀殺事涉隱秘他人何由而知縱使赴省亦非確証宗誠再四思維有不得不請仍照原擬監候待質者特恐臬司又復駁飭人犯徒事往返謹再具稟伏候核奪示遵不勝企禱

復李中堂 六月初十日

敬稟者宗誠前奉鈞批以孫得全劉二既係著名逸盜供認不諱雖止搶劫兩起竊盜三四起拒捕兩起並未傷人其兇惡情狀必為地方所深恨該兩犯是否分別首從其搶劫何案糾合若干人應由該縣再行研審確供酌擬辦法錄供專稟核批勿稍輕縱等因仰見憲台明慎用刑除莠安良之至意當將該二犯日夜再加

研詰並查取孫得全在冀州所犯各案又查取孫得全在博野脫逃一案各卷宗均經供認不諱惟其被義父呈送兩起並行竊邊和順王和盛等家衣物兩起及先認獨竊柏舍村衣褲等物各案該犯亦皆承認均在輕罪不議之列是以刑友因頭緒太多刪除輕案以歸簡淨其在冀州糾搶一案供與前卷相符惟在阜縣供認持刀威嚇而冀州前次拿獲夥黨辦定之案乃係照徒手辦理今似未便翻易本州前案故仍當以為首搶劫張永泰一案為主劉二為從確乎不移其他搶劫行竊拒捕脫逃各案亦皆孫得全為首伏查孫得全財狼成性論其為竊為搶拒捕脫逃處處皆其主謀實屬罪惡之魁如照新章就地正法自于彈壓地方有裨若

就向章定例科斷則仍係尋常搶案尚宜斛省定罪宗誠未敢擅擬第思孫得全積惡多年夥黨必衆且年富力强曾經被獲脫逃一次解省實在不易可否仰乞憲台函告彭軍門將來該犯解省時宗誠請其以兵護送務必俯如所請免致別生事端實爲德便

稟李中堂　六月初十日

敬稟者宗誠到任後因此間婦女好訟人倫骨肉之間鬥毆爭訟之風不一而足諄諄勸化力振薄俗訪有王孝女者父母無子矢志不嫁竭力孝養以終其身家貧不能請　旌今年六十餘矣而村中子姪反多欺侮是以宗誠先送匾額分賜胙肉復捐俸賞兩學書吏爲之備文詳請憲台奏乞　旌表並稟請學憲鮑給以匾

額於是村人始知孝弟節義之為重，不敢肆意欺淩他村，亦多慕義者，婦女鬥毆興訟之事日少。第該孝女年衰多病，伏求憲台早為奏請 旌表，以彰風化，並乞賜書四字，賞給全銜印花，以表其閭，俾邑人有所觀感，實為德便。

稟李中堂 六月初十日

敬稟者：宗誠訪聞阜縣城陽村有孝子臧廷魁，孝行篤實，旋據邑諸生等稟學移詳到縣。宗誠細查該孝子生平事親竭力奉養，歿後廬墓至今七八年之久，事亡如存，日誦孝經于墓上，並刻孝經搨印數千本，遍散同人，以廣孝道，真有合於孝子不匱、永錫爾類之旨。孝子父母好善施藥，周卹孝子承親之志，終身施藥不衰，而

家貧躬耕苦身繼述殊爲難得除另備文申詳恭乞速賜奏請旌表外謹先肅稟伏求賜書四字匾額並全銜印花以彰風化實爲德便

復李中堂 六月初十日

敬稟者宗誠前奉到憲札以宗誠訪聞劣生吴元三等劣蹟當即咨學院革黜並飭州縣嚴密訪拿先以辦理情形詳報仰見憲台癉惡除奸無微不燭卑縣良士聞之無不驚爲神明實深欽佩旋奉學憲札知該生已經儒學教諭訓導察明劣跡詳請斥革在案宗誠現以飭差查拿該生等雖聞風遠逃尚在未獲而合邑人士無不凛凛未敢肆然爲非除仍飭差密訪外合先以辦理情形稟

明伏乞鈞覽

復李中堂 八月初二日

敬稟者前接鈞札並頒到回生仙丹等方仰見憲台痌瘝在抱欽佩之至宗誠未到任時聞棗強俗好鬥毆因詢得祝道治傷極效之方在天津配藥携至任所嗣後鬥毆之案層見疊出宗誠一面愷惻出示曉諭一面遇毆傷者即給藥調治其傷之重極者並隨時飭該地方往視其瘡給藥之外並賞以參肉等物又重責毆者以平其氣鎖押毆者常到其家看視服禮飭送錢米肉食以和其心傷愈之後往往被傷之人代爲懇釋因此數有重傷皆得兩全其他輕傷給藥即愈無有不效今謹以原方開呈鈞覽至憲台所

給之方想更靈驗惟宗誠思僻境下邑難得真正藥材而州縣肯盡心擇藥入署親配成丹丸者更不能人人如是可否請憲台飭令天津著名大藥店照單多購藥料並請札一真知醫理善識藥料之員委其設局料理配成按本定價札各州縣專差自行到津局購買如江南書局辦法州縣雖不肯盡心然每年花銀數兩無不願者庶幾可收實效是否有當伏乞鈞裁恭請福祺

復李中堂 八月初二日

敬稟者宗誠前奉鈞札頒發東光縣陳令所爲懊悔歌令各州縣飭禁卒看役教監犯人等日誦此歌以生悔心仰見憲台救世之誠無微不至宗誠平日於查點監犯時亦常愷惻教訓班管中不

輕押人其萬不能不管押枷示者每日坐堂即提至堂下訓諭多時動其廉恥之心悚其畏罪之意往往感動開釋不敢再犯至今禁卒看役等教其讀懊悔歌則其人多不識字難得實益宗誠因仰體憲台仁心德政改爲懷刑歌刊刻刷印千萬張遍散各村各塾及凡來呈詞及赴審者皆給一張使歸誦之不識字者令其請村中讀書人爲之講解庶幾家諭戶曉開其蠢愚銷其戾氣使不致犯法干刑比陷罪而後教其懊悔似爲得力謹呈一紙伏求鈞鑒如以爲可即請飭各州縣刻印給散實爲德便

再稟者宗誠前得丁道葉道馬守來函告以憲台倡捐銀兩創建江蘇安徽兩省會館於保定省城並令各屬量力捐助仰見中堂

篤念桑梓一視同仁之至意宗誠遵捐百金以附驥尾惟宗誠竊
有請者近來各省會館但為同鄉宴樂之地無甚實益於人中堂
千古偉人主持世教則凡一切倡辦之事似宜酌古準今可為當
世法則不必循照俗例但侈一時之盛而無久遠之規宗誠往游
江蘇見中堂所創建安徽會館旁有齋房令候補窮員得以寓居
甚覺人沾實惠今者宜仍仿照蘇州辦法而加變通宗誠聞現在
葉道所買宅基頗為宏廠似宜於中間做一二大廳以為歲時公
宴之所其旁多設齋房與書院規模相似每人一間聽候補人員
居住另設廚室聽各具爨又另做旁廳及書房數間備買大清律
例會典通禮硃批上諭及各有益於民生吏治世道人心等書盛

以篋笥藏於書室每年派員在會館經理其人出差到任即另委經理之員交代皆有冊籍凡欲進寓者必有保舉之人不住家眷不住閑人止准一主一僕或數主一僕凡吸烟賭博多嗜好者皆不得寓于其中其有志向欲看書者准其日到書房開篋流覽不准携至各人住房亦不准携出大門不轉借外人以致汙損遺失每日看畢必仍交經理人鎖閉篋中庶兩省窮員既得廣廈之庇又得詩書之澤於造就人才似有裨益至戲台似可不造如有公讌之時臨時搭架以省靡費且又可免外省常借為宴會之區力崇樸實可大可久愚見如此是否有當伏維鈞裁

稟李中堂

敬密稟者竊卑縣界連九邑本境時有小偷尚少著名之匪惟有
武一一名久爲積匪猾賊曾經擬徒脫逃又以從賊經刑部拿獲
擬流發配湖南脫逃不回本籍多在故城景州武邑武城各處冀
州之孫得全景州之宿三白洛玉皆是著名積匪宗誠到任以後
懸賞嚴捕幸蒙將孫得全就地正法地方藉以安靜本月初間復
在故城交界處所查獲武一宿三等匪二人率夥持鎗刀各械拒
捕當經捕役拿獲武一一名並奪回刀槍數件宿三受傷逃跑白
洛玉聞仍在武邑有衆數百人各帶洋槍雜械多盤住武邑之石
村包陀申坡孫家寨李家莊一帶夜則聚於空廟或空會館之中
日則散處烟館酒肆茶房傳聞武邑鄉民受害者畏其報仇肆虐

多不敢報案並聞其耳目甚衆往年彭軍門曾密訪得實一經往
拿即已四散宗誠因與武邑毗連屢延紳士商議值更巡防又親
赴四鄉嚴查凡與隣邑交界各村皆聯為一氣互相守望救護紳
民尚知感激聽從辦理惟宗誠人微權輕鄉民之力甚單時懷憂
懼前因吳外委人甚勤慎約束兵丁甚嚴欲請其常到四境巡查
伊亦以此自任不料鎮軍以為越職與新任者反生嫌怨更多掣
肘如蒙憲恩飭正定鎮撥得力弁兵由武東交界之地嚴密查拿
匪首以冀消禍于萌芽無復滋長實為德便第軍政攸關宗誠未
敢妄稟謹以情形密陳伏祈鈞鑒

復天津丁道憲

接讀惠函知敝邑界連武邑賊匪潛聚已蒙將下情達於督憲飭史副將嚴拿矣宗誠又有啟者天津河間保定順天今年水災甚重蒙督憲並憲台竭力籌款振濟並蒙督憲咨會江浙大府皆捐助棉衣仁心善政真所謂萬家生佛也竊以直隸通省水災有輕有重其重者官民皆困其輕及並未受災者官民之累甚輕可否請於督憲飭令各府州縣之未受災者與其缺之優地方向稱富庶者勸各官捐助若干或大富戶富紳亦可勸其捐助若干以為明春接濟之用在各人破費不多而於災民未始不無小補多籌得一分費總可多活幾人性命未審憲台以為何如再張翰泉太守戍黑龍江已一年欲乞憲台為之請于伯相以循良之吏遭此

奇禍又年老無子萬里投荒其欲及早贖罪賜環情殊可憫謹以
翰泉來書奉覽敬候憲台酌之

稟本州

竊卑職前奉憲札並稟督憲稿一件驚知憲台以卑職捐修衙署監獄一事上達各憲並請記大功二次聞命之下慙愧莫名卑職無學無才濫叨官職雖兢兢業業妄思勤政愛民而性拙守迂時虞疏慢過未能寡何敢言功至于捐修衙署監獄止以今年雨水過多倒塌太甚勉為修補藉以辦公且雖云捐修實不過以本地舊規所入節省浮用以辦本地應辦之事乃蒙憲台詳請記功自反愈加惶悚惟有益加憤勉念念斯民以期報知遇於萬一

稟藩憲十二月初七日

敬稟者卑職前月奉到札飭以曉諭當鋪減息以卹窮黎等因飭令卑職先行出示曉諭縣境當鋪於十一月十五日起減息取贖卑職查卑縣境內止有卷子鎮巨濟當鋪一座當於十月二十五日遵札出示旋奉到藩憲頒發告示又即張帖各鎮並當鋪門首十五日復飭差持諭帖飭遵藩憲之示乃該當不肯減息卑職又札委典史親往勸諭據典史稟復該當不肯遵行卑職即擬親往督催旋據該當商監生王鎮來案呈稱該當係三分額帖常年二分起息遇荒不復再減歷十餘年各前縣皆體此下情曾不令其減息商民均皆相安請仍照常不減卑職批斥以為藩憲頒發告

示載明棗强等縣受灾較輕各當鋪自十一月十五日起原利三分者減去一分以二分取贖原利二分者減去六釐以一分四釐取贖該當既係領帖三分常年二分起息已經多年正合藩憲示中所謂原利二分者當減去六釐以一分四釐取贖之條藩憲示中但載明原利二分者以一分四釐起贖並未說必領帖二分者以一分四釐取贖也且藩憲示中載明除開州長垣二州縣前經詳明係常年二分起息無論豐歉歲終不復再減蒙前督憲批准行司飭遵在案今該當呈稱領帖三分常年二分起息遇荒不復再減之言係何年詳明何年奉督憲批准何年有案可查藩憲示中棗强縣名載明在核准當減息之列不在開除之列自應遵藩

憲示以卹窮民申斥再三並委典史親往督押坐看減息始于十一月二十八日遵憲示減息卑職又恐典史去後仍然不減派地方看守禀報旋據該地方禀報實于十一月二十八日減息現在四境無不歌頌憲慈裒多益寡惠澤窮黎感德無既卑職查向來積習歲終減息之例官吏往往視爲具文不肯督催故曾無實惠及民此番該當竟敢持向來積弊與卑職抗違並敢抗違憲台之示卑職嚴加申飭始肯遵行然除歷年歲終違例取利之外此番又已違抗憲示十三日矣卑職擬令其于明春補減十三日伊尚未肯承任其應如何辦理之處應請憲批遵行

禀李中堂　癸酉二月

敬禀者去歲宗誠先後以東强王孝女臧孝子禀請憲台會同學
憲題請　旌表前奉批示臧孝子業經彙題王孝女不及彙辦亦
由司飭詳姑候彙入下次辦理等因迄今又逾數月未知孝女事
已彙辦否孝子彙題亦未奉到飭知仰求憲台爲風化起見早賜
辦理實爲德便且查孝子孝女可以專奏與尋常報節孝不同未
審能否專奏伏候鈞裁

禀李中堂　四月十三日

敬禀者宗誠春間晉謁崇階得承訓誨時深凜凜回縣之後一切
如常辦理三月中分延請合邑父老及塾師五六百人到署會飲
與之講明教生徒勸四民之道並作訓士規勸民歌刊發數千張

令其代為講解放告審案因公下鄉之時亦復如是去年大水縣境有黃瀘河土名清洋江衝決土埝二處數十丈以致被淹者方數十里宗誠於春末夏初親往潘家道溝谷莊營頭二處查看勸督三十餘村合力挑濬河身起土築埝工將竣矣其他各載祀典祠廟去年因雨倒壞者多已捐廉修理又因本地無書院勸捐未成將署內西偏修蓋房屋數間可坐百人以為每月兩課生童之所皆係捐廉舉辦訟件隨到隨結向來鬥毆好訟之風已漸有變革雨暘得時二麥可期豐稔民情極為安恬錢糧四月內可以全解仰蒙憲注惟有益加謹慎終日兢兢不因仕而廢學亦不以好文而廢事以仰報知遇于萬一惟自覺性情迂拙才具平庸精力

既良興趣日減且于仕宦酬應全不相宜而遇伺候奔走趨承之差務尤不善辦此間歲科兩考向是本州自辦費用五縣公攤近十餘年改易舊章派歸南宮東強二縣承辦每考花費須二千餘金外縣帮費千餘金往往拖延不解以致承辦者必賠累千數百金去年歲考南宮承辦宗誠應解五百餘金先事後解毫不累人今年冬間科考分應宗誠承辦宗誠自量才具精力性情氣質實不堪此誠恐有悞考事欲請本州改委他縣能員辦代至所應派應賠之款情愿照派照賠不以累人惟與近十餘年章程不符本州未必允准是以不敢具稟反復思之與其届時辦理失措何如先事陳請讓賢宗誠並非取巧實因才力不足性情迂滯所至且

以下年平餘一切進項賠辦考事儘可敷用不致有虧合無仰求

憲恩因才器使善為成全札調回轅當差另委賢能之員接署免

致誤公而宗誠亦可藉以藏拙實為德便前所擬教士規勸民歌

謹呈鈞覽

稟李中堂

敬稟者宗誠前以曾文正公所書家嚴遺訓手卷託外委吳開勝

敬呈鈞鑒恭求賜筆題簽並乞跋語以為先人光寵如蒙題就可

否仍交吳開勝專足寄下感德不朽曾文正公薨朝野震悼此後

不動聲色致天下於泰山之安惟中堂一人是望吳宗誠受知甚

深無以為報現編校其古文數十篇皆大有關係者分為二卷現

已倩人録本敬呈中堂可曾否先為付梓俾天下思公者讀其文而如見公之尚存焉且以為法爾伏候鈞裁

復李中堂

敬稟者本月十六日卑縣扃門考試接奉鈞函並蒙賜示摺稿及曾劼剛世兄哀祭文拜讀之下曷勝感悼文正公德行學問勛業政績以宗誠愚見雖各省既已上陳而中堂知之尤深言之必尤中肯似仍疏請宣入史館庶纂修者可無遺漏又安徽江寧應立專祠可否由中堂函托吳竹莊方伯囑其速為籌畫修造吳方伯受文正公恩遇甚深又勇於作事亦善於營建辦理必能合式至江寧本有工程局更可函告小宋制軍委員興建兩處似可擇名

勝之地為宜文正奏議似亦可倣照胡文忠全集飭江甯書局諸君校刊也文集不多止數十篇宗誠止有三四十篇皆大文字文正之德行學問功業根柢悉在其中同時名臣名儒及一時兵事亦具見其中中堂許在津先刻使海内慕文正功業者知其本原之所在甚盛舉也謹速抄寫並函告摯甫屬其以彼所有校補之然後奉上承命作序義無可辭惟文正偉人其文亦卓然自成一家但存目錄不作序尤為大雅宗誠近來文思淺拙恐不足承盛意也至神道碑乃金石體非高古嚴重創言造句不足以稱此體而銘詞尤難宗誠之文於發明義理考正古書紀載忠孝節烈稍有一得之長於金石體銘詞未能簡古蓋八家中亦惟韓

歐王三家爲盛三蘇則皆不能矣近時則望溪惜抱梅百言而外惟文正公於碑銘詞獨有千古超出三家之上宗誠實無能爲役也明友中近惟張廉卿吳摯甫可任此事望中堂函屬廉卿擬作必能有佳文上稱鈞屬摯甫亦可令其擬作宗誠非畏難取巧實自知不能不敢冒昧承命也

復本州

敬稟者卑職前奉憲札並粘批示呈詞及供單以卑縣民人王永清復赴憲轅翻控王二磨頭一案押發到縣飭合會同委員集訊詳辦並嚴究唆使之人仰見憲台朗鑑冰懷無微不燭莫名欽佩卑職當即票傳被告據地方供稱王二磨頭于結案後即已遠出求食王永清

早已知之當令王令永清取保歸候飭令王二磨頭之兄出外尋找尚未回籍一時難以審辨實深惶恐惟卑職下情有不能不縷陳者此案卑職於王贊清去年九月初八日呈報後即簽差將王二磨頭帶至屍場初九日親身往驗已行四十餘里乃王永清先令地方攔驗不允繼又與其弟王贊清親身奔至道旁跪阻車前謂其弟挾嫌妄控其女實是因病而死不願裸身露體已自棺殮甘心具結無事卑職又不允旋托伊親隣生監三人代為乞恩卑職以屍叔呈報本有可疑尸父攔驗例應俯准因集原被訊供乃言其弟王贊清曾受王二磨頭毆打故爾挾嫌而王二磨頭以族弟欺族兄亦屬非分故各加責懲當堂結釋事隔六月乃王永清忽又

砌詞憲控卑職又傳案訊結伊俯首無詞繼又翻控其刁狡詭詐之情憲批歷歷如見固已難逃洞鑒矣卑職統查其呈控三紙供詞一紙情偽顯然斷難任其架誣而墮其牽累無辜之罪計謹一詳之縣控是王贊清呈詞王永清未到初次州控王永清乃稱係自身縣控其誣一也縣控稱三月十六日王二磨頭強姦初次州控忽稱九月初五日強姦其誣二也初次州控稱九月初五日強姦二次州控又不言月日但供稱受孕尋死等情果是三月十五日真有姦情何以縣報初詞不言受孕又何以州控忽改稱九月初五日強姦是日即已身死何能受孕其誣三也且果是三月十五日強姦何以當時並無人聞喊叫之聲亦並無有裂膚損衣之

伊女當時何以不告其父母直至八月病重始告其母又何以其母不即告其父直至死時始告其父又何以其父不即控告直至四日後始令王贊清呈報其誣四也且強姦不能受孕則非強姦其誣五也王贊清縣控呈稱病死王永清攔驗亦稱病死何以州控添出王二磨頭兄嫂妻女謀害斃命果爾則初詞何以不言果爾又何以親身攔驗何以不待詣驗即行殮殯又何以具結自認挾嫌聽將王二磨頭當面結釋其誣六也且果有冤抑不應親身攔驗而州控乃捏稱袁玉林等朦朧縣主當未嘗驗明明伊兄弟叩首馬前慟哭攔阻當時並未見有袁玉林其人在場生監三人中亦無袁姓其誣七也且果有冤抑不應到半年之後始行翻控其誣八也

初次州控辯自己攔驗隱瞞不言二次州控供詞忽稱經人原處因關顔面是以求縣免驗則求免驗真矣求免驗是真何以於半年之後忽求檢驗其誣九也三詞二結並未言及受辱忽于憲台提訊稱係受辱既是受辱身死又何以自求免驗何以至今方言其誣十也呈報者屍叔求免者屍父自當以屍父之言為信准免之例律有明條奈何求免者屍父求檢者又屍父也卑職以意測之其女與王二磨頭有無姦情或與他人有無姦情固不可知即有辱無辱亦不可知乃王永清始也自不呈報而令其弟呈報又不呈明各情而但云强姦病死又不即時呈報而淹遲四五日始行呈報報案之後又復親自攔驗其中不無訛詐之事其始之不自

呈報而令其弟呈報者蓋即留自己為攔驗之地也卑職初入仕途當時不能洞見其奸巧亦以存心寬厚以為尸父既已攔驗何必定將閨女裸露而不謂其半載後復另行翻控也伊今知王二磨頭遠出求食故牽連其兄嫂妻女又牽連當日攔驗具結並無名目之人蓋明知王二磨頭一時未能到案欲圖添傳餘人以肆其訛詐餘人之計卑職斷定王永清既于當場已懇免驗不應半年以後復行請驗卑職既已照例准其免驗即不能因其翻控而為之開檢惟有再傳王二磨頭集訊王二磨頭不到斷不差傳無辜餘人以從其訛詐之欲而墮其姦巧之計此案恐一時難以詳銷卑職一人之過一人當之欲請憲台將此案仍發卑職訊結不

必添委南宮以致他人受累實為德便是否有當伏候尊裁

尚可相機酌辦文集不再提之矣

復李中堂

敬再稟者前奉鈞函以曾文正公事迹既有江皖鄂督撫三疏宣入史館不必重複諸省祠事各有主者不宜攙越仰見盛德謙沖非下愚所及惟宗誠見直隸各縣名宦祠如李文貞于清端方格敏皆祀合省州縣名宦祠以其德澤在一省也文正公東南之功固已昭著矣而其總制畿輔兩年察吏安民舉賢黜貪吏治為之一變立清訟章程一年內結積案至二萬七八千有餘立查班管法合省少濫押者不下千百人大順廣之災委陳芴秋李勉林等親查親散宿弊一清民沾實惠整飭練軍略用湘軍之紀律分鎮

要害馬賊之患漸除即如去年直省水災賴憲台盡心籌畫民少
流亡而文正公已在江南尚哀憐舊部窮黎設法籌捐至數十萬
以資賑散毫無畛域之見此自來督撫所未有也非抱天下一家
已溺已飢之心量者何能如此直境之民受其德而不知即宗誠
亦尚有不盡知者憲台何不專以此種事迹奏聞請祀直隸省城
及各府縣名宦祠亦所以補三疏之所未及是否有當伏候鈞裁
再文正公集四疏一檄皆公全體大用之所在但恐人言敬陳君
德一疏奉旨留中及檄文中有天主教字樣似不可刻此流俗
之見萬不可聽檄文乃謂粵賊非指西洋留中之疏並無有指斥
之語既可以直告於　先帝又何不可播告於天下後世宗誠反

覆籌量定爲此本伏維明察

〇復李中堂

敬稟者竊宗誠前以自知才拙不能承辦學憲考差稟求憲台札調回轅另委能員接署以便辦理而宗誠亦可藉爲稟請開缺放歸之計乃蒙憲台手書未允殷殷勉留曷勝欽感惟宗誠下情有不能不縷陳于中堂之前者查各直省學院考差府城皆首縣承辦直隸州皆係各屬縣派費由本州自己承辦即直隸深定趙諸州皆然冀州向例亦是如此良以直隸州無同城屬縣故與府城不同且州中自辦則土地其土地也吏役其吏役也人民其人民也工作其工作也呼應既靈不敢訛索外縣承辦則吏役呼應不

動工作索值甚高卽尋常扛抬民夫與夫寸土尺木亦無不肆其訛索且不但辦學署之差卽本州一出一入亦無不數十人來索工食瑣細煩苛多所掣肘卽鋪墊一切本州自辦則可存爲交代不過歲有添補若外屬承辦先須花此項數百金將來卽棄之無用之地故在本州自辦則省費甚多在外屬承辦則耗費甚多此其難者一也本州自辦則屬縣所派之費向有舊章不敢不速行批解卽有滯緩可以委員坐提再不急公可以稟請撤任或事前不能解齊事後亦可追繳公費必不致多有虧缺本州亦必不致多所虧累若屬縣承辦催之不應守提不能稟請本州委員往提亦只奉行故事空文塞責事前既難應用事後更難追取出款較本

州自辦加倍之多進欸較本州提催加倍之少此其難者二也且
外屬承辦則州城分州之委員科房之文書必皆視為奇貨須外
屬為人圖通善于與之交結以盈其欲而遂其私然後可以稍效
其勞若稍不如意不但不為辦事反從中作難搆結為害者有之
肆為謗訕者有之宗誠性情剛直生平一毫不肯苟且唯阿豈能
與若輩為緣此其難者三也況　朝廷命官各有職守州曰知州
縣曰知縣分城分地各有攸司府城首縣承辦以地其地也民其
民也承辦差事本其職也況雖承辦差事而縣中之縣仍然可以
照管職守仍然可以兼盡若州城外屬舍本縣之職守而為本州
辦差既非同城又非首領殊非　朝廷設官分職之本意離本縣

地界二十餘日辦差州城設本縣有要案其何以處況此地冬間尤需日日在鄉巡查盜賊督率值更離城外出有害民事其難者四也宗誠欲乞中堂定一章程飭冀州院考仍照舊例與各直隸州一律歸本州承辦各盡職守不派外屬此固天下直隸州所同亦直隸一省直隸州所同不得冀州一處獨異也請復舊章以還職守如本州統体稍尊自可委分州及一切委員代為奔走辦事不慮無人本州自辦則進款易於催提出款可以節省如向來公費不足不妨加派屬縣以足之如此則綱舉目張眾擎易舉用度不愁無費一轉移間事固無難為矣

再稟者宗誠檢查舊卷同治元年前冀州知州丁牧札棗強縣以

案查州城每逢學憲按臨考試需伺應一切差務向由州屬五縣
輪流承值道光伍年議改歸南宮棗强輪流供辦四縣津貼銀兩
咸豐四年因署南宮陳令情形生疏恐有舛誤由州代爲辦理同
治元年恭逢　東陵大差地盤支應輪應本州承辦計考期正當
大差之時不克兼顧始復稟請改歸南宮辦理然自咸豐四年實
有因陳令情形生疏改歸州辦之舉後因　大差事重難以兼顧
始復改回兩縣宗誠情形生疏事同一律總求中堂委曲成全或
不肯改舊章則惟今年一次請本州委員代辦核定應需公費若
干除照向章四縣津貼由州催提支應外示明以文應貼若干宗
誠應解若干必不敢推諉宗誠今年精力日衰一日起早則心氣

虛耗下午則目光昏蒙燈下不能看字昏昏欲睡行走不及數十武即腿酸腰痛實在不能勝伺候奔走之任無可如何伏乞垂鑒下情實爲德便

稟候補道葉

敬稟者卑職到任以後錢糧正欵雜欵以及留支中文武代辦各欵向來人所不解留交代作抵者卑職一律清解分文不欠即各衙門攤捐之欵一奉明文即無不速行批解惟前任欠欵既未准移交斷無力爲之代解耳至應領之欵如養廉及代發佐雜養廉以至雩祭因衣因糧等項銀兩一概未領無非自已節省以本地進欵盡歸公用而已所以然者爲易退之計也惟有同治十年十

一月十三日奉到本州轉發前藩憲札文派捐雙批硝斤銀二百
兩卑職當即於十二月初一日援照成案稟請前藩憲扣卑職同
治十年本任養廉飭發未奉批回本年四月十六日復申詳新藩
憲請示批回以便遵照仍未奉到明文不知何故無所適從竊以
養廉是卑職應領正欵硝斤是上憲派捐之欵請以養廉扣發攤
捐理無不可卑職一介寒儒事事竭力辦公斷不留一錢為子孫
計然正項養廉不能抵攤捐之硝斤則卑職實無生財之法可否
仰祈大人從旁代請藩憲速發批回以便遵行

稟本州李

敬稟者七月二十八日接奉鈞札飭解州城信都書院經費銀兩查

此項銀兩為延請山長培養文教之用自應照數起解卑職於文教九所盡心即如卑縣向無書院亦向無經費卑職去年到任以後即每月捐廉在明倫堂月課一次在署内覆課一次今年又捐廉在署内修理閑房七八間為每月考課之所親為批改文字講解作人之道賜以酒食賞以書籍一月不間每次至七八十人刻印孝經小學　聖諭廣訓直解　上諭十六條附律易解孫夏峯先生北學編張楊園先生經正録陸清獻公治嘉格言朱子童蒙訓至數千部遍散各村數百塾師及縣考數百文童每下鄉遇紳士皆送書教訓以期士習之端民風之厚豈有州城書院經費不解之理惟查逐年積欠各前任並未移交無憑代解至本任應解

之欵卑職屢欲批解乃州城自去年至今並未請有山長到館亦未曾開課教士所以不願批解以置之無用之地耳卑職自幼讀書本無欲仕之心即至今亦無一貪官之念不過為賢相知已推薦出山地方進欵自應為培養地方之用凡本任攤捐之欵無一不奉文截日即解曾不以私害公以利為利此欵一俟憲台何日有請山長到館開課實在培養士子振興文教卑職即將本任應捐之數首先按數全解決不遲誤至當鋪生息欵項自應不問有無山長果否開課照例催交已遵札差催矣

稟州憲

敬稟者七月二十八日接奉憲札據卑縣監生李安石上控鄭七

老虎偷竊一案其中情僞已蒙憲批洞鑒案查前卷七月初一日有鄭興即鄭七老虎喊控李八誣良捆縛訛詐驗有捆縛傷痕當即傳地方查問旋于初三日鄭興呈稱李八即李安石誣賴偷瓜捆縛毆打叩懇訊究又旋據監生李安石呈稱鄭七老虎屢次偷竊瓜田叩懇傳訊一案究各等情即日到案據鄭興供稱伊有地四十畝家口五六人頗足衣食豈有偷竊北瓜之理且與李八同村居住李姓戶大鄭姓只五六家去年李枝賴稱偷伊麥子訛錢三千文今年六月二十六日晚身赴地看守高粱由李八地北頭經過李八賴稱偷瓜將伊毆傷捆縛着身子給伊京錢一百千方可無事幸賴嚹正將身放鬆始得脱逃喊稟據李安石供上月二十

六日夜間被賊竊去北瓜驚覺追獲認係本村鄭七老虎並伊子
鄭二當將伊口袋一條並北瓜奪獲經地方驗明伊托出宋立德
劉億貞說合暗行來城誣稟據地方供鄭興實是種地三十餘畝
李八捉獲鄭興據說是鄭興偷瓜有瓜為憑據鄭興說是看高粱
走伊地北頭並未偷竊身未目見無從知其孰真孰偽李八說要
罰錢是實身說叫他擺酒席李八允許鄭興不允赴案喊控卑職
當驗北瓜大小六七個不過值數十文且瓜蒂皆是刀截齊整如
果鄭興所偷何以既獲鄭興並無刀據其情可疑又驗鄭興手上
尚有捆縛痕跡因兩相狡賴黑夜無外人目見皆難憑信但以理
斷之鄭興有地三十畝又係獨姓住在李姓大戶村頭似無偷竊

数十文北瓜之理惟黑夜之中行走瓜地縱非偷窃難免看瓜人疑心況據地方供稱伊到高粱地看守莊禾並不應走李八瓜地之內當將其掌責数十以示懲警鄭興黑夜行走瓜地李八捉獲原無足怪惟既捉獲果真偷窃理應交地方送案何以私行捆縛数目說合罰銭雖鄭興供稱要銭一百千了事未必真有如此之多而勒令罰銭了事之說地方以供明李八實有此事既是鄉隣當講鄉誼縱真偷窃北瓜贓僅值数十文亦不應私自捆縛多罰銭文何況偷瓜並無外証瓜蔕有刀截痕跡並無刀據而捆縛数日不送官訊究私自索罰難保無誣賊勒罰之情事且刑罰係朝廷大法獲賊送案則可也私自捆縛以勒罰即屬真賊亦係非

若不[illegible][illegible]恐人人效尤釀生事端

分妄為何況在疑似之間亦將該監生飭責以警藉戶大丁多欺壓鄉鄰之習勸其以後永敢和好無得尋仇挾嫌即於本日各具結歸家安業準情酌理毫無偏袒亦毫無輕縱即鄭與真屬偷瓜值錢數十文例亦不過責懲數十而已何為復行翻控況查伊二人縣控呈詞及供詞並無壯頭顧太平姓名卑職並未發差顧太平全屬無干何以州控忽然添入兩造呈詞兩造即時過堂平情度理訊明具結何謂堂訊逼令具結顯是誑詐不遂藉圖上控拖累且以五六北瓜先既捆縛索罰今又為此小事上控其非安分之人可以想見卑職擬再傳訊案不存成見一秉至公以副憲意

復李中堂

叅疑是際

敬稟者竊宗誠以迂腐之才上承知遇本擬新正晉省恭叩年禧
敬聽鈞誨乃昨奉到首府縣函告以憲台體卹末吏不令外州縣
晉省務實政而黜浮華曷勝欽仰宗誠自當仰遵德意且宗誠屢
奉札飭開局修志曾經延請紳士兩次籌商叅兵荒之後地方瘠
苦無款可酬隣縣如武邑衡水皆係按畝派捐宗誠又不願為此
以累貧民且紳士亦無有博學多聞熟于掌故者亦無有能文章
知體例足備纂修者宗誠因親身遍村採訪並飭書吏檢卷細核
公餘抄纂已有眉目現在封印後訟案毫無大可乘此空閒將嘉
慶八年以後事分門別類編為續志其舊志體例甚善板尚完好
可以不動庶幾功省而文簡又擬將憲頒續修通志條款按款詳

明一一申復以備省志局之抹擇其例不入通志者即可省文不錄凡此皆必宗誠親自編纂無人可以代勞今得中堂體卹不令晉省庶幾省往反酬應之繁文為徵文考獻之實事實為德便

再稟者宗誠應接程廾牧交代程牧于今年僅交伊本任前任之案並未統交而其本任之欵不但分文未交並以濫欵相抵宗誠斷不能受如伊以留支預發役食作抵則預發所餘剩之銀三百餘兩自應照舊章列入交欵而不列交伊前年承辦科考為武邑衡水南宮墊用四百餘兩宗誠屢移文問武邑衡水南宮皆不復一字三縣既不復則是不認此欵也三縣既不認自當歸程廾牧自行清理而伊必欲列抵交代之後宗誠將來必交不去凡此兩

大宗七百餘两宗誠何能為之賠認所以不能受其交代伏求中堂于程牧晋省謁見時面飭其持平交代無得故意狡展實為恩便

稟李中堂

敬稟者明年春 皇上親政普天同慶想必有浩蕩之 覃恩及于四海意中堂必將入覲天顏且必有大猷遠謨贊襄 帝德以新天下之耳目振天下之人心非庸愚小臣所當與聞者惟管見所及不揣僭妄冒昧陳于中堂之前惟裁察焉竊以同治元初

皇上御極之時正天下擾攘之際未及十年海宇澄清廓然成中興之業凡文武勳臣克復一省城肅清數千里者莫不上承 天

眷封以五等之爵惟胡文忠公力爭上游克復武昌籌兵助攻江西親帥兵進圖安慶其時尤難其功甚偉而不幸薨於金陵克復之前未得與封爵之賞今 皇上親政之始似宜首請加恩從前文武功臣及死難忠臣以勵臣子貞一之志而胡文忠一人尤宜請與各勳臣克復大省會者同膺爵賞褒故臣之忠正所以砥純臣之節此古人所謂千金買駿骨也在 朝廷行之足昭崇德報功之典在中堂言之亦足見推功讓能之心此所欲陳者一也 朝廷之上第一難得忠直之臣知無不言言無不盡雖其所言未必盡可採用而為人臣子能于 國家之事盡忠竭慮不求名利專懷以討安 社稷為心實可為人臣之法宗誠竊見咸豐時王子懷

侍郎奏議四冊凡　君德人才兵事財用無不殫思竭忱反復盡
言今　聖主親政似宜首請　加恩從前忠直之臣以勵臣子敢
言之氣凡如王侍郎者似宜奏請特恩賜謚並以其奏議事跡宣入
國史館立傳以垂型後人此雖部臣之職非疆臣所宜言然中堂
今日雖為疆臣而實則首輔固無一事不可言者此所欲陳者二
也方今天下禍亂雖已肅清而非講求吏治人才無以清亂源而
立治本現各省大吏固皆簡用得人而從前賢大府如閻丹初侍
郎沈幼丹中丞皆精于吏治勤求民隱似宜奏請　特旨召用以
獎賢良其他中堂所深知者似皆可密陳之庶盡以人事君之義
並請　皇上宣諭天下督撫明保循良以端風氣賢臣濟濟于上

庶吏治蒸蒸人才日出而治道可久矣此所欲陳者三也自古治
世之道以厚人倫美風俗為先欲厚人倫美風俗莫如抑奔競利
祿之徒而崇敦倫飭紀之士書曰旌別淑慝表厥宅里樹之風聲
者此也前年曾文正公督直隸設禮賢館以延訪士子意甚善也
惟司事者不得其人所舉者未必盡賢而真賢未肯自就甚孤德
意以宗誠所見直隸士子大抵樸陋者多有學者少惟深知足為
士林矜式者四人新城王振綱進士壯年高第篤志養親者三十
餘年不求仕進溫恭篤厚仁孝性成實足為人倫之師表樂亭舉
人史夢蘭幼孤好學守節母之教年二十餘登科後節母不願其
出仕即仰承母志讀書孝養數十年頃刻不離左右博學多聞文

科卓著深澤舉人王肇晉亦少年登科不求利祿事親至孝凡弟
四人相師友極其友愛尤好為善舉義行一門仁厚著于閭里其
學問博洽而于正經正史大儒之書尤能穿穴洞臾心體力行廣
平進士武汝清登第甚早亦以母老不戀仕途教授于家孝養終
身其為人守正不阿頗著風節是四人者洵直隸士子中之賢者
也中堂如能表揚其孝行奏請加賞京銜以旌揚之似亦激揚人
心之一助並請 詔各直省大吏皆勤加訪求以振士氣尚厚風
俗此所欲陳者四也 列聖登極皆有豁免積久錢糧之宏恩查
積久錢糧在貧民者斷難征收徒授胥吏追呼之柄需索之資而
實無補于 國計可否請 皇上普行豁免同治十年以前之錢

粮[糧]雖于民間無大實濟而普[普]天之下究無不歌頌　皇仁于無疆矣此所欲陳者五也迂拙之見知無補于高深然泰山不讓土壤河海不擇細流惟中堂裁之

再中堂創修畿輔通志不但徵文考獻足脩[備]一省之掌[掌]故而實事求是誠亦治世之宏規惟宗誠有欲請于中堂者查直隸前賢遺書如劉文靖楊忠愍鹿忠節孫夏峯魏敏果諸賢之集板本尚存亦皆寬[完]好書坊中尚易訪求惟高陽孫文正公集精忠大節奇謀偉略具載于斯而板本漫漶多[多]所[所]残[殘]缺陸清獻公在靈[靈]壽[壽]所修靈[靈]壽[壽]志文簡而法當議論尤精確醇實比于[之]康對山之武功志幹[韓]即[五]奇[泉]之朝邑志尤爲有益世教其在靈[靈]壽[壽]爲諸生講書[著]松陽講義四

册實足發明朱子集註字字精確于學者極有益二書亦皆漫漶
書坊難得其本欲請中堂刻通志之時多籌費四五百金將此三
書俱合局員校刻以惠後學實為德便

上李中堂禀

敬禀者宗誠前年到任之後查理　文廟祭典神位之未立者補
之紊者正之壞者修之祭器祭品之苟且簡者整之惟近閱去年
中堂所
憲賜續天津縣志內載同治四年詔先賢散宜生閎夭從祀查東
强　文廟並無二公神位飭吏查卷亦並未章奏有札飭明文宗誠從
前亦未聞有此事竊思散宜生前　孔子數百年之大賢論理不
得從祀　孔子之廟庭則有一散宜生耶而閎夭雖名臣然不如

諸葛武侯陸宣公韓范司馬李忠定亦不似應從祀奈無卷可查
究竟係續天津志錯誤抑畢縣漏未奉文此典禮所在未敢疏忽
伏祈憲台飭房檢卷一查如有其事乞飭吏抄錄原奏及部議並
奉諭旨等件札飭畢縣敬謹遵行如無其事亦乞札飭天津
縣將志書更改

稟李中堂

敬稟者前月蒙批以曾文正公集寄吳清卿在都付刊嗣後黎尊
並寄到江蘇刻本較宗誠所編輯多二十餘篇而宗誠編校之本
又有八九篇為彼本所未載者合之則為文鈔之全本矣今特另
編一目錄抄呈鈞覽並請以江蘇刻本合此目錄俱寄清卿照所
編之次增入付梓乃為完善且請清卿不可移易次序是為至要

曾公奏議自必單行故江蘇本不載不知此四篇與他疏不同他疏皆為一事而設此四文則文正公終身勳業皆從此發揮而出者也是真本源之所在又其文字高古可比漢唐大家與他官文書體不同故特以冠于集首不可去尤不可增益編書須有體裁有斷制此四文乃公在京時之文若增後來辦兵時之奏疏不特美不勝收亦失斷制之義矣去之則但成文人之集而失其全體大用之宏規亦非編書之體也至他雜文江蘇刻本皆隨便裝訂毫無倫類竊觀孔子編詩書孟子編七篇孔子門人編論語皆有次第義例可循是以一部書直如一篇文字皆有統紀義理接續血脈貫通朱子編小學近思錄孟子要略二程全書皆然宗誠

編此集亦本此意宏綱細目皆有層次從首至尾覽之而曾公之
全體大用德行學問功業文章本末始終瞭如指掌宗誠於考試
仕宦誠不在行至讀書閱文編纂古籍則有一得之長况爲中堂
編次曾公之集尤不敢不斟酌盡善以成定本伏惟鈞察

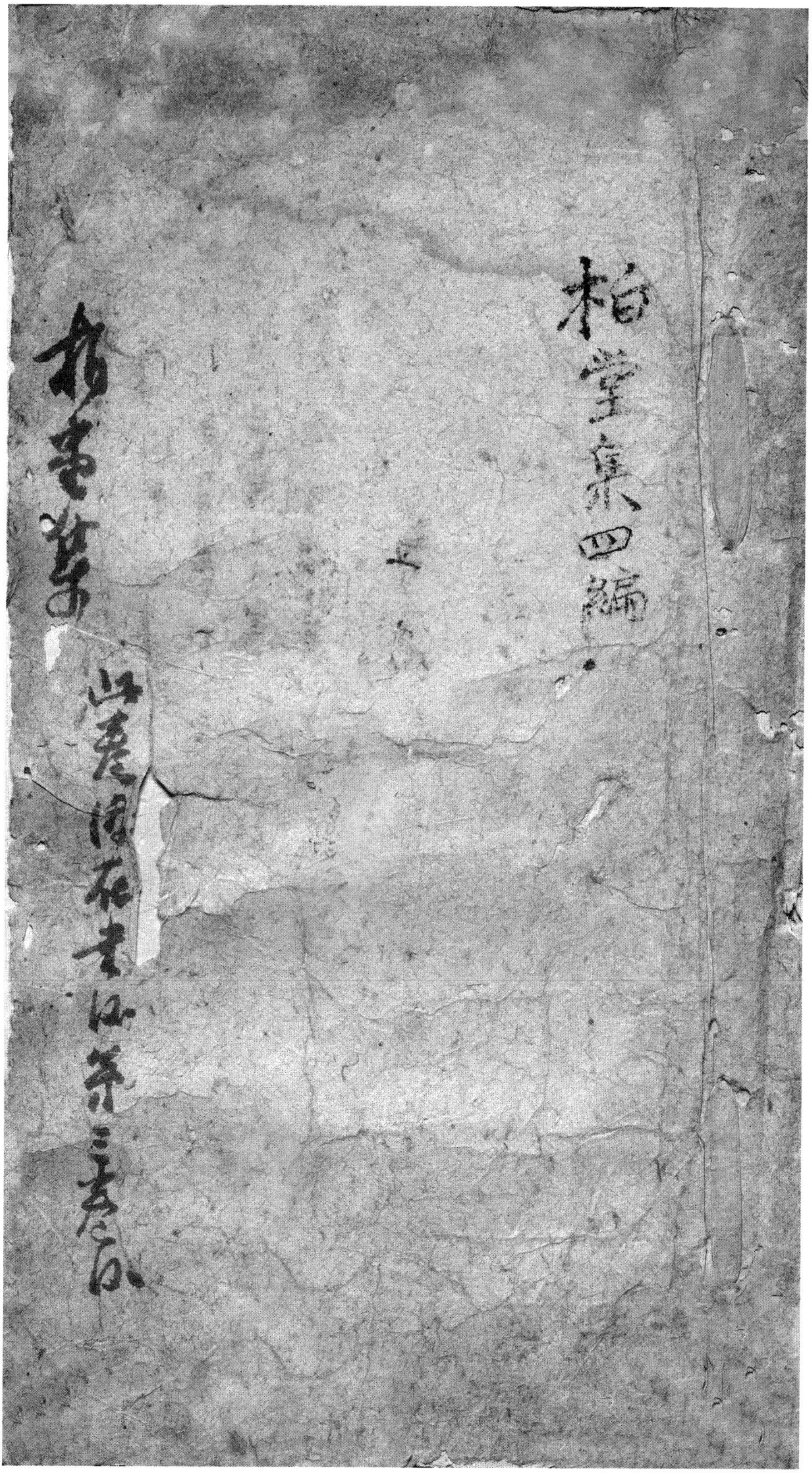
柏堂集四編

捧讀

大著七篇共三義皆與鄙說相同見理

既明而發揮更極透澈洵足補

先賢之所未備夫何間然

弟張承華拜讀

主御
總幾黎
聖勳
敷翊遠祐
益崩
起逮

柏堂集後編卷第一

繼統論上

天子者代天理物者也三皇謂之皇五帝謂之帝三王謂之王亦稱天子亦稱天王自秦以後稱皇帝皆上主天地社稷宗廟百神之祀而下以臨御百官總理萬幾養育教化億兆黎民者也五帝以上官天下三王以下家天下官天下傳諸賢家天下傳諸子傳賢之世亦有傳子者子賢傳子即傳賢也世世傳子自禹始禹非私天下也啟賢能敬承繼禹之道而其時又無堯舜禹之大聖勳德足以服民者可以傳之禹治水之功敷于四海明德遠矣天命祐之人心歸之禹雖嘗欲傳之益及禹崩天下朝覲訟獄謳歌者不之益而之啟啟惡得而不起以承父之統逮啟之終益無聖賢可傳由是世世相承遂

法亂
聖猶法
處慮深
主
釁端
絲然
紀亦文

為萬世不易之典矣韓子曰傳之人則爭未前定也傳之子則不爭前定也前定雖不當賢猶可守法不前定而不遇賢則爭且亂與其傳不得聖人而爭且亂孰若傳之子雖不得賢猶可守法故曰堯舜之利民也大禹之慮民也深何者天子者代天理物者也必其上能主天地社稷宗廟百神之祀下能臨御百官總理萬幾養育教化億兆黎民而後可以為天子聖帝明王傳賢傳子其心皆以為民而已矣傳不當而啟爭端以害于民傳子因私傳之人亦私三代而降人心不如皇古矣傳之人則釁端多傳之子則釁端少是故傳子者萬世之常經百王之大法傳子者傳統也何謂統統如絲然縺總綿絡而無斷可續也故謂之統紀亦謂之統緒天子者生則踐祚死則入

垂　饗聞　瞍　契祐

廟故生為帝統死為廟統生得統于帝而後死得統于廟生不得統于帝則死不得統于廟是故開創者謂之創業垂統繼體守文者謂之繼統非創業垂統者不得稱為皇帝非繼統者不得稱為皇帝非創業垂統者之祖父不得追尊為皇帝是故舜格于文祖而為天子承堯之統也其于父生則以天下養死則宗廟饗之而未聞追尊瞽瞍為帝禹受命于神宗而為天子承舜之統也于其親雖曰致孝乎鬼神而未聞追尊伯鯀為王惟湯亦然書曰奉先思孝然未嘗聞其追尊祖若父為王也古之人至誠配天至孝不誣其祖祖若父未為帝王而稱之為帝王是亂帝王之統誣其祖而以不誠欺天也然則契何以稱玄王曰契相堯舜敷教明倫開萬世五常之宗天之祐商

業
興 勳
懷予
周 爵
奴以存

以有天下功德實自契始是商創業垂統之祖也故商頌稱玄王而
湯之祖若父則不敢以追王為孝此所謂惟聖人為能饗帝為其以
誠事帝惟孝子為能饗親為其以誠事親也所謂夏尚忠殷尚質者
此也至于武王滅商始追尊文考為文王周公成文武之德始追王
太王王季所以然者以三后雖未及身為王而王業之興自三后始
書曰太王肇基王迹王季其勤王家我文考文王克成厥勳誕膺天
命以撫方夏大邦畏其力小邦懷其德惟九年大統未集予小子其
成厥志孟子論太王之事曰君子創業垂統為可繼也是亦以太王
為周室創業垂統之君[illegible]然武王周公雖達孝必不敢以王爵為尊
而以不誠事其祖考故曰事死如事生事亡如事存孝之至也後世

周
斷正
竝
陽
篡莽
罰

開創之君追尊祖考為皇帝實自武王周公追王始而非開創之君
斷不敢以此為例何者開創之君與前朝雖正統相承而改姓易廟
前朝之統已絕故可溯其有天下之由而追尊其先為皇帝自立太
廟竝不亂歷代相承之帝統廟統也漢世祖光武帝當漢統中絕崛
起南陽討滅羣盜以踐帝祚雖曰中興而功實同于開創自立七廟
追尊南頓君以上為皇帝無不可者然而不行此禮何也蓋以漢世
帝統實創垂於高帝中篡于王莽已討賊而平之以繼其統不得自
比于開創之君若自立七廟追尊南頓君以上為帝則是自成一朝
興王之業而絕高帝以下相傳之統且南頓君以上本無周三王肇
基之實而以子爵父以孫爵祖微特以不誠事其親抑亦以不敬事

起陽

節侯安

淺

預 豈

安

其親不敢以不誠不敬事其親尊親之至也故先起高廟于洛陽四時合祀高祖太宗世宗繼立四親廟于洛陽祀父南頓君以上至舂陵節侯固亦可謂中禮矣繼又自以昭穆次第當為元帝後尊孝宣為中宗祠元帝以上于太廟成帝以下于長安繼四親廟于章陵于禮似未為精當然不敢奪帝統與廟統之心則固不悖于前王而可為後世法不獨此也太丁者殷湯元子太子淺父者周桓王之父未立而死則在殷周帝紀與殷周廟位中皆以太甲繼仲壬桓王繼平王而太丁淺父不得預此豈太甲不念父桓王好禰祖哉生未得統于帝死未得統于廟禮當然也明乎此而後知天子之統不可以安干非創業垂統者不得稱皇帝非繼統者不得稱皇帝非創業垂統

號　羣　亂　止　寢　謚　幾　竆

之帝之祖父不得追尊之爲皇爲帝皇帝者天子之尊號也生未嘗代天理物上承天地社稷宗廟百神之祀而下以臨御百官教養羣生則雖天子之父尚不敢尊之爲帝以亂歷代相傳之統而況其他乎是故漢宣帝以武帝曾孫昌邑王廢霍光奏請太后詔入以嗣昭帝後承祖宗子萬姓宣帝立止追謚戾太子戾夫人悼考悼后置園邑其後又追尊悼考爲皇考立寢廟而未敢追尊爲皇帝何者承昭帝之統固不敢追尊本生以亂帝王之統而陷祖父於不義也然則帝王傳統不亦重哉或曰傳子者傳統也不幸而無子可傳帝統不幾絕乎曰古之傳統有傳子有傳弟夏周傳子傳子之窮然後傳弟如周匡王無子立弟定王是也殷商傳弟傳弟之窮然後傳子如中丁

外 長正 畔傳 卿閤 明遺 憁 豫 殊 通

傳弟外壬外壬傳弟河亶甲至河亶甲無弟然後傳子祖乙是也傳子者適長子為正傳弟者母弟為正無則傳同父之弟是以禮運曰大人世及以為禮世者父子相繼為一世及者兄終弟及公羊傳曰一生一及生即世也至漢成帝無子立定陶王欣為皇太子帝崩太子即位是為哀帝宋仁宗無子以濮王子宗實育宮中後立為皇子帝崩皇子即位是為英宗明武宗無子皇太后以遺詔遣官迎興世子厚熜入嗣皇帝位是為世宗是三帝者無子可世亦無弟可及漢成預定兄弟之子為太子宋仁預立兄弟之子為皇子及崩而太子即位皇子即位名正言順則與傳子無殊明武未預立嗣子亦無兄弟之子可立由是通無子之窮而立弟又通無弟之窮而立同曾祖

殊
興獻后
聽取耶

之弟是亦與兄終弟及無殊雖無預立為皇子之文而皇太后以遺
詔入即君命也入嗣皇帝位即嗣孝宗武宗之帝統廟統也以武宗
於世繫為世宗兄不得以世宗繼嗣故楊廷和曰當考孝宗此亦名
正而言順也然則世宗者奉皇太后以遺詔入嗣皇帝位自當繼孝
宗之嗣以繼武宗之統始合于天之經地之義乃其始入也曰遺詔
以我嗣皇帝位非皇子也興獻后聞朝議考孝宗恚曰安得以我子
為他人子是豈知大義之言哉夫世宗于孝宗所謂兄弟之子猶子
也以兄弟之子入嗣大統繼統即應繼嗣非繼嗣不得繼統世宗于
武宗君臣也即興獻王妃之于孝宗武宗皆有君臣之義臣子之身
聽之君父君取其子入嗣大統而可曰安得以我子為他人子耶不

佞亂 册 孝蓋 葬

考孝宗而考興獻由是邪佞之徒乘間而入帝統廟統因之以亂以為開創乎則世宗非開創之君也以為嗣皇帝位乎則殷太甲以適孫繼統而不敢追尊其父為王漢宣以皇曾孫繼統而不敢追尊其祖若父為帝即世祖中興本非繼元帝之嗣而猶以高祖以來正統相承不敢追尊四親為皇帝以亂高帝相傳之統夫太甲宣帝世祖皆賢君也天下後世未嘗以不追尊所生為不孝也蓋孝在以義事親以誠事親親非皇帝而稱為皇帝則是不誠親非創業垂統之君又非繼統之君而稱皇帝以亂大統是為不義陷親於不義不孝之大者也孔子曰生事之以禮死葬祭之以禮可謂孝矣而況大統可紊亂乎夫天子者代天理物者也入嗣大統當以能承天地社稷宗

哀
許主
在
惟
晉陶恭
別陶
哀

廟之祀臨馭百官教育萬民為孝不當以非禮追尊所生為孝漢哀
帝不聽師丹之言天下今不以哀帝為聖明主宋英宗謙讓不敢尊
其親為皇為后天下後世多以英宗為明君蓋舜之大孝首在德為
聖人武周之達孝惟在善繼善述不在隆以虛文也又況非禮之稱
乎曰入嗣大統于其本生之祀如之何曰昔漢定陶恭王為成帝庶
弟宋濮安懿王為仁宗庶兄成弟取恭王子入立為太子而恭王無
別子乃立楚孝王孫景嗣恭王為定陶後仁宗取安懿王子入立為
皇子而安懿王自有王子即以王子宗樸嗣安懿王為濮後是固仁
至而義盡也哀帝欲隆私親師丹疏引禮父為士子為天子祭以天
子其尸服以士子無爵父之義尊父母也為人後者為之子故為所

庶

衰正既
復陶共祀
扆冕
安稱安尊
議

後服斬衰三年而降其父母服期明尊祖而重正統也陛下既繼體
先帝持重大宗承天地宗廟社稷之祀義不得復奉定陶共皇祀正
名定分聖人復起豈能易哉何者統承先帝而復隆本生是絕先帝
之統繫也宋英宗詔議崇奉濮王典禮司馬光奏以為人後者為之
子不得顧私親仁宗皇帝深惟宗廟之重于宗室中簡推聖明授以
大業陛下親為先帝之子然後繼體承祧立有天下濮安懿王雖於
陛下有天性之親顧復之恩然陛下所以負扆端冕子孫萬世相承
皆先帝德也臣等竊以濮王宜準先朝封贈期親尊屬故事尊以高
官大國妣之古今為宜中書議以濮王當稱何親名與不名王珪
等議以濮王於仁宗為兄於皇帝宜稱皇伯父而不名是亦名正言

然 喪
沒
改偁 改
爵
羊傳
衰
改
窮 辭

順聖人復起豈能易哉韓琦歐陽修以為不然修引喪服大記以為
為人後者為其父母降服三年為期而不沒其父母之名以見服可
降而名不可沒若本生之親改稱皇伯歷考前世皆無典據進封大
國則又禮無加爵之道竊以修之言似是而實不合經義也天之生
物使之一本國無二統人無二本是以公羊傳曰為人後者為之子
為之子則必稱所後者為父母矣禮曰為人後者為其父母降服三
年為期所後者何人後大宗也古者大宗無子必立其兄弟之子以
承大宗之祀故為所後者服斬衰三年同父母之服也而降其父母
服期同伯叔父之服也既降同伯叔父之服自應改同伯叔父之名
記曰為人後者為其父母期乃記禮者窮于辭不得不曰為其父母

令薄
衰
旁
尊
竝備

若曰為其伯叔父母則辭旨不明非謂為人後者仍稱其父母為父
母也仍稱其父母為父母則不得降同伯叔父母之服既稱所後者
為父母又稱其降服者為父母非二本乎既可以二本又何為降服
夫古之聖人非令人薄其所生也萬物本乎天人本乎祖家無二尊
父母雖尊不能尊于祖故後大宗則為所後者服斬衰三年而降其
所生之父母服期厭于祖也又況旁支入繼大統天無二日民無二
王尊無二上所生之父母乃所後者之臣子也是惡得而不降其服
易其名仁宗既立英宗為皇子英宗自必稱仁宗為皇父仁宗崩自
必稱為皇考濮王於義自不得與仁宗並稱為皇父皇考也稱皇伯
父而不名雖無於前世無[illegible]而實得古聖人制禮之精義王珪之議出

明
稽號耳
宜號稱
令立爲
肅後
議宜陶益
興號
正張璁

于伊川程子此程子所以純儒道之儒與時韓琦在中書上言請明
詔中外以皇伯無稽決不可稱今所欲定者正名號耳至於立廟京
師干亂統紀之事皆非朝廷本意旣而皇太后手詔中書宜尊濮王
爲皇夫人爲后皇帝稱親帝下詔謙讓不受尊號但稱親卽園立廟
以王子爲濮國公奉祠事仍令臣民避王諱嗚呼是亦可謂擇字中
擇
庸權衡至當也已至明世宗之事所不同者在未預立爲孝宗子然
皇太后以遺詔遣官迎入嗣皇帝位嗣位卽嗣統也非以之繼嗣烏
得曰嗣皇帝位楊廷和等議以宜如定陶王故事以益王子厚煊主
後興國其稱號宜如宋英宗濮安懿王故事稱孝宗曰皇考興獻王
曰皇叔父亦正論也世宗大愠以爲父母之名不可互易由是張璁

萼
改恭
太
張璁從用
於稽
共

遂上疏請尊崇所生立興獻王廟于京師繼且追尊為興獻帝后矣
又繼尊興獻后為興國太后矣然此猶不為過也乃繼則桂萼進邪
説請改孝宗為皇伯考又繼則稱本生皇考恭穆獻皇帝本生聖母
章聖皇太后矣又繼則更定大禮稱孝宗為皇伯考昭聖皇太后為
皇伯母獻皇帝為皇考章聖皇太后為聖母去本生字又繼則立世
廟章聖皇太后有事于太廟世廟于是張璁桂萼之徒皆大用削楊
廷和籍凡爭大禮者或死或貶善類為空在諸臣雖亦有執之太過
之處然止別立興獻廟于京師尊為興獻帝興獻后如漢定陶恭皇
定陶共皇后稱本生如宋英宗之稱親猶或可也乃稱孝宗為皇伯
則所謂嗣皇帝位者嗣誰之位乎去本生而尊興獻為皇帝是亂帝

楊

統矣先議入太廟後之世廟之亂廟統矣遺詔迎入嗣皇帝位原以嗣孝宗武宗之統也如□則是奪皇帝之位而絕孝宗武宗之統矣不惟身犯不義抑且致其親于不義是可以為孝乎夫商太甲漢宣帝漢世祖宋英宗不越禮以尊其親天下皆稱守成之賢君中興之令主享國久長天眷不絕漢哀帝明世宗自以為尊親至孝矣而實皆季世之君哀亂之政不□三傳而國祚遂亡後世繼統者可不以為鑒哉或曰期之喪達乎大夫三年之喪達乎天子為人後者為其父母期公卿大夫以下可也天子絕期服然則宗親入嗣大統者於其本生父母雖期服不將絕歸於無服乎曰不然天子絕期服絕旁親之期服也至於本生父母之期服乃由三年之喪而降當仍以三

卿 爵

尊

年之喪為例三年之喪無貴賤一則為人後者為其父母降服三年
為期亦無貴賤一降為期者所以繼帝王之正統降為期而不與他
期服同絕者所以安大孝之心聖人制禮之精其仁至而義盡也夫
或曰公卿以下皆得請以其官爵封贈其親入嗣大統者反不得追
尊其本生之親可乎曰公卿以下得以其官爵請封贈其親者天子
之命也天子可以封贈其臣而不可以子爵爵其父君封贈其臣臣
之榮也子爵父非所以尊本生父也且封贈其臣無偪上之嫌天子
而隆其私親追尊其本生父母則紊亂繼統之義豈聖君大孝所敢
出此哉

此篇緩寫

刪

復刪

繼統論下

我

朝自

太祖

太宗創業垂統于朔方

世祖

聖祖纘

太祖

太宗之緒復創業垂統于中夏嗣後

聖

述深澤敷

以

沖

齡卽

太餘

聖相承

父作

予述深仁厚澤誕敷中外好生之德洽于民生正統相傳至于我

穆宗毅皇帝歷世十歷年三百自古帝王仁民之德未有如我

朝之厚者也自古帝王受天之命亦未有如我

朝之篤者也我

穆宗毅皇帝以沖齡即位仰承

兩宮皇太后之懿訓任賢無貳去邪無疑命將出師戡平十餘省之

禍亂振生民于水火之中登四海于仁壽之域天下大定

龍馭上賓

興業
恢
棄薄忘

德成而不有
功成而不居自古中興之業未有如我
穆宗皇帝之恢宏者也自古中興令辟亦未有如我
穆宗皇帝棄臣民之速令薄海內外悲思不忘者也時
兩宮皇太后以我
穆宗皇帝未有儲貳降
懿旨以醇親王子承繼
文宗皇帝為子入承大統為
嗣皇帝俟
嗣皇帝生有皇子即承繼

猝人震通 揞義 起 資 蓋號 取 魯衛

穆宗皇帝為嗣我
兩宮皇太后當大故猝乘不震不驚通經達權知明處當執兩用中
揞天下于泰山之安所謂協于義而協則理雖先王未之有可以義
起非
聖哲之資神明于古帝王制禮之精義烏能權不違經變不失正如
此哉蓋禮有世統有廟統世統者生倫之序也廟統者人君歷數相
授之次第也國語曰工史書世則取生倫之序而書之如虢仲虢叔
王季之穆魯衛毛聃文王之昭之類是也又曰宗祝書昭穆則一以
人君入廟之先後為次第如桓王繼平王則祖為昭而孫為穆定王
繼匡王則兄為昭而弟為穆孝王繼懿王則兄子為昭而叔父為穆

號

亂
羣次
興
矯旨

夷王繼孝王則從孫爲昭而從祖爲穆一昭一穆無敢紊亂若是者
何也則以古者天子七廟三昭三穆無論兄弟羣從倫次不齊而一
限以四親兩祧之世數
穆宗皇帝承
文宗皇帝之大統十有三年以繼體之君爲中興之主而未有儲貳
兩宮皇太后矯明世之失明降
懿旨以
嗣皇帝承繼
文宗顯皇帝爲子入承大統蓋以生倫之序當繼
文宗之世統以人君歷數相授之次第當入承

卿殊

主

穆宗之廟統侯
嗣皇帝生有皇子即承繼
穆宗皇帝為嗣蓋以生倫之序當繼
穆宗之世統以人君歷數相授之次第當承
嗣皇帝之廟統古無有繼嗣繼統之分非繼嗣者不得繼統非繼統
者不得為繼嗣天子之繼嗣與公卿大夫士庶人殊公卿大夫士庶
人繼嗣者主其祀也天子則惟繼統者得主其祀苟非繼統又何取
乎繼嗣
嗣皇帝令承繼
文宗皇帝為子以承

勳

穆宗皇帝之統將來
皇子生承
穆宗之嗣者即承
嗣皇帝之統承
嗣皇帝之統者即承
穆宗之嗣
嗣皇帝以一身而承嗣即承統將來
皇子自必以一身而承嗣即承統
兩宮皇太后之懿旨固如日月經天江河行地亘萬世而不能變易
者也伏讀邸抄光緒五年吏部稽勳司主事前河南道監察御史吳

奴
慮惱
攷明會

可讀以一死泣請
懿旨預定大統之歸其憂深慮遠杜漸防微之心可謂忠且篤矣惜
其於歷代傳授之典故多未考明而誤會我
兩宮皇太后前此之懿旨也自古天子無立嗣之事立嗣者皆為承
天地宗廟之統而代天理物者也
懿旨以
嗣皇帝承繼
文宗為子入承大統承
穆宗之統非承
文宗之統也雖

會
宜申明

穆宗之統即
文宗傳授之統然
文宗之統已有
穆宗承之矣
嗣皇帝入承大統特以倫次當繼
文宗不得曰大統受之於
文宗也若以爲承
文宗之統則
穆宗皇帝十三年之大統前何所受後何所承乎此吴可讀之誤會
懿旨之所宜申明者一也

卽

懿旨俟

嗣皇帝生有皇子即承繼

穆宗皇帝為嗣承嗣者承統也非有二也然承

穆宗之嗣者當承

嗣皇帝之統不得曰承

穆宗之統

穆宗之統已有

嗣皇帝承之矣若曰承

穆宗之統則

嗣皇帝所承今日之統又將何所承乎夫

明 會 宜申明 預 郎 守

嗣皇帝今日之大統

穆宗之大統也將來皇子繼

穆宗之嗣者即繼

嗣皇帝之大統者也是爲天經地義不待言而明者也此吴可讀之

誤會

懿旨上也我所宜申明者二也

朝世世相承皆不預立儲貳

懿旨但言俟

嗣皇帝生有皇子即承繼

穆宗皇帝爲嗣而不言大統之歸者守

法朙　最法變

歷聖相傳不預立之法也然自古天子之子有不承大統者矣天子
所嗣之子未有不承大統者也是又不待言而明也此吳可讀之誤
會
懿旨立也我　所宜申明者三也
朝最重
法祖
列聖皆不預立儲貳此萬世不可變之大法也前者
兩宮皇太后懿旨俟
嗣皇帝生有皇子即承繼
穆宗皇帝為嗣此亦萬世不可變之

聖
懿旨也我朝
聖聖相承皆子以及子
嗣皇帝生有皇子承繼
穆宗皇帝爲嗣將來即承
嗣皇帝之統
嗣皇帝之統承于
穆宗皇帝承
嗣皇帝之統即承
文宗
穆宗以來相傳之統子以及子孫以及孫亦萬世不變之大法不待

愛

重言而明者也吳可讀乃以死泣請非誤會前此之
懿旨乎雖然憂深慮遠杜漸防微不愛其身而愛
君國洵可謂忠篤也哉洵可謂忠篤也和

此本似未甚脱为可为学人诗，此种之所为不可入诗其中佳处
前法者可採者收另抄出录存集中，余图之为其
不必入集可不入是为 详此二字见于子书之集
然按管子云云，今之集字可古人集字也
又似宜从俗为何用详审二字为宜应从古
以又如古事 且未可表明我详审萧例 如可用
详审为可 余可细查 又集以好用为宜
又集读合二将之要任 入集须再说亦不可
今各有二章再可不存
山中集二字未实 宜删净

柏堂集後編卷第

議狀

上李中堂議草訟累盜賊諸弊政狀

敬陳者宗誠作令五年深知民閒之疾苦第一莫患於訟累第二莫患於盜賊訟累之害有三一則原被告喜牽連多人二則差役傳案入城稽遲稟到勒令供應飯食往往破家三則男子輕於拘押班管婦女輕於押交媒婆凡此三者皆由州縣官不親身收呈當堂批判之故蓋民閒呈詞多由訟師及代書所作其中作僞之情節牽連之人名皆訟師代書教唆亦或有差役教唆者官或委典史收呈或由承發房門房傳呈或至夜晚始

盤 幕

良 被 機

熟

牽

被

蒙

收呈官未見訟者之面細加盤詰但判日期送幕友批示而已幕友但據呈詞加批簽票往往誤准誤傳亦或有當准而不准當傳而不傳者批判一語誤則姦民訟師更生其巧詐之術而良民遂被害無窮矣夫小民初見官府時尚不能機變百出也但令官每放告收呈之期必於上午親身收呈細心研詰觀色察言則訟者於訟師之語尚未熟記代書之詞尚未周知往往與呈詞自相牴牾而眞僞可辨其五六其情節雖眞而牽連之人名又細加窮詰然後當時批判准駁其准者非要被要證皆親筆塗銷於是傳案之人少而牽連者蒙其福矣且傳案之人少則差役不得藉詞延宕按地里遠近定日到案屆時不到即

責懲之一到即訊一訊即結於是差役需索之害減矣至拘押班管必係賊盜姦拐鬭毆重犯拘押婦女必係因姦致命之犯其餘尋常案件皆不宜輕於拘押男則住店婦女則令其家人照管候訊而已若輕押媒婆喪廉恥而壞名節其竊害無窮然欲弭此害非州縣官親自上午收呈人人躬親審視事事躬親考察難除其弊可否請中堂通飭各州縣遵辦以惠小民有不遵飭實行者嚴行參撤風氣庶幾可轉其盜賊之害亦有二一則北方賭博風盛洋煙暢行集會期多無業游惰之民趂集趂會與外來游民羣居聚處互相起意由是人少則相與爲竊盜人衆則相與爲搶劫是賭博洋煙即盜賊之根株也夫洋煙至

今日洵難禁矣賭博之禁亦有所難蓋州縣官止一人之耳目而同僚如典史汛官往往藉賭爲生各村各集聚賭兩人皆有陋規爲之包容及州縣官察知往拿而伊二人已通信知會矣其未與伊二人陋規者又往往藉查賭下鄉拘拏平人以遂其訛詐之計而眞賭者反不問焉此賭風所以熾盜賊所以多而良民所以受害也一則捕役獲一盜賊必先令其誣扳多人或曰同夥或曰窩家或曰買贓其實眞者十不一二官如不傳卽通知事主令其控告致官有不能不拘傳之勢及一傳到大半良民官之明者及時審釋而民所費已多矣何況再拘押乎是賊所盜者止一家而被誣扳者數家或十餘家其破費家資與

解 旅 貴 窮 切 臬

被盜等甚且有過於被盜者矣所以然者差役解犯赴州赴府赴省花費甚多如府州與省中過堂無期則不但旅費甚多又加以各署書役之需索此項各省通例皆由差役賠累州縣官向不自發此差役所以不願拿賊懼其累也否則拏賊必先令其多扳固屬詐贓亦爲解費計是惟州縣官與差役約獲盜重賞不獲重比至解府州解省之費皆官自任之不令伊等賠累而賊有誣扳者必先容詢其人家資之多寡與其平日之良莠然後分別或傳或不傳而重責誣扳之賊是亦安民之一道與可否祈中堂通飭各州縣嚴治捕役教賊誣扳之罪而重其獲賊之賞至一切解費皆由州縣自發又通飭臬道府州凡州縣

候並安
內
安蒙
疏腐
辱冤澤

解上之案速即過堂無令解役久候並不許胥吏妄有需索至典史營汛亦請嚴札禁其受賄縱賭不准擅自下鄉藉查賭訛詐平民如有犯者許州縣官禀許如此庶州縣不致挈肘而良民可安宗誠忝爲親民之官於職分內事尚未能盡其萬一何敢越分妄論然謬蒙知遇愚見所及不可不密陳於左右伏維
台鑒 宗誠上

上李中堂請速正凶犯極刑以省拖累狀

敬稟者宗誠久疎晉謁本欲因公進省親承訓示惟念鄉曲腐儒辱蒙知遇授以一邑自當以盡心民事周察民隱洗冤澤物明慎用刑爲報國之實際而不在趨承恐後奔走爲酬知

虛
逸死
被恨
復處
並

之虛文查井汶清一案前奉憲批以案情重大飭宗誠帶犯進
省者誠以井汶清殺死三命慮其逃逸致死者含冤不伸故令
宗誠慎重其事宗誠深體憲意多派家丁差役但能解省無誤
似可無用親行又憲批飭宗誠傳集人證解省者亦因井繼元
父母兄三命被井汶清殺死誠恐尚有餘犯漏網致死者銜恨
無窮厚德深慈欽佩何極惟查井汶清殺死三命之後隨即持
凶器赴縣自首宗誠反復研訊供情確鑿井汶清投首之後處
幼子井繼元先因驚嚇逃跑經該族長聞知徧尋得井繼元帶
其到縣喊禀宗誠當提井汶清質訊供詞合符宗誠反復研訊
井繼元供稱止見有井汶清一人並無餘人漫野地中亦無外人

稺 沿獎

憑

總

看見似此在井汶清固死有餘辜卽在井繼元之父母兄三人亦無別有寃抑又何用押解人証到省如必須宗誠押解人証到省則惟有屍幼子井繼元一人是爲要証傷弓之鳥驚魄未定加以貧病孤稚之孱軀沿途押解受嚇必致拖累斃命是井汶清已殺其一家三命宗誠又殺其一家一命也如必傳屍長子井吉泉到省伊當時本未親見無憑質証況伊家見存三人全恃井吉泉在外手藝養家井吉泉解省則其少妻幼弟必致寒餓而死是井汶清殺其一家三命宗誠又殺其一家三命也宗誠忝爲一官深知民閒疾苦在任五載不敢輕傳一人不敢輕動一刑總期案無積牘獄無寃囚今井汶清愚蠢凶頑以私

嫌殺斃三命宗誠方恨無權不能即刻置之於法以懲愚民之冤憤若徙遵奉憲台之命而不善體憲台之心傳解犯子拖累無辜致生他故上負憲眷下負寸心宗誠實不敢從命惟有仰祈憲台俯念小民之苦速飭首府早定斯獄無令凶犯日久變生致稽顯戮實爲德便

覆李中堂黃酒不在燒鍋之列狀

接奉札飭查明燒鍋歸州縣收解查棗強向無燒鍋有案可據一因水性不宜一因地近衡水凡高粱燒酒皆自衡水販買販賣既無舊業更無新添村莊中間有用飯鍋自作黃酒歲時伏臘以餉農人然無甚工本亦不買賣若必查報令其投稅殊非

人情所安況向例黄酒不在燒鍋之列論爲國家經費起見自不可容刁商之偷漏論爲朝廷養民起見亦豈可貽百姓久遠之累實事求是平情辦理方可下有濟於民生上有裨於國計隱瞞之事宗誠不敢爲聚歛之事宗誠不忍爲伏乞垂鑒

籌增營學生計狀

爲詳請立案事查光緒三年正月初六日宗誠以卑縣城守營外委一缺俸廉本薄又無衙署僉用房租窘苦異常竊則難保不設法擾民因查卑縣徵收舊章每征銀一兩有庫書紙筆飯食費銀一分擬於津貼庫書一分銀內扣除二釐合計一年約有六十金作爲津貼城守營查夜查城解差解糧以及房租食

用於向例絲毫無增於汎官辦公有益並立定章程每月半由營汎備具印領由庫書按月給發以杜前後任預支之弊稟請督憲批示遵行旋於正月二十八日奉督憲正月十八日批辦理甚是應即照行阜縣當即移知汎官遵照在案又查阜縣儒學教諭訓導俸薄缺苦例無養廉學田不足數月之食訓導衙門久燬賃房以居生計尤拙光緒四年八月查縣境站里四村有觀音廟在村外二里與景州毗連界中住僧工人俱是景州故城人民往往窩藏匪類致生事端因傳集本村紳董議定將住僧工人逐回原籍將廟改為義學廟地八十餘畝分五十畝為義學地召本地良民居守耕種納租延本地生員開館其

導

村

畝良

畝録置派

中教訓四村子弟卽以地租爲師生修金膏火之用又分三十
畝爲儒學訓導學田卽請該訓導每年查理義學師生公課無
許有名無實紳董皆以爲然當卽稟明督憲八月二十四日蒙
督憲批絕盜匪藏身之所開村民向學之風辦理甚是應卽照
行仍録報司道州查照等因又查光緒四年十一月北流常村
武生張光烈因事報捐地旦塊計二十八畝一分九釐爲書院
膏火查宗誠創建書院置買地畝足敷膏火之用因令改爲儒
學教諭學田應與訓導畫一不致或形偏枯張光烈當卽立契
交地宗誠因移知儒學教諭訓導各自赴站里流常兩處會同
紳董按契查清地畝丈尺界址派人耕種並鈔存底簿永歸交

後冊句

事最
置寬留
稽
點冒刻

代不得或有當賣縣署與學署皆已立案惟事歸永遠遵行慮日久或生弊端理或合通詳立案伏候批示分別移知遵行除徑詳各憲外爲此備由另冊具呈伏乞照詳施行

創建孤貧院並捐建惠濟倉散放流民狀

爲詳明立案事卷查同治十年奉憲札爲通飭遵行事照得郡守牧令有父母斯民之責除刑罰催科之外教養是其專職其最要者二端一曰書院一曰貧糧各屬舊有孤貧口糧惟日久弊生所贍亦狹今應於各府州縣酌量置備寬大房院設立留養局寬籌外額訪收無告窮民入局贍養給與生業按月稽查點發嚴杜冒領刻扣諸弊邑治多一貧糧則四境少一餓殍此

該款壞雜點

尤爲父母斯民所當加意者也書院孤貧院所需經費應由該
守牧令或勸捐殷實紳富倡同捐輸抑或另有公欵可籌總在
司牧者因地因時留心盡力等因蒙此宗誠當查本地久無書
院業已倡捐創建成工另文詳報其孤貧院年久傾圮惟有平
房六間破壞難住宗誠先行改作堅好旣又逐年添造堅實平
房十二間一共十八間床炕鍋灶門戶皆備查卑縣向放孤貧
口糧分額內額外二簿男婦殘廢雜亂不分頗形擁擠亦間有
不公不平之處宗誠改爲男婦分點無論額內額外凡有瞽目
殘廢孤寡老疾者盡行提入額內之前每月比向章加錢散放
次者照向章額內散放又次者照向章額外散放向來各縣皆

有一定額數出一名缺始補一名宗誠每次散放不拘額數來者如係殘廢瞽目孤寡老疾即行增入不候有缺始補或訪知有孤窮無目之人即令地方開名補入至院中所住盡是瞽目男婦所散口糧例不能敷必待出外乞食以資補助惟久雨沈陰大雪嚴寒之時不能出門宗誠必親查人數另給米糧俾無失所至留養局久已圮廢地基亦無從查考每年冬間照向章留養外其平日水旱之歲過境災民以及年熟災民由外回籍過境者甚多勢難人人留養宗誠必按口發給川資查有帶鍋碗者即與以米糧不拘留養之故例但期有濟於流民俱經稟明憲台並奉札通飭遵行在案今春宗誠又在大堂西創建惠

甄貽陰冊劉振聲微著才

濟房一間四面上下用磚壘成堅實可久留作每任知縣遞年節省浮用及辦公餘資收買米糧存貯其中爲散放外來災民病民及孤貧院內陰雨冬雪加散口糧之用此係遵奉憲台通飭籌畫辦理永遠之事自應通詳立案備查以期無廢擬合詳請憲台查核爲此備由開冊具呈伏乞照詳施行

上學中堂請以鄭劉二先生附祀董子祠狀

卑職試在任以來以維風正俗講明實學興起人士爲心故常表彰善癉惡樹之風聲顯微闡幽表揚前哲以立後學之準查棗強士風樸實有餘文采不足康熙間有鄭中丞端學宗朱子治效新吾著有日知堂集朱子學規等書雍正間有劉茂才瑄

潛毅才槩

槩頁

潛心易學實踐篤行著有大易闡微錄又有雍正間劉孝廉士
毅經明行修志超識卓著有讀詩日錄春秋疑義錄二書皆以
明人倫闡義理為心鄭中丞劉茂才二書前已刊行采入四庫
提要板已毀宗誠俱捐重貲請黄子壽太史重校刊之劉孝
廉二書俱未刊行亦未得收入四庫宗誠得其書讀之見其發
明經義洵有補於先儒有裨於來學亦捐五百餘金請子壽太
史為校刊於通志局見尚未竣凡此於前賢已成之實學無關
重輕也不過藉以興起邑之後進俾知所嚮往日鄭中丞前以
稟蒙中堂奏請入祠鄉賢查兩劉先生績學躬行著述足以輔
翼經傳承先啟後皆應入祀鄉賢之列惟請祀鄉賢必須具事

蹟略
廣内
蓋
直

跡節畧入奏而兩劉先生闇修潛德白首窮經邑志只傳其孝弟忠信經學修明而他無可述請祠鄉賢處被部駁查東邑係漢廣川大儒董子實生是邦故有董子祠四城內居其一在舊大原書院之旁今敬義書院之後每年由知縣春秋致祭書院開課時諸生致祭此不在祀典之列蓋邑人士景仰先賢德行學問而祠祀之數百年矣宗誠查各直省府州縣書院祀本地先賢者甚多如紫陽祀朱子東林祀高顧桐鄉祀張楊園山陰祀劉念臺皆以本地先儒從祀今蓮池書院亦祀鄉先賢多人欲請以鄭中丞端劉茂才瑄劉孝廉士毅三先生有著作者附祀本城書院後董子祠中春秋仍由知縣致祭開課時仍由諸

諒 礙 核 妄 竊 臚 疏

攺懷

生致祭擬將三先生著作書板藏於書院其三先生行誼皆考之各書及邑志傳刊於著述各書之首以爲士子之法此非載在祀典之祠附祀於例無碍而於興起學術未嘗無補合邑士紳無不情願而於例不必上請於朝是否有當伏祈中堂查核批示遵行實爲德便

復任方伯地方事宜狀

竊蒙憲札以州縣爲親民之官欲其盡職先在盡心地方利弊各有不同風土人情彼此互異所有一切地方事宜先舉數端各用手摺詳悉臚陳俾稟考核等因蒙此具見大人胞與爲懷察吏安民之至意宗誠才疏學淺在任九年報稱毫無實深惶

恐雖閭閻利弊未敢或忘而愛民有心保民乏術惟於憲諭不耽安逸不尚粉飾行以漸而持以恒三語平素尚能操持奉諭愈加奮勉而已謹以憲札下詢所有地方一切事宜詳悉臚陳

恭呈鈞鑒計呈手摺一扣

計開

憲札下詢一切地方事宜何者當興何者當革何者當先何者當緩各牧令抵任以來或見諸施行或尚待舉辦宗誠竊竊以爲興利之事當規其遠大而又須不違民情不貽後累記所謂行必慮其所弊也革弊之事當去其太甚而又須斷之以決持之以久記所謂言必稽其所終也而先後次序尤不可紊見小

幾　恤艱　産　耗　喪亡

欲速聖人所戒大概革弊在興利之先而興利革弊之中又各
有當先當後之條理總之在審其事體之大小輕重與體察地
方民情而行之庶幾有益於民而或不致有貽害於民矣
憲札下詢如何體恤民艱宗誠竊查秉邑地小人稠貧多富少
本地出産不敷食用全恃出外商賈手藝以助生機自咸豐以
來兵燹旱蝗瘟疫相繼民生凋耗至光緒三四兩年大旱大疫
困窮喪亡更不忍言矣宗誠思古者爲民制恒産之法今勢不
能行惟有清訟獄省刑罰薄稅斂寓養民之意於聽訟斷獄催科之
中莅任以來先清積案嚴禁誣告訟事則少准少傳隨到隨結
不敢拖累一人錢糧則先征大戶按市報價牌示不敢少違舊

徭免蠲苗限款才

畝明

章差徭則稟請督憲批示按畝均差不准豪强欺累良懦遇災則示免差徭請蠲請撫至再至三按戶親散唯恐遺漏籌借子種口糧不使荒蕪寸土關毆被傷賜藥醫治疫氣流行賜粱養贍因公下鄉輕車減從自發工食災年逮春苗當賣地土者秋收時稟明督憲批准與原主一半分收其賤價售地者秋虛寫多價稟明督憲以六年爲限准以原價歸贖俾貧民不致盡失恒產至於富戶不輕向其勸捐惟創建書院義倉時買膏火地收積倉穀不得已使富戶捐款仍歸本地之用荒年勸捐散放災民以補官賑之不足然一錢不入官府即令各村富戶自散與本村貧民蓋安貧所以保富保富亦即以安貧自愧才力疎

恤艱
植
穀置
歲
銀盤
刻
微疑
刻
易數

庸不敢言體恤民艱惟謹凛盡心之訓
憲札下詢如何扶植士類宗誠竊以士子固須培養亦宜裁成
棗邑舉貢生員寒素居多類皆半耕半讀少有實學宗誠到任
以後創建書院多藏經籍延師主講勉以明經敦行置膏火地
以爲每月獎賞又創建考棚免歲科兩考席棚風雨之苦又
京錢一千串銀三百兩發商生息以助鄉會試盤費又興起義
學一十餘所以敎童蒙又刻康熙雍正間鄉前輩鄭中丞端日
知堂集劉茂才琯大易闡微錄劉孝廉士毅讀詩日錄春秋疑
義錄四種布之士林以倡經學又刻印　聖諭廣訓附律
易解孝經小學經正錄弟子規治家格言數百千部勸民歌懷

刊歌分散村塾以興志行每奉　諭旨送先儒主從祀文廟與鄉先生從祀鄉賢祠必傳集紳士數十百人恭送入廟示以史傳俾資觀感邑中名宦鄉賢二祠圮廢數十年捐廉重建縣志捐廉重修訪報孝子二人鄉賢一人節婦二百餘人貞女孝女三人請　旌之後必榜示通衢以資效法災年於孝子節婦貞女寒儒另加餽贈極貧者爲置買田畝以厚其生而士子中有行爲不謹者亦必戒懲自愧德學不能扶植惟不敢不存與人爲善之心而職分終不能少盡也

憲札下詢如何清結詞訟宗誠竊以爲聽訟之道要在時時與民相親不可假手於人收呈不可委之典史批呈不可專恃幕

宜懲　刪牽傳　限　釋班　慎傳　頓

友、簽差不可聽書吏門丁之言，當堂收呈，細審則情僞已得其大半，宜准宜駁，即時批示，使之聞迺知其眞妄，控者當即懲責，則無情者漸遠。即當准者，亦必刪去牽控人名，只傳原被要証，按地遠近爲限期，過期即懲，自立一簿，到限即催，一審即行結釋。詞訟不押班房，婦女不押媒婆。命盜姦拐諸案，細心研求，投間抵隙，不敢專尚刑求。盜賊凶犯供出之名，必須細訪其人平日安分何如，而後分別傳訊，不敢輕信妄傳，以致牽連無辜。然案件雖日少一日，民氣雖藉以稍蘇，而不能使之無訟，終不敢云能盡職也。

憲札下詢如何整頓緝捕，宗誠竊以爲緝捕之法，無過於信賞

收詞

可和者批令和解

莫善于嚴行保甲

窩　盤　派　役　甎

必罰鄉民有公舉窩家賊匪不法之徒必為作主不使受訟事之累有格殺格傷賊盜者不使受羈禁之累捕快拿獲正賊正盜正凶既重賞之又發盤費不使受解州解省之累所以到任以後拿獲正法之犯甚多其巨盜在鄰封如白洛玉等必咨禀督憲派兵搜捕以除民害惟官之捕賊欲以除害役之捕賊利在敎扳要必不可遽傳務須細心訪察棗邑界連八邑賊盜出沒無常宗誠自恨不能絕其根株亦惟不敢不盡心而已

憲札下詢如何籌辦水利宗誠竊查棗邑地高時慮乾旱告以開井則水泉太深開之往往不能得水且沙地易於崩圮水鹹不利澆灌土井不能經久磚井工本太多一遇旱年井中仍然

黃隄
屢
耗易
還虧
往有
銀

乾涸是以勸諭無人肯從惟邑有黃瀘河堤二道曾督修之以
禦水災已載邑志
憲札下詢如何講求積儲宗誠竊查棗邑常平社義諸倉久已
片瓦不存積穀一無所有屢次勸諭紳民修復皆言有利無利
有害往年鄉閭義倉所在有穀人人願借不借則窮民仇視紳
董借去不還則貽累紳董有穀不盤積久糜爛紳董須賠盤有
折耗並工食各費又須賠累出陳易新錢存紳民往往借用不
還錢存官府往往挪用不繳虧空入於交代實惠何能及民紳
董又須賠累且往年訟累多年斷不肯重行修復因此上年大
荒公私困乏宗誠先函借糧臺軍需銀六千餘兩又稟借徵存

款共畝總每

錢糧銀二千餘兩赴天津河東買粱散放稍濟一時之急因此
發憤挪用歷年留存攤捐未解之款一萬餘串在城捐建義倉
兩座共五十餘間於光緒四年春閒請免合境上忙糧銀二耗
二萬餘兩冬閒又請免山陵大差錢萬餘串民閒感激按地
自三十畝以上者畝捐一升五十畝以上畝捐二升百畝畝捐
三升共得四千餘石又四年春閒稟明督憲以紳富所定糧價
五耗二千餘兩借放民閒作種地口糧秋閒又稟明督憲豁免
民閒因又捐穀市斗八百石宗誠又稟明挪用攤捐與自捐廉
俸買八千餘石總共市斗七千二百石合倉斗一萬石存於城
不存於鄉以免鄉民之受累官紳公同鎖封匙存紳士收管每

孤　懲蠹　刪致因　恤枵　致　每候

年開視一次官紳俱不得動用每逢災年方准有地者借無地者放借放之法先察災情次查戶口定期定數由各村富戶捐車運到鄉村按戶散放其詳已有義倉志呈案又另建一小倉積穀留備散放養濟院孤貧殘廢及外來過境災民

需札下詢如何約束書差懲治匪徒宗誠竊查書吏之蠹民在積壓差役之蠹民在牽連宗誠每案必親自限日所傳人名多從刪減又一到即審即結尚不致肆行欺罔稍有不法即行責革毫不姑容惟於紙筆工食費用亦必體恤不使枵腹從公又常常訓教以存心積善之言大致皆知感激畏懼至於匪棍無不嚴懲懲一人未必人人皆懼也宗誠每於懲懲治者必候每

卯衆
釋資
斂迹
顛
圖
蓋拔

月各鄉地卯期或三八告期在大堂明正其罪曉於大衆次卯
優然皆責不多而卯卯如是則人人知警或枷示四鄉游集俾
合縣皆知懲治之後如有保釋者再苦口教訓或與以資本使
爲資生之業故匪棍亦多斂跡然不能教化而示刑威私心終
多愧怍以上各條宗誠雖不敢稍事粉飾稍貪安逸然於民生
究無所濟卽不敢謂能盡職分所當爲憲諭謂能盡一分心卽
收一分之效宗誠環視民間窮困顛連者甚多幸遇豐歲尚可
圖生一遇災荒仍然難保旣無一分之效敢謂能盡一日之心
蓋興利必須正本清源革弊必須拔本塞源本源上不能施工
而徒於末流爲之終不敢謂職分上有毫末之盡心也理合遵

札稟復敬悉憲台訓示

卑縣去秋今夏收成減于前數年故今夏旱時穀貴錢艱加去年旱時一倍得雨之後仍復如是今秋收成比去年更減數等收割之際貧者或暫得一飽一交冬春二季必皆十室九空此時穀價已至斗米千六七百文冬春之際必更加貴且恐無穀可買亦無法能買盜賊縱橫必更加甚衆强情形如此他處恐多相同愚見欲請中堂以民食之艱痛切上陳請截留南糧並山東漕糧或請設法採買關東小米或奏請免稅招海商運津分布各水馬頭聽各處販買販賣以濟民食實為德便

上李參判宅侍史回狀

白石

柏堂集

議狀

上李中堂請蠲賑救災狀

宗誠前以卑縣受旱甚重百姓困苦異常下忙錢糧難以征收情形據實上稟兩蒙中堂批示業已遵批親赴四鄉勘實各村莊受災分數並與南宮張令復行會勘通稟經本州以與例未符批駁並恭錄憲札飭遵復與南宮會議稟復各在案惟畿輔重地今年旱災甚廣民不聊生現在天氣晴暖又尚有山東天津粱穀可以販買販賣民間牛馬騾驢賤賣於屠宰房屋樹株賤賣爲柴薪苟偷目前之生富家大戶收成不豐所有餘財秋

財　圍縣州　刼　直屢　亂

冬之閒尚可圖謀便易賤買田宅家具而窮民亦藉以資旦夕之生一至冬閒雨雪河凍路冷米販不能往來且山東天津客糧有限亦何能應數府州百萬生靈之販買而災區富家大戶餘財用盡冬閒明春田宅雖賤必更無售處霜降已過二麥萬不能種周圍千里之中一片白土眞有室如懸磬野無青草之景象財為民之命食為民之天民窮如此將何所不至卑縣前經中堂批示將白洛玉之黨肆行搶刼者四人正法後宗誠時常時下鄉巡哨又有直字營王哨官屢次來縣訪緝覘尚安靜又稟蒙中堂飭令河閒將白洛玉拿獲正法因此盜黨解散鄰境亦尚無大盜橫行然匪民為害可以用法飢民為亂難以行

恐停
賑
救
直　明
荒望
乖
澤迓

滋今冬明明春恐有防不勝防捕不勝捕殺不勝殺之勢見蒙
中堂嚴札催令各州縣據實報災分別詳請停緩蠲豁極重者
可以請賑具見我中堂推廣　皇仁厚德深慈讀之令人
感泣惟杯水車薪救之不易愚見今年秋災猶可以成數分二
麥不得下種明年春災直無成數可分今年秋災可以分別征
緩蠲賑明年春災直不可以分別征緩蠲賑恩施於受災之後
固可以助造物之生成恩施於受災之前尤可以贊天地之化
育今年旱災頻仍既無秋收可登明年春荒又無寸麥可望據
父老言爲百年所未有如此乖戾之氣惟有奏請　皇上
深仁厚澤大沛覃恩庶或迓天和而銷災禍見在百姓麥秋絕

望植穀　缺　明　州　象豫衆

詔字空一格

望所望者冬有大雪春雨早來可種稙穀然卽稙穀能種必至
明年七月後方可有收民間見在缺食者已不止十室九空日
久月長將何以待又況貧民無食者見將牛驢售盡穀種食盡
田器賣盡富民無穀草者亦半將牛驢出售竊恐冬閒卽有大
雪春雨卽能早來而無子種牛驢田器可耕者不知其幾矣況
冬雪春雨尚在未定之天乎惟有此時急求　皇仁特沛
恩綸上順天心下和民氣今年受災之區照例分別停緩蠲賑
明年凡未種麥之州縣預先降詔豁免上忙錢糧詔旨一下必
然萬衆歡騰民氣之所喜悅天心之和氣必應且災區中之富
民大戶見今年下忙停緩明春上忙蠲免苟有餘財必可分借

同治四年

亡 致棄 蓋鄙限 融鄙 並初 遠 蒙

於鄉里親友以及買賣交易尚可活動不致死守其錢財貧民見下忙征緩上忙蠲免亦必苦守本業不致全行荒棄流亡兼之爲匪者可少蓋貧民衆多全靠上之賑卹所及有限不如留富民有餘之力使之自相通融所救者多宗誠鄙見出於憂國憂民之誠心並非爲一己起見亦非爲一邑之貧民起見感中堂知己之恩故敢陳之去年夏旱閏五月初中堂疏請蠲免同治十三年以前民欠各項錢糧奉旨之後大雨即降轉歉爲豐不得謂天人之理相遠也是否有當伏祈憲鑒

上李中堂請賑籌撫狀

宗誠上月二十六七日以地方災歉情形親叩憲轅面稟備蒙

辭 銀款 盤兹脚外 糶 挪 衆艸根

訓迪感佩殊深稟辭之後星夜馳歸於本月初三日抵署查明
前次借銀錢所一欵所買高粱業已到縣計有津斛二千五百
餘石借欵六千一百四十兩來往盤費並陸路車脚在外惟宗
誠初意借欵買糧在八月間尚望得雨種麥民間稍有生機即
以補所糶之糧俟嚴寒之時減價出糶接濟民食再行易銀歸
欵折減者由宗誠賠出此本意也不料二麥粿粒未種至今雨
雪未霑四民無業日夜皇皇挪借無門當賣乏主被災村莊計
二百有餘極貧人戶有數萬之衆窮民始食糠粃麥麩草根樹
皮見在并此亦不易得惟買棉餅炒麥稭以爲食不但戶多苦
飢甚至窮愁自盡是即減價平糶亦無有能買者左右思維非

濟穀致乞
顏
恤
賑專
以
梁款

照例賑撫萬萬不能稍濟於民宗誠忝膺一邑既不能早爲民籌積穀之方又不能感召天和致民閒受此災厄若再戀此一官不能爲民請命求賑求撫不惟上無以報憲眷亦下無以服民心且在任七年正解正耗並幫辦大差所取於民以上供者將近三十萬兩今若不求損上益下實無顏以對百姓又何敢一日曠居末職是以遵命肅稟仰求發給撫恤鉅款以救民命宗誠深知憲臺籌賑之艱各州縣請賑之衆斷不敢專顧一邑以私害公惟卑縣地面受災實爲極重在宗誠承辦撫恤不敢多求所請俯發銀一萬兩擬以六千一百四十兩撥歸借銀錢所買梁之項其餘求存司庫准宗誠以應解之款易錢並所買

屆融
虧
北冀
產鋪
圖鋪
並衣

高粱按戶按口散爲撫卹時屆嚴冬百姓命在旦夕如此通融免致領解往返庶幾少花路費即可多救民命至卑縣今年下忙應征欵收三分糧銀一俟征齊除留支外應再另文起解總期下有濟於民生上無虧於正欵以無負憲台德意伏希照准

上李中堂請弛災年鹽禁狀

謹按冀州一帶地產硝鹽天旱尤甚加以各屬皆成災區貧民無所得食在產鹽之地勢難免販賣爲生在饑饉之區亦難免圖賤買食而鹽鋪以國課爲重勢不能不令巡役查拿惟拿獲例應交官按情按法處置不取其財方服其心不得藉此搶奪車輛並車上錢文衣物餘鹽入己並不告官即或告官而先

舖
致
聚衆
冀宜
寬恤
懲亂

将錢物奪公名爲 國課起見實是假公濟私損人利己以致
積爲仇恨將必激成事端當此奇荒鹽犯聚衆持械横行者自
應重辦以伸 國法至災民無計求生借小本求微利以爲事
育活計情殊可憫巡役查拿搶奪必致聚衆激禍人無生機將
不畏法因時權變冀州一帶如此奇荒似宜稍弛鹽禁俾窮民
生路不致盡絕庶幾賊盜不至日多鹽舖巡役如遇有大股鹽
犯自應告官飭差會拿不得私藉巡查搶奪錢物其餘貧民或
肩挑背負或單車買賣並無聚衆似可從寬不惟恤民困亦所
以安民心也至鹽舖賣鹽攙和泥水短少斤兩以及鹽巡藉查
鹽爲搶奪皆應歸地方官重懲宗誠爲防階亂激禍起見是否

空
恤
數嗷
擬高粱
釐被
數
點條
執總

有當伏乞訓示

上李中堂籌畫賑撫事宜狀

前蒙憲恩批給撫卹災村銀四千兩又蒙飭藩司批准加撫卹銀一千兩數萬生靈感激無已宗誠因領解需時窮民嗷嗷待哺擬以借款所買之高粱先行散放作爲撫卹庶於民生有濟查武邑被災五十餘村家大口或給銀二錢或一錢五分或一錢共分三等小口或一錢或七分五釐或五分亦分三等早縣被災至二百八十餘村極貧戶口將至數萬宗誠細心分別親自下鄉點明口數查驗面色給與糧條註明口數糧數交與本飢民收執復寫一村總條註明一村總數交與村董收執定期由村

總 令 高粱 數 每竝 寒冬 毫蒙

董捐車持總條赴倉請領飢民持名條赴村董處分領免致飢
民往返勞費並因各村升斗不同即令各村董帶斗赴倉以便
原斗分散免滋弊混每口無論大小皆給高粱五升計合見在
棗強市價京錢六百文不止銀二錢之數小口亦與五升者以
小口牽補大口庶幾多救幾日之飢各村散畢即貼村榜粱數
計合錢數銀數皆細註明曉於大衆本應按例分冬春兩季散
放無奈嚴冬苦寒日有餓殍不便拘定常例只得按五千銀之
粱全行散放其每日聞撫歸來並歉收各村飢民求撫者亦復
不少並有塞士求撫者宗誠情願以五千銀之外所買餘糧陸
續散放惟冬雪毫無春荒必甚前在崇轅仰蒙中堂俯念災黎

黎

款

艱糶處

縣

冊蒙

准侍明春由津給粱作撫將來惟有仰懇恩施再准給粱以救
災民實為德便宗誠精力日頹只得勉力籌畫以期無負憲台
知遇俟春撫事竣再求開缺釋歸免致隕越合先陳明卑縣今
春捐建義倉六大間用京錢二千餘串此次借款買粱幸有此
倉可以收放惟尚嫌不廣擬明春再捐千金增建此時民食維
艱木料磚瓦甚賤人工無處求食亦藉可以工代賑多活數人
之命是否有當伏求鈞鑒

上李中堂請豁免被災州縣上忙狀

敬稟者竊照卑縣今歲秋禾被旱當將合邑災歉分數造具村
莊冊結稟報在案嗣蒙頒發滕黄將被災六七分村莊應征上

竝恤

黄

歲

點

野艸

屢

年下忙糧租全行豁免歉收四分村莊應征本節年糧租及歉
收三分村莊應征節年陳欠一體緩至光緒四年秋後起征其
歉收三分村莊應征新賦隨時征收並蒙發給撫卹成災六七
分貧民銀兩各等因蒙此均經卑縣將奉發謄黄挨村張貼遍
行曉諭並將撫卹之款按戶散放另文稟明在案惟查卑縣去
歲被災極重小民困苦難堪尚冀秋後種麥今春庶有生機乃
秋後點雨未霑合境之中二麥未降冬間未得透雪春麥亦全
無補種野無青草家徒四壁去冬民間既蒙蠲緩又蒙撫卹尚
有房木撤賣作薪家具賤賣糊口雖不至道殣相望仍難免轉
徙流亡今春則不但貧者益貧即富者亦多屢空不但被災六

共

並

雜

蕩被

直隸

穀

毫

七分共二百八十五村莊窮不忍言即歉收三四分共二百九
十四村莊亦俱成極貧見當征上忙之期宗誠察看情形上忙
斷難開征即請緩至下忙並征民力亦恐不給前閱邸鈔恭讀
上諭以本年山西河南兩省成災州縣饑饉餘生所有光
緒四年上忙正雜錢糧全行蠲免等因欽此仰見　皇恩浩
蕩保民無疆宗誠竊念山西河南被災固重而平時尚屬殷富
之區直隸則地瘠民貧豐年尚少蓋藏凶年更形窮困且是畿
輔近地關繫尤重本年被災比山西河南雖屬稍輕而晚穀分
毫未收二麥子粒未種餓殍流亡所在多有京城保定天津三
處粥廠餓民至有數十萬之多愚見欲請中堂為民請命援山

隸雜國垂産畝奬並限

西河南兩省之例疏請　皇上一體加恩將直隸被災州縣
凡未種麥之地上忙正雜錢糧一體豁免免致下季以饑饉餘
生重受追呼之苦是否有當伏乞垂鑒

上李中堂荒年賤售産業准贖議

正月二十日接本州札飭以奉到中堂厺年冬札飭民間地畝
因荒賤售於富戶百年産業一旦無餘此後雖雨暘應時亦無
地可耕束手待斃援照嘉慶十年奏奉　諭旨准其回贖
並限自光緒三年秋季起截至四年夏季止絶賣契據一概作
爲活契典當暫緩過割投稅酌定兩年爲限按原價加利回贖
其有先經過割投稅者並令認還過割投稅之費有限內加價

還
限
遠
明
堂

轉賣者並准按限回贖除原賣價仍由原業主付過外下餘所加之價原業主與原買主各半分繳歸還後買之主如逾兩年之限不贖即由買主過割投稅永作絕產不准再贖仰見中堂爲地方久遠之謀民生衣食之計安貧即以保富處置一秉大公實深欽佩宗誠愚見久有此意擬俟今年秋成豐稔稟請中堂定章奏明准贖再宣示遵行今蒙憲慮周詳預定章程惠濟窮民之意實已無微不至惟見在民閒困苦情形與富民之情僞中堂尚有未盡知者知之明而後處之當若有一毫情僞未明恐窮民未受准贖之利而先已受抑勒之害宗誠謹密陳之

一出示太早之非宜也直隸富民與南方不同貪利者多好義

頓長
價値
滾
聞

者少平日尚不能有無相通凶年更何望緩急足恃自光緒二年四五月亢旱米價頓長買賣不通貧民懇求賣地於富戶價値已減十之四五至三年四五月間復旱地價日減一日始猶可以十之三四繼乃不過十之一二有買地許原主耕種一年即於買價之中先扣一年租價者有買地恐其異日回贖找價勒於賣契之中多寫價値者有將平日所借之本利滾算找價細微勒令立契者挪借典當之事曠爲無聞非寫賣契毫無生理甚有賣亦不要跪求言情賤而又賤而且自以爲行善救人者見在民間之苦更勝於前無地者固無生機有地者尚須再賣去冬不賣之家今春亦必須賤賣若此示一出則富戶知買地

冒融

換

准其回贖必更不肯通融二麥既毫無收成春夏之間米糧必更加貴無地者固坐以待斃有地者將何以為生勢必至賣價一千勒寫十千二十千然後肯買其今年賤買之地貧民無法救生必求加價一千或數百文即寫作一二十千另換文契者逃亡之家已賣之地買主必至改寫文契加價投稅者是不特絕此日賣地之生機並絕異日回贖之生路民可使由之不可使之知宗誠愚見春夏之間此示不可宣示聽其賤買賤賣過割投稅以救貧民目前之性命秋後再由中堂定章奏奉

諭旨頒示通省災區則貧民可沾實惠富戶無可挾持矣一限期太迫之非宜也貧民土地不多既已賤賣兩年之中即過

衾
添畝
置
畝備
止
還每
令
取
退

豐年無甚出息況荒年之中衣衾當盡家具賣盡房屋撤盡力
作稍有餘資一切俱須添補勢難盡回地畝予限兩年富戶必
故意留難一轉瞬而限期已過且有賣地逃亡者限期太近何
能復歸故里擬請於秋成後定以自光緒三年四月起至四年
秋季止期內所買地畝准原賣主於五年之內不拘何時備價
回贖至光緒九年年底始行截止不必預禁過割投稅但定以
過割投稅之費原業主認還至富戶賤買地畝既已每年得租
不必再令贖者認利如限內富戶有事欲行轉賣先令原業主
贖取如不能贖准其照原價轉賣不得加價倘或加價原業主
回贖之日其所加之價仍令轉賣者退還如此方無弊端若轉

粟刻
數廨

賣者加價令原賣者一半攤還此示一出富戶必皆作僞向通
親戚以爲已經加價轉賣原業主合攤還一半如此留難終無
回贖之日凡此情僞勢所必然宗誠體察情形不敢不盡言無
隱且此事非於秋後奏奉　諭旨由中堂刊刻告示頒發
一縣數十張遍行曉諭使貧民人人皆知則富戶與官府書吏
交通仍然貧民難沾實惠宗誠感中堂知遇事關民瘼不敢不
畧陳之是否有當伏祈鈞鑒

上李中堂再請全免上忙錢糧狀

宗誠奉到二月二十九日鈞札敬悉中堂仰體　皇仁奏
請將災區上忙糧銀分别豁免下情得以上達上恩得以下究

澤弭 優每 苗 旨

惠澤旁敷必足以感召天和消弭災沴惟宗誠靜觀天象殊有可慮者上年二月初六日大風晝晦黄塵塞天宗誠即心憂之不料果成旱象今年二月二十二日亦復如是每有雨勢旋即變爲風霾當此饑饉之年不但向來匪徒肆行搶奪即平日良善亦多相從爲盜如再不雨春苗不得下種民心必更皇皇竊念上年收成可分災歉今年上忙不當分災歉但未種麥之地皆屬災荒況上年報災多有不實不但所稱歉收三四分者多應在成災之類即報收成五六分者亦間有實在災區特州縣不肯盡情上達又或爲本府州所牽制致令民困不能上陳錢糧既不蒙蠲豁之恩饑困又不在應撫之列情殊可憫事實不

穀 憑 迓 危

平且上年歉收之地早穀或比災區稍輕而晚禾一律未收二麥一律未種糧貴錢艱耕織歇業皆與災區無異若今年上忙蠲緩仍以上年所報災歉分數爲憑則民間愁苦之氣仍多鬱積而莫解夫遇非常之天變必沛非常之○○皇恩可否請中堂札委仁廉之吏分路巡察不問上年災歉之分但以春麥有無爲斷凡無麥之地再請○○皇上大沛恩綸將本年上忙錢糧全行豁免庶可以迓天庥○○○皇太后○○皇上旣遇災修省引咎責躬顧降罰於宮廷祈免民生之危仁厚如此無不允行伏念中堂有燮理陰陽之責裁成輔相之宜謹呈愚見伏祈裁奪施行

留益擇融

十六 上李中堂勸捐助賑各散本村議

本月初四日道字營劉鎮巡防過談民情甚爲熟悉各種利弊亦能留心訪求據言今春民閒困苦更甚於前蓋上年尚可賤賣地土延生今則各州縣傳出買地准贖之條富戶盡不肯買加以勸捐則富戶益復閉藏以避富戶之名當賣更覺無主聞之實可矜憐宗誠竊謂勸捐之事止當行於無災歉之州縣令其以餘力恤鄰或擇大紳大富大商勸之或勸官府節省浮費捐之至災歉之區不宜勸捐留富者之餘力使其自相通融或可有濟宗誠今春念貧民甚多官力不足擬傳諭各村紳士殷實之家並地方保長令各村自相商議開列應捐之戶寫明捐

侵

輸之數呈官入冊即令其自相清查本村窮民戶口開單呈官入冊所捐之錢一文不入官署但由宗誠將口數與捐數核計一口應發若干即由本村捐戶散放本村之窮民不足者由官撥補既使富者曉然於官吏之無侵又使窮民曉然於富戶之可感庶幾多活貧者之命亦可藉保家富者之家名為勸捐實與勸其自相通融無異將來如有逾京錢三四百千者欲為請獎以示鼓勵未知可否

上李中堂籌借子種狀

本月二十日奉到鈞批准於前撥高粱二千石外加撥高粱一千石以作卑縣災歉各村口糧仰見仁民之心有加無已卑縣

經

雜款

本月初五日得雨二寸民間即有播種者十六日又得雨二寸十八日得雨三四寸不等合之有五寸濕土差查四野一律均沾即刻傳諭各地方保長面諭催民閒乘土濕播種稙穀稙粱無子種者即來縣一律借發無牛驢者勸諭紳富借用並在各集張貼告示曉諭不許有寸土閒曠見在民閒皆已來縣借發子種銀日夜播種大約儘三月内稙穀可以種完嗣後但得雨澤應時可望豐收以補元氣宗誠因今春木料磚瓦甚賤特加價買之以惠窮民又因瓦木工匠毫無生計因挪借雜欵再建倉房以爲下年積穀之計合並陳明

上李中堂請採買子種禁止刑追錢糧狀

艱 綑

恭讀邸鈔具見　皇太后　皇上之憂念民艱從善若
流各京官之盡心籌畫直言無隱外間各督撫之救災弭變皆
可謂盡心竭力而天象尚多變異天心似未轉移殊爲可憂上年
六月二十五六日之雨洵爲甘霖普遍乃播降晚穀之後復然
大旱反致子種工本淨盡民間窮益加窮今年三月十八日之
雨雖未深透尚可播種乃播種之後屢次風霾復致旱燥種者
俱不能出土窮民子種工本口糧如此之艱何能再行補種且
月餘之中晝晦四次四月初四日青天赤日毫無雲風忽然東
北風沙蔽天而來頃刻之間白晝如晦數時不止雨沙雨土前
日所種未盡壓壞者今復一綑打盡矣人窮如此天象如此何

蒙 晋 嘘穀 遲

以能拯民命而靜人心是固非一邑之事也然卑縣如此則宗誠亦應有罪焉書曰蒙恒風若是豈臣子尚有蒙蔽君父屬吏尚有蒙蔽大府之所致乎宗誠聞有未報災州縣今年二麥毫無糧貴錢賤而官府刑追錢糧至民有愁苦欲自盡者是不可不嚴行禁止又見蒙中堂購買奉粱截留漕米遍行撥給各州縣加放賑撫仁恩普被嘘枯吹生可謂至矣惟去年晚穀分毫未收則無晚種可知早穀雖降遭此風沙十不存一民間亦有以晚穀種早者地受風亦不能成將來得雨如遲必須補種民窮如此何處購買子種宗誠欲請中堂於奉天山東採買晚子種或招商運販來直令各州縣買回散放實為德便

選升弊

上李中堂請加撫節孝及寒士狀

前蒙憲台軫念災區飭發冬撫春撫銀兩業經糴粱按口散盡
報明在案嗣於三四月間復蒙兩次憲恩札飭籌賑局發阜縣
奉粱漕米各三千石加撫災民愷澤覃敷至優且渥實深欽感
宗誠一面再清查戶口一面籌資選派紳董赴津請領已於四
五兩月陸續運到當即督同教佐紳董分路分村按口散放計
極次貧民戶口十萬有奇所領粱米倉斗六千石合東強市斗
四千石有奇若即以倉斗倉升散放恐鄉村無倉斗倉升不肖
村董易於弊混是以盡用市斗散放無地者爲極貧共四萬餘
口不分大小每人五升有地一畝至七八畝者爲次貧共六萬

每　秩

餘口不分大小每人四升其不分大小口者以小口彌補大口之不足也共散糧米四千餘石合倉斗六千石有奇所領不敷即以各村捐項由捐戶自行買粱補散宗誠不立總局分局事事躬親一則恐立局則用人必多不免耗費捐款於貧民返無實濟一則恐立局則用人不一深慮稽察難周於米粱或有偷漏故凡去冬所買及此番所領之米粱皆運歸新倉先散粱條與貧民後發總條與村董由村董借車赴倉領回貧民各持糧條即在本村領取以省道途之苦又令教佐幕友分村監散散放之後童叟歡呼無不歌頌　皇仁並感戴中堂之大德人心協和天心之和氣必應春夏之交雖有風霾冰雹之興而自

苗缺館表

四月十五六日以後風雨調和合境深透宗誠先已籌子種馳驅四野不許有尺寸曠土見在禾苗秀發但使六月有雨可卜豐登足以上慰憲廑惟卑縣去歲合境災歉今春毫無麥收除十數家眞殷實而外無一不缺食者當此耘耔之時無力傭雇工人深恐非種不鋤嘉禾難期茂實加以瘟疫盛行十室而九既無醫藥之資又無饘粥之養離秋收尚兩有月之久應領撫糧者固無以爲繼其例不應領撫者亦生計維艱又寒士向來以館爲生今則無一不失館全家餓殍無不來縣哀求宗誠雖竭力資助苦難盡應又有行孝之子守節之婦曾經　旌表者宗誠雖加意拯救終難人人成全不知憲局賑糧尚有多餘

未發者否如有多餘未發不過兩月即已無所用之欲乞中堂加惠災民批發若干並乞札飭津局司道發交去使就便領回由宗誠擇其貧病之家加意撫恤兼散失館之寒士守節之寡婦庶幾拯困扶危之中可培養士氣崇獎節義並欲乞中堂札飭各州縣於病民貧士皆加撫恤孝子節婦更加矜憐實爲德便

上李中堂請當青苗地畝准其分收秋糧狀

卑縣合境自去秋晚穀分毫未收二麥分毫未降延至今春夏之間仍是一片白土每至鄉散放撫粱實屬蒿目傷心深慮窮民無耕牛子種地畝荒蕪故以正月稟明各款散放口糧令其

頓

稟

聲目

以人力耕耨又從各處預買子種散放以故地土皆得耕種不
料始爲風沙所壓繼爲冰雹所傷又復散放子種令民補種款
項不足則極力勸各村富戶或借貸或散放以此四境之內幾
無尺寸荒蕪仰蒙憲恩加發高粱漕米二次陸續領到全行散
放由是糧價頓減貧民得此撫糧攙和樹葉野菜皆得肆力於
田畝惟十畝地以上者概難與以口粱無力鋤地深恐苗而不
秀又設法借款貸民爲鋤地之資幸而四五月內雨澤應時禾
苗秀發萬民慶幸乃自五月中旬以後仍然不雨米價復貴至
六月中旬以後禾苗漸槁人心皇皇舊衣破器無不出賣號飢
之聲耳不忍聞兼且瘟疫盛行死也相繼宗誠率同官紳日夜

祈禱又令紳董在各村清查出病民口數設法接濟幸於二十三日得雨深透禾苗滋潤可以復原但得七月再有雨一二次必可有秋矣惟今年民間之苦異乎尋常父老皆言百餘年來未見未聞者其典賣地畝者止京錢一二千一畝將來秋成之後非得中堂出示限於六年之內准貧民不拘何時備價回贖嗣後窮民太多大非地方之福又有地已耕種青苗在地連青苗一畝典京錢一二千者尤爲可慘查好地一畝雨澤如果應時秋成可收一石或七八斗五六斗兩月之間利過於本數倍而窮民吃辛受餓始能耕種盡爲有力者賤價當去秋成之後貧民毫無生機實爲不公卑縣如此想他州縣亦有然者欲仰

限穀還霸

非中堂出示或札飭各州縣出示凡連青苗典當之地秋成之後必令其與原地主分收地利並准原地主即行回贖不許以年分爲限如當主已將地利全行收今即准其以所收秋穀作爲當價將契發還地歸原地主耕種不得再行霸種此於富民子本無虧利息已厚於窮民可以不至年豐而無穀可食人存而無地可耕宗誠爲安民起見是否有當伏祈酌核施行實爲德便

上李中堂再請全行豁免狀

再直隸今年之旱雖若輕於山西而晚穀未收冬麥未種則與山西無異所幸離水路稍近米糧尚可販買販賣耳自今夏至

獲穀供

止

沿執

還衣

直

令貧民皆恃土地房木牲畜衣物以苟延旦夕之生今年即獲
有秋而春麥既無晚穀難種不過稙粱稙穀一季收成而已以
一季收成供一歲之食用在富者已不能有餘在貧者不過落
收成時一飽況貧者田地已陸續賣盡當盡或逃亡在外或雖
逃歸無安身之資若復責令完上年之下忙今年之上忙其將
何出即或尚有十畝八畝亦止能完本年上忙一季之糧銀而
已若帶征三季其何以堪沿門追呼勢必更加逃亡而已即數
十畝之家收成一季而合今兩年典衣待贖借項待還牛驢必
須待買子種必須清還若再令其完三季之糧銀亦屬力所不
足山西今年上忙錢糧已奉 特旨豁免直隸僅有十七州

停寬徵安

縣成災之村莊奉○旨免完今年上忙錢糧其餘歉收村莊
仍須於秋收之後徵一年之錢糧並帶徵上年停緩之錢糧竊
以○○聖德如天無不在覆幬之內各州縣上年災歉雖有
等差而今年民間之苦則無等差元氣大傷非丯○皇上
大沛恩綸何以寬民力而養民氣惟有丯○皇上於今年
下忙開征之前○特降恩詔去年災歉之區今春無麥之地
但徵本年上下忙其去年停緩之下忙今年停緩之上忙全行
豁免以養民間之元氣如或不能全豁亦宜請今年只收下忙
其去秋今春所停者緩至來歲以後分年帶征亦可以寬民力
如此則小民饑饉餘生少一分追呼之慘即可少一分逃亡之

稞退黎屆徵安

憂且爲○國課起見不帶征停緩之錢糧民間尚易於完納若帶
徵上年並今年之糧銀百姓更追阻不前反致本年下忙難以
全收伏惟裁之

上李中堂再請全行豁免狀

前日肅稟二件尚未奉到鈞批昨閱邸鈔恭讀六月二十五日
○上諭朝廷軫念災黎實深厪系見在將屆下忙開徵之時
小民困苦顛連何堪追呼偪迫所有直隸河南被災等處本年
下忙錢糧如何分別蠲緩令中堂奏明辦理仰見　皇上
厚德深仁無微不至而所以重任中堂者亦可謂知之明而信
之篤矣萬億生靈疾苦系於中堂之一言宗誠何敢越分妄參

遲 虛 染 尪 脈

末議惟一縣之困苦有不敢不上達於中堂者竊以上年災歉
雖有輕重之分然餓殍流離在歉收之地不過稍遲稍少至冬
春以後則各村皆然矣今夏瘟疫大行除逃亡在外者不計合
縣五百八十餘村因餓氣虛染疫死者約三萬餘人今尚未
已幸自六月二十三日以後風雨調和禾苗先雖被旱後皆轉
秀可望有秋惟如久病之人氣尪極矣查康熙間屢有預免天
下第二年錢糧之　詔培養民氣即所以培養　國脉今縱
不能如康熙間故事而　皇上譪譪念切民艱之仁心欲
免今年下忙錢糧屢降　詔旨惟恐澤不下究則與
仁皇帝無異此所以能感動天心挽回氣運也竊以近年庫款

穀徵　搔　良

支絀凡今歲年穀順成之區縱不能施蠲緩之恩而今年停緩之下忙令年停緩之上忙以及歷年之民欠例應本年帶徵並徵者急宜乘此機會奏請豁免以廣　皇仁而培元氣且此番百姓逃亡死絕者甚多田地半已易主而帶徵並徵於國課無補而徒滋搔擾伏讀　皇上諭旨尚欲免今年之下忙斷無不允免帶徵並徵之理宗誠又甚微而心甚廣大感中堂之知遇憫民生之顛連不得不再陳下悃伏祈鈞鑒前奉憲札荒年賤賣之地許原業主贖回極爲仁民之實政善後之良謨惟富民有勢有力必至興訟以累貧民加以官吏或受賄托難期實濟惟有請中堂援嘉慶閒之　諭旨而少變通

之切實奏請○　諭旨出示頒發各州縣實力奉行則富民不
至把持抑勒以絕爭訟之端庶乎貧民生計有裨而於富民亦
可保其家業是否有當伏惟鈞裁

上李中堂捐建義倉積穀狀

竊宗誠蒞任以來志在爲民修廢舉墜興利除害查縣志所有
常平社義諸倉久無一瓦一粟之存有案可據即地基亦多廢
爲民間取土之凹堂一時難以興復且查縣內祀典所載之壇
廟祠宇與夫考棚書院義塾學養濟院河埝志書事事皆關緊
要必須循次修理至光緒二年諸事皆已倡辦就緒始欲專力
修倉查東强舊有義倉八座分在四鄉當時原是惠政後來官

穀派

雜

爽

府出陳入新漸漸動用穀價派捐彌補民間視爲畏途又奉文
撥運深州從此遂無倉穀且凡有義倉之地方向章免應縣中
雜差改爲歲修一差每年一處五十千後減爲三十五千各處
倉正經管修理後來倉穀既空歲修一款由地方交一半於縣
署以資辦公仍如差徭之例倉正所留一半亦不修理由是倉
廒盡壞矣宗誠到任以後每年義倉地方所交歲修一項除倉
正所扣外約交一百餘千存庫不用積至光緒二年已存九百
餘千遂於今年擇城隍廟東空地一片在前創建考棚書院之
後地勢爽塏建成倉廒六間四面上下盡用磚壘成高大堅厚
用京錢二千六百餘串今春因災民無食木料磚瓦難售加價

適搬楣穀

購買增建倉房磚瓦不足適值河西廟塔山門爲雷震倒卽僱附近貧民搬運入城以無用之物爲修倉之用東强地面向分六路曰縣前縣東縣西曰南關東關西關今將倉厫分派六路各路之穀藏於各路之倉榜於門楣以免爭端業已修造落成連上年所修共成倉厫十九間官廳三間大門一間統共用錢七千餘串此宗誠修倉之章程也查上年二月奉憲札飭各州縣於歲收豐稔之後諄勸有力紳民量資集助先修義倉後積穀石本年二月又兩奉憲札飭知奉 上諭以給事中崔穆之等奏飭各州縣設法整頓倉厫勸諭紳董經理義倉宗誠念大荒之後民力維艱故修倉一層應由宗誠自行籌辦惟積穀

擬穀銀停取屢

不得不藉資民力且今秋歲收中稔穀賤錢貴卑縣辦公差徭每年約有三千餘串自去年夏旱以後至今年秋收已免民間差徭錢四千餘串秋收以後應令交差各州縣皆然宗誠體恤民艱仍行出示停免分文不取加以憲台屢次奏免錢糧又免征本年上忙糧銀停征下忙三分糧銀小民無不感激 天恩又見宗誠日夜督修倉廒亦皆知感俱願量積倉穀爲備荒之計見在各村有力紳民自行開單報捐者共有稟强斗四千石合倉斗五千餘石擬以六路之穀各收各廒將來何路村莊災荒仍由各本路倉穀中借濟民食俟收齊之後所空倉廒宗誠擬再自行捐補收穀之法擬定日由富戶用車交倉每路擬

派

還

致著

盤

總

派紳董四人監收各收各路收齊之後各路穀數官中存一簿
紳董存一簿封條由官用印固封各路紳董亦墨寫一封條畫
押固封每路廒中穀數亦必寫明封條之上鎖鑰由各路紳董
經管每遇何路有荒必由何路紳董稟請傳集六路紳董商議
批准具領官紳俱不得私自動用何路借出豐年之後應仍由
何路歸還以免爭端此是民間捐穀備荒與宗誠自行捐湊存
與民間之款官府固不得藉公動用即鄰邑有災亦不得借撥
以致歸還無着每遇官府交卸之日必傳諭各紳董到城驗倉
加封前後任無庸盤倉以節靡費如當出風之期亦必傳諭各
紳董公驗公看總不許藉口出風私自開封以致有失每遇荒

核　歷一篇　賢　築屢　弊

年總以本地紳董與地方官商議頒發但以數目報明上憲收還之後亦以數目報明上憲以備案卷此宗誠辦理積穀之章程也是否有當理合稟明憲台鑒核如以爲可謹求頒發告示永遠懸掛倉中補載縣志實爲德便

上李中堂籌城工書院考棚義倉名宦鄉賢祠歲修費狀

宗誠所修書院考棚名宦鄉賢義倉皆高大堅實一時不用修理惟城工係前縣李牧經手修築每年不可不有歲修宗誠屢思籌一長久之計而勸捐存放亦覺煩瑣有弊查東强向章各地方皆有應辦雜項差徭以爲縣中辦公之需惟有義倉之八地方以縣差改爲倉差定章每年五十千名爲歲修後義倉既

根

廢每年歲修一項除扣倉正工食外仍交縣署辦公一如雜項差徭之例歷有年所宗誠到任以後所收義倉歲修差錢照修城工例減為三十五千積存庫中不用留為重建義倉之根基今宗誠在城捐建義倉已成鄉間並無義倉所有八地方歲修差徭應照舊章改為雜差與合縣地方事同一律方為公允惟念城工歲修無款可籌即宗誠所修書院考棚義倉名宦鄉賢各祠將來亦不免有歲修之處與其後來籌款又費周章不如即將此義倉歲修一款改為名宦鄉賢兩祠城工書院考棚各處歲修之用每年照章秋後由縣催八地方交齋由管理城工書院考棚等紳富具呈請領出存商以為名項歲修之用此在

八地方係照章應出之差徭且比改縣差較少于民甚便而于城工書院考棚各祠有此一款每年歲修可以不致圮壞即在歷任知縣每年少收此歲修二百餘千亦無大損於己而永遠有利於民有益於公愚見籌畫如此是否有當恭候鈞示遵行實爲德便

上李中堂請差徭宜按畝均勻狀

前奉本州轉蒙籌辦助賑局札以奉中堂札發山西撫院曾奏稿一件並飭各屬體察情形酌仿晉省章程至差徭雖迭經定章酌減恐亦有飛灑詭寄張冠李戴之獘衿監廟職功牌等類不按章程任意圖免甚或從中包攬致使小民重受差累應飭

頓釐剔
派
致艱寡

各屬認眞整頓釐剔務歸平允其非定例定章應派者概不准
藉端苛派以資休養等因蒙此遵查阜縣辦公各差向章本輕
同治元年前縣李牧勸捐修地城因公減免差徭三分更較他
縣爲少宗誠到縣以後查皆係阜縣中辦公之需不便再行減
免以致異日諸事棘手惟自上年夏初以後不雨即全行停免
至今年秋成雖屬中稔宗誠體察民艱仍優全行停止不取絲
毫計兩年之間免免民間差徭約四千餘串冀以稍培元氣今
奉憲札飭令認眞整頓查柬强向章差徭各村皆按牌甲分定
成數斂交歷有年所在當年成數係按地畝之多寡戶口之貧
富均分原無不公不平之理數十年以來或此牌先貧後富或彼

牌先富後貧或此牌人戶先多後少或彼牌人戶先少後多而差徭並不隨地均攤仍按昔年各牌戚數斂收實有多寡不均苦累貧民之弊至今年大荒之後地畝更多變遷瘟疫盛行人戶尤多寡不等卑縣如此他縣想亦同然宗誠見在兩年雖已停免差徭一切辦公及培補民間之事甘心賠累唯將來必有出差之時若仍照向章則貧民必多受累不照向章則刁民起爭端可否請憲台定一章程札飭各州縣差徭一項不准于向章絲毫有加但令各村牌甲必須查照見在地畝分派不得照昔年戚數致令戶單地少之牌爲地多戶衆之牌受累愚見是否有當伏候尊裁

停止派

上李中堂請災區停派大差狀

再密稟者竊查直省上年秋災今春無麥夏秋之間瘟疫大行民間之苦慘不可言幸遇中堂仁心爲質請蠲請賑以拯困扶危上感天心得以有秋然民間之苦恐尚有未盡知者謹詳陳之上年大旱之時民間富者尚有歷年存餘可以營生貧者尚有宅地牛驢衣物可以賤賣變動而自去夏至今秋年半之間糧價踊貴異常無論貧富皆須糴糧度日富者歷年所餘漸已用盡牛馬亦多出售貧者則室如懸磬度日如年所以去秋雖未種麥而地土多已耕犁以牛驢尚未盡賣也今春瘟疫未行但得口糧尚可以人耕耨但得子種即可不致荒蕪以人口尚少

悉搬聚

亡

殓也也今秋則不然以卑縣而論宗誠春夏之間日夜籌畫借
助口糧子種又勸紳富捐散子種地土毫無間曠秋成亦獲中
稔不料秋收之時瘟疫大行病者十人而九計一村喪亡者多
至二三百口少者百餘口合計不下五六萬口其病而未亡者
又十餘萬口既無人力又無牛驢收割之時梁穀無力搬運入
場加以陰雨太多在場園者亦無力斂聚入家地無人力牛驢
不能耕麥因子種過貴不能種穀賤錢艱非穀之多也死者須
買棺木而棺本之貴異常生者須製冬衣而衣之貴亦甚貧富
皆須賣穀而用而一無屯聚之家所以民家苦況格外艱難即
錢糧正款除已減成尚征不起鄉閭地土以十分計不過耕有

執寬

三分種麥者不過一二分約有七分尚未耕出明春天氣回陽
人力既少牛馬又單欲求如今春之無荒地恐必不能見聞明
春有山陵大差以宗誠測之恐被災各州縣官民俱未必能
辦往年大差無論修道及幫辦支應大縣須出萬緡小縣亦數
千緡不過十日之內即須措齊皆賴各鄉富户先墊然後按牌
加利歸還令富户皆無寬餘貧民斷難攤派至修道必須人力
鄉村農民死亡逃絕者十室而五耕地尚屬無人夫役從何而
出至於馬差向皆僦耕地之馬來往按日計算一馬一夫每日
一千五百文若一縣派二十餘匹民間又須派一千餘串耕地
既無馬騾差馬又從何辦山陵大差民間例應承辦萬無可

瘝　褱

推而就見在之情形論之恐被災各州縣與附近災區斷難承辦想中堂痌瘝在抱必籌所以權變之方宗誠愚見修理道段能否如前次修河辦法暫調各營兵勇修理一次即差馬亦可調營馬權辦大差以紓民力至幫辦一項或於通省州縣中擇其未被災地方酌量匀派或另設籌捐之方不令派之於民以紓民間一年之力嗣後永不爲例仍照舊章愚見是否有當謹密陳之伏候鈞裁

上丁方伯培令未成不頗計遇壯以中堂擬辦諭關州令即請洽到見

本月十七日奉到初五日手諭拜讀之下感悚難名自顧衰慵何堪任此策勵雖在大府擇吏安民原屬至公無私之見而在

才　初　缺　墻　溼蒸

菲才末吏則當守分安命豈可稍存趨避之心今冬災事已終
倉穀已成地方雖止內結各款尚無虧欠訟獄之事亦無留牘
故屢思請告稍以引見為名實為開缺南行之計年已六十
貪戀官不已大非初心且恐為天下後世學道者所笑也乃
未蒙大人所許亦不為中堂所許是以姑少待之定於今春眷
屬先歸即稟請開缺不料五月內大雨時行倉穀太多積壓太
重上積壓則下擠滿倉廒墻壁雖云堅厚據紳民僉稱入伏以
後暑溼上蒸穀子上壓下漲或有傾倒加以大雨其何以善其
後宗誠南人未知北方穀子性重聞之心悸是以急借書院考
棚並附近閒房搬運出風幸無大損壞然大門前二間果已為

添墻冊

穀多擠倒矣似此則計非經營添造倉廒不可見在仍不勸捐擬以今年差徭及錢糧平餘辦公一款向來爲署中食用及解攤捐之用今更加省節收買磚瓦木料石灰土坯擬候七八月之間天氣晴穩即行借用縣署前空地添蓋瓦房二十六間並修還倉房大門前二間告成之後將原穀分盛兩倉之中又買席數千張每廒中做席囤讓開墻壁使穀不得擠墻如此方可經久通計添瓦房二十六間修還二間以及買席片做囤運入倉酒錢數十時須三月方可一律竣事東坡論漢晁錯能發之必能收之宗誠創建倉廒積穀本非紳士所願意宗誠一力捐建伊等義不得不捐穀以助今若請咨引見而去紳士誰肯出

棄易

錢經理後任誰肯捐資經營若後任開捐則宗誠必爲紳士所怨以爲宗誠不當留此以累民也況倉穀借放書院考棚亦不增倉米成事棄之而出穀有失少誰任其咎自今而後知善政之不易爲也既已爲之惟有始終成全其事無累後人無累百姓而已定計倉穀歸原之後亦遵眷屬回籍即請咨引見交代清後再爲請歸之計至於升遷之事雖蒙大人由中堂俯賜成全且欲令與游子代同在一方憲恩高厚義當勉圖報稱而義命不可不安職分不可不守君子思不出其位於閑事未舉因欲升擢而急遽之以累後人以敗成功豈非趨避之私乎鄙陋之見伏維鈞鑒并請以前後兩稟轉呈中堂鑒察不宣

才　蒙　屢　微　罔褒

上李中堂請假回籍狀

宗誠皖北儒生才庸學淺是以少安愚拙曾無干祿之心繼因遭際時艱不得已歷游幕府雖亦志存利濟而始終不爲仕進之謀乃蒙前憲台曾　於奏調人才摺內謬列賤名奉 ○ 諭旨發往直隸以知縣補用自顧愚陋辭謝不獲又蒙憲台奏補棗強實缺感激知遇惶恐殊深奉札於同治十年二月十五日到任視事州縣爲親民之官時慮不能報稱上負憲台及曾文正公知人之明屢次上稟乞休皆荷降函不允並蒙大計之年登諸上考又以辦賑微勞疏請議敘名過於實益切悚慚且蒞任以來凡有刑名之案曾無駁飭凡有條陳事件罔不蒙嘉允

逸衷徵

有興廢舉墜之事無不曲賜成全俾無棘手知遇如此何忍遽萌自逸之心私上年蒙諭令久保卓異應速請咨引見可得升階宗誠適以增建倉廒尚未竣工義當素位而行不敢存進取之念據情稟覆仰蒙憲台函示准與從緩見在經手事件雖已完竣而精力衰鈍難任馳驅查宗誠在任九年事事躬親舊案新案隨到隨結無一留滯之積牘經徵錢糧雜稅儘徵儘解無一留存之庫款惟前因荒年捐賑撫糧創建義倉積穀萬石計捐京錢五萬串有餘皆先稟明憲台係挪動未解攤捐之款後復通詳立案故今惟有攤捐項下欠款實在無力清交餘無經手未完之件前月晉省謁見憲台屢以精神罷敝乞准假歸仰

恨 歧 戢 退 遲 初

蒙獎飾有加慚感交集宗誠今年六十有三歷年盡心辦公時
守先勞無倦之訓幸少貽誤惟自恨學未優而仕是以仕未優
而仍學教養諸政未敢倦勤窮經考史公餘不懈勞心過甚目
疾時發頭暈心眩記性全無近則目疾益昏精神益
勝州縣之任且宦久民戢心力尤難照顧深恐
貽譏尸位素餐於出處進退之義未
懷老至乃忘貪得之戒言不顧行將
在情形伏乞憲台俯賜擇委賢員
任交代無得遲延俾宗誠得安
墳墓多未修理欲請交卸之後

缺1/19

神尚可任事自當速急銷假供
實在精力日罷難期振作屆時
意亦不敢存戀棧之心爾此恭叩

上李中堂籌加捐倉穀狀

宗誠去今兩年因卑縣義倉久廢屢奉憲台札飭勸諭有力紳民修倉積穀宗誠以民力維艱稟明省積辦公餘款并挪用攤捐未解各欵自行捐建義倉十九間官廳三間大門一間業已稟明憲台並蒙頒發匾額在案秋成之後幸獲中稔遵照憲台前札示諭各村有力紳民捐穀存倉當由紳富自行開單報捐者四千石亦已將收穀並籌辦永遠章程稟明憲台并蒙頒發告示在案至宗誠今春正月稟請以上年災村紳富完糧銀借作合縣民間耕種子種當蒙憲台批准散給民間因此地畝毫無荒蕪秋成幸獲中稔理應徵還為紳富留抵今年正賦旋因紳富聲請情愿作為捐欵毋庸追還留抵亦已據情稟明憲台蒙批應准照辦在案八月以後宗誠念　國課為重自應先徵解正賦茲于十一月終已將今年下忙七成正耗銀徵起儘數批解旋即召集各鄉紳董來城公收捐穀入倉自十一月二十四日起至十二月初

上李中堂籌加捐倉穀狀

宗誠去今兩年因卑縣義倉久廢屢奉憲台札飭勸諭有力紳民修倉積穀宗誠以民力維艱稟明省積辦公餘款并挪用攤捐未解各款自行捐建義倉十九間官廳三間大門一間業已稟明憲台並蒙頒發匾額在案秋成之後幸獲中穩遵照

憲台前札示諭各村有力紳民捐穀存倉當由
紳富自行開單報捐者四千石亦已將收穀並
籌辦永遠章程稟明憲台並蒙頒發告示在案
至宗誠今春正月稟請以上年災村紳富完糧銀
借作合縣民間耕種子種當蒙憲台批准散給
民間因此地畝毫無荒蕪秋成幸獲中稔理應

徵還為紳富留抵今年正賦旋因紳富聲請情
願作為捐欵毋庸追還留抵亦已據情禀明憲台蒙
批應准照辦在案八月以後宗誠念　國課為重自
應先徵解正賦茲于十一月終已將今年下忙
七成正耗銀徵起儘數批解旋即召集各鄉紳董
來城公收捐穀入倉自十一月二十四日起至十二月初

十日止前所稟明各村捐穀四千石業收齊紳
富因空廒尚多又捐穀四百石共市斗四千四百石
皆過扇車堅實乾淨拂數入倉所空倉廒尚可
盛市斗二千六百石現在上穀每市斗一石合價
京錢四千五六百文宗誠又挪動歷年攤捐未解
之款買穀一千八百石其前借子種之家宗誠業已
遵照憲批出示曉諭無須歸還民間無不感激憲
恩是以下忙錢糧皆照七成如數完納惟其中
亦有貧苦殷實不等其殷實者既感紳富好義
之誠又念積穀備荒之善且見紳富及宗誠皆
竭力捐穀存倉以為永遠之計子種既無歸還
亦情愿各捐穀數斗存倉約計共捐八百石統
計共收入倉者東强市斗七千石合倉斗一萬石
於十二月二十六日一律收齊各廒皆已充實俱
照憲示由紳士眼同鎖固開列穀數公寫封条
除將各章程並各村捐穀數目分晰造冊通詳
立案外理合先行稟報中堂查核

十日止前所稟明各村捐穀四千石業收齊紳富困空廒尚多又捐穀四百石共市斗四千四百石皆過扇車堅實乾淨拂數入倉所空倉廒尚可盛市斗二千六百石現在上穀每市斗一石合價京錢四千五六百文宗誠又挪動歷年攤捐未解之款買穀一千八百石其前借子種之家宗誠業已

遵照憲批出示曉諭無須歸還民間無不感激憲
恩是以下忙錢糧皆照七成如數完納惟其中
亦有貧苦殷實不等其殷實者既感紳富好義
之誠又念積穀備荒之善且見紳富及宗誠皆
竭力捐穀存倉以為永遠之計子種既無歸還
亦情愿各捐穀數斗存倉約計共捐八百石統

計共收入倉者棗强市斗七千石合倉斗一萬石
於十二月二十六日一律收齊各廒皆已充實俱
照憲示由紳士眼同鎖固開列穀數公寫封条
除將各章程並各村捐穀數目分晰造冊通詳
立案外理合先行稟報中堂查核

亦笑草牘

柏堂集外編卷

桐城方宗誠存之

上李中堂　七月中

敬禀者七月十一日接奉初一日憲批以六月二十四五等日各路多得透雨該縣是否沾足仰即報聞又於七月十五日接奉十二日鈞札以訪聞盜匪白玉成聚衆在卑縣隣境一帶飭將辦理情形馳報等因仰見中堂慮災邺民除害安良之心無微不至宗誠無能仰承德意實深惶怍查卑縣六月二十四五兩日得雨三寸業已馳禀在案惟東强地勢高亢向無河渠惟東西兩沙河河身稍低非大水之年毫無積水統合縣計之高

地多窪地少懼旱災不畏水患而地仄人稠比他邑村多田少雖豐歲收成不敷一方之食以手藝買賣出外謀生者一邑中幾至萬人各村中富者極鮮地少者專靠男女老幼紡織為業其餘傭工拾糞為生别無生財之道聞往年京東布疋暢行雖有荒歉民無飢色近年京標不到布疋不行窮民失業者十有八九是以去年四五月缺雨米價昂貴人心惶惶黠者相從强借强刦愚者專恃典田賣地為生田地賤賣賤當則收成更少生計更薄愈見其窮又適值今夏五六月缺雨穀價更復昂貴富者去今所收本不如昔又見連年乾旱皆有懼心有穀不敢出賣出放有錢不敢買地放賬京標不通各項生意歇業工人十散其九野無青草牛馬無所

得食盡行賤賣農工束手傭僱無門紡織者持布入市折本而歸甚至糞廠閉門貧人拾糞亦無售主市中穀糠麥麩皆稀有奇貴野地榆葉榆皮剥盡則採取杏葉棗葉以為食强披高粱葉以為薪因此興訟爭毆而民之窮極苦極可知矣此間向無倉穀可放今春宗誠捐銀千餘兩創建義倉擬年豐積穀以備荒歉不料倉成而年飢更甚志願未遂抱恨實深又不通河道運穀維艱日見斯民之窮而不能救中心鬱鬱不可言喻幸而六月十四日得雨一寸二十四五兩日得雨三寸窪地向地皆透植穀可望有收高地黑地皆未甚透宗誠日夜奔馳四鄉勸諭速種晚穀無種者許借錢以買子種民心大悅晚穀豆子蕎麥菜蔬盡行補種毫無曠土滿

擬續得雨澤尚可有秋不料至今已二十餘日宗誠又日夜祈禱竟不得雨統計衆强植穀種有十分之七其窪地白地秋收可得五成其高地黑地秋收不過一二成至晚穀雜粮統計種有十分之三如目下得雨秋收尚可望一二成否則播種已遲白露將至出土不過一兩寸即被乾旱根柢淺薄不但無一成可收即求穀稭作柴薪喂牛馬亦不可得轉眼即須開征若請停緩則富者閉藏錢穀更不流通若仍催征則貧者生計維艱斷難輸納若分村庄請停請緩則各村皆有貧富之不同亦皆有高低之不一旱災與水災異竟難以村莊分若到處勘驗徒滋紛擾且亦無有報災之村不便上請委員勘驗惟下情不可不上達上恩不可不下究宗誠

愚見欲請中堂與藩司議寓撫卹之意于催科之中百姓雖未報災而百姓之苦牧民者豈可不深知民隱秋後雖然開征只能征其可征之家其不能輸納者則寬之而不照常追究無停征之名而存停征之實意庶窮民尚有一線之生機惟如此則民欠必多是必藩司深知民情之苦而不深責州縣州縣乃能行其意宗誠非為卑縣一邑計也計合省被旱之區小民之苦皆必如卑縣也但恐未必如宗誠之愚直以實情上達耳不以實情上達勢必督催切迫小民日見其窮易曰損上益下謂之益損下益上謂之損剝之象曰上以厚下安宅不厚其下上何以安至盜首白洛玉聚衆滋擾前經宗誠查知飭令兵役鄉民梭巡訪緝已與武邑標局合拿

六人現在白洛玉已經遠走餘黨前到卑縣大營流常等村即時起團轟散業各禀明在案後聞盜影至武城五房頭一帶亦即于七月十一日商令卑縣汛官與武城南宮各赴南宮之南白塔會哨一次並將各邊境查訪一週宗誠前因奉憲札飭將盜匪盐梟朱四就地正法親帶兵役至吉利恩察各村督率鄉團將朱四正法梟示以警動遠邇往返八十餘里周歷四五十村莊現在卑縣並無賊踪擬趁隨時下鄉查緝並移各隣封會哨以期無負憲命

又禀

卑縣去秋今夏收成减于前數年故今夏旱時穀貴錢艱加去年旱時一倍得雨之後仍復如是今秋收成比

去年更賦数等、收割之際、貧者或暫得一飽、一交冬春二季、必皆十室九空、此時穀價已至斗米千六七百文、冬春之際、必更加貴、且恐無穀可買、亦無法能買、盜賊縱橫、必更加甚、粛强情形如此、他處恐多相同、愚見欲請中堂以民食之艱、痛切上陳、請截留南粮、並山東漕粮、或設法採買關東小米、或奏請免稅、招海商運津分布各水馬頭、聽各處販買販賣、以濟民食、實為德便。

此事極當行之

又稟

宗誠今春節省辦公餘款、捐建義倉、原冀今秋積穀備荒、不料今年旱荒、更甚于去年數倍、去夏閏五月十五六日得雨、比今年較早、又因有閏月、節令稍遲、得雨之後、連得透雨多次、是以植穀雖薄收、而補種晚穀尚不甚歉于豐歲今年春雨甚好植穀種多乃入夏以後七八十日不雨植穀根氣受傷已甚六月二十四五日得雨有透有未透植者甫經回生稗者甫經播種旋復乾旱則植穀雜粮秀而不實實者亦不能茂密堅固稗者節令已遲至今不過出土一二寸更何能望所以今年收成合計不過二三成佳者亦不過三四成民間既無所得食則欲捐積義倉萬萬不能即欲自捐以買穀亦恐無處可買故欲求中堂招商北來如水路穀米來多宗誠欲將歷年所欠外結攤捐未解之款近年節省存餘尚有二千金本擬留待交卸之後補交各欵以清交代今欲移緩救急將此二千金捐買米穀存倉以備冬春窮民之接濟如米商到津時求中堂札知宗誠即行

專差採買實為恩便

奉中堂批示

據稟該縣地方亢旱小民困苦情形殊堪憫念縣境播種植穀十分之七晚穀十分之三六月二十四五日之雨未能普律深透合計秋收約二三成佳者三四成本月二十一日津郡得雨四寸其勢頗寬該縣如亦霑及尚可稍資補救下忙開徵該令擬徵其可徵之家寬其不可徵之家寓撫字於催科之中具見體恤民隱此必親自逐戶考察妥細區別毫不假手吏胥乃有實濟但牧令中實心為民者少焉能盡行其意且糧賦應否停緩繼以地畝有無收成為斷富者雖力能輸將其地若失收亦在應緩之列如仍令完納又須牧令素得民心始可斟酌辦理否則反為

籍口矣至旱災與水災雖異而旱則高地災重水則窪地災種兩事參觀無甚軒輊然勢難於一村中區别高窪以分徵緩故向例只按村核計也江浙海運漕粮旱經運通收倉山東粟米尾幇亦抵通壩無可截留京倉又不可不顧若採買奉省小米以備接濟洵屬相宜昨已飭在津司道籌議矣現在米船來津頗多該令擬買備米粮甚好儘可派人采買也繳光緒三年七月二十六日批八月初八日到

上李中堂 八月初

敬禀者竊查卑縣地方前因入夏以來雨澤未足已將農田缺雨情形並旱種秋禾七分植穀約收分數及補種三分晚禾難望收成緣由先後禀報在案嗣于七月

二十一日得雨幾分尚未及寸于田禾無濟是以未報迄今總未得雨宗誠因與各隣封會哨周歷四鄉見補種之三分晚禾俱已乾死其苗出土僅止一二寸欲求稻草作柴薪喂牛馬而不能得小民多食糠麸而市中糠麸奇貴極貧者無力購買采食榆葉榆皮以及杏棗各葉野菜草根挖將盡淨東邑地勢高亢畏旱而不畏潦從來鄉民除力農服賈外男婦老少多以紡線織布為生雖偶遇災荒不致無以餬口而近來京標不至布疋不行鄉人持布入市折本而賣窮民因此失業地無工作傭僱之人且自去年一旱收成不足中户以下多無餘粮已行艱難加之今歲被旱更甚麥收無多秋禾早種七分稙穀因雨水不足不能照常豐收所以前

報約收六分詎現在各路稙穀已有收割因缺雨之故
穗多空殼顆粒又不飽滿統計高窪地畝七分稙穀實
收不過三四分其補種之三分晚禾一無收成街市錢
缺欲借無門當地之主四鄉農民有地二三十畝之家
多以麩糠拌煮樹葉草根為食而下此貧民其苦更難
言狀至卑縣東北與武邑邊境毗連數十里土鹹地薄
缺雨更甚收成更少民多飢色已間有流亡者此間向
少富户亦無倉儲宗誠今春捐廉創建倉廒本擬下季
積穀以為備荒之計不料年不順成志願未遂救荒之
術實自疚心現屆開征下忙之際因思錢粮為 國家
之正賦而輸納皆小民之脂膏若仍照常催征民力實
有未逮恐不免有賣男典女流離失所者若請委員按

村查勘收成分數分定征緩而各村皆有早種之植穀亦有補種之晚禾且一村之中凡有地家有種植穀之地亦有種晚禾之地一時難以明確徒滋紛擾而已此間民情愿樸七月初尚盼得雨庶幾植穀子粒堅實晚穀亦可薄收不肯報災至今不雨收成甚歉毫無指望宗誠日夜祈禱雨澤以為種麥之計愚昧之見不得不為民請命擬于催科之中寓撫恤之意照前報秋禾七分租穀現在實收不過三四分之數下忙地粮以十分為率亦即以三四分約為征解之數其餘六七分請暫停緩在宗誠不過緩其比催聽民自行輸納俾窮民免受追呼之慘毒庶幾隆冬之時不至道殣相望且可少免逃亡之憂其下忙未完粮銀容俟來年酌看情形分

別帶征一展轉間民力可藉以稍舒而正賦亦不致虧
缺宗誠具有天良讀書有年深知自愛每年儘征儘解
正耗各款絲毫不敢挪移况當此年飢民窮之時目擊
心傷斷不肯借公濟私藉為侵挪之地以致上負憲恩
下妨民命也所有阜縣秋禾被旱收成不足擬將下忙
地粮酌定分數征緩緣由理合馳稟中堂查核俯賜批
示祇遵實為德便
奉中堂批示
前稟已經批行茲據稟秋雨未霑收成歉薄小民因
苦情形實堪憫惻未便照常徵收錢粮該令擬照前
報秋禾七分植穀現在實收不過三四分之數下忙
地粮以十分為率亦以三四分約為征解之數其餘

六七分緩俟來年察看情形分別帶徵係於催科之中寓撫恤之意各州縣無不以催徵為急固為公兼為其私該令獨據實請緩足見克己愛民不染習氣惟緩徵錢粮定例應委員會勘並由上司覆勘造册取結詳細奏咨否則外間雖緩部中仍以經徵不力處分該令既擬不請委員會勘不區別何村應徵何村應緩但自行斟酌可徵則徵應緩則緩將來造報奏銷是否即以緩徵之數作為經徵未完之數仰再妥酌辦理並候行司核飭遵照總期窮黎無追呼之累奏銷無窒碍之端方為妥善八月十五日天河一帶得雨二三四寸不等該縣亦沾及否惟盼霜降以前普得透雨麥田可種人心稍定耳

奉藩憲飭知

藩憲孫札棗强縣知悉光緒三年八月二十五日蒙

爵閣直隸總督部堂李憲札內開為札飭事據棗强

縣知縣方令稟稱該縣地方前入縣以來雨澤未足

已將農田缺雨情形除批示外頃奉八月二十一日

寄諭抄示侍郎夏同善摺內稱各省大吏如有專

顢頇征禁止屬員報災坐視流亡而忍不置問者即

請立予罷斥等因本年直屬被旱較廣聞西南各州

縣秋收大半歉薄窮民頗多流亡與棗强情形相等

者計必不少但皆未必據實報聞耶該縣方令既據

實請緩未便拘泥阻抑弗恤民艱究應如何准其通

融定數核實查辦之處合行札飭札到該司即便迅

速妥核飭遵具復此札、
奉本州飭知
本州楊札東强縣知悉光緒三年十月初十日蒙藩
憲孫札開光緒三年十月初一日蒙督憲李批本司
呈詳遵札將本年災歉州縣責令各該管府州督飭
再行確細查勘惟秋災例限不出九月現飭各府州
復勘往返有需時日勢難依限詳辦請查核附奏展
限等緣由蒙批據詳已悉本届各州縣勘報災歉情
形分數如東光交河皆情形較重而所擬分數較輕
慶雲則以久旱之旱禾謂尚收成無碍已先後飭府
確勘此形諸禀牘顯而易見者其以重為輕遷就粉
飾者必所不免大抵肯將災困情形據實上聞之處

除棗强而外不可多覯似無慮見好鄉民以輕為重
矣

會稟各憲 九月初

敬稟者竊卑縣地方因入夏以來雨澤短缺致秋禾收
成甚為歉薄先後將被旱成災情形並遵飭勘明災區
輕重暨請委員會勘緣由通稟在案茲奉批示飭委卑
職連瑞過境會勘稟辦等因遵即速裝起程于九月十
七日馳抵棗邑會同卑職宗誠親詣挨報秋禾成災之
二百八十五村庄逐畝履勘如花雨等一百五十五村
莊夏秋雨澤雖缺幸春間得有透雨高窪地畝所種七
分植穀通計收成三分餘補種三分晚禾顆粒無收統
牽核算成災七分如小師友等一百三十村莊三分晚

禾情形與花雨等村莊相同其七分稙穀因各該村地勢多窪結穗稍大夥粒亦稍充滿統計成災六分以上各村莊未完節年粮銀同下忙應完新賦如仍照常征收民力實有未逮且現在卑縣仍無透雨土脉乾燥二麥不得播種擬請將成災七分之花雨等一百五十五村莊未完節年粮銀同下忙應完新賦統緩至來年秋後起分作二年帶征其成災六分之小師友等一百三十村莊未完節年粮銀同下忙應完新賦亦統緩至來年秋後起限二年帶征其成熟村莊仍照常征收以舒民力而供解支一切徭役業經卑職宗誠出示寬免仍隨時設法妥為撫恤總期窮黎不致流離失所惟現在節過霜降麥田未能佈種恐來春青黃不接之際貧民

餬口無資衆邑向無倉穀卑職宗誠曾于今春捐廉創
建倉廒六間已籌借欵項專人赴津購買粮穀運回上
倉擬俟開春應作何調劑由卑職宗誠察看情形再行
酌辦除查造成災村莊頃畝銀數清冊另文詳辦外所
有奉委會勘衆邑秋禾被旱成災議請分别征緩緣由
理合開具清摺會稟憲台查核彙辦再被災各村莊原
有同名之處合併聲明肅此具稟恭叩鈞安
會稟各憲九月底
敬稟者案查衆邑本年秋禾被旱成災前蒙飭委卑職
連瑞過境會同卑職宗誠勘明通稟蒙憲批查被災七
分例應蠲免新賦十分之二六分者蠲免十分之一其
蠲剩錢粮緩至來年秋後起分作二年帶征並照例分

別給賑今據會稟並未議及碍難核辦仰棗強縣作速會同委員核明例案另行妥議據實開摺通稟核辦事關民瘼毋稍違延又轉蒙督憲札飭以各州縣勘報災歉不實令再確細查勘更正據實定擬稟辦各等因蒙此卑職等復詳加確核如前勘花雨等一百五十五村莊春間雖有透雨而夏秋雨澤短缺又兼各該村土性堅硬被旱最重早種七分植穀俱受損傷收成有限補種之三分晚禾顆粒無收統牽核算實係成災七分如小師友等一百三十村莊三分晚禾情形與花雨等村相同七分植穀因各該村地有窪下結穗稍大顆粒亦稍充滿被旱次重統計實係成災六分至徐家堂等六十二村莊因各該村地勢半高半窪或有井水灌溉前

勘七分植穀收成尚好不至成災第三分晚禾同一不收以晚禾之無成同植穀之所收均勻牽算實係歉收四分前蔡家屯等二百三十二村莊三分晚禾亦一無收成而七分植穀因各該村地勢多傍沙河雨澤稍遲土脉不甚乾燥穗既長大粒亦飽滿與晚禾統牽核計實係歉收三分衆邑三分晚禾全境無收業經卑職宗誠屢次稟報有案前會稟時因徐家堂等村莊植穀尚好漏未併計晚禾列作成熟委係一時誤會正在檢舉間接奉前因應即更正此外並無成熟村莊至衆邑迄今總無透雨麥田一無播種卑職等悉心核擬請將成災七分之花雨等一百五十五村莊照例蠲免本年下忙新賦十分之二成災六分之小師友等一百三十村

莊照例蠲免新賦十分之一其蠲剩粮銀統緩至來年秋後起分作二年帶征至成災六分七分村莊未完節年粮銀同歉收四分之徐家堂等六十二村莊應完本節年地粮歉收三分之前蔡家屯等二百三十二村莊未完節年粮銀一體照例緩至本年秋後啓征歉收三分各村莊應完本年新賦仍照常催征以供觧支而舒民力再定例成災六七分村莊極次貧民俱應給賑粟邑入無倉穀無可動用隣封亦多被災無從協撥窮民過多一時予賑之粮擬請援照近年改賑為撫成案由卑職宗誠逐細查明酌定另行稟辦至應行蠲緩各村莊將來如查有殷實花户已完銀兩准其留抵下年正賦所有棗邑全境秋禾被旱成災遵飭會同覆核改擬

8

緣由理合開具村莊清摺馳禀查核

上李中堂 九月二十七日

宗誠前以卑縣受旱甚重百姓困苦異常下忙錢糧難以征收情形據實上禀兩蒙中堂批示業已遵批親赴四鄉勘實各村莊受災分數並與南宮張令復行會勘通禀經本州以與例未符批駁并恭録憲札飭遵復與南宮會議禀復各在案惟畿輔重地今年旱灾甚廣民不聊生現在天氣晴暖又尚有山東天津梁穀可以販買販賣民間牛馬騾驢賤賣于屠宰房屋樹株賤賣為柴薪苟偷目前之生富家大户收成不豐所有餘財秋冬之間尚可圖謀便易賤買田宅家具而窮民亦藉以資旦夕之生一至冬間雨雪河凍路冷米販不能往來

且山東天津客粮有限亦何能應數府州百萬生靈之販買而灾區富家大户餘財用盡冬間明春田宅雖賤必更無售處而霜降已過二麥萬不能種周圍千里之中一片白土真有室如懸磬埜無青艸之景象財為民之命食為民之天民窮如此將何所不至卑縣前經中堂批示將白洛玉之黨肆行搶刼者四人正法後宗誠常時下鄉巡哨又有直字營王哨官屢次來縣訪緝現尚安靜又蒙中堂飭令河間將白洛玉拿獲正法因此盜黨解散隣境亦尚無大盜横行然匪民為害可以用法飢民為亂難以行法今冬明春恐有防不勝防捕不勝捕殺不勝殺之勢現蒙中堂嚴札催令各州縣據實報災分别詳請停緩蠲豁極重者可以請賑具見我中

8

堂推廣　皇仁厚德深慈讀之令人感泣惟杯水車
薪救之不易愚見今年秋災猶可以成數分二麥不得
下種明年春災直無成數可分今年秋災可以分別征
緩蠲賑明年春災直不可以分別征緩蠲賑恩施于受
災之後固可以助造物之生成恩施于受災之前尤可
以贊天地之化育今年旱災頻仍既無秋收可登明年
春荒又無寸麥可望據父老言為百年所未有如此乖
戾之氣惟有奏請　皇上深仁厚澤大沛覃恩庶或
迓天和而銷災禍現在百姓麥秋絕望所望者冬有大
雪春雨早來可種植穀然即植穀能種必至明年七月
後方可有收民間見在缺食者已不止十室九空日久
月長將何以待又況貧民無食者現將牛驢售盡穀種

8

食盡田器賣盡富民無穀草者亦多將牛驢出售大半窮恐冬間即有大雪春雨即能早來而無子種牛驢田器可耕者不知其幾矣況冬雪春雨尚在未定之天乎惟有此時急求

皇仁特沛恩綸上順天心下和民氣今年受災之區照例分別停緩蠲賑明年凡未種麥之州縣預先降詔豁免上忙錢糧詔旨一下必然萬衆歡騰民氣之所喜悅天心之和氣必應且災區中之富民大户見今年下忙停緩明春上忙蠲免苟有餘財必可分借于鄉里親友以及買賣交易尚可活動不致死守其錢財貧民見下忙征緩上忙蠲免亦必苦守本業不致全行荒棄流亡兼之為匪者可少蓋貧民衆多全靠上之賑卹所及有限不如留富民有餘之力使之

自相通融所救者多宗誠鄙見出于憂　國憂民之誠心並非為一己起見亦非為一邑之貧民起見感中堂知己之恩故敢陳之去年夏旱閏五月初中堂疏請蠲免同治十三年以前民欠各項錢粮奉　旨之後大雨即降轉歉為豊不得謂天人之理相遠也是否有當伏祈憲鑒

再稟　同上

今年旱災既廣雖照例請緩請賑加恵閭閻然緩徵則窮民本不能輸將賑撫則窮民所沾亦有限惟二麥既未能播種民間全望明春雨早可種稙穀稙粱而牛驢子種户户維艱如有雨而無子種可種則遲種一日即遲收一日甚或土濕時未得子種迨設法張羅得有子

種而土已乾矣其情可憫其患甚大各州縣既停緩下忙征收則亦無法借給子種愚見惟有求中堂籌畫或以賑欵改為散給子種之欵或奏明請旨飭各州縣于停緩村莊中查有大户預先完納之粮銀報明數目不必起解即留為明春散給子種之用按名開册呈報似于窮民大有裨益宗誠為窮民籌畫起見是否有當伏求裁酌實為德便

再稟 同上

查被旱州縣明春無麥可收斷無上忙可征無上忙可征則亦無差徭可取各牧令今秋下忙既分別停緩則平餘已不足以辦公加以明春上忙無征辦公尤形困瘁今年下忙于分別停緩之中其餘應征應解欵内尚

有下忙留支可扣明春既不開征則留支無出各牧令既無平餘差徭亦必無款可以通融而留支項下如春祭豈能不祭佐貳俸工豈能不領孤貧口粮當此年景發之且不足以存活豈能不發差工役食當此災歲發之尚不免腸腹不發更何能從公兼恐生訛詐之端有害於民宗誠為大局起見欲求中堂札令受旱各州縣查明二麥全未播種者明年上忙不能開征者准將今年應解正數內扣存明年上忙留支存于縣庫以便明年春夏支發如或有交卸之事即令以扣存縣庫之款移交後任不准稍有挪移俟明年下忙征解之時仍將上忙留支解歸司庫如此通融庶于公事無碍

再稟 同上

宗誠聞北方向有春麥而深冀河間各州縣向來未經種過據人言如冬雪果能大透開春亦可種以濟急但無春麥子種民間斷自辦不起愚見今冬如果得有透雪求中堂札令向有春麥之府州縣招商販春麥種到凡未種二麥之州縣販賣或另籌款備買給散以代春賑實為德便

中堂復書

存之尊兄大人閣下頃奉九月二十七日手書具聆一一承示各節足徵關心民瘼先事綢繆現在災區多未種麥春荒甚為可慮尊意擬明年未種麥州縣預請豁免上忙錢糧係為貧富藉可通融起見查災村除蠲豁現年錢糧外其明年新賦封印前尚有奏

請緩至秋後啟征之例原以留富民上供之需可分濟鄉隣之急今年仍應照辦所有豁免一層須俟明春察看情形次第酌核仍盼雪雨普霑開春尚可補種春麥稍資挽救至擬明春散給子種及得冬雪後飭令有春麥之區招商販赴未種麥之區一節聞山東曹州等處春麥頗多津市亦尚有此種屆時當察酌飭辦倘能籌得款項或先量為購備但即能籌必甚有限若賑項本屬無幾恐難改為子種之需停緩村莊中亦未必有大户預納糧銀可以留用是在地方官就地設法勸諭紳富酌量籌備庶衆擎較易於事有濟至被灾州縣來春無甚進項辦公自形竭蹷惟司庫萬分支絀錢粮既多蠲緩若再將應解正款

扣存屬庫則應放要款更少指項矣執事在任七年勤政愛民興廢舉墜地方已有起色精力遂亦漸疲曷任系念刻以查辦災撫未即請退益見急公耐勞既因目疾已甚不可久支堅請年終爲度屆時當商之方伯另覓替人以遂初志但恐循良之後難得繼起之賢耳屬題冊頁聊弁數語茲并附寄專復順頌政祉惟希珍衛不具

上藩憲 十月中

竊于本月初十日接奉憲札以現經委員由奉購運高粱抵省卑縣地方亦被旱甚重收成歉薄令速選派公正紳董赴省領運粮石減價平糶如距省較遠運脚過鉅附近處所有粮可購即稟請借銀自行就近購辦等

因蒙此仰見憲台撫恤災黎體念僚屬之意無微不至宗誠曷勝感佩惟查東邑距省三百數十里並無河道可通而陸路拉運核計往返車腳為數甚鉅至本地紳董公正者甚屬寥寥即間有一二能事之人或開館教讀或出外經營邀與商議皆不克分身况現在卑縣市集患在銀錢短缺不在糧穀短少往年起觧地糧全賴京中布標近來京標不到集鎮無銀而鄉民因布疋滯銷俱各息業所以街市制錢亦缺每逢集期販賣糧食者甚多苦于境內銀錢甚短百姓生計全無有糧沒法購買人人望而嗟嘆宗誠前于八月間函商中堂銀錢所委員陳牧借撥二千石糧價銀欵遣友赴奉省購買糧穀擬為平糶之計迄今尚無回信茲奉前因宗誠躊

踏再四誠如憲諭惟有稟借銀兩就近購糴方爲妥善
查得卑縣附近山東及故城之鄭家口等處糧販絡繹
不斷相距路途近則數十里遠亦不過百數里車脚自
可稍省如能少費一分車脚即可多減一分糴價俾災
民多沾實惠因查前報災歉村莊除照例蠲緩外其歉
收三分各村應完本年新賦約計銀尚有四五千兩之
數開征至今僅完銀一千數百兩察看情形斷難掃數
將來至多不過征到三四千兩除應行留支外擬請即
將此項征起支剩正耗銀兩暫留縣庫准宗誠借用以
備專人赴隣近地方往返購運糧穀減價平糶以濟民
食俟來年收成豐歲民不缺食停止平糶即將所借銀
兩仍批解歸欵是否可行宗誠未敢擅專理合馳稟大

人查核俯賜批示祇遵實為德便

上李中堂 十二月初

宗誠上月二十六七日以地方災歉情形親叩憲轅面稟備蒙訓迪感佩殊深稟辭之後星夜馳歸于本月初三日抵署查明前次借銀錢所一欵所買高粱業已到縣計有津斛二千五百餘石借欵六千一百四十兩來往盤費並陸路車脚在外惟宗誠初意借欵買粮在八月間尚望得雨種麥民間稍有生机即以所糴之粮俟嚴寒之時減價出糶接濟民食再行易銀歸欵折減者由宗誠賠出此本意也不料二麥粿粒未種至今雨雪未霑四民無業日夜皇皇挪借無門富貴之主被災村莊計二百有餘極貧人户有數萬之衆窮民婄食糠粃

麥麸草根樹皮現在求此亦不易得惟買棉餅炒麦稭以為食不但户多苦飢甚至窮愁自盡是即減價平糶亦無有能買者左右思維非照例賑撫萬萬不能稍濟于民宗誠忝膺一邑既不能早為民籌積穀之方又不能感召天和致民間受此災厄若再戀此一官不能為民請命求賑求撫不惟上無以報憲眷亦下無以服民心且在任七年征觧正耗並帮辦大差所取于民以上供者將近三十萬兩今若不求損上益下實無顏以對百姓又何敢一日曠居末職是以遵命肅稟仰求發給撫恤鉅欵以救民命宗誠深知憲台籌賑之艱各州縣請賑之衆斷不敢專顧一邑以私害公惟卑縣地面受災實為極重在宗誠承辦撫恤不敢多求所請俯發銀

一萬兩擬以六千一百四十兩撥歸借銀钱所買粮項其餘求存司庫准宗誠以應解之款易钱並所買高梁按户按口散為撫恤時届嚴冬百姓命在旦夕如此通融免致領解往返厯幾少花路費即可多救民命至卑縣今年下忙應征欵收三分粮銀一併征齊除留支外應再另文起解總期下有濟于民生上無虧于正欵以無負憲台德意

上李中堂　同上

敬禀者冀州一帶地產硝鹽天旱尤甚加以各屬皆成災區貧民無所得食在產鹽之地勢難免販賣為生在飢饉之區亦難免圖賤買食而鹽鋪以國課為重勢不能不令巡役查拿惟拿獲例應交官按情按法處置

不取其財方服其心不得藉此搶奪車輛並車上錢文
衣物餘盐入已並不告官即或告官而究將錢物奪去
名為國課起見實是假公濟私損人利已以致積為
仇恨將必激成事端當此奇荒盐犯聚衆持械橫行者
自應重辦以伸國法至災民無計求生借小本求微
利以為事育活計情殊可憫巡役查拿搶奪必致聚衆
激禍人無生机將不畏法因時權變奧州一帶如此奇
荒似宜稍弛盐禁俾窮民生路不致盡絶庶幾賊盗不
至日多盐舖巡役如遇有大股盐犯自應告官飭差會
拿不得私藉巡查搶奪錢物其餘貧民或肩挑背負或
单車買賣并無聚衆似可從寬不惟恤民困亦所以安
民心也至盐舖賣盐攙和泥水短少斤両以及盐巡藉

查盐為搶奪皆應歸地方官重懲宗誠為防階亂激禍
起見是否有當伏乞訓示
奉中堂批示
據禀並另单均悉該縣被災六七分村莊前已飭據
藩司核給撫銀四千兩在案今年直境灾區不少庫
款支絀賑需力难寬籌惟該縣災村較多待賑户口
較衆甚至窮愁自盡實堪憫惻原撥之項自属不尃
據請銀一萬兩撥歸前借銀錢所買粮銀六千一百
四十兩其餘存儲司庫即以該縣應觧之款易錢同
所買高粱按户按口散放候行藩司迅速酌辦飭遵
具復並將銀錢所借欵由司扣還深冀一帶地産硝
盐貧民零星刮土煎販藉以餬口情本可憫是以商

人送請從嚴禁辦未經照准但近有大夥鹽販勾結晒賣甚至橫行搶掠殊為地方之害已飭文武一體拏辦在案該令即妥酌辦理總期寬嚴得當以靖地方至各處鹽店向皆無十六兩足秤民間亦尚相安近年災歉頻仍私梟充斥運路艱滯商情亦甚困累自應循照舊規以保課欵惟不許太短分兩或任意攙和泥水其巡役倘敢藉查私鹽為名搶奪錢物必應由地方官嚴拏從重懲辦繳十一月十六日到

上李中堂 十二月末

敬稟者竊查阜縣地方本年秋禾被旱業蒙委員會同勘明災歉分數將成災六七分村莊貧民照例給賑擬請援案改賑為撫通稟在案宗誠前因市集糧價踴貴

民食維艱曾于八月間商憲台銀錢所委員陳牧借
撥銀欵遣友赴津購買粮石以備平糶日久未到適蒙
藩司札飭以委員由奉購運粮石回保令即赴省領運
減糶或借欵就近購糴等因當經宗誠查有征起下忙
正耗粮銀二千數百兩稟請暫行借用就近購糴蒙藩
憲批允飭遵即經宗誠動借儘數在附近地方購買高
粱而前託友人購買天津高粱亦至統計兩處所買共
市斗二千餘石借用銀錢所湘平銀六千一百數十兩
借動下忙粮銀二千餘兩宗誠察看各災村真真貧民
生計毫無有粮無錢即欲得數升之粮而無法備糴時
屆隆冬飢寒交迫殊堪憫惻惟有急與撫恤尚可稍蘇
民困隨先約查實在貧民户口稟請撥銀散放兹于十

二月初八日奉到行知蒙憲恩兩次撥給撫銀五千兩飭即領回按冬春兩次散放伏思東邑地處僻隅集市制錢甚缺換銀非易況道途窵遠往返領解尤需時日封印在邇轉展周折誠恐年内散放不及且應撫户口過多原撥銀數難以專行宗誠躊躇再四惟有改糴爲撫或可救急擬按應領撫銀五千兩之數合計借欵所買之粱價查照被災二百餘村現在極貧户口先行均散俾災民普律均沾以期迅速而昭簡易散放之後有逃亡聞撫回歸者隨查隨補不使失所撫銀不足捐粮散放至應領撫銀五千兩由宗誠另文請發以便解還銀錢所軍餉要需其餘借動之銀尚有三千餘兩本年災區既廣需賑甚繁當此庫欵支絀之時宗誠何敢再

請加賑遵札勸諭紳富而合境災歉輸將之人又未便
稍加抑勸宗誠惟有自行捐資歸楚[redacted]
[redacted]再卑縣災村既廣户
口亦多冬撫事宜宗誠與教佐各官勢難兼顧素知候
補縣包令增澍謹厚勤能前在河間辦賑甚為妥善現
因包令在隣封武邑帮辦賑務完竣経宗誠就近邀訂
來棗帮同辦理惟包令係候補人員仰懇憲台俯念災
務需人批飭包令來棗帮辦實為公便除將各災村應
撫户口並以粮折錢核銀數目俟事竣另文造報外理
合馳稟憲台查核

上李中堂　同上

前蒙憲恩批給撫卹災村銀四千兩又蒙飭藩司批准

加撫卹銀一千兩數萬生靈感激無已宗誠因領解需
時窮民嗷嗷待哺擬以借欵所買之高粱先行散放作
為撫卹庶于民生有濟查武邑被災五十餘村大口或
給銀二錢或一錢五分或一錢共分三等小口或一錢
或七分五厘或五分亦分三等阜縣被災至二百八十
餘極貧户口將至數萬宗誠嚴細分别親自下鄉點明
口數查驗面色給與粮条註明口數粮數交與本飢民
收執復寫一村總条註明一村總數交與村董收執定
期由村董捐車持總条赴倉請領飢民持名条赴村董
家分領免致飢民往返勞費並因各村升斗不同即令
各村董帶斗赴倉以便原斗分散免滋弊混每口無論
大小皆給高粱五升計合現在棗强市價京錢六百文

不止銀二錢之數小口亦與五升者以小口牽補大口庶幾多救幾日之飢各村散畢即貼村榜梁數計合錢數銀數皆細註明曉于大衆本應按例分冬春兩季散放無奈嚴冬苦寒日有餓殍不便拘定常例只得按五千銀之梁全行散放其每日聞撫歸來並歡收各村飢民求撫者亦復不少並有寒士求撫者宗誠情愿以五千銀之外所買餘粮陸續散放其借款由宗誠捐還之[redacted]惟卑縣十一月雖得雪三次皆不及分寸冬雪毫無春荒必甚前在崇轅仰蒙中堂俯念災黎准待明春由津給梁作撫將來惟有仰懇恩施再准給梁以救災民實為德便宗誠精力日頹只得勉力籌畫以

期無負憲台知遇俟春撫事竣再求閣鈇釋歸免致隕越合先陳明

又　同上

再卑縣今春捐建義倉六大間用京錢二千餘串此次借欵買梁幸有此倉可以收放惟尚嫌不廣擬明春再捐千金增建此時民食維艱木料磚瓦甚賤人工無處求食亦藉可以工代賑多活數人之命是否有當伏求鈞鑒

奉中堂批示

稟單均悉該令親查災村户口分與飢民粮票定期給領並擬俟散畢按村各貼印榜籌辦甚為周妥災黎既衆應准按五千銀之粮全行散放其閘撫歸來

及寒士求撫歉收各村窮民求撫者該令願以五千
銀之外所買餘粮陸續散放自行捐還借欵足徵急
公卹民殊堪嘉慰應俟事竣將捐數報局彙辦包令
增澍准帮辦撫事十二月二十七日省垣得雪四寸
其勢頗普該縣前沾及多少若何開春融化後能否
翻犁補種春麥所有春撫事宜並即妥細籌議禀請
核辦前建義倉尚嫌不廣該令擬明春再捐千金增
建以工待賑實屬不遺餘力司庫所存之五千金可
禀請撥還銀錢所免致自行領解往返縻費仍録報
司道州查照繳

上李中堂 四年正月初

去冬十二月二十二日曾以大概撫卹情形禀明在案

包令增澍回省後歲底聞賑歸來者一律補發皆宗誠躬親查驗不致冒濫本擬新正晉謁鈞顏順請教益以首府函示奉憲台面諭各州縣辦災事體緊要無許晉省仰見愛民實意不喜虛文實深欽佩卑縣冬撫計發極窮戶口兩萬餘人無論大小皆以高粱市斗五升合市價京錢六百文作為撫卹銀二錢而集市銀價每銀一錢止可易京錢二百六十文二錢止可易京錢五百二十文不能買高粱五升之數是皆蒙中堂面諭陳牧借款與宗誠預買高粱又諭宗誠以撫卹銀歸還借款一通融間俾窮民多沾實惠感激知遇何日而忘聞春有聞撫歸來者宗誠亦隨時捐發惟窮民過多現雖得雪五六寸宗誠日勸諭紳民補種春麥紳民皆以此間

向未種過亦無子種觀望不前且查鄉間情形每村百家不過牛驢二三頭田器鬻盡子種毫無枵腹空手種植維艱將來即得透雨早穀何能播種一失机會雖豐亦凶實為可慮去冬稟辤時曾蒙中堂面諭春間可發津梁二千石以作春撫意欲求中堂批示何時可以赴津請領擬領回即散放農民以作耕種口糧庶于民生大有裨益又念非借給子種不可宗誠無可籌畫亦不敢再有瀆求惟查去秋下忙開征時應蠲六七分災區二百餘村其中紳富有預完粮銀千餘兩欲求批示准宗誠動用借作窮民子種此本係應蠲免之欵散之于民于庫欵無損而于窮民大有裨益蠲免粮銀預完者例應抵下年正賦今借放作子種下年收還仍可抵下

年正賦不致有虧是否有當伏乞批示

奉中堂批示

正月初四日來稟閱悉候行津局撥給春撫高粱二千石現在尚無存粮須開河後由奉運津該令應于三月初選派妥人赴津領回核實散放藉作貧民耕種口粮其六七分災村去秋紳富長完錢粮銀千餘兩係應解抵今年正賦入奏之數准即報明確數借作貧民子種妥為散給俟本年秋收後征還解司仍抵正賦並候行司查照繳

上李中堂 正月底

敬稟者竊照卑縣去歲秋禾被旱當將合邑災歉分數造具村莊冊結稟報在案嗣蒙頒發謄黃將被災六七

分村莊應征上年下忙粮租全行豁免歉收四分村莊
應征本節年粮租及歉收三分村莊應征節年陳欠一
體緩至光緒四年秋後起征其歉收三分村莊應征新
賦隨時征收並蒙發給撫卹成災六七分貧民銀兩各
等因蒙此均經卑縣將奉發謄黃挨村張貼遍行曉諭
並將撫卹之欵按户散放另文稟明在案惟查卑縣去
歲被災極重小民困苦難堪尚冀秋後種麥今春庶有
生机乃秋後點雨未霑合境之中二麥未降冬間未得
透雪春麥亦全無補種野無青草家徒四壁去冬民間
既蒙蠲緩又蒙撫卹尚有房木撤賣作薪家具賤賣糊
口雖不至道殣相望仍難免轉徙流亡今春則不但貧
者益貧即富者亦多屢空不但被災六七分共二百八

十五村莊窮不忍言即歉收三四分共二百九十四村莊亦俱成極貧現當應征上忙之期宗誠察看情形上忙斷難開征即請緩至下忙並征民力亦恐不給上關國課下關民命宗誠不敢擅便理合將現在情形據實陳明仰懇中堂查核俯賜批示遵行實為德便

又同上

前閲邸抄恭讀上諭以去年山西河南兩省成災州縣飢饉餘生所有光緒四年上忙正雜錢粮全行蠲免等因欽此仰見皇恩浩蕩保民無疆宗誠竊念山西河南被災固重而平時尚屬殷富之區直隸則地瘠民貧豐年尚少蓋藏凶年更形窮困且是畿輔近地關繫尤重去年被災比山西河南雖屬稍輕而晚穀分毫未收二

麥子粒未種餓殍流亡所在多有宗城保定天津三處
粥廠餓民至有數十萬之多愚見欲請中堂為民請命
援山西河南兩省之例疏請皇上一體加恩將直隸被
災州縣凡未種麥之地上忙正雜錢粮一體豁免免致
下季以飢饉餘生重受追呼之苦是否有當伏乞垂鑒

又 同上

光緒四年正月十六日奉到本州札開正月十一日蒙
藩司札開光緒三年十二月十二日蒙中堂批據完縣
具詳該縣秋禾被災較重所有歉收三分及成熟村莊
收成亦甚減色當此隆冬粮價日昂若再事追呼民力
實有未逮將歉收三分村莊應征下忙新賦並完全之
區應征新陳粮租准一體緩至來春啓征以示體恤並

由司札飭此外被災州縣一體查明應否征緩速即據
實通稟彙核詳辦等因蒙此查卑縣被災甚重除成災
六七分歉收四分各村莊業蒙分别蠲緩外所有歉收
三分村庄應征上年下忙新賦僅止征起過半銀数業
已列入十月大計冊内並稟請藩司借買高粱展轉平
糶俟糶竣再行起解奉藩司批准在案其餘民欠宗誠
目睹困苦情形於報大計冊後即已停止惟今春麥禾
未種上忙既難啓征即上年歉收三分之民欠更難帶
征所有奉飭查明稟復緣由理合據實稟復再叩福祺
奉中堂批示
稟單均悉該縣災村本年上忙錢粮已於普錫春祺
案内奏奉　恩旨緩至秋後啓征並將歉收三四分

8

村庄本年上忙錢粮緩至麥後啓征據稟此時野無
青草富者亦多屢空不特上忙難以開征即緩至下
忙並徵亦恐民力未逮除災村上忙錢粮應否請豁
另行飭司核議外其歉收村庄麥後能否開徵下忙
能否並徵應俟屆時察看稟辦至歉收三分村莊民
欠上年錢粮應先行展緩俟行司彙核分别詳辦繳
二月初五日發十四日奉到
奉中堂通飭
為札飭事據該令稟稱前閱邸抄恭讀 上諭以去
年山西河南兩省成災州縣飢饉餘生所有光緒四
年上忙正雜錢粮全行蠲免等因欽此仰見 皇恩
浩蕩保民無疆卑職竊念山西河南被災固重而平

時尚屬殷富之區直隸則地瘠民貧豐年尚少蓋藏凶年更形窮苦且是畿輔近地關繫尤重去年被災比山西河南兩省雖屬稍輕而晚穀分毫無收二麥子粒未種餓殍流亡所在多有京城保定天津三處粥廠飢民至有數十萬之多愚見欲請中堂為民請命援山西河南兩省之例疏懇皇上一體加恩將直隸被災州縣凡未種二麥之地上忙正雜錢粮一體豁免免致下季以飢饉餘生重受追呼之苦是否有當伏乞憲鑒等情到本閣爵部堂據此查向例成災村莊除蠲緩當年錢粮外其次年春賦亦緩至次年秋後啓征原以展紓民力所有直屬上年災村應征本年春賦前已奏奉恩旨緩征在案但去秋雨

澤甚少麥多未耩冬春之雪又未渥霑春麥亦難補
種麥收既無把握災村民困益深即使此後雨澤應
時普種秋稼而距大秋為期尚早籽種工本所費不
貲幸獲有秋亦僅能勉供下忙新賦未必尚有餘力
兼顧上忙與其將來徒事追呼似不如將災村上忙
粮租籲請豁免上年成災者三十一州縣約計其中
災村應完本年上忙粮租為數當不甚巨現在豫晉
已奉豁免 恩旨雖該兩省災狀較重但直隸係瘠
區積歉且為畿疆重地允宜勤恤民隱冀迓甘和該
令所稟不為無見應由司妥確核議迅速詳辦除行
司外合行札飭札到該縣即便查照此札

上李中堂 二月初

審稟者正月二十日接本州札飭以奉到中堂去年冬札飭民間地畝因荒賤售于富户百年産業一旦無餘此後雖雨暘應時亦無地可耕束手待斃援照嘉慶十年奏奉諭旨准其回贖並限自光緒三年秋季起截至四年夏季止絶賣契據一概作為活契典當暫緩過割投税酌定兩年為限按原價加利回贖其有先經過割投税者並令認退過割投税之費有限内加價轉賣者並准按限回贖除原賣價仍由原業主付過外下餘所加之價原業主與原買主各半分繳歸還後買之主如逾兩年之限不贖即由買主過割投税永作絶産不准再贖仰見中堂為地方久遠之謀民生衣食之計安貧即以保富處置一秉大公實深欽佩宗誠愚見久有此

意擬俟今年秋成豐稔稟請中堂定章奏明准贖再宣
示遵行今蒙憲慮周詳預定章程惠濟窮民之意實已
無微不至惟現在民間困苦情形與富民之情偽中堂
尚有未盡知者知之明而後處之當若有一毫情偽未
明恐窮民未受准贖之利而先已受抑勒之害宗誠謹
案陳之一出示太早之非宜也直隸富民與南方不同
貪利者多好義者少平日尚不能有無相通凶年更何
望緩急足恃自光緒二年四五月亢旱米價頓長買賣
不通貧民懇求賣地于富户價值已減十之四五至三
年四五月間復旱地價日減一日始猶可以十之三四
繼乃不過十之一二有買地許原主耕種一年即于買
價之中先扣一年租價者有買地恐其異日回贖找價

勒令賣契之中多寫價值者有將平日所借之本利滚算找價些微勒令立契者挪借典當之事曠焉無聞非寫賣契毫無生理甚有賣亦不要跪求言情賤而又賤而且自以爲行善救人者現在民間之苦更甚于前無地者固無生机有地者尚須再賣去冬不賣之家今春亦必須賤賣若此示一出則富户知買地准其回贖必更不肯通融二麥既毫無收成春夏之間米粮必更加貴無地者固坐以待斃有地者將何以爲生勢必至賣價一千勒寫十千二十千然後肯買其去年賤買之地貧民無法救生必求加價一千或数百文即寫作一二十千另换文契者逃亡之家已賣之地買主必至改寫文契加價投税者是不特絶此日賣地之生机並絶異日

回贖之生路民可使由之不可使知之宗誠愚見春夏之間此示不可宣示聽其賤買賤賣過割投稅以救貧民目前之性命秋後再由中堂定章奏奉諭旨頒示通省災區則貧民可沾實惠富户無可挾持矣一限期太廹之非宜也貧民地土不多既已賤賣兩年之中即遇豐年無甚出息況荒年之中衣衾當盡家具賣盡房屋撤盡力作稍有餘資一切俱須添補勢難盡回地畝予限兩年富户必故意留難一轉瞬而限期已過且有賣地逃亡者限期太近何能復歸故里擬請於秋成後定以自光緒三年四月起至四年秋季止期内所買地畝准原賣主于五年之内不拘何時備價回贖至光緒九年年底始行截止不必預禁過割投稅俟定以過割投

稅之費原業主認還至富戶賤買地畝既已每年得租不必再令贖者認利如限內富戶有事欲行轉賣先令原業主贖取如不能贖准其照原價轉賣不得加價倘或加價原業主回贖之日其所加之價仍令轉賣者退還如此方無弊端若轉賣者加價令原賣者一半摊還此示一出富戶必皆作偽勾通親戚以為已経加價轉賣令原業主摊還一半如此留难終無回贖之日凡此情偽勢所必然宗誠體察情形不敢不盡言無隱且此事非于秋後奏奉諭旨由中堂刊刻告示頒發一縣數十張遍行曉諭使貧民人人皆知則富戶與官府書吏交通仍然貧民难沾實惠宗誠感中堂知遇事關民瘼不敢不密陳之是否有當伏乞鈞鑒

奉中堂批示

上月二十九日來稟閱悉災民賤賣地畝變通回贖一事該令以出示不宜太早贖限不宜太促皆不為無見應否於秋後奏明頒示存候酌辦此事雖經通飭仍須地方官紳斟酌而行是以札內有體察情形妥善經理之語凡事一利必有一弊倘不體察妥辦即立法盡善亦恐不能去弊耳

上李中堂 三月初

正月初四日稟請憲台飭發津梁二千石以作貧民耕種口糧當蒙憲恩批准並札飭津局行知阜縣令于三月初備文請領宗誠查縣境田地全荒民窮實甚冬雪未透春麥不能補種幸曾得雪二次土脈尚不甚乾燥

可以人力耕墾以待得雨後即種早穀蒙藩司札飭宗誠赴省請領春撫銀二千兩宗誠以往返需時緩不濟急即以去冬借銀錢所銀所買之津梁并動用下忙地糧銀所買之東梁除發冬撫外尚有餘梁一千餘石宗誠率同教佐紳董查明災村應撫貧民于二月二十日外盡數散放即于春撫之中寓耕地之用稟請藩司以應領春撫銀二千兩撥抵宗誠去年借用地糧應解之款現在貧民無牛馬者皆以人力耕墾已有十之六七但得透雨斷不致有曠土惟時至清明終日狂風總不得雨民心皇皇且即得透雨之後耕作工食仍復維艱去收成之期為時甚久穀價日見其貴民間日見其窮宗誠日夜焦思即速挪借銀兩以作運粮舟車之費遵

于三月初備文遣友赴津局請領高粱二千石核實散放以作貧民耕種口粮惟阜縣受災户口實多武邑災區少阜縣二百餘村尚得請領三千石宗誠欲乞中堂再批飭津局多發阜縣千石以救災黎但未知津局存粱能專發給各州縣否宗誠未敢不顧大局但顧一己惟據情為民請命稟懇中堂酌核施行至去年兩次買粮所借銀錢所紋銀六千餘兩已遵憲批以藩司所發之冬撫銀五千兩領解歸欵所借用下忙地粮銀二千六百餘兩已稟請藩司以應領春撫銀二千兩撥抵其餘尚短銀錢所銀一千餘兩尚短地粮銀六百餘兩共一千七百餘兩又前次買粮借用雜欵銀作冊車運費此次領粱又借用雜欵銀作冊車運費亦一千餘兩合

計三千餘兩宗誠情願自行捐還除銀錢折銀已[redacted]
[redacted]措資[redacted]另圖解收外其餘亦即陸續
清還決不有悮理合據實禀陳鈞鑒恭叩福祺

奉中堂批示

初三日來禀閱悉該縣得雪兩次土脈尚不甚乾燥
可以人力耕墾計有十之六七惟盼速得透雨一律
耩種庶免曠土然距收成之期尚遠貧民戶口衆多
應准添撥高粮一千石連原撥共合三千石候行局
一併撥給核實勻散以資接濟無庸該令再行捐買
矣繳三月十二日批

上李中堂 同上

宗誠奉到二月二十九日鈞札敬悉中堂仰體皇仁

奏請將災區上忙粮銀分别豁免下情得以上達上恩得以下究恵澤旁尃必足以感召天和消弭災沴惟宗誠靜觀天象殊有可慮者上年二月初六日大風晝晦黃壓塞天宗誠即心憂之不料果成旱象今年二月二十二日亦復如是每有雨勢旋即變為風霾當此飢饉之年不但向來匪徒肆行搶奪即平日良善亦多相從為盜如再不雨春苗不得下種民心必更皇皇竊念上年收成可分災歉今年上忙不當分災歉但未種麥之地皆屬災荒況上年報災多有不實不但所稱歉收三四分者多應在成災之類即報收成五六分者亦間有實在災區特州縣不肯盡情上達又或為本府州所牽制致令民困不能上陳錢粮既不蒙蠲豁之恩飢困又

不在應撫之列情殊可憫事實不平且上年歉收之地旱穀或比災區稍輕而晚禾一律未收二麥一律未種糧貴錢艱耕織歇業皆與災區無異若今年上忙蠲緩仍以上年所報災歉分數為憑則民間愁苦之氣仍多鬱積而莫解夫遇非常之天變必沛非常之皇恩可否請中堂札委仁廉之吏分路巡察不問上年災歉之分但以春麥有無為斷凡無麥之地再請 皇上大沛恩綸將本年上忙錢糧全行豁免庶可以迓天庥 皇太后 皇上既遇災修省引咎責躬願降罰于宮廷祈免民生之厄仁厚如此無不允行伏乞中堂有燮理陰陽之責裁成輔相之宜謹呈愚見伏祈裁奪施行

再上 同日

○

竊以訟獄為居官首務民命攸關向逢雨澤愆期朝
廷特沛恩綸清釐庶獄俾犴狴中人勿稍有寬抑法至
美也去歲天時亢旱災區頗廣迭次欽奉 諭旨蠲免
錢糧兼行賑撫深仁厚澤固已無微不至惟清刑恩
旨尚未下降擬請中堂可否奏請特下 恩命凡去歲
被災各省除常赦所不原者毋庸查辦外其情有可原
之犯從寬減免發落是亦感召天和之一端也中堂仁
恕為心愚昧之見是否有當理合稟請中堂酌核實為
德便

奉中堂批示

據稟已悉上忙新賦應否徵收以春麥有無為斷所
見甚是已通飭查辦另札飭知至清理庶獄已迭奉

諭旨其監候待質人犯亦經部議減去年分發落可無須再請津郡於三月初五十五得雨一二寸後十八又得三寸早禾已可耕種該縣情形若何仰即馳報繳三月二十日批

奉中堂通飭

為分行事前因直屬旱荒已久閭閻困苦益甚無力完粮奏請將河間府屬十一州縣及唐縣完縣行唐武强棗强武邑共十七州縣內上年成災五六七分村莊應徵本年上忙正雜粮租全行豁免其該十七州縣內上年歉收三四分村莊應征本年上忙正雜粮租緩至秋後啓徵已蒙恩允轉行欽遵此外災歉之處應否一律豁緩並飭司道府州迅速查報在

案迄今僅據冀州請將該州並衡水春賦緩至秋後
啓徵其餘均未報到殊屬玩視民瘼查河間保定正
定深州冀州天津大名順德廣平定州趙州各屬雖
上年被旱輕重不同而秋後無雨麥多未種冬春雪
澤稀少即已種亦多枯萎北省人民多指種地為生
麥既失收賦從何出且聞有上年秋旱本重因未呈
報災歉蠲賑難邀無可告訴者此等循良之民自宜
格外矜恤乃牧令方以未報為得計猶冀催比春賦
自便私圖罔恤民艱實堪痛恨現在時逾穀雨雖津
郡得雨三次已可耕種其各屬是否一律霑及尚未
報到節候已遲麥難補種即能普種秋禾須至八月
以後始有收穫此半年中之籽種牛具口糧尚不知

貧民如何設措恐無餘力再完春粮應遍飭保定正定天津大名順德廣平各府深州定州趙州迅速查明所屬上年未報災歉之州縣凡今年麥收有望民力尚非拮据者照常啓徵上忙粮租其麥收無望民力拮据者概行停徵已報災歉州縣内之上年成熟村莊並同此例至已准豁緩春賦情形最重之十七州縣内上年成熟村莊無論有無麦收應一體緩徵以示區別冀州及衡水據李牧禀稱麦皆未種應即緩徵仍令各該府州赶緊擬議分晰馳禀津轅以憑核奏重者請豁輕者請緩不必拘泥常例惟以恤民爲要其未報災歉州縣有貧民實在困苦必須撫恤者並准酌量聲請仍先就地設法勸貸以輔官力之

不逮倘牧令私徵朦混或府州查報不實定行分别嚴參治罪並飭司道認真考察呈報毋得相率含糊致干併咎除分行外合并札飭札到該縣即便遵照此札三月二十一日發二十四日奉到

上李中堂 藩道州同 同上

宗誠於二月初四日奉到正月二十六日藩司札飭以查得阜縣原留四成春撫銀兩為數無多災民待撫甚衆再給阜縣春撫銀二千兩令即赴司請領核寔散放仍先將辦理情形通報等因遵查阜縣去年被災甚重村莊至二百八十五村之多是以九月間函商憲轅銀錢所陳牧借紋銀六千餘兩在津採買奉梁二千五百餘石合東強市斗一千七百餘石又挪動雜款銀易京

錢二千五百餘串作水陸舟車運費共計用銀七千餘兩以梁合銀計市斗一石用紋銀四兩有奇運回存倉以為冬間平糶之計又于十月初十日奉到初二日藩司札飭以阜縣距省較遠赴省運糧平糶脚價甚鉅或即禀請借撥銀兩由該縣自行就近購買等因宗誠遵于十月十三日禀請借用阜縣歉收三分各村徵起下忙糧銀購運糧穀當蒙藩司批准在案宗誠查歉收三分各村已完下忙地糧銀除留支外尚有正耗二千六百三十餘兩即遣紳董赴山東有糧處所採買高粱市斗六百餘石計車脚糧價每石亦約合紋銀四兩運回存倉以為春間平糶之計此宗誠預先借銀買粱備糶之情形也旋因二麦未降民困益深即減價平糶窮民

亦無錢可買且查被災極次貧民大小至有四五萬口
非請賑撫萬萬不能挽救是以于十一月初間稟請藩
司酌給撫銀以資散放蒙憲恩兩次批給卑縣銀五千
兩按冬春兩季散放宗誠以時届歲暮往返領解需時
且集市制錢缺少貧民得銀無處易錢真有緩不濟急
之勢惟有稟請改糶為撫或可救急而原查户口數至
四五萬再將撫銀按四六分成放留更覺無濟于事聞
候補縣包令增澍奉委在武邑辦災已畢面請到縣同
宗誠分路下鄉點驗民數與災民約先放無地土之極
貧户口其薄有地土宅房可賣者與其逃亡在外者開
名入冊俟下次再放災民亦皆允從各村遍到點驗實
在極貧户口二萬五千有餘每口不分大小皆以市斗

高粱五升合銀二錢散放小口不減者所以彌補大口之不足業已迭次稟明並奉憲台批示藩司飭知各在案計發高粱市斗一千三百餘石合紋銀五千有奇散放之後備文請藩司批發紋銀五千兩並遵憲台批示解還銀錢所陳收查收不足者稟由宗誠措資捐還此宗誠辦理冬撫之情形也宗誠散放冬撫之後開春乞食回家求撫者甚多即去冬薄有田地房屋之次貧今亦皆成極貧陸續報名入冊者計有兩萬餘口正苦無以賑救今蒙憲恩復撥春撫銀二千兩今即請領災民聞之感激頌禱萬口同聲宗誠因查去年借銀所買之奉粱尚有三百餘石所買之東粱尚有六百餘石合計一千餘石原留待春糶歸款今二麥不降春雨未來現

在梁價每市斗一斗至京錢一千四百有奇民心皇皇
朝不及夕與其往返請領需時民間易錢不易惟有變
通辦理仍以去年所買備糶之梁散放業於奉札之後
親與教佐各官分途按村清查共兩萬餘口每口不分
大小給市斗高梁四升仍按原買價值合銀一錢六分
于二月二十日起至三月初一二等日全行散放共發
高梁市斗一千八十石有奇合銀四千餘兩其應領春
撫銀二千兩業已具文申請藩司批示撥抵去年宗誠
借用歉收三分各村下忙粮銀以清正欵如此一通融
間窮民早沾實惠庫欵不致久懸實為兩便其餘宗誠
尚短銀錢所借欵一千餘兩下忙正耗借欵六百餘兩
及借用雜欵為水陸運腳之費一千餘兩俱應由宗誠

措資捐還另文分解此宗誠辦理春撫之情形也宗誠去年冬撫二萬餘口今年春撫二萬餘口合計五萬餘口而春麦無望日久月長情實可憫已蒙憲台批准并奉到藩司札飭令宗誠三月初遣人赴津領高粱二千石核實散放以作貧民耕種口粮宗誠現已措資作水陸運費具文赴津請領俟領到之後再行核實散放總期無負憲台仁惠災黎之至意所有冬撫春撫户口細冊除陸續造報外理合遵將辦理情形稟請中堂査核

上李中堂 同上

本月初四日直字營劉鎮巡防過該民情甚為熟悉各種利弊亦能留心訪求據言今春民間困苦更甚于前蓋上年尚可賤賣地土延生今則各州縣傳出買地准

贖之条富户盡不肯買加以勸捐則富户益復閉藏以避富户之名當賣更覺無主聞之實可矜憐宗誠竊謂勸捐之事止當行于無災歉之州縣令其以餘力恤鄰或擇大紳大富大商勸之或勸官府節省浮費捐之至災歉之區不宜勸捐留者之餘力使使其自相通融或可有濟宗誠今春念貧民甚多官力不足擬傳諭各村紳士殷實之家並地方保長令各村自相商議開列應捐之户寫明捐輸之數呈官入冊即令其自相清查本村窮民户口開单呈官入冊所捐之錢一文不入官署但由宗誠將口數與捐数核計一口應發若干即由本村捐户散放本村之窮民不足者由官撥補既使富者曉然于官吏之無侵又使窮民曉然于富户之可感庶幾

多活貧者之命亦可籍保富者之家名為勸捐實與勸其自相通融無異將來如有逾京錢三四百千者欲為請獎以示鼓勵未知可否

奉中堂批示

據稟已悉該縣預買糴糧借用徵存去年下忙糧銀二千六百三十餘兩現以此糧劃作春撫請將應領撫銀二千兩撥抵應解糧銀以清正款下短銀六百三十餘兩另行補解自應照辦仰布政司迅即核准飭遵津郡連次得雨已可耕種該縣應亦沾及所領津糧二千石正可及時散放以為貧民耕種口糧並飭候領回妥實辦理另稟勸富濟貧一節擬令各村紳富等自相商議清查但將捐户捐數貧户口数報

官為其計核每口應發若干即令捐户自散自屬簡約可行如捐數有逾京錢三四百千者准其彙案請奬惟應預先報明籌賑局查考檄三月二十日批

上李中堂 三月二十

本月二十日奉到鈞批准于前撥高粱二千石外加撥高粱一千石以作卑縣災歉各村口粮仰見仁民之心有加無已卑縣本月初五日得雨二寸民間即有播種者十六日又得雨二寸十八日得雨三四寸不等合之有五寸濕土差查四野一律均沾即刻傳諭各地方保長函諭催民間乘土濕播種稙穀稙粱無子種者即來縣一律借發無牛騾者勸諭紳富借用並在各集張貼告示曉諭不許有寸土閒曠現在民間皆已來縣借發

子種銀日夜播種大約儘三月內植穀可以種完嗣後但得雨澤應時可望豐收以補元氣卑職因今春木料磚瓦甚賤特加價買之以惠窮民又因瓦木工匠毫無生計因挪借雜欵再建倉房以為下年積穀之計合併陳明

奉中堂批示

據稟縣境連次得雨該令即諭民間乘時普種秋禾無子種者一律借給無牛驢者勸令紳富借用儘三月內可以種完稍慰系念今春木料磚瓦甚賤該令加價收買又因工匠毫無生計建蓋倉坊皆屬有裨荒政昨經加撥漕米三千石仰即領回核實查收以資接濟繳四月初一日批初十日奉到

上李中堂 三月末

敬稟者卑職奉到籌賑局司道來函敬知中堂奏請截留江浙漕糧加撥各州縣春撫擬由津用官剥船分送水脚由賑局支發體恤民艱並憫屬吏之苦無微不至現在備空白印領遵派紳董赴津聽候兑發惟今春民間之苦異乎尋常去年不過分成災村莊散放今則合境窮民日甚日多寔难區處幸而前月得雨二次卑職散放子種日夜催耕民間頗能踴躍不料二十八日又復風霾敝天于是已種者為沙土填壓未萌芽者不能出芽既萌芽者復形乾燥現在無牛馬之家未種者尚須待雨已種者復須補種民困如此之甚子種如此之艱而天復降災異如此其何以堪卑職日夜焦思幾至

成疾加以隣境貧民時復至邊界擄窃各村窮民無食
富民亦形艱難逃亡既多團防萬不能辦捕役當此飢
年亦多窮困何能日夜奔馳而隣境捕役不但不肯協
拿且有得錢賣放之事所以然者亦有數端窮民既多
所搶之物到手即以便賣為食捕役緝獲無賍不能辦
案有賍必須上解上解則賠欵無資不能辦案者即真
賊必須開釋如是捕役懼招解之賠累惟有縱容不拿
否則拿獲令其誣扳良懦慮其到案誣扳代為賄買開
釋抑或令因窮為盜之民賣當田地與之由是賊民益
無忌憚矣雖有就地正法之案而各州縣慮請上司到
境之供應亦不願為惟有重則瘐死獄中輕則聽差役
之縱釋縱釋之害是為釀盜瘐死之害其中亦間多寃

濫者卑職兢兢危懼既恐姑息養姦又慮寃枉以傷和氣處此時勢精神疲敝實難勝任再卑職春冬兩季已捐賠過三千餘兩皆係借用留備算交代之雜款三月遣友赴津領運高粱又向鋪户借銀六百兩約計可作船價不料津船為山東河南及各州縣運解賑粱难以僱覓雖一千數百文運津斗一石守候月餘尚僱不着陸路車亦難僱合計水陸運脚非五六千串不能卑職何堪負此重債窮民口數日增村庄更廣又時有變更卑職日夜清查精神實覺不繼深恐有負委任理合陳明

上李中堂　四月初

恭讀邸抄具見　皇太后　皇上之憂念民艱從善若流各京官之盡心籌畫直言無隱外間咎暫撫之救災

彌變皆可謂盡心竭力而天象尚多變異天心似未轉移殊為可憂上年六月二十五六日之雨洵為甘霖普遍乃播降晚穀之後復然大旱反致子種工本淨盡民間窮益加窮今年三月十八日之雨雖未深透尚可播種乃播種之後屢次風霾復致乾燥種者俱不能出土窮民子種工本口粮如此之艱何能再行補種且月餘之中晝晦四次四月初四日青天赤日毫無風雲忽然東北風沙蔽天而來頃刻之間白晝如晦數時不止雨沙雨土前日所種未盡壓壞者今復一網打盡矣人窮如此天象如此何以能救民命而靜人心是固非一邑之事也然卑縣如此則卑職亦應有罪焉書曰蒙恒風若是豈臣子尚有蒙蔽君父屬吏尚有蒙蔽大府之所

致乎卑職聞有未報災州縣今年二麦毫無粮貴錢艱
而官府刑追錢粮至民有愁苦欲自盡者是不可不嚴
行禁止又現蒙
中堂購買奉梁截留漕米遍行撥給各
州縣加放賑撫仁恩普被噓枯吹生可謂至矣惟去年
民間晚穀分毫未收則無晚種可知早穀雖降遭此風
沙十不存一民間亦有以晚穀種早地者受風亦不能
成將來得雨如遲必須補種民窮如此何處購買子種卑職欲請
中堂于奉天山東採買晚種或招商運販來直令各州
縣買回散放實為德便

又 同上

接天津司道信函謂加撥漕米陸路車腳由各州縣在
雜稅項下動支窃以三千石車腳甚多雜稅項下他州

縣不知如何串縣則年清年欵止去年八十餘兩未解
耳現高梁水陸運費又須數千串可否准在各雜欵攤
捐欵內如六分平以及酌提俸工捐廉籌補差案墊欵
芝麻費硝斤捐欵諸項內開銷抵解與庫欵毫無窒碍
且皆是各州縣多年不解之欵不過准州縣抵銷以清
交代耳是否有當伏候鈞裁

奉中堂批示

初五日來稟閱悉該縣加撥漕米運脚准于六分平
酌提俸工料捐廉籌補差案墊欵內核實動支抵
解以期迅速領運查户散放及時接濟仍録批報明
藩司查核十五日津中得雨頗足該縣想已均沾現
在賑撫一切仍勉力為之上年未報災歉州縣今年

無麥者前飭停征錢粮並嚴禁私征槩混至受災深
重必須酌給子種之區已量籌派員查散矣緫四月
十五日批二十八日奉到

上李中堂 四月二十外

卑縣三月十八日得雨之後宗誠將前稟蒙憲台批准
災村應行蠲免粮銀内有紳富預完之銀易錢散放窮
民使買子種播降又飭地方遍行催耕約種十之五六
不料二十八日本月初四日大風晝晦黄沙蔽天已出
之苗盡行壓壞嗣後連日風旱未出者盡皆乾枯宗誠
焦灼萬分計無所出新築風雲雷雨壇日事祈禱幸于
十四日夜起至十五日申酉止得雨深透差查四境一
律均沾萬民慶幸惟未種者子種農器口粮牛驢已属

艱難而已種者仍須補種更形困乏宗誠即傳地方諭令各村紳富將所捐之錢即就近散放本村貧民俾買子種但將捐數散數登簿以便稽查不令以一錢入于官署又將前次預完粮銀未放盡者此次全行散放再不足即將宗誠應賠解之正耗銀六百餘兩亦設法籌借易錢散放俾民間可買子種不使有荒地土俟下年再行措解二十日戌時起至亥時止風雷大作得雨四寸惟東西十餘里南北二十餘里雨雹大如核桃幸地苗尚未出土無甚傷害現在計已種者十之七八宗誠仍行日日催耕籌放子種總期下有濟于民生上無虧于庫欵肅此稟陳伏乞垂鑒

上李中堂　六月初

前蒙憲台軫念災區飭發冬撫春撫銀兩業經糴粱按口散盡報明在案嗣于三四月間復蒙兩次憲恩札飭籌賑局發卑縣奉粱漕米各三千石加撫災民愷澤覃敷至優且渥實深欽感宗誠一面再清查户口一面籌資選派紳董赴津請領已于四五兩月陸續運到當即督同教佐紳董分路分村按口散放計極次貧民户口十萬有奇所領粱米倉斗六千石合棗強市斗四千石有奇若即以倉斗倉升散放恐鄉村無倉斗倉升不肖村董易于弊混是以盡用各村市斗散放無地者為極貧共四萬餘口不分大小每人五升有地一畝至七八畝者為次貧共六萬餘口不分大小每人四升其不分大小口者以小口彌補大口之不足也共散粱米四千

餘石合倉斗六千石有奇所領不專即以各村捐項由捐户自行買粱補散宗誠不立總局分局事傳躬親一則恐立局則用人必多不免耗費捐數于貧民反無實濟一則恐設局則用人不一深慮稽察難周于米粱或有偷漏故凡去冬所買及此番所領之米粱皆運歸新倉先散粮条與貧民復給總条與村董由村董借車起倉領回貧民各持粮条即在本村領取以省道途之苦又令教佐幕友分村監放散放之後童叟歡呼無不歌頌 皇仁并感戴中堂之大德人心協和天心之和氣必應春夏之交雖有風霾冰雹之異而自四月十五六日以後風雨調和合境深透宗誠先已籌借子種馳驅四野不許有尺寸曠土現在禾苗秀發但使六月有

雨可卜豐登足以上慰憲廑惟卑縣去歲合境災歉今
春毫無麥收除十數家真餒實而外無一不缺食者當
此耘耔之時無力傭雇工人深恐非種不鋤嘉苗难期
茂實加以瘟疫盛行十室而九既無醫藥之資又無饘
粥之養離秋收尚有兩月之久應領撫粮者固無以為
繼其例不應領撫者亦生計維艱又寒士向來以館為
生者今則無一不失館全家饑殍無不來縣哀求宗誠
雖竭力資助苦難盡應又有行孝之子守節之婦曾經
旌表者宗誠雖加意拯救終難人人成全不知憲局賑
粱尚有多餘未發者否如有多餘未發不過兩月即以
無所用之欲乞中堂加惠災民批發若干並乞札飭津
局司道發交候選巡檢方希銘就便領回由宗誠擇其

貧病之家加意撫卹兼散失館之寒士守節之寡婦庶幾救困扶危之中可培養士氣崇奬節義并欲乞中堂札飭各州縣于病民貧士皆加撫卹孝子節婦更加矜憐實為德便

又 同上

再宗誠去秋深慮災民乏食函商陳牧借用憲台銀錢所紋銀六千一百四十兩在津預買高粱二千五百餘石又稟請藩司借動下忙錢粮銀正耗二千六百三十餘兩就近採買山東高粱六百餘石已于去冬今春盡數散放撫卹兩次仰蒙憲恩先飭發冬撫銀五千兩又飭發春撫銀二千兩宗誠稟明以五千兩就近歸還銀錢所之欵又稟明以二千兩抵解司庫去年下忙正耗

之欵其餘尚欠銀錢所一千一百四十兩已由宗誠賠墊還清尚欠動用下忙錢粮銀六百三十餘兩亦情願由宗誠捐賠兩起共賠銀一千七百七十餘兩又去年兩起買運津梁東梁三千餘石共用水脚旱脚京錢二千五百餘串皆已報明在案今夏四月蒙憲台復發高梁三千石漕米三千石除漕米由官駁船運送不計外其領高粮三千石正值船價昂貴之時每倉斗一石船價京錢一千一百文統計用京錢三千三百貫其他盤費俱不在內計連去冬兩起核算共用脚價五千八百貫有奇合紋銀一千九百餘兩俱係挪借雜項及再甬商銀錢所借用之欵宗誠忝膺民社睹此災黎困苦情形自應竭力賠還統共買梁及運脚賠墊紋銀三千六

百兩有奇其他所費不計宗誠分所應為原不敢仰邀議叙惟精神疲敝恐誤民事急思乞假回籍欲請以賠墊之款可否准抵外結雜欵並攤捐雜欵以清本任交代如與例不符可否准請移奬伏乞批示遵行實為德便

奉中堂批示

據禀查放撫粮籌借籽種不使有尺寸曠土辦理甚為妥協惟秋收尚早貧病之家及寒苦士子節婦均難為繼現在賑粮已分撥殆盡姑飭天津道局再行匀撥漕米一千石並札來員方希銘赴日領回即由該令核實查散具報至該令因領粮辦賑賠墊銀至三千六百餘兩足見克己為民深堪嘉尚應准移奬

飭由壽賑局照章詳辦繳六月初九日批七月初一日到

上李中堂 六月二十七日

卑縣合境自去秋晚穀分毫未收二麦分毫未降延至今春夏之間仍是一片白土每至鄉散放撫渠寔屬萬目傷心深慮窮民無耕牛子種地畝荒蕪故以正月稟明各款散放口粮令其以人力耕耨又從各處預買子種散放以故地土皆得耕種不料始為風沙所壓繼為冰雹所傷又復散放子種令民補種款項不足則極力勸各村富户或借貸或散放以此四境之内幾無尺寸荒蕪仰蒙憲恩加發高粱漕米二次陸續領到按各邑五百餘村細查極貧次貧十餘萬口全行散放由是粮價頓

減貧民得此撫粮攙和樹葉野菜皆得肆力于田畝惟十畝地以上者概難與以撫粱無力鋤地深恐苗而不秀又設法借款貸民為鋤地之資幸而四五月內雨澤應時禾苗秀發萬民慶幸乃自五月中旬以後仍然不雨米價復貴至六月中旬以後禾苗漸槁人心皇皇舊衣破器無不出賣號飢之聲耳不忍聞兼且瘟疫盛行死亡相繼宗誠率同官紳日夜祈禱又令紳董在各村清查病民口數設法接濟幸于二十三日得雨深透秋禾苗滋潤可以復原但得七月再有雨一二次必可有秋矣惟今年民間之苦異乎尋常父老皆言百餘年來未見未聞者其典賣地畝者止京錢一二千一畝將來秋成之後非得中堂出示限于六年之內准貧民不拘何

時備價回贖嗣後窮民太多大非地方之福又有地已耕種青苗在地連青苗一畝典京錢一二千者尤為可惨查好地一畝雨澤如果應時秋成可收一石或七八斗五六斗兩月之間利過于本數倍而窮民吃辛受餓始能耕種盡為有力者賤價當去秋成之後貧民毫無生機實為不公卑縣如此想他州縣亦有然者欲仰求中堂出示或札飭各州縣出示凡連青苗典當之地秋成之後必令其與原地主分收地利並准原地主即行回贖不許以年分為限如當主已將地利全行收去即准其以所收秋穀作為當價將契發還地歸原地主耕種不得再行霸種此于富民子本無虧利息已厚于窮民可以不至年豐而無穀可食人存而無地可耕宗誠

為安民起見是否有當伏乞酌核施行實為德便

又同上

再直隸去年之旱雖若輕于山西而晚穀未收冬麦未種則與山西無異所幸離水路稍近米粮尚可販買販賣耳自去夏至今貧民皆恃賤賣地土房木牲畜衣物以苟求旦夕之生今年即獲有秋而春麦既無晚穀难種不過植粱植穀一季收成而已以一季收成供一歲之食用在富者已不能有餘在貧者不過落收成時之一飽况貧者田地已陸續賣盡當盡或逃亡在外或雖逃歸無安身之資若復責令完上年之下忙今年之上忙其將何出即或尚有十畝八畝亦止能完本年下忙一季之粮銀而已若帶征三季其何以堪沿門追呼勢

必更加逃亡而已即数十畝之家收成一季而去今兩
年無衣待贖借項待償牛驢必須再買子種必須清還
若再令其完三季之粮銀亦屬力所不足山西今年上
忙錢粮已奉特旨豁免直隸僅有十七州縣成災之
村莊奉　旨免完今年上忙錢粮其餘歉收村莊仍須
于秋成之後徵一年之錢粮並帶徵上年停緩之錢粮
竊以　聖德如天無不在覆幬之內各州縣上年災歉
雖有等差而今年民間之苦則無等差元氣大傷非求
皇上大沛恩綸何以寬民力而養民氣惟有求　皇上
於今年下忙開徵之前　特降恩詔去年災歉之區今
春無麥之地但徵本年下忙其去年停緩之下忙今年
停緩之上忙全行豁免以養民間之元氣如或不能全

豁亦宜請今年只收下忙其去秋今春所停者緩至來歲以後分年帶征亦可以寬民力如此則小民飢饉餘生少一分追呼之擾即可少一分逃亡之憂且為　國課起見不帶征停緩錢粮民間尚易于完納若帶徵上年並去年之粮銀百姓更退阻不前反致本年下忙難以全收伏惟裁之

奉中堂批示

前月二十五日來稟閱悉其見實心為民思慮綿密各屬近皆迭霑透雨該縣想亦續得甘霖秋稼更可滋長惟津省一帶日來雨水較多窪地已有積水若再連雨恐又傷稼耳災區貧民賤賣地畝應准於數年內備價回贖以昭公允候另行出示分頒曉諭其

6

連青苗當出之地應於秋後分收地利回贖一節已照擬通飭並經行該縣與光緒元二三年民欠及緩帶徵正雜糧租昨經奏准一律豁免所有本年上忙糧租除兩次豁免外餘皆緩至秋後啓徵惟恐災歉較重之區秋後仍難併納候届時分飭酌辦繳七月初八日批十六日奉到

上李中堂 七月初

前日肅稟二件尚未奉到鈞批昨閱邸抄恭讀六月二十五日上諭朝廷軫念災黎實深廑系現在將届下忙開征之時小民困苦顛連何堪追呼偪迫所有直隸河南被災等處本年下忙錢粮如何分别蠲緩令中堂奏明辦理仰見皇上厚德深仁無微不至而所以重

任中堂者亦可謂知之明而信之篤矣萬億生靈疾苦系于中堂之一言卑職何敢越分妄叅末議惟一縣之困苦有不敢不上達于中堂者竊以上年災歉雖有輕重之分然饑殍流離在歉收之地不過稍遲稍少至冬春以後則各村皆然矣今夏瘟疫大行除逃亡在外者不計合縣五百八十餘村因饑氣虛染疫死者約三萬餘人今尚未已幸自六月二十三日以後風雨調和禾苗先雖被旱後皆轉秀可望有秋惟如久病之人氣尪極矣查康熙間屢有預免天下第二年錢粮之 詔培養民氣即所以培養 國脈今縱不能如康熙間故事而 皇上諄諄念切民艱之仁欲免今年下忙錢粮屢降 詔旨惟恐澤不下究則與 仁皇帝無異此所以

能感動天心挽回氣運也竊以近年庫欵支絀凡今歲年穀順成之區縱不能施蠲緩之恩而去年停緩之下忙今年停緩之上忙以及歷年之民欠例應本年帶征並徵者急宜乘此机會奏請豁免以廣 皇仁而培元氣且此番百姓逃亡死絕者甚多田地半已易主而帶徵並徵于 國課無補而徒滋擾擾伏讀 皇上諭旨尚欲免今年之下忙斷無不允免帶征並征之理卑職人甚微而心甚廣大感中堂之知遇憫民生之顛連不得不再陳下悃伏乞鈞鑒

又

再前奉憲札荒年賤買之地許原業主贖回極為仁民之實政善後之良謀惟富民有勢有力必至興訟以累

貧民加以官吏或受賄托难期實濟惟有請中堂援嘉
慶間之　諭旨而少變通之切實奏請　諭旨出示頒
發各州縣實力奉行則富民不至把持抑勒以絶爭訟
之端庶于貧民生計有裨而于富民亦可保其家業是
否有當伏惟鈞裁

奉中堂通飭

為札飭事照得今年四五月間得雨之後各屬地畝
雖已佈種惟災區貧民因青黄不接有將已種之地
賤價典當與人者聞每畝連青苗不過京錢一二千
文查每地一畝秋成可收粮一石或七八斗五六斗
是有力者兩月之間得利竟倍於本而該貧民枉費
籽種顆粒不能自收且不能于秋後收地自種其情

甚為可憫其事實亦不公自應官為酌定應飭災歉
各州縣迅速出示曉諭凡有連青苗賤價當出之地
秋成之後應令當主與原地主各半分收並准原地
主即行回贖不許藉口年分未滿措不贖給如當主
已將秋禾全行收去應於所收花利内扺除當價即
將原契撤還其地仍歸原地主耕種毋庸另交當價
如此辦理在富民當本無虧利息已厚在貧民不至
年豐而無穀可食人存而無地可耕庶較平允各地
方官吏鄉保等不得藉端需索干咎除分行外合亟
札飭札到該縣即便查照辦理此札
奉中堂批示
已據前稟分晰批復其回贖賤賣地畝一節茲經辦

就告示即日頒發不必專奏此繳七月二十二日批

八月二十日奉到

上籌賑局 六月底

案查前蒙督憲批卑縣稟報上年辦理被災村莊冬撫事宜應請查核緣由蒙批稟单均悉該令親查災村户口分與飢民粮票定期給領並擬俟散畢按村各貼印榜籌辦甚為周妥災黎既衆應准按五千銀之粮全行散放其聞撫歸來及寒士求撫歎收各村窮民求撫者該令願以五千銀之外所買餘粮陸續散放自行捐還借欵足徵急公卹民殊堪嘉慰應俟事竣將捐數報局彙辦等因蒙此伏查卑縣去歲因收成歉薄卑職甫商督憲銀錢所委員陳牧借銀六千一百四十兩派友在

天津購買奉天高粱津斛二千五百餘石合卑縣市斗一千七百餘石連外加水旱脚價每石約合銀四兩餘本擬作冬間平糶之用嗣蒙藩憲撥給冬撫銀五千兩經卑職禀明以應領撫銀劃抵所借銀錢所之欵不專者由卑職捐賠歸還即以所購奉粱散放冬撫蒙督憲批飭前因計放過被災七分之花雨等一百五十五村共極貧民一萬四千六百四十三名口被災六分之小師友等一百三十村共極貧民一萬一千一百五十四名口不分大小每名給市斗高粱五升共給過高粱一千二百八十九石八斗五升以原價運脚統計截零每斗作價制錢六百文共折制錢七千七百三十九千一百文以制錢一千五百文易庫平銀一兩共核銀五千

一百五十九兩四錢除奉發五千兩外餘銀一百五十九兩四錢由卑職措資捐賠又因奉上年藩憲札飭以委員由奉購運粮石回保令即赴省領運減糶或借款就近購糴等因當經卑職查有徵起光緒三年下忙正耗粮銀二千六百三十七兩一錢五分六厘稟請暫行借用就近購糴蒙藩憲札飭允准即經卑職儘数動用在附近購買山東高粮市斗六百餘石脚價比奉梁稍減而原價較奉梁昂貴約計每石亦合銀四兩有奇本擬作為春間平糶之用嗣蒙藩憲批發春撫銀二千兩卑職因查往返領運需時民間易錢不易惟有變通辦理仍以去冬所買備糶之山東高粱及所存之奉粮作為春撫散放其應領春撫銀兩即請劃抵動用地粮不

尃者由卑職捐賠批解司庫稟蒙督憲批據稟已悉該縣預買糶粮動用征存去年下忙粮銀二千六百三十餘兩現以此粮劃作春撫請將應領撫銀二千兩撥抵應解粮銀以清正款下短銀六百三十餘兩另行補解自應照辦仰布政司迅即核准飭遵等因蒙此遵即將放過春撫計被災之六分七分小師友花雨等村莊共貧民二萬七千零二十七名口不分大小每口散給高粱市斗四升共發高粱一千零八十一石零八升連原價脚價統計截零每斗折制錢六百文共折制錢六千四百八十文以制錢一千五百文易庫平銀一兩共核銀四千三百二十四兩三錢二分除奉發二千兩外其餘多放高粱核銀二千三百二十四兩三錢二分由卑職

措資捐賠均經卑職將放過冬春兩撫村庄户口粮石折錢核銀細數分別造册還送藩憲報銷在案統共除奉發銀七千兩外計卑職兩次捐賠共核銀二千四百八十三兩七錢二分又今夏四月蒙督憲發高粮三千石漕米三千石除奉憲札漕米水路由官駁船運送旱脚動用雜欵均不計外其餘高粱三千石正值船價昂貴之時每倉斛一石船價京錢一千一百文統共用京錢三千三百串作銀一千一百兩旱脚用車二百五十輛每輛京錢五千共用京錢一千二百五十千作銀四百十六兩六錢六分連前項共賠墊紋銀四千兩零三錢八分除將銀錢所抵剩之數及地粮內抵剩之欵分別批解歸欵外所有卑職捐賠數目擬合遵照督憲批示

稟明大人查核彙辦再查從前稟中堂夾單內統共買
梁及運脚賠銀三千六百兩因加撥高梁三千石旱運
車價尚未算清故未開列在內今將各欵細數核算明
確據實具稟故與前數不符合併聲明
奉籌賑局批示
據稟該縣核明捐賠領運撫恤糧價等項銀兩准併
案彙數詳辦仰即知照繳
上籌賑局
窃照前蒙憲局兩次撥發卑縣高梁漕米各三千石加
撫災民當經卑職籌資遴派妥友紳董先後赴津領運
高梁于四月二十二日運到鄭家口頭次漕米于五月
十三日運到鄭家口二次漕米于五月二十三日運到

鄭家口俱即僱車拉運回縣卑職先已督率教佐紳董查清户口入冊開条分路分村按口散給名条粮到之日隨到隨放統計卑縣上年全境災歉極次貧民户口十萬有奇散時皆各村懸示列明貧户口数梁米数目散後復有榜示曉于大衆以故毫無朦混因鄉間並無倉斗倉升若以倉斗倉升散放恐不肖村董易於作弊故前稟明督憲盡用卑縣市斗散放所領梁米兩次共倉斗六千石合柬强市斗共四千二百石凡災民無地者為極貧計四萬零一百零三名口不分大小每人共領梁米五升有地一畝至七八畝者為次貧共六萬零零二十五名口不分大小每人共領粮米四升其不分大小口者以小口彌補大口之不足且以免年齒爭端

而慈撫幼孩也共散粱米市斗四千四百零六石一斗五升合倉斗六千二百九十四石五斗所領不專以及盤短斛面即以各村捐項由捐户與本村紳董另買高粱補入卑職並不設立總局分局事事躬親經理誠恐立局則用人多而耗捐款分局多更恐用人不一稽察難周均于貧民有損運到米粱皆暫歸卑職捐造新倉先散粮条與貧民復發總条與村董由村董借車赴倉領回派令教佐幕友分赴各村監放貧民各持粮条即在本村領取以免奔波之苦災民均沾實惠童叟歡呼皆額手歌頌皇仁並感憲台生成之大德除隨時查明逃亡回歸之户口並染患疫氣之病民設法捐捕加發外所有散放高粮漕米完竣緣由及放過災民户口數

目理合稟明大人查核

奉籌賑局批示

據稟已悉仰將放過冬春兩撫米粮數目及貧民户口分晰造冊報局核銷此繳

上籌賑局

竊照卑縣去年受災甚重屢奉各憲札飭勸捐以助官力之不足因于辦理春撫情形稟内夾单稟明督憲擬傳諭各村紳士殷實之家並地方保長令各村自相商議開列應捐之户冩明捐輸之數呈官入冊即令其自相清查本村窮民户口開单呈官入冊所捐之錢一文不入官署但由卑職將口數與捐數核計一口應發若干即由本村捐户散放本村之窮民以補撫卹之不足

既使富者曉然于官吏之無侵又使窮民曉然于富户之可感庶幾多活貧民之命亦可藉保富者之家名為勸捐實與勸其自相通融無異如有捐數逾京錢三四百千者欲為請奬以示鼓勵未知可否伏候憲示遵行旋蒙督憲批另稟勸富濟貧一節擬令各村紳富等自行商議清查但將捐户捐數貧民口數報官為核計每口應發若干即令捐户自散自屬簡約可行如捐數有逾京錢三四百千者准其彙案請奬惟應預先報明籌賑局查考等因蒙此卑職當即遵批勸辦除零星捐户湊集分散各本村者毋庸開報以省煩牘外其一百千以上之户十九名其三百千以上之户十名或散與本村或兼放隣村均經開單由卑職覆查明確于春撫梁

米之外定期由該捐户自行加放并請儒學訓導親往監放貧民皆沾實惠其一百千以上之户已由卑職送匾以資鼓勵其三百千以上之户應如何核獎之處未奉頒發章程卑職不敢擅請理合遵照督憲批示將捐過數目開摺稟明大人查核彙辦並請明晰批示遵行實為公便

奉籌賑局批示

據稟該縣屬紳富捐撫災民擬請獎叙應准照行藉資鼓勵然既屬請獎即與公欵無異應將收捐各數及散放貧民户口分晰造冊送局核銷以便彙案給獎查直賑捐獎向每津錢三千五百文作銀一兩此次請按時價三千文作銀一兩尚未奉覆其捐項至

四十八兩即可請給未入職銜餘均按照籌餉例現行常例減四成核算每獎銀百兩觧交庫平部飯銀一兩五錢公費銀七錢五分每名照費銀三錢仰即查照辦理繳摺存七月二十一日批八月二十日奉到

上李中堂　七月初

竊蒙中堂批飭續發漕米一千石撫恤節婦寒士病民經籌賑局詳明改為小麥一千石札飭領回所有船隻仍用官駁船運送由籌賑局支發船價等因當經卑職所派友人將小麥一千石領運於七月初二日到鄭家口即應起旱覓僱車輛適值雨後農忙道路泥淋牲口本屬短少況多疲瘦每大車一輛極多止能拉倉斛十

石價需京錢六千文共用車一百輛計車價京錢六百千文查卑職去年借欵兩次糴買高粱連水陸脚價除所領撫銀七千兩外均係借欵捐賠加以本年加撫高粱三千石水運船價連前共賠銀三千六百兩業已稟明憲鑒維時高粱旱運車價尚未算清故未列入嗣加車價銀四百兩零共賠銀四千兩有零即將細數稟報籌賑局在案加以去歲捐造倉房今年又添蓋廒座現在正當動工之際工料價值均係捐發前後賠捐業已筋疲力盡此次車價又須二百金若再由卑職捐賠實在力有未逮伏查前發漕米三千石水脚由籌賑局支發旱脚動用襍欵業已奉有明示此次所發本亦係漕米嗣籌賑局改為小麥故水脚亦由籌賑局支發則與

前次所發漕米事同一律而前經稟蒙中堂批准作為
漕米旱脚動用之六分平及酌提倖工等欵銀兩除前
次支發漕米車價之外尚有餘剩自應動用此欵以免
賠累而符原案除俟拉運到縣核實散放再行稟報外
所有奉發漕米改為小麥旱路車價動用耗欵緣由擬
合據實稟請中堂查核俯賜批示祇遵實為公便

奉藩憲札飭

七月二十六日崇書憲李批據該縣具稟續
發撫卹小麥一千石旱路脚價動用耗款
請示遵等緣由蒙批如稟核實動用仰布
政司轉飭知照並移籌賑局查照繳

上李中堂 八月中

竊宗誠上年因查災民戶口散放撫卹遍歷四鄉各村行至南鄉石村鹿家屯洪流故一帶即聞人人稱道貞女李朱氏之賢旋有廩生王朝彥增生張書紳附生劉殿文等禀稱貞女李朱氏係鹿家屯朱明文之女父母早故女方數齡家貧無以為生自幼為洪流故村民李姓撫養李姓為許字北石村李德為妻尚未出嫁光緒三年李德年十七女年二十擇定六月二十五日迎娶不幸六月十七日李德病死女義母聞之至李德家弔唁女欲從至夫家義母不許遂忍泣不言是時正當大旱女義父母念女年已成人應再許字遂與南宮喬村富戶魏姓議婚約已定矣女聞知亦不語俟義母外出即

裹髮托言投親倩老婦帶至石村李德家見李德祖父並李德節母跪泣不起誓死不去李德祖父即邀請貞女義父母商之義父母必欲女還家改字以為李德家貧親老加以旱歲何所賴以為生女執意不從泣告義父母雖餓死亦所甘心因拜姑家族求姑帶至李德墓前哭拜成服義父母無可如何轉愛為嗔所有女在家衣衾裳履一毫不以與女女拜謝義父母撫養之德一毫不求守死夫家日事紡織奉姑孝敬備至終日靜默勤勞雖採苦拾薪出門恒低首不與外人交一言人罕見其面者久之義母思念屢來觀望接回洪流故村勸以如此荒年日食草根樹皮無夫無子亦復何味則對以姑家食粟並不貧苦即苦亦命也終日泣勸女不為

動母因以衣衾示之曰此為汝置粧奩汝斷不肯別嫁即焚之矣女若罔聞義母因焚其衣女如未見義父母意終不忍一日又為擇配女又逃回石村由是遂與義母決絕附近數十村無不人人稱賢宗誠今年六月稟明請加發撫米拯恤節婦孝子貧生病民又親自下鄉查放道過石村詢之村人衆口同聲貞固之操令人起敬即書匾額表其門閭因其貧苦資給衣食并為買地數畝以為養姑之資查前閱邸抄四月十一日奉
上諭直隸山西河南陝西各省罹此災年小民當飢困之中忍死全親全生取義尤屬可嘉各該省如有此等孝子順孫節烈婦女事實確鑿者着各該督撫通飭各州縣隨時採訪彙案奏請旌表以維風化等因欽此查

該貞女李朱氏僻處遠鄉少失怙恃並無保姆之教訓
不聞書史之懿行本夫未娶而亡即再字不為失節況
以義父母之命又兼大荒歉之年日受飢餓而不悔於
心歟以富厚而不易其志是誠稟天地之正氣足為閨
壺之完人查近年各省督撫大臣所奏貞女皆先後援
案聲明不拘常例年限我
皇上崇奬貞節無不立
降
諭旨准予旌表以厚人倫宗誠謹臚陳貞女李
朱氏節行可否特奏實於風化有裨伏惟中堂查核施
行再宗誠前奉憲批加散節婦口粮查已奉旌表現存
節婦一百餘口俱已加散其旌表孝子臧廷魁劉廣興
二名孝女王氏貞女段盧氏二名並各資助買地數畝
以為終身之賴合並聲明

上李中堂　八月初

再稟者卑職去年春間以歷年省積餘資留備交代灘捐之款移緩救急捐建官義倉一座四面上下内外全以大磚石灰壘砌博厚高大堅實無比每間可盛倉斗六百石合市斗四百餘石因荒旱未得積穀然去冬今春撫糧實賴此倉收放今春又捐資收買木料磚瓦藉以接濟貧民夏初間又添做十三間高大堅實一如前樣兩次捐造共倉房十九間連大門二十間用京錢七千餘串合紋銀二千餘兩皆卑職獨力為之雖奉有諭旨勸捐而當此荒年何忍勸辦現在已將告成積穀之事隨後籌畫章程稟請明示惟欲先求中堂賜書有備無患四大字以作匾額為卑縣永遠之光查前創建

書院蒙賜書二匾額合縣士林感奮今卑職捐建之倉基即在書院之後賜書懸掛使後人瞻仰中堂之德輝未知可否伏候鈞裁

上李中堂

竊卑職久任知縣時常下鄉巡查匪人深知直隸各村外空廟有藏匪之害曾經禀明鈞案間有改為義學數處業已立案入志惟各鄰境毗連之地常有孤廟離兩境村莊往往三四里離兩縣城往往五六十里三四十里不等尤易藏匪其中僧道工人本少或以廟孤畏賊禍害而容之或貪其分與衣糧而聽之如武邑李家店村外之廟往年常為盜匪白洛玉聚夥之所擾害卑縣之地衡水景觀村外之廟往年亦常有賊匪藏匿在卑

縣邊境盜竊歷歷有案夜來夜去問之村民皆諉爲不知詢之僧道皆諉爲懼害事屬隔境難於區處今查站里村外有觀音廟一座離王常村四里離景州趙莊薛家村四五里趙莊薛家村本屬景州邊境去州城六七十里去卑縣城四十餘里以故二村中常出匪類而卑縣之王常與之鄰近因之亦多匪人互相夥搶糾竊其夜聚也往往在此廟中其分贓藏贓也亦往往即在此廟中廟内住景州龍華鎮一僧其僧終年不家止留十餘歲一小徒所僱工人皆外縣人以故往往窩藏匪類卑職上年曾傳站里村士民勸令改爲義學後因年荒而止本月十四夜毛莊劉福全家被搶之案搶後賊逃至此廟分贓經團長繩慶雲邀同各村鄉團探知在此

正欲圍賊搜拿被廟中尹姓工人係故城人在地中看見鄉團即長嘯為口號由是廟中賊亦長嘯為口號以應賊知外間有人追捕齊出抗拒遂在高粱地中將團丁殺死卑職聞之隨即赴廟相驗并親搜出窩藏小麦種三斗劉福全看見口袋認是伊家字號取驗麥種即是伊家被搶原贓而問之小僧諉為不知推問工人則賊過後早已逃走是其工人知情窩留已可概見卑職細勘廟基在兩州縣邊界又為鄰村匪人藏聚之所若不急為更張實留鄉村之害查此廟本屬棗強站里村香火地有八十餘畝亦係該村前人捐置並非僧產自應將景州龍華鎮僧人逐回本籍將廟地永遠改為義學由村中紳董派本村貧民數家居住耕種即由本村

紳董經管收租延師在內訓課站里四村子弟惟廟中地畝甚多恐久之或成爭端擬以五十餘畝地租為延師脩膳及生徒茶水之資以三十畝地租為縣儒學訓導學田即令該訓導查理義學師生工課無許有名無實且以杜異日游僧復至誘惑村民復改為廟之端種地之人必用本村居民則可與本村連為一氣庶絕外縣工人招匪之路似此辦理未知可否敬請憲台批示遵行并祈札飭衡水武邑兩縣查交界之孤廟皆速令近村紳士諸改為義學招本地良民居住耕種延師課徒其中每年即由本處村莊紳董善為經理不使成為藏匪之地寔為德便伏候鈞裁

奉中堂批示

據稟已悉該令捐建義倉一座用京錢七千餘串足
見興廢舉墜克己為民殊堪嘉尚茲繕發有備無患
四字匾額一方仰即查收刊刻懸掛隨後籌定積穀
章程稟報查核站里村外觀音廟窩留盜賊為害閭
閻自應逐去僧人將廟産充公該令現將廟地五十
餘畝永遠改為義學延師訓課該村子弟尚有三十
畝作為學田均責成紳董經管收租即交村中貧民
佃種地由該訓導查理義學師生功課勿任有名
無實絕盜匪藏身之所開村民向學之風辦理甚是
應即照行並候札飭衡水武邑兩縣查照凡有交界處
所有孤廟一體認真仿辦仍錄報司道州查照繳八月四
日批

二十一年癸巳三十二歲　正月自金陵歸燈夕前抵家朝夕娛親外益務親師取友考德問業往毘陵謁錢啓新先生往蘇州謁王少湖先生嘗曰王先生謂士君子須是立得箇大節居鄉勿為鄉愿居官勿為鄙夫方有可說處語不多令人惕然深省

十二月復命建言謫廣東揭陽典史

入都三日見鄭材楊應宿附閣攻部掊擊衆正甚力先生憤激不平上君相同心惜才遠佞以臻致至治疏語侵閣臣遂有此謫大要言諸臣罷黜非輔臣欲除不附已則内侍不利用正人而應宿等反借不附吏部之名

致阿狗閣臣之實閣臣聲音笑貌間雖示開誠布公之意而精神心術之隱實不勝作好作惡之私以致機權潛用善類坐空云云奉旨着部院會同該科從實究問先生侃侃詰問不少諱避因有皇長子明春出閣之諭先生雖身在危疑喜國本大定與相知酌酒相慶忘其一官之去又遺吴海洲曰人行義非難所安為難此心清淨中一物不可着何處着一官若一念未融其道不光矣了此便鳳凰翔於千仞海洲亦為先生建言削籍者也

十二月辭朝歸

二十二年甲午三十三歲。七月赴任廣東。

顧涇陽亦以言事黜先生貽書有吾曹一時退處共得閒身何脩報稱之語至武林與廣東陸古樵粹明嘉善吳遂菴志遠談論數日古樵潛心白沙主靜之學先生得其提醒自歎於道尚未有見總無受用發憤曰此行不徹此事此生真負此身矣舟中嚴立規程取前所為半日靜坐半日讀書者反覆行之當心氣澄清時有塞乎天地氣象在路兩月如武夷天游九龍十八灘險絕奇絕處不可屈指靡不畢領其勝憩九峯書院登子陵釣臺溪聲鳥韻茂樹脩篁種種悅心而心不着境自謂得

山水之助不小過汀州登旅舍小樓甚樂手持二程書偶見明道先生曰百官萬務兵革百萬之衆飲水曲肱樂在其中萬變俱在人其實無一事猛省曰原來如此實無一事也一念纏綿斬然遂絶忽如百觔擔子頓爾落地又如電光一閃透體通明遂與大化融洽無際更無天人内外之隔至此見六合皆心腔子是其區宇方寸亦皆本位神而明之總無方所可言也平日深鄙學者張皇説悟此時只看作平常自知從此方好下工夫耳至揭陽不以謫官閒散怠於職事日於衙齋課士正文體釋書義彙編集朱子要語刋示之生徒興起者數

十邑令為同年朱任宇先生訪知民情吏弊悉心啟告臨行亟一兇人陳所蘊工起滅報睚眦占主女細民至鄉紳地方官府莫敢誰何先生窮治其罪竟置之法遊蓮花峰謁文丞相祠周元公祠韓昌黎陸丞相祠所得友為蕭自麓自麓故羅念菴先生門人以立敬為學所見甚正署事三月假差歸別自麓請教曰公當養晦數年不可發露先輩皆背地用一陣苦工夫故得成就耳先生深然之啟行諸生不遠百里相送臨別依依謂曰諸君努力自當相遇中原與諸君矣繼自今脫鄙人毀廉蔑簡無以見諸君諸君不克砥礪厭厭世俗亦無以

相見則皆曰誠如此盟至漳州謁李見羅先生辨論大學格致之旨謂大學格致即中庸明善所以使學者辨志定業絕利一源分剖為己為人之界精研義利是非之極要使此心光明洞達直截痛快無毫髮含糊疑似於隱微之地以為自欺之主夫然後為善而更無不為之意拒之前不為惡而更無欲為之意引之後意誠心正身脩善所以純粹而精止所以敦厚而固也不然非不欲止欲脩而氣稟物欲拘蔽萬端恐不能實用其力矣且脩身為本聖訓昭然千古知之只緣知誘物化不能反躬非欲能累人知之不至也何以旦晝無穿窬之

念夜必無穿竅之夢知之切至也學者辨義利是非之極必皆如此斯為知至此工夫喫緊沉着豈可平鋪放在說得都無氣力且條目次第雖非今日致明日誠然着箇先後字亦有意義不宜如此儱侗過延平拜李先生祠往考亭拜朱夫子祠過崇安拜趙清獻祠蕭蕭身世雲水孤清自謂出門至此學力已三轉手勢

序王文成年譜　作陽明說辨共四首

二十三年乙未三十四歲　二月抵家

再取釋老二家參之謂釋氏與聖人所爭毫髮其精微處吾儒具有之總不在無極二字弊病處先儒具言之

總不出無理二字觀二氏而益知聖道之尊若無聖人之道便無生民之類即二氏亦飲食衣被其中而不覺也

二十四年丙申三十五歲　繼成公陸夫人偕壽七十先生同昆弟稱觴宴客

三月六月連遭父母喪

遵喪禮不二斬稱降服子居喪竭力襄事父遺命析其産而七之先生推以讓諸兄弟不得盡出為喪葬費餘置義祖贍親族分贍祖妾之無子者

二十五年丁酉三十六歲

二十六年戊戌三十七歲。作水居爲靜坐讀書計。數年間徙居、婚嫁，歲無寧息，而動中煉習，靜中溫養工夫，卒未始頃刻廢。於水居搆一可樓，可者，言無所不可也。茅簷數椽，極湖山之致，謝客棲息其中，動以旬月計。偶遠近同心，如歸季思、吳子往諸先生來訪，相與瞑目焚香，閉關趺坐，坐必以七日。遊陽羨諸山，則坐龍池頂；遊武林諸山，則坐孩光、黃龍、荻秋菴，作復七規程。是秋會同志於二泉之上，與管東溟辨無善無惡之旨，作山居課程。

坐必以七日以爲七日來復〻〻之似非是

二十七年己亥三十八歲

偶至黃巖縣謁靜成公祠父老咸嗟嘆之云此高一合
孫也蓋靜成令巖時民無滯獄只帶合米可了故云

二十八年庚子三十九歲

與吳子往等靜坐水居日記云日逐只是顧諟明命為
工夫又云一日覺氣在胸膈稍滯思調息息最微若有
若無誤認氣為息而調之大害事矣次日便覺多却調
息一念只是誠無為着些子不得也

二十九年辛丑四十歲

八月偕四郡同志會講於樂志堂

三十年壬寅四十一歲　輯朱子節要成

三十一年癸卯四十二歲　註張子正蒙完

三十二年甲辰四十三歲　東林書院成

錫東林者宋龜山楊先生講學之所廢為僧院邵文莊公所脩復王文成記可考也後復變為僧院先生與顧涇陽先生弔其墟聞於當道葺道南祠搆講堂書舍相與講習其中朔望小會春秋大會歲以為常涇陽倣白鹿洞為會約先生為之序自涇陽歿先生獨肩其責每會取儒釋朱陸之辨文成文清真悟真脩之辨為己為人義利公私欺謙邪正之辨時時拈示洗發痛快令人劃然開油然得尤謂學者雖得朋友講習之功不可無

端居靜定之力蓋各人病痛不同大聖大賢必有大精神其主靜只在尋常日用中學者神短氣浮便須數十年靜力方得厚聚深培而最受病處在自幼無小學之教浸染世俗故俗根難拔必埋頭讀書使義理浹洽變易其俗腸俗骨澄神默坐堅凝其正心正氣乃可耳

三十三年乙巳四十四歲　作異端辨

先生遊武林遇一僧原係廩於學宮一旦叛入異教著書數種多抑儒揚釋之語因摘取其言各剖破之分四條刻遺書

三十四年丙午四十五歲　實信孟子性善之旨同顧涇

陽先生會於虞山書院有虞山書院商語小引
三十五年丁未四十六歲。實信程子鳶飛魚躍與必有事焉之旨。立家訓。析諸子産有量入約。
三十六年戊申四十七歲　赴毘陵經正堂會。為大水災條議救荒。為同區設立役田。
三十七年己酉四十八歲。赴金沙志矩堂毘陵經正堂會。
三十八年庚戌四十九歲　六月。講學焦山。段幻然主會。赴嘉禾天心書院會
三十九年辛亥五十歲。實信大學知本之旨。訂古本

大學　三月講學於金沙志矩堂　四月講學於荆溪
明道書院　秋赴毘陵經正堂會
四十年壬子五十一歲　實信中庸之旨
四十一年癸丑五十二歲　三月講學於金沙志矩堂
九月靜坐武林弢光山中著靜坐説　十一月延錢啓
新先生講易東林
四十二年甲寅五十三歲　春舉同善會以贍鰥寡孤獨
中有節孝者尤加惠之　赴荆溪明道書院會　七月
作困學記
四十三年乙卯五十四歲　著理義説氣質説未發説朋

黨說

四十四年丙辰五十五歲　赴毘陵經正堂會

四十五年丁巳五十六歲　赴荊溪南明道書院會

四十六年戊午五十七歲　有戊午吟

四十七年己未五十八歲

四十八年光宗貞皇帝泰昌元年庚申五十九歲

八月神廟賓天　光宗即位罷商稅發內帑起廢籍朝政一清甫一月鼎湖再泣先生方講學東林函問至爲之輟講

十月少司寇鄒南皐先生疏薦

十一月御史方孩未疏薦

熹宗哲皇帝天啟元年辛酉六十歲　正月作壽戒

先生云人生六十老矣老人年日增事當日減患減之未盡不患減之過當以目前最切者減之戒壽文壽詩壽卮壽服壽畫壽屏壽燈壽筵演戲集分迎賓等禮守此七戒老人澄然無事矣無事之樂更有何樂似之乎

舉鄉飲大賓

三月詔起光祿寺丞　九月啟行至京

是冬別東林諸友北上以會講事屬葉閒適吳覲華主盟再拜囑曰畢竟此事為吾輩究竟弟此行原殉君親

當云嗣祖父母

二字可歸即歸不使東林草深也到任作一聯粘堂中
云精白厥衷一率其不損不加眞性靖共爾位勿昧其
可仕可止本心

二年壬戌六十一歲　正月陞本寺少卿　贈嗣父母奉
政大夫宜人移贈本生父母亦如之
著乾坤說心性說寅直說
太廟春祭執事
時寺官正貳皆缺備極煩勞元夕上供九般茶飯缺天
鵝羣璫悤索先生唯唯寄疏援累朝例以家鵝代用旨下
帖然

裁無名供費、發鋪行物價、革諸曹鋪墊、又以餘糧賑士之貧者、

先生云、光祿事雖多儘做得去、初間尚有中官聒擾、事事不放過、事事不已、甚遂帖服不敢動、今益沛然矣、但不可便以此為盡職、他事一切不管、此等職事全算不得也、既而廣寧失陷、人心皇皇、先生獨鎮以安靜、

疏請破格用人以備不測、

薦孫愷陽、董應舉、李之藻、鹿善繼、及慎畿內守令之選、行保甲防禦之法、俱允行、

疏請逐鄭養正、

疏內云乞將鄭養正等發回原籍李如楨崔文昇明正典刑庶危疑可釋隱禍可銷報聞

議方從哲無君之罪

時孫淇澳為大宗伯疏論從哲紅丸事先生見之曰此一部春秋也得旨下部院九卿科道會議先生力持正論不少顧忌議具別刻人以為鐵案又嘗粘一聯於室云得閒且閒今日莫思明日事當做便做一年可作百年人未幾轉太常寺少卿於祀典多所釐正

疏陳務學之要致治之本

疏內復及方鄭傳旨欲重處福清爭曰此人有重望若

處滿朝必爭吾亦與之同去僅罰俸先生在京一年汲引後進之賢充滿朝寧言路中賢者稍動爭端便力止之不使玄黃之戰再見於起廢之後嘗謂黙然融化乃是道理煦然調停即屬世情二者天壤不侔並調停之意一切泯之

九月轉大理寺右少卿

時掌院鄒南臯副院馮少墟建首善書院立講學會給事朱童蒙騰疏顯詆指意歸重東林欲天下以講學為戒先生欲具疏辨適奉明旨如日中天乃具揭以明其是非已而鄒馮兩先生請告歸詞林文湛持亦以抗疏歸

先生三疏抗辭不允有論學揭罷商稅揭

八月奉命慶陵掩龍口祭告

十一月晉太僕卿

疏辭復不允中有講學何罪頓空法紀之臣禁學何名

欲行聖明之世又有陰陽交爭上下隔塞邪所亂干元

氣大伐等語以身疾喻朝政也

除夕太廟陪祭

三年癸亥六十二歲　乞差歸　明討賊之義　周易孔

義成

給事王志道疏論兩朝事淆雜不倫先生致書駁之略

云人臣為國當杜漸防微懲前毖後不宜為亂賊脫罪為君父種禍夫張差制梃美女代劔先進熱藥後進泄藥彰明較著中外共知孰得而諱之諱之一字為亂賊設護身符之加以誣謗二字又為亂賊立箝口之法大義所關不容隱忍也　向著周易孔義舟中卒業

四月抵家復尋東林之社

先生雖歸朝中諸君子實未嘗一日忘先生即家起用

十一月陞刑部右侍郎疏辭不允

皇子誕生推贈三代廕一子先生慨然曰君恩渥矣其何以報

四年甲子六十三歲　三月同門人華允誠啟行途中兩閱月相對講學至維揚謁王心齋祠心齋子王泰留先生講學至寶應與余兄燕超公劉清之講學於范文正公祠燕超教諭寶應倡明理學搆與讓堂為諸生講習之所先生為之記

六月進京

時楊副院論魏璫二十四大罪奉切旨責舉朝爭之不得杖死工部郎萬燝逮御史林汝翥疑匿福清寓中官競圍其門天下大柄駸駸盡歸宮寺先生曰外廷法用正直內閣法用和緩內閣當借用廷外不可以正直而

疑其激外廷當責成內閣不可以和緩而疑其媚如此乃相成也又曰中官用事未能拔其毒且須殺其毒宜如歸德相公勸化諸璫勿與吾輩為敵庶幾縉紳之禍可減萬分之一耳

九月陞都察院左都御史

總憲員缺舉朝共推先生先生懇辭曰太宰是房師可與門人分掌部院乎大司寇喬公左司寇饒公皆正人也而饒公資俸深受杖更慘可越次用其乎又勸推馮少墟太宰亦以為然業註饒矣而河南道袁化中堅執不從卒以先生名上次日得旨先生益跼蹐不自安具

疏曰都御史者古之御史大夫也天下之事皆得言之臣工之邪皆得糾之然而世習之漸靡難言矣臣子不真心為國家不真心脩職業悠悠忽忽則有難振之氣以請託為固然以貨賂相結納則有難洗之習陞遷壅滯仰屋書空則有難定之志謬同異為是非誤愛憎為好惡則有難清之見無端而起畛域藩籬無端而起弓蛇鬼豕則有難調之情所以難者皆緣人心各有陰私故各成隔礙必居此位者自心先無陰私而後可銷人陰私自心先無隔礙而後可通人隔礙至御史簪筆朝端公論之明晦由之持斧寓內一方之安危係之為必

之長者聯為一體萃為一心惟君國之是殉毋身家之苟營而後可弘濟於艱難今者大計在近巡方之使當使循良之麟鳳悉耀光明貪殘之豺虎皆投有北庶困窮四海災荒孑遺尚獲少延喘息不然御史之失職即都御史之失職此之關係何如重大乃以臣之薄劣當之是易所謂覆餗者也疏上不允乃就職

槪禁書儀　劾御史崔呈秀

先生謂今日安民之計只在除貪酷吏欲吏無貪先從輦轂始一日中臺即有禁絕書儀槪行五城御史張掛九門令知清明之朝決不容纖濁之事適魏璫私人崔

呈秀巡按淮揚回道賍私鉅萬穢聲流傳立疏糾之部
覆褫職遣戍輿論稱快　又謂院中總六部之事職其
要不職其詳此衙門頗可救得世撫按相貫通寓内共
如一堂京師五方雜處見聞博而易真今只咨訪監司
守令於輦下各省之賢者人人咨之事事記之貪酷害
民撫按不糾於置郵中詰問之第一義在立身上守法
苞苴一毫不入竿牘一字不出不言而人自凛矣
又謂天下事君相同心方做得閣銓同心做得一半部
院同心次之若撫按督學選擇盡皆得人士習民風不
無少補

十月頒歷陪祭　疏請挺擊案三臣謚廕奉旨下部不行李俸張庭陸大受三臣也爲君父告變執法買罪竟抑鬱賫志以殁先生特請謚廕以旌其忠魂會朝局大變不行

覆吉人及時宜用疏

御史喬承詔疏薦王紀鄒元標滿朝薦徐大相馮從吾李炳公諸正人奉嚴旨切責下部院參看先生復疏力薦之亦不行

具申嚴憲約疏　未及上罷歸

疏云臣觀天下之治端本澄源必自上而率下循法守

職必自下而奉上故朝廷恩澤至州縣始致之民州縣者奉法守職之權輿也州縣賢則民安州縣不賢則民不安顧天下為州二百二十一為縣一千一百六十六豈能盡得賢者用之賢者視君為天不可欺也視民如子不忍傷也奉法守職出於心所不容已非有所為也其次則有所慕而勉於為善有所畏而不敢為不善其下則不知職業為何事法度為何物恣其欲而已是民之賊也故為政者拔賢才除民賊約中人天下惟中人最多約之於法皆不失為賢者太守約州縣者也司道約府縣者也撫按則無所不約約之使人人守法如農

之有畔焉而無越思則天下治矣列州縣所當行者五十餘條凡農桑水利敦教化育人才正人心厚風俗刑名錢穀積貯給散保甲防禦聽訟恤刑彰善癉惡剔蠹釐奸之法纖悉備具巡方者另有禁約欲行當行之事將次第舉行因會推巡撫事起不果掌憲僅月餘人以為北顧南邵復見云先是魏廣微夤緣入相久與正人齮齕至是以頒歷不至廟祭後期為臺省魏廓園大中李仲達應昇等交參懼不能容與呈秀共入閹幕合謀以傾正人為一網打盡計先生與太宰諸賢同時罷歸去云

為扶誣雪樓公者以嘉靖辛卯舉於鄉為人剛果英邁重
名節多智略後令浙江黃巖縣縣故有尚書黃綰有才名
家貲巨萬令至概稱門生公初謁綰綰謬引上坐公即上
坐請曰尚書何以教令綰曰今學者患好名如漢之黨人
唐之清流是矣宋之名士盡於史嵩之一毒悲哉公曰固
也即非清流究竟死死等耳以清流死不勝耶綰默然一
日綰有僕大帽華衣直入縣庭言事公曰若何為者褫其
衣笞之民大喜皆起暴綰諸不法事得數百牘公束之送
綰自理盡返侵奪民地為政黃巖訟益簡縣大治所攜惟
二蒼頭圖書數卷而已一姦胥世掌軍籍為贗冊誣民而

匿其應解所從來久不可詰公掩至其家得真冊立杖殺之盡釋誣者又有無名冊霍御史核之急里胥連斃杖下公進曰奸弊誠有之特令杖死非為奸者御史怒曰如令言何以清句為公曰固也非所論於台台籍特方國珍燼餘令散久已御史益怒曰如是盡令為政也會部使者魏公至彈述之魏公曰令言是也御史乃喜一聽公六邑得無擾民皆號公真鐵漢後倭寇突至嚴故無城人惶懼公曰去無之死此矣乃募壯義數格殺賊賊遁去公曰吾死矣而幸生乃今身吾有矣遂解組歸讀書談道敞廬數椽僅庇風雨訓子孫曰謹以養神勤以養志神完則志銳志